中华传世藏书

【图文珍藏版】

中国孤本小说

马松源⊙主编

线装书局

目　录

《八洞天》

卷一　补南陔

收父骨千里遇生父　裹儿尸七年逢活儿 ……………………………（3）

卷二　反芦花

幻作合前妻为后妻　巧相逢断母是亲母 ……………………………（21）

卷三　培连理

断冥狱推添耳书生　代贺章登换眼秀士 ……………………………（38）

卷四　续在原

男分娩恶骗收生妇　鬼产儿幼继本家宗 ……………………………（57）

卷五　正交情

假掘藏变成真掘藏　攘银人代作偿银人 ……………………………（69）

卷六　明家训

匿新丧逆子生逆儿　惩失配贤舅择贤婿 ……………………………（89）

卷七　劝匪躬

忠格天幻出男人乳　义感神梦赐内官须 ……………………………（107）

卷八　醒败类

两决疑假儿再反真　　三灭相真金亦是假 …………………………………（125）

《梦中缘》

第　一　回　　得奇梦遣子游南国
　　　　　　　重诗才开馆请西宾　　……………………………………………（147）

第　二　回　　九里松吴郎刮目
　　　　　　　十锦塘荡子留心　　………………………………………………（155）

第　三　回　　好姻缘翠娟心许
　　　　　　　恶风波郑子私谋　　………………………………………………（161）

第　四　回　　吴瑞生月下订良缘
　　　　　　　金御史夜中失爱女　　……………………………………………（168）

第　五　回　　木客商设谋图凤侣
　　　　　　　花夜叉开笼救雪衣　　……………………………………………（174）

第　六　回　　渡清江舟中遇盗
　　　　　　　走穷途庵内逢嫂　　………………………………………………（180）

第　七　回　　水小姐还愿祈母寿
　　　　　　　王老妪索诗探才情　　……………………………………………（186）

第　八　回　　真相思情怀一首诗
　　　　　　　假还愿密订三生约　　……………………………………………（192）

第　九　回　　遭流离兰英失母
　　　　　　　买针指翠娟认妹　　………………………………………………（198）

第　十　回　　明说破姊妹拜姊妹
　　　　　　　暗铺排情人送情人　　……………………………………………（204）

第十一回　　易姓字盛世际风云
　　　　　　　赴亲任驲亭遇骨肉　　……………………………………………（212）

第十二回　　寻甥女并得亲生女
　　　　　　　救人祸贻累当身祸　　……………………………………………（219）

第十三回　　谒抚院却逢故东主
　　　　　　　择佳婿又配旧西宾　　……………………………………………（225）

第 十 四 回　金抚院为国除奸
　　　　　　李知县替友报仇 ···（231）

第 十 五 回　联二乔各说心间事
　　　　　　聚五美得遂梦中缘 ···（238）

《银瓶梅》

第 一 回　见美色有心设计　　求丹青故意登堂 ·················（249）

第 二 回　假结拜凶狠施阱　　真赐赠神圣试凡 ·················（253）

第 三 回　陈秀才一念怜贫　　裴公子两番放饵 ·················（257）

第 四 回　行善念刘芳遇神　　设恶谋裴彪通寇 ·················（261）

第 五 回　设陷阱强盗露饷　　畏律法秀士埋金 ·················（265）

第 六 回　裴公子暗施辣手　　柳知府昧察惨刑 ·················（269）

第 七 回　松林中颜氏产子　　荒郊外陈升盗尸 ·················（273）

第 八 回　求申冤反惹冤孽　　因逃难复救难人 ·················（277）

第 九 回　虎豹山两雄被获　　徐家庄双杰联婚 ·················（281）

第 十 回　访妻踪青州露迹　　念师骸山野逢魔 ·················（285）

第 十 一 回　奸狠仆负恩陷主　　侠烈汉赴险驰驹 ·················（289）

第 十 二 回　劫法场琼玉脱网　　匡朝政九龄辱奸 ·················（293）

第 十 三 回　睹时艰力辞解组　　尽忠告勇退不羁 ·················（296）

第 十 四 回　惜英雄九龄赠书　　恩酬愿明皇发驾 ·················（299）

第 十 五 回　凤凰山花纲劫驾　　赤松林琼玉除凶 ·················（303）

第 十 六 回　唐明皇车驾回朝　　梁琼玉职封镇蜀 ·················（307）

第 十 七 回　弃绿林白高得荐　　赴翰苑刘陈首登 ·················（311）

第 十 八 回　征山寇陈升明荐　　探营寨裴彪暗谋 ·················（315）

第 十 九 回　救刘陈谢仙点化　　赚裴古唐师获奸 ·················（319）

第 二 十 回　来巡抚抄拿奸眷　　回长安擒获叛臣 ·················（323）

第二十一回　证逆臣欺君正法　　征山寇奉旨提兵 ·················（327）

第二十二回　攻茅山唐将施威　　设地雷贼师取胜 ·················（331）

第二十三回　破贼巢因功赏赏　　封将士大会团圆 ·················（335）

中国孤本小说

目录

《锦香亭》

卷之一

    第 一 回　钟景期三场飞兔颖 ……………………（341）

    第 二 回　葛明霞一笑缔鸾盟 ……………………（347）

    第 三 回　琼林宴遍觅状元郎 ……………………（355）

    第 四 回　金马门群哗节度使 ……………………（362）

卷之二

    第 五 回　忤当朝谪官赴蜀 ………………………（366）

    第 六 回　逢义士赠妾穷途 ………………………（372）

    第 七 回　禄山儿范阳造反 ………………………（379）

    第 八 回　碧秋女雄武同逃 ………………………（386）

卷之三

    第 九 回　啸虎道给引赠金 ………………………（392）

    第 十 回　睢阳城烹僮杀妾 ………………………（397）

    第十一回　雷海清掷筝骂贼 ………………………（405）

    第十二回　虢夫人挥尘谈禅 ………………………（411）

卷之四

    第十三回　葛太古入川迎圣驾 ……………………（416）

    第十四回　郭汾阳建院蓄歌姬 ……………………（422）

    第十五回　司礼监奉旨送亲 ………………………（429）

    第十六回　平北公承恩完配 ………………………（436）

八洞天

〔清〕笔炼阁主人 撰

卷一　补南陔

收父骨千里遇生父　裹儿尸七年逢活儿

诗曰：

> 新燕长成各自飞，巢中旧燕望空悲。
>
> 燕悲不记为雏日，也有高飞舍母时。

这首诗，将白乐天《咏燕》古风一篇，约成四句，是劝人行孝的。常言："养子方知父母恩。"人家养个儿子，不知费多少心力，方巴得长成。及至儿子长成，往往反把父母撇在一边。那时父母嗔怪他不孝，却不思自己当初为子之时，也曾蒙父母爱养，正与今日我爱儿子一般。我当日在父母面上，未曾尽得孝道，又何怪儿子今日这般待我！所以，白乐天借燕子为喻，微劝世人。然虽如此，也有心存孝念，天不佐助的，如皋鱼所言："子欲养而亲不在。"又有那父母未亡，自己倒先死了，不唯不能养亲，反遗亲以无穷之痛，如卜子夏为哭子而丧明，岂非人伦中极可悲之事！

如今待在下说一丧父重逢、亡儿复活的奇遇，与列位听。

话说宋仁宗时，河北贝州城中有一秀士，姓鲁名翔，字翱甫，娶妻石氏，夫妇同庚，十六岁娶了姻。十七岁即生一子，取名鲁惠，字恩卿，自小聪俊，性格温良，事亲能孝。鲁翔亲自教他读书作文。他过目成诵，点头会意，年十二即游庠入泮。鲁翔自己却连走数科不第，至儿子入泮时，他已二十九岁，那年才中了乡榜。明年幸喜联捷，在京候选。春选

却选他不着,直要等到秋选。鲁翔因京寓寂寞,遂娶一妾。那女子姓咸,小字楚娘,极有姿色。又知书识字,赋性贤淑。有词为证:

　　红白非脂非粉,短长难减难增。等闲一笑十分春,撇下半天丰韵。停当身材可意,温柔性格消魂。更兼识字颇知文,记室校书偏称。

鲁翔甚是宠爱。到得秋选,除授广西宾州上林县知县。领了文凭,带了楚娘,一同归家。

石氏见丈夫才中进士,便娶小夫人,十分不乐。只因新进士娶妾,也算通例,不好禁得他。原来士子中了,有四件得意的事:

　　起他一个号,刻他一部稿。
　　坐他一乘轿,讨他一个小。

当下鲁翔唤楚娘拜见夫人。楚娘极其恭谨。石氏口虽不语,心下好生不然,又闻她已有了三个月身孕,更怀醋意。因问鲁翔道:"你今上任,可带家眷同行么?"鲁翔道:"彼处逼近广南,今反贼依智高正在那里作乱。朝廷差安抚使杨畋到彼征讨,不能平定。近日方另换狄青为安抚,未知可能奏效。我今上任,不可拖带家眷,只着几个家人随去。待太平了,来接你们罢!"石氏笑道:"我不去也罢,只是你那心爱的人,若不同去,恐你放心不下。"鲁翔也笑道:"夫人休取笑,安见夫人便不是我心爱的。"又指着楚娘道:"她有孕在身,纵然路上太平,也禁不得途中劳顿。"这句话,鲁翔也只是无心之言。哪知石氏却作有心之听,暗想道:"原来他只为护惜小妮子身孕,不舍得她路途跋涉,故连我也不肯带去,却把地方不安静来推托。"转展寻思,愈加恼恨。正是:

　　一妻无别话,有妾便生嫌。
　　妻妾争光处,方知说话难。

鲁翔却不理会得夫人之意,只顾收拾起身。那上林县接官的衙役也到了。鲁翔唤两个家人跟随,一个中年的叫作吴成,一个少年的叫作沈忠,其余脚夫数人。束了行李,雇了车

夫，与石氏、楚娘作别出门。公子鲁惠，直送父亲至三十里外，方才拜别。鲁翔嘱咐道："你在家好生侍奉母亲。楚娘怀孕，叫她好生调护。每事还须你用心看顾！"鲁惠领命自回。

鲁翔在路晓行夜宿，趱程至广西地界。只见路人纷纷都说，前面贼兵猖獗，路上难走。鲁翔心中疑虑，来到一馆驿内，唤驿丞来细问。驿丞道："目今侬智高作乱，新任安抚狄爷领兵未到。有广西钤辖使陈曙轻敌致败，贼兵乘势抢掠，前途甚是难行。上任官员如何去得！老爷不若且消停几日，等狄爷兵来，随军而进，方保无虞。"鲁翔道："我恁限严急，哪里等得狄爷兵到！"沉吟一回，想出一计道："我今改换衣装，扮作客商前去，相机而行，自然没事。"当晚歇了一宿。次日早起，催促从人改装易服。只见家人吴成，把帕子包着头，在那里发颤，行走不动。原来吴成本是中年人，不比沈忠少年精壮，禁不起风霜，因此忽然患病。鲁翔见他有病，不能随行，即修书一封，并付些盘费，叫他等病体略痊，且先归家。自己却扮作客商，命从人也改了装束，起身往前而去。正是：

　　　　只为前途多虎豹，致令微服混鱼龙。

不说鲁翔改装赴任，且说吴成拜别家主，领了家书，又在驿中住了一日。恐公馆内不便养病，只得挨回旧路，投一客店住下，将息病体。不想一病月余，病中听得客房内往来行人传说："前路侬家贼兵，遇着客商，杀的杀，掳的掳，凶恶异常。"吴成闻此信，好不替主人担忧。到得病愈，方欲作归计，却有个从广南来的客人，说道："今狄安抚杀退侬智高，地方渐平。前日被贼杀的人，狄爷都着人掩其尸骸。内有个赶任的知县，也被贼杀在柳州地方。狄爷替他买棺安葬，立一石碑记着哩！"吴成惊问道："可晓得是哪一县知县，姓什名谁？"客人道："我前日在那石碑边过，见上面写的是姓鲁，其余却不曾细看。"说罢，那客人自去了。吴成哭道："这等说，我主人已被害也！"又想："客

人既看不仔细,或者别有个鲁知县,不是我主人,也不可知?我今到彼探一实信才好。奈身边盘缠有限,又因久病用去了些,连回乡的路费还恐不够,怎能前进!"寻思无计,正呆呆地坐着。

忽听得有人叫他道:"吴大叔,你如何在此?"吴成抬头一看,原来那人也是一个宦家之仆,叫作季信,平日与吴成相识的。他主人是个武官,姓昌名期,号汉周,亦是贝州人,现任柳州团练使。当下吴成见了季信,问他从何处来,季信道:"我主人蒙狄安抚青目,向在他军中效用,近日方回原任。今着我回乡迎接夫人、小姐去,故在此经过,不想遇着你。可怜你家鲁爷遇此大难,你老人家又怎地逃脱的?"吴成大惊道:"我因路上染病,不曾随主人去。适间闻此凶信,未知真假?欲往前探看,又没盘费。你从那边来,我正要问你个实信。你今这般说,此信竟是真的了!"季信道:"你还不知么?你主人被贼杀在柳州界上,身边带有文凭。狄安抚查看明白,买棺安葬,立碑为记,好等你家来扶柩。碑上大书:'赴任遇害上林知县鲁翔葬此。'我亲眼见过,怎么不真!"吴成听罢,大哭道:"老爷呀!早知如此,前日依着驿丞言语,等狄爷兵来同走也罢。哪里说起冒险而行,致遭杀身之祸。可惜新中个进士,一日官也没做,弄出这场结果!"季信劝道:"你休哭罢,家中还要你去报信,不要倒先哭坏了。快早收拾回去。盘费若少,我就和你作伴同行。"吴成收泪称谢,打点行囊,算还房钱,与季信一同取路回乡。时已残冬,在路盘桓两月,至来年仲春时候,方才抵家。

且说家中自鲁翔出门后,石氏常寻事要奈何楚娘,多亏公子鲁惠解劝,楚娘甚感之。鲁惠闻广西一路兵险难行,放心不下,时常求签问卜。这日正坐在书房,听说吴成归了,喜道:"想父亲已赴任,今差他来接家眷了!"连步忙出,只见吴成哭拜于地。举家惊问,吴成细将前事哭述一遍,取出家书呈上,说道:"这封书,不想就做了老爷的遗笔!"鲁惠此时心如刀割,跌脚捶胸,仰天号恸。拆书观看,书中还说:"我上任后,即来迎接汝母子。"末后,又叮嘱看顾楚娘孕体。鲁惠看了,一发心酸,哭昏几次。石氏与楚娘,都哭得发昏章第十一。正是:

指望一家同赴任,谁知千里葬孤魂。

可怜今日途中骨,犹是前宵梦里人。

当日家中都换孝服,先设虚幕,招魂立座,等扶柩归时,然后治丧。鲁惠对石氏道:

"儿本欲便去扶枢，但二娘孕体将产，父亲既嘱咐孩儿看顾，须等她分娩，方可放心出门。"
石氏道："都是这妖物脚气不好，剋杀了夫主。如今还要她则什？快叫她转嫁人罢!"鲁惠
道："母亲说哪里话，她现今怀孕在身，岂有转嫁之理？"石氏道："就生出男女来，也是剋爷
种，我决不留的!"鲁惠道："母亲休如此说。这亦是父亲的骨血，况人家遗腹子尽有好的，
怎么不留!"石氏谆是恨恨不止。楚娘闻知，心中愈苦，思欲自尽，又想："生产在即，待产
过了，若夫人必欲相逼，把前生孩子托付大公子，然后自寻死路未迟。"不隔数日，早已分
娩，生下个满抱的儿子，且自眉清目秀。鲁惠见了，苦中一乐，就与他取名为鲁意，字思
之，取思亲之意。只有石氏甚不喜欢，说道："我不要这逆种，等他满了月，随娘转嫁去
罢!"鲁惠见母亲口气不好，一发放不下念头，恐自己出门后，楚娘母子不保，有负亡父之
托。正在踌躇，不想鲁意这小孩，就出起痘花来。鲁惠延医看视，医人说要避风。鲁惠吩
咐楚娘好生拥护。石氏却睬也不睬，只日逐在丈夫灵座前号哭。楚娘本也要哭，因恐惊
了孩子，不敢高声，但背地吞声饮泣。石氏不见她哭，只道她没情义，越发要她改嫁了。
过了两日，鲁意痘花虽稀，却不知为什么，忽然手足冰冷，瞑目闭口，药乳俱不进，挨了半
晌，竟直挺挺不动了。楚娘放声大哭。正是：

> 哭夫声复吞，恐惊怀中子。
>
> 夫亡子又亡，号啕不可止。

楚娘哭得昏沉，鲁惠也哭了一场。石氏道："不必哭，死了倒干净!"便吩咐家人吴成："未
满月的死孩，例不用棺木。快把蒲包包着，拿去义坛上掩埋。"楚娘心中不忍，取出绣裙一
条，上绣白凤二只。楚娘裂做两半条，留下半条，把半条裹了孩子，然后放入蒲包内。鲁
惠也不忍去送，就着吴成送去。吴成领命携至义坛上。那坛上住着个惯替人家埋尸的，
叫作刘二，说道："今日星辰不利，埋不得。且放在我家屋后，明日埋罢。"吴成见说星辰不
利，不敢造次，只得依言放下。到明日去看时，却早埋好在那里了。吴成道："怎不等我们
来看埋？"刘二道："埋人的时辰是要紧的。今日利在寅卯二时，等你不及，我先替你埋了，
难道倒不好？"吴成道："也罢!"遂取些酒钱赏了刘二，自去回复主命不题。

　　且说楚娘夫亡子死，日夕悲啼。石氏道："你今孩子又死，没什牵挂了，还不快转嫁
罢!"楚娘哭道："妾受先老爷之恩，今日正当陪侍夫人一同守节。就使妾有二心，夫人还
该正言切责，如何反来相逼!"石氏道："你不要今日口硬，日后守不得，弄出不伶不俐的事

来,倒坏我家风。"楚娘见夫人出言太重,大哭起来,就要寻死觅活。鲁惠再三劝解,又劝石氏道:"二娘有志守节,是替我家争气的事。母亲正该留她陪侍,何必强她!"石氏道:"我眼里着不得这样人。你若要她陪侍我,却不是要气死我了!"鲁惠听说,踌躇半晌,乃对楚娘道:"二娘,你既不肯改节,母亲又不要与你同居。依我愚见,不如去出了家罢,但不知你情愿否?"楚娘道:"夫人既不相容,妾身情愿出家。只恐没有可居的庵院?"鲁惠道:"你若肯出家,待我寻个好所在送你去!"便吩咐吴成,要寻一清净庵院,送二娘去出家。吴成道:"本城中有个女真观,名为'清修院',乃是九天玄女的香火。小人亡故的母亲,曾在那里出家过来。内中道姑数人,都是老成的。二娘若到这所在去,倒也稳便。"鲁惠闻言,即亲往观中访看,见这些道姑,果然都是朴实有年纪的,遂命吴成通知来意。道姑见说是鲁衙小夫人要来出家,不敢不允。鲁惠择了吉日,备下银米衣服之类,亲送楚娘到观中去。楚娘哭别了灵座,欲请夫人拜别,夫人不要相见。楚娘掩泪登车,径往清修院中去了。石氏那时方才拔去眼中之钉。正是:

> 白鹤顶中一点血,螣蛇口内几分黄。
>
> 两般毒物非为毒,最毒无如妒妇肠。

不说楚娘在道观出家,且说鲁惠既安顿了楚娘,便收拾行装,哭别母亲,仍唤吴成随着,起身出门往柳州扶柩。只因心中痛念先人,一路水绿山青,鸟啼花落,适增鲁孝子的悲感。不则一日,来至柳州地面,问到那埋柩的所在。只见荒冢累累,其中有一高大些的,前立石碑,碑上大书鲁翔名字。鲁惠见了,痛入心脾,放声一哭,天日为昏。吴成亦哭泣不止。路旁观者,无不坠泪。鲁惠命吴成买办香纸酒肴,就冢前祭奠,伏地长号。

正哭得悲惨,忽有旌旗伞盖,拥着一位官人乘马而来,行至冢前,勒住马问:"哭者何人?"鲁惠还只顾啼哭,未及回答。吴成恰待上前代禀,只见那官人马后随着一人,却就是前日途中相遇的季信。吴成便晓得这官人即团练使昌期,遂禀道:"此即已故鲁爷的公子,今特来扶柩。小人便是鲁家的苍头。"昌期忙下马道:"既是同乡故宦之子,快请来作揖。"吴奄扶起鲁惠,拭泪整衣,上前相见。昌期见他仪表非俗,虽面带戚容,自觉丰神秀异,暗暗称羡。慰问了几句,因说道:"足下少年,不辞数千里之跋涉,远来扶柩,足见仁孝。但来便来了,扶柩却不容易。约计道里舟车之费,非几百金不可。足下若囊无余资,难以行动。"鲁惠哭道:"如此说,先人灵柩无还乡之日矣!"昌期道:"足下勿忧,令先尊原

系狄公所葬。足下欲扶柩，须禀知狄公。今狄公驻节宾州，足下也不必自去禀他，且只暂寓敝署。等学生替你具文详报，并述足下孝思，狄公见了，必有所助。学生亦当以薄赙奉敬。那时足下方可徐图归计耳！"鲁惠拜谢道："若得如此，真生死而肉骨也。"昌期便叫左右备马与鲁惠乘坐，并吴成一同带至衙中。鲁惠重复与昌期叙礼。昌期置酒款待，鲁惠因哀痛之余，酒不沾唇。昌期也不忍强劝。次日，正待具文申详狄公，忽衙门上传进邸报，探得河北贝州有妖人王则等作乱，窃据城池，势甚猖獗。昌期忙把与鲁惠看道："贝州是尔我家乡，今被妖人窃据，归路不通。学生家眷，幸已接到。不知足下宅眷安否？扶柩之事，一发性急不得。狄公处且不必申文去罢！"鲁惠惊得木呆，哭道："不肖终鲜兄弟，只有孀母在堂，没人侍奉，指望早早扶柩回乡，以慰母心。不能事父，犹思事母。不料如今死父之骸骨难还，生母之存亡又未卜，岂不可痛！"昌期劝道："事已如此，且免愁烦。天相吉人，令堂自然无恙。妖人作乱，朝廷不日当遣兵讨灭。足下且宽心住此读书，待平定了，扶柩回去未迟。"鲁惠无奈，只得住下。正是：

> 一伤死别一生离，两处睽违两地悲。
>
> 黄土南埋肠已断，白云北望泪空垂。

鲁惠在昌衙住了多时，昌期见他丰姿出众，又询知其尚未婚聘，且系同乡，意欲与他联头姻事。原来昌期有女无子，夫人元氏近日在家新得一子，乳名似儿，年甫一岁，与女儿月仙同携至任所。那月仙年已十四，才色绝伦，性度端雅。昌期爱之如宝，常思择一侍婿。今见鲁惠这表人物，欲与联姻，但不知内才若何，要去试他一试。说话的，你道昌期是个武弁，那文人的学问深浅，他哪里试得出？看官不知，那昌期原是弃文就武的，胸中尽通文墨。所以前日安抚狄青取他到军中参赞，凡一应檄文、告示、表章、奏疏，都托他动笔。今欲面试鲁惠，却是不难。当日步至书斋，要与鲁惠攀话，细探其所学。只见鲁惠正取着一幅素笺，在那里写些什么，见昌期来，忙起身作揖。昌期看那素笺上，草书夭娇，墨迹未干，便欢喜道："足下字学大妙。"鲁惠道："偶尔涂鸦，愧不成字。"一头说，一头便要来收藏。昌期却先取在手中，道："此必足下所题诗词，何妨赐览。"鲁惠道："客馆思亲，和泪写此，不堪入览。"昌期道："学生正欲请教。"遂展笺细看，乃七言律一首，云：

荷蒙下榻主人贤，痛我何心理简编。

9

《莪蓼》有诗宁可读，《陔》《华》欲补不成篇。

死悲椿树他乡骨，生隔萱帏故国天。

石砚杨花点点落，未如孤子泪无边。

昌期称赞道："仁孝之言，一字一泪。容学生更细吟之。"鲁惠道："拙句污目，敢求斧正。"昌期道："学生当依韵奉和。"说罢，把诗笺袖入内来，想道："鲁生诗又好，字又好，其才可知。若以为婿，足称佳选。但女儿自负有才，眼界最高。我今把此诗与她看，要她代我和一首，看她如何说？"便叫丫鬟请小姐来。那小姐果然生得如何？

眸凝秋水，黛点春山。湘裙下覆一双小小金莲，罗袖边露一对纤纤玉笋。端详举止，素禀郝法钟仪；伶俐心情，兼具林风闺秀。若教玩月，仿佛见嫦娥有双；试使凌波，真个是洛神再世。

月仙见了昌期，问："爹爹有何呼唤？"昌期取出诗笺道："这便是在此作寓的鲁生思亲之咏，其诗甚佳。试与汝观之。"月仙接来看了，点头称赏道："诗意既凄恻动人，字迹又离奇耸目，真佳制也！"昌期见她称赏，便取白扇一柄，付月仙道："我欲将此诗依韵和一首，写在这扇上，就送与鲁生。你可为我代笔！"月仙道："诗要便孩儿代咏了，字还是爹爹自写。恐闺中笔迹，不宜传示外人。"昌期道："我竟说是自写的，他哪知是你的笔迹。你不必推辞！"月仙不敢违命，唤丫鬟取过笔砚，展开白扇，不假思索，一挥而就。其诗云：

得窥翰墨景高贤，仁孝留题诗一编。

至性可方《莪蓼》句，深情堪补《白华》篇。

经成阙里来黄玉，泪洒空山格昊天。

他日朝廷升孝秀，声名应到凤池边。

月仙写完，昌期大加称赞，便连那幅原笺，一齐拿去与夫人元氏观看。把鲁惠如何题诗，月仙如何和韵，并自己欲招他为婿之意，细述与夫人听。夫人道："你既看得那鲁生入眼，女儿诗中又赞他后日声名必显，这头姻便可联了。"

两个说话间，不防月仙从外厢走来，听得父母正在那里说她的姻事，遂立住脚，听得

仔细。回身至房中，暗想："爹妈欲把我与鲁生联姻，此生诗字俱佳，自是才子，又常见爹爹说他丰姿秀异，不知果是怎样一个人？"沉吟了一回道："婚姻大事，不可草草，待我捉空私自看他一看，方才放心。"正在思想，恰好这日昌期因有紧急军情报到，连诗扇也未及送与鲁惠，忙忙出外料理去了。月仙乘间唤一丫鬟随着，以看花为由，悄然至书斋前，从门隙中偷觑，见鲁惠身穿麻素，端坐观书，相貌果然不凡。但见：

> 眉带愁而轩爽，眼含泪而清莹。神情惨淡，纵然孝子之容；器宇昂藏，饶有才人之概。素衣如雪，正相宜粉面何郎；缟带迎风，更不让飘香荀令。若教笑口肯轻开，未识丰姿又何似！

月仙偷觑半晌，悄步归房，心上又喜又惊。喜的是此生才貌双全，正堪与己作配。你道她惊的却是为何？原来鲁惠的面庞，竟与月仙的幼弟似儿仿佛相像。那似儿貌极清秀，月仙最爱之。今见鲁惠状貌相类，故此惊疑。因遂取花笺一幅，题一词云：

> 常怜幼弟颜如玉，目秀眉清迥出俗。今日见乔才，依稀类此孩。萍踪忽合处，状貌何相似？疑是一爹娘，偶然拆雁行。

题毕，把来夹在针线贴中，放过一边。

次日，夫人偶至月仙房中，适值月仙绣倦，隐几而卧。夫人不惊醒他，但翻玩其所绣双凤图，忽见针线贴中，露出个花笺角儿。取出一看，上有词一阕，正是女儿笔迹。便依旧放好，密呼小鬟问之，晓得她昨日曾窃窥鲁生，故作此词。因想："她平时最爱幼弟生得清秀，今以鲁生状貌与之相类，却不是十分中她意了？此姻不可错过。"是晚昌期回衙，夫人把女儿题词之事说知。昌期欢喜，随取了诗扇并原笺，到书斋中见了鲁惠，说道："足下阳春一曲，属和殊难。学生聊步尊韵，幸勿见哂。"鲁惠看罢，极口称谢。昌期又说了些闲话，因从容问道："足下质美才高，宜早中东床之选，却为何至今尚未婚聘？"鲁惠道："寒家本系儒素，不肖又鬌稚无知，安敢遽思射雀！"昌期道："足下太谦了，从来才士不轻择偶，犹才女之不轻许字。古云：'男子生而原为之有室，女子生而原为之有家。'但只这些平常男女，倒容易替他寻家觅室；偏是有才貌的，其遇合最难。即如学生有一女，亦颇不俗，欲求一佳婿，甚难其人！"鲁惠道："令爱名闺淑质，固难其配，然以先生法眼藻鉴，必得佳

偶。"昌期笑道:"学生眼界亦高,今见足下,不觉心醉。"鲁惠逊谢道:"过蒙错爱,使不肖益深愧赧!"昌期道:"足下勿过谦,我实蓄此心已久。今不妨直告足下,不识足下亦有意乎?"鲁惠忙起揖谢道:"蒙先生如此见爱,感入五中。但娶妻必告父母,今不肖父遭惨变,母隔天涯,方当寝苫枕块、陟屺望云之时,何忍议及婚日!"昌期道:"尊君既捐馆,足下便可自作主张。日后令堂知道,谅亦必不弃嫌。"鲁惠垂泪道:"不肖以奔丧扶柩而来,婚姻之事,断非今日所忍议。尊谕铭刻在心,待回乡之日,请命于母,即来纳聘,不敢有负。"昌期道:"足下仁孝如此,愈使我敬爱! 今日一言已定,金石不渝矣!"言罢,即作别入内,将这话述与夫人听了。夫人也赞他仁孝。月仙闻知,亦暗暗称其知礼。正是:

> 方当泣麟悲凤,何心驾鹊乘鸾。
>
> 纵使苦中得乐,也难破涕为欢。

自此昌期夫妇愈敬鲁惠,待之益厚,竟如子婿一般。鲁惠十分感激,但贝州妖人久未平定,归期杳隔,逢时遇节,惟有向冢前哭拜而已!

　　光阴迅速,不觉一住五年。鲁惠年已十八,学识日进,只是悲死念生,时时涕泣。一日正在衙斋闷坐,忽昌期来说道:"近日侬智高已败死,其部将以众投降,寇氛已平。昨狄安抚行文来,要我去议什军情事,又要我作平贼露布一篇。我想这篇大文,非比泛常,敢烦足下以雄快之笔,代为挥洒!"鲁惠道:"弱笔岂堪捉刀,还须先生自作。"昌期道:"必欲相求,幸勿吝教!"鲁惠推辞不过,便磨墨展纸,笔不停挥,顷刻草成露布一篇。其文雄快无比。正是:

> 狭巷短兵相接处,沈郎雄快无多句。
>
> 岂若鲁生今日才,雄文快笔通篇是。

　　昌期大喜称谢,随亲自录出。别了鲁惠,即日起身,至宾州参见狄公。原来狄公杀败侬智高,尽降其众,并日前被掳去的人,俱得逃回。狄公恐有贼党混入其中,都教软监在宾州公所。特取昌团练到来,委他审问。果系良民,方许各归原籍。当下昌期见了狄公,呈上露布,狄公看罢,大赞道:"团练雄才,比前更胜十倍!"昌期道:"不敢相瞒,此实非卑职所作,乃一书生代笔的。"狄公惊道:"何物书生,雄快乃尔!"昌期把鲁惠的来因并其孝行高才,细述一遍。狄公喜道:"才子又是孝子,实不易得。我当急为延访。"遂命昌期修书一封,又自差偏将一员,速至柳州,立请鲁生来相见。

鲁惠接了昌期书信,备知狄公雅意,不敢违慢,即命吴成随了,与来人同至宾州安抚衙门,以儒生礼进见。鲁惠拜谢狄公收葬父骨之恩。狄公赞他代作露布之妙,命坐看茶。问答之间,见他言词敏捷,且仪表堂堂,不觉大喜,便道:"我军中正少个记室参军,足下不嫌卑末,且权在此佐我不及。即日当表荐于朝,以图大用。"鲁惠辞道:"愚生父母死别生离,方深悲痛,无心仕进。"狄公道:"足下服制已满,正当奋图功名,以尽显亲之事,不必推辞!"遂命左右取参军冠带与鲁生换了。鲁惠不敢过却,只得从命。狄公置酒后堂,并传昌团练到来,与鲁参军会饮。饮酒间,狄公问起鲁惠曾婚娶否?昌期便把昔日欲招他为婿,他以未奉亲命为辞的话说了。狄公道:"参军与团练本系同乡,且久寓其署,此姻自不容辞。况相女配夫,以参军之才,而团练欲以女为配,其令爱必是闺中之秀了!"昌期道:"小女不敢云闺秀,然亦不俗。卑职因见她无心中称赞参军的佳咏,故有婚姻之议。"鲁惠道:"令爱几曾见过拙句。"昌期笑道:"不但见过,且曾和过。不但小女见过尊咏,足下也曾见过小女和章。昔日那扇上的诗与字,实俱小女所作,非学生之笔也。"鲁惠惊讶道:"原来如此,怪道那字体妍媚,不像先生的翰墨。"狄公便问:"什么诗扇"?昌期将二诗一一念出。狄公赞道:"才士才女,正当作配。老夫为媒,今日便可联姻,参军不必更却。"鲁惠还欲推辞,一来感昌期厚恩,二来蒙狄公盛意,三来也敬服小姐之才,只得应允。乃取身边所带象牙环一枚,权为聘物。昌期亦以所佩碧玉猫儿坠答之。约定扶柩归后,徐议婚礼。正是:

> 象环身未还,玉坠姻先遂。
> 贵人执斧柯,权把丝萝系。

鲁惠当日就住在狄公府中,昌期自去公馆审理逃回人口。

次日,鲁惠问起狄公如何败死侬知高,狄公道:"据军士报称,此贼自投山涧中溺死,其尸已腐,不可识认。因有他所穿金甲在山涧边,以此为信。"鲁惠沉吟道:"据愚生看来,此贼恐还未死。"狄公点头道:"吾亦疑之,但今无可踪迹。且贼众已或杀或降,即使贼首逃脱,亦孤掌难鸣,故姑宽追捕耳。"鲁惠道:"然虽如此,擒贼必擒其主。愚闻此贼巢穴向在大理府,今若逃至彼处,啸聚诸蛮,重复作乱,亦大可忧。还宜觅一乡导,遣兵直穷其穴

为是。"

正议间，忽报昌团练禀事。狄公召进，问有何事？昌期道："其事甚奇，卑职审问逃回人口，内有一人自称是上林知县鲁翔。"鲁惠听说，大惊道："不信有这事！"狄公亦惊道："鲁知县已死，文凭现据，如何还在？既如此，前日死的是谁？"昌期道："据他说，死的是家人沈忠。当日为路途艰险，假扮客商而行。因沈忠少年精壮，令其挎刀防护，文凭也托他收藏。不意路遇贼兵，见沈忠挎刀，疑是兵丁，即行杀死。余人皆被掳去，今始得归还。有同被掳的接官衙役，口供亦同。卑职虽与鲁翔同乡，向未识面，不知真伪，伏候宪裁。"狄公道："这不难，今鲁参军现在此，教他去识认便了。"昌期道："他又说有机密事，要面禀大人。卑职现带他在辕门伺候。"狄公即命唤进。鲁惠仔细一看，果然是父亲鲁翔，此时也顾不得狄公在上，便奔下堂来，抱住大哭。鲁翔见了儿子，也相抱而哭。狄公叫左右劝住，细问来历。鲁翔备言前事，与昌期所述一般。又云："侬智高查问被掳人口中有文人秀士及有职官员，即授伪爵。知县不肯失身，改易名姓，甘为俘囚。"狄公道："被掳不失身，具见有守。"又问："有何机密事要说？"鲁翔道："侬贼战败，我军获其金甲于山洞之侧，误认彼已死。不知此贼解甲脱逃，现在大理府中，复谋为乱。知县在贼中深知备细。今其降将，实知其事。大人可即用为乡导，速除乱本，勿遗后患。"狄公听了，回顾鲁惠道："果不出参军所料。参军真智士，而尊父实忠臣也！"遂传令遣兵发将，星夜至大理府，务要追擒贼首侬智高。其降将姑免前此知而不首之罪，使为乡导自赎。一面令昌期回柳州任所，将前所立鲁翔墓碑仆倒；一面拨公馆与鲁翔父子安歇。鲁翔谢了狄公，与鲁惠至公馆。此时鲁惠喜出望外，正是：

> 树欲静而风忽宁，子欲养而亲仍在。
> 终天忧恨一朝舒，数载哀情今日快。

当下家人吴成也叩头称贺。少顷，昌期也来贺喜，说起联姻的事，鲁翔欢喜拜谢。昌期别过，自回柳州任所去了。鲁家父子相聚，各述别后之事。鲁翔闻家乡又寇警，不知家眷如何？又闻幼子不育，楚娘出家，未免喜中一忧。

过了几日，那发去大理府的兵将，果然追获侬智高解赴军前。狄公斩其首级，驰送京师献捷，表奏鲁翔被掳不屈，更探得贼中情事来报，其功足录；鲁惠孝行可嘉，才识堪用。叙功本上，又高标昌期名字。不一日，圣旨倒下：狄青加升枢密副使，班师回京；鲁翔加三

级,改选京府太守;鲁惠赐进士第,除授中书舍人;昌期升任山西指挥使。各准休沐一年,然后供职。恩命既颁,狄公即择日兴师,恰有邸报报到:朝廷因贝州妖人未平,特命潞国公文彦博督师征讨去了。狄公对鲁翔道:"文潞公老成练达,旌旗所指,小丑必灭。贤乔梓与昌指挥使既奉旨休沐,可即同归。返旆之日,潞公当已奏捷矣。"

鲁翔大喜,即与鲁惠辞谢狄公,至柳州昌期任所,商议欲先教鲁惠与月仙小姐成婚,以便同行。鲁惠哭道:"母亲存亡未卜,为子的岂忍先自婚娶!"鲁翔见他孝思诚至,不忍强他。遂别了昌期,主仆三人起身先行。昌期领了家眷,随后进发。鲁翔等慢慢行至半途,早闻贝州妖贼被文潞公剿灭,河北一路已平,即趱程前进。鲁惠此时巴不得一翅飞到贝州,看母亲下落。正是:

> 已喜父从天外得,还愁母向室中悲。

话分两头,且说石氏夫人自儿子去后,日夜悬望,不意妖人王则勾结妖党,据城而叛。那王则原是州里的衙役,因州官剋减兵粮,激变军心,他便恃着妻子胡永儿、丈母圣姑姑的妖术,乘机作乱。据城之后,纵兵丁打粮三日,城中男妇,一时惊窜。且喜这班妖人,都奉什么天书道法的,凡系道观,不许兵丁混入。因此男妇都望着道观中躲避。那些道士道姑,又恐惹祸,认得的便留了几个,不认得的一概推出。当下石氏值此大乱,只得弃了家业,与僮仆妇女辈一齐逃奔。恰遇兵丁冲过,石氏随着众人避入小巷。及至兵丁过了,回看僮妇辈都已失散。独自一个,一头哭,一头走,见有一般逃难的妇女说道:"前面女贞观中可避。"石氏随行逐队,奔至观前,只见个老道姑正在那里关门。石氏先挨身而入,众妇齐欲挨入。道姑嚷道:"我这里躲的人多了,安着你们不下!"众妇哪里肯去。道姑道不由分说,竟把门关上。只有石氏先挨在里面,抵死不肯出去。道姑道:"你要住,也须问我观主肯不肯?"石氏道:"我自去拜求你观主。"便随着老道姑走进法堂。果然先有许多避难的女人,东一堆西一簇地住着。法堂中间,有一少年美貌的道姑端坐在云床上,望之俨如仙子。石氏方欲上前叩求,仔细一看,呀!那道姑不是别人,却就是咸氏楚娘。原来此观即清修院,楚娘自被石氏逼逐至此出家,众道姑见她聪明能事,因遂推她为主,每事要请问她。不想石氏今日恰好避将入来,与她劈面相逢,好生惭愧。看官,你道当初石氏把她恁般逼逐,如今倒来相投,若楚娘是个没器量的,就要做出许多报复的光景来了。哪晓楚娘温厚性成,平日只感夫主之恩,公子之德,并不记夫人之怨。那日见石氏避难而来,

忙下云床拜见，婉言问慰。石氏告以相投之意，楚娘欣然款留。石氏倒甚不过意。有词为证：

> 逢狭路，无生路，夫人此日心惊怖。旧仇若报命难全，追悔从前予太妒。求遮护，蒙遮护，何意贤卿不记过？冤家今变作恩人，服彼汪洋真大度！

三日后，外面打粮的兵已定，观中避难妇女渐皆归去。石氏也想归家，不料家中因没人看守，竟被兵丁占住，无家可归。亲戚亦俱逃散，无可投奔。石氏号啕大哭。楚娘再三劝道："夫人且住在此，安心静待，不必过伤！"石氏感谢，权且住下。不意妖人闻各道观俱容留闲人在内躲避，出示禁约。兵丁借此为由，不时敲门打户的来查问。众道姑怕事，都劝楚娘打发石氏出去。石氏十分着急，楚娘心生一计，教石氏换了道装，也扮作道姑，掩人了耳目。然虽如此，到底怀着鬼胎。却喜妖母圣姑姑是极奉九天玄女的，一日偶从观前经过，见有玄女圣像，下车瞻礼。因发告示一道，张挂观门，不许闲人混扰。多亏这机缘，观中没人打搅，不但石氏得安心借住，连楚娘也得清净焚修。正是：

> 魔头化作好星辰，霜雪丛中一线春。
> 岂是妖狐能护法，只因天相吉人身。

石氏借住观中，并丈夫灵座亦设在观中，日夕拜祷，愿孩儿鲁惠路途安稳，早得还乡。楚娘亦不时祷告。直至五年之后，文潞公统兵前来，方灭了妖贼，恢复城池。破城之日，即出榜安民，城中安堵。此时石氏意欲归家，奈房屋被乱兵作践了几年，甚费修理，婢仆又都散失，难以独居。只是仍住观中，候鲁惠回来计议。

却说鲁家主仆三人，星夜赶回贝州。但见一路荒烟衰草，人迹甚稀，确是乱离后的景象，不胜伤感。到得家中，仅存败壁颓垣，并没个人影。欲向邻里问信，亦无一人在者。鲁惠见这光景，只道母亲凶多吉少，放声大哭。鲁翔道："且莫哭，你说楚娘在什么道观中出家，今不知还在否？若彼还在，必知我家消息，何不往问之！"鲁惠依命，遂一齐奔至清修院来。那日恰值下元令节，楚娘在观中设斋追荐夫主，正与石氏在灵座前拜祭。忽叩门声甚急，老道姑开了门。鲁翔先入，石氏看见，吃了一惊，大叫道："活鬼出现了！"举步欲奔，却早吓倒在地。还是楚娘有些胆识，把手中拂子指着鲁翔道："老爷阴灵不泯，当早

生天界,不必白日现形,以示怪异。"鲁翔道:"哪里说起,我是活人。"随后鲁惠、吴成也到。鲁惠见母亲在此,方才大喜,忙上前扶起道:"母亲勿惊,孩儿在此。父亲已生还。前日凶信,乃讹传耳!"石氏与楚娘听说,才定了心神。四人相对大哭。哭罢,即撤去灵座,各诉别后之事,转悲为喜。众道姑莫不啧啧称异。正是:

> 只道阴魂显圣,谁料真身复还。
> 岂比鹤归华表,宛如凤返丹山。

鲁翔收拾住房,重买婢仆,多将金帛酬谢道姑,接取夫人归家,并欲接楚娘回去。楚娘不肯道:"我今已入玄门,岂可复归绣阁。"石氏道:"当初都是我不明道理,致你身入玄门。五年以来,反蒙你许多看顾,使我愧悔无及。今日正该同享荣华,你若不肯同去,我又何颜独归!"鲁翔道:"夫人既如此说,你不可推却。"鲁惠又再三敦请,楚娘方允诺,拜了神像,谢了道伴,改装同归。自此石氏厚待楚娘,不似前番妒忌了。

过了几日,昌期家眷亦归。鲁翔择吉行礼,迎娶月仙小姐与鲁惠成婚。昌家奁具之丰,鲁家花烛之盛,自不必说。合卺后,鲁惠细觑仙姿,真个似玉如花。月仙见鲁惠紫袍纱帽,神采焕发,比前身穿缟素、面带愁容时,又大不同。二人你贪我悦,双双同入罗帏,枕边叙起昔年题诗写扇之事,愈相敬爱。此夜恩情,十分美满。正是:

> 双联双玉,喜见三星。昔日重泉有泪,未暇求凰;今朝风树无悲,欣然跨凤。
> 向者赠诗,已识天朝升孝秀;兹焉应谶。果然帝里达声名。淑女主蘋蘩,庆与椿庭并永;佳人缔萝茑,乐偕萱树俱深。枝称连理正相宜,结缡同心真不爽。

不说鲁惠夫妻恩爱,且说楚娘出家过了一番,今虽复归,尘心已净,凡事都看得恬淡了。只有亡儿鲁意,时常动念。那裹尸剩下的半条白凤裙,一向留着,每每对之堕泪。一日因昌家有人来问候小姐,说起昌期身边有个宠婢怀孕,前夜已生一子,老夫妇两个甚是欢喜。楚娘闻知,又触动了思念亡儿的念头,便取出那半条凤裙来看了流涕。正悲伤间,适月仙进房来闲话,楚娘拭泪相迎。月仙一见此裙,即取来细细展玩,口中嗟呀不已,问道:"这半条裙是哪里的?"楚娘道:"原是我自穿的。七年前裂下半条,裹了亡儿去,留此半条以为记忆。"月仙听说,连声道奇。楚娘道:"有何奇处?"月仙道:"我也有半条,恰

17

好与此一样的。"便叫丫鬟快去取来看。少顷取至，楚娘展开细看，好生惊讶。再把那半条来一配，恰正是一条。大惊道："这分明就是我裹儿的，如何却在小姐处？"月仙道："便是有这些奇处！"楚娘道："此必当日掩埋亡儿之时，被人偷此半裙去卖，因而宅上卖得！"月仙摇头道："我家买的，正不独一裙！"楚娘道："还有何物？"月仙沉吟半晌，问道："当时小叔死了，拿去何处掩埋的？"楚娘道："着吴成拿去义坛上掩埋的。"月仙道："二娘可曾自去看埋？"楚娘道："我那时生产未满月，不便出门。大公子亦不忍去看，只着吴成送去。又值这日星辰不利，不曾埋，放在坛上人家屋后。明日去埋时，那坛上人已替我家埋好了。"月仙又问道："这坛上埋人的，可是叫刘二？"楚娘想了一想道："记得当初吴成来回复，正说是什么刘二。小姐问他则什？"月仙听罢，拍掌道："奇哉，奇哉！如此说起来，莫非小叔竟不曾死！"楚娘大惊道："如何不曾死？"月仙道："不瞒二娘说，我那幼弟似儿，实非我父母所生。当初母亲未至爹爹任所之时，有个常来走动的赵婆，抱一个两三月的小孩子来，说是义坛上人刘二所生，因无力养育，要卖与人。母亲见他生得清秀，自己又无子，遂将钱十五贯买了，取名似儿，雇个乳娘领着，携至爹爹任所。爹爹甚喜之，竟如亲生一般。今年正是七岁，且自聪明可爱，这半条凤裙就是裹那孩子来的。因我爱这凤儿绣得好，故留我处。今裙既系二娘之物，孩子又从刘二处来，莫非我家的似儿就是你的亲儿么？"楚娘听言，半信半疑道："想刘二当初只为要偷这半条裙，故不等我家人去看埋，竟先埋了。如今裙便是我的，孩子或者原是他的也未可知。"月仙道："二娘勿疑，此子必非刘二所生！只看他相貌与我相公无二，若非兄弟，何相像至此。但不知既死如何复生？此中必更有故。今只唤那刘二与赵婆来问，便知端的。"楚娘道："说得是！"遂把这话述向鲁翔与夫人听了，月仙也对鲁惠说知，俱各惊异。忙令吴成去唤刘二，月仙亦传谕家人季信要唤那赵婆。次日，季信回复："赵婆已死。"吴成却寻得刘二来。鲁翔、鲁惠细细问之，果然那昌家公子，就是鲁家人公子重活转来的。

看官听说：一个未满月的孩子，出痘死了，如何又会活？即使活了，那刘二怎不来鲁衙报喜讨赏，却把去卖与人？原来其中有个缘故。凡痘花都要避风，偏有一种名"紫金痘"者，倒要透风。若透了些风，便浆满气足，不药而愈，若只藏他在暖房，风缝不透，反弄坏了。这种奇痘出的也少，就有出的，医人也不识。昔有神医叫做周广，能识此痘，可惜不曾明白传示后人，所以人多未晓。当日鲁意出的，正是此种痘，被医生误事，只顾教他避风，弄得昏晕了去。倒亏这一昏晕，人只道他已死，把蒲包包了，拿去义坛上，又不便埋，放在刘二屋后，那时的风却也透得爽利了。到晚间，刘二忽闻屋后孩子哭声，吓了一

跳,急呼老婆同去看,只见蒲包在那里动。解开看时,那孩子已活。大家都道奇怪。刘二叫老婆抱起,正待要去报知鲁衙,恰值他相识的赵媒婆走来,说知其故。赵婆说:"吾闻鲁家大夫人妒忌,此儿是小夫人所生,原是要他死不要他活的。今若抱去还他,不讨得好,反断送了孩子。不如瞒着鲁家,待我替你另寻个好人家抚养去,倒赚得几贯钱。"刘二依言,把孩子付老婆乳哺,一面将空蒲包埋了,瞒过吴成。隔了月余,孩子痘花平复,越长得清秀了。赵婆晓得昌衙夫人无子,遂把此子仍用绣裙裹去,只说是刘二养的,卖与昌家,得钱十五贯,自取了五贯,把十贯与了刘二。后来赵婆已死,刘二也移居城外。不想今日被吴成寻着,扯来见主人质问此事。刘二料瞒不过,只得把前后事情,备细说出。举家欢诧。鲁翔倒又把五贯钱,赏了刘二去。随即取了这两半幅裙,同着鲁惠,往见昌期,备言前事。昌期惊叹道:"死而复生,离而又合,千古奇事。不意多见于君家父子兄弟之间,真可庆幸。"遂入内与夫人说知,呼似儿出堂拜见。

却说这似儿年虽幼稚,性极颖悟,向来不知自己是螟蛉子。近因昌期生了个幼儿,家人们私语道:"此才是真公子,不是假公子了。"这句话落在似儿耳中,不觉惊疑,想道:"我既是假公子,我的真父母何在。"又想:"姐夫鲁惠千里奔丧,却遇生父。不知我亦有父母重逢之日否?"正疑想间,忽闻昌期叫他出去拜见亲爹,又闻说姐夫的父亲就是他的父亲,大惊大喜,忙奔出堂,望着鲁翔便拜。鲁翔抱他起来,坐于膝上,仔细一看,果然与大儿子鲁惠面庞相像。鲁惠向在昌衙时,曾见过似儿,无心中不道他与己同貌,今日细看,方知酷肖。父子兄弟,意外重逢,好不欢喜。昌期设宴庆贺。宴罢,便叫把轿来送似儿归去。鲁翔道:"久蒙抚育,不忍遽去。今暂领归拜母,仍当趋侍左右。"昌期笑道:"令郎久离膝下,今日正当珠还合浦,岂可复使郑六生儿盛九当乎!"鲁翔听说也笑起来,遂命似儿拜谢了恩父恩母,领归家中。楚娘见了,又喜又悲,一时哭笑都有。石氏也抚摩欢喜。月仙道:"二娘,你看他兄弟二人,可不是一般面貌么?我昔年曾题一词,末云:'疑是一爹娘,偶然拆雁行。'不想竟猜着了。"众人听说,尽皆称异。正是:

> 奇情种种,怪事咄咄。家中非父,不难将李代桃;包内无儿,幻在以虚作实。偶然道着拆雁词,猜得如神;忽地相遭半凤裙,凑来恰一。嫂子就是姐姐,亲外加亲;姊丈竟是哥哥,戚上添戚。幼弟莫非小叔,月仙向本生疑;舅爷与我同胞,鲁惠今才省得。再来转世未为奇,暗里回生料不出。

当日大排喜筵,合家称贺。自此似儿仍名鲁意,原常到昌家来往。

至明年,鲁昌二家,各携家眷赴任。鲁翔做了三年官,即上表乞休,悠游林下,训课幼子。鲁惠以狄公荐,累迁至龙图阁待制,母妻俱膺封诰。鲁意勤学孝弟,有阿兄之风,年十六即成进士,联姻贵室,后来功名显达。楚娘亦受荣封。昌期官至经略,以军功子孙世袭指挥使,与鲁家世为姻好。

这段话,亲能见子之荣,子能侍亲之老,孝子之情大慰。《诗经·南陔》之篇,乃孝子思养父母而作。其文偶阙,后来束皙虽有补亡之诗,然但补其文,未能补其情。今请以此补之,故名之曰"补陔阙"。

卷二　反芦花

幻作合前妻为后妻　巧相逢断母是亲母

诗曰：

> 当时二八到君家，尺素无成愧橐，今日对君无别语，莫教儿女衣芦花。

此诗乃前朝嘉定县一个妇人临终嘱夫之作。末句"衣芦花"，用闵子骞故事。其夫感其词意痛切，终身不续娶。

这等说起来，难道天下继母都是不好的？平心而论，人子事继母有事继母的苦；那做继母的亦有做继母的苦。亲生儿子，任你打骂也不记怀。不是亲生的，慈爱处便不记，打骂便记了。管他，既要淘气；不管他，丈夫又道继母不着急，左难右难。及至父子之间，偶有一言不合，动不动道听了继母。又有前儿年长，继母未来时，先娶过媳妇，父死之后，或继母无子，或有子尚幼，倒要在他夫妻手里过活。此岂非做继母的苦处。所以，尽孝于亲生母不难，尽孝于继母为难。试看二十四孝中，事继母者居其半。然虽如此，前人种树后人收，前妻吃尽苦辛，养得个好儿子，倒与后人受用。自己不能生受他一日之孝，深可痛惜！

如今待在下说一人，娶第三个浑家，却遇了第一个妻子；他孩儿事第二个继母，重逢了第一个亲娘。

这件奇事出在唐肃宗时。楚中房州地方，有个官人姓辛名用智，曾为汴州长史。夫

人孟氏,无子,只生一女,小字端娘,丰姿秀丽,性格温和,女工之外,更通诗赋。父母钟爱,替她择一快婿,是同乡人,复姓长孙,名陈,字子虞,风流倜傥,博学多才。早岁游庠,至十七岁,辛公把女儿嫁去,琴瑟极其和调,真好似梁鸿配了孟光、相如得了文君一般,说不尽许多恩爱。有词为证:

> 连理枝栖两凤凰,同心带绾二鸳鸯。花间唱和莺儿匹,梁上徘徊燕子双。
>
> 郎爱女,女怜郎,朝朝暮暮共徜徉。天长地久应无变,海誓山盟永不忘。

毕姻二年后,生下一子,乳名胜哥,相貌清奇,聪慧异常。夫妻二人甚喜。

只是长孙陈才高命蹇,连试礼闱不第。到二十七岁,以选贡除授兴元郡武安县儒学教谕,带了妻儿并家人辈同赴任所。在任一年,值本县知县升去了,新官未到,上司委他权署县印。不相时运不济,才署印三月,恰遇反贼史思明作乱,兵犯晋阳。朝廷命河北节度使李光弼讨之。史思明抵挡不住,战败而奔。李节度从后追击,贼兵且战且走,随路焚劫,看看逼近武安县。一日几次飞马报到,长孙陈正商议守城,争奈本县的守将尚存诚十分怯懦,一闻寇警,先弃城逃去,标下兵丁俱奔散。长孙陈欲点民夫守城时,那些百姓已都惊慌,哪里还肯上城守御。一时争先开城而走,连衙役也都走了。长孙陈禁约不住,眼见空城难守,想道:"我做教谕,原非守城之官。今署县印,便有地方干系,若失了城,难免罪责。"又想:"贼兵战败而来,怕后面官兵追赶,所过州县,必不敢久住。我且同家眷,暂向城外山僻处避几日,等贼兵去了,再来料理未迟!"遂改换衣妆,将县印系于臂上,备下快马一匹,轻车一辆,自己乘马,叫辛氏与胜哥坐了车子,把行李及随身干粮都放车子上,唤两个家童推车。其余婢仆,尽皆步行。出得城门,看那些逃难百姓扶老携幼地奔窜,真个可怜。但见:

> 乱慌慌风声鹤唳,闹嚷嚷鼠窜狼奔。前逢堕珥,何遑回首来看;后见遗簪,哪个有心去拾。任你王孙公子,用不着缓步徐行;恁她小姐夫人,怕不得鞋弓袜小。香闺冶女,平日见生人,吓得倒退,到如今挨挨挤挤入人丛;富室娇儿,常时行短路,也要扛抬,至此日哭哭啼啼连路跌。觅人的参参妈妈随路号呼,问路的伯伯叔叔逢人乱叫。夫妻本是同林鸟,今番各自逃生;娘儿岂有两般心,此际不能相顾。真个宁为太平犬,果然莫作乱离人。

行不数里，忽闻背后金鼓乱鸣，回望城中，火光烛天。众逃难的发喊道："贼来了！"霎时间，狂奔乱走。一阵拥挤，把长孙陈的家人们都冲散。两个推车的，也不知去向。只剩下长孙陈与辛氏、胜哥三人。长孙陈忙下马，将车中行李及干粮移放马上，要辛氏抱着胜哥骑马，自己步行相随。辛氏道："我妇人家怎能骑马？还是你抱了孩儿骑马，我自步行罢！"长孙陈道："这怎使得！"三回五次催辛氏上马，辛氏只是不肯。长孙陈只得一手挽着妻子，一手牵马而行。不及数十步，辛氏早走不动了。长孙陈着急道："你若不上马快走，必为贼兵追及矣！"辛氏哭道："事势至此，你不要顾我罢！你只抱了胜哥，自上马逃去，休为我一人所误！"胜哥大哭道："母亲怎说这话！"长孙陈也哭道："我怎割舍得你，我三人死也死在一处！"一面说，一面又行了几步。走到一个井亭之下，辛氏立住了，哭对丈夫道："你只为放我不下，不肯上马。我今死在你前，以绝你念。你只保护了这七岁的孩子逃得性命，我死瞑目矣！"言讫，望着井中便跳。说时迟，那时快，长孙陈忙去扯时，辛氏早已跳下井中去了。正是：

马上但求全弱息，井中拼得葬芳魂。

慌得胜哥乱哭乱叫，也要跳下井去。长孙陈双手抱住了孩儿，去望那井中，虽不甚深，却急切没做道理救她，眼见不能活了，放声大哭。

正哭时，后面喊杀之声渐近。只得一头哭，一头先抱胜哥坐在马上。自己随后也上了马，又将腰带系住胜哥，拴在自己腰里扎缚牢固，把马连加数鞭，望着山僻小路跑去。听后面喊声已渐远，惊魂稍定。走至红日沉西，来到一个败落山神庙前。长孙陈解开腰带，同胜哥下马，走入看时，先有几个人躲在内，见长孙陈牵马而来，惊问何人。长孙陈只说是一般避难的，解下马上行李，叫胜哥看守着，自己牵马去吃了草，回来系住马，就神座傍与胜哥和衣而卧。胜哥痛念母亲，哭泣不止。长孙陈心如刀割，一夜未曾合眼，天明起身寻些水净了脸，吃了些干粮，再喂了马，打叠行李，正待去探听贼兵消息，只见庙外有数人奔来，招呼庙里躲难的道："如今好了，贼兵被李节度大兵追赶，昨夜已尽去。城中平定，我们回去罢！"众人听说，一哄都去了。

长孙陈想道："贼兵退去，果不出吾所料！"遂与胜哥上马，仍回旧路，行过山口，将上官塘，胜哥要下马解手。长孙陈抱了他下来，系马等他，却望见前面路旁有榜文张挂，众人拥着看。长孙陈也上前观看，只见上写道：

23

钦命河北节度使李，为晓谕事，照得本镇奉命讨贼，连胜贼兵。贼已望风奔窜，其所过州县，该地方官正当尽心守御。乃武安县署印知县长孙陈及守将尚存诚，弃城而逃，以至百姓流离，城池失守，殊可痛恨。今尚存诚已经擒至军前斩首示众，长孙陈不知去向，俟追缉正法。目下县中缺官失印，本镇已札委能员，权理县事，安堵如故。凡尔百姓逃亡在外者，可速归复业，毋得观望，特示。

长孙陈看罢大惊，回身便走。胜哥解手方完，迎问道："什么榜文？"长孙陈不及回言，忙抱着胜哥，依旧上马拴缚好了，加鞭纵辔，仍望山僻小路乱跑。穿林过岭，走得人困马乏，臂上系的印，也不知失落何处了。奔至一溪边，才解带下马，牵马去饮水，自己与胜哥也饮了几口。胜哥细问惊走之故，长孙陈方把适间所见榜文述与他听了。胜哥道："城池失守，不干爹爹事。爹爹何不到李节度军前，把守将先逃之事禀告他。"长孙陈道："李节度军法最严。我若去，必然被执。"胜哥道："既如此，今将何往？"长孙陈道："我前见邸报，你外祖辛公新升阆州刺史。此时想已赴任，我待往投奔他。一来把你母亲的凶信报知，二来就求他替我设法挽回。若挽回不得，变易姓名，另图个出身！"说罢，复与胜哥上马而行。正是：

井中死者不复生，马上生人又惧罪。

慌慌急急一鞭风，重重叠叠千行泪。

行了一程，已出武安县界，来至西乡县地方。时已抵暮，正苦没宿处，遥望林子里有灯光射出。策马上前看时，却是一所庄院，庄门已闭。长孙陈与胜哥下马，轻轻叩门。见一老妪，携灯启户，出问是谁？长孙陈道："失路之人，求借一宿，幸勿见拒！"老妪道："我们没男人在家，不便留宿。"长孙陈指着胜哥道："念我父子俱在难中，望乞方便！"老妪道："这等说，待我去禀复老安人则个。"言毕，回身入内。少顷，出来说道："老安人闻说你是落难的，又带个儿子在此，甚是怜悯，叫我请你进去，面问备细，可留便留。"长孙陈遂牵着马，与胜哥步入庄门，见里面草堂上点起灯火，庭前两株大树。长孙陈系马树下，与胜哥同上草堂，早见屏后走出个中年妇人来。老妪道："老安人来了！"长孙陈连忙施礼，叫胜哥也作了揖。老安人道："客官何处人，因何到此？"长孙陈扯谎道："小可姓孙，是房州人。因许下云台山三元大帝香愿，同荆妻与小儿去进香。不想路遇贼兵，荆妻投井而死，仆从奔散，只逃得愚父子性命。"老安人道："如此却可伤了。敢问客官何业？"长孙陈道："小可

是读书人。因累举不第，正要乘进香之便，往阆州投奔个亲戚。谁料运蹇，又遭此难！"老安人道："原来是位秀士，失敬了！"便叫老妪看晚饭。长孙陈谢道："借宿已不当，怎好又相扰？"因问："贵庄高姓？老安人有令郎否？"老安人道："先夫姓甘，已去世五载。老身季氏，不幸无儿，只生一女。家中只有一老苍头、一老妪并一小厮。今苍头往城中纳粮未回，更没男人在家，故不敢轻留外客。通因老妪说客官是难中人，又带个令郎在此，所以不忍峻拒。"正说间，小厮捧出酒肴，排列桌上。老安人叫声客官请便，自进去了。长孙陈此时又饥又渴，斟酒便饮。胜哥却只坐在旁边吞声饮泣。长孙陈拍着他的背道："我儿，你休苦坏了身子，还勉强吃些东西！"胜哥只是掩泪低头，杯箸也不动。长孙陈不觉心酸，连自己晚饭也吃不下了，便起身把被褥安放在堂侧榻上，讨些汤水净了手脚，又讨些草料喂了马，携着胜哥同睡。胜哥哪里睡得着，一夜眼泪不干。长孙陈只因连日困乏，沉沉睡去。次早醒来，看胜哥时，浑身发热，只叫心疼。正是：

孝子思亲肠百结，哀哉一夜席难贴。

古人啮指尚心疼，何况中途见惨烈。

长孙陈见儿子患病，不能行动，惊慌无措。甘母闻知，叫老妪出来说道："客官，令郎有病，且宽心住此，将息好了去，不必着忙。"长孙陈感激称谢。又坐在榻前，抚摩着胜哥，带哭地说道："你母亲只为要留你这点骨血，故自拼一命。我心如割，你今若有些长短，连我也不能活了！"口中说着，眼中泪如雨下，却早感动了里面一个人。

你道是谁？就是甘母的女儿。此女小字秀娥，年方二八，甚有姿色，亦颇知书。因算命的说他，婚姻在远不在近，当为贵人之妻；故凡村中富户来求婚，甘母都不允，立意要她嫁个读书人。秀娥亦雅重文墨，昨夜听说借宿的是个秀士，偶从屏后偷觑，却也是天缘合凑，一见了长孙陈相貌轩昂，又闻他新断弦，心里竟有几分看中了他。今早又来窃窥，正听得他对胜哥说的话，因想他伉俪之情如此真笃，料非薄幸者，便一发有意了。只不好对母亲说，乃私白老妪，微露其意。老妪即以此意告知主母，又撺掇道："这正合着算命的言语了。那客官是远来的，又是秀士，必然发达。小姐有心要嫁他，真是天缘前定。"甘母本是极爱秀娥，百依百顺的，听了这话，便道："难得她中意，我只恐她不肯为人继室；她若肯时，依她便了。但我只一女，必须入赘，不知那人可肯入赘在此。"

正待使老妪去问他，恰好老苍头从县中纳粮回来，见了长孙陈，便问："此位何人？"老

呕对他说知备细。苍头对长孙陈道："昨李节度有宪牌行到各州县，揎查奸细。过往客商，要路引查验。客官若有路引，方好相留，如无路引，不但人家住不得，连客店也去不得！"长孙陈道："我出门时，只道路上太平，不曾讨得路引，怎么处？"苍头道："宪牌上原说在路客商，若未取原藉路引者，许赴所在官司禀明查给。客官可就在敝县讨了路引罢。"长孙陈道："说得是！"口虽答应，心愈忧疑。正是：

　　　　欲求续命线，先少护身符。

当晚胜哥病势稍宽，长孙陈私语他道："我正望你病好了，速速登程，哪知又要起路引来，教我何处去讨？"胜哥道："爹爹何不捏个鬼名，到县中去讨。"长孙陈道："这里西乡与我那武安县接壤，县中耳目众多，倘识破我是失机的官员，不是要处！"父子窃窃私语，不防老苍头在壁后听得了，次早入内，说与甘母知道。甘母吃了一惊，看着女儿道："那人来历如此，怎生发付他？"秀娥沉吟半晌道："他若有了路引，或去或住，都不妨了。只是他要在我县中讨路引却难，我们要讨个路引与他倒不难。"甘母道："如何不难？"秀娥道："堂兄甘泉现做本县押衙，知县最信任他，他又极肯听母亲言语的。今只在他身上要讨个路引，有何难处！"甘母道："我倒忘了，便叫苍头速往县中请侄儿甘泉来！"一面亲自到堂前，对长孙陈说道："官人休要相瞒，我昨夜听得你自说是失机官员。你果是何人？实对我说，我倒有个商量。"长孙陈惊愕了一回，料瞒不过，只得细诉实情。甘母将适间和女儿商量的话说了，长孙陈感激不尽。

　　至午后，甘泉骑马同苍头到庄。下马登堂，未及与长孙陈相见，甘母即请甘泉入内，把上项话细说一遍，并述欲招他为婿之意。甘泉一一应诺，随即出见长孙陈，叙礼而坐。说道："尊官的来踪去迹，适间家叔母已对卑人说知。若要路引，是极易的事。但家叔母还有句说话。"长孙陈道："有何见教？"甘泉便把甘母欲将女儿秀娥结为婚姻之意，从容言及。长孙陈道："极承错爱，但念亡妻惨死，不忍再娶！"甘泉道："尊官年方壮盛，岂有不续弦之理？家叔母无嗣，欲赘一佳婿，以娱晚景。若不弃嫌，可入赘在此。纵是令郎有恙，不能行路，阆州之行且待令郎病愈，再作商议何知？"长孙陈暗想："我本不忍续弦，奈我的踪迹已被他们知觉，那甘泉又是个衙门员役，若不从他，恐反弄出事来！"又想："我在难中，蒙甘母相留，不嫌我负罪之人，反欲结为姻眷，此恩亦不可忘！"又想："欲讨路引，须央浼甘泉。必从其所请，他方肯替我出力！"踌躇再四，乃对甘泉道："承雅意惓惓，何敢过

辞！但入赘之说未便，一者亡妻惨死，未及收殓，待小可到了阆州，遣人来收殓了亡妻骸骨，然后续弦，心中始安；二者负罪在身，急欲往见家岳，商议脱罪复官之计，若入赘在此，恐误前程大事。今既蒙不弃，只留小儿在此养病，等小可阆州见过岳父，然后来纳聘成婚罢！"甘泉听说，即以此言入告甘母。甘母应允，只要先以一物为聘。长孙陈身边并无他物，只有头上一只金簪，拔下来权为聘礼。甘泉以小银香盒一枚回敬。正是：

已于绝处逢生路，又向凶中缔新姻。

婚议既定，长孙陈急欲讨路引。甘泉道："这不难，妹丈可写一个禀揭来，待我持去代禀县尊，即日可得。"长孙陈便写下一个禀揭，只说要往云台山进香的，捏个姓名叫做孙无咎，取前程无咎之意。甘泉把禀揭袖了，作别而去。却说胜哥卧在榻上，听得父亲已与甘家结婚，十分伤感。到晚间，重复心疼，发热起来。长孙陈好生忧闷，欲待把自己不得不结婚的苦情诉他，又恐被人听得，不敢细说。至次日，甘泉果然讨得路引来了。长孙陈虽然有了路引，却见胜哥的病体沉重，放心不下，只得倒住着替他延医服药。又过了好几日，方渐渐痊可。长孙陈才放宽了心，打点起身。甘母治酒饯行，又送了些路费。长孙陈请甘母出来，下了四拜，说道："小儿在此，望岳母看顾！"甘母道："如今是一家骨肉了，不劳叮嘱。"长孙陈又吩咐胜哥道："你安心在此调养病体，切莫忧煎。我一至阆州，即遣人来接你。"胜哥牵衣啼哭，长孙陈挥泪出门，上马而去。甘泉也来送了一程，作别自回。长孙陈虽缔新姻，心中只痛念亡妻，于路口占《忆秦娥》词一首云：

风波里，舍车徒步身无主。身无主，拼将艳质，轻埋井底。留卿不住看卿死，临终犹记伤心语。伤心语，嘱予珍重，把儿看觑。

长孙陈在路晓行夜宿，但遇客店，看了路引并无阻滞。一日，正在一个客店里买饭吃，只见有个公差打扮的人，也入来买饭。店主人问他是哪里来的，那人向胸前取出一个官封来，说道："我是阆州刺史衙门，差往李节度军前投递公文的。"长孙陈听了，暗喜道："莫非我丈人知我失机，要替我挽回，故下书与李节度么？"便问那人道："阆州辛老爷，有何事要投文与李节度？"那人道："如今辛老爷不在阆州了。这公文不是辛老爷的，也不知为着什么事？"长孙陈惊问道："辛老爷哪里去了？"那人道："辛老爷才到任，却因朝中有人荐

他，钦召入京去了。如今是本州佐贰官掌印哩！"长孙陈听说，惊呆了半晌。想道："这却怎处？"岳父已入京，我去阆州做什？逃罪之人，又不敢往京中去，况与路引上不对。欲仍回甘家，又没有阆州打回的路引。"此时真个进退两难。正是：

　　羝羊不退又不遂，触在藩篱怎得休！

　　当晚只得且在客店中歇宿，伏枕寻思，无计可施。正睡不着，只听得隔壁呻吟之声，一夜不绝。次早起来，问店主人道："隔房歇的是何人？"店主人道："是一位赴任官员。因路遇贼兵，家人及接官衙役都被杀，只逃得他一人，借我店里住下，指望要到附近州县去讨了夫马，起送赴任。哪知又生起病来，睡倒在此。"长孙陈听说也是个被难官员，正与自己差不多的人，不觉恻然，便叫店主人引到他房里去看。只见那人仰卧在床，见长孙陈入来，睁睛一看，叫道："阿呀！你是子虞兄，缘何到此？"长孙陈倒吃一惊，定眼细看，果然是认得的，只因他病得形容消瘦，故一见时认不出，那人却认得长孙陈仔细。你道那人是谁？原来是长孙陈一个同乡的好友，姓孙，名去疾，字善存，年纪小长孙陈三岁，才名不相上下。近因四川节度使严武闻其才，荐之于朝，授夔州司户，领凭赴任。他本家贫未娶，别无眷属携带，只有几个家童并接官衙役相随。不想中途遇贼，尽被杀死。他幸逃脱，又复患病羁留客店。当下见了长孙陈，问道："闻兄在武安县……。"长孙陈不等他说完，忙摇手道："禁声！"孙去疾便住了口。长孙陈遣开了店主人，方把自己的事告诉他。孙去疾也自诉其事，因说道："如今小弟有一计在此。"长孙陈问何计？孙去疾道："兄既没处投奔，弟又抱病难行。今文凭现在，兄可顶了贱名，竟往夔州赴任。严节度但闻弟名，未经识面，接官衙役又都被杀。料无人知觉！"长孙陈道："多蒙厚意，但此乃兄的功名，小弟如何占得！况尊恙自当痊可。兄虽欲为朋友地，何以自为地！"孙去疾道："贱恙沉重，此间不是养病处。倘若死了，客店岂停棺之所。不若弟倒顶了孙无咎的鬼名，只说是孙去疾之弟。兄去上任，以轻车载弟同往。弟若不幸而死，乞兄殡殓，随地安葬。如幸不死，同兄到私衙慢慢调理，岂不两便！"长孙陈想了一想道："如此说，弟权且代庖。候尊恙全愈，禀明严公，那时小弟仍顶孙无咎名字，让兄即真便了。"计议已定，恐主人识破，即雇一车，将孙去疾载至前面馆驿中住下。然后取了文凭，往地方官处讨了夫马，另备安车，载了去疾，竟望夔州进发。正是：

　　去疾忽然有疾，善存几不能存。

无咎又恐获咎,假孙竟冒真孙。

不一日,到了夔州,坐了衙门。孙去疾幸不死,即于私衙中,另治一室安歇,延医调治。时严公正驻节夔州,长孙陈写着孙去疾名字的揭帖,到彼参见。严公留宴,因欲试其才,即席命题赋诗,长孙陈援笔立就。严公深加叹赏,只道孙去疾名不虚传,哪知是假冒的。以后又发几件疑难公事来审理,长孙陈断决如流,严武愈加敬重。长孙陈涖任半月,即分头遣人往两处去:一往武安城外井亭中,捞取辛氏夫人骸骨殡殓,择地权厝,另期安葬;一往西乡城外甘家,迎接公子胜哥,并将礼物书信寄与甘泉,就请甘母同着秀娥至任所成婚。一面于私衙中,设立辛氏夫人灵座。长孙陈公事之暇,除却与孙去疾闲话,便对着那灵座流涕。一夕独自饮了几杯闷酒,看了灵座,不觉痛上心来,又吟《忆秦娥》词一首云:

黄昏后,悲来欲解全凭酒。全凭酒,只愁酒醒,悲情还又。

新弦将续难忘旧,此情未识卿知否?卿知否,唯求来世,天长地久。

吟罢,取笔写出,并前日路上所吟的,也一齐写了,常取来讽咏嗟叹。正是:

痛从定后还思痛,欢欲来时不敢欢。

此日偏能忆旧偶,只因尚未续新弦。

这几日,甘家母女及胜哥都接到。甘母、秀娥且住在城外公馆中,先令苍头、老妪送胜哥进衙。长孙陈见胜哥病体已愈,十分欢喜,对他说了自己顶名做官之故。领他去见了孙去疾,呼为老叔,又叫他拜母亲灵座。胜哥一见灵座,哭倒在地。长孙陈扶他去睡了。次日,衙中结彩悬花,迎娶新夫人。胜哥见这光景,愈加悲啼。长孙陈恐新夫人来见了不便,乃引他到孙去疾那边歇了。少顷,秀娥迎到,甘母也坐轿进衙。长孙陈与秀娥结了亲,拜了甘母,又到辛氏灵座前拜了,然后迎入洞房。长孙陈于花烛下觑那秀娥,果然美貌。此夜恩爱,自不必说。有一曲《黄莺儿》,单道那续娶少妇的乐处:

幼妇续鸾胶,论年庚儿女曹,柔枝嫩蕊怜她少。憨憨语娇,痴痴笑调,把夫怀当作娘怀倒。小苗条,抱来膝上,不死也魂销。

当夜,胜哥未曾拜见甘氏,次日又推病卧了一日。至第三日,方来拜见,含泪拜了两拜,到第三拜,竟忍不住哭声。拜毕,奔到灵座前放声大哭。他想自己母亲惨死未久,尸骸尚未殓,为父的就娶了个新人,心中如何不痛? 长孙陈也觉伤心,流泪不止。甘氏却不欢喜,想道:"这孩儿无礼。莫说你父亲曾在我家避难,就是你自己病体,也亏在我家将息好的。如何今日这般做张智,全不看我继母在眼里!"口虽不言,心下好生不悦。自此之后,胜哥的饥寒饱暖,甘氏也不耐烦去问他,倒不比前日在他家养病时的亲热了。胜哥亦只推有病,晨昏定省,也甚稀疏。又过几日,差往武安的人回来,禀说井中并无骸骨。长孙陈道:"如何没有? 莫非你们打捞不到。"差人道:"连井底下泥也翻将起来,并没什骸骨!"长孙陈委决不下。胜哥闻知,哭道:"此必差去的人不肯用心打捞,须待孩儿自去!"长孙陈道:"你孩子家病体初愈,如何去得? 差去的人,量不敢欺我。正不知你娘的骸骨哪里去了?"胜哥听说,又到灵座前去痛哭,一头哭,一头说道:"命好的直恁好,命苦的直恁苦! 我娘不但眼前的荣华不能受用,只一口棺木,一所荒坟,也消受不起!"说罢又哭。长孙陈再三劝他。甘氏只不开口,暗想:"他说命好的直恁好,明明妒忌着我。你娘自死了,须不是我连累的,没了骸骨,又不是我不要你去寻,如何却怪起我来!"转展寻思,愈加不乐。正是:

> 开口招尤,转喉触讳。
>
> 继母有心,前儿获罪。

说话的,我且问你:那辛氏的骸骨,既不在井中,毕竟哪里去了? 看官听说:那辛氏原不曾死,何处讨她骸骨? 她那日投井之后,贼众怕官兵追杀,一时都去尽。随后便是新任阆州刺史辛用智领家眷赴任,紧随着李节度大兵而来,见武安县遭此变乱,不知女儿、女婿安否。正想要探问,恰好行至井亭下,随行众人要取水吃,忽见井中有人,好像还未死的,又好像个妇人。辛公夫妇只道是逃难民妇投井,即令救起。众人便设法救起来。辛公夫妇见了,认得是女儿端娘,大惊大哭。夫人摸她心头还热,口中有气,急叫随行的仆妇养娘们,替她脱下湿衣,换了干衣,扶在车子上。救了半晌,辛氏渐渐苏醒。辛公夫妇询知其故,思量要差人去找寻女婿及外甥,又恐一时没处寻,迟误了自己赴任的限期,只得载了女儿同往任所。及到任后,即蒙钦召,星夜领家眷赴京,一面着人到武安打探。却因"长孙陈"三字,与"尚存诚"三字声音相类,那差去的人粗莽,听得人说"尚存诚失机被杀",误认作长孙陈被杀,竟把这凶信回报。辛氏闻知,哭得发昏,及问胜哥,又不知下落,

一发痛心。自想当日拚身舍命，只为要救丈夫与儿子，谁知如今一个死别，一个生离，岂不可痛！因作《蝶恋花》一词，以志悲思云：

> 独坐孤房泪如雨，追忆当年，拚自沉井底。只道妾亡君脱矣，哪知妾在君反死。君既死兮儿没主，飘泊天涯，更有谁看取！痛妾苟延何所济，不如仍赴泉台去。

辛氏几度要自尽，亏得父母劝住。于是，为丈夫服丧守节，又终日求神问卜，讨那胜哥的消息。真个望儿望得眼穿，哭夫哭得泪干，哪知长孙陈却与甘氏夫人在襄州受用。正是：

> 各天生死各难料，两地悲难两不同！

不说辛氏了随父在京，且说长孙陈因不见了辛氏骸骨，心里惨伤，又作《忆秦娥》词一首，云：

> 心悲悒，香消玉碎无踪迹。无踪迹，欲留青冢，遗骸难觅。
> 风尘不复留仙骨，莫非化作云飞去。云飞去，天涯一望，泪珠空滴。

长孙陈将此词并前日所题两词，并写在一纸，把来粘在辛氏灵座前壁上。甘氏走来见了，指着第一首道："她叮咛你将儿看觑。你的儿子，原得你自去看觑他。我是继母，不会看觑他的！"又指着第二首道："你只愿与前妻'天长地久'，娶我这一番，却不是多的了！"看到第三首，说道："你儿子只道无人用心打捞骸骨，你何不自往天涯去寻觅！"说罢，变色归房。慌得长孙陈忙把词笺揭落了，随往房中看时，见甘氏独坐流泪。长孙陈陪着笑脸道："夫人为何烦恼？"甘氏道："你只想着前夫人，怪道胜哥只把亲娘当娘，全不把我当娘。"长孙陈道："胜哥有什触犯你，不妨对我说。"甘氏道："说他怎的！"长孙陈再问时，甘氏只是低头不语。长孙陈急得没做道理处。原来长孙陈与甘氏的恩爱，比前日与辛氏的恩爱，又添了一个"怕"字。世上怕老婆的，有几样怕法：有"势怕"，有"理怕"，有"情怕"。"势怕"有三：一是畏妻之贵，仰其阀阅；二是畏妻之富，资其财贿；三是畏妻之悍，避其打骂。"理怕"亦有三：一是敬妻之贤，景其淑范；二是服妻之才，钦其文采；三是量妻之苦，念其

食贫。"情怕"亦有三：一是爱妻之美，情愿奉其色笑；二是怜妻之少，自愧屈其青春；三是惜妻之娇，不忍见其频颠。今甘氏难中相识，又美少而娇，大约"理怕"居半，"情怕"居多。有一曲《桂枝香》说那怕娇妻的道：

爱她娇面，怕她颜变。为什俛首无言，慌得我意忙心乱，看春山顿锁。

春山顿锁，是谁触犯？忙陪欢脸，向娘前，直待你笑语还如故，才教我心儿

放得宽。

这叫做因爱生怕。只为爱妻之至，所以妻若蹙额，他也皱眉；妻若忘餐，他也废食。好似虞舜待弟的一般，像忧亦忧，像喜亦喜。又好似武王事父的一般，文王一饭亦一饭，文王再饭亦再饭。

闲话少说，只说正文。当下长孙陈偎伴了甘氏半晌，却来私语胜哥道："你虽痛念母亲，今后却莫对着继母啼哭。晨昏定省，不要稀疏了！"胜哥不敢违父命，勉强趋承。甘氏也只落落相待。一个面红颈赤，强支吾地温存，一个懒语迟言，不耐烦地答应。长孙陈见他母子二人终不亲热，亦无法处之。胜哥日常间倒在孙去疾卧室居多。此时孙去疾的病已全愈。长孙陈不忍久占其功名，欲向严武禀明其故，料严公爱他，必不见罪。乃具申文，只说自己系孙去疾之兄孙无咎，向因去疾途中抱病，故权冒名供职，今弟病已痊，理合避位。向日朦胧之罪，仗乞宽宥。严公见了申文，甚是惊讶，即召孙去疾相见，试其才学，正与长孙陈一般。严公大喜道："二人正当兼收并用。"遂令将司户之印，交还孙去疾，其孙无咎委署本州司马印。一面奏请实授。于是，孙去疾自为司户，长孙陈携着家眷，迁往司马署中，独留胜哥在司户衙内，托与去疾抚养教训，免得在继母跟前，取其厌恶。此虽爱子之心，也是惧内之意。只因碍着枕边，只得权割膝下，正合着《琵琶记》上两句曲儿道："你爹行见得好偏，只一子不留在身边。"甘氏离却胜歌之后，说也有，笑也有，不似前番时常变脸了。

光阴迅速，不觉五年。甘氏生下一女一子：女名珍姑，子名相郎，十分欢喜。哪知乐极悲生，甘母忽患急病，三日暴亡。甘氏哭泣擗踊，哀痛之极，要长孙陈在衙署治丧。长孙陈道："衙署治丧，必须我答拜。我官职在身，缌麻之丧，不便易服。今可停柩于寺院中，一面写书去请你堂兄甘泉来，立他为嗣，方可设幕受吊。"甘氏依言，将灵柩移去寺中。长孙陈修书遣使，送与甘泉，请他速来主持丧事。甘泉得了书信，禀过知县，讨了给假，星夜前来奔丧。正是：

此虽敦族谊,亦是趋势利。

贵人来相召,如何敢不去。

甘泉既到,长孙陈令其披麻执杖,就寺中治丧。夔州官府并各乡绅,看司马面上,都来致吊。严公亦遣官来吊,孙去疾也引着胜哥来拜奠。热闹了六七日,极为光荣。却不知甘氏心上还有不足意处:因柩在寺中,治丧时自己不便到幕中哭拜;直至甘泉扶柩起行之日,方用肩舆抬至灵前奠别,又不能够亲自还乡送葬。为此每日哀痛,染成一病,恹恹不起。慌得长孙陈忙请医看视,都道伤感七情,难以救治。看看服药无效,一命悬丝。常言道:"人之将死,其言也善。"甘氏病卧在床,反复自思:"吾向嗔怪胜哥哭母,谁想今日轮到自身。吾母亲抱病而亡,有尸有棺,开丧受吊,我尚痛心;何况他母死于非命,尸棺都没有,如何教他不要哀痛!"又想:"吾母无子,赖有侄儿替他服丧。我若死了,不是胜哥替我披麻执拂,更有何人? 可见生女不若生男,幼男又不若长男。我这幼女幼子,干得什事?"便含泪对长孙陈道:"我当初错怪了胜哥,如今我想他,可速唤来见我。"长孙陈听说,便道:"胜哥一向常来问安,我恐你厌见他,故不使进见。你今想他,唤他来便是。"说罢,忙着人到孙去疾处将胜哥唤到。胜哥至床前见了甘氏,吃惊道:"不想母亲一病至此!"甘氏执着胜哥的手,双眼流泪道:"你是个天性纯孝的,我向来所见不明,错怪了你。我今命在旦夕,汝父正在壮年,我死之后,他少不得又要续娶。我这幼子幼女,全赖你做长兄的看顾。你只念当初在我家避难时的恩情,切莫记我后来的不是罢!"说毕,泪如泉涌。胜哥也流泪道:"母亲休如此说。正望母亲病愈,看顾孩儿。倘有不讳,这幼妹幼弟,与孩儿一父所生,何分尔我! 纵没有当初避难的一段恩情,孩儿在父亲面上推爱,岂有二心!"甘氏道;"我说你是仁孝的好人。若得如此,我死瞑目矣!"又对长孙陈道:"你若再续娶后妻,切莫轻信其语,撇下了这三个儿女!"长孙陈哭道:"我今誓愿终身不续娶了!"甘氏含泪道:"这话只恐未必!"言讫,瞑目不语,少顷即奄然而逝。正是:

自古红颜多薄命,琉璃易破彩云妆。

长孙陈放声大哭,胜哥也大哭。免不得买棺成殓,商议治丧。长孙陈叫再买一口棺木进来,胜哥惊问何故,长孙陈道:"汝母无尸可殓,今设立虚柩,将衣冠殓了,一同治丧,吾心始安。"胜哥道:"爹爹所见极是。"便于内堂停下两柩,一虚一实。幕前挂起两个铭

旐，上首的写："元配辛孺人之柩"，下首的写："继配甘孺人之柩。"择日治丧，比前甘母治丧时，倍加热闹。但丧牌上还是孙无咎的出名。原来唐时律令：凡文官失机后，必有军功，方可赎罪。长孙陈虽蒙严武奏请，已实授夔州司马之职，然不过簿书效劳，未有军功，故不便改正原名。恰好事有凑巧，夔州有山寇窃发，严公遣将征剿，司马是掌兵的官，理合同往。长孙陈即督同将校前去。那些山寇，不过乌合之众，长孙陈画下计策，设伏击之，杀的杀，降的降，不几日，奏凯而还。严公嘉其功，将欲表奏朝廷。长孙陈那时方说出自己真名姓，把前后事情一一诉明，求严武代为上奏。严公即具疏奏闻。奉旨：孙无咎既即系长孙陈，准复原姓名，仍论功升授工部员外。正是：

昔年复姓只存一，今日双名仍唤单。

长孙陈既受恩命，便一面遣人将两柩先载回乡安厝；一面辞谢严公，拜别孙去疾，携着三个儿女并仆从等进京赴任。此时辛用智正在京师为左右拾遗之职，当严公上表奏功时，已知女婿未死，对夫人和女儿说了，俱各大喜。但不知他可曾续娶，又不知胜哥安否？遂先使人前去，暗暗打听消息。不一日，家人探得备细，一一回报了。夫人对辛公道："偏怪他无情。待他来见你，且莫说女儿未死，只须如此如此，看他如何？"辛公笑而诺之。过了几日，长孙陈到京，谢恩上任后，即同着胜哥往辛家来。于路先叮嘱胜哥道："你在外祖父母面前，把继母中间这段话，隐瞒些个。"胜哥应诺。既至辛家，辛公夫妇出见。长孙陈哭拜于地，诉说妻子死难之事。胜哥亦哭拜于地。辛公夫妇见胜哥已长成至十二三岁，又悲又喜。夫人扶起胜哥，辛公也扶起长孙陈说道："死生有命，不必过伤！且请坐了。"长孙陈坐定，辛公便问道："贤婿可曾续弦？"长孙陈道："小婿命蹇，续弦之后，又复断弦。"辛公道："贤婿续弦，在亡女死后几年？"长孙陈局蹐道："就是那年。"夫人便道："如何续得恁快！"长孙陈正待诉告甘家联姻的缘故，只见辛公道："续弦也罢了。但续而又断，自当更续。老夫有个侄女，年貌与亡女仿佛，今与贤婿续此一段姻亲何如？"长孙陈道："多蒙岳父厚爱，只是小婿已誓不再续矣！"夫人道："这却为何？"长孙陈道："先继室临终时，念及幼子幼女，其言哀惨，所以不忍再续。"辛公道："贤婿差矣！若如此说，我女儿惨死，你一发不该便续弦了。难道亡女投井时，独不曾念及幼子么？贤婿不忍负继夫人，何独忍负亡女乎？吾今以侄女续配贤婿，亦在亡女面上推情，正欲使贤婿不忘亡女耳！"长孙陈满面通红，无言可答，只得说道："且容商议。"辛公道："愚意已定，不必商议！"长孙陈不敢再言，即起身告别。辛公道："贤婿新莅莅任，公事烦冗，未敢久留。胜哥且住在此，尚有话说。"

长孙陈便留下胜哥,作别自回。辛公夫妇携胜哥入内,置酒款之,问起继母之事,胜哥只略谈一二。辛公夫妇且不教母子相见,也不说明其母未死,只说道:"吾侄女即汝母姨,今嫁汝父,就如你亲母一般。你可回去对汝父说,叫他明日纳聘,后日黄道吉日,便可成婚。须要自来亲迎。"说毕,即令一个家人同一个养娘,送胜哥回去。就着那养娘做个媒妁。胜哥回见父亲,备述辛公之语。养娘又致主人之意。长孙陈无可奈何,只得依他纳了聘。至第三日,打点迎娶。先于两位亡妻灵座前祭奠,胜哥引着那幼妹幼弟同拜。长孙陈见了,不觉大哭。胜哥也哭了一场,那两个小的,不知痛苦,只顾呆着看。长孙陈愈觉惨伤,对胜哥道:"将来的继母,即汝母姨,待妆自然不薄。只怕苦了这两个小的!"胜哥哭道:"甘继母临终之言,何等惨切。这幼妹幼弟,孩儿自然用心调护。只是爹爹也须立主张。"长孙陈点头滴泪。

黄昏以后,准备鼓乐香车,亲自乘马到门奠雁。等了一个更次,方迎得新人上轿。正是:

丈人这般耍,女婿赛吃打。

只道亲上亲,谁知假中假。

新人进门拜了堂,掌礼的引去拜两个灵座,新人立住不肯拜。长孙陈正错愕间,只听得新人在兜头的红罗里,大声说起话来道:"众人退后,我乃长孙陈前妻辛氏端娘的灵魂,今夜附着新人之体来到此间,要和他说话。"众人大惊,都退走出外。长孙陈也吃一惊,倒退数步。胜哥在旁听了,大哭起来,忙上前扯住,要揭起红罗来看。辛氏推住道:"我怕阳气相逼,且莫揭起!"长孙陈定了一回,说道:"就是鬼,也说不得也!"上前扯住哭道:"贤妻,你灵魂向在何处?骸骨如何不见?"辛氏挥手道:"且休哭,你既哀痛我,为何骨肉未冷,便续新弦?"长孙陈道:"本不忍续的,只因在甘家避难,蒙她厚意惓惓,故勉强应承。"辛氏道:"你为何听后妻之言,逐胜儿出去!"长孙陈道:"此非逐他,正是爱他。因为失欢于继母,恐无人调护,故寄养在孙叔叔处。"辛氏道:"后妻病故,你即治丧。我遭惨死,竟不治丧。直待等着后妻死了,趁她的便,一同设幕,是何道理?"长孙陈道:"你初亡时,我尚顶孙叔叔的名字,故不便治丧。后来孙无咎虽系假名,却没有这个人,故可权时治丧。"辛氏道:"甘家岳母死了,你替她治丧。我父母现在京中,你为何一向并不遣人来通候!"长孙陈道:"因不曾出姓复名,故不便遣人通候。"辛氏道:"这都罢了!但我今来要和你同赴泉台,你肯随我去么?"长孙陈道:"你为我而死,今随你去,固所甘心,有何不肯!"胜哥听说,

忙跪下告道："望母亲留下爹爹，待孩儿随母亲去罢！"辛氏见胜哥如此说，不觉坠泪，又见丈夫肯随她去，看来原不是薄情的。因说道："我实对你说，我原非鬼，我即端娘之妹也。奉伯父之命，叫我如此试你！"长孙陈听罢，才定了心神。却又想新嫁到的女儿，怎便如此做作，听她言语，宛是前妻的声音。莫非这句话，还是鬼魂在那里哄我。正在疑想，只见辛氏又道："伯父吩咐教你撤开甘氏灵座，待我只拜姐姐端娘的灵座！"长孙陈没奈何。只得把甘氏灵座移在一边。辛氏又道："将甘氏神主焚化了，方可成亲！"长孙陈道："这个说不去！"胜哥也道："这怎使得？"辛氏却三回五次催逼要焚。长孙陈此时一来还有几分疑她是鬼，二来

便做道新人的主见，却又碍着她是辛公侄女，不敢十分违拗。只得含着泪，把甘氏神主携在手中，方待焚化。辛氏叫住道："这便见得你的薄情了。你当初在甘家避难，多受甘氏之恩，如何今日听了后妻，便要把她的神主焚弃？你还供养着。你只把辛氏的神主焚了罢！"长孙陈与胜哥听说，都惊道："这却为何？"辛氏自己把兜头的红罗揭落，笑道："我如今已在此了，又立我的神主则什？"长孙陈与胜哥见了，俱大惊。一齐上前扯住，问道："毕竟是人是鬼？"辛氏那时把前日井中被救的事说明。长孙陈与胜哥如梦初觉。夫妻母子，抱头大哭。正是：

　　　　本疑凤去秦台杳，可意珠还合浦来。

三人哭罢，方酌酒相庆。

　　胜哥引着幼妹幼弟拜见了母亲，又对母亲述甘氏临终之语，望乞看视这两个小的。辛氏道："这个不消过虑。当初我是前母，甘氏是继母，如今她又是前母，我又是继母了。我不愿后母虐我之子，我又何忍虐前母之儿！"长孙陈闻言，起身称谢道："难得夫人如此贤德。甘氏有灵，亦铭刻于泉下矣！"因取出那三首《忆秦娥》词来与辛氏看，以见当日思

念她的实情。辛氏把那《蝶恋花》一词与丈夫看。自此夫妻恩爱,比前更笃。

至明年,孙去疾亦升任京职,来到京师,与长孙陈相会。原来去疾做官之后,已娶了夫人,至京未几,生一女。恰好辛氏亦生一子,即与联姻。辛氏把珍姑、相郎与自己所生二子一样看待,并不分彼此。长孙陈的欢喜感激不可言尽,正是:

> 稽首顿首敬意,诚欢诚怍恩情。
>
> 无任瞻天仰圣,不胜激切屏营。

看官听说,第四个儿子,却与第一个儿子是同胞,中间反间着两个继母的儿女,此乃从来未有之事。后来甘泉有个侄女,配了胜哥。那珍姑与相郎,又皆与辛家联姻。辛、甘两家,永为秦晋,和好无间。若天下前妻晚娶之间,尽如这段话文,闵子骞之衣可以不用,嘉定妇之诗可以不作矣。故名之曰《反芦花》。

卷三　培连理

断冥狱推添耳书生　代贺章登换眼秀士

诗曰：

野草青青土一丘，千年埋骨不埋羞。

殷勤寄语人间妇，自古糟糠合到头。

此诗是方正学先生过朱买臣妻之墓而作，劝世间妇人休嫌丈夫贫贱。且莫说贫贱的有时富贵，纵使终身不富贵，也该到头相守。倘必希图他年富贵，勉强守着目前贫贱，就不是个有意思的妇人了。朱买臣之妻若是个意思的，丈夫要去求官，还该阻他，不要他去。你道汉武帝时的官，可是容易做的？买臣只为贪着功名，后来坐张汤事，惧罪自杀。皆缘妻子嫌他贫贱，激他走这条路，岂非为妻子所误！假如妻子肯到头守着糟糠，丈夫也便到头守着贫贱，何至贪求富贵，以至刑戮。所以方正学诗中，并不较量富贵不富贵，更不提起会稽太守马前泼水之事，只说"糟糠合到头"。然天下妇人，不嫌丈夫贫贱的还有，不嫌丈夫废疾的却难。富贵危险，或不知贫贱安稳。若说废疾人，倒胜过五官具足的，这却谁个肯信？

如今待在下说一奇女子，不但不嫌丈夫贫贱，并不嫌丈夫废疾。才女爱才子，就如才子爱才子一般；夫妻相爱，竟像朋友相识。后来神明灵应，把废疾忽变好了。

此事出在明朝洪武年间，南直扬州府有个秀才，姓莫名豪，字千英，丰姿秀美，文才敏

捷，赋性豪爽。不幸父母双亡，家道萧索，胸中虽有才，手中却乏钞。人情只重有"贝"字的才，不重没"贝"字的才。所以年近二十，未谐姻眷。只结交得一个好朋友，那人姓闻名聪，字作谋，学识渊博，议论雄快，与莫豪是至交。时常相叙，攀今吊古，谈起来便是竟日。闻聪常说：人不当以成败论英雄，设使少康若败，便是有穷的多士多方；武庚若成，便是有商的一成一旅。可笑世人识见浅薄，见伯夷指武王为暴，便道奇怪，不敢真个认他为暴；见武王指洛民为顽，便都说是顽了。又常言短丧之制，不是汉文帝始，是汉景帝始。文帝素性谦恭，当其践位，有让三让再之文；劝其立储，有重我不德之诏，故临终亦自谦德薄，遗命短丧。文帝虽如此谦恭，在景帝自当尽礼。若云父命宜从，则辞践位，即不该践位；辞建储，即不该建储，连景帝也不必立了。奈何独从其短丧之命，这不是短丧自景帝起的。又常论断王导为奸臣，温峤为逆子。嵇绍虽忠，未能全孝，不如有向北坐的王裒；王祥虽孝，有缺于忠，不如必在汶上的闵子。如此妙论，不一而足。莫豪深加叹服。但那闻聪有一件酷好的事，是仙家修炼之术。妻室也不肯娶，常闭户独坐，做那养真运气的工夫。原来做这工夫，须要有传授，若得法便好，若不得法，反要弄出病来。闻聪无师之学，未从其法，竟把一双耳朵弄聋了。却又有一件奇事，时常梦到阴司，替冥官断狱，梦中听讼，耳却不聋，及至醒来，依然聋了。闻聪自笑道："昔有仆夫夜梦为王，日间虽劳，梦中却乐。吾今虽聋，又何病焉！"人有不信他的，都道他是鬼话，又见他耳聋，是个残疾人，不甚敬重他。只有莫豪始终钦服，常对他说道："《史记·屈原传》云：王听之不聪。楚怀王何当耳聋，只为心里不聪，便与耳聋一般。据我看来，世人皆聋，唯兄不聋耳。"因即题诗一首云：

> 岂惟耳目有聋盲，心不聪明病与均。
> 人世即今多耳目，能闻能见几何人。

莫豪正与闻聪说得着，不想闻聪自恨修炼不得法，欲出外遍求仙方，遂别了莫豪，往临安天目山访道去了。

莫豪自闻聪别后，甚觉寂寞，虽还有几个朋友，都不甚相契。其间有一人，姓黎名竹，号淇卿，因他头有鬎疮，光秃无发，人便顺口叫他"鬎黎"，又叫他"鬎竹"，又叫他"黎和尚"。那人本是个包揽词讼的秀才。莫豪原与他意气不合，他却偏要强来亲近，每年呈词手谒，及与人争辩的书札，便把来与莫豪看。莫豪见他文字不济，忍不住替他改削了几

次。外人见了莫豪改削过的，都交口称赞。黎竹大喜，后来便竟求莫豪代作，也略把些润笔之资相送。又知莫豪好饮，常置酒相款。因此，莫豪亦不复拒之。一日，黎竹与莫豪对酌，因说道："吾兄善于诙谐，嬉笑怒骂，皆成文章。小弟昨日受了一个驼背人的气，求兄做一首驼背的诗去嘲他。"莫豪乘着酒兴，随口念道：

哀哉驼背翁，行步甚龙钟。

遇客先施行，无人亦打躬。

有心寻地孔，何面见苍穹。

仰卧头难着，俯眠腹又空。

虾身窘且缩，鼋背耸还丰。

雨不沾怀内，臀常晒日中。

娶妻须叠肚，搂妾怎偎胸。

桦石差堪拟，断环略可同。

小桥称雅号，新月笑尊容。

赴水如垂钓，悬梁似挂弓。

生来偏局促，死去也谦恭。

黎竹听罢，不觉大笑，便取笔写出，袖着去了。一日，又来对莫豪说道："前日嘲驼背的诗甚妙，今日还要做首嘲齆鼻与瘤鼻的诗。兄可肯做么？"莫豪笑道："就做何妨！"便又带笑念出两首诗来。其嘲齆鼻的诗道：

齆鼻是前缘，夜来开口眠。

读书声不出，讲话语难传。

闻香全不觉，遇臭竟安然。

一事差堪用，教他看粪船。

其嘲瘤鼻的诗道：

世间瘤鼻最蹊跷，形得眼高嘴又高。

　　将去面光浑不碍,打来巴掌任横超。

　　踏平鬼脸羞堪拟,跌區尿瓶略可描。

　　面孔分明如屁股,中间反嵌一条槽。

莫豪念毕,笑得黎竹眼睛没缝,又牢牢地记着。莫豪笑道:"兄只顾要嘲人,全不想自己亦有可嘲之处。吾闻外人嘲兄为'黎和尚'。如今待小弟替兄解嘲何如?"说罢,便取笔写出几段笑话,乃是《和尚笑鬎鬁》与《鬎鬁答和尚》的谑语。《和尚笑鬎鬁》云:

　　两头一样光,甘苦不相当。

　　我光是披剃,你光因鬎疮。

　　一样两光头,我净你却垢。

　　走到人前去,嫌你腥臊臭。

　　和尚解风流,能将信女勾。

　　妇人喜和尚,不喜鬎鬁头。

《鬎鬁答和尚》云:

　　只言和尚斩六根,发去哪知根尚存。

　　头尚破除惟我净,光光不剩一丝痕。

　　天风吹落满头芳,谁道轮老我洁郎。

　　一顶梅花浑似雪,鬎鬁头上放毫光。

　　人见秃驴吐涎去,只因和尚不吉利。

　　时来晓夜要搔疮,唯有鬎鬁最利市。

　　偷香手段秃驴高,我辈风情也不饶。

　　谁道妇人不喜鬎,世间唯有鬎鬁骚。

　　莫豪写毕,抚掌大笑。黎竹看了,也禁不住笑,心里虽怪他尖酸,却因常要求他文字,只得忍耐,欲待也做几句嘲他,又做不出什么。

　　过了几日,莫豪因饮多了新酒,染患目疾,闷坐在家。黎竹叩门而来,相见问候毕,袖

中取出一纸,说道:"弟闻尊目有恙,特觅一妙方在此。"莫豪接来张眼看时,上写道:

　　木贼草去两头,何首乌用其尾,败龟板取其中。

莫豪见了,变色说道:"兄怎生这等骂我!"黎竹道:"如何是骂兄?"莫豪道:"'木贼草'去了两头是'贼'字,'何首乌'只用其尾是'乌'字,'败龟板'只取中间的'龟'字。骂我'贼乌龟',是何道理?"黎竹道:"木贼草、何首乌,都是眼科中妙药,龟板也是滋阴的,正对兄目疾,休猜差了。"

　　莫豪道:"兄莫乱道,这方绝不是你写的。必是哪个教你写的,你实对我说。"黎竹被逼问不过,只得说道:"其实是一个家表弟教我写的。"

　　莫豪道:"令表弟好没道理,他姓什名谁?"黎竹道:"他是家姑娘之子,姓晁。"莫豪道:"向来不闻兄有这个表弟?"黎竹道:"因他年纪尚幼,故一向不曾说起。"

　　莫豪道:"他与我素不相识,何故便如此恶谑!"黎竹笑道:"他闻小弟被兄嘲笑,故代为奉答耳!"莫豪道:"小子太弄聪明,待我也答他几句。"便叫黎竹代写,自己信口念道:

　　"木"除"草"去用中央,"贼"善医人贼亦良。
　　"何首"取梢"龟"取腹,乌龟肚里有奇方。

黎竹代写罢,笑道:"他把个哑谜儿嘲兄,如今反被兄嘲了。"莫豪道:"这只算答他,我今也把个哑谜儿嘲他几句,看他如何答我?"便又念出四句道:

　　上有两山横对,下有半朵桃花。
　　或作缩头龟子,鼋鼍不甚争差。

念毕,又教黎竹写了,"一并拿去与你那表弟看。"黎竹道:"这是什么哑谜?"莫豪道:"兄莫管,只问令表弟可猜得出!"黎竹含笑而去。次日,又来说道:"兄昨日的哑谜,家表弟一猜便着,道是嘲他姓的'晁'字,他细细解与我听说:"'两山横对',是上面'曰'字;'半朵桃花',是下面'兆'字;'龟子'、'鼋鼍'者,因古体'晁'字,是'曰'字下加'龟'字,其形与'鼋'、'鼍'等字相类耳!"莫豪笑道:"亏他猜,却也聪明。"黎竹袖出一纸道:"他今

也把尊姓的'莫'字,答嘲几句在此,也教我写来与兄看哩!待我念来你听。"说罢,便看着纸上念道:

> 似"美"不是美,如"英"不是英。
>
> 纵使胸中有"子曰",可怜徒作"草"间"人"。

莫豪听罢,倒欢喜起来,说道:"令表弟才思敏给,是一个极聪明的人。"黎竹笑道:"他恁般嘲你,你倒喜他。"莫豪道:"兄不晓得,赞得不通,赞亦没趣,嘲得好时,嘲亦快意。你有这等一个聪明表弟,如何不同他来与我一会?"黎竹道:"家姑娘早寡,只生此子。因他年幼,爱之如处女,只教他闭户读书,不要他接见朋友!"莫豪道:"他今几岁了?"黎竹道:"才十六岁。"莫豪道:"十六岁也不为年幼了,如何不要他见客? 既是他不肯来,待小弟目疾稍愈,先去拜他。"黎竹道:"家姑娘性极板执,吾兄就去,也未必肯放表弟出来接见,反要怪小弟牵引多事。不如且消停几时,等他成人后,相交未迟。"莫豪沉吟道:"也罢,令表弟既不可即见,待小弟把他嘲我的言语,再破几句,看他可能更答否?"黎竹道:"这个使得,待我再替兄写去与他看。"莫豪便又念道:

> 似"美"正是美,如"英"正是英。
>
> "人"虽伏"草"下,其人是"大人"。

黎竹写来袖着,作别去了。停了几日,又到那晁家来。

看官,你道那晁家表弟是谁? 原来不是黎竹的表弟,乃是黎竹的表妹。黎竹姑夫晁育华,只生此女,小字七襄,姿容仿佛天仙,聪明胜过男子。身边有个侍儿,名唤春山,年纪比七襄小两岁,也生得娉娉伶俐,颇知文墨。七襄与她如姊妹一般相爱。不幸晁育华早逝。母亲黎氏,孀居无倚,欲招赘一个女婿在家,却急切难得个快婿,常托黎竹替他留心选择。这黎竹若是个有意思的,便该想佳人必须配才子,才如莫豪,正堪与七襄作配,况又是你的相知,这段美姻缘,便急急该替他玉成了。争奈黎竹是势利小人,他与本城一个富家子弟古淡月相好。那古淡月断弦未续,欲求七襄为继室。黎竹有心要做这头媒,怎肯把表妹作成穷朋友。所以,在莫豪面前,只说是表弟,并不说是表妹。正是:

佳人与才子,理合联姻契。

表兄不玉成,诈称妹作弟。

黎竹对莫豪便不说实话,及到晁家,却又常把莫豪做的文字与七襄看。七襄深服其才,又知他尚未联姻,甚有相慕之意。因闻其善谑,故也替黎竹写个药方儿去嘲他。却被莫豪答嘲过来,七襄见了,口中虽埋怨黎竹不该说出"晁"字,被他轻薄,心里却愈爱莫豪的聪明,因也把"莫"字来嘲几句,看他怎生回答。及见了莫豪的答语,一发欢喜。黎竹道:"他还要你再答,你不可弱与他。"七襄道:"答之何难!"随又将"莫"字再做几句道:

有言可陈谟,无金不成镆。

摹拟手空挥,摸索才终落。

若应募卒力不堪,欲作幕宾巾折角。

七襄这几句,正道破了莫豪的心事。第一句赞他的才,第二句怜他的贫,第三、第四句叹他沦落不偶,第五句说他不肯弃文就武,第六句说他不屑为门馆先生。此非相嘲,实是相惜。黎竹却不解其中深意,只道是相骂的言语,正要七襄骂断了莫豪,绝了他求见之意,便写将去与莫豪看。此时莫豪目疾已渐愈,一见此语,喜得手舞足蹈;不但爱其巧思,又感其知己,便再三央求黎竹,要他引见。黎竹左支右吾,只不把实话对他说,及问晁家住在哪里,又不肯说出。莫豪乃私问黎家的小童,方才得知了晁家的住处,竟写个眷教弟帖儿自往拜访。到得晁家门首,恰值晁母扫墓回来,正在门前下轿,后面随着个老妪。莫豪等晁母下了轿,进内去了,方走上一步,把帖儿传与那老妪,说道:"我莫相公,特来拜望你家大官人。"老妪道:"相公莫非差了,我家只有个小姐,并没有官人的。这帖儿不敢领。"莫豪心疑,因问道:"宅上可是姓晁?"老妪道:"正是晁家。"莫豪道:"有个黎相公,可是宅上令亲?"老妪道:"他是我家老安人的内侄,时常往来的。"莫豪道:"可又来,黎相公说宅上有个十六岁的官人在家。"老妪道:"只我家小姐便是十六岁,哪里还有什么官人?相公听错了!"莫豪闻言,才晓得黎竹一向哄他,所云表弟竟是表妹。因又婉言问道:"不敢动问宅上小姐,可是知书识字的么?"老妪笑道:"我家小姐的才学,只怕比那黎相公倒胜几倍哩!"

莫豪听罢,十分惊喜,想道:"这等说起来,前日那些巧思妙语,都是这小姐的了。天

下有恁般聪慧女郎,我向认她是男子,欲与之为友,今既知是女子,决当与之为配。这媒人就要老黎做便了。"遂急急奔到黎家,要求黎竹做媒。正是:

> 前此只思歌《伐木》,从今方欲咏《天桃》。

黎竹被莫豪央恳不过,只得假意应承;及见晁母,却并不提起莫豪,反替古淡月议婚。晁母嫌那古淡月是纨绔之子,又是续娶,恐女儿不中意,不肯轻许。黎竹怏怏而归,莫豪来讨回音时,只推姑娘不允。莫豪料黎竹不肯玉成此事,只得另寻别人作伐。访得晁家有个亲戚,姓涂名度,是小姐的表叔,莫豪特地央他去说亲。谁知这人就是前日黎竹要嘲他的驼背翁,人都叫他做驼涂度。他晓得前日嘲他的诗句是莫豪所作,正怪其轻薄,哪里肯替他去说。莫豪没奈何。又寻两个常在晁家走动的媒婆,托他撮合。那两个媒婆,一个叫作疮鼻谢娘娘,一个叫作齄鼻俞妈妈,恰好也是莫豪嘲过她的。黎竹闻知莫豪要央她,便先去打了破句。两个也都不肯去说了。正是:

> 仙郎无计寻乌鹊,织女何由渡碧河。

莫豪无媒可央,好生忧闷;又闻古淡月家也在那里求亲,恐被他先聘定了去,日往晁家门首探看。一日,也是机缘偶凑,恰好又遇见了那个老妪,莫豪便上前深深地唱了两个肥喏,备述求婚之意。老妪见他来意诚恳,许他代禀主母。莫豪欢喜,再三叮咛称谢而去。老妪即入内对晁母说知,晁母前日在门前下轿时,已曾见过莫豪的相貌,又晓得女儿常赞他的文字,因便使春山去探问七襄的意思。春山极言小姐平日爱慕莫豪之才,今日若与联姻,正中其意。晁母遂欣然依允,令老妪至莫家回复。竟择定纳聘吉日,然后传姑娘之命,教黎竹为媒。黎竹那时不得已,只得做个现成媒人。正是:

> 月老意中思淡月,冰人心上冷如冰。
> 非开撮合居间力,自是先通两下情。

莫豪纳过了聘,即选定了入赘佳期,打点要做新郎。谁想好事多磨,旧时目疾,忽然复发,比前更甚。两眼红肿,疼痛异常,连忙请医看视。那医人姓邓号起川,是专门眼科,

看了莫豪两目,说是外障,不但要服药,还须动手刮去眼中浮肉血筋,方才痊可。莫豪任他刮了几次,肿痛之势虽稍缓,只是两目越觉昏沉了。莫豪见邓起川手段不甚妙,又去请个有名的官医奚仰山来看。那奚仰山听说刮去眼中血肉,便道:"目得血而能视,如何反把血来损去,还亏请得我早,若再迟两日,不可救了!今宜速服补血之剂。"莫豪信以为然,连服了他几剂煎药,哪知两目倒添起翳来,心中好不焦躁。此时入赘之期已近,争奈目疾不痊。只得回复晁家,改订吉期。一面急欲另请良医调治,又怕服药无效,特请一个会用针的医家来问他。那人姓乐号居一,高谈阔论,自说针好了多少疑难症候:"今看尊目是内障,若把外障来医便差了。只须于两手两足各下一针,其目自愈。"说罢,做张做智的取出针来,先从两手针起。谁想一针才下,莫豪早昏晕了去。乐居一吃了一惊,忙取汤来灌醒,摇头道:"晕针的人,下针不得!"遂辞别而去。莫豪连请了几个医生,都不见效,十分着急。忽一日,黎竹荐一个会灸的和尚来。那和尚法名温风,自言灸法之妙,诸病可立愈。把莫豪背上手脚上都灸到了,末后又在两眼眶之侧灸了一火。这一灸不打紧,莫豪的两眼竟断送在他手里了。看官听说:大约"疾病"二字,"疾"字从"矢","矢"最急;"病"字从"丙","丙"属火。凡有疾病的,未有不火上升、心焦躁。医者须要平心和气,缓缓而来。不但病人性急不得,医生也性急不得。所以古来神医,或名和,或名缓,观其命名之意,便可知其医法之高。今莫豪急于求愈,医者又急欲奏效,那知火气攻入太阳,其目遂成不救。莫豪常戏言和尚不吉利,今被黎和尚荐一个温和尚来,把他两目弄坏,可怜一个聪明之士,变做残疾之人。正与那好朋友闻聪一聋一瞎,恰成一对。有一篇言语,单说那两的苦处:

> 一个静听不闻雷霆之声,一个熟视不见泰山之形。一个腹中虽具八音,耳边辨不出宫商角徵;一个肚里实兼五色,眼前哪晓得赤白黄青。一个以目为耳,有言必要写与他看;一个以耳为目,有字还须念与他听。一个声在西方,偏去向东侧耳;一个客临南首,却去对北恭身。一个当面骂他,也只是笑;一个挥拳试你,毫不知嗔。一个哑子对他张口,赞道这曲儿唱得甚妙;一个胡子骗他摸嘴,怪道那话儿生得恁横。一个现逢燕语莺歌,何缘领略;一个纵遇花容月貌,没福识荆。可怜害着聋和瞎,枉自夸他聪与明。

凡医道之中,唯目疾最难医,往往反为医所害。目有翳,便不能视。"医"字即用"医"字之头，"医"字下"酉"字又为两丁入目之象，故曰"眼不医不瞎"。

莫豪自灸坏之后，方悟求医之误。于是更不求医，只独坐静养，还指望两目养得转来，把毕姻之期改了又改。看看日复一日，瞳神渐散，竟不能够好了。自想"晁家只有一女，怎肯配我废疾之人。不如及早解了这头姻事，莫要误了人家女儿！"遂叹了两口气，落了两点泪，请原媒黎竹来，对他说情愿退婚，听凭晁家另择佳婿。黎竹闻言，正中下怀。原来古淡月此时还未续弦，黎竹巴不得莫豪退了婚，好再把这头亲事去说，便欣然步至晁家。晁母因闻莫豪坏了双目，正在烦恼，恰好黎竹到来，备述莫豪之言。晁母犹豫未决，走进房中，把这话告知女儿。只见七襄两颊通红，正色说道："共姜之节，死且不移，何况残疾。既已受聘，岂容变更。若母亲从其退婚之说，孩儿情愿终身不嫁！"晁母见女儿言词甚正，便出来细述与黎竹听。黎竹道："嫁丈夫不着，是一世之事。以表妹这等人物，却嫁个残疾人，岂不误了终身。今莫生自愿退婚，又不是姑娘逼他，正该趁水推船，另求佳配。表妹一时执性不从，日后懊悔，便无及矣！"因又说起古淡月仰慕求亲之意。晁母听罢，沉吟未答，只听得七襄在里面啼哭起来。晁母方欲起身去看，只见春山出来说道："小姐说婚姻大事，断难游移。若老安人别有他议，小姐有死而已！"晁母知其立志坚决，不忍违拗，遂回绝了黎竹，再命老妪到莫家，备言小姐守义，不肯退婚之意。莫豪的欣喜感激，自不必说。晁母择个吉期，招赘莫豪过门。成亲之夜，新娘不必搀扶，新郎倒要搀扶；姐便认得郎，郎却不认得姐。正是：

巧笑倩兮或可闻，美目盼兮不得见。
色声两字未能全，新郎受享只一半。

莫豪入赘后，七襄敬顺无违。只是晁母有些放心不下，暗想："招了个双瞽的女婿，功名已没望了，又不曾学得起课算命，做什么生理来养家？"口虽不言，心甚担忧。哪知莫豪文名久播于外，常有人来求他文字。莫豪口念，七襄代写，卖文为活，倒也不寂寞。七襄因劝丈夫道："自今以后，凡寿章诔词之类，赞颂人的文字便做；其一应骂人的文字，切莫做了。从前黎表兄央你代作之文，都是些赌口快的机锋、损阴德的翰墨。常言道：'陷水可脱，陷文不活。'文人笔端，辩士舌端，比武士兵端，更加厉害。即君青年丧目，安知非文字造孽所致！"因作绝句二首，念与莫豪听。

其一云：

中华传世藏书

中国孤本小说

八洞天

君有奇文天忌之,欲遮世眼使无知。

却因眼众遮难尽,还令君家眼自迷。

其二云:

莫言丧目罪无因,慧业文人孽报真。

只为君文刺人目,故将目疾答君身。

莫豪深服其言,自后黎竹再把辨揭檄文等项来求代作,便立意谢绝。

过了几时,本城有个乡绅,姓仲名路,号子由,以礼部侍郎致仕在家。父母八旬双寿,曾有人求莫豪代做一篇寿文去称贺。仲路见了,十分赞赏,知是莫豪之笔,正想要请来相见。忽奉圣旨召他还朝,他为二亲年老,欲上个告养亲的疏。但洪武皇帝不是寻常疏章可以骗得他准的。曾托几个相知朋友代为草创,都不甚好。因想起莫豪长于翰墨,特发个名帖,遣人以肩舆迎请到家,央他代草一疏。说道:"今天子性颇严厉,须善为我辞,委曲婉转,方不忤圣意。久仰足下妙才,必能代陈情由。"莫豪领命,遂撰成一疏,中有数联云:

虽国尔忘家,勤王者不遑将母;而忠须移孝,资父者乃能事君。仰思奉主之日正长,俯念侍亲之年无几。朝中广列诸臣,臣虽归而宣力尚多其侣;膝前只唯一子,子既出而终养更有何人?惭负天恩之未答,心恋阙廷;其如亲齿之已衰,悲深屺岵。时非急难,忍学绝裾之太真;梦切瞻依,乞悯望云之仁杰。得推王者孝治天下之思,益圣臣下媚兹一人之志。为亲图报,即酬罔极于靖共;代父感恩,敢忝所生于夙夜。

仲路看到这数联,拍掌赞道:"如此正合愚意。若一味乞休,以养亲为辞,便难求准。今妙在句句思亲却句句恋主。言孝更不离忠,为臣即在为子,李密《陈情表》拜下风矣!"当下便先馈润笔五十金,仍以肩舆送归。及疏上之后,果然别个告养亲的本都不准,只有仲路这本批准了。仲路大喜,又送酬仪二百两。自此以后,求文者愈多。又过半载,仲路父母相继而亡,凡奠章行状,皆莫豪所作,仲路又多送酬仪。莫豪家中用度,颇也有余,晁母甚

是喜欢。

此时春山年已十六，晁母要寻个好对头嫁他出去。春山不愿别嫁，愿常与七襄作伴。七襄因劝莫豪收为小星。莫豪道："我废疾之人，蒙贤妻不弃，一个佳人尚恐消受不起，何敢得陇望蜀！"七襄见他推辞，心生一计，私与春山说通，等莫豪醉卧，却教春山装作自己，伴他同宿。莫豪只道是七襄，乘醉交欢，颇觉艰涩，好似初婚姻之夜。到得天明，只听得七襄从房外走来，笑道："昨夜好事已成，今番须推辞不得了！"莫豪那时才晓得被妻子捉弄了去，跌足道："你折煞我也。我本薄福人，幸得佳丽，一之为甚，何可再乎！"七襄笑道："你本不认得我，安知我不是她！你又不认得她，安知她不是我！我与她情好无间，你今后何妨以她当我，以我当她。是我是她，只作一人，莫作两人可也。"莫生听说，也笑将起来。正是：

> 比翼不妨添一翼，三生真个见三星。

自此一夫一妻一妾，情好甚浓。哪知欢合无多，又生离别。忽有个浙江布政司上官德，是徽州人，与仲路是同年，特托他聘个书记。原来明初不设督抚，每省布政司，便是一省之主，公务最紧，做他书记的，须得个有才学之人。仲路受了上官德之托，想道："若要寻好书记，非莫生不可。"遂写书与上官德，力荐莫豪之才，说他目虽盲而心不盲，与左丘、卜氏不相上下。上官德见了书，即遣人赍书币到来，聘请莫豪往浙江杭州任所去。莫豪只得辞了丈母，别了妻妾，以轻舟至上官德任所。上官德与他谈论，见他口似悬河，滔滔不竭，遂深加敬重，凡一应文移告示，都与莫豪参酌。莫豪住过年余，将所得馆谷，遣人送归家中，就报与个平安信息，不在话下。那年正值杭州府遇了灾荒，上官德欲上疏求免本年钱粮，托莫豪做个疏稿。莫豪即构就一篇，其略云：

> 鸿基始开，或未便遽陈灾异；赋式初定，似不容辄议蠲除。然大军之后，必有凶年；永清之余，正须发粟。长沙痛哭，告之明主而何疑；监门绘图，献之盛朝则无罪。救荒既未有奇策，课税宜免其常征。若仅除久欠之银，恐官欠实非民欠；欲真行蠲恤之恶，念蠲旧不若蠲新。

此疏一上，即蒙圣旨批允，于是灾民无不被泽。上官德深赞莫豪词令之妙，能感动天听，

那时浙江按察司缺官，上官德兼理其事，因见刑狱繁多，要上个求宽刑狱的疏，也托莫豪代草。莫豪亦即草就，其略云：

死不复生，继不复续，重罪固宜矜念；笞或至毙，流或至亡，轻刑亦当轸恤。
金赎虽云宽典，贫者奈何？眚灾尽有非辜，吏人莫察。乞追纵囚四百灵狱之风，
愿垂刑措四十余年之治。

上官德看了，极其称赞。但此本奏上，未蒙俞允，圣旨批道："这本求宽刑狱，意亦可嘉。但大乱初定，奸宄尚多窜伏，立法宜严。创业与守旧不同。本内引用刑措等语，不合当今时势。不准行。"旨下之后，莫豪对上官德道："圣旨虽则如此，明公若能于刑狱之际，每事从宽，所全实多矣！"上官德从之。凡定罪案，多所矜宥。

莫豪在上官德署中住了二年，宾主之情甚笃。上官德欲请名医替他医治两目。莫豪自料其目已不可救，也不去求医了。忽一夜，睡梦中见一判官模样的神人，对他说道："我奉东狱帝君之命，特来换汝两目。"说罢，便手把莫豪两眼挖出，却并不觉疼痛。那种人于袖中另取出两双眼睛，安放在莫豪眼腔之内。莫豪梦中吃了一惊，醒将转来，忽觉得眼前一片光亮，定睛看时，只见帐外曙色照窗，室中诸物无不了然在目。喜出望外，慌忙披衣而起，引镜自照，见两目黑白分明，比当初未盲时的双眼，倒觉清爽些。便走出房来，见了上官德，告知其故。上官德也不胜之喜，说道："此事上天怜才，特赐足下以既盲之视。从今以后，功名可得也。"莫豪道："晚生久为废人，今幸得见天日，已出意外，岂敢更望功名？"上官德道："以足下之才，岂有终困牖下之理？"正说间，外堂传报老爷高升了。原来上官德奉旨升授刑部右侍郎，当下接了恩命，即将印务交与署印官员，择日起身进京。是时洪武皇帝建都南京，上官德带领家眷，望南京进发。莫豪欲辞别归家。上官德道："今年正当乡试之期，足下可同我到京，商议进场之事，不必归去。且到前面镇江口上，写封家信，差人到扬州报知宅上便了！"莫豪欢喜从命。上官德遂另拨座船一只，与莫豪乘坐，一齐赴京。正是：

向来望阙嗟无路，今始披云得见天。

话分两头，不说莫豪在杭州起身，且说晁家自莫豪出门后，只接得家信一次，以后更

无音信。又闻杭州饥荒，又讹传疫疠盛行，甚是放心不下。至第二年，忽有一人到来，说是浙江布政司差来报信的，道莫相公染患疫疠已死在杭州了，有代笔的遗书一封寄到。晁家吃此一惊不小，拆书观看，书中只叫妻子速速再醮。七襄与春山见了，几乎哭死。看官，你道这假信从何而来？原来是黎竹与古淡月商量下的计策。黎竹怪七襄执拗不肯改配，又怪莫豪毕姻之后，便不肯替他代笔，古淡月又深慕七襄美貌，故乘机设下此计，要哄七襄改嫁。当时，晁母正患病在床，闻了此信，病上添悲，服药无效，呜呼死了！七襄与春山十分哀痛，家中无主，古淡月又使人来议婚。七襄于新丧重孝之中，忽闻此言，好生悲愤。春山道："相公凶信未知确否？数百里之外，一纸代笔的遗嘱，何足深信？今当遣人往仲乡官处一问，必知实信，且可仗其力，禁绝强暴逼婚之事。"七襄点头道："说得是！"即使人往仲家探问。不想仲路服满起官，已带家眷赴京去了。七襄与春山商议道："相公未有子嗣，设或凶信果真，须是我亲自去扶柩回来。"春山道："小姐若去，妾愿相随。"两个计议已定，等晁母七终之后，即收拾行李，教老妪看守家中，另唤个养娘和一个老苍头随着，买舟竟往杭州。

　　在路行了几日，来至苏州吴江县地方，因舟子要泊船上岸，偶傍着一只大官船泊住。那官船上人嚷将起来，持篙乱打道："我们有官府内眷在船里，你们什么船，敢泊在此！"老苍头便立向船头上回答道："我们是扬州来的船，要往浙江上官老爷那里去的，也只有内眷在船里，望乞方便，容我们暂时泊泊罢！"官船上人听说，即收住了篙说道："我这里便是上官老爷的船了。"苍头睁眼看那官舱口封皮上，却写着刑部右堂，便道："不是，我们是要到上官布政老爷那里去的！"官船上人道："我家老爷正是布政新升刑部的。你们是谁家内眷，要来这里做什么？"苍头听罢，答道："我们是扬州莫相公的家眷，特来探问莫相公消息的。"说声未了，官舱里早传出夫人的旨意来，说道："既是莫相公的内眷，快请过船来相见！"原来这夫人就是上官德的奶奶熊氏，因上官德往岸上拜客去了，泊舟在此，听得船上人争闹，偶向官舱口纱窗内见看，望见小船里有两个戴孝的美貌妇人。后闻说是莫家内眷，正不知他为什涉远而来，因即叫请来相见。当下七襄和春山同过官船，与夫人叙礼毕。夫人问其来意，两个细述家中之事。那夫人却又是个会弄巧的，且不把实话对他说。因向日莫豪曾在官德面前说起家中妻妾之贤，上官德常常述与夫人听，所以夫人今日见了她两个，特地要试她的真心，造出一段假话来。说道："莫先生凶信是真，二位也不消自往浙中，待我家老爷着人去扶柩回来便了。"七襄、春山闻说莫豪真个死了，相对大哭。夫人再三劝住，因从容问道："二位青春正少，将来终身之计若何？"两个一齐答道："矢志守

节,有死无二!"夫人道:"二位所见差矣,当初莫先生在日,二位不以废疾而弃之,已见高谊。今既物故,何必复守此硁硁之节,自误终身大事乎!近日我家老爷又请得一位幕宾,才貌与莫先生仿佛,未曾婚娶,二位若肯学文君配相如的故事,老身愿为作伐。"七襄垂泪答道:"妇之从夫,如臣之事主。今若可负之于死,前亦可弃之于生!夫人此言,断难从命。"夫人再问春山时,亦如此说。正是:

　　　　松筠节操千秋烈,铁石心肠一样坚。

　　少顷,上官德回船。夫人走出前舱,附耳低言,说知其故。上官德点头称叹道:"难得她两个如此贞节,待我如今也去试莫生一试,须要如此如此。"说罢,便到莫豪船上去。原来莫豪的船,离着官船一箭之地停泊。上官德下得船来,莫豪接着闲谈了半晌。上官德一面叫舟子移舟到大船边去,一面对莫豪说道:"足下久客在外,旅邸孤单,今有两个新寡的美人,是足下同乡,闻君才貌,愿托终身。老夫特为执柯,未识尊意允否?"莫豪道:"多蒙厚爱,但念荆妻不弃残疾,小妾亦有同志。今不肖幸得两目复明,何忍遂负之!"说话间,舟已到大船边了。上官德用手指着中舱,对莫豪道:"足下见么?"莫豪抬头一看,果见有两个穿白的佳人,姿容绝世。上官德笑道:"这两位佳人,便是老夫欲为足下作伐的了。"莫豪正色道:"糟糠不下堂。虽则如云,匪我思存也。"上官德见他如此,深服其义,然后细把实情告之,说此二美人即足下的一妻一妾。莫豪听罢,倒疑惑起来。他只因向来双瞽,不曾认得妻妾面貌,如今只道上官德因他不肯,故把这话哄他,哪里肯信!正是:

　　　　咫尺天涯,隔若河汉。
　　　　只为佳人,未经识面。

　　那边夫人在官船中,也指着莫豪,对七襄与春山道:"这位郎君,就是我要替二位作伐的,你道好么?"春山抬头见了,吃了一惊,私对七襄道:"此人与相公面庞无二,只差这一双眼睛。"夫人道:"我原说与你相公才貌相同。这般好郎君,休要错过!"七襄变色道:"纵有子都之美,妾心已如槁木死灰,更难改易!"春山也道:"我二人立志不移,夫人幸勿复言。"七襄便起身告辞,仍要到自己船中去。夫人那时方信她两个真心,一把扯住七襄,笑道:"老身岂是肯劝人改节的。这位郎君实即尊夫也。"因把莫豪未死,梦遇神灵,开瞽复

明的事,对她说了。七襄哪里肯信,对春山道:"相公纵使未死,两目久已无救,岂有无端忽明之理。天下少甚面庞厮像的,多应是夫人哄我。"春山也如此猜度,两个都不肯信。正是:

> 彼此各相猜,不肯信为实。
>
> 大人弄虚头,凡戏真无益。

上官德走过官船,请夫人到前舱,大家述了两边言语。夫人道:"我们因欲试他,故先把假话哄他。他今倒把假话认作真话,真人认作假人,如何是好?"正踌躇间,只见家人传禀有个三只耳朵的道人,说是莫相公的旧友,特来求见。亏得这个人来替莫豪夫妇做了证盟。

你道那人是谁?原来就是闻聪。他自从入天目山访道之后,依旧时常梦断冥狱。忽一夜,梦一金甲神将,传东岳帝君之命,召他前去。他随着神将来至一座宝殿之下。朝拜毕,帝君传旨宣入殿中赐坐,说道:"闻卿善断冥狱。今特召卿来,有话要问。"闻聪道:"愿闻圣论。"帝君道:"人有三魂,罪孽重者,一魂入地狱受苦,两魂化作两人,在阳世受报。其罚不太重否?"闻聪道:"作孽受报,譬如偿债者心须加利。其罚不为重。"帝君道:"向有几宗疑案,至今未决。卿试为我决之。"闻聪问是哪几宗公案?帝君道:"汉伏后、董妃,为吕后后身,曹操为韩信后身,华歆为彭越后身,然则曹操、华歆之罪,可末减否?"闻聪道:"吕氏以母后杀功臣,诚为过矣!曹操、华歆以人臣杀后妃,罪莫大焉!此宜分别定案。韩信、彭越之功,另以福报报之;曹操、华歆之罪,岂容末减!"帝君道:"唐朝王皇后、萧淑妃,又为吕后后身,武则天为戚姬后身,然而武氏之罪,可末减否?"闻聪道:"嫡庶尊卑之分,不可不辨。吕氏以母后惨杀妃嫔,固为恶矣!武氏以妃嫔惨杀母后,逆莫大焉!亦当分别定案。戚姬贞洁无瑕,另以善报报之。武氏淫逆之罪,岂容末减!"帝君道:"宋徽钦二宗,为太宗后身,金兀术为德昭后身,粘没喝为光美后身,高宗为钱镠王后身,秦桧为赵普后身。钱镠王怨太宗收其土地,故不肯迎还二圣。赵普曾劝太宗自立其子,故以主持和议,不迎二圣为赎罪。然则高宗、秦桧之罪,可末减否?闻聪道:"以人君收降王之土地,不为大过;以子弟而不报父兄之仇,其罪大矣。宋太宗之恶,在背兄灭弟灭侄,而不在收钱氏土地。德昭、光美化为宋之敌国以报之则可,钱镠王化为宋之子弟以报之则不可。高宗之罪,岂容末减!至于秦桧,两世俱为奸臣,当永堕酆都地狱。"帝君道:"宋之帝昺为理宗后身,元伯颜为济王竑后身,其事何如?"闻聪道:"济王竑之死,其罪在史弥远而不在

理宗。"帝君道:"韩侂胄、史弥远皆为奸臣,其罪轻重若何?"闻聪道:"韩侂胄虽有逐赵汝愚、毁朱晦翁之罪,而有追贬秦桧、追封岳武穆一事可取。史弥远虽有杀韩侂胄之功,而其谋害济王竑之大罪,决不可恕。以权臣逐贤臣,其罪犹轻,以权臣擅废太子而又杀之,其罪至重。韩侂胄已受戮于生前,复剖棺于身后。史弥远幸保首领以没,虽前世曾为高僧,而其罪岂容末减?"帝君听罢,举手称赞道:"卿言俱极合理,当即上奏天庭,候旨定夺。"言毕,使人送闻聪下殿。闻聪猛然觉来,其言历历可记。

过了数日,忽又梦帝君相召,闻聪复应召而往。只见帝君下座相迎,礼数比前甚恭,揖闻聪就坐,对他说道:"前日卿所言,上帝已皆依议。深嘉卿断狱之明,特命复矣两聪,更赐神耳一只,以优异之。"说罢,只见一个判官用金盘托着一只耳朵,走到闻聪面前。先把他两耳只一拍,然后取盘中这只耳朵安放在他脑后。闻聪正起身拜谢,只见又有一个判官自外而来,捧着两卷文书,跪启帝君道:"南直扬州府城隍、浙江杭州府城隍,都有申文到此。"帝君接来拆看,说道:"原来为莫豪之事。"闻聪听说莫豪名字,遂问道:"莫豪乃臣之好友,未识他有何事?"帝君道:"莫豪长于笔舌,善于讥刺,有伤厚道,已经夺其两目,使为瞽人。近日悔过自新,多作造福文字,故两处城隍申文到此,求复其两目之光。今当取他的功过来查,如果功多于过,准与开复。"便教判官取他平日所作的文字来。少顷,只见判官取出一大束文字,放于地上,说道:"此是莫豪之过。"又指着手中一小卷文字,说道:"此是莫豪之功。"帝君命取平等秤来权其轻重。却又作怪,那一大束倒轻,那一小卷倒重。闻聪见了,心甚异之,因对帝君道:"这两项文字,乞赐一观。"帝君便叫判官送与闻聪看。闻聪接来看时,那一大束文字都是些讥弹笑骂之语,那一小卷文字,却是几个疏稿:一是代礼部侍郎仲路告养亲的疏,一是代浙江布政上官德求免钱粮的疏,都蒙圣旨批允的;一是代上官德求宽刑狱的疏,圣旨不准行的。闻聪问道:"只此三篇,何以少胜多。那不准行的疏,如何也算是功?"帝君道:"告养亲虽系一家之事,'百行孝为先',其功不小。至于蠲租恤刑,意在全活万民,不论准行与不准行,其功最大。莫豪有此大功,不但当复其明,并当荣其身、昌其后矣!"便吩咐判官道:"莫豪两目已坏,不可复救,今可另取二目换之。"判官领命而去,帝君对闻聪道:"莫豪所换两目,不过是凡目。卿所添一耳,乃是神耳,无论远近,但心中想着何人,想着何地,便闻此人之言、此地之事。嗣后好生保重,登仙箓不难也。"言毕,起身相送。闻聪醒来,果然两耳不聋了。至明日,脑后发起痒来,忽又生出一只耳朵,好生惊异,遂自称"三耳道人"。想起梦中所云莫豪一事,正不知他几时盲了双目,又几时替人草疏,才一动念。早听得莫豪在浙江布政司衙署中,遂买舟望杭州一路而来。后又听得他在吴江舟次,因即追踪至此。

当日上官德请闻聪至莫豪舟中相会,备述梦中所见所闻,各各叹异。莫豪央闻聪听听自己家中之事。闻聪听了,道:"尊嫂、如嫂已在此间,何不相见?"莫豪闻言,方如梦初觉。那时阗动舟中之人。七襄与春山细察情由,方才晓得莫豪开瞽复明,乃是实话。正是:

> 一天疑阵今才破,半晌迷津幸得开。

上官德请莫豪与家眷相会,彼此喜出望外。闻聪辞别莫豪,竟飘然去了。

莫豪自与七襄、春山做了一处,同舟赴京。七襄诉说别后之事,莫豪知晁母已死,十分伤感;又猜这假报死信的,一定是黎、古二人所为,不胜恼恨。因也把梦中换眼的奇异述了一遍。那时仔细端详两个佳人,方才认得一妻一妾的美貌。遂取笔题诗一首,赠七襄云:

> 频年想像意中面,此日端详眼里花。
> 口授每烦挥彩笔,目成今始识仙娃。
> 临妆玉臂莹秋水,贴翠云鬟丽早霞。
> 更向鸾笺窥锦字,银钩笔势恁能差。

七襄看了,亦和韵吟一律,以答之云:

> 开瞽已开双目瞽,看花亦看两枝花。
> 不因体相轻才士,岂以形容重丽娃。
> 漫道芳姿映冰雪,须知高谊薄云霞。
> 巫山山外山重见,此后襄王莫认差。

莫豪看罢,深服其诗意之妙。自此三人情好,比前更密。

到了京师,上官德正欲替莫豪开复前程,恰好仲路在京为礼部尚书,闻莫豪两目复明,不胜之喜,便替他注明部册,做了儒士,只等秋闱应试。是年正值洪武皇帝立建文君

为皇太孙,群臣俱上贺表。上官德央莫豪撰成一表,随众进上。洪武皇帝遍阅百官贺章,无当意者,独看到上官德表中一联,十分赞赏,亲用御笔加圈。那一联道:

> 月依日而成明,半协大易之几望;
> 文继武而益大,洪宣周谱之重光。

原来建文太孙头生得匾,太祖呼之为:"半边月儿"。此一联内,把半月合成明字,又以文济武,合着洪武年号。所以太祖看了,龙颜大悦,即召上官德至御前,面加褒奖。上官德奏道:"微臣愚陋,何能为此。此实臣客莫豪所作也。"太祖闻奏,即降旨宣召莫豪见贺,钦授为翰林院修撰。不消进得科场,早已做了官了。正是:

> 忽逢丹诏天还降,早已青云足下生。

莫豪留京一年,告假归乡,葬了晁母,重赏晁家老姬。及访问黎竹时,一年前为人所讼,黜退前程,问了徒罪去了。古淡月家为火所焚,其人亦臣病不起。真个"善有善报,恶有恶报"。后来莫豪因撰文称旨,加官进职,七襄与春山俱受封诰。莫豪时常想念闻聪,却没处寻访他。那时朝中有个异人张邈遏,甚有仙术。莫豪因问他:"可认得三耳道人否?"张邈遏道:"三耳道人闻聪原系蓬莱仙种,暂谪人间,今尘缘已满,仍返瑶宫去了!"莫豪听说,十分惊异。七襄因劝莫豪急流勇退,不宜久恋官爵。莫豪服其言,即上本告病,退归林下,悠游自得。妻妾各生一子,永乐年间,同举进士。果然"荣其身、昌其后",闻聪梦中之言,为不虚矣。此虽莫豪改过造福所致,然亦是他妻子不嫌丈夫贫病,一点贞心,感动上天,天特使其夫荣妻贵,培植这一对连理枝。故名之曰《培连理》。

卷四 续在原

男分娩恶骗收生妇　鬼产儿幼继本家宗

诗曰：

> 同气连枝各自荣，些些言语莫伤情。
>
> 一回相见一回老，能得几时为弟兄。

这四句乃法昭禅师所作偈语，奉劝世人兄弟和好的。人伦有五，而兄弟相处之日最长。君臣遇合，朋友会聚，其迟速难定。父生子，妻配夫，其早者亦必至二十岁左右。唯兄弟则或一二年，或三四年，相继而生，自髫稚以至白首，其相与周旋，多至七八十年之久。若使恩意浃洽，猜忌不生，共乐宁有涯哉！所以《诗经》上说："兄及弟矣，式相好矣，无相犹矣。"或将"犹"字解作"谋"字，或又解作"尤"字。看来不必如此解，竟当作"犹"字解。"犹"者，学样之意，他无礼，我也无知，叫做"相犹"；宁可他无礼，不可我无知，叫做"无相犹"。哥子有不是处，弟子该耐他些，弟子有不是处，哥子也耐他些。若大家看样起来，必至兄弟相争，操戈同室，往往撇却真兄弟，反去结拜假兄弟。不知假的到底是假，真的到底是真！

如今待在下说一个兄弟不睦的，私去收养假子，天教他收着了兄弟的孩儿。

此事出在明朝景泰年间，北直真定府地方有个富户，姓岑，号敬泉。积祖开个绒褐毡货店，生意甚是茂盛。所生二子：长名鳞，字子潜，娶媳鱼氏；次名翼，字子飞，娶媳马氏。

敬泉只教长子岑鳞帮做生理,却教次子岑翼学习儒业,请一个姓邺的先生在家教他读书。争奈岑翼资性顽钝,又好游荡。那邺先生欺东翁是不在行的,一味哄骗,只说令郎文业日进,功名有望。敬泉信以为然,每遇考童生,便去赞谋县取府取,连学台那里也去弄些手脚。不知费了多少银子,只是不能入泮。邺先生并不说学生文字不通,只推命运不通,遇合迟速有时,敬泉不以为悔。岑翼至二十岁,生下一子,取名岑金。敬泉因自己年老,长儿尚未有子,次儿倒先得子,十分之喜。亲朋庆贺,演了十来日戏,又不知费了多少银子。邺先生又劝他替儿子纳监,敬泉依命,又费了四五百金,授了例。邺先生自要进京乡试,趁着岑翼坐监之便,盘缠到京。即到京后,只理会自己进场之事,并不拘管岑翼,任凭他往妓馆中玩耍,嫖出一身风流疮。只得在京中养病,延医调治,直待疮愈,然后起身归家。又在中途冒了风寒,回家不上一月,呜呼死了!敬泉素爱此子,因哀致病,相继而逝。岑翼浑家马氏,在两年之内,也患病而亡。只留得岑金这小孩子,年方三岁,却赖伯父岑鳞收养。

此时岑鳞夫妇尚未生子,就把侄儿当做亲儿一般,到十二岁,便教他学生理。岑金却也伶俐,凡看银色,拨算盘,略一指点,便都晓得。岑鳞甚是欢喜。是年,岑鳞亦生一子,取名岑玉,爱如珍宝。到岑玉六岁时,岑金已十七岁了,买卖精通,在伯父店中替得一倍力。岑鳞与他定下一房媳妇,就是浑家鱼氏的表侄女卞氏,因幼失父母,收养在家,先为义女,后为侄妇。亲上联姻,愈加亲热,虽云侄妇,与亲媳妇一般看待。岑金成亲之后,夫妇也甚相得。鱼氏见丈夫店中有了岑金做帮手,意欲教儿子岑玉习举业。岑鳞道:"你只看我兄弟费了父亲多少银子,究竟读书不成,反因坐监弄出病来,送了性命。我们庶民之家,只该安份,莫妄想功名,指望这样天鹅肉吃!"鱼氏听说,就休了这念头。正是:

万千空费买书钱,曾未将书读一篇。
早识才非苏季子,何如二顷洛阳田!

岑鳞只因父亲被先生骗子,遂以读书为戒,并不教岑玉读书,只略识了几个字,便就罢了。鱼氏又因得子颇迟,姑息太甚。岑玉渐渐长成,弄得不郎不秀,书又不曾读得,生理又不曾学得。直至十五岁,方拘他在店中。他平日疏散惯了,哪里肯理会买卖里边的勾当。岑金看见兄弟不上眼,便和妻子卞氏商量,要与伯父分居。卞氏遂乘间对鱼氏道:"叔叔渐已长大,将来少不得要娶个姊姊到家,恐家中住不下。何不分拨我们另居,省得

到那时侷促。"鱼氏道:"也说得是。"便把这话对岑鳞说了。岑鳞依允,即另买一所房屋,分拨岑金夫妇居住。岑金那时已二十六岁了,自分居之后,仍在店中相帮,只是朝来暮去。岑鳞因他已自爨,遂照店中伙计之例,一样算些束修与他。如是年余,忽一日,岑金对岑鳞道:"侄儿既分居另爨,日费不给,虽承伯父有束修见惠,哪里用度得来?意欲求伯父划些本钱与我,自去营运。"岑鳞听说,沉吟不语。原来岑金向在店中日久,手中已有些私蓄,自分居以来,时常私约主顾在家做买卖。岑鳞已晓得些风声,今日见他忽然要去,心里好生不然。岑金见伯父不应承他,又托人转对岑鳞说。岑鳞便备起一席酒,请众亲友来公同面议。亲友既至,依次坐定。岑鳞开话间向众亲友道:"自先父及亡弟去世之时,侄儿尚在襁褓,全是我做伯父的抚养成人,娶妻完聚,又用心教他学生理,才有今日。他要分居,我就买屋与他住。分居之后,我就与他束修,并不曾亏他。不想他今日忽然要去,又要我付本营运。我今已年老,儿子尚小,侄儿若要去时,须写一纸供膳文书与我,按期还我膳金,我然后借些本钱与他去。众亲友在上,乞做个主见。"众亲友未及回言,只见岑金开口道:"侄儿向来伯父教养,岂不知感。但祖公公在日,原未曾把家私两分划开;父亲早亡,未曾有所分授。母亲死时,侄儿尚幼,所遗衣饰之类,也不知何处去了!今日伯父自当划一半本钱与侄儿,此是侄儿所应得,何故说借?"岑鳞听了,勃然怒道:"你祖公公为要你父亲读书,在你父亲面上费了若干银子;凡请先生及屡次考试,并纳监、坐监诸般费用,都在我店中支取。我都有账目记着,你还道没有分授么?你祖公公又欠了若干客债,都是我一力挣清。若非我早夜辛勤,勉强撑持,这店业久已开不成了。至于你母亲所遗衣饰,有得几何?把来抵当丧葬之费也不够用。你今日还要向我问么?我向来把亲儿一般待你,你今日怎说出这般没良心的话来?"岑金道:"据伯父这般说,家私衣饰都没有了。但侄儿自十二岁下店以后,到十五六岁学成生理,帮着伯父也曾出力过的。自十五岁至廿五岁这几年,束修也该算给。"岑鳞道:"你若要算十五岁以后的束修,那十五岁以前抚养婚娶之费,及分居时置买房屋的银两,也该算还我了。"两个你一句,我一句,争论不休。众亲友劝解不住。一个定要写分授文书,不肯说借贷;一个定要说借贷,不肯说分授。众亲友议了多时,商量出个活脱法儿对岑鳞道:"总是伯父扶持侄儿,如今也不要说分,也不要说借,竟说付本银若干便了!"于是草就一纸公同议单,先写伯父念侄儿缺本营运,付银几何;后写侄儿感伯父教育婚娶之恩,议贴每年供膳银几何,岑鳞看众亲友面,只得依允。初时只肯付银二百两,岑金嫌少。众亲友又劝岑鳞出了一百两,共写定了三百两,其供膳银写定每年五十两,大家书了花押,然后入席饮酒。席散之时,岑鳞当着众亲

友面前取出银子来付与岑金收讫。自此之后,岑金自去开张店面。也是他时来运到,生意日盛一日。岑鳞老店里生意,倒不如他新店里了。正是:

须知世运团团转,安得财源日日来。

岑鳞因去了岑金这帮手,儿子岑玉又不肯用心经营,店中生理日渐淡薄。一日,有几个客商先到岑鳞店里买货,批过了帐,却被岑金私自拉去,照伯父所批之帐,每项明让一二分。那些客商便都在岑金店中取货,把岑鳞的原帐退还了。岑鳞知道侄儿夺了他生意,十分恼怒,赶去发作。岑金只推说客人自要来做交易,并不是我招揽他的。岑鳞闹了一场,只得自回。又过几时,客商渐渐都被新店夺去了。岑鳞告诉众亲友,要与岑金斗气。众亲友来对岑金说,岑金道:"这行业原是祖上所传,长房次房大家可做,非比袭职指挥,只有长房做得。常言道:'露天买卖诸人做'。如何责备得我?若说我新店里会招揽客商,他老店里也须会圈留主顾,为何不圈留住了?"众亲友闻言,倒多有说岑金讲得是的。岑金又把这话告诉众客商,再添些撺唆言语,众客商便都说岑鳞不是。岑鳞忿了这口气,无处可申,气成一病,不上半年,郁郁而死。正是:

可怜犹子终非子,望彼帮身反害身!

岑鳞既死,鱼氏与岑玉大哭一场,即遣人至岑金处报知。岑金到伯父家来,伏尸而哭,说道:"丧中之费,一应都是我支持,不消伯母与兄弟费心。"当下便先买办衣衾棺椁,请僧诵经入殓。七中治丧开吊,岑金在幕外答拜,礼数甚恭,哭泣甚哀。治丧既毕,即择吉安葬。各项使费,都是岑金应付。众亲友无不称赞岑金的好处,尽道岑鳞儿子没用,多亏这侄儿替他结果送终。谁想丧事毕后,岑金却开了一篇细账,把从前所费,凭他一个算了两个,竟将伯父前日所付本银三百两,除得干干净净。鱼氏再要索取供膳银两时,也没有了。他说:"有本便有利,供膳银原只算这三百两的利钱。今本钱已没有在我处,哪里又讨膳银?"鱼氏此时方知他丧中慨然任费,并非好意。可笑众亲友不知,还把他啧啧称赞。正是:

恶多实际,善有虚名。

人之君子，天之小人。

自此岑家老店已歇。鱼氏想起丈夫明明是侄儿气死的，如今又被他赖了本钱，除了供膳银去，心中怀恨，怎肯甘休？恰好鱼氏有个内侄叫作鱼仲光，向在本府做外郎的，闻知此事，撺掇鱼氏把寡妇出名去告状。岑金探听了这消息，也吃一惊，因晓得鱼仲光是贪财的，便暗地把些贿赂来买嘱他。那鱼仲光得了钱财，便改了口气。鱼氏再请来他商议时，鱼仲光道："我细思此事，不是告状的事，不该恶做，还该善处。可使人对他说：'当初伯父曾把本钱扶持侄儿，如今也要他把本钱扶持兄弟便了'。"鱼氏依言，使岑玉去转托岑金店里两个伙计对岑金说。那两个伙计，向日原在岑鳞店里做过伙计的，一个叫作岑维珍，是与岑鳞通谱的族侄；一个叫作鱼君室，即鱼仲光的叔子，单身无靠，依栖在仲光处，仲光冤他做了贼，逐他出来，在街坊上乞求，岑鳞看不过，收养他在家，后来就教他相帮做生理。到得岑鳞死了，店已歇了，用那两个人不着，两个便都到岑金店中去相帮。岑金见他生意在行，人头又熟，便加了束修，倾心任他。人情势利，只顾眼前，哪个思想昔年的水源木本。岑玉去央他，分明把热气呵在璧上，连连讨了几次回音，都说："你哥哥不肯，无可奈何！"鱼氏只得再请鱼仲光来算计。你道鱼仲光叔子也不肯养的人。哪肯照顾姑娘与表弟。他既得了岑金的财物，便十分亲热，倒与岑金认了表弟兄，往来甚密，把真正表弟反撇在一边了。有一篇言语，单说那势利的人情道：

世无弟兄，财是弟兄。人无亲戚，利是亲戚。伯伯长，叔叔短，不过是银子在那里扳谈；哥哥送，弟弟迎，无非是铜钱在那里作揖。推近及远，或得远而忘其所推；因亲及疏，乃弃亲而厚其所及。嫡堂非嫡从堂嫡，真表不密假表密。缘何冷淡？厌他目下缺东西；为甚绸缪？贪彼手中多黄白。但见挥的金，使的银，便觉眼儿红，颈儿赤；不惜腰也折，背也弯，何妨奴其颜，婢其膝。哪晓得父党之外有母，母党之外有妻；只省得万贯之下有千，千贯之下有百。献媚者既转盼改移，受谄者亦立地变易。见他趋之谨，奉之恭，谁管他曾做贼，曾做乞；爱他邀之诚，请之勤，谁管他现为奴，现为役。今日代彼遮瞒，不记从前将他指摘；此时忽尔逢迎，不念当初漠不相识。信乎白镪多功，甚矣青蚨有力！明放着嫡派嫡枝，倒弄得如路如陌。不是他没良心，谁教你不发迹。莫怪炎凉人面，蓦地里四转三回；须知冷暖世情，普天下千篇一律。

看官听说：岑金若是个有良心的，虽不肯把本钱借与岑玉，便收他在店中，也像当初伯父教自己的一般，或者也还拘管得转来。谁想他全无半点热肠，只放着一双冷眼，以至岑玉无所事事，终日在三瓦两舍东游西荡，结识了一班无赖做弟兄。无赖中有个郏小一，就是当初岑翼相从的郏先生之子。那郏先生连走了几科不中，抱郁而亡，遗下这个不肖子，也是他当时哄骗主人，不教这生的果报。岑玉与这郏小一尤为亲密。小一引他去吃酒赌钱，无所不至。鱼氏因自己管儿子不下，指望讨个媳妇来托他拘管，便对几个媒婆说了，叫他替岑玉寻头姻事。谁知那些有女儿的人家，都不肯扳这穷寡妇，须得二房员外岑金出名扳亲，才肯相就。及至有人到岑金家里去访问时，岑金不惟不肯招揽，反打了破句，姻事哪里得成？岑玉又因在赌场中赌钱，闻有公差来捉赌，着了急，奔得慌了，跌坏了脚，人都叫他岑搭脚，一发没有肯把女儿配他了。当时好事的，有一篇十八搭的口号笑他道：

> 好笑岑搭，非但脚搭，做人浪搭，素性淹搭，说话趷搭，气质赖搭，肚里瞎搭陌搭，口里七搭八搭，但有小人勾搭，更没亲人救搭，弄得滥搭搭，糟搭搭，糊搭搭，贱搭搭。只得到没正经处支揽搭，哪有好人家儿女与他配搭。

大约人家不学好的子弟，正经便不省得，唯有色欲一事不教而能。岑玉年已长大，情窦已开，在未搭脚之先，早结识下一个女子，乃是开赌的宇文周之女顺姐。那宇文周原是个光棍，家中开着赌场。郏小一引着岑玉去赌钱，宇文周常托岑玉替他管稍捉头，自己倒到大老官人处帮闲说事，或时吃酒，彻夜不归。他妻子许氏，又常卧病，不耐烦拘管女儿。因此岑玉与这顺姐偷好了，只有郏小一深知其事。岑玉自从跌坏了脚，有好几时不曾到宇文家去。哪知顺姐已有了身孕，恐怕父母知道，私写一封书，央郏小一寄与岑玉，叫他讨一服堕胎的药来。岑玉着忙，便托郏小一赎药寄去。不想药味太猛厉了，胎却堕不成，倒送了顺姐的性命。岑玉闻知，私自感伤，自此也不到宇文家去了。只是少了顺姐这个相知，甚觉寂寞。却又看上了一个年少的收生妇人，叫作阴娘娘。那妇人惯替人家落私胎，做假肚，原是个极邪路的货儿，也时常在岑金家里走动的。岑金妻子卞氏，至今无子，恐怕丈夫要娶妾，也曾做过假肚，托这阴娘娘寻个假儿。怎奈那假儿抱到半路就死了，因此做不成。岑玉一来怪这妇人不干好事，二来贪她有些姿色，有心要弄她一弄，私与郏小一计议。小一算出一个法儿来：于僻静处赁下两间空屋，约几个无赖在外边赌钱，却教岑

玉假装做产妇,睡在卧室。到三更时分,小一提着灯,竟往阴娘娘家唤她去收生。阴娘娘不知是计,随了就走。小一引她到岑玉卧所,阴娘娘揭帐一看,灯下朦胧,见一个少年妇人包着头,睡在那里。便伸手去候她肚子,却摸着了肚子下这件东西,吓了一跳。有几句笑话说得好:

> 收孩子的,但见头先生。也有踏莲花生的,是脚先生。也有讨盐生的,是手先生。也有坐臀生的,是屁股先生。见千见万,从不曾见这个先生。

当下岑玉把阴娘娘抱住,剥去衣服,侮弄起来。阴娘娘叫喊时,这空房宽阔,又在僻静巷中,怎你叫喊,没人听得。却又岑玉抽了头筹,其余众无赖大家轮流要了一回。正是:

> 本摸脐夫人,忽遇裸男子。只道大腹内的孩子要我替他弄出来,谁知小肚下的婴儿被他把我弄进去。这孩子顶门上开只眼,好似悟彻的和尚;那婴儿颈项下一团毛,又像献宝的波斯。不笑不啼,只顾把头乱磕;无鼻无耳,但见满口流涎。紫包挂下,倒有一对双生子在中间;光头撞来,更没半些胎发儿在顶上。不带血,居然赤子;未开乳,便吐白浆。洗手钱没处寻,倒被他着了手;喜裙儿何曾讨,反吃他脱了裙。收生收着这场生,那话弄成真笑话。

当夜众无赖了事之后,悄然把阴娘娘扶至半路撒下。这妇人被那些无赖弄得七伤八损,半晌挣扎不动,挨到天明,勉强步归。欲待寻对头厮闹,争奈在黑夜里认不仔细。只得忍了这场羞耻,耐了这口恶气,准准病了月余,出来收生不得。哪知阴娘娘到一月之后,倒也将息好了,岑玉却因这夜狂荡了一番,又冒了些风寒,遂染了阴症,医药无效,呜呼尚飨了。临终之时,口里连呼"顺姐"不止。鱼氏不胜哀痛,检其卧所,寻出一封束帖来,且自包裹得紧。鱼氏拆开观看,却不识字,不知上面写些什么?正看不出,恰好邺小一来问候,闻知岑玉已死,直入停尸之所来作揖,也下了几点泪。鱼氏与他相见了,问道:"你与我亡儿最相知。他临终连呼'顺姐',这场阴症,多应是什么顺姐寄死他的。你必知其故,可说与我知道。"邺小一道:"这阴症别有所感,不干那顺姐的事。不是顺姐害死令郎,倒是令郎害死了顺姐!"遂把岑玉向日与顺姐交好,及顺姐寄书求药,堕胎致死之故,细述了一遍。因说道:"顺姐死后,令郎甚是思忆,常对我说:'把她寄来这封书,藏着以为记念。'

难道你老人家倒还不晓得么？"鱼氏听说，便取出那封柬帖来道："可就是这封书么？"邺小一接来看了道："这正是顺姐寄与令郎的字了！"鱼氏道："上面写些什么？乞念与我听。"邺小一念道：

> 女弟顺姐，字寄岑家哥哥：腹中有变，恐爹娘知道，如之奈何？可速取堕胎药来，万勿迟误。专此。

鱼氏听罢，大哭道："早知如此，我当日遣人对他父母说通了，竟联了这头亲事，不但那顺姐不死，连我亡儿也不至于绝后。"说罢又哭。正是：

> 儿子偷情瞒着母，母亲护短只怜儿。

当下邺小一别去，鱼氏收过柬帖，使人把岑玉死信报知岑金，少不得也要他买棺成殓。

岑金因妻子怀孕将产，送过了殓，忙忙回家。原来卞氏一向做假肚，如今真个有孕了，看看十月满足。忽一夜，岑金梦见一个老妈妈，对他说道："你妻子腹中所有的孩儿不是你的孩儿。你只看城西观音庵后野坟里的孩儿，方是你的孩儿。"岑金猛然惊觉，正听得妻子呻吟道："腹中作痛！"岑金知道是分娩快了，连忙起身，先去家庙中点了香烛，一面叫家人岑孝，快去唤那阴娘娘来收生。岑孝领命，去不多时，来回复道："阴娘娘适才出去遇了鬼，收了什么鬼胎，正在家里发昏，出门不得。城西观音庵左首有个李娘娘，也是收生的，去唤她来罢！"岑金听了"观音庵"三字，正合他梦中所闻，便道："我和你同去。"此时正是七月十三之夜，四更天气，月色犹明。岑金叫岑孝提灯跟着，忙忙走过观音庵，忽听得庵后野坟里有小孩子哭声。岑金惊异，急同岑孝提灯寻看。只见个小孩子卧在一个冢旁，抱起看时，有纸剪的冥衣包裹在身上。岑金又惊又喜，慌忙把孩子抱在怀中，吩咐岑孝自提灯去唤李娘娘，自己抱着孩子，乘着月色，奔到家中。恰好妻子腹中的孩儿已生下地，却早落盆便死了。卞氏正在那里啼哭。岑金忙把这孩子放在她身边，对她说了梦中之事，劝妻子休要烦恼，只说养了双生儿子，死了一个留了一个。家中只有个抱腰的养娘和一个伏侍的老妪，与岑孝三个人知道。岑金吩咐不可泄漏。当下揭去孩子身上纸衣，换了好衣服。却又作怪，那揭下的纸衣，登时变成纸灰了。大家惊异。不一时，李娘娘到来，晓得孩子已经产过，只吃了一顿酒饭，打发去了。岑金因想梦中这老妈妈，必然

就是观音菩萨,便把此儿取名岑观保,甚加爱惜。正是:

> 平时做假肚,本不是真胎。
>
> 今番真有孕,又遇假儿来。

且说鱼氏闻知侄妇卞氏得了双生子,死了一个。嗟叹道:"若得二子俱存,我长房承嗣他一个,继了亡儿之后。可惜不能都活。"正不知鱼氏虽这般思想,却不自揣世情浇薄,只顾财利,哪顾道理。你若还像当初富足之时,不消说得,自然有人把儿子送来立嗣,分授家私,还要几房争嗣起来哩!你今家道消乏,纵使岑金真个得了个双生子,谁肯承嗣过来。

闲话休提,只说鱼氏自儿子死后,一发日用不支,把家中所有,吃尽典尽,看看立脚不牢,将住房也出脱了,岑玉灵柩权寄在城西观音庵里,只剩得孑然一身,无处依栖。老主意竟到岑金家里住下,要他养膳送终。岑金此时推却不得,只得收留伯母在家供膳。正是:

> 前既负伯父于死,今难辞伯母于生。
>
> 不肯收有母子弟,怎能地无子之亲。

光阴荏苒,岑观保渐渐长成。到十五六岁,千伶百俐,买卖勾当,件件精通,比岑金少年时更加能事。岑金与他定亲,就娶了鱼仲光的女儿采娘做了媳妇。原来鱼仲光当初有个妹子,与岑玉年纪相仿,鱼氏曾向他求过亲来。仲光嫌姑娘家贫了,不肯许他,今贪岑金殷富,便把女儿嫁了岑观保。鱼氏见人情势利如此,十分伤感。且喜采娘过门之后,把祖姑鱼氏待得甚好,倒不比父亲把姑娘待得冷淡。观保也极孝顺伯祖母。因此鱼氏倒也得所。哪知岑金反没福消受这一对假儿假妇,忽因一口愤气抱病而亡。你道为着什来?原来店中伙计岑维珍,与家人岑孝同谋,偷了店中若干货物,自己私把门撬开,只推失了贼。岑金心疑,细加查察,访问实情,把岑孝拷打了一顿,又要把岑维珍处治。岑维珍便道:"我虽是远族,却还姓岑,就得了岑家东西,也不为过。强如你在野坟里拾着个不知来历的孩子,当做亲儿,要把家私传与他!"岑金被他说破了这段隐情,明知是岑孝泄漏其事,十分恼恨,把二人告官追赃,倒费了些银子,赃又追不出,愤懑之极,怒气伤肝,遂致丧命。正是:

伯父为君含愤没,君今亦为愤所激。

君之受愤因远见,伯之受愤是亲侄。

岑金死后,观保丧葬尽礼,把岑维珍与逆奴岑孝俱逐出不用,店中只留鱼君室一人。观保因对人说道:"我丈人鱼仲光,向常冤太叔翁鱼君室做贼。哪知冤他做贼的倒不曾做贼,倒是岑维珍做了贼!"自此岑维珍贼名一出,再没有人收用他。维珍怀恨,遂与岑孝两个在外边沸沸扬扬地传说:"岑观保是观音庵后野坟里拾的。"观保闻知,心中甚是猜疑,私问家中养娘和老妪,此语从何而来,养娘、老妪都只含含糊糊,不说明白。观保猜想不出,只得葫芦提过去了。

至十九岁春间,妻子采娘有孕,将欲分娩,又去唤阴娘娘来收生。此时阴娘娘已死了,她的媳妇传授了婆婆这行生理,叫作小阴娘娘。当日岑观保自黄昏以后遣人去唤他,直至天明才来。幸得采娘分娩颇迟,黄昏腹痛,挨到天明,方产下个儿子。洗浴已过,留小阴娘娘吃酒。观保问道:"如何夜里来请你,直至天明才到。今幸分娩平安,不然,可不误了事么?"小阴娘娘道:"大官人休得见怪,这有个缘故!"观保道:"有什缘故?"小阴娘娘道:"十九年前七月十三之夜,我亡故的婆婆,收了一个鬼胎,得病而亡。为此□如今夜间再不出来收生的。"观保道:"你婆婆如何收了鬼胎?"那小阴娘娘叠着两个指头,说出这件事来,真个可惊可骇!

原来她婆婆老阴娘娘,自从被无赖奸骗之后,凡遇夜里有人来请他,更不独行,必要丈夫或儿子随去。是年七月十三之夜三更时分,忽有一青衣童子提灯而来,说是宇家小娘子要请你去收生。阴娘娘便同了丈夫,随着童子来到城西观音庵后一所小小的房屋里。只见一个丫鬟出来接住,吩咐童子陪着丈夫在外边坐,自己引着阴娘娘到卧房之内产妇床头,伏侍那产妇生下一个孩儿。洗过了浴,那小娘子脱下自己身上一件衣服,教把孩子裹了,又去枕边取出白银半锭,送与阴娘娘做谢仪。阴娘娘要讨条喜裙儿穿穿,小娘子便在床里取出一条旧裙与她穿了。丫鬟捧出酒肴,请阴娘娘吃。阴娘娘觉得东西有些泥土气,吃不多就住了。又见她房中只有一个丫鬟伏侍,外边也只有这个童子支持,问她:"官人在哪里?"都含糊不答。家中冷气逼人,阴娘娘心中疑忌,连忙谢别出门。走到半路,月光之下,看自己腰里束的那条裙竟是纸做的,吃了一惊,慌忙脱下。又去袖中取出那半锭银来看,却也是纸锭。再仔细看时,裙儿锭儿都变成纸灰了。吓得浑身冷汗,跌倒在地。丈夫扶她归家,一病不起,不多几日便死了。正是:

> 前番既遇男装女,今番又遇鬼装人。
>
> 男扮女兮犹自可,鬼扮人兮却丧身。

是夜,她的丈夫等到天明,再往观音庵后访看,哪里有什么人家,只见一所坟墓,冢边尚留下些血迹,但不见有什孩儿在那里!去问观音庵里和尚,方知这个坟墓是宇文周之女顺姐埋葬在内。想因生前有孕,故死后产儿,只不知所产儿哪里去了。

当下小阴娘娘把这段事情细述了一遍,观保听罢,目瞪口呆,寻思道:"我今年十九岁,她说十九年前,正合我的年庚。我是七月十三夜里生的,她说七月十三之夜,又合我的时辰。有人说我是坟墩里抱来的,莫非我就是顺姐所生。只不知父亲又是何人?"正在惊疑,只见伯祖母鱼氏在旁听了那小阴娘娘所言,忽然扑簌簌掉下泪来,观保惊问其故?鱼氏却把昔年岑玉与顺姐通情这段姻缘说知备细,又去取出顺姐当初写与岑玉这封字来看。观保一发惊讶,便再唤养娘和老妪来细问,务要讨个明白。二人料隐瞒不过,只得从实说了。那时观保方才醒悟,抱住鱼氏哭道:"原来伯祖母就是我的祖母,亡故的叔叔,就是我的父亲!"鱼氏喜极而悲,也抱着观保而哭,卞氏见他祖母孙儿两下已先厮认,只得也把丈夫昔日梦中之语一一说明。大家欢诧,都道天使其然,依旧收养了岑家的骨血。鱼氏一向无子,今忽有孙。观保一向是假,今忽是真。正是:

> 母未嫁时学养子,学养在生养在死。
>
> 直待此儿更产儿,方知身出坟墩里。

岑观保重谢了小阴娘娘,随即使小报知宇文家里。原来顺姐死后,宇文周知其为堕胎丧命,心甚忿怒,但不知奸夫是谁,只得罢了。因怪女儿不夫而孕,要把她尸首焚弃。其妻许氏不忍,故把她埋在观音庵后荒地上。如今宇文周已死了,没有儿子,只剩老妻许氏,家贫独守,甚是凄凉,闻知这消息,亦甚惊喜。岑观保拜认了外祖母,也迎养于家,就择日把岑玉的灵柩与顺姐合葬了。又感观音菩萨托梦显圣之奇,捐资修理庵院,又舍些银钱与庵中和尚,为香火之资。是年以后,观保又生一子,把来继了次房岑金之后。念卜氏养育之恩,原把她做母亲一般看待。正是:

　　人情使尽千般巧,天道原来巧更深。

好笑鱼仲光当初不肯把妹子配岑玉,谁知今日女儿仍做了岑玉的媳妇,可为亲戚势利之戒。岑金负了伯父的恩,不肯收管岑玉,谁知天教他收了岑玉的儿子,可为弟兄不睦之戒。诗云:"鹡鸰在原"以比兄在原之谊,断而不续者多矣。请以此续之,故名之曰《续在原》。

卷五　正交情

假掘藏变成真掘藏　攘银人代作偿银人

诗曰：

世人结交须黄金，黄金不多交不深。

纵令然诺暂相许，终是悠悠行路心。

此诗乃唐人张谓所作，是说世间朋友以利交者，往往利尽而交疏。如此说起来，朋友间只该讲道论文，断不该财帛相交了。不知朋友有通财之义，正在交财上见得朋友的真情。不分金，安见鲍叔牙；不分宅，安见邴成子；不指困，安见鲁子敬。每叹念天下有等朋友，平日讲道论文，意气相投，依稀陈、雷复生，王、贡再世；一到财帛交关，便只顾自己，不知朋友为何物，岂不可笑！然富与富交财不难，贫与贫交财不难，常贫的与常富的交财也不难。独至富者有时贫，贫者有时富，先富后贫者未免责望旧交之报，先贫后富者未免失记旧交之恩，一个无时追悔有时差，一个饱时忘却饥时苦，每至彼此交情，顿成吴越。

如今待在下说一个负旧交之人，又为新交所负，及至那负他的新交，又恰好替他报了旧交之德。这事出在明朝正统年间，浙江金华府兰溪县，有个穷汉，姓甄号奉桂，卖腐为业，贫苦异常。常言道："若要富，牵水磨"。豆腐生理，也尽可过活，为何他偏这般贫苦？原来豆腐生理，先赊后现，其业难微，也须本钱多，方转换得来。甄奉桂却因本钱短少，做了一日，倒歇了两日。妻子伊氏，生下一男一女，衣长食阔，又不舍得卖与人家，所以弄得

赤条条地。只租得一间屋住，倒欠了大半年租钱。亏得房主人冯员外怜他贫苦，不与他计较。又亏了对门一个好乡邻，姓盛名好仁，他开个柴米油酒店，兼卖香烛纸马等杂货，见奉桂口食不周，他店里有的是柴米，时常赊与奉桂，不即向他索价。奉桂十分感激，常对好仁道："我的女儿阿寿，等她长大了，送来伏侍你家官官。"又常许冯员外道："我儿子阿福，等他长成，送与员外做个书童。"

原来那冯员外叫作冯乐善，本系北京人，侨居兰溪，是个积德的长者。家中广有资财，住着一所大屋，门前开个典铺。那典铺隔壁又有一所大空屋，系是本城一个富户刘厚藏的旧居，其子刘辉穷了，把来典与冯家。冯乐善自得此屋之后，常见里面有鬼物出现，不敢居住，欲转售与人，急切没有个售主，所以空关在那里。只把门前一间小屋，租与甄奉桂开腐店。奉桂常戏对妻子道："这大屋里时常鬼出，莫非倒有财香在内？若肯容我到里面住下，便好掘藏了。"伊氏道："你休胡说。只这一间屋的租钱，也还欠着，怎想住里面大屋？若要住时，除非先掘了藏，才进去住得。"奉桂被妻子说了这几句，也不复再提。过了几时，挨至腊月廿九夜，奉桂睡梦中见一人对他说道："你即日就该掘藏，里面大房子应该是你住了。"奉桂醒来，对妻子说知其梦。伊氏道："你日有所思，夜有所梦，说他怎的？明日是大年夜了，你看家家热闹，打点过年，偏我家过夜的东西也没有。还要说这样痴梦！"奉桂听说，沉吟了半响，忽然笑将起来道："你休说痴，我既得此梦，且借掘藏为名，骗几钱银子来过年也好！"伊氏道："怎生骗得银子？"奉桂道："你莫管我，我自有道理。"次早，奉桂做完了豆腐，立在门首，望见对门盛好仁和一个伙计康三老在店里发货。奉桂捉个空走过去，低声问道："盛大官人，你店中纸马里边可有藏神的么？"好仁道："财帛司就是藏神了，你为何问他？莫非那里有什财香落在你眼里，你要去掘藏么？"奉桂扯谎道："有是有些吉兆，只没有钱来祭献藏神。"好仁道："你且许下心愿，待掘了藏，完愿便了。"奉桂道："闻说人家掘藏，若不先祭藏神，就掘着也要走了的。"好仁道："如必要祭，须索费三五钱银子。"奉桂道："便是没讨这三五钱银子处。若得有人扶持我，挪借些儿，待得了彩，加倍还他。"好仁听说，暗想道："这人忽发此言，必非无因。我看乡邻面上，就借几钱银子与他。倘他真个得了手，却不是好？"便对奉桂道："我今借五钱银子与你去祭藏神，待掘了藏，还我何如？"奉桂欢喜道："若得如此，感激不尽。倘得侥幸，加倍奉还。"好仁即取银五钱，付与奉桂收讫。奉桂回家对妻子笑道："过年的东西，已骗在此了！"伊氏问知其故，便道："你虽骗了银子来，看你明年将什么去还他。"奉桂道："这不难。我只说没有藏，掘了个空。盛大官是好人，决不与我计论。若还催讨时，折得在豆腐帐上退清便了。"

伊氏道："虽如此说，也须装个当真要掘藏的模样，他才不疑惑。"奉桂依言，便真个去买了三牲，叫妻子安排起来。又到盛家店里取了纸马香烛，索性再赊了些酒米之类。黄昏以后，将纸马供在地上，排列三牲，点起香烛。又去盛家借了一把锄头，以装掘藏的光景。正是：

> 诈装掘藏，扮来活像。
> 偏是假的，做尽模样。

奉桂正在那里装模作样，却也是他时来运到，合该发财，恰好冯乐善的浑家李氏，因念奉桂是空屋门首住的小乡邻，差一个老妪拿着一壶酒、几碗鱼肉并些节糕果子等物，送到奉桂家来。奉桂夫妇接了，千恩万谢。那老妪见他家里这般做作，问起缘故。奉桂又扯谎道："偶然在一个所在掘得些藏，今夜在此祭藏神，妈妈莫要声张。"老妪听在肚里，忙催他出了盘碗，急急地去了。少顷，奉桂正在门前烧化纸马，只见那老妪又提灯而来，说道："我家老安人闻你掘了藏，特使我来问你：那掘的藏里边，可有元宝么？"奉桂随口笑应道："我有我有。"老妪听说，回身便走。奉桂关了门，正待和妻子吃夜膳，只听得叩门之声。开门看时，却见那老妪一手提着灯，一手捧着一个皮匣，走进门来，把皮匣放在桌上。奉桂问道："这匣儿里是什么东西？"老妪道："这是我家老安人私房积下的纹银，足重一百两，但都是零碎的。今闻你掘得元宝，要问你换两个。"一头说，一头打开匣来看，却是两大包千零百碎的银子。奉桂见了，眉头一皱，计上心来，便道："元宝是有几个，只是我才掘得，须要过了新正初五日，烧了利市，方可取用。况这些散碎银两，今夜也估兑不及。你家老安人若相托，可放在此，待我明日估兑停当，到初六日把元宝送进何如？"老妪道："这也使得。待我回复老安人去。"说罢，自进去了。奉桂欢天喜地，对妻子道："今晓是个大节夜，忽然有这些银子进门，也甚利市。且留它在此过了年，再作计较。"当晓无话。至次日，奉桂先往冯乐善家去拜了年，回到家中，便去匣内取纹银一两，用红纸包好，走过盛好仁家来拜年，就把这银子还他。说道："五钱是还昨日所借，五钱是找清一向所赊的欠帐。"好仁见了，只道他真个掘了藏，便道："恭喜时运到了，昨夜所得几何？"奉桂又扯谎道："托赖福庇，也将就看得过。"说罢，即作别而归，伊氏道："盛家的银子便还了，只看你初六日把什法儿回复冯老安人。"奉桂笑道："你不要忙，我已算计下了。难得这些银子到我手里，也是我一场际遇。我今索性再在其中取了九两，明日只还她九十两，拼得写个十

两的借票与她。那冯老安人也是忠厚的，决不怪我。我向因本钱少，故生意淡薄，若得这九两银子做本钱，便可酿些白酒，养些小猪，巴得生意茂盛。那时算还她本利，有何不可？"两个计议已定。至初二日，安排些酒食，请冯家管房的大叔冯义来一坐，又往盛家请他的伙计康三老来同饮。那康三老本是盛家的老亲，好仁用他在店里相帮，此老性极好酒，见奉桂请他，便走过来与冯义一齐坐地，直饮至酩酊方散。

次早，奉桂正待把些银子到盛家店里去籴糯米，只见盛好仁亲自来答拜，说道："昨日康舍亲倒来相扰了，今日我也备得一杯水酒，屈足下一叙。"奉桂道："昨日因简亵，不敢轻屈大官人。今日怎好反来打扰？"好仁道："乡邻间怎说客话，今日不但吃酒，还有话要说哩。"奉桂只道因他昨日请了康三老，为此答席，不好过却。到了午间，康三老又来相邀。奉桂便同至盛家堂上，见酒肴已排列齐整，并无别客，只请他一个。奉桂谦让再三，然后坐了。三人对饮，酒过数巡，好仁开言道："今日屈足下来，实有一事相托。"奉桂道："大官人有何吩咐？"好仁道："我有个敝友卜完卿，常往北京为商，三年前曾问我借白银二百两，不想至今不见回来。有人传说他在京中得业，归期未定。我担搁不起这宗银子，意欲亲往京中取讨，奈家下乏人看管，小儿既在学堂读书，而舍亲又年老了，为此放心不下，难以脱身。今足下既交了财运，这豆腐生理不是你做的了，敢烦你在我店中看看。我还积蓄得纹银三百两，要置些杂货在本地发卖，足下正当交运之时，置货自然得价，也烦你替我营运。若蒙允诺，我过了正月十五日，便要起身赴京，等回家时算结账目，定当重重奉酬。"奉桂听说，喜出望外，满口应承道："向蒙大官人周济之恩，今日自当效劳。"好仁欢喜，再劝奉桂饮了几杯。席终后，即将店中账簿并三百两银子都取出来，付奉桂收明。奉桂接那银子来看时，恰好是六个大元宝，一发欣喜无限。暗想道："难得这元宝来得凑巧，就好借他来还冯老安人了。"当下交明账目，收了银子，作别归家。与伊氏说知其事，大家欢喜。正是：

> 绝处逢生，无中忽有。只骗几钱银过年，顿然一百两应口。只求十两银作
> 本，更遇三百全凑手。真个时运到来，不怕机缘不偶。

至初六日，冯家老姬来讨回音，奉桂便将两个元宝交与送进。李氏大喜，遂将奉桂掘藏的话对丈夫说了。冯乐善沉吟一回，便吩咐家人冯义，叫他对奉桂说："你今手中既有了银了，这一间屋不是你住的。我这所大空房的一向没售主，你如今得了罢。我当初原

典价五百两,今只要典三百两,先交二百两,其余等进房后找足何如?"冯义传着主人之命,来对奉桂说知。奉桂此时也亏他胆大,竟慨然应允,约定正月二十日成交。过了十五日,盛好仁已起身赴京去了。至二十日,奉桂竟把剩下这四个元宝作了屋价,与冯家立契,作中就央康三老。奉桂在康三老面前,只说元宝大锭,不便置买杂货,我今使了去,另换小锭儿来用。康三老听信不疑。奉桂是日成交,即于是夜进屋。真是机缘凑巧,合该发迹。那夜黄昏时分,后厅庭内忽现出一个白盔白甲的神人,向墙下钻入。奉桂见了,便与伊氏商议。至次夜,真个祭了藏神,掘将起来。掘不多几尺,早掘着了银子,约有五千余金。原来这银子本是昔年刘厚藏私埋下的。他见儿子刘辉不会作家,故不对他说,到得临终时说话不出,只顾把手向地下乱指。刘辉不解其意,不曾掘得,哪知今日倒富了别人。正是:

> 积累锱铢满瓮头,不知费尽几多谋。
>
> 马牛不为儿孙做,却为他人作马牛。

奉桂弄假成真,应梦大吉。过一两日,便找清了典房价一百两。又将银置卖家伙,无所不备。一样衣温食美,驱奴使婢。每月只到盛好仁店里点看一两次。自己门前开起一个典铺,家中又堆塌些杂货,好不兴头。一时人都改口叫他做"甄员外",都说甄员外在新屋里又掘了藏。这话传入原主刘辉耳内,他想:"这银子明明是我父亲所藏,如何倒造化了此人?"心中怏怏,便来对冯乐善道:"在下向年所典房屋,原价八百金,今只典得老丈五百两,尚少三百两之数。一向闻得空关在那里,故不好来说,今既有了售主,该将这三百两找完了。"冯乐善道:"舍下转典与甄家,价正三百金,原典价尚亏二百两,哪里又要加金?足下此言,须去对甄家说。"便唤家人冯义引刘辉到甄家。奉桂出迎,与刘辉叙礼而坐,冯义立在一边。刘辉备言欲找绝房价之意。奉桂道:"兄与舍下不是对手交易。舍下典这屋未及半年,岂有就加绝之理!"刘辉道:"老丈虽只典得半年,舍下典与冯家已多时了。常言:'得业者亏',况闻老丈在这屋中甚是发财,今日就找清原价亦不为过。"奉桂道:"兄言差矣!凡事要通个理,管什发财不发财。"刘辉未及回言,冯义在旁见奉桂大模大样,只与刘辉坐谈,全不睬着他,甚不似前日在豆腐店里与他对坐吃酒的光景了,心怀不平,便插口道:"我家主人原典价尚亏二百两,今日宅上且把这项银子找出,待我家应付刘宅何如?"奉桂道:"就是这二百两,也须待三年后方可找足,目下还早哩!"刘辉再要说

时，冯义把眼看着刘辉说道："今日既讲不来，刘官人且请回，另作计议罢。"刘辉使起身作别。奉桂送至门首，把手一拱，冷笑一声，踱进去了。正是：

> 银会说话，钱会摆渡。
>
> 财主身分，十分做作。

　　冯义心恨奉桂，遂撺掇刘辉告状。刘辉原是个软耳朵的，便将霸产坑资事，告在县里，干证便是冯义。奉桂闻知，随即请几个讼师来商议。你道这些讼师岂是肯劝人息讼的？都说："员外将来正要置买田房，若都是这般告加绝起来，怎生管业？今日第一场官司，须打出个样子，务要胜他。但县公处必得个要紧分上去致意他便好！"奉桂从其言，访得本城一个乡绅郤待徵是知县的房师。那郤待徵曾为兵部职方司主事，因贪被劾，闲住在家。有闲汉段玉桥，在他家往来极熟。奉桂便将银百两，央玉桥送与待徵，求他写书致意知县。待征收了银子，说道："我虽出了书帖，县公处原须周到。"奉桂依命，又将五十金托人送与知县。那边刘辉也央人到知县处打话，若断得五百两，情愿将百金相送。谁知赊的不若现的，况奉桂又多了个分上，到对簿时，知县竟把刘辉叱喝起来道："甄家典屋未及半年，你又非对手交易，如何便告他！"刘辉道："小人是原主。产动归原，理合将原价找付。况此屋是小人祖产，他在里边掘了藏，多管是小人父亲所藏之物。"知县喝道："胡说！掘藏有何对证？纵使他掘了藏，与你何干？既是你父亲所藏之物，你弃屋之前，何不自己掘了去？这明是觊觎他殷富，希图诈他？"刘辉见知县词色不善，不敢再辩。知县又把甄奉桂的诉状来看，见内中告着冯义指唆，便唤冯义上来，骂道："我晓得都是你这奴才唆讼！"遂拨下两根签喝打，冯义再三求告，方才饶了。看官听说：大约讼事有钱则胜，无钱则败。昔人有一首咏半文钱的诗说得好：

> 半轮明月掩尘埃，依稀犹见开元字。
>
> 遥想清光未破时，买尽人间不平事。

　　奉桂讼事胜了，扬扬得意。谁想知县闻了掘藏之说，动了欲心，要请益起来，不肯便出审单。奉桂又送了五十两，审单才出。郤等徵也托段玉桥来请益，奉桂只得又补送了百金。两处算来有三百两之数，杂项使费在外。奉桂若肯把这些银子加在屋上，落得做

了好人，银子又不曾落空。哪知财主们偏不是这样算计，宁可斗气使闲钱，不肯省费干好事。当下刘辉因讼事输了，倒来埋怨冯乐善道："都是你家尊使骗我告状，弄得不伶不俐，我和你是对手交易，你该把原价三百金找付我。待三年后，你自向甄家取偿便了。"冯乐善是个好人，吃他央逼不过，只得把三百两银子应付刘辉去了。正是：

> 得业偏为刻薄事，弃房反做吃亏人。

奉桂自此之后，想道："拥财者必须借势。我若扳个乡绅做了亲戚，自然没人欺负了。"因对段玉桥说，要与郤待徵联头姻事。玉桥得了这话，忙报知待徵。原来待徵只有一子，已娶过媳妇，更没幼子幼女了。却□贪着奉桂资财，便私与夫人郁氏商量："只说有个小姐在家，等他送聘后，慢慢过继个女儿抵当他，有何不可？"计议定了。便把这话嘱咐段玉桥，叫他不可泄漏。玉桥怎敢不依，即如命回复奉桂，择吉日行礼。正是：

> 未及以假代真，先自将无作有。如此脱空做法，险矣媒人之口。不惟不论
> 真假，亦可不问有无。如此趋炎附势，哀哉势利之夫！

奉桂选了吉日，先往郤家拜门。待徵托病不出。次日，只把个名帖托段玉桥来致意。到行聘之日，奉桂送财礼银四百两，其余簪钗绸缎等物俱极丰盛。郤家回盘不过意而已矣。联姻以后，奉桂心上必要郤乡宦到门一次，以为光荣，与段玉桥商议设席请他。先于几日前下了个空头请帖，候他拣定了一日，然后备着极盛的酒席，叫了上好的梨园，遍请邻里亲族做陪客。只有冯乐善托故不到，其余众陪客都坐在堂中等候。看看等了一个更次，并不见郤乡宦来，奉桂连遣人邀了几次，只见段玉桥来回复道："郤老先生因适间到了个讨京债的，立等要二百金还他，一时措处不出，心中烦闷，懒得赴席了。特托我来致意。"奉桂听罢，便扯玉桥过一边，附耳低言道："今日我广招众客，专候郤亲翁到来，若不来时，可不羞死了我。他若只为二百两银子，何必烦闷，待我借与他就是。"玉桥道："若有了二百两时，我包管请他来便了。"奉桂连忙取出银子，付与玉桥悄然袖去，又叮嘱一定要请他到来，替我争些体面。玉桥应诺而去。又等了半晌，方才听门前热闹，传呼"郤老爷到了！"奉桂迎着，十分恭谨，先在茶厅上交拜了，随唤儿子出来拜见岳翁。此时甄阿福已称小大官人，打扮得十分齐整，出来拜了待徵四拜。然后请至大厅上与众亲友相见。玉

桥指着众亲友，对待徵道："列位在此候久了。老先生不消逐位行礼，竟总揖了，就请坐席罢。"待徵便立在上肩作了一揖。奉桂定他首席坐下，其余依次而坐。演起戏来，直饮至天明方散。次日，奉桂又送席敬二十四两。待徵只将色缎二端、金簪一只，送与女婿作见面之礼。奉桂见待徵恁般做作，正想把女儿阿寿也扳个乡绅，敌住郤家，不想此女没福，患病死了。奉桂只得专倚着郤家行动，凡置买田房，都把郤衙出名，讨租米也用郤衙的租由，收房钱也用郤衙的告示。待徵见他产业置得多了，却拣几处好的竟自管业，说道："我权替你掌管，等女婿长大，交付与他。"奉桂怎敢违拗，只得拱手奉之。正是：

> 假掘藏弄假成真，虚会租变虚作实。
>
> 卖菜佣强附丝罗，欺心汉人过盗贼。

奉桂虽被郤家取了些产业去，却正当时运亨通之际，生息既多，家道日丰。

光阴迅速，不觉已是三年。冯乐善要来讨这五百两房价了，奉桂只肯找还原典价二百两，其应付刘家的三百两竟不肯认。冯乐善使人往复再三，奉桂只将郤乡宦装头，说道："此屋已转售与郤舍亲，你若要加绝，须向郤衙讲。"冯乐善真个写了名帖，去上复郤待徵，不想到门几次，不得一见，乐善忿了口气，说道："他倚着乡绅亲戚来欺负我，难道我就没有个做官的亲戚么？"原来冯乐善有个妻兄李效忠，现为京衙千户。乐善正欲遣人到京，求李效忠写书致意郤待徵，讨这项银子。谁想"天有不测风云，人有旦夕祸福"。忽一夜，因家中丫鬟不小心失误了火，延烧起来。众人从睡梦中惊醒，是夜风势又急，火趁风威，扑救不及，大家只逃得性命。从来失火比失盗更利害，然却是人不小心，不干火事。有一篇《火德颂》为证：

> 火本无我，因物而生。物若灭时，火亦何存。祝融非怒，回禄非嗔。人之不慎，岂火不仁！苟其慎之，曲突徙薪。火烈民畏，鲜死是称。用为烹饪，火德利民。庭燎照夜，非火不明。洪炉躯寒，非火不温。燧人之功，功垂古今！

却把盛好仁家亦被烧在内。只有甄奉桂家，亏得救火人多，松墥了一带房屋，不曾烧着。次日火熄后，被烧之家，各认着自己屋基，寻觅烧剩的东西。冯家有个藏金银的库楼，不合倒在甄家地基上，冯家要来寻觅时，奉桂令人守着，不许寻觅。冯乐善与他争论

不过，只得忍气吞声，自家瓦砾场中只寻得些铜锡等物，其余一无所有。县中又差人出来捉拿火头，典铺烧了，那些赎当的又来讨赔，冯乐善没奈何，把家中几个丫鬟都卖了，还不够用，只得把这屋基来卖。奉桂又将郤衙出名，用贱价买了。乐善把卖下的银子都用尽了，奴仆尽皆散去，只剩得夫妻二口，并一个十三岁的女儿小桃，一个九岁的儿子延哥，共只四人。他本是北京籍贯，并没亲戚在兰溪，一时无可投奔。亏得一个媒妪许婆，常时在他家走动的，因看不过，留他到家中住了。冯乐善与妻子计议，要到北京投奔李效忠，怎奈身边并无盘费。许婆听说，便道："此时哪里去措处盘费。我倒有个计较在此，只怕员外安人不肯。"乐善道："有何计较?"许婆道："本城有个姓过的寡妇，惯收买人家十二三岁的女孩儿，养得好了，把来嫁与过往乡绅或本处大户做偏房外宅。员外若肯把这位小娘权寄养在她家，倒可取得几十两银子做盘费。她要嫁与人时，也须等到十五六岁。员外若到京中见了李爷，弄得些银两，只在一两年内便回来取赎了去，有何不可?"乐善夫妇听罢，本是舍不得女儿，寻思无计可施，只得权从此策，便教许婆去约那过寡妇来看。过寡妇一见小桃十分中意，愿出银四十两，即日交了银子，便要领去。乐善夫妇抱着小桃，痛哭一场。临别时，小桃叮嘱爹娘："见了舅舅之后，千万就来赎我。"乐善夫妇含泪允诺。正是：

> 忍把明珠掌上离，只因资釜客中虚。
>
> 可怜幼女从今后，望断燕京一纸书。

话分两头。不说冯乐善夫妇有了银子，自和幼儿延哥往北京投奔李效忠去了。且说小桃到了过寡妇家，不上一月，就有个好机会来。也是她的造化，原来此时郤待徵已起身赴京谋官复职，临行时吩咐夫人郁氏，叫她差人密访小人家女儿，有充得过小姐的，过继她来抵当甄家这头姻事。夫人领诺，密差家人在外寻访，奈急切没有中意的。郤家有个养娘，向与过寡妇相熟。一日偶至过家，见了小桃，十分赞叹，回来报与夫人知道。夫人即命肩舆抬小桃到家来看，果然姿容秀美，举止端庄，居然大家体段，又且知书认字，心中大喜。问知原价四十金，即加上十两，用五十金讨了。认为义女，命家中人都呼为小姐。正是：

> 今日得君提提起，免教人在污泥中。

不说小桃自在邰家为义女,且说盛好仁家自对门失火之夜,延烧过来,店中柴油纸马,都是引火的东西,把房屋烧得干干净净。盛好仁又不在家,其妻张氏并儿子俊哥,及康三老和一个丫鬟、一个养娘共五口,没处安身。甄奉桂便把自己房屋出空两间,与他们住了,又送些柴米衣服与他。一面唤匠工把自己扒堆的房屋,并所买冯家的地基一齐盖造起来,连盛家的地基也替他盖造。奉桂有了银子,砖瓦木石,咄嗟而办,不够两月,都造得齐整,仍请盛家一行人到所造新屋里居住。张氏甚是盛激,只道奉桂待冯家刻薄,待我家却这等用情。不想过了一日,奉桂袖着一篇账目,来与康三老算账。康三老接那账目看时,却是销算前番所付三百两银子。上面逐项开着,只算得一分起息,每年透支银若干,又造屋费去银若干,连前日在他家里暂住这两月的盘费也都算在内,把这三百两本银差不多算完了,只余得十来两在奉桂处。康三老道:"当初盛舍亲相托之意,本欲仰仗大力,多生些利息。若只一分起利,太觉少些!"奉桂变色道:"一向令亲把这银冷搁在家,莫说一分利息,就是半分利息也没处讨。在下一时应承了去,所置货物,不甚得价,只这一分利息我还有些赔补在内。"康三老道:"闻老丈财运亨通,每置货物,无不得利,怎说这没利息的话。"奉桂道:"说也不信,偏是令亲的银子去置货,便不得利。我今也有置货脱货的细账在此!"说罢,又向袖中摸出一篇帐来。康三老接来看时,也逐项开着,果然利息甚微,有时比本钱倒欠些。看官听说:难道偏是盛好仁这般时运不济?大约置货的,东长西折,有几件得价,自然也有一两件不得价,若通共算来,利息原多。今奉桂将得价的都划在自己名下,把不得价的都留在他人名下。康三老明晓得他是欺心账目,因盛好仁又不在家,与他争论不得,只得勉强答应道:"老丈账目,自然不差。但目下回禄之后,店中没银买货。乞念旧日交情,转移百来两银子做本钱,待舍亲回来,自当加利奉还。"奉桂道:"本该从命,奈正当造屋多费之后,哪里兑得出银子?若必要借,除非你把这新屋写个抵契,待我向舍亲处转借与你何如?"说罢,便起身作别去了。康三老把上项话细述与张氏听。张氏方知奉桂不是好人,当初丈夫误信了他。大凡银子到了他人手中,便是他人做主,算不得自己的了。所以施恩与人、借物与人的,只算弃舍与他才好,若要取价责报起来,往往把前日好情反成嫌隙。有一篇古风为证:

长者施恩莫责报,施恩责报是危道。昔年漂母教淮阴,微词含意良甚深。
尽如一饭千金答,灭项与刘报怎偿?所报未盈我所期,恃功觖望生嫌疑。嫌疑
彼此怖难弭,遂令杀机自此起!可怜竹帛动皇皇,犹然鸟尽嗟弓藏。何况解推

行小惠，辄望受者铭五内？望而后应已伤情，望而不应仇怨成。思至成仇恩何益，不唯无益反自贼。富因好施常至贫，拯贫如我曾无人。损己利人我自我，以我律人则不可。先富后贫施渐枯，有始无终罪我多。求不见罪已大幸，奈何欲皮相答赠。世情凉薄今古同，愿将德色归虚空！

当下张氏没奈何，只得依着奉桂言语，叫康三老把住居的屋写了空头抵契去抵银。奉桂却把银九十两作一百两，只说是邰衙的，契上竟写抵到邰衙，要三分起息算，说是邰衙放债的规矩。康三老只得一一如命。张氏把这项银子，取些来置买了动用家伙并衣服之类，去了十数金。其余都付康三老置货，在店中发卖。哪知生意不比前番兴旺。前番奉桂还来替他照管，今算清了本利之后，更不相顾，恁康三老自去主张。三老年高好酒，生意里边放缓了些，将本钱渐渐消折。奉桂又每月使邰家的大叔来讨利银，三老支持不来，欠了几个月利钱。奉桂便教邰家退还抵契，索要本银；若没本银清还，便要管业这屋。三老没法支吾，张氏与三老商议道："我丈夫只道这三百两银子在家盘利，付托得人，放心出去，今已三年，还不回家。或者倒与卜完卿在京中买卖得利，所以不归。我今没有银子还邰家，不如弃了这房屋，到京中去寻取丈夫罢。"三老道："也说得是。"便将抵契换了典契，要邰家找价。奉桂又把所欠几个月利钱，利上加利的一算，竟没得找了。只叫邰家的人来催赶出屋。张氏只得叫康三老将店中所剩货物并粗重家伙都变卖了，连那个丫鬟也卖来凑做盘费，打发了养娘去，只与康三老并儿子俊哥三个人买舟赴京。谁想福无双至，祸不单行。舟至新庄闸地方，忽遇大风，把船打翻，人皆落水。亏得一只渔船上，把张氏并康三老捞救起来。三老已溺死，只留得张氏性命，俊哥却不知流向哪里，连尸首也捞不着了。正是：

> 前番已遭火灾，今日又受水累。
>
> 不是旅人号唰，却是水火既济。

张氏行囊尽漂没，孩儿又不见了，悲啼痛哭，欲投河而死。渔船上人再三劝住，送她到沿河一个尼庵里暂歇。那尼庵叫作宝月庵，庵中只有三四个女尼，庵主老尼怜张氏是个异乡落难的妇人，收留她住下。康三老尸首，自有地方下买棺烧化。

你道那俊哥的尸首何处去了？原来他不曾死，抱着一块船板，顺流滚去一里有余。

滚至一只大船边，船上人见了，发起喊来，船里官人听得，忙叫众人打捞起来。那官人不是别人，就是郤待徵。你道郤待徵在京中谋复官职，为何又到此？原来那年是景泰三年，朝中礼部尚书王文是待徵旧交，为此特地赴京，欲仗其力，营谋起用。不想此时少保于谦当国，昔日待徵罢官，原系于少保为御史时劾他的，王文碍着于少保，不好用情。待徵乘兴而来，败兴而返，归舟遇风，停泊在此。当下捞着俊哥，听他声口是同乡人，又见他眉清目秀，便把干衣服与他换了。问其姓名，并被溺之故，俊哥将父亲出外，家中遇火，奉桂负托，郤家逼债，以致弃家寻亲，中途被溺，母子失散的事，细细述了。待徵听罢，暗想道："原来甄奉桂倚着我的势，在外恁般胡行。我今回去与他计较则个。"因对俊哥道："我就是郤乡宦，甄奉桂是我亲家。放债之事，我并不知，明日到家，与你查问便了。"俊哥含泪称谢。待徵道："你今年几岁了？"俊哥道："十四岁。"待徵又问："曾读书么？"俊哥道："经书都已读完，今学做开讲了。"待徵道："既如此，我今出个题目，你做个破题我看。"便将溺水为题，出题云："今天下溺矣。"俊哥随口念道："以其时考之滔滔者，天下□是也。"待徵听了，大加称赏，想道："自家的公子一窍不通，不能入泮，只纳得个民监。难得这孩子倒恁般聪慧。"便把俊哥认为义儿，叫他拜自己为义父。俊哥十分感激，只是思念自己父母，时常吞声饮泣。待徵就在舟中教他开笔作文。俊哥姿性颖悟，听待徵指教，便点头会意，连做几篇文字，都中待徵之意，待徵一发爱他。带到家中，叫他拜夫人为义母，备言其聪慧异常，他年必成大器。夫人也引冯小桃来拜见了待徵，说知就里。待徵大喜，又说起甄奉桂借势欺人之事。夫人道："冯小桃也对我说，她家也受了甄奉桂的累。"待徵道："奉桂如此欺人，不可不警戒他一番！"夫人道："闻说他近日在家里患病哩。"

正说间，家人来报：甄奉桂患病死了。你道奉桂做财主不多年，为何就死了？原来他患了背疽，此乃五脏之毒，为多食厚味所致；二来也是他忘恩背义，坏了心肝五脏，故得此忌症。不想误信医生之言，恐毒气攻心，先要把补药托一托，遂多吃了人参，发肠而殂。看官听说：他若不曾掘藏，到底做豆腐，哪里有厚味吃，不到得生此症。纵然生此症，哪里吃得起人参，也不到得为医生所误。况不曾发财时，良心未泯，也不到得忘恩背义，为天理所不容。这等看起来，倒是掘藏误了他了。正是：

背恩背德，致生背疾。
背人太甚，背世倏忽。

奉桂既死，待徵替他主持丧事。一候七终，便将甄阿福收拾来家，凡甄家所遗资产，尽数收管了去，以当甄阿福目下延师读书，并将来毕姻之费。只多少划些供膳银两，并薄田数十顷，付与伊氏盘缠。伊氏念丈夫既死，儿子又不在身边了，家产又被郄家白占了去，悲愤成疾，不够半年，也呜呼尚飨。郄待徵也替她治了几日丧，将他夫妇二柩买地殡葬讫，便连住居的房屋一发收管了。

是年甄阿福已十四岁，与盛家俊哥同庚，待徵请个先生，教他两个读书，就将乳名做了学名。一个叫作甄福，一个叫作盛俊，那甄福资性顽钝，又一向在家疏散惯了，哪里肯就学。先生见他这般不长进，钻在他肚里不得。每遇主翁来讨学生文字看，盛俊的真笔便看得，甄福却没有真笔可看。先生恐主翁嗔怪，只得替他改削了些，勉强支吾过去。光阴迅速，不觉二年有余。甄福服制已满，免不得要出去考童生了。待徵只道他黑得卷子的，教他姓了郄，叫作郄甄福，与盛俊一同赴考。府县二案，盛俊都取在十名内，却是真才。甄福亏了待徵的荐书，认作嫡男，也侥幸取了。待徵随又写书特致学台，求他作养。那学台姓丙名官，为人清正，一应荐牍，俱不肯收。待徵的书，竟投不进。到临考时，甄福勉强入场，指望做个传递法儿，诸人代笔。奈学台考规甚严，弄不得手脚，坐在场中一个字也做不出。到酉牌时分，卷子被撤了上去。学台把那些撤上来的卷，逐一检视，看到甄福的卷子，你道怎生模样？但见：

> 薛鼓少文，白花缺字。琴以希声为贵，棋以不着为高。《论语》每多门人之句，恐破题里圣人两字便要差池；《中庸》不皆孔子之言，怕开讲上夫子以为写来出丑。《大学》"诗云"，知他是"风"是"雅"；《孟子》"王曰"，失记为齐为梁。寻思无计可施，只得半毫不染。想当穷处，"子曰"如之何如之何；解到空时，"佛云"不可说不可说。好似空参妙理，悟不在字句之中；或嫌落纸成尘，意自存翰墨之表。伏羲以前之《易象》画自何来；获麟以后之《春秋》笔从此绝。真个点也不曾加，还他屁也没得放。

学台看了大怒，喝骂甄福道："你既一字做不出，却敢到本道这里来混帐，殊为可恶！"叫一声皂隶："打"众皂隶齐声吆喝起来，吓得甄福魂飞魄散。亏得旁边一个教官，跪过来禀道："此童乃兵部主事郄老先生的令郎，念他年纪尚小，乞老大人宽恕。"宗师听说，打便饶了。怒气未息，指着甄福骂道："你父亲既是乡绅，如何生你这不肖！我晓得你平日必然

骗着父亲,你父亲只道你做得出文字,故叫你来考。我今把这白卷送与你父亲看去。"说罢,便差人押着甄福,把原卷封了,并一个名帖送到郤待徵处。一时哄动了兰溪合县的人,都道豆腐的儿子,只该叫他在豆腐缸边玩耍,如何郤乡宦把他认为己子,叫他进起考场来?有好事的便做他几句口号道:

墨水不比豆腐汁,磨来磨去磨不出;卷子不比豆腐账,写来写去写不上;砚池不比豆腐匝,手忙脚乱难了结;考场不比豆腐店,惊心骇胆不曾见。

郤待徵见了这白卷,气得发昏,责骂甄福"削我体面",连先生也被发作了几句。先生便把甄福责了几板,封锁在他书房里,严加督课。不上半月,甄福捉个空,竟私自掇开了门,不知逃向哪里去了。待徵使人各处寻访,再寻不见,只得叹口气罢了。正是:

欺心之父,不肖之子。
天道昭昭,从来如此。

又过了半月,学台发案,盛俊取了第一名入泮,准儒士科举应试。待徵十分欢喜,与夫人商议道:"我叫他为子,到底他姓盛,我姓郤,不如招他为婿,倒觉亲切。今甄家这不肖子既没寻处,我欲把冯小桃配与盛俊。夫人以为何如?"夫人道:"我看小桃这等才貌,原不是甄福的对头。纵便甄福不逃走,我也要再寻一个配她。相公所言正合我意。"计议已定,待徵就烦先生为媒,择个吉日,要与他两个成婚。盛俊对先生说:"要等乡试过了,然后毕姻。"待徵一发喜他有志气,欣然依允。到得秋闱三场毕后,放榜之时,盛俊中了第五名乡魁。郤家亲友都来庆贺。盛俊赴过鹿鸣宴,待徵即择吉日与他完婚。正是:

蟾宫方折桂,正好配嫦娥。
大登科之后,又遇小登科。

是年盛俊与冯小桃大家都是十七岁,花烛之后,夫妻恩爱,自不必说。只是喜中有苦,各诉自己心事。盛俊方知小桃是冯氏之女,不是郤待徵所生。小桃道:"我自十三岁时,先到过寡妇家,爹妈原约一两年内便来取我,谁想一去五年,并无音耗。幸得这里恩父恩母

收养，今日得配君子。若非这一番移花接木，可不误了我终身大事。正不知我爹娘怎地便放心得下，一定路途有阻，或在京中又遭坎坷，真个生死各天，存亡难料。"说罢，泪如雨下。盛俊也拭泪道："你的尊人还是生离，我的尊人怕成死别。我当初舟中遇风，与母亲一同被溺。我便亏这里恩父救了，正不知母亲存亡若何？每一念及，寸心如割。今幸得叨乡荐，正好借会试为由，到京寻访父母，就便访你两尊人消息。"小桃听说，便巴不得丈夫连夜赴京。有一支《玉花肚》的曲儿为证：

> 谓他人父，一般般思家泪多。喜同心配有文鸾，痛各天愧彼慈乌。儿今得便赴皇都，女亦寻亲嘱丈夫。

盛俊一心要去寻亲，才满了月，即起身赴京，兼程趱路。来到向日覆舟之处，泊住了船，访问母亲消息。那些过往的船上，那里晓得三年以前之事。盛俊又令人沿途访问，并无消耗。一日，自到岸上东寻西访，恰好步到那宝月庵前，只见一个老妈妈在河边淘了米，手拿着米箩，竟走入庵中。盛俊一眼望去，依稀好像母亲模样，便随后追将入去。不见了老妈妈，却见个老尼出来迎住，问道："相公何来？"盛俊且不回她的话，只说道："方才那老妈妈哪里去了？你只唤她出来，我有话要问她。"老尼道："她不是这里人，是兰溪来的。三年前覆舟被难，故本庵收留在此。相公要问怎么？"盛俊听说，忙问道："她姓什么？"老尼道："她说丈夫姓盛，本身姓张。"盛俊跌足大叫道："这等说，正是我母亲了！快请来相见。"老尼听说，连忙跑进去引那老妈妈出来。盛俊一见母亲，抱住大哭。张氏定睛细看了半晌，也哭起来。说道："我只道你死了，一向哭得两眼昏花。你若不说，就走到我面前，也不认得了。不想你今日这般长成。一向在何处？今为何到此？"盛俊拜罢，立起身来，将上项事一一说明。张氏满心欢喜，以手加额。尼姑们在旁听了，方知盛俊是上京会试的新科举人，加意殷勤款待。张氏也诉说前事。盛俊称谢老尼收留之德，便叫从人取些银两来谢老尼。即日迎请张氏下船，同往京师寻父。正是：

> 从前拆散风波恶，今日团圆天眼开。

盛俊与母亲同至京师，寻寓所歇下了，便使人在京城里各处访问父亲盛好仁的消息。只见家人引着一个人来回复道："此人就是卜完卿的旧仆。今完卿已死，他又投靠别家。

若要知我家老相公的信，只问他便知。"盛俊便唤那人近前细问，那人道："小人向随旧主卜官人往土木口卖货，祸遭兵变，家主被害。小人只逃得性命回来，投靠在本城一个大户安身。五年前盛老相公来时，小人也曾见过。老相公见我主人已死，人财皆失，没处讨银。欲待回乡，又没盘费。幸亏一个嘉兴客人戴友泉，与老相公同省，念乡里之情，他恰好也要回乡，已同老相公一齐归去了。"盛俊道："既如此，为何我家老相公至今尚未回乡？"那人道："戴家人还有货物在山东发货，他一路回去，还要在山东讨账，或者老相公随他在山东有些耽搁也未可知。"盛俊听罢，心上略放宽了些。打发那人去了，又令人到李效忠处问冯乐善夫妻的下落。家人回报道："李千户自正统末年随驾亲征，在土木口遇害，他奶奶已先亡故，又无公子，更没家眷在京。那冯员外的踪迹并无人晓得。"盛俊听了，也无可奈何，且只打点进场会试。三场已过，专候揭晓。

盛俊心中烦闷，跨着个驴儿出城闲行。走到一个古庙前，看门上二个旧金字，乃是"真武庙"。盛俊下驴入庙，在神前礼拜已毕，立起身来，见左边壁上挂着一扇木板，板上写着许多筶诀。盛俊便去神座上取下一副筶来，对神祷告。先求问父亲的消息，却得了个阳圣圣之筶，筶诀云：

功名有成，谋望无差。

若问行人，信已到家。

盛俊见了，想道："若说信已到家，莫非此时父亲已到家中了？"再问冯家岳父母的消息，却得了三圣之筶。筶诀云：

家门喜庆，人口团圆。

应不在远，只有目前。

盛俊寻思道："若说父亲信已到家，或者有之。若说岳父母应在目前，此时一些信也没有，目前却应些什么？"正在那里踌躇猜想，只见一个老者从外面走入庙来，头带一项破巾，身上衣衫也不甚齐整，走到神前纳头便拜，口里唧唧哝哝不知道说些什么，但依稀听得说出个"冯"字。盛俊心疑，定睛把那老者细看。盛俊幼时曾认得冯乐善，今看此老面庞有些相像，但形容略瘦了些，须髯略白了些。盛俊等他拜毕，便拱手问道："老丈可是姓

冯？可是兰溪人？"那老者惊讶道："老汉正是姓冯，数年前也曾在兰溪住过。足下何以知之？"盛俊听说，忙上前施礼道："岳父在上，小婿拜见。"慌得那老者连忙答礼道："足下莫认错了。天下少什同乡同姓的！"盛俊道："岳父台号不是乐善么？"那老者道："老汉果然是冯乐善，但哪里有足下这一位女婿？"盛俊道："岳父不认得盛家的俊哥了么？盛好仁就是家父，如何忘记了？"乐善听说，方仔细看着盛俊道："足下十来岁时，老汉常常见过，如今这般长成了，叫我如何认得？正不知足下因什到此？那岳父之称又从何而来？"盛俊遂把前事细述了一遍。喜得乐善笑逐颜开，也把自己一向的行藏，说与盛俊知道。正是：

　　　　人口团圆真不爽，目前一半答先灵。

原来冯乐善当日同了妻儿，投奔李效忠不着，进退两难。还亏他原是北京人，有个远族冯允恭，看同宗面上，收留他三口儿在家里。那冯允恭在前门外开个面店，乐善帮他做买卖，只好糊口度日，哪里有重到兰溪的盘缠？又哪里有取赎女儿的银子？所以逗留在彼，一住五年。夫妇两个时常想着女儿年已及笄，不知被那过寡妇送在什么人家，好生烦恼。是日，乐善因替冯允恭出来讨赊钱，偶在这庙前经过，故进来祷告一番，望神灵保祐，再得与女儿相见，不想正遇着了女婿。当下盛俊便随他到冯允恭家里，见了允恭，称谢他厚情，请岳母出来拜见了，并见了小舅延哥。是日即先请岳母到自己寓所，与母亲同住，暂留乐善父子在允恭家中。等揭晓过了，看自己中与不中，另作归计。过了几日，春闱放榜，盛俊又高中了第七名会魁，殿试二甲。到得馆选，又考中了庶吉士。

　　正待告假省亲，不料又有一场忧事。是年正是天顺元年，南宫复位，礼部尚书王文被石亨、徐有贞等诬他迎立外藩，置之重典，有人劾奏郤待徵与王文一党，奉旨：郤待徵纽解来京，刑部问置，家产籍没。盛俊闻知此信，吃了一惊，只得住在京师，替待徵营谋打点。盛俊的会场大座师是内阁李贤，此时正当朝用事。盛俊去求他周旋，一面修书遣人星夜至兰溪，致意本县新任的知县，只将郤待徵住居的房屋入官，其余田房产业只说已转卖与盛家，都把盛家的告示去张挂。那新任知县是盛俊同年，在年谊上着实用情。到得郤待徵纽解至京，盛俊又替他在刑部打点，方得从宽问拟。至七月中，方奉圣旨：郤待徵革职为民，永不叙用，家产给还。那时盛俊方才安心，上本告假省亲，圣旨准了。正待收拾起程，从山东一路而去，忽然家人到京来报喜信，说太老爷已于五月中到家了。盛俊大喜。原来盛好仁随了戴友泉到山东，不想山东客行里负了戴友泉的银子，讨账不清，争闹起

来，以致涉讼。恰值店里死了人，竟将假人命图赖友泉，大家在山东各衙门告状，打了这几年官司。盛好仁自己没盘费，只得等他讼事结了，方才一齐动身。至分路处，友泉自往嘉兴，好仁自回兰溪。此时正是五月中旬。好仁奔到自家门首，只见门面一新，前后左右的房屋都不是旧时光景，大门上用锁锁着。再看那些左邻右舍，都是面生之人，更没一个是旧时熟识，连那冯员外家也不见了。心里好生惊疑，便走上前问一个邻舍道："向年这里有个盛家，今在哪里去了？"那邻舍也是新住在此的，不知就里，指着对门一所新改门面的大屋说道："这便是新迁来的盛翰林家。"好仁道："什么盛翰林？"那人道："便是邵乡宦的女婿，如今邵乡宦犯了事，他的家眷也借住在里边。"好仁道："我问的是开柴米油酒店

的盛家。"那人道："这里没有什么开店的盛家。"好仁又问道："还有个姓甄的，向年也住在此，如今为何也不见了？"那人道："闻说这盛翰林住的屋，说是什么甄家的旧居。想是那甄员外死了，卖与他家的。"好仁听罢，一发不明白。正在猜疑，只见那对门大屋里走出两三个青衣人，手中拿着一张告示，竟向那边关锁的屋门首把告示粘贴起来，上写道：

翰林院盛示：照得此房原系本宅旧居，向年暂典与邵处。今已用价取赎，仍归本宅管业。该图毋得混行开报。时示。

好仁看罢，呆了半晌，便扯住一个青衣人问道："这屋如何被邵家管业了去？今又如何归了你们老爷？"只见那青衣人睁着眼道："你问他则什？你敢是要认着邵家房产，去报官么？我家老爷已与本县大爷说明了，你若去混报，倒要讨打哩！"好仁道："你们说的是什么话？我哪晓得什么报官不报官。只是这所房屋，原系我的旧居，如何告示上却说是你家老爷的旧居？又说向曾典与邵家，这是何故？"青衣人道："一发好笑了。我家老爷的屋，你却来冒认。我且问你姓什名谁？"好仁道："我也姓盛，叫做好仁。五六年前出外去了，今日方归，正不知此屋几时改造的？我的家眷如何不住在里面？"青衣人听了，都吃一惊，慌忙一齐跪下叩头道："小的们不知是太老爷，方才冒犯了，伏乞宽恕。"好仁忙扶住道："你们不要认错了，我不是什么太老爷。我哪有什么翰

86

林儿子?"青衣人道:"原来太老爷还不晓得。"遂把上头事细细禀明。好仁此时如梦初觉，真个喜出望外。青衣人便请好仁到对门大宅里，报与夫人冯氏知道。小桃大喜，便出堂来拜见了公公。那时郤家住居已籍没入官。所以小桃引着郤家眷属，都迁到甄家旧屋里暂住。当下小桃收拾几间厅房，请好仁安歇。好仁遂修书遣人至京，报知儿子。盛俊看了书信，又问了来人备细，欢喜无限。正是：

　　　　果然灵签无差错，真个行人已到家。

　　当下盛俊唤了两只大船，一只船内请母亲与岳母及小舅乘坐，一只船内自己与郤待徵、冯乐善乘坐。乐善见了待徵，称谢他将女儿收养婚配之德。因诉说往年甄奉桂倚仗贵戚，欺负穷交，攘取库楼资财，勒措住房原价许多可笑之处。待徵道："这些话，不佞已略闻之于令爱，但此皆奉桂与小僮辈串通做下的勾当。就是令婿，亦深受其累。如今天教不佞收养两家儿女，正代为奉桂补过耳。不佞今番归去，当取奉桂名下之物，归与两家，还其故主。"盛俊道："不肖夫妇俱蒙大人抚养，既为恩父，又为恩岳，与一家骨肉无异，何必如此较量！"待徵道："不佞近奉严旨，罪几不测。今幸得无恙，皆赖你周旋之力，亦可谓相报之速矣！"盛俊逡巡逊谢。

　　不一日，待徵到家。此时住房已奉旨给还，便将家眷仍旧迁归。向来所占甄家赀产，尽数分授与盛俊夫妇。盛俊便划几处产业与冯乐善，以当库楼中所赖之物。又把冯家旧宅，并甄家住居的屋，仍欲归还乐善，自己要迁到对门旧居中去。乐善见他旧居狭隘，遂把甄家的住房送与盛俊，以当女儿的嫁资。自此冯家依旧做了财主，盛家比前更添光彩。至于好仁夫妻重会，小桃父母重逢，骨肉团圆，合家喜庆，自不必说。正是：

　　　　冯家财宝甄家取，甄氏田房郤氏封。
　　　　谁识今朝天有眼，郤还归盛盛归冯。

　　冯乐善前番失火之后，童仆皆散。今重复故业，这班人依旧都来了。老奴冯义亦仍旧来归，又领一个儿子、一个媳妇也来叩头投靠服役。乐善问道："你一向没儿子的，今日这对男妇从何而来？"冯义道："这儿子是路上拾的。小人向随刘官人出外做些买卖，偶见这孩子在沿途行乞，因此收他为儿，讨了个媳妇。"乐善听说，就收用了，也不在意里。次

日,恰好盛俊到冯家来,一见冯义的儿子,不觉吃惊。你道他是何人?原来就是甄奉桂之子甄福。盛俊想着当初与他同堂读书几年,不料他今日流落至此,好生不忍,便对乐善说知,另拨几间小屋与他夫妇住下,免其服役。可怜甄奉桂枉自欺心,却遗下这个贱骨头的儿子,这般出丑。当初曾将他许与冯员外做书童,今日果然应了口了。又曾将女儿阿寿许与盛俊,今女儿虽死,那冯小桃原系抵当他儿子婚姻的,今配了盛俊,分明把个媳妇送与他了。正是:

　　　　向后欺心枉使去,从前誓愿应还来。

　　盛俊钦假限期已满,将欲起身赴京,因念当时甄家掘藏,原在刘家屋内掘的,今闻刘辉收心做生理,不比从前浪费,便叫冯义去请他来,划一宗小产业与他,以当加绝不产之物。又念戴友泉能恤同里,遣人把银二百两往嘉兴谢了他。然后与家眷一同起身入京。到前覆舟之处,又将百金施与宝月庵,就在庵中追荐了康三老。及到京师,又将银二百两酬谢冯允恭。真个知恩报恩,一些不岁。至明年,朝廷有旨,追录前番随征阵亡官员的后人。盛俊知李效忠无子,就将小舅冯延哥姓了外祖的姓,叫作李冯延,报名兵部一体题请,奉旨准袭父爵。冯乐善便也做了封翁,称了太爷。后来盛、冯两家子孙繁衍。可见好人自有福报,恶人枉使欺心。奉劝世人切莫以富欺贫,以贵欺贱。古人云:"一富一贫,乃见交情;一贵一贱,交情乃见!"故这段话文,名之曰《正交情》。

卷六　明家训

匿新丧逆子生逆儿　惩失配贤舅择贤婿

诗曰：

犁牛骍角偶然事，恶人安得有良嗣？

檐头滴水不争差，父如是兮子如是。

此诗乃宋朝无名氏所作。依他这等说，顽如瞽瞍为什生舜，圣如尧舜为什生不肖的丹朱、商均？凶如伯鲧为什生禹？养志的曾参又何以生不能养志的曾元？不知瞽瞍原是个极古道的人。假如今日人情恶薄，势利起于家庭，见儿子一旦富贵，便十分欣喜。偏是他全不看富贵在眼里，凭你儿子做了驸马，做了宰相，又即日要做皇帝了，他只是要焚之杀之而后快。直待自己回心转意，方才罢休。此老殊非今人可及，如何说他是顽父？若论丹朱、商均，也都是能顺父命的孝子。诚以近世人情而论，即使一父之子，分授些少家产，尚要争多竞少。偏是他两个的父亲，把天大基业不肯传与儿子，白白地让与别人，他两个并无片言。所以《书经》云："虞宾在位"是赞丹朱之让；《中庸》云："子孙保之"，是赞商均之贤。如何说他是不肖？又如伯鲧也是勤劳王事的良臣。从来治水最是难事，况尧时洪水，尤不易治，非有凿山开道、驱神役鬼的神通，怎生治得？所以大禹号为神禹。然伯鲧治了九年，神禹也治了八年。伯鲧只以京师为重，故从太原、岳阳治起，神禹却以河源为先，故从积石、龙门治起。究竟《书经·禹贡》上说："既修太原，至于岳阳"，也不过因

鲧之功而修之;《礼记·祭法》以死勤事则祀之。夏人郊鲧而宗禹。伯鲧载在祀典,如何把他列于四凶之中,与共工、驩兜、有苗一例看?至于曾参养曾皙曾元养曾参,皆是依着父亲性度。曾皙春风沂水,童冠与游,是个乐群爱众、性喜阔绰的。故曾参进酒肉,必请所与,必曰有余。曾参却省身守约,战战兢兢,是个性喜收敛、不要儿子过费的。故曾元进酒肉,不请所与,不曰有余。安见曾参养志,曾元便不是养志者?今人不察,只道好人反生顽子,顽父倒有佳儿,遂疑为善无益,作恶不妨。

如今待在下说一个孝还生孝、逆还生逆的报应,与众位听。

话说明朝正德年间,南直常州府无锡县,有一个人姓晏名敖,字乐川。其父晏慕云,赘在石家为婿,妻子石氏,只生得晏敖一个。晏敖的外祖石佳贞,家道殷富,曾纳个冠带儒士的札付,自称老爹。只因年老无子,把晏敖当做儿子一般看待,延师读书,巴不得他做个秀才。到得晏敖十八岁时,正要出来考童生,争奈晏慕云夫妇相继而亡,晏敖在新丧之际,不便应考;石佳贞要紧他入泮,竟把他姓了石,改名石敖,认为己子,买嘱廪生,朦胧保结,又替他贪缘贿赂,竟匿丧进了学。到送学之日,居然花鼓吹,乘马到家。亲友都背地里讥笑,佳贞却在家中设宴庆喜。哪知惹恼了石家一个人,乃是佳贞的族侄石正宗。他怪佳贞不立侄儿为嗣,反把外甥为嗣,便将晏敖匿丧事情具呈学师,要他申宪查究。晏敖着了急,忙叫外祖破些钞,在学师处说明了;又把些财帛买住石正宗,方得无事。是年佳贞即定下一个方家的女儿与晏敖为妻,也就乘丧毕姻,一年之内,便生下一子,取名奇郎。正是:

> 合着《孟子》两句,笑话被人传说:
> 不能三年之丧,而缌小功之察。

晏敖入泮、毕姻、生子,都在制中。如此灭伦丧理,纵使有文才也算文人无行,不足取了。何况他的文理又甚不济,两年之后,遇着宗师岁考,竟考在末等了。一时好事的把《四书》成句做歇后语,嘲他道:

> 小人之德满腹包,焕乎其有没分毫。
> 优优大哉人代出,下士一位君自招。

晏敖虽考了末等，幸亏六年未满，止于降社。到得下次岁考，石佳贞又费些银子，替他央个要紧分上，致意宗师，方得附在三等之末，复了前程。

你道外祖待他如此恩深，若论为人后者为之子，他既背了自己爹娘，合应承奉石家香火了，哪知从来背本忘亲之人，未有能感恩报德的，所谓"自家骨肉尚如此，何况他人隔一枝。"他见石佳贞年老，便起个不良之心，想道："外祖死后，石家族人必要与我争论，不若乘外祖存日，取了些东西，早早开交。"遂和妻子方氏商议，暗暗窃取外祖赀财，置买了些田产，典下一所房屋，凡一应动用家伙俱已完备。忽然一日，撇了外祖，领了方氏并奇郎，搬去自己住了。石佳贞那时不由不恼，便奔到学里去告了一张忤逆呈子。学师即差学役拘唤晏敖来问，晏敖许了学役的相谢，就央他去学师处称缝停当，又去陪了外祖的礼。石佳贞到底心慈，见他来陪礼，也就不和他计较了。到得事完之后，学役索谢，晏敖竟拔短不与，学役怀恨在心。过了两年，时值荒旱，县官与学师都到祈雨坛中行香，就于坛前施官粥赈济饥民。此时石佳贞家道已渐消乏，又得了风癫之症，日逐在街坊闲撞。那日戴了一顶破巾，穿了一件破道袍，走到施粥所在，分开众人，大声叫道："让我石老爹来吃粥。"不提防知县在坛前瞧见了，回顾学师道："此人好奇怪，既自称老爹，怎到这里来吃粥？"学师未及回答，学役早跪上前禀道："此人叫作石佳贞，曾为冠带儒士，故自称老爹。乃是本学生员石敖的父亲。"知县惊讶道："这一发奇怪了，儿子既是秀才，如何叫父亲出来吃官粥？他儿子如今可还在么？"学役道："现在。"知县又问道："那秀才家事何如？"学役道："他有屋有田，家事丰足。只因与父亲分居已久，故此各不相顾。"知县听罢，勃然变色，对学师道："这等学生，岂可容他在学里！当申参学宪，立行革黜为是！"学师唯唯领命。这消息早有人传与晏敖知道。晏敖十分着急，连忙央人去止住学中参文。一面恳求本族几个姓晏的秀才出来，到县里具公呈，备言："石敖本姓晏，石佳贞乃其外祖，幼虽承嗣，今已归宗。"并将佳贞患病风癫之故说明，又寻个分上去与知县讲了。知县方才批准呈词，免其申参。正是：

> 逃晏归石，逃石归晏。
> 推班出色，任从其便。

晏敖此番事完之后，所许众族人酬仪虽不曾赖，却都把铜银当做好银哄骗众人。原来晏敖有一件毛病，家中虽富，最喜使铜，又最会倾换铜银，人都叫他做"晏寡铜"。正是：

做人既无人气,使银亦无银意。

假锭何异纸钱,阳世如逢鬼魅。

　　过了半年,石佳贞患病死了。晏敖不唯不替他治丧,并不替他服孝,只凭石正宗料理后事。到开吊时,只将几两铜银,封作奠金送去。正宗怒极,等丧事毕后,便具词告县,说晏敖今日既不为嗣父丧服,当年何不为本生父母守制?因并称前年曾有首他匿丧入泮的呈词在学中可证。这知县已晓得晏敖是可笑的人,看了石正宗状词,即行文到学里去查。那些学役,谁肯替他隐瞒,竟揎掇学师将石正宗的原首呈送县。知县临审之时,再拘晏家族人来问,这些族人因晏敖前日把铜银骗了他,没一个喜欢的,便都禀说:"晏敖当日制中入泮是有的,但出嗣在先,归宗在后。"知县道:"本生父母死,则曰出嗣;及至嗣父死,又曰归宗。今日既以归宗为是,当正昔年匿丧之罪了。"晏敖再三求宽,知县不理,竟具文申宪。学院依律批断:"仰学除名。"正是:

　　青衿不把真金使,"寡铜"仍作白童身。

　　自此晏敖与石家断绝往来,却不想晏慕云夫妇的灵柩,向俱权厝在石家的坟堂屋里,今被石正宗发将出来,撇在荒郊。晏敖没奈何,只得将二柩移往晏家祖坟上。一向晏敖以出嗣石家,自己祖坟的地粮并不纳一厘,都是长房大兄晏子开独任,今欲把两柩葬在祖坟,恐晏子开要他分任坟粮,便只说是权时掩埋,不日将择地迁葬。那晏子开是个好人,更不将坟粮分派与他,凭他拣坟上隙地埋葬两柩。晏敖便自己择了一日,也不相闻族人,也不请地师点穴,只唤几个工匠到坟上来,胡乱指一块空地,叫掘将下去。哪知掘下只二尺来深,便掘着了一片大石。众工匠道:"这里掘不下,须另掘别处。"晏敖吝惜工费,竟不肯另掘,便将两柩葬在石上。那石片又高低不等,两柩葬得一高一低,父柩在低处,母柩在高处,好像上马石一般,有几句口号为证:

　　父赘于石,母产于石。生既以石为依,死亦以石为息。

　　高石葬母,低石葬父。为什妻高于夫?想因入赘之故。

晏子开闻知晏敖这般葬亲之法,十分惊怪,只道他果然迁葬在即,故苟且至此。不想过了年余,绝不说起迁葬,竟委弃两柩于石块之上了。

你道晏敖如此灭弃先人,哪里生得出好儿子来?自然生个不长进之子来报他。那时制中所生的奇郎,已是十三岁了。晏敖刻吝,不肯延师教子,又不自揣,竟亲自去教他。哪知书便教不来,倒教成了他一件本事,你道是什事?原来晏敖平日又有一样所好,最喜的是赌钱,时常约人在家角牌。他平日惯使铜银,偏是欠了赌账,哪肯把好银来还?常言道:"上行下效"。奇郎见父亲如此,书便不会读,偏有角牌一事,一看便会。有一篇口号说得好:

> 书齐工课,迥异寻常。不习八股,却学八张。达旦通宵,比棘闱之七义,更添一义;斗强赌胜,舍应试之三场,另为一场。问其题则喻梁山之君子;标其目则率水浒之大王。插翅虎似负嵎之逐于晋;九尾龟岂藻梲之居于臧。空没一文,信斯文之已丧于家塾;百千万贯,知一贯之不讲于书堂。所谓尊五美、四赏一百老;未能屏四恶、三剧二婆娘。兼之礼义尽泯,加以忠信俱亡。较彼盗贼,倍觉颠狂。分派坐次,则长或在末席,少或在上位,断金亭之尊卑,不如此之紊乱;轮做庄家,则方与为兄弟,忽与为敌国,蓼儿洼之伯仲,不若是之无良。算账每多欺蔽,色样利其遗忘。反不及宛子城之同心而行劫,大异乎金沙滩之公道而分赃。子弟时习之所悦而若此,父师教人之不倦为堪伤!

晏敖之妻方氏,见儿子终日角赌,不肯读书,知道为父的管他不下,再三劝晏敖请个先生在家教他。晏敖被妻子央逼不过,要寻个不费钱省事的先生。恰有族兄晏子鉴,与他同住在一巷之内。那晏子鉴本是个饱学秀才,只因年纪老了,告了衣巾,当年正缺了馆。晏敖便去请他到来,又不肯自出馆谷,独任供膳,却去遍拉邻家小儿来附学,要他们代出束修,轮流供给,自己只出一间馆地,只供一顿早粥。晏子鉴因家居甚近,朝来暮归,夜膳又省了。你道这般省事,那一间馆地也该好些。谁知晏敖把一间齐整书房,倒做了赌友往来角牌之所,却将一间陋室来做馆地,室中窗槛是烂的,地板又是穿的。子鉴见馆地恁般不堪,乃取一幅素笺,题诗八句,粘于壁上。其诗云:

> 山光映晓窗,树色迎朝槛。
> 早看曙星稀,晚见落霞烂。

名教有乐地,修业不息版。

应将砚磨穿,莫使功间断。

晏敖走来见了此诗,不解其意,只道是训诲学生的话头。哪知附徒中倒有个聪明学生,叫作晏述,即晏子开之子,因子开新迁到这巷中居住,故就把儿子附在晏敖家里,相从晏子鉴读书。此子与奇郎同庚,也只十三岁,却十分聪俊,姿性过人。看了子鉴所题,便私对奇郎道:"先生嫌你家馆地不好,那八句诗取义都在末一字,合来乃是说'窗槛稀烂,地板穿断'也。"奇郎听说,便去说与父亲知道,只说是我自己看出来的。晏敖深喜儿子聪明,次日即唤匠人来把地板略略铺好,烂窗槛也换了。因笑对子鉴说道:"如今窗槛已不稀烂,地板已不穿断,老兄可把壁上诗笺揭落了罢!"子鉴惊问晏敖何以知之,晏敖说是儿子所言。子鉴暗忖道:"不想此儿倒恁般有窍,真个犁牛之子骍且角了。主人虽不足与言,且看他儿子面上,权坐几时。"因此子鉴安心坐定。谁想晏敖刻吝异常,只供这一顿早粥,又不肯多放米粒在内,纯是薄汤。子鉴终朝忍饿,乃戏作一篇《薄粥赋》以诮之。其文曰:

浩浩乎白米浑汤,水光接天。纵一苇之所知,临万顷之茫然。吹去禹门三级浪,波撼岳阳;吸来平地一声雷,气蒸云梦。雅称文人之风,可作先生之供。更喜其用非一道,事有兼资。童子缺茶,借此可消烦渴;馆中乏镜,对之足鉴须眉。一瓢为饮,贫士之乐固然;没米能炊,主人之巧特甚。视太羹而尤奇,比玄酒而更胜。独计是物也,止宜居尤之孝子,以及初起之病夫。水浆少入于口,谷气唯恐其多。又或时值凶荒,施食道路,吏人侵蚀其粢粮,饥民略沾其雨露;甚或垂仁犴狴,饷彼罪牢,狱卒攘取其粟粒,囚徒但馔其余膏。西席何辜,到比于此!吁嗟徂兮,命之哀矣!

晏述见了这篇文字,回家念与父亲晏子开听了。子开十分嗟讶,量道晏敖不是个请先生的,便邀子鉴到自己家里去坐。晏敖正怪子鉴嘲笑他,得子开请了去,甚中下怀,落得连这一顿薄粥也省了,倒将儿子奇郎附在子开家里读书。子开独任供膳,并不分派众邻,只教众邻在束修上加厚些。到得清明节近,这些众邻果然各增了些束修送来,只有晏敖只将修金三钱相送。子鉴拆开看时,却是两块精铜,因暗笑道:"我一向闻他雅绰以'寡铜'为号,曾央族人到县中具了公呈,后却以铜银谢之。我因从来足迹不入公门,未尝与

闻其事,不曾领教他的铜银。今日看起来,'寡铜'之号,诚不虚矣。"便将原银付与奇郎,叫他璧还了父亲。因即出一对,命奇郎对来。其对云:

　　三币金银铜,下币何可乱中币;

奇郎迁延半晌,耳红面赤,不能成对。少顷,子鉴偶然下阶闲步了片刻,回身来看时,奇郎已对成了。道是:

　　四诗风雅颂,正诗不妨杂变诗。

子鉴看了,疑惑道:"对却甚好,只怕不是你对的。我一向命你做破承开讲,再不见你当面立就。每每等我起身转动,方才成文。此必有人代笔。"奇郎硬赖道:"这都是我自做的。有谁代笔?"子鉴道:"既如此,你今就把自己这对句解说与我听,风雅颂三样如何叫作四诗? 诗中又如何有正有变?"奇郎通红了脸,回答不出。子鉴要责罚起来,奇郎只得招称是晏述代作的,"一向破承开讲,都是他所为,连前日壁上所题诗笺,也是他猜出教我的。"子鉴听罢,便唤过晏述来,指着奇郎对他说道:"彼固愚顽,不足深责。你既如此聪慧,为何替人代笔,欺诳师长?"晏述逡巡服罪。子鉴沉吟一回,说道:"也罢,我今就将使铜银为题,要用《四书》成语做一篇八股文字,你若做得好时,饶你责罚。"晏述欣然领命,展纸挥毫,顷刻而就。其文曰:

　　善与人同(铜),是人之所恶也。甚矣形色(银色),不可罔也。出内之吝,一介不以与人,则亦已矣,何必同(铜)! 孔子曰:恶似而非者,恶莠,恐其乱苗也;恶紫,恐其乱朱也。岂谓一钩金辨之弗明,可以为美乎? 将为君子焉,莫之或欺;小人反是,诈而已矣。何也? 君子喻于义,以币交,有所不足,补不足,然后用之,不然,曰未可也。小人喻于利,悖而出,如不得已,恶可已,则有一焉,无他,曰假之也。然则有同(铜)乎? 曰有。若是其甚与? 曰然。欺人也,无恻隐之心,非人也。知之者,行道之人弗受;不知者,斯受之而已矣,比其□也,则曰我无事也。斯君子受之,而谁与易之? 斯人也,无羞恶之心,非人也。不知者,可欺以其方;知之者,执之而已矣。当是时也,皆曰蹴之徒也。有司者治之,其

为士者笑之。以若所为，其交也以道，其馈也以礼，无实不详，不成享也；却之为不恭，岂其然乎？以若所为，于宋馈七十镒，于薛馈五十镒，虽多无益，不能用也；周之则可受，岂谓是与？彼将曰：如用之，其孰能知之？惠而不费，乐莫大焉。君子曰：明辨之，乡人皆恶之；亡而为有，不可得已。而今而后，所藏乎身，多寡同(铜)。如之何则可？曰：是不难。惜乎不能成方员，方员之至(铸)也，夫然后行。

子鉴看毕，大赞道："妙妙，通篇用四书成语，皆天造地设，一鉴尤为绝倒。"遂对子开极称晏述之才，说他后来必成大器。又想：晏敖父子俱无足取，正待要拒绝他。

恰值清明节日，子开买舟扫墓，设酌舟中，邀请子鉴并约晏敖同行。三人到得墓所，只见晏敖父母所葬之处，因两柩高置石上，且当日又草草掩埋，不甚牢固，今为风雨所侵，棺木半露。子鉴见了这般葬法，问知其故，不觉骇然。子开不忍见棺木露出，即呼坟丁挑土来掩好。坟丁依命，掩盖停当，来向晏敖讨些犒赏钱。晏敖只推不曾带得，分文不与，又是子开代出一贯钱与之。子鉴极口催他迁葬，晏敖但唯唯而已。及至归舟之时，偶见岸上小梅数株，晏敖便叫泊船上岸，身边取出五钱银子，去唤那种树的人来买下，叫他即日携到家里来种。子开见了，惊问道："方才坟丁替你修了墓讨犒赏，你推没钱，如今买梅树便有钱了。却不是爱草木而轻父母么？"子鉴亦心中愤然，因冷笑道："活梅树可爱，死椿萱不足惜了！"晏敖听说，也竟不以为意。子鉴归家，作《哀梅赋》一篇以诮之云：

> 哀尔梅花，宜配幽人。昔汉梅福，是尔知音。在唐留赋，则有广平。宋之契友，和靖先生。夫何今日，遇非其伦。灭亲之子，亡慕清芬！观其不孝，知其不贞。以彼况尔，如获与薰。气味既别，难与同群。尔命不犹，尔生不辰。尔宜收华，尔宜掩英。慎勿吐芳，玷尔香名！

自此子鉴深恶晏敖之为人，与他断绝往来，连奇郎也不要他再来附学了。意中只器重晏述聪慧。又见他父亲子开天性仁孝，凡遇父母忌辰必持斋服孝，竟日不乐。又好行方便，每见晏敖门首有来换铜银的，晏敖不肯认，那些小经纪人十分嗟怨，子开看不过，常把好银代他换还，或钱方或公数，不知换过了多少。子鉴因想："如此积善之家，后人必发。"便有心要与晏述联姻。你道子鉴与晏述是同宗伯侄，如何却想联姻？原来子鉴有个甥女祁氏,小字瑞娘,幼失父母,养于舅家。子鉴妻已亡过,家中只有一个乳母郑姬,与瑞娘作伴。那瑞娘年纪正与晏述相当,才貌双美,子鉴久欲择一佳婿配之。今番看得晏述中意,常把晏述的文字袖归与她看。瑞娘亦深服其才,每向乳母郑姬面前称赞。子鉴探知甥女意思,正要遣媒议亲,恰好有个惯来走动的媒妪孙婆到来,子鉴方将把这话对她说。只见那孙婆袖中取出一张红纸来,说道:"有头亲事,要央老相公到馆中晏子开官人处玉成则个!"子鉴接那红纸看时,上写道:

禹龙门女,年十四岁。

子鉴看了,问其缘故,孙婆道:"这禹家小娘,小字琼姬,美貌不消说起,只论她的文才,也与你家小姐一般。今老身要说与子开官人的儿子为配。只因他不是禹龙门的亲女,是把侄女认为己女的,子开的夫人嫌她没有亲爹妈,故此不允。今求老相公去说一说,休错过了这头好亲事。"子鉴听罢,暗想道:"禹家以侄女为女,子开的夫人尚不肯与她联姻,何况我家是甥女,这亲事也不消说了。"因便不提起瑞娘姻事,只回复孙婆道:"既是他内里边不允,我去说也没有。"言罢,自往馆中去了。

孙婆只不动身,对着瑞娘,盛夸琼姬之才,说个不住。瑞娘心中不以为然,想道:"不信女郎中又有与我一般有才的,且待我试她一试。"便取过一幅花笺,写下十二个字在上,把来封好,付与孙婆道:"我有个诗谜在此,你可拿与禹家小姐看。若猜得出,我便服她。"孙婆应诺,接了笺儿,就到禹家去,把瑞娘的话,述与琼姬听了。原来琼姬一向也久闻瑞娘之名,今闻孙婆之语,忙折笺儿来看,只见那十二个字写得稀奇:

风吹架鸟啣花亭送游晋路春此十二字内藏七言诗四句

琼姬也有个天姿敏慧,见了这十二字,只摹拟了片刻,便看了出来。遂于花笺之后,写出那四句诗道:

大风吹倒大木架,小鸟啣残小草花。
长亭长送游子去,回路回看春日斜。

琼姬写毕,又书数语于后云:"此谜未足为异。昔长亭短景之诗,苏东坡已曾有过。今此诗未免蹈袭。如更有怪怪奇奇新谜,幸乞见示。"写罢,也封付孙婆拿去。孙婆随即送至瑞娘处。瑞娘看了,赞叹道:"果然名不虚传。她道我摹仿东坡,我今再把个新奇的诗谜,叫她猜去。"便又取花笺一幅,只写四个字在上,封付孙婆,央她再送与琼姬。孙婆接来袖了,说道:"待我明日送去。"至明日,真个又把去与琼姬看。琼姬拆开看时,这四字更写得奇:

闲树夜灯此四字内藏五言诗四句

琼姬看罢,又猜个正着。即于花笺后,写出那四句五言诗,道:

间门月影斜,村树木叶脱。
夜长人不来,灯残火半灭。

琼姬写讫,对孙婆道:"这诗谜委实做得妙。不是她也不能做,不是我也不能猜。"孙婆道:"你既这般猜得快,何不也写些什么去难她一难?"琼姬笑道:"你也说得是。我若不也写几个字去,她只道我但能猜,不能做了。"说罢,便也取一幅花笺,也只写四个字在上,连那原笺一齐封好,叫孙婆拿去与瑞娘看。瑞娘先见她猜着了五言诗,已十分钦服,及看她所写的诗谜,却也奇怪:

召眀桼桥此四字内亦藏五言诗四句

瑞娘看了,笑道:"亏她又会猜,又会做。我既能做,岂不能猜?"遂亦于花笺后,写出四句道:

残照日已无,半明月尚缺。
小楼女何处,断桥人未合。

瑞娘写毕,付与孙婆持去回复了琼姬。自此以后,两个女郎虽未识面,却互相敬爱,胜过

亲姊妹一般。

忽一日，孙婆来对瑞娘说道："可惜禹家这一位小娘，却被不干好事的媒人害了。现今在那里生病哩！"瑞娘惊问其故。原来禹龙门之妻也姓方，与晏敖之妻正是姊妹。晏敖自被子鉴回了奇郎出学堂来，仍旧自己去教他。奇郎却抄着前日晏述代作的文字，哄骗父亲。晏敖原是看不出好歹的，把儿子的假文字东送西送请教，别人都十分赞赏。因便误认儿子学业大进，向人前夸奖不已。有个青莲庵里的和尚，法名了缘，与晏敖交好，晏敖常到庵里做念佛会。禹龙门也是会中人，因此了缘从中撮合，叫他两襟丈亲上联亲。龙门便与妻子商议，竟把侄女许了奇郎，受了晏家的聘。他也只道奇郎果然聪慧能文，将来必有好日。哪知是真难假，是假难真，奇郎的本相渐露。初时还把假文骗着父亲，后来竟抛弃书本，终日在街坊赌博。晏敖好赌，还是铺了红毡，点了画烛，与有钱使的人在堂中坐着赌的。奇郎却只在村头巷口，与一班无赖小人沿街而赌，居地而博，十分可笑。这风声渐渐吹入琼姬耳内，你道琼姬如何不要气！那孙婆又因自己不曾做得媒人，常在她面前跌足嗟叹，一发弄得琼姬不茶不饭，自恨父母双亡，被伯父伯母草草联姻，平白地将人断送。气恼不过，遂致疾病缠身。瑞娘闻知这消息，也替她懊恨。常使乳母郑姬去问候，再三宽慰她。哪知心底病难医，不够一年，呜呼死了。临终时把自己平日所作诗文，尽都烧毁，不留一字。正是：

父亡母丧愁难诉，地久天长恨不穷。

瑞娘闻知琼姬凶信，也哭了一场。常言道："同调相怜，同病相惜。"她想："自己文才与琼姬不相上下，偏是有才的女郎恁般命薄！"又想："自己也是螟蛉之女，没有亲爹妈着急，正不知后来终身若何？"转展思量，几乎也害出病来。因赋曲一套以挽琼姬，其曲云：

[二郎神]难禁受，恶姻缘，问何人谱就。敢则是月下模糊多错谬。少甚么痴钗笨粉，得和文士为俦。为何偏将贤媛锢，忌才天想来真有。从今后，愿苍苍莫生才女风流！

[前腔]换头休休，红颜薄命，每多偏僻，恨不生来愚且丑。只挥毫染翰，便为消福根由。宜入空门离俗垢。生生的将淑女葬送河洲，鸳鸯偶，是前生几时结下冤仇！

[黄莺儿]诗谜记相酬,痛当时,谶早留。小楼有女今存否？斜阳已收,缺月一钩,半明不是圆时候。鹊桥秋,将人隔断,未得合牵牛。

[前腔]无地可言愁,哑吞声,慵启口。有谁知你眉痕皱。椿庭已休,萱帏弃久,移花莫惜花枝瘦。似萍浮,又遭风浪,灭没在汀洲。

[猫儿堕]明珠万斛,泣付与东流。绿绮琴无司马奏,《白头吟》向什人投？怀羞,一炬临终,泪抛红豆！

[前腔]遥思仙佩,疑赴碧云头。恨未生前一握手,神交除往梦中求。悲忧,女伴知音,从今无有。

[尾声]天上曾闻赋玉楼,岂修文员缺,欲把裙钗凑。因此上燕家空余土一坯。

子鉴见了甥女所作之曲,也不觉掉下泪来。瑞娘又把前日共猜诗谜之事,对子鉴说了。子鉴到馆中说与子开知道,大家叹惜。子鉴道:"这般不肖子,替他联什么姻？害别人家的女儿。"子开道:"也是禹龙门不仔细。常言道'相女配夫'。为什草草联姻,送了侄女性命。"晏述在旁听了,懊恨自己当初不曾与她联姻,乃私自赋诗二绝以挽之:

女郎不合解文章,难许鸱鸮配凤凰。

焚砚临终应自悔,不如顽钝可相忘。其一

九天仙女降天关,一夕飞符忽召还。

惆怅人琴归共尽,不留遗笔在人间。其二

晏述题罢,放在案头。却被子鉴看见,知他有怜惜才女之意,正要把瑞娘姻事亲自对子开说。恰好晏述闻知瑞娘所猜诗谜,深慕其才,便去告禀母亲陈氏,务要联此佳配。陈氏是极爱晏述的,听了这话,即与丈夫商议,遣孙婆做媒。子鉴亦令乳母郑妪到子开家中来撮合。子开欣然允诺,择日行聘。

是年晏述已十五岁了,到来年十六岁入泮,十七岁毕姻。合卺之后,夫妻极其恩爱。过了几日,晏述正坐在书房中看书,只见郑老妪拿着三幅纸,走来说道:"我家小姐说,官人善集《四书》成语为文,又会代人作对。今有几个四书上的谜儿,要官人猜,又有个对儿,也要求官人对。"晏述接那三幅纸来看时,第一幅上写着一个对道:

孔子为邦酌四代，虞夏殷周；

　　晏述看了不假思索，就提起笔来写道：

姬公施事兼三王，禹汤文武。

对毕，再取第二幅纸来看，却是六句四书，隐着六个古人。晏述一一都猜着了，就于每句四书之下，注明古人的姓名：

使天下仕者皆欲立于王之朝　来俊臣
武王伐纣　周兴
后世子孙必有王者矣　太公望
太甲颠覆汤之典刑　长孙无忌
自反而缩虽千万人吾往矣　直不疑
朋友之交也　第五伦

晏述猜毕，说道："六谜俱妙，至末后第五伦一句，尤为巧合。"说罢，再看第三幅纸，只见上写道：

国士无双　内隐《四书》一句

晏述看了，却一时猜想不出，走来走去，在那里踌躇。郑姬却先将那两幅纸去回复瑞娘。少顷，又来传语道："小姐说前二纸，官人都已中式。何难这一句，只想这句是谁人说的，是说哪一个？便晓得了。"晏述恍然大悟道："'国士无双'是萧何说韩信的，正合着《四书》上'何谓信'一句。我今番猜着了。"便取笔写出，付与郑姬持去。自己也随后步入房来，见了瑞娘，深赞其心思之巧。瑞娘亦深喜晏述资性之捷，互相叹羡。正是：

彼此相宜凤与凰，女郎亦足比才郎。
五伦夫妇兼朋友，国士今朝竟有双。

自此晏述所作之文，常把来与瑞娘评阅，俱切中窍要。晏述愈加叹服，把妻子当作师友一般相待。至十八岁秋间去应了乡试，回到家中写出三场文字，送与子鉴看。子鉴称赏，以为必中。再把与瑞娘看时，瑞娘道："三场都好，但第三篇大结内有一险句，只怕不稳。"及至揭晓之时，晏述中在一百二十七名。原来晏述这卷子，房师也嫌他第三篇大结内有险句碍眼，故取在末卷。不想大主考看到此句，竟不肯中他，欲取笔涂抹。忽若有人拿住了笔，耳中如闻神语云："此人仁孝传家，不可不中！"主考惊异，就批中了。当下晏述去谢考，房师、座师对他说知其事。晏述知是父亲积德所致，十分感叹，又深服瑞娘会看文字。正是：

　　俊眼衡文服内子，慈心积德赖尊君。

晏述中举之后，亲戚庆贺热闹了几日。子开得意之时，未免饮酒过度，发起痰火病来。晏述朝夕侍奉汤药，且喜子开病体渐愈。晏述只是放心不下，意欲不去会试。子开再三劝他起身，晏述迫于父命，只得勉强赴京。不想出门后，子开病势又复沉重起来。瑞娘连忙写书寄与晏述，说"功名事小，奉亲事大"，遣人兼程赶去唤他回家。哪知所差的家人将及赶上，忽然中途患病，行动不得，及至病好，赶到京师寓所，已是二月十五日了。场事已毕，晏述出场，方见妻子手书，便不等揭晓，星夜赶归。到得家中，只见门前已高贴喜单报过进士了。子开病体亦已霍然。若非天使家人中途患病，报信羁迟，几乎错过了一个进士。可见：

　　人心宜自尽，天道却无差。

话分两头。不说晏子开一家荣庆，且说晏敖当初把儿子奇郎与禹家联姻时，其妻方氏取出私蓄的好银六十两，封作财礼送去。后来琼姬既死，晏敖索得原聘银两，方氏仍欲自己收藏，晏敖不肯，方氏立逼着要，晏敖便去依样倾成几个铜锭，搠换了真银。方氏哪里晓得，只道是好银，恐奇郎偷去赌落，把来紧藏在箱中。不想奇郎倒明知母亲所藏之银是假的，真银自在父亲处，因探知父亲把这项银子藏在书房中地板下，他便心生一计，捉个空去母亲箱中偷出假银，安放在父亲藏银之处，把真银偷换出来做了赌本，出门去赌了。方氏不见了箱中银子，明知是儿子偷去，却因溺爱之故，恐声张起来倒惹恼了晏敖，

只索忍气吞声的罢了。又过几时，晏敖为积欠历年条银五十余两，县中出牌催捉，公差索要使费，晏敖哪里肯出。公差便立逼完官，晏敖一时无措，只得要取这六十两头来用。那日已是抵暮时候，公差坐着催逼。晏敖忙在书房地板下取出银子，急急地兑准，把剩下的几个锭也带在身边，以便增添。同了公差，奔到县前投纳。他只道这银子是搋换妻子的，哪知又转被奇郎搋换去了。当初只为要骗妻子，把这些假锭弄得与真锭一般无二。今日匆忙中哪里看得出，竟把去纳官，却被收吏看出是铜锭，扭上堂去禀官。知县正在堂比较，看了假银，勃然大怒，喝叫扯下去打。只见晏敖身边又掉出一包银子来，知县叫取上来看时，却又是几个铜锭，愈加恼怒。那押催的公差，因怪晏敖没使费与他，便跪下禀道："这晏敖是惯使铜的，外人都叫他是'晏寡铜'。"知县听了，指着晏敖大骂。当下把晏敖打了二十板，收禁监中。方氏在家闻知此信，吃惊不小，忙使人去赌场里报与奇郎知道。奇郎明知是自己害了父亲，恐父亲日后要与他计较，便也不归家，竟不知逃向哪里去了。

晏敖在监中既不见儿子来看他，又打听得知县要把他申解上司，说他欺君误课，当从重治罪。一时慌了手脚，只得写出几纸经帐，叫家中急把田房尽数变卖银两来使用。原来晏敖向虽小康，只因父子俱好赌，家道已渐消乏。今番犯了事变卖田房，却被石正宗乘其急迫，用贱价买了，连家中动用的什物，也都贱买了去。说道："他这些田房什物，当初原是窃取石家赀财置买的，今日合归石家。"当下交了银子，便催促方氏出屋。方氏回说等丈夫归来，方可迁居。此时晏安僮仆已散，方氏只得拿着变卖田房的银子，亲往监中，一来看视丈夫，二来恐丈夫要讨她所藏的六十金来用，因欲要当面说明失去之故，到得监里。晏敖见了妻子，便问："奇郎何在？"方氏道："自从你吃官司之后，并不见他回来。"晏敖跌足道："这畜生哪里去了？我正要问他：我藏的好银子，如何变做铜银？一定是这畜生做下的手脚，害我受累。"方氏道："你银子藏在哪里？如何是奇郎弄的手脚？"晏敖道："你不晓得我银子藏在书房中地板下，明明是好银，如何变了铜？不是这畜生偷换去是谁？"方氏道："这也未必是他，你且休错疑了。只是我藏的这六十两，却被他拿了去。若留得在时，今日也好与你凑用。"晏敖惊问道："你这六十两，几时被他拿去的？"方氏道："他也不曾问我，不知他几时拿去的。一向怕你要气，故不曾对你说。"晏敖听罢，跌脚叫道："是了，是了。如此说起来，这假银是我骗你的，不想如今倒骗了自己了。"方氏闻知其故，埋怨丈夫："当初如何骗我？"晏敖也埋怨她："既不见了银子，如何护短，不对我说！若早说时，我查究明白，不到得今日惹出祸来。"两下互相埋怨不已。正是：

初时我骗妻，后来子骗我。

人道我骗官，哪知我骗我。

当下方氏把变卖下的银子，交与晏敖收了。自己走出监门，正待步回家中，不想天忽下微雨，地上湿滑。方氏是不曾走惯的，勉强挨了几步，走到一条青石桥上，把不住滑，一个脚错，扑通的跌下水去。过往人看见，连忙喊救，及至救起时，已溺死了。正是：

溺于水者犹可生，溺于爱者不能出。

尔为溺爱伤其身，非死于水死于溺。

方氏既死，自有地方买棺烧化。晏敖知妻子已死，家破人亡，悲哀成疾。到得使了银子，央了分上，知县从轻释放，扶病出监，已无家可归，只得往青莲庵投奔了缘和尚。了缘念昔日交情，权留他在庵中养病。那时晏敖已一无所有，只剩得日常念佛的一串白玉素珠。这串素珠当初也是把铜银子哄骗来的，晏敖极其珍惜，日日带在臂上。今日不得已，把来送与了缘，为自己医药薪水之费。了缘见是他所爱之物，推辞不受。过了数日，晏敖病势日增，无可救治，奄奄而死。

原来晏敖有事之际，正值晏述赴京，子开病笃，故不相闻问。到得他死时，子开病已少愈，闻知其事，念同宗之谊，遣人买办衣衾棺木，到庵中成殓。临殓时，了缘把这串白玉素珠也放入棺中。殓毕，即权厝于庵后空地之上。又过两三日，忽见奇郎来到庵中，见了了缘和尚，自言一向偶然远出，今闻父死，灵柩权厝此间，乞引去一拜。了缘引他到庵后，奇郎对着父柩哭拜了一番。了缘留他吃了一顿素饭，把他父亲死状说了一遍。因劝他收心改过，奇郎流涕应诺。问起父亲怎生入殓的，了缘细细述与他听了。奇郎一一听在肚里。到晚间，只说要往子开处拜谢，作别而去。

是夜四更以后，了缘只听得庵后犬吠之声。次日早起，走到庵后看时，只见晏敖的尸首已抛弃于地，棺木也不见了，有两只黄犬正在那里争食人腿哩！了缘吃了一惊，忙叫起徒弟们来，先把芦蓆掩盖了死尸，一面奔到子开家中去报信，子开大骇，急差家人来看，务要查出偷棺之贼，送官正法。家人来看了，却急切没查那贼处。挨到午牌以后，只见几个公差缚着三个人，来到庵后检看发尸偷棺的事。数中一人，却正是奇郎。原来奇郎有两个最相知的赌友，一个党歪头，绰号党百老，一个斗矮子，绰号斗空帑，三人都赌剧了，无可奈何。奇郎因想父亲虽死，或者还有些东西遗在青莲庵里，故只托言要拜谒父柩，到庵里来打探。及细问了缘，方晓得父亲一无所遗，只剩一串白玉素珠，已放在棺中去了。那时玉价正贵，他便起了个大逆不道之念，约下斗、党二人，乘夜私至庵后，橇开棺木，窃取了素珠。这斗、党二贼又忒不良，见棺木厚实，便动了火，竟抬出死尸，将棺木杠去，就同着奇郎连夜往近村镇上去卖。却被地方上人看出是偷来的尸棺，随即喝住，扭到本处巡检司去。巡检将三人拷问，供出实情。遂一面申文报县，一面差人押着三人来此相验。这也是晏敖当初暴露父母灵柩之报。一时好事的编成几句口号云：

> 人莫赌剧，赌剧做贼。小偷不已，行劫草泽。宛子为城，蓼儿作窟。昔袭其名，今践其实。然而时迁盗冢，岂发乃翁之棺；李逵食人，犹埋死母之骨。奈何今之学者，学古之盗而弗如；只缘后之肖子，肖前之人而无失。莫怪父尸喂黄犬，谁将亲柩委白石？信乎肯构肯堂，允哉善继善述。不传《孝经》传赌经，纵念《心经》《法华经》，忏悔不来；不入文场入赌场，遂致法场检尸场，相因而及。

巡检把那三人解县，知县复审确实，按律问拟：奇郎剖父棺，弃父尸，大逆不道，比寻常开棺见尸者罪加三等；斗、党二人，亦问死罪。晏子开自着人另买棺木，将晏敖残骸，依旧收殓。晏述归家，闻知此事，十分嗟叹。奇郎自作之孽，晏述也救他不得，只索罢了。但将晏慕云夫妇两柩改葬坟旁隙地，免至倾攲暴露于乱石之上，不在话下。

且说晏述因闻父病，急急归家，不及殿试。哪知是年正德皇帝御驾出游，殿试改期九月，恰好凑了晏述的便。至九月中，晏述殿试三甲，选了知州。三年考满，升任京职。父母妻俱得受封，伯父晏子鉴亦迎接到京，同享荣华。是年，瑞娘生下一个聪明的儿子，却正是禹琼姬转世。你道为何晓得是琼姬转世？原来禹龙门妻方氏，为联差了侄女的姻事，送了她性命，十分懊悔，不上一年，抱病而亡。龙门见浑家已死，又无子息，竟削了发，

做了个在家和尚。时常念经礼忏,追荐亡妻并侄女。忽一夜,梦见琼姬对他说道:"我本瑶池侍女,偶谪人间,今已仍归仙界,不劳荐度。但念晏述夫妇曾作诗歌挽我,这段情缘不可不了,即日将托生他家为儿,后日亦当荣贵。"龙门醒来,记着梦中之语,留心打听。过了几日,果然闻得晏述在京中任所,生了一个公子。正是:

　　孝子自当有良嗣,仙娃更复了凡缘。

　　看官听说,晏敖死无葬地,只为丧心之故;晏子开儿孙荣贵,皆因仁孝所致。奉劝世人,为仁人孝子,便是做样与儿孙看,即所以教训子孙也。听了这段话文,胜听周公日挞、昔孟母三迁之事,故名之曰《明家训》。

卷七　劝匪躬

忠格天幻出男人乳　义感神梦赐内官须

诗曰：

> 黄山黄水志春申，山水千年属楚臣。
>
> 只问储君谁为脱，故应消得此名称。

此诗亦前代无名氏所作，是赞美春申君的。战国时有四君名重一时：魏有魏无忌，为信陵君；赵有赵胜，为平原君；齐有田文，为孟尝君；楚有黄歇，为春申君。那春申君曾随楚顷襄王的太子出质于秦。顷襄王病笃，太子欲求归国，秦王拘留之，不肯遣归。春申君乃密令太子易服改妆私自逃回，自己却住在馆驿中待罪。秦王初时大怒，欲杀春申君，既而念太子已走，杀之无益，赦而遣之。顷襄王既死，太子幸早归国，遂得嗣位，是为考烈王。此皆春申君之力。较之蔺相如完璧归赵，其功更大。至今江南奉春申君为土谷之神，香火不绝。其墓在江阴县君山下。谓之君山者，正因春申君之墓在彼故也。江南又有黄山黄水，亦皆后人思念春申君，故即以其姓为山水之名，只论他当时拼着性命脱逃太子一事，便消受得千年香火了。今人不肯为忠义之事，只因惜着此身，恐救了别人，害了自己。又恐天不佐助，谋事不密，自己死而无益，连所救之人，亦不能保。所以，把忠义的念头都放冷了。

今待在下说一个忠肝义胆、感格天神，有两段奇奇怪怪的报应。

说话南宋高宗时,北朝金国管下的蓟州丰润县,有个书生姓李名真,字道修,博学多才,年方壮盛,却立志高尚,不求闻达,隐居在家,但以笔墨陶情,诗词寄傲。他闻得往年北兵南下,直取相、濬等处,连舟渡河,宋人莫敢拒敌,因不胜感悼。又闻南朝任用奸臣秦桧,力主和议。本国兀术太子为岳将军所败,欲引兵北还,忽有一书生叩马而谏,说道:"未有奸臣在内,而大将能立功于外者。岳将军性命且未可保,安望成功?"兀术省悟,遂按兵不退。果然岳将军被秦桧召归处死。自此南朝更不能恢复汴京、迎还二帝了。李真因又不胜感悼。遂各赋一诗以叹之,一曰《哀南人》,一曰《悼南事》。其《哀南人》一绝云:

> 八公草木已摧残,此日秦兵奏凯还。
> 最惜江南诸父老,临风追忆谢东山。

其《悼南事》一绝云:

> 书生叩马挽元戎,预料南军必丧功。
> 恨杀奸回误人国,徒令二帝泣西风。

李真把此二诗写在一幅纸上,自己吟讽了两遍,夹在案头一本书内,也不在话下。

哪知有个同窗朋友叫作米家石,此人本是个奸险小人,面目可憎,语言无味,李真心厌之。他却常要到李真家里来,李真不十分睬他。米家石见李真待得他冷淡,心中甚是不悦。一日与李真在朋友公席间会饮,醉后互相嘲谑。李真即将米家石的姓名为题,口占一诗诮之云:

> 元章袖出小山峰,袍笏徒然拜下风。
> 若教点头浑不解,可怜未得遇生公。

众朋友听了此诗,无不大笑。米家石知道嘲他是顽石,且又当着众友面前讥诮他,十分恼恨。外面却佯为不怒,付之一笑,心里却想要寻些事故,报这一口怨气。一日,乘李真不在家,闯入书斋,翻看案头书集。也是合当有事,恰好捡着那幅《哀南人》、《悼南事》的诗

笺，米家石见了，眉头一皱，恶计顿生。想道："此诗是李真的罪案，我把去出首，足报我之恨了！"便将诗笺袖过，奔到家中，写起一纸首呈，竟说："李真私题反诗，其心叵测。"把首呈并诗笺一齐拿到蓟州城中，赴镇守都督尹大肩处首告。那尹大肩乃米家石平时钻刺熟的，是个极贪恶之人，见了首呈并诗笺，即差人至丰润县，把李真提拿到蓟州，监禁狱中，索要贿赂，方免参究。李真一介寒儒，哪有财帛与他。尹大肩索诈不遂，竟具本申奏朝廷。那时朝中是丞相业厄虎当国，见了尹大肩的参本，大怒道："秦桧是南朝臣子，尚肯心向我朝，替我朝做奸细；李真这厮是本国人，如何倒心向南朝，私题反诗？十分可恶！"便票旨："将李真就彼处处斩，其家产籍没，妻子入宫为奴。出首之人，官给赏银二百两。"这旨意传到蓟州，尹大肩即奉旨施行，一面地去狱中绑出李真，赴市曹处决；一面行文至丰润县，着落县官给赏首人，并籍没李真家产，提拿他妻子入宫。原来李真之妻江氏，年方二十岁，贤而有识，平日常劝丈夫："谨慎笔墨，莫作伤时文字。"又常说："米家石是歹人，该存心相待，不该触恼他。"李真当初却不曾听得这些好话，至临刑之时，想起妻言，追悔无及，仰天大哭。正是：

> 夫人不言，言必有中。
> 非夫人恼，而谁为恼。

却说江氏只生得一子，乳名生哥，才及两月。家中使唤的，只有一个十二岁的丫鬟，并一个苍头，叫作王保。那王保却是个极有忠肝义胆的人，自主人被捉之后，他便随至蓟州城中，等候消息。一闻有提拿家口之信，遂星夜兼程赶回家，报与主母知道，叫她早为之计，若公差一到，便难做手脚了。江氏闻此凶信，痛哭了一场，抱着生哥对王保说道："官人既已惨死，我便当自尽，誓不受辱。但放这小孩子不下，你主人只有这点骨血，你若能看主人之面，好生保全了这个孩儿，我死在九泉之下，亦得瞑目矣！"王保流泪领诺。是夜黄昏以后，江氏等丫鬟睡熟，将生哥乳哺饱了，交付与王保。又取了一包银两、几件簪钗，与王保做盘费。自却转身进房，悬梁自缢而死。有诗为证：

> 红粉拼将一命倾，夫亡玉碎妇冰清。
> 愿随湘瑟声中死，不逐胡笳拍里生。

王保见主母已死，望空哭拜了几拜，抱着生哥，正待要走，却又想道："我若只这般打扮，恐走不脱，须改头换面，方才没人认得。"想了半晌，生出一计，走入自己房中，将一身衣服都脱下，取出亡妻所存的几件衣来穿了，头上脚下都换了女装。原来王保是个太监脸儿，一些髭须也没有的，换作女人装束，便宛然一个老妪形状了。当下打扮停妥，取了银两并簪钗，抱了幼主，开了后门，连夜逃去。

至次日，县官接了尹大肩的文书，差人来捉拿家属时，只拿得个丫鬟到官。及拘邻舍审问，禀称李真有个两月的孩儿生哥，并家人王保，不知去向。县官一面差人缉捕，一面将丫鬟官卖，申文回报督府。江氏尸首，着落该地方收殓。那时本城有个孝廉花黑，平日与李真并未识面，却因怜李真的文才，又重江氏的贞烈，买棺择地，将江氏殡葬。又遣人往蓟州收殓了李真尸首，取至本县与江氏合葬在一处。正是：

> 不识面中有义士，最相知者是奸人。

且说王保自那夜逃走出门，等到五更，挨出了城，望村僻小路而走，一口气走上一二十里。肚里又饥，口里又渴，生哥又在怀中啼哭，只得且就路旁坐了一回，思量要取些碎银，往村中买点心吃。伸手去腰里摸时，只叫得苦。原来走得慌急，这包银子和几件簪钗，都不知落在哪里了。王保那时抱着生哥大哭，一头哭，一头想道："莫说盘费没了，即使有了盘费，这两个月的孩子，岂是别样东西可以喂得大的？必须得乳来吃方好。如今却何处去讨？若保全不得这小主人，可不负了主母之托！"寻思无计，立起身来，仰天跪着，祝告道："皇天可怜，倘我主人不该绝后嗣，伏愿凶中化吉，绝处逢生！"说也奇怪，才一祝罢，便连打几个呕，顿觉满口生津，也不饥也不渴了。少顷，又忽觉胸前一阵酸疼，两乳登时发胀。王保解开衣襟看时，竟高突突的变了两只妇人的乳，乳头上流出浆来。王保吃了一惊，忙把乳头纳在生哥口中，只听得咕嘟嘟的咽，好像呼满壶茶的一般。真个是：

> 口里来不及，鼻里喷而出。
>
> 左只吃不完，右只满而溢。

当下喜得王保眉花眼笑，以手加额道："谢天谢地。今番不但小主人得活，我既有了乳，也再没人认得我是男身了。"便一头祖着胸，看生哥吃乳，一头拔步前走，只向村镇热闹所在，随路行乞将去，讨得些饭食点了心。看看日已沉西，正没投宿处，远望前面松林内露出一带红墙，像是一所庙宇，便趋步向前。比及走到庙门首，天已昏黑。王保入庙，抱着小主，就拜台上和衣而卧。因身子困倦，一觉直到天明。爬将起来，看那神座上，却有两个神像，座前立着两个牌位，牌上写得分明，却是春秋晋国赵氏家臣程婴、公孙杵臼两个的神位。王保看了，倒身下拜，低声祷告道："二位尊神是存赵氏孤儿的，我王保今日也抱着主人的孤儿在此，伏望神力护佑！"拜罢起身，抱了生哥，走出庙来。看庙门匾额上，有三个金字，乃是"双忠庙"。王保自此竟把这庙权作栖身之地，夜间至庙中宿歇，日里却出外行乞。有人问他时，不惟自己装作妇人，连生哥也只说是个女子。他取程婴存孤之意，只说："我姓程，叫作程寡妇，女儿叫作存奴，是我丈夫遗腹之女。我今口食不周，不愿再嫁人，又不愿去人家做养娘。故此只在村坊上求乞。"众人听了这话，多有怜他的，施舍他些饭食，倒也不曾忍饿。正是：

> 既把苍头冒妇人，又将赤子做幼女。
>
> 等闲不肯到人家，只恐藏头又露尾。

那时官府正行文各乡村缉捕王保及生哥，亏得他已改换女装，又变了两只大乳，因得安然无事。

王保行乞，过了数日。忽一日早起，才走出那双忠庙门，只见一个道人，皂袍麻履，手持羽扇，徐步而来，看着王保说道："你且慢行，我有话对你说。"王保见那道人生得清奇古怪，童颜鹤发，飘飘然有神仙气象，便立住了脚，问道："师父要说什么？"道人道："我看你不是行乞的，这庙中也不是你安身之处。我传你个法儿，教你不消行乞何如？"王保道："如此甚妙。但不知师父传什法儿与我？"那道人不慌不忙，去袖里取出个小小盒儿，递与王保道："这盒内有丹药一粒，名为银母。你可把此盒贴肉藏好，每朝可得银三分，足够你一日之用。"王保接了，忙跪下拜谢。道人道："你且休拜，可随我来。"王保便抱了生哥，随着道人，走了半里多路，到一个茅庵门首。门上用锁锁着，道人取钥匙来开了，引王保入内。说道："这里名留后村。此庵是我盖造的，庵中锅灶碗碟、床榻桌椅之类都有。我今将往别处云游，这庵竟让与你安身。七年之后，我再当来相会也。"言讫，转身出庵便走。王保再要问时，那道人步履如飞，转眼间已不见了。王保看那茅庵两旁，右边却是空地，左边有一带人家。再入庵内细看时，却是两间草房，外面一间排着锅灶，里面一间，设着

一张木榻，榻上被褥都备。榻前排列木桌木椅，桌上瓦罐内，还有吃不尽的饭。王保十分欣喜，这一日就不消出外乞食了。当晚有几个邻舍来问道："这茅庵乃是两月前一个道人来盖造在此的，如何今日却是你来住？"王保道："便是那师父哀怜我没处栖身，故把这庵儿舍与我住，他自往别处云游去了。"众邻舍听说，也便由他住下。王保过了一夜，次早开那丹盒来看，果然有白银一小块在内。取等子称时，恰重三分。自此每日用度不缺。

光阴荏苒，不觉过了几个年头，生哥已渐长成，不吃乳，只吃粥饭了。却又作怪，才得生哥长大，那银母丹盒内每日又多生银三分，共有六分之数，足供两人用度。王保欣喜无限，便每日节省下一分半分，积少成多，把来做些女衣与生哥穿着，只不替他缠小脚，穿耳朵眼。邻舍问时，王保扯谎道："前日那道人说他命中有华盖，应该出家的。故不与他缠足穿耳。"众邻舍信以为然，并不晓得生哥是个男子。每遇岁时伏腊，王保祭祀主人主母，悲号痛哭。邻舍问之，只说是祭奠亡夫与亡夫的前妻。众邻舍都道他有情义，甚敬服他，哪知不是节妇哭夫，却是义仆哭主。

王保又每遇朔望，必引着生哥到双忠庙去拈香。一日，正烧过了香，走出庙门，忽遇前番那个道人。此时生哥已是八岁，恰好是七年之后了。王保一见，慌忙下拜。道人道："你莫拜，我特来求你施舍。"王保道："师父休取笑，我母女一向吃的住的，也都是师父施舍的，如何今日倒说要求我施舍？"道人指着生哥，对王保道："我不要你施舍别的，你只把这孩子舍与我做了徒弟罢。"王保道："先夫只有这点骨血，怎好叫他出家？"道人道："你对人扯谎，便道我说他该出家。今日我真个要他出家，你又不肯么？"王保无言可答。道人笑道："我特来试你，你不肯把这孩子舍与我，正见你的忠心。我今也不要他出家，只要他随我去学些剑术。"王保道："学剑恐非女孩儿之事。"道人笑道："你在我面前，也说假话么？他女子学不得剑，你男人如何有了乳？"王保见说破了他的底蕴，吓得只顾磕头。道人扶了他起来，说道："我要教这孩子的剑术，将来好为父报仇。目下当随我入山，五年之后再送来还你。"说罢，袖中取出两个白丸，望空一掷，却变了两把长剑。道人接在手中，就庙门前舞将起来。但见寒光一片，冷气侵人，分明是瑞雪纷飞，霜花乱滚。王保看得眼花。比及寒光散处，道人不见了，连生哥也不见了。王保惊得痴呆了半晌，寻思道："这道人是个活神仙。我当初遇见他时，他说七年后来相会，今七年之后，准准到来。方才他说五年后送幼主来还我，定非虚言。我只得且安心等到五年后，看是如何！"当日独自回到庵中。邻舍问他女儿何在，王保道："适才遇见前年那个道人，领他去教习经典了。约定五年后送来还我。"邻舍道："游方道人哪有实话？你被他哄了女儿去了！"王保道："他舍

庵与我住的,决不哄我。"众邻舍胡猜乱想,也有说这道人不好的,也有说这道人好的。王保心里明白,更不猜疑。正是:

> 桥边得遇赤松子,圯上休疑黄石公。

自此,王保独处庵中。弹指光阴,看看已及五载。那时北朝正值海陵王为帝,尹大肩升做京营统制,甚见宠幸。米家石求他荐引,也得授皇城大使之职。二人遂逢迎上意,劝海陵广选民间女子以充后宫。海陵准奏,即差二人为采选使,先往蓟州一路选去。凡十三岁以外,十六岁以内者,皆在所选。二人奉了钦差,遂借端索诈民间贿赂,有钱的便免了,没钱的便选将去,不论城市村坊,搜求殆遍。又人张告示道:"圣旨到日,即停止民间嫁娶。"于是,人家有女儿的,无不哭哭啼啼,惊慌无措。王保见了这些光景,心中暗忖:"我家这假女子,亏得那道人先领了去。若还在此,今年恰是十三岁,正在选中,却怎地支吾?"正是:

> 即以男为女,难言女是男。
> 若非先避去,怎免这逭遭?

村坊上忙乱了两三个月,忽有人传说尹、米二人尽皆杀了。你道为何?原来米家石私息于选到女子中,挑取美貌的留下数人,自己受用。尹大肩闻知,恐怕日后被海陵王察出,连累着他,遂先具密疏奏闻。海陵大怒,即传旨将米家石就所在地方阉割了,逐归原籍。过了几日,忽一夜,尹大肩在公馆中被人杀死,失去首级,榻前粉壁上大书七个血字道:"杀人者米家石也。"手下人报知地方官,以其事奏闻。海陵王怒甚,即将米家石处斩,收他妻子入宫为奴。正是:

> 邪党还为邪党害,恶人自有恶人磨。

王保闻知这消息,私自庆幸道:"且我主人两个仇家,都被杀了。真个天理昭昭,果报不爽。"又过月余,闻得朝廷差太监颜权持节到来,停罢选女之事,将选过女子悉还民间。一时村坊市镇,欢声载道。王保寻思道:"我小主人即躲过这番灾难,此时若归,泰然无事

矣!"

只是看了腊尽春回,又交过一个年头,屈指算来,生哥已是十四岁了,却不见那道人送来。王保终日盼望。常往双忠庙去拜祝。一日,走至庙中,忽见那道人已同着生哥坐在里面。王保又惊又喜,看生哥时,披发垂肩,已十分长成,依然是女子打扮。王保望着道人磕头礼拜道:"多感仙翁大恩,真个并不失信。"道人指着生哥对王保道:"我教会他剑术,已报了父仇。但目下还出头不得,你可仍保护他到庵中住下。待十日后,有一个姓须的画师,到你茅庵左侧居住。你可叫他到彼学画,将来自有奇遇。须依我言,不得有误!"言毕,走出庙门,长啸一声,腾空而去。有诗为证:

> 遨游仙界在虚空,来似风兮去似风。
> 只为忠心如铁石,故能白日致仙翁。

王保见了,望空连拜了数拜。回身抱着生哥问道:"你去了这五六年,一向在哪里?"生哥道:"我在那边也不记年月,但觉不多几时,怎说是五六年?"王保道:"想必是仙家一日,抵得凡间几时了。你且说仙翁领你到什么去处?那仙翁姓什名谁?可细述与我听。"生哥道:"我自从那日看仙翁舞剑,忽见一道白光将我身子裹住,耳边如闻风雨之声,到得白光散了,定睛一看,身子却立在一个石洞里边,洞中石床石椅、笔墨诗书等物都备。仙翁把男衣与我换了,着几个青衣童子伏侍我。每日与我饮食,又不见他炊煮,不知是哪里来的?仙翁常有朋友往来,都呼之为碧霞真人。这洞也叫作碧霞洞。仙翁先教我读书,后教我学剑。初学剑之时,命我在石崖上奔走跳跃,习得身子轻了,然后把剑法传我,有咒有诀,可以剑里藏身,飞腾上下。觉得纯熟之后,常书符在我臂上,教往某处取某人头来。我捏决念咒,往来数百里之外,只须顷刻。记得几日前,命我到一个去处,杀了一人,取其首级。又命我书七字于壁上,道'杀人者米家石也。'仙翁说:'此人是你杀父之仇,你今杀了此人,父仇已报,可送你回去了。'便教我仍旧改作女装。我对仙翁说:'我一向但认得母亲,并不负认得父亲,也并不见母亲说起父亲的事。正不知我父亲怎生死的?我又如何要男人女扮?'仙翁说:'你只回去问你那母亲,便知端的。'说罢,遂把我送到此间。母亲,如今快把这些事情,说与我知道!"

王保听说,不觉涕泗横流,呜呜咽咽地哭将起来,说道:"我不是你母亲。你母亲也是死于非命的。"生哥闻言,放声大哭,扯着王保问道:"你快与我说个明白!"王保正待要说,

却又住了口。走出庙门四下一望，见没有人，然后再入庙中，对生哥道："此事声张不得的。你且住了哭，坐定了，待我说来。"当下生哥拭泪而坐，王保站立在旁，把李真夫妇惨死始末，并自己男扮女装，保护幼主一段情由，细细诉出。生哥听罢，哭倒在地。正是：

> 十年遁迹一孤儿，失记分离两月时。
> 前此犹疑慈侍下，谁知怙恃已双悲。

王保扶起生哥，说道："今日既已说明，小人不该乔装假母，本当即正主仆之分，但方才仙翁有言，目下不是出头日子，小主切勿露圭角，还须仍旧扮作女儿，呼小人为母，以掩众人耳目。"生哥道："我若无你保护，性命早已休了。多亏你一片忠诚，致使神仙感应。我就拜你为母也不为过。"说罢，便拜将下去。慌得王保连忙叩头道："不要折杀了小人。自今以后，只要在人前假装母女便了。"当日主仆两个回到庵中，依然母女相呼。邻舍见了，只道程寡妇的女儿已归，且又恁地长成，大家都替他欢喜。

数日后，间壁一个旧邻迁移了去，空下两间房屋，果然有个姓须的人领着儿子来租住了。那姓须的不是别人，却就是太监颜权。原来前日海陵王并没有停罢选女之旨，特命颜权来代尹大肩之任，收取女子到京。哪知颜权是个极慈心极义气的太监，他竟乘此机会，倒矫旨将众女给还民间。因此番自料回朝必然被戮，乃于半路里遣开从人，微服遁走，恰好也走到双忠庙里去宿歇。睡至五更，忽见庙中灯烛辉煌，一个青衣童子走来把颜权按住，口中说道："我奉神人之命，赐你须髯一部，以避灾难。"一头说，一头把一只金针去颜权颏下刺了半响。又向袖中取出一把须髯，插在他颏下。插毕，童子脱下身上青衣，并脚上鞋袜，放于地上，吩咐道："这东西你可收着，明日好去救一个人。"颜权忙爬起来，扯住童子问道："还要我救什么人？"童子更不回言，只用手一推，颜权跌了一跤，猛然惊醒，却是南柯一梦。伸手去嘴上一摸，果然有三绺须髯，约长尺许，须根里尚觉有些酸痒，好生奇异。直至天明，又真见有一件青衣并鞋袜在地上，一发惊怪。起身拜谢了神明，就地上取了青衣并鞋袜，走出庙门，料道嘴上有了须没人认得他是太监了，大着胆向前行去。走不上数步，忽闻路旁有啼哭之声，颜权看时，却是个十一二岁的小女子，坐在地下啼哭，虽则敝衣乱发，丰姿却甚不凡。颜权问其来历，女子初时不肯说。颜权用好言再三慰问，女子方才说道："我乃蓟州玉田县人氏。父亲廉国光，官为谏议大夫，因直言忤旨，身被刑戮，家产籍没。近又有旨收妻女入宫。幸我母亲向已亡过。我被统制尹大肩拘

捉,与所选民间女子一齐封置公馆。今众女奉旨放回,各有父母领去,唯我无家可归,流落在此,所以啼哭。"颜权听罢,想起昨夜梦中之言,又想廉谏议的忠节可敬,又想起自己原籍也是玉田县人,正与此女同乡,我当设法救她。当下便算出一条计策,领着这女仍回身至双忠庙里。先把自己的来历低声诉与她听了,因对她说道:"我和你都是避罪之人,我昨梦神人教我今日救一个人,想就是你了。我今欲救你,你当认我为义父。但你既是罪人之女,未经赦免,出头不得。昨夜神人赐我男人衣履一副,想要教你女扮男装,方保无虞。你今就改扮了男子,与我同行何如?"那女听说,忙起身拜谢。颜权叫她拜了神像,把青衣鞋袜与她换了。问她叫什名字,今年几岁了?女子道:"我小字冶娘,年方十三岁。"颜权道:"我今呼你为儿,把冶娘去了两点,改名台官罢。"冶娘欢喜领诺。正是:

> 那边两两男装女,此处双双雌化雄。
>
> 一样稀奇古怪事,变难相反幻相同。

颜权携着这假男儿,想道:"客店里不是安身处,要在村坊上租两间房屋居住。"恰好寻着那庵旁空屋住下。他因自己生了须,便托言姓须。只说从玉田县携儿到此,投奔亲戚不着,回乡不得,只得在此权住。身边虽带有些银两,不敢浪用,要寻个长久度日之计。冶娘便道:"义父不须忧虑。我幼时书也读过,针指也习过,还学得一件技艺是丹青,常画些山水花草,至于传神写像,也都会得。我今就卖画为活也好。"颜权道:"如此甚妙!"便入城去买了些纸笔并颜色之类,先叫冶娘画些山水花草,果然画得好。又叫她画自己的一个有须的形像,却又酷肖。颜权大喜,便挂起传神卖书的招牌。外人闻留后村须家,有个十三岁的小儿善于丹青,便都来求他的画。但若有人要请她到家去,冶娘即托故不去,只坐在家中卖画,取些笔资度日,甚不寂寞。

王保住在间壁,见那须客人的孩儿善画,因记起仙翁之言,便来拜望颜权,要将生哥送过去,求他孩儿指教丹青。颜权只道生哥真是女郎,想道:"我的假子也是女身,女郎与女郎相处有何妨碍!"遂慨然应允。王保心里也道:"生哥原是男身,便与他家孩儿亲近也不妨事。"自此早去暮回,冶娘与生哥姊弟相称,两下甚是情投意合。那时海陵王闻颜权矫旨放回众女,十分震怒,书影图形的缉捕颜权,又欲遣官重选女子入京。幸得有人出使南朝回来,盛称南朝子女胜于北地。海陵王遂有兴兵南下之意,故把重选女子之事停搁了。因此生哥虽假扮女郎,却安然无恙。一日,生哥至冶娘处学画,恰值颜权他出。冶娘

闲话之间，对生哥说道："姐姐姿性敏捷，丹青之道，略加指点，便都晓得。如今姐姐的画已与小弟不相上下，将来必然胜我十倍。恁般颖悟，不识幼时也曾读书否？"生哥道："也颇知一二。然我辈女流，读书原非所重。若贤弟少年才隽，必然精于词翰，何不以文章求仕进，乃仅以丹青自见乎？"冶娘道："君子藏器待时，此时岂吾辈仕进之日。恐文章不足以取功名，适足以取祸患耳！"生哥听了这句话，想起自己父亲亦以诗文小故被奸人陷害，触动了一腔悲愤，不觉悚然而起，对冶娘道："我幼遇异人，学得一件本事，多时不曾试演。今日演一个与贤弟看。"说罢，向袖中取出一个白丸，走到庭前，望空一掷，化成一把长剑。生哥接剑在手，就庭前舞将起来。初时犹见个人影在白光里，后来但见白光，不见人影，及至舞完，依然一个白丸在手，并不知剑在哪里。冶娘惊得呆了，说道："不想姐姐有这般本事，真是女中丈夫。若教改换男妆，秦木兰当拜下风矣！"因遂题诗一首以赠之，云：

剑锷簇芙蓉，寒光射碧空。
霜飞如舞雪，电走似驱风。
腾跃出还没，往来西复东。
隐娘今再见，不数薛家红。

冶娘把这诗写在一幅纸上，与生哥看。生哥十分叹赏，因笑道："我说贤弟高才，必精于词翰，但你方才道我像丈夫气概，我今看你这字体柔妍，倒像女子的笔墨。我也有俚言奉赠。"因即于纸后，题《西江月》词云：

体学夫人字美，文兼幼妇词芳。纤纤柔翰谱瑶章，不似儿郎笔仗。雅称君家花貌，依稀冶女风光。若教易服作宫装，奉引昭容堪况。

冶娘看毕，见词中之意，险些儿道破她是女子，不觉面色微红，笑说道："姐姐如何把女子来比我？我看姐姐倒全无女子气象，如今不要叫你姐姐，竟叫了你哥哥罢。"因又题一绝以戏之云：

羡尔英雄大丈夫，应教弟弟唤哥哥。
他年姊丈相逢处，也作埙篪伯仲呼。

生哥看了,笑道:"你若呼我为哥哥,我也呼你为妹妹。"因亦口占一绝以答之云:

> 爱你才郎似女郎,几疑书室是闺房。
> 他年弟妇相逢处,伉俪应同姊妹行。

当下大家戏谑了一回,生哥自归家去了,他只道颍家的台官是男人女相,冶娘也只道程家的存奴是女人男相,两下都不知是假的。

一日,正当清明节日,生哥那日不到冶娘家来,自与王保在家中祭奠亡亲。有一曲《江儿水》,单道生哥那日祭奠亡亲的痛苦:

> 闭户谋禋祀,孤儿泪涌潮。从前未识爹名号,向来错把娘亲叫。穷民如我
> 真无告,若没个苍头相保,纵遇春秋,一陌纸钱谁讨?

那日,冶娘也对颜权说,要祭奠父母灵魂。颜权买些纸钱及祭品安放在家,自己往双忠朝里烧香去了。冶娘闭上了门,独自一个在室中祭奠先灵,吞声饮泣。也有一曲《江儿水》,说那冶娘此时的痛苦:

> 幼女私设祭,吞声泪暗流。纸牌不设魂来否?望空默祝灵间否?改装易服
> 亲知否?伯道可怜无后。愿把裙钗,权当儿郎消受。

冶娘终是女子家,不敢高声痛哭,静悄悄地祭奠完了,只听得间壁生哥家里哀号之声。冶娘向壁缝里张时,原来他家还在那里设祭。只见那存奴跪在前面,他的母亲程寡妇倒跪在后面,叩头流涕,存奴哭倒于地。他的母亲去扶他,口中喃喃地劝个不住。冶娘听得不甚分明,只听得他叫:"小官人"三字。又见存奴祭毕而起,却望上作了个揖。冶娘看了,好生惊疑。想道:"他们这般光景,甚是跷蹊。我一向疑存奴像个男子,莫非也与我一般是改头换面乔装扮的?待我明日试他一试。"当晚无话。

次日,生哥又到冶娘家来。冶娘等颜权出去了,以言挑生哥道:"姐姐如此聪明,必然精于女工,为何再不见你拈针刺绣,织锦运机,把薛夜来、苏若兰的本事做与小弟一看?"生哥道:"我因幼孤,母亲娇养,不曾学得刺绣之事。"冶娘笑道:"如何题诗舞剑却偏学了?

我知你女工必妙，若遇着个女郎，定然把组绣之事做将出来。今在小弟面前，故只把男子的伎俩来夸示我耳。"生哥道："丹青与组绣，正复相类，莫非吾弟倒善于组绣么?"冶娘道："我非女子，哪知组绣? 你是女子，倒俨然习男子之事，却反把女工问起我来?"生哥笑道："你道自己不是女子么? 只怕女子中倒没有你这个伶俐人物。"冶娘也笑道："姐姐本是女子，却倒像个男子，也还怕男子中倒没有你这样倜傥人才。"因指着纸上所书画红拂私奔的图像，对生哥说道："姐姐若学红拂改换男装，莫说夜里私奔，就是日里私奔，也没人认得你是女子!"生哥笑道："你叫我私奔哪个? 我若做了红拂，除非把你当个李靖。"冶娘见他说得入港，便又指着画上鸳鸯对生哥道："我和你姊弟相称，就如雁行一般，恐雁行不若鸳鸯为亲

切，姐姐虽长我一岁，倘蒙不弃，待我对爹爹说了，结为夫妇何如?"生哥听罢，低头不语了半晌，忽然两眼流泪。冶娘惊问道："姐姐为何烦恼，莫非怪我语言唐突么?"生哥拭泪答道："我的行藏，无人能识。既蒙吾弟如此错爱，我今只得实说了。"便去桌上取过一幅纸来，援笔题诗一绝云:

> 改装易服本非真，为乏桃源可避秦。
>
> 若欲与君为伉俪，愿天真化女人身。

冶娘见诗，大惊道："难道你真个不是女子是男么? 你快把自己的来历实说与我知道!"生哥便悄悄把上项事细述了一遍，叮嘱道："吾弟切勿泄漏!"冶娘甚是惊异，因笑道："我一向戏将姐姐比哥哥，不想真个是哥哥了。"生哥道："我向只因假装女子，不好与吾弟十分亲近。今既说明，当与你把臂促膝，为联床接席之欢。"说罢，便走过来与冶娘并坐，又伸手去扯她的臂。慌得冶娘通红了脸，连忙起身，逡巡避开。生哥笑道："贤弟虽貌似女子，又不是真正女子，如何做出这般羞涩之态?"冶娘便道："你道我不是女子，真是男子

么？你既不瞒我，我又何忍瞒你？"便也取过纸笔，和诗一绝云：

> 姊不真兮弟岂真？亦缘无地可逃秦。
> 君如欲与为兄弟，愿我真为男子身。

生哥看了诗，也失惊道："不信你倒是女子。你也快把你的来历说与我听！"冶娘遂也将前事述了一遍。生哥亦摇首称奇，因说道："我与你一个女装男，一个男装女，恰好会在一处。正是天缘凑合，应该作配。你方才说雁行不若鸳鸯，自今以后不必为兄弟，直当为夫妇了。"冶娘道："兄果有此心，当告知我养父，明明配合，不可造次。"

正说间，颜权回家来了。生哥亦即辞归，把这段话告知王保。这边冶娘也把生哥的话，对颜权说了。大家叹异。

次日，王保来见颜权，商议联姻。颜权慨然应允。在众邻面前，只说程家要台官为婿，须家要存奴为媳。央邻舍里边一个老婆婆做了媒妁，择下吉日，先迎生哥过门。王保把屋后墙壁打通了，两家合为一家。邻舍中有几个轻薄的，胡猜乱想。有的道："十四五岁的儿女，一向原不该教她做一处。今日替她联了姻，倒也稳便。若不然，他们日后竟自己结亲起来，就不雅了。"有的道："程寡妇初时要女儿出家，如何今日又许了须家的台官？想必这妈妈先与须客人相好了，如今两亲家也恰好配了一对。"王保由他们猜想，只不理他。时光迅速，早又过了两年。生哥已是十七岁，冶娘已是十六岁了，颜权便替他择吉毕姻。拜堂时，生哥仍旧女装，冶娘仍旧男装，新郎倒是高髻云鬟，娘子倒是青袍花帽，真个好笑。但见：

> 红罗盖却粉郎头，皂靴套上娇娘足。作揖的是新妇，万福的是官人。只道长女配其少男，哪知巽却是震，艮却是兑；只道阳爻合乎阴象，谁识乾反是地，坤反是天。白日里唱随，公然颠倒粉去；黑夜间夫妇，暗地较正转来。没鸡巴的公公，倒娶了有鸡巴的子舍；有阳物的妈妈，倒招了个没阳物的东床。只恐新郎的乳渐高，正与假婆婆一般作怪；还怕新娘的须欲出，又与假爹爹一样蹊跷。麋边鹿、鹿边麋，未识孰麋孰鹿；凤求凰、凰求凤，不知谁凤谁凰。一场幻事是新闻，这段奇缘真笑柄！

是夜颜权便受了二人之拜，掌礼的要请王保出来受礼，王保哪里敢，只推腹痛先去睡了。生哥与冶娘毕姻之后，夫妻恩爱，自不必说。但恨阴阳反做，不能改装易服，出姓复名。

哪知事有凑巧，既因学画生出这段姻缘，又因买画引出一段际遇。你道有何际遇？原来那时孝廉花黑已中过进士，选过翰林，却因与丞相业厄虎不睦，致仕家居。他的夫人蓝氏要画一幅行乐图，闻得留后村须家的媳妇程存奴善能传神，特遣人抬着轿儿来请，要邀到府中去面画。冶娘劝生哥休去。生哥因念花黑有收葬他父母大恩，今日不忍违他夫人之命，遂应召而往。那夫人只道生哥真是个女子，直请至内堂相见。叙礼毕，吃了茶点，便取出一方白绢，教生哥写照。生哥把夫人再细看了一回，援笔描画起来。顷刻间画成一个小像，真乃酷肖。夫人看了欢喜，唤众女使们来看，都道像得紧。夫人大喜，十分赞叹。因又对生哥道："我先母蓝太太的真容，被我兄弟们遗失了，今欲再画一幅，争奈难于摹仿。我今说个规模与你，就烦你一画。若画得像时，更当重谢。"生哥领诺。夫人指着自己面庞，说那一处与我先母相同，那一处与我先母略异。生哥依她所言，凭空画出一个真容。却也奇怪，竟画得俨然如生。夫人看了，拍掌称奇。一头赞，一头再看，越看越像，便如重见了母亲一般，不觉呜咽涕泣起来。生哥在旁见夫人涕泣，也不觉泪流满面。夫人怪问道："我哭是因想念先母，你哭却是为何？"生哥拭泪答道："妾幼丧二亲，都不曾认得容貌。今见夫人补画令先慈之像，因想妾身枉会传神，偏无二亲可画，故不禁泪落耳！"说罢，又流泪不止。正是：

> 孤儿触景泪偏多，尔有母兮我独无。
>
> 纵使传神异样巧，二亲形像怎临摹。

夫人听说，问道："我闻小娘子的母亲尚在，如何说幼丧二亲？"生哥忙转口道："夫人听错了。妾自说幼丧父亲。"夫人道："我如何会听错？你方才明明说幼丧二亲。莫非你不是程寡妇亲生的？可实对我说！"生哥暗想："花公是个有情义的人，我今就对他夫人实说来历，料也不妨。"因又手向前说道："夫人在上，当初我父亲蒙花老爷厚恩，今日在夫人面前怎敢隐瞒？但须恕我死罪，方才敢说！"夫人道："又奇怪了！我与你家素不相识，我家当初有何恩？你今日又有何罪？"生哥道："乞夫人屏退左右，容我细禀！"夫人便叫女使们退避一边。生哥先说自己男扮女装，本不当直入内室，因不敢违夫人之命，勉强进来，罪该万死。然后从头至尾，把改装避难的缘故，细细告陈，并将妻子冶娘的始末根由一发说

了。夫人听罢，十分惊异。便请花黑进来对他说知其事，叫与生哥相见，花黑亦甚惊异。

正叹诧间，家人传禀说："报人在外，报老爷原官起用了。"原来此时海陵王因御驾南征，中途遇害。丞相业厄虎护驾在彼，亦为乱军所杀。朝中更立世宗为帝。这朝人主极是贤明，凡前日触忤了海陵王、业厄虎被杀的官员，尽皆恤赠，录其后人；其余被黜被逐的，都起复原官。因此花黑亦以原官起用。当下花黑闻此恩命，便对生哥道："当今新主贤明，褒录海陵时受害贤臣的后人，廉谏议亦当在褒录之例。你今既为廉公之婿，廉公无子可录，女婿可当半子。至于令先尊题诗被戮一事，我当特疏奏白其冤。你不惟可脱罪，还可受封。"生哥谢道："昔年既蒙恩相收葬先人骸骨，今日又肯如此周全，此恩此德，天高地厚。"说罢，倒身下拜，正是：

得蒙君子垂青眼，免使穷人陷黑冤。

生哥拜谢了花公夫妇，回到家中，说知其事。冶娘与颜权、王保俱各惊喜。花黑即日起身赴京。陛见时，即上疏白李真之冤，说："他所题二诗，一是叹南朝无人，一是叹南朝未尝无人，只为奸臣所误，并无一语侵犯本朝。却被奸贪小人，朋谋陷害，非辜受戮，深为可悯。其妻江氏，洁身死节，尤宜矜恤。况今其子生哥，现配先臣廉国光之女，国光无子，当收录伊婿，以酬其忠。"因又将王保感天赐乳，颜权梦神赐须之事，一一奏闻。世宗览奏，降旨："赐生哥名存廉，授翰林待诏。封冶娘为孺人。王保忠义可嘉，授太仆丞。太监颜权召还京师，授为六宫都提点。"命下之后，生哥与冶娘方才改正衣装。一个大乳的苍头，一个长须的内相，也都复了本来面目。一时传作奇谈。正是：

前此阴阳都是假，今朝男女尽归真。

众人受了恩命，各各打点赴京。生哥独上一疏道："臣向因患难之中，未曾为父母守制。今欲补尽居丧之礼，庐墓三年，然后就职。"天子嘉其孝思，即准所奏。生哥遂同冶娘披麻执杖，至父母墓所，备下三牲祭品，望冢前拜奠。想起二亲俱死于非命，生前未曾识面，死后有缺祭扫，直至今日方得到土堆边一拜，哀从中来，伏地痛哭，哭得路旁观者，无不凄惶。有一曲《红衲袄》为证：

徒向着土堆前列酒卮，恨不曾写真容留作记。纵则向梦儿中能相会，痛杀我昧平生怎认伊？想当初两月间无知识，到如今十年余空泪垂。除非是起死回生，一双双学丁令还灵也，现原身使我知。

王保闻得生哥夫妇都在墓所，便也于未赴任之前，备着祭礼，到墓前来设祭。那时王保冠带在身，及到墓前，即呼从人：“取青衣小帽过来，与我换了。”生哥问道：“这是何故？”王保哭道：“我王保当初受主母之托，保护幼主。今日特来此复命。若顶冠束带，叫墓中人哪里认得？”生哥听说，不觉大哭。王保换了衣帽，向冢前叩头哭告道：“主人主母在上，小人王保昔年在苏州城中时，因急欲归报主母消息，未及收残主人尸首。及至主母死后，小人又急忙保护幼主，避罪而逃，也不及收殓尸首，又不及至墓前一拜。今日天幸，得遇恩赦，小人才得到此。向蒙皇天赐乳，仙翁庇祐，我主仆二人得以存活。今幸大仇已报，小主人已谐婚配，又得了官职。未识主人主母知道否？倘阴灵不远，伏乞照鉴！”一头拜，一头说，一头哭。从人见之，尽皆下泪。也有一曲《红衲襖》为证：

> 想当初托孤儿在两月时，今日里纵生逢怕也难识取。我若再换冠袍来行礼，教你墓中人怎认予？几年间变男身为乳姬，只这领旧青衣岂是易着的。痛从前春去秋来，不能够一拜坟头也，禁不住洒西风血泪垂。

王保祭毕，才换了冠带，恰值颜权也来祭奠。王保等他奠罢，一同别了生哥夫妇，再备祭品，同颜权到双忠庙去拜祭了一番。颜权又将庙宇重修，神像再塑，然后与王保一齐赴京。生哥自与冶娘庐墓。又闻朝廷有旨，着玉田县官为廉国光立庙，岁时致祭。生哥遂同冶娘到彼处拜祭了，复回墓所。三年服满，然后起身赴京，谢恩到任。

在京未久，忽闻塘报，赵州临城县有妖妇牛氏结连山寇作乱，势甚猖獗。你道那妖妇是谁？原来就是尹大肩之妻。尹大肩原系临城人，他存日恃着海陵王宠幸，作恶多端。近来被人告发，世宗有旨籍没其家。不想他妻子牛氏，颇知妖术，遂与其子尹彪，逃入太行山中，啸聚山贼作乱，自称“通圣娘娘”。地方官遣兵追捕，反为所败。生哥闻知此事，激起一片雄心，说道：“此是我仇人的妻子，我正当手刃之！”遂上疏自请剿贼。天子准奏，命以翰林诏兼行军千户，领兵三千前往临城，讨平妖寇。生哥奉旨，星夜督师前进。牛氏统领贼众，据着个险峻的高岭，立下营寨。方待要用妖法来迎敌，哪知生哥自有碧霞真人

所传的剑术在身，便不等交锋，先自飞腾上岭，挥剑斩了牛氏并尹彪首级，然后驱兵直捣贼巢。贼众无主，逃者逃，降者降，寇氛悉平，奏凯回朝。天子喜其功绩，升为中书右丞兼枢密副使，并追赠其父李真与其母江氏。

生哥感泣谢恩，归到私署。是夜即得一梦，梦见一个金幞绯衣的官长，一个凤冠霞帔的夫人，对生哥说道："我二人是你父母。上帝怜我二人，一以文章被祸，一以节烈捐躯，已脱鬼录，俱得为神。不但受人主之恩，又膺天帝之庞。你可善自宽解，不消哀念我二人了！"生哥醒来，记着梦中所见父母的形貌，画出两个真容，去唤王保来看。王保见了，吃了一惊，说道："与主人主母生前容貌，一般无二。"生哥大喜，便把来装裱好了，供养在家庙中。正是：

　　忠贞既可格天地，仁孝犹能致鬼神。

王保做了三年官，即弃了官职，要去寻访碧霞真人，入山修道。竟拜别了生哥夫妇，仍旧怀了这粒银母灵丹，飘然而去。生哥思念其忠，也画他一个小像，立于李真之侧，一样岁时展祭。又画碧霞真人之像，供养于旧日茅庵中，亦以王保配享。后来花黑出使海上，遇见王保童颜鹤发，于水面上飞身游行。归来述与生哥听了，知其已得成仙。颜权出入宫中，人都呼他为须太监，极蒙天子庞眷，寿至九十七而终。冶娘替他服丧守孝，也把他的真容来供养。这是两人忠义之报。

看官听说，人若存了一片忠心、一团义气，不愁天不佐助，神不效灵。试看奴仆、宦竖尚然如此，何况士大夫？《易》曰："王臣蹇蹇，匪躬之故。"所以这段话文，名曰《劝匪躬》。

卷八　醒败类

两决疑假儿再反真　三灭相真金亦是假

诗曰：

> 无相之中相忽生，非非是是几回争。
>
> 到头有相归无相，笑杀贪人梦未醒。

此四句乃惺禅师所作偈语，奉劝世人凡事休要着相。大抵若相的人，都为着贪嗔痴三字。贪嗔总谓之痴，嗔痴总由于贪。贪人之财是贪，贪天之福亦是贪。贪而不得，因而生嗔。嗔人是痴，嗔天尤痴。究竟有定者不可冒，无定者不可执。知其有定，贪他做什么？知其无定，又贪他做什么？

如今待在下说一段醒贪的话文，与众位听！

话说后五代周世宗时，河南归德府城中有一个人，姓纪名衍祚，家道小康，年近四十，未有子嗣。浑家强氏，性甚嫉妒，不容丈夫蓄妾。只有一个婢子，名唤宜男，年已十六，颇有几分姿色。强氏恐丈夫看上了她，不许她梳好头，裹小脚。又提防严密，一毫也不肯放空。纪衍祚有个侄儿叫作纪望洪，正是他的亡兄纪衍祀所生。此人幼为父母娇养，不事生理，终日嫖赌，十分无赖。父母死了，做叔父的一发管他不下。其妻陈氏，有些衣饰之类，也都被他荡尽了。亏得他丈人陈仁甫收拾女儿回去，养在家里。纪衍祚见侄儿这般不肖，料道做不得种，便把立侄为嗣的念头灰冷了。哪知望洪见叔父无子，私心觊觎他的

家产，只道叔父不看顾他，屡次来要长要短。及至衍祚资助他些东西，又随手而尽，填不满他的欲壑，诛求无厌。强氏因对丈夫说道："只为你没有儿子，故常受侄儿的气。我前年为欲求子，曾许下开封府大相国寺的香愿，不曾还得。我今要同你去完此香愿，你道何如？"衍祚道："入寺烧香，原非妇人所宜。况又远出，殊为不便。你若要求子，只在家中供养佛像，朝夕顶礼便了！"强氏听了这话，便要丈夫供起佛像来。不要木雕泥塑，定要将铜来铸，又要放些金子在内，铸一尊渗金的铜佛，以为恭敬。衍祚依她言语，将好铜十余斤，再加黄金数两在内，寻一个高手的铸铜匠人叫作容三，唤他到家铸就一尊渗金铜的佛像，其好似纯金的一般光彩夺目。强氏把来供在一间洁净房内，终日焚香礼拜，祈求子嗣。

　　看看将及一年，并没有生子的消息。衍祚老妻子不能有孕，心里便暗暗看中了宜男这个丫头。她虽不梳头，不缠脚，然只要她的下头，哪管她的上头；只要她的坐脚，哪管她的走脚。常言道："只有千人做贼，没有千人防贼。"恁你浑家拘管得紧，衍祚却等强氏夜间睡着了，私去与宜男勾搭。正是：

　　　　任你河东吼狮子，哪知座下走青鸾。

从来惧内的半夜里私偷丫鬟，其举足动步，都有个名号：初时伏在枕上听妻子的鼻息，叫作"老狐听冰"；及听得妻子睡熟，从被窝中轻轻脱身而出，叫作"金蝉脱壳"；黑暗里坐在床沿上，把两脚在地上摸鞋子，叫作"沧浪濯足"；行走时恐暗中触着了物件，把两手托在前面而行，叫作"伯牙抚琴"；到得丫鬟卧所，扭扭捏捏，大家不敢作声，叫作"哑子相打"；恐妻子醒来知觉，疾忙了事，叫作"蜻蜓点水"；回到妻子床上，依着轻轻钻入被窝，叫作"金蛇归穴"。

　　闲话休提，且说纪祚衍虽然偷得宜男，却是惊心动魄，不能舒畅。正想要觅个空儿，与她偷一个畅快的，恰好遇着个机会。原来强氏因持斋奉佛，有个尼姑常来走动。那尼姑俗家姓毕，法名五空，其庵院与城南隆兴寺相近，因与寺中一个和尚相熟。这隆兴寺中有两个主持：一名静修，一名惠普。静修深明禅理，不喜热闹，常闭关静坐。惠普却弄虚头，讲经说法，笑虚男女，特托五空往大家富户说化女人布施作缘。因此五空也来劝强氏去听经。是时正值二月二十九日，观音大士诞辰，寺中加倍热闹。强氏打点要去随喜。衍祚本不要妻子入寺烧香的，却因有宜男在心，正好乘强氏出外去了，做些勾当，便不阻当她。只预先一日，私嘱宜男，教她推说腹痛，睡倒了。至次日，强氏见宜男抱病，不能跟

随，便只带家人喜祥夫妇跟去，留下一个十二岁的小厮兴儿，与宜男看家。衍祚初时也随着妻子一同入寺，及到法堂，男东女西，分开坐下，等候慧普登座讲经。衍祚便捉空从人丛里闪将归来，与宜男欢会一番，了其心愿。但见：

> 老婆入寺，为看清净道场；丈夫归家，也是极乐世界。一个化比丘身，对世尊五体投地；一个现欢喜相，把丫鬟两脚朝天。从前黑夜中，匆忙勾当，只片时雨散云收；如今白日里，仔细端详，好一歇枝摇叶摆。向怪作恶的龟山水母，并不放半点儿松；何幸好善的狮子吼佛，也落下一些儿空。仗彼观音力，勾住了罗刹夜叉；多赖普门息，作成了高唐巫峡。一向妻子坐绣房持咒，倒像替丈夫诵了怕婆经；今日老荆入佛寺听经，恰似代侍儿念了和合咒。全亏我佛开方便，果然菩萨会慈悲。

衍祚了事之后，唤过小厮兴儿来，吩咐道："大娘归时，切不可说我曾来家！"吩咐毕，悄地仍到寺前，恰好接着强氏轿子，一同回来。强氏并不晓得丈夫方才的勾当。

哪知宜男此会已得了身孕，过了月余，但觉眉低眼慢。强氏见得有些蹊跷，便将宜男拷问起来。宜男只得吐出实情。强氏十分恼怒，与丈夫厮闹。衍祚惧怕妻子，始初不敢招承，后被逼问不过，只得承认了。强氏捶台拍桌，大哭大骂，要把宜男卖出去。正是：

> 夫人会吃醋，吃醋枉吃素。
> 自己不慈悲，空拜慈悲父。

强氏自此每日辱骂宜男，准准地闹了一两个月。一日走进佛堂烧香，却对着这尊铜佛像，狠狠地数说道："佛也是不灵的。我这般求你，你倒把身孕与这贱婢，却不枉受我这几时香火了！"一头拜，一头只顾把佛来埋怨。

却也作怪，强氏那日说了这几句，到明日再进佛堂烧香时，供桌上早不见了这尊铜佛。强氏吃了一惊，料必被人盗去。家中只有喜祥夫妇并兴儿、宜男四个人，强氏却要把这盗佛的罪名坐在宜男身上，好打发她出去。宜男哪里肯招承，强氏正待要拷打宜男，却早有人来报铜佛的下落了。那报事的乃是本城富户毕员外的家人，叫作吉福。原来这尊铜佛在毕员外家里。你道是哪个盗去的？却就是喜祥这厮盗去的。他闻得主母对着佛

像口出怨言，是夜便悄悄地将铜佛偷了，明早拿到毕员外家去卖了十两银子。这毕员外叫作毕思复，为人最是贪财。尼姑五空就是他的嫡堂姑娘，他常听得姑娘说："纪家有个渗金的铜佛，铸得十分精美。"今恰遇喜祥盗将来卖与他，他便把贱价得了。家人吉福知道是喜祥偷来卖的，要分他一两银子，喜祥不肯，吉福怀恨，因此到纪家报信。及至纪衍祚问他盗佛的是谁？吉福却又不肯实说。衍祚也八分猜是喜祥，只因喜祥是妻子的从嫁家人，妻子任之为心腹，每事护短，做不敢十分盘问。只将五钱银子，与吉福做了赏钱。再将银十两，就差喜祥到毕家去赎。吉福又私嘱喜祥道："我在你主人面前不曾说你出来，你见了我主人，也切不可说是我来报信的。"喜祥应诺。见了毕思复，只说家中追究得紧，故此将银来赎。毕思复正贪这尊渗金铜佛买得便宜，不舍得与他赎去。心生一计，只推银色不足，要他去增补，却私与吉福商量，连夜唤那铸佛匠人容三到家，许他重赏，教他这样铸成一尊纯铜佛像，要与渗金的一般无二。纪家补银来赎时，又推员外不在家，一连捱迟了好几日，直等容三铸假像来搠换了，然后与他赎去。那真的却把来自己供养。正是：

贪金暗把奸谋使，奉佛全无好善心。

衍祚得了佛像，并不知是假的，依前供在佛堂中。

强氏见佛已赎还，那盗佛的罪名，加不得在宜男身上了，却只是容她不得，终日寻闹，非打即骂。衍祚看了这般光景，料道宜男难以容身，私与喜祥计议，要挽一个人来讨她去暗地养在外宅。哪知喜祥这奴才倒把主人的话，一五一十都对主母说了。强氏大怒，问喜祥道："这老无耻恁般做作，叫我怎生对付他？"喜祥献计道："主母要卖这丫头，不可卖与小家，恐主人要去赎；须卖与豪门贵宅，赎不得的去处，方杜绝了主人的念头。"强氏听计，便教嘱咐媒婆，寻个售主。过了几日，尼姑五空闻知这消息，特来做媒，要说与侄儿毕思复为妾。原来毕思复也是中年无子，他的妻子单氏极是贤淑，见丈夫无子，要替他纳个偏房。五空因此来说合。强氏巴不得宜男离眼，身价多少也不论，但恐丈夫私自去赎了。五空道："这不消虑得。我家侄儿曾做过本城呼延府尉的干儿，今在你官人面前，只说是呼延府里讨去便了。"强氏尚在犹豫，五空晓得强氏极听喜祥言语的，便私许了喜祥二两银子，喜祥遂一力撺掇主母允了。乘衍祚下乡收麦不在家中，强氏竟收了毕家银十六两，叫他即日把轿来抬了宜男去。喜祥又恐宜男不肯去，却哄她道："主人怕大娘不容你，特挽五空师父来说合，讨你出去，私自另住。"宜男信以为然，恁他们簇拥上轿，抬往毕家去

了。衍祚归家，不见了宜男，问喜祥时，只说呼延府中讨去了。衍祚不胜懊恨，又惧怕老婆，不敢说什么，唯有仰天长叹而已！正是：

　　侯门一入深如海，从此萧郎是路人。

　　不说衍祚思念宜男，无计可施。且说宜男到了毕家，方知主母把她卖了，放声大哭，欲待寻死，又惜着自己的身孕。正没奈何，不想吉福打听得宜男是有孕的，便对主人备言其故，说道："主人被五空师太哄了！"毕思复即请过五空来，把这话问他。五空道："并没此事，是谁说的？"思复道："是吉福说的。"五空道："他因不曾得后手，故造此谤言。你休听他！"思复将信将疑，又把这话对浑家说，叫她去盘问宜男。此时宜男正哭哭啼啼，不愿住在毕家，竟对单氏实言其事，说道："我自二月里得了胎，到如今五月中旬，已有了足三个月身孕。今虽被主母卖到这里，此身决不受辱。伏乞方便，退还原主则个！"单氏将此言对丈夫说知。思复道："我真个被五空姑娘哄了。今当退还纪家，索取原价。"单氏道："他家大娘既不相容，今若退还，少不得又要卖到别家去。不如做好事收用了她罢！"思复道："若要留她，须赎些堕胎药来与她吃了，出空肚子，方好重新受胎。"单氏沉吟道："这使不得。一来堕胎是极罪过，你自己正要求子，如何先堕别人的胎？二来堕胎药最厉害，我闻怀孕过了两月，急切难堕，倘药猛了些，送了她的命，不是要处。三来就堕了胎，万一服过冷药，下次不服受胎，岂不误事？不若待她产过了，那时是熟肚，受胎甚便，回来还有个算计。你一向艰于得子，她今到我家，若七个月之后就产了，那所产的男女便不要留；倘或过了十个月方产，便可算是我家的骨血，留他接续香烟，有何不可？"思复听了，点头道："也说得是。"便把宜男改名子姐，叫她在房里歇下。宜男是夜恐思复去缠她，将衣带通缚了死结，和衣而卧。至黄昏以后，思复睡在浑家床上，忽然腹痛起来，连起身泻了几次。到明日，神思困倦，起身不得。延医看视，医人道："不但腹疾，又兼风寒，须小心调理。"单氏只疑丈夫夜间起身时，已曾用过宜男，或者害了阴症。哪知思复并不曾动弹，只因连起作泻，冒了些风，故两病交攻，直将息了两三个月，方才稍可，尚未能全愈。宜男因此幸得不受点污，日日去佛堂中拜佛，愿求腹中之孕至十三个月方产，便好替旧主人留下一点骨血。这也是她不忘旧主的一片好心。有诗为证：

　　侍儿含泪适他门，不望新恩忆旧恩。

况复留香原有种，忍同萍草去无根。

单氏见宜男日日礼佛，便指着佛像对她说道："这尊铜佛，原是你旧主人家里来的。"宜男道："我正疑惑这尊佛与我主人家里的一般，原来就是这一尊。但当日被人偷来卖在这里，我家随即赎归，如何今日还有？"单氏便把喜祥偷卖，吉福商量搋换的话一一说了。宜男嗟叹道："我始初只道我主人佛便赎了去，人却不能赎去。谁知佛与我也是一般，只有来的日，没有去的日。"因也把吉福报信讨赏钱的话，对单氏说了。单氏随即唤吉福来骂道："你这不干好事的狗才，家主前日买了铜佛，你如何便去纪家报信？你既去报信，骗了纪家的赏钱，如何又撺掇主人搋换他的真佛？我若把你报信的事对家主说知，怕不责罚你一场！今恐他病中惹气，权且隐过，饶你这狗才！"当下吉福被单氏骂得垂首无言，心里却又起个不良之念，想道："既说我不干好事，我索性再走个道儿。"便私往铜匠容三家里去，与他商量，要他再依样铸一尊铜佛，把来搋换那尊渗金的来熔化了，将金子分用。容三应允，便连夜铸造起来。他已铸过这佛两次，心里甚熟，不消看样，恁空铸就一尊，却是分毫无二。吉福大喜，遂悄地拿去，偷换了那尊渗金的真佛，到容家来熔化，指望分取其中的金子。不想这尊佛却甚作怪，下了火一日，竟熔不动分毫。两个无计奈何，商量了一回，只得把这尊佛拿到呼延府里去当银十两，大家分了。正是：

偷又逢偷，诈又逢诈。

行之于上，效之于下。

单氏与宜男并不知佛像被人偷换去，只顾烧香礼拜，宜男便祷求心事，单氏却祈保丈夫病体。谁想思复身子恰才好些，又撞出两件烦恼的事来，重复增病。你道为何？原来思复平昔极是势利有两副衣妆、两副面孔：见穷亲戚，便穿了旧衣，攒眉皱目，对他愁穷；见富贵客，便换了好衣，胁肩谄笑，奔走奉承。他有个嫡堂兄弟毕思恒，乃亡叔毕应雨之子，为人本分，开个生药铺，只是本少利微，思复却并不肯假借分毫。那纪望洪的丈人陈仁甫，就是思复的母舅，家贫无子，只生一女，又嫁女婿不着，自养在家，思复也并不肯看顾他。只去趋奉本城一个显宦呼延仰。那呼延仰官为太尉，给假在家，思复拜在他门下，认为干儿，馈送甚丰，门上都贴着呼延府里的报单。三年前有个秀才毕东厓，向与毕思恒相知，因特写个宗弟帖儿，到思复家里来拜望。思复道是穷秀才，与他缠不得的，竟璧还

原帖，写个眷侍教生的名帖答了他。毕东厓好生不悦。不想今年应试中了进士，归家候选。恰值呼延仰被人劾奏，说他私铸铜钱，奉旨着该地方官察报。思复恐累及了他，忙把门上所贴呼延府里的报单都揭落了。瞒着兄弟毕思恒，私去拜见毕东厓，要认了族兄，求他庇护。毕东厓想起前情，再三作难。思复送银二百两，方买得一张新进士的报单，贴在门上。不隔几时，呼延仰铸钱一事，已得弥缝无恙。毕东厓却被人劾奏，说试官与他有亲，徇私中式，奉旨着该部查勘。东厓要到部里去打点，缺少些使费，特央人到思复处告借百金。思复分毫不与，说道："我前日已有二百金在他处，如今叫他余了一百两，只先还我一百两罢。"东厓大怒，遂与思复绝交。又过几时，东厓查勘无恙，依然是个新进士。本府新到任的金判卜芳胤，正是东厓的同年。思复却为遣吉福出去讨债，逼死了一个病人，被他家将人命事告在金判台下。思复病体初痊，恐尸亲到家啰唣，只得权避于毕思恒家中，就央思恒致意东厓，求他去卜公处说分上。东厓记着前恨，诈银五百两，方才替他完事。

思复受了这场气，闷闷而归，正没好心绪，又值尼姑五空来向他讨银子。原来五空当初曾将银百两，托付思复盘利，今见他为了官司，恐银子耗费了，后来没处讨，故特来取索。思复焦躁道："哪见得我就还不起了，却这般着急？出家人要紧银子做什？况姑娘的银子，侄儿也拿得的。我今竟赖了不还，却待怎么？"五空听说，嚷将起来道："你怎说这般欺心的话？姑娘的银子好赖，出家人的银子，倒没得到你赖哩！"当下嚷闹了一回，单氏再三劝开。五空暗想："我当初不把银子借与穷侄思恒，特把来付与富侄思复。只道万无一失，谁知今日富的倒这般欺心，却不反被思恒非笑么？"心中十分愤怒。她平日也常到呼延府里走动的，因把这话告诉了太尉的小夫人，方待要央她府里的人去讨。恰好思复又犯了一件事，正落在呼延太尉手里：时值秋尽冬初，思复到庄上养病，就便收租，有个顽佃叫作陶良，积欠租米不还，思复把他锁在庄里。哪知陶良的妻子却与吉福有私，吉福竟私开了锁，放走陶良，倒叫他妻子来庄里讨人；又指引她去投了呼延太尉。呼延仰正因前日有事之际，思复便撇却了干爷，心甚不乐。今日思复为了事，他便乘机包揽，也索要五百金，方保无虞。思复只得变卖些产业，凑得五百两奉送。又被太尉于中除去一百两，还了五空，只算收得四百两。思复没奈何，只得把庄房也典了，再凑百金，送与太尉，方才罢休。思复气得发昏，扶病归家，又跌了一跤，中了风，成了个瘫痪之疾，卧床不起。可怜一个财主，弄得贫病交并。当初向亲戚愁穷，今番却真个穷了。有诗为证：

贫者言贫为求援，富者言贫为拒人。

一是真兮一是假，谁知弄假却成真。

思复卧病了四五个月，不觉又是来年季春时候，宜男方产下一个孩儿。自旧岁二月中受胎，至是年三月中生育，算来此孕果然是十二个月方产的了。单氏不知就里，只道她旧年五月中进门，至今生产恰好十月满足，好生欢喜。对丈夫道："这是我家的子息无疑了。"思复在枕上摇头道："这不是我生的。我自从纳妾之夜，便患病起来，一向并未和她沾身。这孩子与我一些相干也没有。"单氏低言道："你今抱此不起之疾，眼见得不能够养儿子的。你看如今周朝皇帝，也是姓柴的顶受姓郭的基业，何况我庶民之家，便将差就错，亦有何碍？"思复沉吟道："且再商量。"又过了月余，为家中少银用度，只得将这尊铜佛去熔化，指望取出金子来用。不想熔将起来竟是纯铜，全无半点金子在内。思复惊讶，唤过宜男来问时，宜男道："我当初亲见旧主人将黄金数两放入里边铸就的，如何没有？"思复只疑当日搋换的时节拿错了，再叫吉福来询问。吉福道："并不曾拿错。"单氏胡猜乱想，对丈夫道："多应

是神佛有灵，不容你搋换那尊真的，竟自己归到纪家去了。"思复听说，心里惊疑，愈觉神思恍惚。忽又闻呼延仰被人首告他交通辽国，奉旨提解来京，从重问罪，家产籍没入官。思复因曾做过他的干儿，恐祸及其身，吃这一惊不小，病体一发沉重起来。看看一命悬丝，因请母舅陈仁甫与兄弟毕思恒来，嘱托后事。指着宜男对二人道："此人进门之后，我并不曾近她，今所生之子，实非吾子。我一向拜假父、认假兄，究竟何用？今又留这假子做什么？我死之后，可叫纪家来领了他母子二人去。我今只存下薄田数十亩，料娘子是妇人家，怎当得粮役之累？我死后，也求母舅作主，寻个好头脑，叫她转嫁了罢。所遗薄田并脚下住房，都交付与思恒贤弟收管。我一向虽不曾照顾得贤弟，乞念手足之情，代我料理粮役，我死瞑目矣！"说罢，便奄然而逝。正是：

人当将死言必善,鸟到临终鸣也哀。

单氏哭得死去活来,仁甫与思恒再三解劝。单氏含泪道:"丈夫叫把宜男母子送还纪家,这还可听。至若叫我转嫁,此是他的乱命,我宁死不从!"思恒道:"嫂嫂若有志守节,这是极争气的事。凡家中事体,我自替你支持便了。"当日殡殓之后,单氏便将一应文书账目交付思恒。又将自己钗簪之类,叫他估价变卖,营运度日。思恒便亲到乡间踏勘田亩,一向被吉福移熟为荒、作弊减额的,都重新较正。又将变卖簪钗的银两,赎了几亩好田。单氏得他帮助,安心守节。只有宜男母子,未得了当。与思恒商议,要依丈夫遗命,退还原主。思恒道:"须得原媒去说。"单氏道:"原媒是五空师太。她因索银惹气之后,再不上门。如今怎又去央她? 不若陈舅公与纪家有亲,就烦他去说罢。"思恒道:"如此却好。"单氏便请陈仁甫来,央他到纪衍祚家去说知其事,叫他快来领了宜男母子二人去。正是:

　　不许旁枝附连理,谁知落叶又归根。

话分两头。且说纪衍祚自宜男去后,终日长吁短叹,与强氏夫妻情分渐觉冷淡了。纵然她屡发雷霆,怎当得冻住云雨。强氏气恼不过,害出病来。病中怨恨奉佛无效,遂破素开荤。病势日甚一日,医、祷莫救。不上半年,呜呼哀哉了。临终时还怨恨神佛无灵,吩咐衍祚将这尊铜佛熔化了,不要供养。有一曲《黄莺儿》,单说那强氏平日奉佛,临终恨佛的可笑处:

　　奉佛已多年,到今朝忽改前,心肠本与佛相反。香儿枉拈,烛儿枉燃,平生
　　真性临终见。听伊言,声声恨佛,誓不往西天。

强氏死后,衍祚不肯从她乱命,仍将佛像供奉。又每七延僧礼忏,超及阴魂。七终之后,便有媒婆来说亲,也有劝他续弦的,也有劝他纳妾的。衍祚只是放宜男不下,想着:"这三个月身孕,不知如何下落了?"时常到呼延府前打听消息。原来呼延仰有妾倪氏,小字鸾姨,当呼延仰被逮之时,她乘闹里取了些资财,逃归母家。恰好毕东厓要娶妾,便娶了她去。衍祚打听差讹,把倪鸾认作宜男,只道她做了毕进士的小夫人,十分懊恨。不想陈仁

甫来对他说了宜男母子之事，衍祚将信将疑。仁甫道："我感亲翁平日间看顾小女之德，故特来报知。你若不信，可就同到毕家去看。"衍祚便随着仁甫，到了毕家。仁甫唤宜男出来相见。宜男见了旧主，泪流满面。衍祚见宜男手中抱着个孩儿，梳头缠脚，打扮齐整，比前出落得十分好了，又喜又悲。再抱过那孩子来看，只见左足上有一个骈指，衍祚大喜。原来衍祚自己左足上，也有个骈指。当下脱出来与众人看了，都道："这孩子是他养的无疑！"次日，衍祚即取原价十六两送去，分外再加十两，酬谢大娘单氏保全之德。是夜便迎接宜男母子回家，两下恩情，十分欢畅。正是：

> 去而复来，离而复遇。后主却是前夫，新宠却是旧婢。继父即是亲爹，假儿即是真嗣。这场会合稀奇，真个出其不意。

宜男是夜把上项事一一细述。衍祚方知盗佛的是喜祥，与主母商量，瞒着主人卖宜男的也是喜祥，心中大怒。次日即唤喜祥来责骂了一场，把他夫妇逐出不用。另收个家人叫作来宁，此人甚是小心谨慎，其妻也甚老成得用。又雇一个养娘，专一保抱孩儿。把孩儿唤名还郎，取去而复还之意。

哪知侄儿纪望洪闻了这消息，想道："叔父一向无子，他家私少不得是我的。如何今日忽然有起儿子来？此明系毕家之种，怎做得纪家之儿？"便走到衍祚家中来发话，衍祚只不理他。望洪忿怒，竟将非种乱宗事，具呈本府金判卞公案下。衍祚闻知，也进了诉词，引毕家母舅陈仁甫为证。卞公拘齐一干人来审问，衍祚将十三个月产儿的事说了一遍。卞公再问陈仁甫时，也是一般言语。望洪只是争执不服，卞公命将还郎抱来，与衍祚当堂滴血，以辨真伪。说也奇怪，衍祚一点血滴入水盆内，凝在盆底下，先取别个小儿的滴下去，并不调和，及至还郎那点血滴下盆时，只见衍祚这点血冒将起来，裹住了还郎的血并成一块。堂上堂下众人见了，都道两人的是父子，更无疑惑。正是：

> 是假难真，是真难假。
> 一天疑案，涣然冰解。

卞公审明了纪家父子，知纪望洪所告是虚，骂了几句，即时逐出。望洪好生羞愤，心里想要别寻事故，中伤叔父。过了年余，适值朝廷因钱法大坏，要另选好铜铸钱，降下圣

旨："凡寺院中有铜铸的佛像,都要熔来应用。民家若有铜佛像,官府给价收之,私藏者有罪。"当时朝臣有奉佛的,上疏说佛像不宜熔毁。周世宗御笔批答道：

> 佛以善道化人,苟志于善,即为奉佛。彼铜像岂所谓佛耶?且朕闻佛在利人,虽头目犹舍以布施。若朕身可以济民,亦非所惜也。

此旨一下,谁敢道个不字。看官,你道朝廷要铸新钱,自当收取旧钱的铜来用,何至毁及佛像?原来那时钱法坏极,这些旧钱纯是铅沙私铸,并没些铜气在内,所以毫无用处。有一篇讥笑低钱的文字说得好：

> 号曰青蚨,呼云赤亥,虽有其名,全无其实。百分不满寸,千分不满尺。亲如兄分用不通,母权子分行不得。杜甫一钱看不来,刘宠大钱拣不出。孔褒见此可无论,和峤对此可无癖。卜式输之宁足奇,崔烈入之何足惜。呼卢刘毅未以豪,日费何曾仍是啬。十万腰缠轻若无,鹤跨扬州不费力。追念太公九府时,岂料凌夷至今日。

当下官府奉旨出示,晓谕民间,凡有铜佛像在家者,亲自赍赴官司领价。私藏不报者,即以抗旨论。纪望洪见了这告示,想起叔父有一尊铜佛在家,便又到金判卞公处,首告他抗旨私藏铜佛。卞公即差人拘纪衍祚到官询问,衍祚禀道："铜佛是有的,但有金子在内,不是纯铜的。又且神灵显应,恐怕熔毁不得。故不敢报官。"卞公道："怎见得神灵显应?"衍祚将毕家换去重来的一段话说了。卞公道："不信铜铸的佛能自去自来。若果能如此,也不被人偷了。可快取来熔化,熔出金子来,你自领去。"说罢,便着原差同衍祚去熔了来回话。衍祚不敢违命,只得同着公差将佛像去熔起来,却并不见有一些金子在内。衍祚惊得木呆。公差即押着衍祚,赍了所熔的铜,当堂禀复。卞公道："我说佛像岂有自去自来之理,这都是你支吾之词。"衍祚叩头道："毕家明明搁换,后来熔化时,却不见有金子。此是实情。"卞公沉吟着："如此看来,一定毕家以假换真之后,又有人偷换他真的去了。"因问："当时铸佛的铜匠是谁?"衍祚说出容三名字。卞公道："只唤容三来问,便晓得那真的下落了!"当晚便差人拘唤容三。次日早堂挈到,卞公再三究问,容三料赖不过,只提招出实情。说道："此皆毕家吉福指使。"卞公道："这佛若当在呼延府中,已经籍没入官,不可

追究。今只拿吉福来,问他个欺盗之罪便了!"说罢,正要出差拘提吉福,恰好毕家把叛奴盗逃的事来呈告。原来吉福被毕思恒查出以前许多弊端,料道难以安身,竟于数日前私往乡间,冒讨了一船租米,不知逃往哪里去了。故此毕思恒遣家属来递状,恳求缉捕。卞公看了状词,一面出差缉捕,一面吩咐将容三押赴铸钱局里当官,不许放归,待缉获吉福面质明白,然后发落。衍祚给与铜价,释放宁家。

纪望洪本要中伤叔父,哪知卞公并不曾难为他,一发羞恼。因又起个凶恶念头,思量要去拐盗那还郎,早晓常到衍祚门首往来窥伺。一日,衍祚替亡妻强氏举殡,宜男也同到墓所送葬,只叫来宁夫妇随去,将还郎交付养娘收管,与小厮兴儿一同看家。那时还郎已三岁了,当宜男早起出门时,他正睡熟,及至清晨醒来,不见了母亲,只管啼哭,定要兴儿抱去寻觅。养娘骗他不住,只得叫兴儿抱他去门前玩耍。兴儿与他要了一回,听得养娘在内叫道:"兴儿,你把小官人来与我抱了。你自去邻家取火。"兴儿应了一声,却待抱还郎进去,还郎哪里肯?兴儿只得把他放在门槛上,空身入内,到厨下去寻取引火的纸板。谁知纪望洪那时也假意要来送殡,起早地走来,却见还郎独自一个坐在门前,便起歹念,哄他道:"你要寻哪个?我抱你去寻。"那小孩子不知好歹,竟被他抱在怀里,一道烟走了。说时迟,那时快,望洪抱了还郎,穿街过巷,一霎时跑出城外。正走之间,劈面遇着了喜祥,叫道:"大舍,你抱这小官人到哪里去?"望洪知喜祥被叔叔责逐,必然不喜欢主人的,便立住了,把心话对他说知。喜祥道:"你来得正好。我自被逐之后,便去投靠了毕东厓老爷。他的小夫人鸾姨另居在庄上,离此只一二十里远近。前年那小夫人怀孕将产,恰遇毕爷选了京官,赴京去了。小夫人产了一女,却只说是男,使我到京中报喜。毕爷住在京师二年有余,目下大夫人死了,要接取小夫人到京同住。小夫人急欲寻个两三岁的孩儿,假充公子去骗主人,正苦没寻处。你若把这孩子卖与她,倒可得几两身价,我们两个同分何如?"望洪喜道:"如此最妙。"便与喜祥到饭店中吃了饭,抱着还郎一同奔至庄上。喜祥抱还郎与鸾姨看,鸾姨见还郎眉清目秀,年纪又与自己女儿相同,十分中意,便将十两银子买了。喜祥与望洪各分了五两,望洪自回家去讫。鸾姨把所生女儿,命喜祥抱去寄养在庄后开腐店的王小四家,与他十两银子,吩咐他好生抚育,待过几时,设法领回。小四领诺。鸾姨自带了假公子,与喜祥夫妇起身赴京,不在话下。

且说那日纪家的养娘见兴儿空身入来,忙走出去看时,还郎已不见在门前了。慌得养娘急走到街上叫唤,并不见答应。忙呼兴儿到两边邻舍家寻问,奈此时天色尚早,邻舍开门的还少。有几家开门的,都说不曾见。养娘与兴儿互相埋怨,河头井里,都去张得

到，更没一些影儿。慌乱了一日，到得夜间，衍祚与宜男归家，听说不见了还郎，跌脚捶胸，一齐痛哭起来。正是：

> 璧去复归诚有幸，珠还再失待如何。

衍祚写着招子，各处粘贴，哪里有半分消息，眼见得寻不着的了。自叹命中无子，勉强不得。宜男因哀念孩儿，时常患病。看看又过了三四年，更不见再产一男半女。

衍祚因想起亡妻强氏，当初曾许下开封府大相国寺香愿不曾还得，或因这缘故，子息难招，便发心要去还愿。择下吉日，吩咐养娘与来宁妻子，好生伏侍宜男，看管家里，自己却带了来宁，起身往开封府去。在路行了几日，忽一夜，投一个客店歇宿，觉得卧榻上草褥之下累累有物，黑暗中伸手去摸时，摸出一个包儿，像有银两在内，便把来藏过。至天明打开一看，果然是一包银子。里面写道白银十五两，共九锭五件，银包面上有个小红印儿，乃是"毕二房记"四字。衍祚看了，想道："这客人失落了这东西，不知怎样着忙？幸喜是我拾了，须索还他。"当日便不起身，住在店中等了一日，却不见失银的人来。衍祚暗想："我若只顾住在此呆等，误了我烧香的事，如何是好？"沉吟一回，心生一计，把那包银子封好交付店主人，说道："这包银两是一个姓毕的舍亲暂寄我处，约在此间店里还他的。今不见他来，或者他已曾来过，因不见我，又往近边那里去了。即日少不得就要转来。但我却等他不及，只得把这银子转寄贵店，我自去了。他来问时，烦你替我交还他，幸勿有误！"店主人指着门前招牌道："我这里有名的张家老客店，凡过往客官有什东西寄顿在此，再不差误的。"衍祚大喜，便另自取银三钱，送与店主人，作寄银的酬仪。又叮嘱道："须记舍亲姓毕，房分排行第二，不要认错了别人。"店主人接了银子，满口应承。衍祚临行，又再三叮咛而别。

不则一日，来至开封府。那所在是帝王建都之处，好不热闹。衍祚下了寓所。到次日，那往大相国寺进过了香，在寺中随喜了半响。回寓吃了午饭，叫来宁随着，带了些银两在身边。到街市上闲行，看些景致，买些土宜。闲步之间，偶然走入一条小巷里，见一个人家，掩着一扇小门，门前挂个招牌，上写道："侯家小班寓"，只听得里面有许多小孩子歌唱之声。衍祚立住脚听了一回，歌声歇处，却闻得一个孩子啼哭甚哀，又闻有人大声叱喝。衍祚正听间，只见对门一个老者扶杖而立，口中喃喃地说道："可怜这孩子也是好人家出来的，若遇个做好事的人收他去，倒是一场阴德。"衍祚听说，便向老者拱拱手，问

其缘故。老者道："有个刑部员外毕老爷,讳东厓,是归德府人。他有个小夫人倪氏,叫作鸾姨,生下个公子,毕爷爱如珍宝。不想近日毕爷病故,鸾姨也死了。他家里大叔说这公子是抱来的,不是亲生之子。因此他家的大公子毕献夫竟自扶柩回乡,把这小孩子丢在京中。恰遇这对门教戏的侯师父,收养在家,要他学戏,他不肯学,所以啼哭。"衍祚闻言,恻然道："我也是归德府人,与毕东厓同乡。待我收留了这孩子去罢。"老者道："客官当真么?这是一件好事体。"衍祚道："就烦老丈替我去说一说!"老者便扶着杖,走过对门,唤那姓侯的出来,对他说知其意。那人道："这孩子既不肯学戏,我留他也没用。但我已白养了他三五个月了。"衍祚道："这不难,我自算饭钱还你。"便向身边取出白银三两奉送。那人接了银子,欢天喜地,就去引出那孩子来,交与衍祚领去。衍祚又将几钱银子谢了那老者。然后叫来宁领着孩子,回到寓所,替他梳洗一番。仔细看他的面庞,却与还郎的面仿佛相似。问他年纪,说是八岁,算来还郎若在,也是八岁了。衍祚甚是惊疑。再细问他亲生父母是何人?孩子道："我幼时失散,不记得了。只听得有人说,我是三岁时被人在归德府城中偷出去的。"衍祚听说,一发惊讶。便去脱他的左足来看,却一样有骈指在上,不觉又惊又喜,抱着孩子哭道："你就是我亲儿还郎了。你认得我父亲么?"遂把以前失散的缘故对他说了。还郎才晓得衍祚就是自己的亲父。正是:

再经失散悲何限,重得团圆喜倍常。

衍祚得了还郎,欢喜无限,即日起身,赶回家中,说与宜男知道。宜男喜出望外,捧着还郎,相抱而泣。一向宜男为思念孩儿,常常患病,今既得还郎之后,身子渐渐好了。倒是还郎因在侯家受了些啾唧,饥饱不时,又长途跋涉而归,身子有病,延医调治,才得痊可。医生又写下个药方,教衍祚合一料丸药与他吃。衍祚依言,便往毕思恒店里去买药。原来思恒与衍祚虽存识面,却不相熟,当下看了药帐,该价银二两。衍祚称银与他,却称错了,称了三两。思恒忙取出一两来奉还。衍祚谢道:"难得你这样好人。"思恒笑道:"我今还你这一两银子,何足为奇!我前日曾带十五两银子出去卖药,却遗失在一个客店里。两日后才去寻,以为必落他人之手。不想遇着个好人,竟把来寄与店主人,送还了我。可惜不曾晓得那人的姓名!"衍祚便道:"可是张家老客店里么?所失之银可是九锭五件么?银包上可是有'毕二房记'一个小红印的么?"思恒失惊道:"老丈如何晓得?莫非还银的就是老丈么?"衍祚笑道:"然也!"思恒忙跳出柜来,恭身施礼,叫伙计看了店,自己陪衍祚到里面堂中坐下,置酒相款。因问衍祚有几位令郎,衍祚道,"只有一子,年方八岁。"因把向来多蒙令嫂保全,后来失而复遇的话说了一遍。思恒道:"此皆老丈盛德之报。"因问令郎曾有姻事否?衍祚道:"还未!"思恒道:"小弟有一女,恰好也是八岁。意欲与令郎联姻,未识尊意若何?"衍祚道:"既蒙不弃,何敢推却。"思恒大喜。当下两人尽欢而别。衍祚回家,对宜男说知其事。宜男想起单氏恩义,也要与毕家联一脉亲,便叫衍祚去央陈仁甫为媒,择日下聘,两家行礼,俱颇丰盛。

却又动了纪望洪觊觎之心,走到陈仁甫家来说道:"我叔父一向所认的还郎,已不见了,合当立我为嗣。如何又到外边去寻个来历不明之子为子,岳父又替他做媒定亲?"仁甫素怪女婿无赖,由他自说,便不理他。望洪怀愤,又要到官司告理。原来金判下芳胤,向已去任,今又恰好升了本府太守。望洪又到他台下告状。卞公道:"此事我前已断过,如何又告?"望洪诉出上项情由,卞公即拘衍祚来审。衍祚备言还郎三岁失去,八岁复遇的缘故。卞公道:"有何凭据?"衍祚道:"有脚上骈指可证。"望洪便道:"天下有骈指的人也多,那见得毕刑部的假子就是叔父的亲儿?"卞公对衍祚道:"你前番以滴血辨出父子,如今可再与他滴血便了。"当下衍祚与还郎又复当堂滴起血来,却与第一次滴血一般无二。卞公道:"你二人是父子无疑了。但不知你的儿子,怎生到了毕刑部家里去。这个缘故,也须根究明白。毕刑部是我同年,待我请他的公子来问,即知端的。"便吩咐衍祚等一干人且暂退门外,待请出公子来问了再审。卞公退堂,随即差人持名帖到毕乡宦家,请他公子毕献夫来会话。此时毕公子才扶柩归来,在家守制,忽闻卞公相请,不敢迟延,即刻来到府中。卞公邀入后堂,相见叙坐,寒温已毕,问起他所弃的幼弟,何由知是假的,有什凭据。毕公子遂将鸾姨以男易女的事,细述一遍,说道:"此皆家奴喜祥经手做的事,后来原是此奴说出,所以治年侄知其备细。只不知此儿是哪家的。"卞公道:"如今喜祥何在?待我唤他来问。"毕公子道:"此奴近日因盗了先君遗下的一尊佛像,被治年侄追究了出来,现今送在捕衙羁候着。公祖年伯要他时,去提来就是。"卞公便问是何佛像,毕公子说出这尊佛像的来历。真个事有凑巧,原来他家的佛像,就是纪衍祚家那尊渗金的铜佛。当初吉福与容三当在呼延府中,却是倪氏鸾姨把来供在内室。后来嫁到毕东厓家,遂带了这尊佛去。鸾姨死后,这尊佛在毕公子处。喜祥又要偷他到别处去利市,不想才偷到手,却被同辈的家人知觉了,报知家主。毕公子大怒,即时追出佛像,把他送官究治,羁候发落。当下毕公子说出缘故,卞公笑道:"原来这尊佛却在足下处。"便也把前年审问铜佛的事说了。毕公子道:"治年侄正待把这佛来纳官助铸。今承公祖年伯见谕,即当送来。"

中华传世藏书 中国孤本小说 八洞天

139

言罢,起身告辞而去。卞公即差人到捕衙,立提喜祥到来,与衍祚、望洪等一干人同审。望洪一见了喜祥,惊得呆了。卞公唤过喜祥来问道:"你旧主人之子,何由假充了新主人之儿?"喜祥初时不肯说出,后来动起刑法,只得招出纪望洪偷来同卖的缘由。卞公喝问望洪:"此事有的么?"望洪料赖不过,只得招承。卞公大怒道:"你两人一个以兄卖弟,一个以奴卖主,灭叔之侄,背主之奴,情理难容!"便将望洪重责三十,喜祥重责五十。责毕,又问喜祥道:"你既受小主母之托,暗地以男易女,后来为何又对公子说知?"喜祥道:"当初小主母原许小人重赏的,后来竟没有赏。小主母与先老爷又都死了,因便将此事说出,指望公子赏赐。"卞公笑道:"你这奴才,总是贪心无厌。"因又问道:"你小主母把女儿寄在外边,那女儿却是毕老爷亲生的小姐,可曾教公子取回么?"喜祥道:"小主母所生小姐,寄养在腐店王小四家。公子曾差小人去取,那王小四已迁往宁陵县去了。及自小人到宁陵县寻着了他问时,不想那小姐已于一年前患病死了。"卞公道:"你这话还恐是假的。你旧主人的儿子可以盗卖得,只怕新主母的女儿也被你盗卖了。你可从实说来,真个死也未死?"喜祥道:"其实死了,并非说谎。"卞公摇头道:"难以准信,待我明日拘唤王小四来面问。"说罢,命将喜祥与纪望洪俱收监,听候复审定罪。衍祚叩谢出衙,只见毕思恒同陈仁甫都在府前探望。衍祚对他述卞公审问的言语,说到王小四家寄女一事,只见毕思恒跌足失惊道:"这等说起来,我的女儿就是毕乡宦的小姐了!"衍祚闻言,惊问其故。思恒道:"实不相瞒,我这小女乃是螟蛉之女。我因往宁陵县收买药材,有个开腐店的王小四,同着个人,也说姓毕,领着个女儿,说是那姓毕的所生,一向过继在王小四处。今因她母亲死了,她父亲要卖她到别处去。我见此女眉清目秀,故把十二两银子买回来的。"衍祚听说,便道:"既如此,不消等王小四来问,只须亲翁进去一对便明。"此时卞公尚未退堂,衍祚同着思恒,上堂禀知此事。卞公随即唤转喜祥来质对。思恒一见喜祥,说道:"当初卖女的正是此人。据他说姓毕,又说这女儿是他所生的。哪知他却是毕家的奴子,盗卖主人的女儿!"喜祥那时抵赖不过,卞公转怒道:"恶奴两番卖主,罪不容于死了!"喝令将喜祥再重打一百棍,立时毙之杖下。纪望洪问边远充军。发落已毕,至次日,毕公子拿着那尊铜佛,又来候见。卞公收了铜佛,请他入后堂来,对他说道:"令弟虽是假的,即为令先尊所钟爱,还该看尊人面上,善处才是。如何辄便抛弃,太已甚了。令妹未死,却轻信逆奴之言,任其私自盗卖,便不留心详察,恐于孝道有亏。今毕思恒收养令妹为女,恰好又与足下的假弟作配。弟虽是假,妹夫却是真。可将银三百两送与令妹作妆奁,以赎前过。"毕公子听罢,逡巡惭谢,连声应诺。辞了卞公,便具名帖到纪衍祚与毕思恒两家去拜

候,真个将银三百两送作妆奁。人皆服卞公的明断。正是:

> 有儿既已明真伪,失女还能辨死生。

卞公既审了两家儿女之事,却将那尊渗金铜佛,唤铜匠容三来认,问他可是原佛。容三道:"正是原铸的佛一尊。"卞公道:"你前日说这尊佛熔化不得,今可当堂熔与我看。"容三依命,就堂安炉举火,熔将起来。真个奇怪,怎你怎样烧他,只是分毫不动。卞公见了,咄咄称奇,吩咐不消熔化了,且放过一边。因对容三道:"佛便在此了,只是吉福尚未拿获。据你招称是吉福指使,又被他分了一半银子去,如今没有对证,难以定案。"容三未及回言,只听得府门外高声叫屈,卞公喝问是谁? 快拿进来。一霎时,公差押着两个人来跪于堂下,二人未及禀事,只见容三指着内中一人连声喊道:"这个就是吉福。"原来吉福一向逃往虞城县,与陶良夫妇同住,改了姓名,投充了本县差役。后竟自恃衙门情熟,白占了陶良的妻子,赶逐陶良出去。陶良怀恨,料道在本县告他不过,等他奉差出外,在府城外伺候着他,结扭到府前来叫喊。当下卞公先推问偷佛一事,吉福一口招承。陶良又告他目下强占妻子,前日放他逃走,指引他妻子将假人命诈害主人,又拐去租米若干,种种罪状。卞公把吉福打了五十,也问边远充军。陶良昔日同谋,今方出首,也打二十,问了徒罪。其妻官卖。容三罚役已久,只杖二十,免罪释放。吉福去充军,未到半路,棒疮发作,呜呼死了。此亦是欺主之报。有一篇劝戒家奴的歌儿说得好:

> 靠人家的,心肠休变。试问你头顶谁的屋? 口吃谁的饭? 主人自去纳房税,完田粮,你只白白地住,白白地啖,还要时常嗟怨。怨道没什么摸,没什么赚,独不思"消灾经"也须念一念。怎的为公便懒,为私便健。有等没良心的,贪求无厌。投了兴头的乡宦,便私扎囤,私诈人,十分大胆。假告示儿惯,假图书儿用惯,到得事发难瞒,拼着一顿板,再去过别船。若还靠了膏粱子弟,市井富翁,又看他不上眼,公然背叛。管店的将货物偷,管当的把金珠换,管田的落租米,管屋的漏房钱,买办的无实价,收债的开虚欠。成交易,后手多,送人情,抽一半。及至主人有难,并不肯效些肝胆,反去做国贼,替别人通线,趁匆忙把资财诓骗。直待骨髓吸干,方才树倒猢狲散。不知主人与你有什冤仇,这般样将他谋算? 如此伤天理,总为着贪,岂知头上那亮亮的难遮掩。几曾见会竞钱

的大叔发迹了多年？几曾见花手心的管家得免了灾患？倒不如守着老实，学司马的家奴，万古流传；行着好心，似阿季般义气，千秋称叹。

闲话休提。且说卞公既发落了吉福等一起人犯，即令人请了这尊渗金铜佛，亲自打轿，送到隆兴寺里来供养。此时隆兴寺里，只有静修和尚做住持，那讲经的惠普和尚已不在寺中了。因有人说他与尼姑五空有染，五空产病而死，惠普惧罪，不知逃往哪里去了。正是：

> 本谓五空空五蕴，谁知一孕竟难空。
> 只因惠普慈悲普，却令尼姑沐惠风。

当下卞公到了寺中，静修出来接见了。卞公指着那尊铜佛，对静修道："这尊佛熔化不得，想佛家有灵，要借此感化朝廷。今可权供在此，待我具疏奏闻，候旨定夺。"静修合掌禀道："相公不消题疏。既有圣旨毁佛铸钱，那佛像本是幻形，岂有销熔不得之理，待贫僧熔与相公看。"卞公听说，将信将疑，即命左右安置炉火，看静修熔佛。静修令侍者将这尊佛放入炉内，一面举火，一面合掌宣偈道：

> 佛本虚无，何有色相？假金固是假形，真金岂是真像？咄！真真假假累翻多，从此捐除空碍障。

静修宣偈方毕，只见那铜佛登时熔化已尽。卞公十分叹诧，因问道："请问吾师，如何此像一向熔化不得，今日便熔了？"静修道："向因真假未明，故留以为质。今日真假既明，不必更留形迹矣。"卞公点头称善。便教将熔下来的铜付钱局应用，内中金子给还原主纪衍祚。吩咐毕，即打轿回衙。衍祚要将这金子舍与静修，静修辞谢道："我出家人要金子何用？你只把这金去做些好事，便胜如舍与老僧了。大凡佛心不可无，佛相不可着。只因你将金铸佛，生出无数葛藤。自今以后，须知佛在心头，不必着相。"衍祚再拜领教。回到家中，果然把这金子去做了许多好事。后来纪望洪遇赦而归，抱病身故，衍祚收埋了他的骸骨。又养老了侄妇陈氏。还郎毕姻之后，连生二子，衍祚将一子承继在望洪名下，使哥哥纪衍祀的宗祧不至断绝。毕思恒亦将

自己一子承继与嫂嫂单氏，报她不从乱命，一片贞心。又教单氏迎养陈仁甫于家中，终其天年。自此纪衍祚、毕思恒两家，俱各子孙繁盛，亦有贵显者，此是后话。当时好事的，单把辨人辨佛之事，编成几句道：

> 于水验水，于火验佛。验佛验金，验人验血。验血不分，验金不灭。佛有三尊，子唯一孽。究竟幻形，化在转睫。存不终存，合岂终合。人相我相，总为虚设。众生寿者，镜花水月。奈何世人，迷而不达。

看官听说：人有定形，佛无定相。形是无形，无相是相。认起真来，假难混真；看得假时，真亦是假。试看讼假儿，盗假儿，卖假儿，买假儿，弃假儿，与夫铸金佛，怨金佛，偷金佛，换金佛，首金佛，如是种种，总为贪心所使。究竟妒妾之妻，欺夫之妾，灭叔之侄，弃弟之兄，背主之奴，以至忽是忽非之干爷，忽亲忽疏之远族，倚势取财之贵客，趋炎行诈之富翁，不守清规之僧尼，同谋分贿之佃户工匠，枉使贪心，有何用处？不若不贪的倒得便宜。诗云："大风有遂，贪人败类。"故这段话文，名之曰《醒败类》。

梦中缘

[清]李修行 撰

第一回　得奇梦遣子游南国
重诗才开馆请西宾

莫道姻缘无定数，梦里姻缘也是天成就。任教南北如飘絮，风流到底他消受。才子名声盈宇宙，一吐惊人谁不生钦慕。怀奇到处皆能售，投机岂在亲合故。

——《蝶恋花》

　　话说明朝正德年间，山东青州府益都县有一人，姓吴名珏字双玉，别号瑰庵。原是个拔贡出身，做了两任教职就不爱做官，告了老，退家闲居。夫人刘氏生二子，长子叫作潘美。也是个在学诸生，娶妻宋氏。因上年赵风子作乱，潘美被贼伤害，宋氏亦掳去无踪。次子叫作麟美，取字瑞生。这瑞生生的美如冠玉，才气凌云，真个胸罗二酉，学富五车，不论时文古文，长篇短篇，诗词歌赋，一题到手，皆可倚马立就。他父亲因他有这等才情，十分钟爱。要择位才貌兼全的女子配他，所以瑞生年近二九，虽游泮生香，未曾与他纳室，这也不在话下。单说吴瑰庵，为人孤介清高，酷好静雅，不乐与俗人交接。只有他邻居一位高士，叫作山鹤野人，最称莫逆。瑰庵就在自己宅后起了一所园林，十分清幽。作了一篇长短古风，单道他园林好处与他生平的志趣。

　　诗曰：

　　小小园，疏疏树，近有竹阴，旁有花砌。几有琴，架有史，琴以怡情，史以广记。榻常悬，门常闭，闷则闲行，困则眠睡。不较非，不争是，荣不关心，辱不介意。俯不怍，仰不愧，睥睨乾坤，浮云富贵。酒不辞，肉不忌，命则凭天，性则由自。也不衫，也不履，海外闲鹤，山中野雉。朝如是，夕如是，悠哉游哉，别有天地。

　　他这园中正中，结一茅屋，屋前开一鱼池。一日，瑰庵坐在池边，观玩多时，不觉困倦上来，朦朦胧胧见一位苍颜白发宽袍大袖的老者，一步一步走入园中，瑰庵一时想不出是哪个，只得慌忙离座，迎入斋中。行了礼，分宾主坐定。瑰庵开言问道："老夫不知何处识荆，一时忘记。敢问高名贵姓，今辱临敝园，有何见教？"那老者道："在下原无姓名。今造

贵园不为别事,专来为令郎提一亲事。"瑰庵道:"多承美意。但不知所提亲事还是哪家?"那老者道:"我有一小贴,就是令郎的岳丈。"说着话,即从袖中取出一个红封小贴,递与吴瑰庵道:"令郎一生佳遇,这个贴儿内注的明白。千万留心。"吴瑰庵接贴在手,才待拆看,那老者一把扯住,大喝道:"且不要拆,跟我往江西去发配走一遭。"吴瑰庵抬头一看,呀,却不是那个老者,乃是一个三头六臂、青脸红发的鬼怪。瑰庵吃了一惊,往后一跌,失声叫道:"不好! 有鬼,有鬼。"忽然惊觉,乃是南柯一梦。定一定神,看了看手中,果然拿着一贴,瑰庵大以为奇,忙转入斋中,将贴拆开一看,那贴上有四句言语道:

> 仙子生南国,梅花女是亲。
>
> 三明共两暗,俱属五行人。

吴瑰庵得帖子上言语,念了又念,思了又思,终不解其中意味。忙把帖收入袖中,转到家里,对夫人道:"我适在园中观看池鱼,忽然困倦,恍恍惚惚做了一梦,甚是奇怪。"夫人问道:"相公做的梦怎样奇怪?"瑰庵遂将梦中所见的老者,与那老者提亲之言、赐贴之事,及醒来果有一贴,从头述了一遍。夫人听了,道:"此梦果是奇怪。那贴子上是甚么言语?"吴瑰庵又把那贴子上言语,念了一遍与夫人听。夫人道:"这般言语,怎么样讲解?"瑰庵道:"起初我也解将不来。如今仔细看来,他说'仙子生南国',这是孩儿的姻事在南方无疑了;又说'梅花女是亲',料想有女名梅花者,即孩儿之佳偶也。独'三明共两暗'这一句含糊,不能强解。末句'俱属五行人',盖言人生婚姻皆是五行注定,不可强求,也不可推却。但他后来大喝一声,要我跟他往江西走一遭去,却不知是甚么缘故。"夫人听了道:"后段话且不必论。今据贴子上言语,我孩儿婚事是有准的了。况你平日有志要择一个才貌兼全的女子配他,我想北方那有这等女子,今幸上天指引,何不趁此机会,令他往南方一游,

去就这段姻缘。"吴瑰庵道:"我来与你商量,就是这个主意。但他年纪还轻,不甚练达老成。若把这个原故明白说与他知道,未免分他读书之志。且到外边沾惹风波,亦甚可虞。"夫人道:"若着他去,这个原故自然不可明告他。只教他在外寻师访友,以游学为名。既是天配的姻缘,到那里自然不期而遇。"吴瑰庵道:"夫人所言甚是有理,我就依此而行。"到了次日,令人去书房唤吴瑞生来,教他道:"孩儿,你爹爹曾闻:瑶华不琢,则耀夜之影不发;丹锷不淬,则纯钩之劲不就。故气质须观摩而成,德业赖师友而进。昔太史公南游嵩华,北游崆峒,遍历天下,归而学问大进。你今咄咄书斋,独守一经,孤陋寡闻,学问何由进益,常闻南方山明水秀,实为人才之薮。我的意思,令你至彼一游。倘到那边得遇名人指教,受他的切磋琢磨,长你的文章学业,他日功名有成,也不枉我期望你一番。"吴瑞生道:"父亲此言固是爱子之心。但念爹娘年老,举动需人。孩儿远离膝下,游学外方,晨昏之间,谁人定省。儿虽不肖,如何放的心下。今日之事,教孩儿实难从命。"吴瑰庵道:"你为人子的,自是这般话说。但我为父亲的,只以远大期你。你若不能大成,就朝夕在我左右,算不的是养亲之志。况我与你母亲年纪尚未十分衰残,且家计颇饶,也不缺我日用。这都用不着你挂心。我为父的立意已定,断断不可违我。"吴瑞生还待推辞,他母亲在旁劝道:"我儿,你岂不闻为人子的以从命为孝乎? 你爹爹既命你出去,不过教你寻师取友,望你长进,有甚难为处。你若左推右却,调便是逆亲之志了。"只这一句话,说的吴瑞生不敢言语,始应承道:"谨遵爹爹之严命。"吴瑰庵遂叫人拿过历书一看,说道:"今日九月初三。初六日是个黄道吉日,最利起行。你且去收拾琴剑书箱与随身的行李,安排完备,好到临期起程。"

闲话少叙,到了初六日,吴瑞生未明起来,将盘费行囊打点停当,用了早饭。他父母唤了两个小厮,一个叫作书童,一个叫作琴童,随行服侍。吴瑞生拜别已毕,他父母俱送至大门。这一去,虽然不比死别,但父子之间,也未免各带几分酸楚,只是不好掉下泪来。正是:

　　　　丈夫虽有泪,不洒别离间。

　　且不题他父母在家专望儿子的好音。单说吴瑞生俟他父母回宅,自己乘了马,着琴童挑了琴剑,书童挑了书箱,由大路往南而行。行了数里,吴瑞生在马上想道:"今日爹爹命我游学南方,我想南方胜地,惟有两浙称最。何不先到杭州观西湖胜概,也不枉我出游一遭。"拿定主意,遂问了浙江路程,在路上风餐露宿,夜住晓行。十余日,到了吴兴。这吴兴就临大江,上了船,乘着顺风,不消一月,早到杭州地界。主仆下了船,又行了数日,才来到城中。吴瑞生四下一望,果然好个繁华去处。有柳耆卿《望海潮》一词为证,词曰:

　　东南形胜,三吴都会,钱塘自古繁华。烟柳画桥,风帘翠幕,参差十万人家。云树绕堤沙,怒涛卷霜雪,天堑无涯。户盈罗绮,市列珠玑,竞豪奢。重湖叠清佳,有三秋桂子,十里荷花。羌管弄晴,菱歌泛夜,嬉嬉钓叟莲娃。千骑拥高牙,乘醉听箫鼓,吟赏烟霞。异日图将好景,归去凤池夸。

主仆三人寻了一个大店,暂把行李歇下。次日起来,吴瑞生分付琴童、书童道:"此处冲要,人烟辏集,不可久住。你两人出去与我另寻一处寓所,好攻习史书。只要幽静清雅方好。"琴童、书童领命而去。穿街过巷,也到了十余个寓所,俱看不中意。转弯抹角,忽到一处,与别处风景大不相同。二人看罢多时,说道:"此处料中我家相公之意。不用再往别处去寻了。"访问邻近居人,方知是天坛。二人遂看了一个极清雅的庵观,请出主持观主来。通了名姓乡贯,将吴瑞生假寓读书的话说了。那观主慨然应允。他两个转回旧寓,回了吴瑞生话。遂即打发了店钱,搬了行李,一直往天坛而来。到了天坛,吴瑞生一望,果然清幽。但见:

　　局面宽阔,地势高阜。松竹掩映,殿阁参差。东望浙江,潮气遥侵湿苔径;南望雷峰,日色返照映玻璃;西望苏堤,长虹一溜青蛇走;北望龙井,寒光数道碧云飞。真有蓬瀛仙岛之风,绝无市井尘嚣之气。

吴瑞生看了,喜之不胜。遂拜了观主。观主献茶毕,又领着吴瑞生拣择下榻之处。吴瑞生见三清殿西有草堂一座,三面俱是花墙,墙外有篁竹披拂,墙内摆着几盆花草。入堂一看,匾额上题着"鹤来轩"三字,甚是幽雅。吴瑞生看的中意,就在此处安下行李。静时温习经史,闷时与观主清谈,闲时出门游玩山水。

住了月余,遂缔结了城中两个名士:一位姓郑名潜字汉源。一位姓赵名庄字肃斋。都是钱塘县廪膳秀士,二人俱拜在金御史门下,认为课师。这金御史就是杭州府人,讳星字北斗,由进士出身,历任做到都察院右金都。正德四年,为刘瑾专权,金御史把他参了

一本，触怒了邪党，遂为群下所挤，不容在朝。因此休秩回籍。夫人黄氏，乃江西尚书之女，生一子一女。子名金洞，年方一十五岁。女名翠娟，年方一十六岁。金洞为士林之秀，还未娶妻。翠娟为闺门之英，亦未受聘。金御史夫妇二人甚是爱惜。这金御史因休秩家居，凡事小心，闭门谢客，全不与外人往来。只有赵、郑二生是他课徒，又极相契，或金御史请来相叙，或二人自往拜谒，诗酒之外，绝不言及国家时事。一日，赵、郑二生投见金御史，请至书房，作了揖坐定，金御史道："二位贤契许久不见，老夫甚觉渴想。"赵、郑二生道："连日为俗冗所羁，未得候问老师。违教多矣，有罪，有罪。"金御史道："多日不曾领教，二位近来有甚佳作，肯赐与老夫一览否？"赵、郑二生道："今日门生此来，一则问候老师，二则求老师出几个诗题，待门生拿去做完，然后送与老师评阅。"金御史道："此时已有个现成题了。昨舍下有人从京师来，说圣上筵宴百官，赐了一个诗题，限定首尾，着众官立刻献诗。可笑合朝文武俱做将不来，可谓当场出丑，贤契既要做诗，何不将圣上出的那个题目做一做。"赵、郑二生听了道："如此甚好，请求题目一看。"金御史遂令书司将诗题拿来二人展看。看时，见题是"闺忆"，首字限的是"雨丝风片，烟波画船"，韵限的是"溪西鸡齐啼"。二人看完说道："此题委是难做。怪不得在朝众老先生搁笔。门生既承老师之命，少不得也要勉强献丑。"说罢，各把诗题誊了。吃了几盏茶，遂别了金御史出门。走了几步，赵肃斋道："郑兄，你道此题之难，难在何处？"郑汉源道："只这'风片'二字，便是此题之难处。风乃实字，片乃虚字，以虚对实，如何凑的工巧。"赵肃斋道："吾以此题棘手处，就在这两个字上。昨日咱结拜的吴兄，他自夸诗才无有敌手，却未尝见他题咏。到明日，何不把这个题目带去，也求他做一首。"郑汉源道："吾兄所见甚妙。到明日，不可空去访他。待我安排一付盒酒，携到那里，先和他痛饮一番。有才的人，酒兴既动，诗兴自动。然后拿出题来做诗，省得到临时大家推三阻四。"赵肃斋道："如此愈觉有趣。"二人说着话，天色已晚，各人分路归家。

到了次日，郑汉源安排一个盒酒着小厮担了，随邀着赵肃斋一同到了吴瑞生寓处。吴瑞生迎着道："二位狠心，连日不到敝寓，教小弟生生盼死，生生闷死。"赵、郑二人道："这几日，因有俗事累身，未得过访。幸今日稍得清闲，俺二人具了一付盒酒，特来与兄痛饮一醉，以作竟日之谈。"吴瑞生谢道："今承赐访，已觉幸出望外。又蒙携酒惠临，何以克当。"赵、郑二人道："兄说那里话。吾辈一言投契，自当磊磊落落，忘形相与。一盏之微，何足致意。"三人一面说着话，一面使琴童筛酒，又移了一张漆红小桌，安放在湖山之前，竹荫之下。三人坐定，饮了几盏，吴瑞生道："弟乃山左无名之士，游学贵省，蒙兄不弃，结为同盟。自承教以来，使小弟茅塞顿开，诚可谓三生有缘。"郑汉源道："兄处圣人之乡，弟等乃东越鄙人，焉能及兄之万一。自今以后，还要求吾兄指迷，兄何言之太谦。"赵肃斋道："今吾三人投契，诚非偶然。然知己会聚，亦不可空饮归去。昔李白斗酒诗百篇，至今传为佳话。今既有酒，岂可无诗。吴兄胸罗锦绣，口吐珠玑，弟欲领教久矣。兄如不吝，肯赐金玉，弟亦步韵效颦，以继李白桃李园之会何如？"吴瑞生此时酒亦半酣，诗兴勃勃，及闻赵肃斋之言，遂拍手大笑道："逢场作戏，遇景题诗，是吾辈极洒落事。兄言及此，深合鄙意，请兄速速命题。"郑汉源道："若欲作诗，也不用另出题目，有个现成题目在此。"赵肃斋故意问道："题在何处？"郑汉源遂将圣上出的那个题目说了一遍，道："此便是极好的题目了，何必另出。"吴瑞生道："如此更妙。弟还有一言告白，今日作诗，必须立个法令，限定时刻。今日弟既为主，法令少不得自弟立起。作诗时着琴童外面击鼓，令价传酒，书童催酒，只以三杯为度，酒报完，诗必报完。如酒完，诗不成，罚依金谷酒数。"赵、郑二人道："谨遵大将军之令。"吴瑞生遂取了三个锦笺，每人一个。又添了两张小几，各自分坐，将墨磨浓，笔醮饱，法令传动。但见击鼓的击鼓，传酒的传酒，催酒的催酒。赵、郑二人诗草是夜间打就的，只有写的工夫。吴瑞生虽是临时剪裁，怎当他才思敏捷，也不假思索，也不用琢磨，真个是意到笔随，酒未报完，诗已告成。随后，赵、郑二人诗亦报完。三人俱将诗合在一处，但见赵肃斋诗曰：

雨余天半水平溪，丝挂疏桐影罩西。
风断不来秋后雁，片心独恨午前鸡。
烟笼绣榻妾居陇，波送孤舟郎去齐。
画阁春残栅久凭，船空水静惟鸥啼。

郑汉源诗曰：

雨过平桥洒碧溪，丝丝渐到小窗西。
风流豪俊轻边马，片段年光付晓鸡。
烟隔雁行怜信断，波摇鸳侣恨声齐。
画栏倚遍难消遣，船泊湖心听鸟啼。

吴瑞生诗曰:

雨歇天空月满溪,丝牵魂梦到辽西。
风情月意惟凭鲤,片雨只云只厌鸡。
烟锁春山容易老,波凝秋水寐难齐。
画眉人去妆台冷,船上孤嫠只共啼。

大家将诗看完,彼此相称誉了一回,又重整杯酌,饮至天晚,言才散去。

到了次日,郑汉源起来,用了早饭,一直到了赵肃斋家,见了赵肃斋道:"瑞生才情果然不虚,且不说他诗词工美,只他那管迅快之笔,真令人难及。"赵肃斋道:"咱二人打了一夜诗草,写出来还拜他下风。这等才人,怎不使人敬服。"郑汉源道:"你我的诗,少不得呈于金公去看。不如连吴瑞生这一首也写出来,一同送去,着金公评评,看是如何。"赵肃斋道:"这也使得。"于是将三首诗誊好,诗下俱系了姓名。同到了金御史宅上,见了金御史,将诗呈上,说道:"昨承老师之命,不敢有违。诗虽做成,只是词意鄙俚,不堪入目。"金御史将诗笺展开,细细阅了一遍。阅完评道:"肃斋此诗大势可观,但首二句入题微嫌宽缓,且'风断'、'片心'对的亦不甚工巧。第五句亦觉哑嗓,还不为全璧。汉源这一首较肃斋作俊逸风流。但'片段年光'对'风流豪俊',亦失之稚弱。独后一联,深得诗人风致。还不如吴麟美这一首,起句起得惊逸,次句便紧紧扣题,不肯使之浮泛。且'风情月意'、'片雨只云',又确又切,又工致,又现成。至于'烟锁春山'、'波凝秋水',关合题意,有情有景,又有蜻蜓点水之妙。即至收锁,亦无泛笔。此等之作,真不愧一代人才。但不知吴麟美此人为谁。"赵、郑二人道:"老师眼力可谓衡鉴甚精。这吴麟美不是此处人氏,他藉系山东,游学至此。年少风流,倜傥不群。门生与他结为同社,昨日与他饮酒赋诗,见他不假思索,八言立就,门生甚自愧服。今老师一见其诗,便叹为才人。真所谓头角未成先识尘埃之宰相也。"金御史道:"有士如此,岂可当面错过。吾家缺一西宾,久欲执请一人,教训小儿。奈杭州城中无真正名士。今吴生有此奇才,正堪为吾儿之师。吾欲借重二位代吾奉恳。他若肯屈就于此,我这里束礼自是从厚。但只是动劳二位,于心不安。"赵、郑二人道:"门生久叨老师之惠,愧无报补,今有此命,愿效犬马。"金御史道:"倘吴生俞允,还望二位早示回音,老夫好投贴去拜。"赵、郑二人道:"这个自然,不须老师嘱咐。"二人遂别了金御史,到了吴瑞生寓中,将金御史之言说了一遍。吴瑞生原为寻师访友而来,况金御

史文是一时名家，有甚不肯。所以赵、郑二人全不费力，一说便成。二人回了金御史话，金御史即打轿往拜。随后行过聘礼，择定吉日上学。至日，金御史又设席款待，还请了赵、郑二位相陪，将宅后一座园子做了吴瑞生的书舍，琴童、书童亦各有安置。但不知吴瑞生后来的奇遇果是何如，且看下回分解。

第二回 九里松吴郎刮目 十锦塘荡子留心

西子湖头春过半,不料寻春惹起怀春怨。相逢无语肠空断,那堪临去频频盼。好事从来难惬愿,一树娇花几被风吹散。多情何故眉颦蹙,暗中恐有人偷算。

——《蝶恋花》

话说吴瑞生受了金御史西席之托,宾主之间相处甚得。一日,吴瑞生方与金洞做完功课,琴童忽报:郑相公来访,吴瑞生慌忙出门迎接入坐。说道:"弟自入学以后,兄台绝不来顾盼小弟,独不念闷杀读书客乎?"郑汉源道:"非是小弟不来奉访,但今非昔比,如今兄有责任,弟乃闲人,怎好屡来搅乱。"吴瑞生道:"兄太滞了。吾辈相处,岂拘形迹。况同为读书朋友,一言一动,皆足为益,何搅乱之有。以后还望吾兄不时常来为小弟开释闷怀。"郑汉源道:"难得兄不避搅乱,弟亦何惜脚步。"说着话,书童捧茶至,郑汉源饮了一杯茶,又说道:"弟今日一来是望兄,二来还有一事奉邀。"吴瑞生道:"有何事见教?"郑汉源道:"明日三月初十日,是清明佳节。我杭州风俗,最兴清明湖上游春,士女车马并集,是第一大观。弟与赵兄已出分资,着人湖上安排盒酒,欲邀兄一游。待着小价来请,又恐兄为东主西宾之分所拘,不肯出去。此赵兄特委弟亲来口达,乞明晨早到舍下用饭就是。马匹亦是小弟预备,望吾兄万勿推却。"吴瑞生道:"此乃极妙之事,自弟来到贵府,久欲观西湖胜概,奈无人指引。今吾兄既肯携带,正深慰所愿,弟焉敢违命。但游春之费是大家公分,不然空手取扰,于心何安。"郑汉源道:"我辈相与,何必计此区区。"说罢,又饮了一杯茶,方才起身告别。吴瑞生送至大门外还未归舍,郑汉源又转回叫道:"吴兄留步,弟还有一句话要说,几乎忘记了。明日游春,有江南如白李兄,也是一位朋友,亦与同事。因兄与他未曾会过,故先告明,到舍下好相叙。"吴瑞生道:"太细心了。四海皆兄弟,况是朋友,何论生熟。又烦兄谆谆于此。"郑汉源道:"分外生客,不得不先说明。"说完这句话,方才一揖而去。

到了次日,吴瑞生未明早起,梳洗完了,又放了金洞的学,方领着琴童、书童一直到了郑汉源家门首。门上人通报了,郑汉源迎入客舍,见赵肃斋、李如白俱已在座,大家出席,

作了揖。吴瑞生问郑汉源道:"此位就是如白李兄么?"郑汉源道:"正是。"吴瑞生又一揖道:"夜来与郑兄在敝斋闲叙,方闻李兄大名,今幸识荆,容日奉拜。"李如白道:"久闻吴兄才名,如雷贯耳,意欲到贵斋一叩。奈弟是投亲至此,与金公素无相识,不便登门,故未造谒,望吴兄宽谅。"吴瑞生又待开言,赵肃斋拦住道:"二位且不必多行套言,误了正事,大家坐了再说。李兄年长即坐首座,次座是吴兄的,弟与主人两边打横。时刻有限,不必逊让。"郑汉源道:"赵兄行事爽利,真乃妙人。"各自坐定。郑汉源吩咐人一面斟茶,又吩咐后边请烛堆琼出来侑酒。不一时,果见一位美人走近席前,十分标致。但见:

> 两鬓绿云铺,锦簇簇珠满头,丁香纽结芙蓉扣。眉湾似月钩,目清疑水流,樱桃一颗肥脂,透体娇柔。金莲细小,行动倩人扶。

堆琼走近席前,朝上叩拜。各问了大姓万福毕,遂坐在席前。吴瑞生偷眼一看,见他眉细而长,眼光而溜,娇娆之中,仍具庄雅,端凝之内,更饶丰致,便知不是俗妓,对众人夸道:"堆琼丰神绰约,秀色撩人。尘埃之中,有此异品,令我见之,恍然如遇仙中人也。"堆琼道:"妾乃蒲柳贱质,烟花陋品。得侑酒席前,邀光多矣,何堪垂青。"吴瑞生见堆琼手中拿着一柄金扇,借来一看,却是一把洒金素扇。说道:"此扇何为没有题咏?"众人道:"堆琼,何不就求一挥?"堆琼道:"怎敢动劳大笔!"吴瑞生道:"情愿献丑。"遂令人取过笔砚,题了一首七言律诗。写完,众人拿去一看,那诗是:

> 疑是仙妹被谪来,喜逢笑口共衔杯。
>
> 髻妆堕马云环乱,莲步乘鸾月影开。
>
> 着意浓浓还淡淡,惹情去去复回回。
>
> 自来不识嫦娥面,从此因卿难卸怀。

众人将诗看完,大笑道:"妙极,妙极! 吴兄虽与堆琼是初会,此诗已极两情绸缪之趣,俺们请满酌一杯,权为你二人合卺。"吴瑞生道:"偶然作戏,莫要认真。"堆琼道:"相公未必不真,妾意已自不假。"吴瑞生道:"你既不假,我就认真了。"遂把酒一饮而尽。众人方说到热闹处,见郑家家人已捧饭而至,一时间珍馐齐列,大家饱餐,将残肴撤去。赵肃斋道;"时候不早,该收拾出城了。"郑汉源道:"即如此,弟也不留。"遂叫人门外伺候鞍马,

着烛堆琼坐了轿子先行,随后四人上了马,领着众家人同出涌金门,望西湖而来。

到了西湖,大家一望果然好春色也。但见:

> 游人似蚁,车马如云。乍寒乍暖,恰逢淡淡春光。宜雨宜晴,偏称融融淑气。苏公堤上,柳丝袅袅拖金色。西子湖边,草褥茸茸衬马蹄。水边楼阁侵三坛,山上亭台吞古荡。雷峰塔、宝叔塔、天和塔、塔头宝盖射红霞;南高峰、北高峰、飞来峰,峰顶烟岚结紫雾。六桥旁系赏春船,昭庆常呼游士酒。香片飞红,拂袖微沾花港雨;松荫分绿,吹面不寒曲院风。正是金勒马嘶芳草地,玉楼人醉杏花天。

西湖景致,大家观之不尽。郑汉源道:"湖岸上游人太多,咱且由苏堤而南,直至断桥,泛舟湖心。那里我有人伺候,闲人不好进去搅乱,不如那到边去自在游赏。"众人道:"如此甚妙。"于是直望苏堤行去。但见夹堤两岸,俱是杨柳桃杏,红绿相间,如武陵桃源一般。走了二里有余,方至断桥。桥下早有人舣舟以待,大家上了船,直撑至湖心。这湖心亭东倚城郭,南枕天竺,西临孤山,北通虎跑,平湖镜水,一览无遗。吴瑞生徘徊四顾,见湖山佳丽,如置身锦绣之中,不觉慷当以慨,说道:"这青山绿水,阅尽无限兴亡。断塔疏钟,历过许多今古。光阴几何,盛事难再。今吾四人,萍水相逢,顿成知己,诚不易得之会也。岂可无诗以记今日之胜。"郑汉源道:"请问吴兄,今日之诗是怎么样作法?"吴瑞生道:"若每人一首,恐耽搁时刻,不如每人一句联成一律。上句既成,下句便接,若上句成而下句接不来者,令堆琼斟巨觥以罚之。"郑汉源道:"此法还未尽善。诗句咱每占了,却将堆琼置于何处?不如咱四人作开句,下句俱是堆琼接续。倘堆琼搁笔,大家各斟一杯以罚之。"吴瑞生道:"惶恐,惶恐。我只说堆琼有太真之貌,不料又负谢姬之才,真令人爱死,敬死。"堆琼道:"妾怎敢班门轮斧。"赵肃斋道:"堆琼诗才是我们知道的,不必太谦。"说完即取湖景为题,按长幼做去。

(李)三月西湖锦绣开,(烛)山明水秀胜蓬莱。

(赵)风传鸟语花阴转,(烛)船载笙歌水道回。

(郑)三竿僧钟云里落,(烛)六桥渔唱镜中来。

(吴)分明一幅西川锦,(烛)安得良工仔细裁。

众人诗句联完，吴瑞生离坐，携堆琼手道："美人具此仙才，即以金屋贮之，亦不为过，而乃堕落青楼，飘泊如此，亦天心之大不平也。前见卿为卿生爱，今见卿又不由不为卿生怜矣。"堆琼闻瑞生之言，因感激于心，不觉眼中含泪道："薄命贱妾，幸得与君一面，已自觉缘分不浅。今为席间鄙句，又深恋恋于妾，使妾铭心刻骨，终身不敢有忘。"郑汉源对众人道："你看他二人倦恋于此，真正一对好夫妻。待弟回家另择吉辰，薄设芹酌，以偿他二人未完之愿。"堆琼谢道："若果如此，感佩不尽。"赵肃斋道："此事还俟异日，今日且说今日。这湖心亭非专为我五人而设，岂可久恋于此。如今九里松、百花园，因圣上有志南巡，修整的异样奇绝，咱们何不到那边一游。"众人道："赵兄说的是。"于是大家又上了船，离了湖心亭，复望断桥而来，到了断桥，各人上了马，堆琼仍上了轿子，一路渡柳穿花，观山玩水，不一时已到九里松、百花园前。四人下了马，堆琼出了轿子，正欲进园，忽见园内一伙杂耍，扮着八仙，唱着道情，筛锣动鼓而来。此时园外人往里挤，园内人往外挤，正是人似湖头，势若山崩，一拥而出，遂把众人一冲，冲的赵肃斋、郑汉源、李如白、烛堆琼各不相见。吴瑞生忙在人群中四下遥望，但见人山人海，那里望的见，又寻到园里园外，寻了个不耐烦，总不见个踪影。复回九里松寻找，不惟不见他四人，连琴童、书童也不见了。吴瑞生正欲安排独自回城，忽见一群妇女笑语而来，吴瑞生定睛一看，见内中一位老的，还有一位中年的，独最后一位女子约有十六七岁年纪，生的十分窈窕。但见：

　　脸晕朝霞，眉横晚翠，有红有白，天然窈窕。生成不瘦不肥，一段风流描就。袅袅娜娜，恍如杨柳舞风前；滴滴娇娇，恰似海棠经雨后。举体无娇妆，非同狐媚妖冶；浑身堆俏致，无愧国色天香。

你道三位妇女为谁？那位老的就是翠娟的母亲，那位中年的是翠娟的姑妈，最后那位女子就是翠娟小姐。金御史因清明佳节着他出来茔前祭扫，金洞先回，他母女尚在九里松观看湖景，也是吴瑞生的姻缘合当有凑，无意中便觌面而遇。吴瑞生见这位女子生的佳丽异常，心中悦道："堆琼之容娇而艳，此女之容秀而凝福相，虽有贵贱之别，然皆为女中之魁。我吴瑞生若得此女为妻，以堆琼为妾，生平志愿足矣。但未知此女是谁家宅眷，我不免尾于其后，打听一个端的。"遂跟着那三位妇女在后慢慢而行，不住的将那女子偷看。那女子也不住的回顾吴瑞生，吴瑞生愈觉魂消。走了箭余地，来到十锦塘，那十锦塘早有三乘轿子伺候，那两位夫人先上了轿，遂后那女子临上轿时，又把吴瑞生看了几

眼,方把轿帘放下。才待安排走,忽路旁转过一个汉子来向那跟随的使女道:"这轿中女眷是谁家的?"那使女道:"是城中金老爷家内眷,你问他怎得?"那汉子竟不回言,直走到一个骑马的后生面前低低的说了几句,那骑马的后生便领着一伙人扬长去了。

看官你道这骑马的后生是谁,也是杭州城中一个故家子弟,姓郑,名一恒。他的父亲也曾做到户部侍郎,居官贪婪异常,挣了一个巨万之富。早年无子,到了晚年,他的一个爱妾才生了郑一恒。这郑侍郎因老年得子,不胜爱惜,看着郑一恒就如掌上珠一般,娇生惯养,全不敢难为他。年小时也曾请先生教他读书,他在学堂那肯用心,虽读了十数年书,束修不知费了多少,心下还是一窍不通。他父亲见这个光景,也就不敢望他上进,遂与他纳了一个例监。到了十七八岁,心愈放了,他父亲因管他不下,不胜忿怒,中了一个痰症,竟呜呼哀哉了。自他父亲死后,没人拘束他,他便无所不为。凡结交的皆是无赖之徒,施为的俱是非法之事。适才根问金家使女的那个汉子,就是他贴身的一个厚友,叫作云里手计巧。凡那犯法悖理的事,俱是此人领着他胡做。这郑一恒他还有一个毛病,一生不爱嫖,只爱偷。但见了人家有几分姿色的女子,就如蚊子见血一样,千方百计定要弄到手中。今日在十锦塘见了那轿中女子生的俊俏,便犯了他那爱偷的毛病,故着计巧问个明白,到家好安排下手。这是后来事,且不必提。

单说吴瑞生见那汉子盘问那使女,说是金老爷家内眷,心中暗喜道:"城中没有第二家金老爷,这位女子莫不是金公的女儿。不想吴瑞生的姻缘就在这里。"又想道:"此女就是金公女儿,他官宦人家,深宅大院,闺门甚严,我吴瑞生就是个蜜蜂儿,如何钻得进去?"又转想道:"还有一路可以行的,到明日不免央烦郑汉源、赵肃斋到金公面前提这段姻事。倘金公怜我的容貌,爱我的才情,许了这段姻缘,也是未可知的。"又踌躇道:"终是碍口。他是我的东主,我是他的西宾,宾主之间,这话怎好提起。倘或提起,金公一时不允,那时却不讨个没趣。"又自解道:"特患不是天缘,若是天缘,也由不的金公不允从,你看湖上多少妇女,却无一个看入我吴瑞生眼里,怎么见了金公的女儿,我便爱慕起来。金公的女儿也不住的使眼望我,不是天缘是甚么?这等看来,还是央郑、赵二位去说为妥。"又转念道:"还有一件不牢靠处,我居山东,他居浙江,两下相去有数千里之遥,纵金公爱就这段姻缘,他怎肯忍的把身边骨肉割舍到山东去?"又寻思道:"有法了。若就这段姻缘,除非我赘于他家。将我父母接来,做了此处人家,这事方能有济。"又忽然叫苦道:"不好,不好。我看金公的女儿,似有十六七岁年纪了。女子到了十六七岁,那有不受聘于人之理。假若受了人家聘,我吴瑞生千思万想,究竟是一场春梦。我这一腔热血,一段痴情,却教

我发付到那里?"于是,自家难一阵,又自家解一阵;喜一阵,愁一阵。一路上盘盘算算,不觉不知,已来到金御史门首。三顶轿子一齐住下,独金御史女儿临进门时,还把吴瑞生看了几眼,方同那两个妇人进去了。这吴瑞生目为色夺,神为情乱,痴痴呆呆,踉踉跄跄,自己回了书房。见琴童、书童迎着道:"相公你被人挤到哪边去?教我两个死也寻不着。"吴瑞生问道:"赵相公、郑相公、李相公、烛堆琼,你见他不曾?"琴童、书童道:"俺也不曾见他。因寻相公不着,俺就先回来了。"说着话,金家家人已送饭至。吴瑞生此时心烦意乱,那里吃得下去。只用了一个点心,其余俱着琴童、书童拿去吃了。便一身倒在床上,一心想着烛堆琼,又一心想着金公的女儿,被窝里打算到半夜方才睡去。正是一时吞却针和钱,刺入肠肚系人心。不知后来吴瑞生与金御史的女儿姻缘果是何如,且看下回分解。

第三回　好姻缘翠娟心许
恶风波郑子私谋

　　雨洗桃花，风飘柳絮，日日飞满雕檐。懊恨一春心事，尽属眉尖。愁闻双飞新燕语，那堪幽恨又重添。柔情乱，独步妆楼，轻风暗触珠帘。　　多厌，晴昼永，琼户悄，香消玉减衣宽。自与萧郎遇后，事事俱嫌。空留女史无心览，纵有金针不爱拈。还惆怅，更怕妒花风雨，一朝摧残。

——《昼锦堂》

　　话说吴瑞生游春回来，一身倒在床上，反反复复，打算到半夜，方才睡去；次早起来，无情无绪，勉强把金洞功课派完，用了早饭。一心念着金小姐，又一心系着烛堆琼。此时还指望烛堆琼在郑汉源宅上未去，要去借他消遣闷怀。便领着书童一直到了郑汉源家。郑汉源还睡觉未起。使人通报了，然后出来相见。见了吴瑞生说道："夜来游春，回家身子困乏，故起来的迟了。不知吴兄贲临，有失迎候。"吴瑞生道："夜来湖上取扰，已自难当。又携美人相陪，更见吾兄厚意。弟虽登门致谢，尤觉感激之心，不能尽申。"郑汉源道："兄说那里话。携妓游赏，不过少畅其情。幸尤未尽，容日待弟另置东道，再接堆琼来。那时流牵飞觞，狂歌噱饮，方极我辈活泼之乐。"吴瑞生道："吾兄举动豪旷，正所谓文人而兼侠士之风，谁能及之！"郑汉源道："辱承过奖，弟何敢当。我还问兄，夜来被人挤到哪边去？使弟到处寻找，再寻不见。那时不得偕兄同归，顿觉兴致索然。"吴瑞生道："弟亦寻众兄不见，独自回城，一路不胜岑寂。"二人说着话，又见赵肃斋到。肃斋进门揖未作完，便说道："此时有一异事，二兄知也不知？"吴瑞生、郑汉源问道："甚么异事？"赵肃斋道："夜来游春回家，弟送烛堆琼归院。他到了家，接了一个客人，到了天明，客人和堆琼都不见了。你说此事奇也不奇？"二人听了大惊道："果然有此事？只恐是吾兄说谎。"赵肃斋道："弟怎敢说谎。我方才进钱塘门，见龟子慌慌张张，手中拿着一把贴子乱跑。我问他道：'你这等慌张是为何故？'他喘吁吁的说道：'夜来晚上，小女回家，留下了一位山西游客，陪他睡了。五更天，我起来喂牲口，见门户大开，听了听，房中没有动静，及入房一见，不见客人，也不见小女。到处搜寻，寻到外门，外门亦开，连锁环扭在地下。此时方

知小女被那客人拐去。我不免各处张个招贴,好再往别处去缉访。'我听了他这话,才知道烛堆琼不见了。若不是撞着龟子,连弟也不知道。兄若不信他,如今招贴张满,你看看去,方知弟不是谎言。"吴瑞生道:"据兄所言,自是实事,但堆琼恁般一个美品,竟跟着个客人逃走,虽可惜亦自可笑。"郑汉源道:"吴兄别要冤枉了堆琼。堆琼虽是娼妓,生平极有气节。他脱笼之意虽急,然尝以红拂之识人自任。当迎接时,好丑固所兼容,而志之所属,却在我辈文墨之士。况那客人在外经商,那些市井俗气,必不能投堆琼所好。且一夜相处,情意未至爽洽,岂肯为此冒险私奔之事。又安知不是那客人用计巧拐去,以堆琼为奇货乎?弟与堆琼相与最久,他的心事我是知道的。此事日久自明,断不可以淫奔之人诬他。"赵肃斋道:"堆琼负如此才色,而乃流落烟花,潦倒风尘,已足令人叹惜。今又被人拐去,究竟不知何以结局。可见世间尤物,必犯造物之忌。风花无主,红颜薄命,方知不是虚语。"吴瑞生亦叹道:"弟与堆琼可谓无缘,夜来虽与他席间饮酒,湖上联诗,尚未与他细谈衷曲。正欲借二兄作古押衙,引韩郎入章台,为把臂连杯之乐。孰知好事多磨,变生意外,使弟一片热肠,竟成镜花水月,不惟堆琼命薄,即弟亦自觉缘浅。"大家说到伤心,俱愁然不乐。独吴瑞生一腔心事,郁结于内,感极生悲,眼中几欲流出泪来。自家觉着坐不住,便欲起身告别。郑汉源那里肯放,又留下吃了午饭,方才散去。这且不在话下。

再说金御史因休秩回籍,凡事小心。虽是闭门谢客,但是身居城中,外事亦不能脱的干净,他清波门外有一栋闲宅,甚是幽僻。金御史意欲移到那边躲避嫌疑,因与夫人商量择了吉日,将家眷尽行移出。他这栋宅子坐西朝东,宅后紧临湖面,前半截做了住宅,后半截做了花园。园中嘉树奇葩,亭台阁舍,无不雅致。此园便做了吴瑞生的书舍。吴瑞生自移到此处,郑汉源、赵肃斋只来望了他一遭,因相隔遥远,不便常来,以后他就相见的疏了。虽宾主之间时或谈论,然正言之外,别无话说。吴瑞生愈不胜寂寞。

正是光阴迅速,不觉来到四月中旬。一夕,天气清明,微尘不动。东山推出明月,照得个园林如金妆玉砌一般。又听得湖面上一派歌声。吴瑞生郁闷之极,遂着琴童酾了一壶酒,又移了一张小几,安放在太湖石下,在月下坐着,自劝自饮。饮了一回,又起来园中闲步。忽看见太湖石上窊砻中,放着一枝横笛。吴瑞生善于丝竹,遂取出来吹了一曲。此时夜已二鼓,更深人静,万籁无声,笛音甚是嘹亮。但闻得凄凄楚楚,悲悲切切,就如鹤唳秋空一般。吹罢,又复斟酒自饮。吴瑞生本是个风流才子,怎禁得这般凄凉景况,忽念起烛堆琼前日尚与他饮酒联诗,今日不知他飘流何处,即欲再见一面,也是不能得的。一时悲感交集,偶成八韵,高声朗吟道:

章台人去后,飘泊在何方?

尤忆湖中会,常思马上妆。

锦心吐绣口,玉手送金觞。

方拟同心结,讵期连理伤。

秦楼闲凤管,楚榭冷霓裳。

声断梁间月,云封陌上桑。

雁音阻岭海,鲤素沉沧浪。

空对团圆月,悲歌几断肠。

吟罢又饮了几杯,微觉风露寒冷,方归室入寝。

从来无巧不成话,这吴瑞生书舍东边,即靠着金御史一座望湖楼。翠娟小姐见今夜
这般月色,不胜欣赏。乘父母睡了,私自领着丫鬟素梅,登楼以望湖色。才上楼,即听的
笛音嘹亮。听了听,笛音即在楼下。低头看去,却见一人坐在太湖石下,那里吹竹自饮。
翠娟便知是他家先生,这也不放在心上。及听他朗吟诗句,见他句句含心恨,字字带离
愁。心中说道:"此诗乃怀人之作。莫不是我家先生系情花柳,故作此诗以寄离别之况。
不然,何词调悲婉,以至于此。"此时翠娟遂动了一个怜才之心,于是定睛将那先生一看,
到是没有这一看也罢了,及仔细看去,心中忽然大惊道:"此人即像昨日我在九里松遇的
那位书生。兀的我家先生就是那人!这月色之中,隔着帘子,终认不十分真切,待我将帘
子掀起,好看了明白。"于是将帘子微微掀起,细细看了一回。依稀之间,越看越像,越像
越看。及看到吴瑞生入房归寝,方才下楼,回绣房去了。翠娟回到房中,心中自念道:"若
我家先生果是那位书生,也是世间奇遇。我看那生书风流倜傥,超然不群,自是异日青云
之客。为女子者,若是嫁着恁般丈夫,也不枉为人一世。但不知我金翠娟与他有缘分没
有缘分?"遂在灯下将吴瑞生月下笛音诗句和成八韵,诗曰:

楼下人幽坐,寂然酒一卮。

徘徊如有望,感慨岂无思。

诗句随风咏,笛音带月吹。

句长情未尽,声短致难把。

句句含愁恨,声声怨别离。

疑闻孤鹤唳，误认夜猿啼。

宋玉江头赋，相如月下词。

不知浩叹者，肠断却因谁？

和完将诗笺藏好，方才入帐睡了。

偶一日，金御史父子俱有事公出，翠娟心念那题诗人不置，又不敢认定此人即是湖上遇的那生，有意要白日间认取个明白，只是不得其便。今日因他父弟俱出，便乘着这个空儿，避着母亲，自己上到后楼，隔着帘子往外偷望。望了一回，绝不见那先生出来走动。因把他自家和的那八韵诗从袖中取出来，在帘下默读。也是吴瑞生姻缘有凑，正看着诗，忽从楼上起了一个旋风，一时收藏不及，竟把那诗笺撮在半空中旋转，旋转一时，不当不正，恰恰落在吴瑞生书舍门里。吴瑞生转首一看，见是一幅锦笺落地，便拾起来一看，看了看，见上边还写着一首诗，将诗细细读去，不觉大惊道："此诗句句是从我那诗中和出来的。我昨日弄笛吟诗时，却无旁人窥见。此诗咏自何人，来自何处？这不作怪。"遂出门一望，又不见个人影。吴瑞生愈以为奇，说道："莫不是这个园中有鬼了？奇事，奇事。待金公来，求他认认字迹，便知此诗是谁做的。"金翠娟在楼上听见他说要拿与金公看，恐怕认出自己笔迹不便，便老大着忙，急切间，也避不得嫌疑，也顾不得羞耻，遂在帘内低低叫道："诗是奴家做的，被风吹落于地，望先生速速还我。"吴瑞生听了，抬头四望，虽闻的人声，却不见人迹，越发惊异道："怪哉，怪哉！分明听的有人言语，如何不见个人影儿？这不是有鬼是什么？"翠娟又在帘内低低叫道："诗是奴家的，被风吹落于地，望先生速速还我。"吴瑞生听了，才知道是楼上人索讨。但听的他娇娇滴滴声音，也知道是个女子，尚不敢认定是小姐，要骗出一看，以见分明。说道："诗既有主，自然是还你。但不知楼上是何人，必须要认个明白，方可还纳。"翠娟没奈何，只得把帘子掀起，打了一个照面，旋抽身在内。吴瑞生看了，认得是湖上遇的那位小姐，心中甚喜，遂朝着楼门深深一揖，道："原来是小姐。我吴瑞生今日遇知己矣。"翠娟在帘内又低低道："先生尊重，将诗还了奴家，奴家不敢有忘。"吴瑞生道："诗没有不还之理。但小姐佳作，句句是怜念小生之意。既蒙小姐怜念，小生也要竭诚相告了。从来天生佳人，愿配才子。两美相遇，岂是偶然。今与小姐一决，小姐若是丝牵于人，小生就斩绝妄想，此诗便即刻奉还。倘或丝萝之案未结，小生亦未有室，郎才女貌，两下相宜，岂可当面错过。小姐为识字闺英，聪明识见，自不同夫凡女。试思诗笺原在小姐手中，如何至于小生之手。虽是风吹落地，然默默之中必有使

之者。如此看来，自是天缘。既是天缘，此诗即为良媒，岂可全璧归赵。"翠娟又低低道："奴家尚未受聘于人，先生将欲何如？"吴瑞生道："倘蒙小姐不弃，许缔良缘，不如将此诗两下平分，各藏一半，以为后日合卺之证。"翠娟又低低道："此事任凭先生分付罢了。"吴瑞生听了此言，愈觉喜动颜色，又向着楼门深深一揖，道："谢小姐不弃之恩。"翠娟亦在楼上还了个万福，低低说道："万望先生谨密。"吴瑞生遂将诗笺分开，取了一根竹竿将一半系在上边，还与小姐。小姐刚把诗笺取去，忽见素梅在楼上说道："奶奶请小姐哩！"翠娟不敢停留，遂下楼去了。吴瑞生见小姐去了，心里开下，又是喜，又是闷。吴瑞生虽是十分爱慕小姐，自湖上见了一面以后，也就不敢指望再见了。就是再见，也只是图个眼饱罢了。那一段妄想之念，未免也就渐渐收藏。今日不意中竟得了他的诗笺，且与他说了多少话，又蒙他许了日后的姻缘，这是那出于意料之外的事，他如何不喜。但只是诗笺刚刚还了小姐，未见他回示一言，就下楼去了，此时还是一个哑迷。虽说他不是假，也不敢着实认真。打算起来，还是一肚子闷气。此时的相思，比从前的相思更苦，你说教吴瑞生如何当得起。这且留着到下回说，待在下再把那郑一恒表一表。

却说郑一恒自湖上见了金小姐，细思他那一种窈窕风流，恨不得要扑个满怀，消消欲火，怎能够到他手中。终日里思思想想，熬熬煎煎，饭也懒吃，步也懒行，半月之间，不觉肌黄面瘦，竟害了一个"目边之木，田下之心"的单相思病。郑一恒正在无聊之际，忽见计巧来看他。计巧见郑一恒这个容貌，惊问道："这几日不曾来看贤弟，怎么尊容这等清减？"郑一恒道："我这病就是为金家女儿起的，再待半月，弟便为泉下之人了。大哥有甚妙法，须救我一救。"计巧道："贤弟这病惟金家女儿可以救的。我又不是金小姐，如何可救的你。"郑一恒道："人命关天，非同小可。兄若见死不救，平日义气何在！还求大哥为我急急设策。"计巧道："贤弟失偶鳏居，闻的金家女儿亦未受聘于人。贤弟何不托一相知，向金御史一提。倘金御史许了你的姻缘，贤弟之病就不医自愈了，又何必另寻别策。"郑一恒道："不中用，不中用。我郑一恒为人是他平日最厌恶的。我即央媒去说，他那里断然不肯，不惟无益，兼且取辱，此策未见其妙。"计巧道："贤弟人品虽不能取重于他，你有的是银子，便许他一个厚厚聘礼，倘金御史贪你的钱财，许了，也是未可知的。"郑一恒道："这俱是下策。金公是何等人，财利如何能动的他？"计巧道："我别有一善策，只恐贤弟舍不得家业。"郑一恒道："若能得了金家女儿为妻，别说是家业，就是性命也是不顾的。"计巧道："贤弟既舍的家业，此事就容易成了，但此事我一人也做不将来，必须再得几人帮助，方能有济。"郑一恒道："杨热铁、孙皮缠、癞虾蟆张三、饿皮虱子李四俱是我的厚友,若用得着他,口到便来。但不知计出何处?"计巧道:"咱杭州从春到今,尚未下雨,昨日本府太爷请了一个异人来,着他推算几时得雨,他说五月十六日夜间大雨。到那日无雨便罢,若是果然下雨,只这一场雨便把金家女儿得了来。"郑一恒道:"夜间下雨,怎便就能得了金家女儿?"计巧遂附在郑一恒耳边,低低说道:"若果下雨,只消如此如此,这般这般,金家女儿便到贤弟手中了。"郑一恒听了大喜道:"此策甚妙。但不知又教我舍了家业,却是为何?"计巧道:"贤弟既做此事,本地自然站脚不稳,少不得要改名换姓,奔往他方去,这却不舍了家业么?"郑一恒道:"四海为家,何处不可栖身。难得得了人,拿着几千银子到外边另立家业,少不的也要还我一生受用。"计巧道:"既做此事,必须费个酒席,请杨热铁等四人来,先把他那嘴抹一抹,然后商量行事,省得他推辞不应。"郑一恒道:"这是不消说的。"

于是择了一个日子,先把请贴投了。至日,设了两个大大席面,四人挨次俱到,作了揖,各人坐定。杨热铁说道:"蒙兄见召,我兄弟们不好不来,但不知有何事见教?"郑一恒道:"因兄弟们久不相见,请来闲叙,别无话说。"说着话,一时间珍馐罗列,大家说说笑笑,饮至天晚,四人即欲起身告辞,郑一恒道:"还有一事奉恳,如何就要散去?"四人道:"饭也够了,酒也足了,实不能再饮。兄有何事,不妨此时说了罢。"郑一恒道:"众兄若不坐下,弟亦不说。"四人起身告辞,原是行了一个套,郑一恒既是这等恳恳相留,他有甚不肯,四人又复坐了。郑一恒令人将残席撤去,重新又摆列下围碟,将好酒斟着巡饮。郑一恒道:"弟有一事,意欲借重众兄,不知众兄肯也不肯?"杨热铁道:"俺四人蒙兄厚意,恨无报补,兄既有命,除上天之外,水里去就水里去,火里去就火里去,有甚不肯。但不知却是何事?"郑一恒遂将使用人尽行屏去,又将中门关了,回来也不说长,也不说短,在他四人面前双膝跪倒不起。他四人见了不知是甚么原故,忙下席扯住道:"兄有甚难为事?即要弟命,俺兄弟们没有不出力的,快不要这般行径折罪俺们。只求兄说是甚事便了。"郑一恒又不说他自己的心事,还是计巧替他说了,又把那设谋定计,要用他四人行事的勾当说了一遍。杨热铁等听了,又不敢直任,又不好推托,姑应道:"做便是做,倘日后犯了,却怎么处?"郑一恒道:"众兄出力不过是玉成小弟,就不幸犯了,也是我一身做来一身当,决不拖带众兄弟们吃亏。如众兄信不过我的口,我已有盟章一道,少不得对天一盟,以表我心。"四人道:"既是这等,俺兄弟们何虑。"于是将香案排下,六人跪倒,烧起香来,遂把他自己做的那一道又酸、又俗、又腐、又庸、又不通的盟章读去。盟曰:

盖闻朋友居五伦之首，同人列大易之先。结盟之事，非一朝一夕矣。故刘备、关、张，盛称桃园之义；鲍叔，管仲，共传分金之美。如此之人，余甚喜焉。吾等六人，虽是异姓，实同一家。今者计巧等为一恒谋好逑之匹配，成夫妇之齐眉，共起狼心，同入虎穴，事成之后，倘有不测，恒或连累五人，活时则七十样横死不免，死后则十八层地狱难逃。天理不容，王法不赦。竭诚以盟，敢昭告于皇皇后帝也。

　　盟罢，又归席坐下，重整杯盘。大家猜拳行令，狂歌豪饮，只吃至东倒西歪，杯盘狼藉的时候，方才睡了。但不知吴瑞生与金翠娟约的姻缘，郑一恒与计巧定的计策，究竟何如，且看下回分解。

第四回 吴瑞生月下订良缘
金御史夜中失爱女

望湖楼中,才过了,艳阳时节。举目望,见荷香满绿,景色华奢。旧恨须凭蝶使递,新愁还仗蜂媒说。转画栏,悄向小楼东,同心结。　瑶池会,可重接,阳台梦,岂断绝。懊妒花风雨,又增离别。笑脸翻成梅子眼,欢情化作杜鹃血。叹乐昌一段好姻缘,菱花缺。

　　　　　　　　　　　　　　　　——右调《满江红》

话说翠娟小姐将那半张诗笺收入袖中,正欲开言致意,忽见素梅上楼说夫人请他,也就不敢停留,遂下楼去见夫人。夫人说道:"你往哪里去来,着我寻你不见?"翠娟不敢隐瞒,说道:"孩儿无事,偶至后楼观望湖色,故未敢禀母亲知道。"夫人道:"我儿,你岂不闻'女子言不出声,笑不露齿,手不离针指,足不越闺门',方是为女子的道理。这后楼紧靠先生书舍,你岂宜孤身在此眺望。万一被他窥见,不仅不雅,亦且笑我家闺门不谨。你爹爹知道岂不嗔怒。以后你要谨守闺范,再不可如此。"翠娟承他母亲教戒了一番,也觉正训凛然;只是他既与吴瑞生有此一见,又是他心上爱重之人,便时时盘结于心,怎能一旦摆脱得开。究竟他母亲的正训胜不过他那一段私情,自家回到房中念道:"吴郎可谓真正情种。只可惜,我下楼时未及回他一言。他若知道是我母亲叫我,我即未及回言,尚可谅我之心。他若不知我下楼之故,极似不明不白,舍他去了。他未必不疑我得了诗,变了卦也。那时他认真又不是,不认真又不是。弄的他颠颠倒倒,疑神疑鬼。他虽是想我,又未必不恨我。况我那半副诗笺尚在他手中,倘或水落石出,那时教我立身何地。我欲修一书札,以表我心,奈我父母防范甚严,兄弟又在彼处伴读,教我甚法儿传得将去。吴郎,吴郎,你此时未必不疑我恨我,我金翠娟这一种深心苦情,你那里知道!"从此心烦意乱,思思想想,女工俱废,遂写下了一封私书要得便寄去。孰知他父亲自入夏以来,时时不离后楼,昼间在此乘凉,夜间亦在此宿卧。即有时他父亲外出,金洞又在书房。若像昨日父弟俱出,此事整年整月也遇不着。所以书虽修下半月,依然还在翠娟手中。

　　忽一日,闻的金洞说先生抱病。翠娟得了此信,便着了一惊,暗说道:"吴郎此病,必是为我起的。这分明是我害了他，我若不寄他一信，何以宽解他的相思。"左思右想，又恨无这个心腹人传去。忽悟道："我房中素梅忠厚老成，我待他且有恩，此事可以托他。但只是这个缘故，教我如何开口？"又念道："吴郎抱病，势在烧眉，若再迟几日，必至害死，人命甚重，岂可忽视？既到此地，也说不得羞了。"遂乘间将他心事说与素梅，素梅也不推辞，便任为己责。一日，金洞往姑妈家祝寿，金御史下楼，前厅会客。翠娟得了这个便，忙将前书稍更数字，另誊写了，便托素梅寄去。素梅将书袖了，避着夫人，一直到了吴瑞生斋中，也不言语，忙把小姐书递于瑞生。也等不得回话，随身出书房去了。瑞生还不知是甚么来历，乘着无人，将那书札拆开一看，书曰：

书寄吴郎几右：向者蒙惠还诗，固知君子爱妾之心甚厚也。独恨别君之际，未及一言，此非妾心之想也。盖由迫于母命之召，故令妾之意未获尽伸耳。近闻君子抱恙，妾一时惊惶欲死，几欲飞向君前，恭为问候。但身无彩翼，情不能达，奈何！奈何！今乘便敬修复字，寄向君侧，庶或见妾之札如见妾面，更祈高明谅妾前日未及回言之故，则妾虽死之日，犹生之年。咫尺之间，如隔万里。情长纸短，书不尽言。伏愿勉力加餐，千万保重，勿以妾为深念可也。

——沐爱妾金翠娟端肃百拜

吴瑞生将书看完，心中说道："小姐此书虽字字真诚，但他句句是宽解我的话，却把那婚姻二字撇在一边，全无一语道及，这是甚么原故？小姐，小姐，你若不把终身之事许我，似这等书札，即日日堆在我斋头，纵然表的你心明，终不能减我这相思病一毫一厘。你如今害的我不死不活，却将这不痛不痒的话儿宽我。这不是宽我的心，竟是添我的病。小姐，你若把我害死了，到底是一起不结之案。如今趁我未死，少不的还讨你一个明示。"遂乘着无人，写下了一封回书。

一日，素梅偶向园中折花，瑞生因暗示他带去，素梅将书传于小姐。翠娟才待拆看，忽见夫人进房，翠娟遂把书袖了。起迎道："母亲请坐。"夫人道："适才你爹爹说你姑妈家牡丹盛开，要请你爹爹去夜间赏花，还要请咱娘儿们同去。我先对你说知，你好安排梳洗。"翠娟听了暗喜道："每欲与吴郎相约一言，争奈没有机会。今夜父母俱不在家，正好与他订盟。此一机会决不可失。"主意定了，遂托言道："孩儿早起想是冒了风寒，身子甚觉不快，儿似不能去的，晚上母亲和爹爹去罢，只留下素梅在家和我作伴。"夫人道："你既

身子不快,我去的亦不放心。"翠娟道:"母亲若是不去,姑妈必然怪你,你少不的走一遭去,只求母亲明日早回,免的孩儿在家悬望。"夫人听了这话,方才出房去了。翠娟遂把吴瑞生那封回书拆开细看。书曰:

前蒙作诗垂怜,登楼致语,千载奇逢,不期而遇,此时已自觉喜出望外矣。近又承华札下颁,殷勤慰问,亦何顾念鄙人之深乎?但区区之心,只欲结朱陈之好,联琴瑟之欢,非徒冀音问往来,遂以毕乃局也。今读来札,似与楼上之语迥不相符。独是未约之前,而爱慕之诚尚将托之歌章;岂既约之后,而叮咛之语,竟欲付之流水?深情之人,谅不如是。旬日以来,行坐不安,寝食俱废,望救之心,势若燎原。倘仍不明不白,含糊了事,数日之间,而枯鱼之索,恐不免矣。敬布苦衷,复希照谅。惟愿慎终如始,不弃前约,因风乘便,明示一言,无使鄙人恐怀画饼充饥之叹,幸甚。

翠娟将书读毕,说道:"吴郎,吴郎!你错埋怨我了。我的心事,今夜少不的合你说明,你性急他怎的。"遂令素梅取过文房四宝,题了一首七言绝句,俟父母去后,要达于吴生。

闲话少叙,话说到了午后,他姑妈家抬了两乘轿子来接他母子,金御史知道女儿有病不能去,因闲着一顶轿,遂乘轿先行。临行又吩咐金洞到夜间在前厅看管。随后夫人带几个使女也乘轿去了。金洞因父母不在家,外边诸事少不的也要亲去打点,翠娟乘着这个空,遂令素梅将那首诗笺寄于瑞生,约他今夜相会。吴瑞生接诗在手,展开一看,诗曰:

不负渔郎上钓台,好花到底为谁开?
今生若得成连理,还望东君着意栽。

吴瑞生看了此诗,就如得了至宝一般,喜得心花俱开。问素梅道:"今蒙你家小姐相约,不知期于何日?"素梅道:"就在今夜。"吴瑞生听了,愈加欢喜。素梅去后,还指望小姐是来花园相会,因把书舍打扫清净,又恐琴童、书童在家碍事,一个遣去问候郑汉源,一个遣去问候赵肃斋。俱是即晚遣去,不能出城。到了晚上,铺陈床帐俱用香薰了。此时正是五月十六日,天气清爽。稍时,东山月上,果然好月色也。但见:

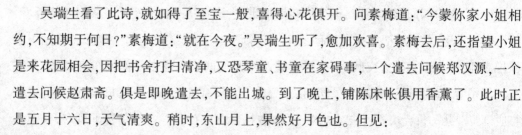

天清似水，夜净如银。天清似水，碧澄澄玉色浸楼台；夜净如银，明朗朗瑶光穿户牖。皓魄走碧空，天风不动玉球圆；阴清沉水底，波纹一乱宝珠碎。鸟飞云汉，疑摇丹桂婆娑影；风起广寒，恍送嫦娥笑语声。清虚境上转冰轮，馆娃宫中悬宝镜。

　　吴瑞生在月下走来走去，等候小姐，候了两个时辰，还不见来。心中疑道："小姐，你若是今夜不来，我吴瑞生这一段凝望之心，教我何处发泄。"正在疑猜之间，忽听的楼门轧的声响亮，又听的楼上咳嗽了一声，吴瑞生便知是小姐在楼，不敢向前明问。素梅在楼上低声叫道："我家小姐在此，请先生近前。"瑞生遂至楼下，朝上一揖，说道："仙子降临，小生未敢认真，乞恕迎迟之罪。"翠娟道："如今是真仙无疑矣，郎君何惧之有。"吴瑞生道："适蒙见赐佳章，又承亲临玉趾。小姐至诚，真令人刻骨难忘。但小生有何德能，得蒙小姐这般惜爱！"翠娟道："妾与郎君湖上之遇，犹属影响，楼头之窥，更得分明。至于分诗订约，自是一语终身。但适览华翰，虽是句句念妾，却是句句恨妾。前既谬以知己相许，又何疑妾之深乎？"吴瑞生道："恨之极正是爱之极。如今小生也不疑了，只求小姐速速下楼，同至敝斋，共说相思之苦，以慰饥渴之怀。"翠娟道："妾请问郎君，今夜相会，是要求做异日之夫妻，还是求贪目前之快乐？"吴生道："异日之夫妻也要做，目前之快乐也要求。"翠娟道："二者却不可兼行，要求做异日之夫妻，妾与郎君只楼上一约。既约之后，君还通名于媒妁，妾仍待字于深闺。不使有室有家之愿沦于秽污暧昧。到了合卺之日，妾不愧君，君不贱妾，琴瑟之好，自可永偕百年。是欲做异日之夫妻，而目前之快乐必不可贪也。若欲贪目前之快乐，妾与郎君即下楼一会，既会之后，君必悔偷香之可愧，妾亦觉荐枕之足羞。是使关雎河洲之美，流为桑间濮上之咏。到了合卺之日，妾既辱君，君必鄙妾，齐眉之案，必至中道弃捐。是欲贪目前之快乐，而异日之夫妻，必不能做也。君若贪目前之快乐，而不做异日之夫妻，则此楼妾不肯下。君若做异日之夫妻，而不贪目前之快乐，则此楼妾不必下。还望郎君上裁。"吴瑞生道："小姐此言与前所赐之诗相刺谬矣。小姐既不肯下楼，是'渔郎'已上'钓台'，而'好花'犹未开也。花既未开，则连理未成，教小生从何处栽起？如此看来，是'渔郎'未尝负小姐，小姐负'渔郎'多多矣！"翠娟道："此诗不是这样解。所谓'好花到底为谁开'，是说'到底'为君开，非说今日为君开也。即期成连理，着意东君，亦是望君从今栽起，以俟君异日之攀折也。妾所言者，句句是为异日说话，岂徒取快目前。若说渔郎上钓台，妾今日亦未尝不在钓台之下，妾何尝负渔郎乎？"吴瑞生道："小姐虑及深远，小生固不能及，但一刻千金，亦不可失。如崔娘待月，卓氏琴心，昔日风流，至今犹传。又何尝有碍才子佳人乎？"翠娟道："今日妾与郎君相

期，要效梁鸿、孟光，如崔娘待月、卓氏琴心，又何足效法？盖妾之钟情于君者，只为才子佳人旷代难逢，故冒羞忍耻约君一订。即今之事，亦是从权。但愿权而不失其正。且家父甚重郎君，君若借冰一提，此事万无一失。倘舍此不图而必欲效野合鸳鸯，妾宁刎颈君前以谢。郎君必不忍使妾为淫奔之女，陷君子于狂且之徒也。"吴瑞生道："今闻小姐正论，使小生满怀妄想，一旦冰释。非礼之事，自不敢相干。但可虑者，小生即央媒作伐，倘尊公不允，那时悔之何及？"翠娟道："郎君此言，是疑妾有二心。妾虽女流，素明礼义。今既与君约，一言既定，终身不移。即或父母不从，变生意外，则断臂之贞心，割鼻之义胆，坠楼赴焰之芳骸烈骨，妾敢自恃，君亦可以自慰。妾与郎君言尽于此。舍弟在前，妾亦不敢久谈。但所云借冰之事，专望郎君存心注意。"说完这句话，遂下楼去了。可煞作怪，翠娟刚下楼来，忽然起了一阵凉风，只闻得风声悲悲楚楚，凄凄切切，如人哭泣一般，不由打了一个寒噤，遂觉遍体生凉。此时夜已三鼓，更深人静，翠娟也未免动了一个惧心，忙进绣房，令素梅将门关紧，锁入帐里，还未脱衣，一时风雨骤至，雷电交加。只听的：

　　声如地裂，势若山崩。一声霹雳，毂辘辘震动山川；两条闪电，明晃晃照彻宇宙。风卷石砂，刮的马面牛头皆闭目；雾满乾坤，惊的山精野怪尽藏头。三峡倒流，不住盆倾瓮点；银河下泻，一时沟满濠平。只使的风伯雨师无气力，雷公电母少精神。

　　风雨过处，只听的乓乒一声，门窗俱裂，满室尽是火光。翠娟急睁眼一看，但见火光中无数妖怪。那妖怪近前，不由分说，将翠娟挟起，往外就走，翠娟唬得三魂渺渺，七魄悠悠。只说精魂摄入魔王府，那知玉魄携归浪子村。

　　看官，你道这伙妖怪是那里来的？就是郑一恒等。自那日定下计策要劫翠娟，计巧先着郑一恒造了一只船，泊于浙江，将家中细软尽行运入，俟人到便开船逃走。到了这一日晚间，五人俱搽抹花脸，扮做妖精模样，身上披了雨衣，手中拿了火具，暗伏在金御史宅后，单等下雨行事。候到半夜，果然风雨齐至。他五人原是江湖久盗，凡飞墙越屋，如履平地。况金御史又不在家，抢劫翠娟，真囊中取物一样。五人乘着风雨遂破窗而入，认定翠娟，用雨衣裹起，挟着就走。不一时，到了江边，将翠娟交于郑一恒道："幸得老天助力，一去成功，不负贤弟所托。"郑一恒先把五人谢了，然后将翠娟抱起道："小姐别要害怕，我不是妖精，有名有姓，同是杭州府人，因慕小姐颜色，无门得入，故用此计得了小姐，咱二人就是夫妻了。"翠娟此时已惊得半死，及闻郑一恒之言，方知落于奸人之手，一时烈性暴

起,骂道:"吾宦门之女,千金之体,谁与你为妻?我金翠娟既到此地,必无生理。宁可碎尸万段,决不受你贼子之辱!"郑一恒笑道:"小姐,你今日既落我手,即欲求死而亦不能。在我船中,便插翅也不能飞去。我实对你说了罢,你若爽爽利利从我便可,若这等扭手扭脚,只用我众兄弟们将你缚倒,去了你的裤子,你那新新鲜鲜避人的宝货,少不的还现出来,供我一个快活。"翠娟那里听他,只是哭骂。郑一恒将计巧等调了一个眼色,五人一齐向前把翠娟按倒。郑一恒正欲安排下手,忽听的后面喊声震地而来。六人听了大惊,把翠娟放起,慌忙开船,顺江洄流,望西而逃。

不一时,后面追兵渐渐逼近,郑一恒恐怕在船上逃走不脱,随即将船傍岸,携了翠娟由陆路奔走。翠娟喊叫之声,又惊起江岸上防兵,防兵便随着喊声追去。此时东方渐白,六人携着翠娟终觉碍手,欲待杀了,又无兵刃。正走之际,忽见道旁一井,郑一恒骂道:"今日之祸,都是为你这骚根起的。人既得不利亮,连家业都舍了,性命还未可保,前世冤家,今生撞着。罢,罢,罢,给你个囫囵尸首罢。"说完即将翠娟投入井中,六人方金命水命逃命去了。你道这追兵是那里来的?方计巧等五人劫翠娟时,素梅唬的藏到床底下。藏了顿饭时节,见没有动静,方出来将此事报于金洞。金洞回宅,各处搜遍,全无踪迹。又到后园一看,见墙上扒的脚印,方知翠娟不是妖精摄去,是被贼人劫去,遂将此事报于兵马司,兵马司即刻点起二百兵丁,着他沿江追赶。

到了第二日,方将六人捉回兵马司。将计巧等严刑拷打,六人受刑不过,方把抢劫翠娟,投翠娟于井中之事,尽情招了。及至押他去井边验取,翠娟又无踪迹。此事竟成了一个疑案,整年监禁在牢,以后六个俱死于狱中。金御史为贪去赏花,失却爱女,自己追悔是不消说的。夫人还疑是妖精摄去,求神求鬼,许猪许羊,哭哭啼啼,思念女儿,这是妇人的常情,也是不消说的。吴瑞生方与翠娟约为婚姻,正欲央媒撮合,忽然生此变故,此时相思比从前更甚,背后珠泪也不知流了多少,这也是不消说的。但金翠娟既被郑一恒投在井中,如何又无踪迹,此事甚奇,有分教;才离虎口,又入狼穴。身如柳絮,随风转,将欲欺花,忽逢妒柳。暂借鸟巢作伴栖。试看下回,便知端的。

第五回　木客商设谋图凤侣
花夜叉开笼救雪衣

惊散鸳鸯无宿处，随风舞转如飘絮。粉面何须红泪倾，美瑕岂被青蝇污。

但把芳心紧束住，急流自有人拯救。燕垒堪容孤凤栖，他乡且把流年度。

——《木兰花令》

话说金翠娟被郑一恒投在井中，只说淹死，谁知身子落地，却是一眼无水枯井；只是这眼枯井在荒山漫野之中，又不着村，又不着店，那得个人来打救。虽是不曾淹死，少不得还要饿死，金翠娟在井中坐了半日，总不听的有人行走。见的眼下便为泉下之人，心中忽念起他的父母不得见面，又念起与吴瑞生约为婚姻而不得遂，不觉怵由心起，泪从眼落，在井中不住的呜呜啼哭。正哭到伤心，忽见井边一人伸头一看。翠娟看见井上有人，忙叫道："井边不知是那个，还不救人！"这人听说，即将手中所拿麻绳坠入井中，令翠娟将腰拴住，用力一提，遂将翠娟救出来了。这人把翠娟上下一看，见他还是一个处女，问道："小娘子你是谁人之女，家居何处，为甚事投于井中？"翠娟道："我是杭州金御史之女，被贼人劫在船中。因官兵追急，贼人将我投于此井。今逢恩人救了，还望恩人施恩到底，将我送回城中，家父自有厚报。"这人听了遂说道："这等说起来，你竟是我的侄女，我就是你的叔叔金紫垣。幸得今日遇着我来救你，倘遇着外人，就是救了你，你这等青年美貌，未免被人盘算。此处离我家只有二百余里，我且带你先到我家，和你婶婶见一面，也是骨肉团聚一番，然后捎信去，着你爹爹来接你。"翠娟道："我被贼劫出，父母望我之念甚切，我见父亲母之念亦切，想此处还离城不远，何不先将我送回，又带我往叔叔家去？"这人道："侄女你说的太容易了。此处离杭州城已有九百余里，一时怎能便送你回去。况我在外经商，整整三年，今日回家也是至紧的。我的心亦恨不的此时即送你回去，使你早见爹娘一面，也省的两下里盼望。但我的行李可交与何人？还有一说，今日若不是遇着我来救了，倘死在井中，您爹娘虽是盼你，也盼不将你去。道是咱金家祖父没伤了天理，还着自家的人打救，难得侄女遇了我，到我家里就是住几天，少不的还要骨肉团圆。且今日将近我家，你若不合你婶婶见一面，骨肉之情，也未免恝然。侄女你性急他怎的。"翠娟见他说的也似乎近理。但听他说离杭州已有九百余里，未免有些疑心。说道："我被贼人劫出，刚刚半夜，怎么就有九百余里？"这人道："侄女你做女子的那里知道行船的道理？船若遇了顺风一日可行二千里，他做贼的人惯行船，这九百里路只消片时而至，想夜间风还不大顺，若是风顺，此时侄女又未必不过去我家了。"翠娟道："叔叔宅上离杭州亦不甚远，为甚绝不见叔叔回家望望？"这人道："我当日充徒至此，也还指望回家。只因在这里立下一个产业，娶了你的婶婶，又是这里人家，就把身子系住了。这几年在外经营，东奔西驰，身子如同生在外边的一般。虽是常常的想着你爹爹，有意回家看看，只为名利所缠，不得暇工。今日挨明日，今年挨明年，竟把回家的事因循下了。今日既遇着侄女，到我家住些个日子，我再凑合十几两银子的本钱，和你同到杭州。一来是送你，二来看你爹爹，三来做我的买卖，也甚觉方便。"翠娟此时虽不敢十分信他，但金紫垣的事他说的句句相投，又见他言语举动，无不老成，俨然像个尊辈模样。欲待不跟他，又恐怕是他叔叔；欲待跟他，又恐怕不是他叔叔，还要落入圈套。跟又不是，不跟又不是，又虑孤身在外，连东西也办不出来，独自如何回家。左难右难，拿不定主意。转念道"罢！罢！我金翠娟已是死过一番的人，万一到他家中风声不利，也只是拼得一死。如今且死中得活，到那里看是怎样。"向这人说道："叔叔，既要带我看看婶婶去，我亦不敢有违，只望叔叔到家速速送我回去。"这人道："侄女你落难在外，你爹娘在家盼你，你在这里盼你爹娘，这是甚么时节！若不是这些行李累身，就是耽搁几个日子也是送你去的。但如今日离的你家远，我家近，少不得先到我家看看，你望你家的心切，不知我为叔的送你的心肠比你还切哩！"翠娟道："叔叔存心如此，方是骨肉至情。"说完这人遂在江边雇了一只小船，将翠娟领到船上，安置在后舱之中，自己坐在前舱，便令开船而行。正是：

情知不是伴，事急且相随。

看官，你道救翠娟的这人是谁？他是江西金溪人，姓木名榆，别号大有。娶妻花氏，虽然有几分姿色，其性甚暴，木大有又为人软弱，最是惧他。花氏只生了一个女儿，取名舜华。这舜华却生的聪明，自小即谐音识字，到了十余岁上，便能吟诗作赋，且姿容秀美，迥异寻常。花氏十分爱惜。花氏虽是爱惜女儿，却不爱惜木大有。见了木大有，不是骂，就是打。木大有便给他送了个绰号，叫作花夜叉。因在家受不过这花夜叉的气，遂拿了千把银子出来，在杭州买卖做了三年，便转了个连本三。今日满载回家。途中天气暑热，欲寻水解渴,正行之际,忽见路旁一水井,大有忙下身向此井打水。到了井边伸头一看,却见一女子在井中啼哭,慌忙将这女子救了出来,问了他那投井的来历,才知是落难之女。又见他生的窈窕风流,遂起了一个不良之心,要骗到家中为妾。这木大有在杭州买卖三年,金家事体他知的最悉。因十余年前,金御史一个伯弟在江西充徒,后来没了音信,所以木大有便充了金紫垣以诓翠娟。金翠娟虽然也有疑心,然亦不敢认定他是奸计,又恐孤身难以回家,没奈何只得跟他行走。木大有见翠娟落了他的圈套,心中甚喜,又怕在旱路上被人盘诘出来,遂由水路而行。翠娟在船上行了数日,不见到他家中,心中甚疑,问木大有道:"叔叔,昨日说你家甚近,怎么行了这几日还不见到?"木大有道:"这几日没有顺风,船行的甚慢,再待三四日就到了。"翠娟虽是疑心未解,但见他随行一路轻易不到后舱,即有时到后舱,眼也不见他邪视,就是说话之间,连一句狂言也没有。此时翠娟也就九分信是他叔叔了。又行了四五日,木大有进舱说道:"侄女,今日来到我家了。"于是把船湾下,先将行李搬运到了江边,打发了船钱,然后领翠娟下船,同上江岸,指道:"前面树林之中就是咱家。"木大有赶着行李在前引路,翠娟骑着驴子在后随行,走了三四里余地,来到一个村庄,但见:

> 一泓细水,弯弯曲曲向村流;几树垂杨,曳曳摇摇依院舞。茅屋数间,时闻犬吠鸡鸣;水田千顷,行见男耕女馌。篱门半掩午阴长,村落人稀槐影静。荒烟锁远山,青天并高峰。千尺乱草迷幽径,密竹忽听鸟一啼。

此村乃是木大有一个小庄。这庄上有他的一位闲宅,村中数十家,俱是他家佃户。木大有畏惧花氏,不敢同翠娟进城,所以同他来到这里。到了门首,木大有说道:"此宅就是我家,侄女请进。"翠娟进了大门,见两边蓬蒿长满,极似无人住的一般,心中便疑。及至到了后边,见房门处处封锁,及开门入室一看,只见蛛网当户,尘土成堆,桌椅床帐,横躺竖卧,绝不见个人影。便着了一惊,问道:"怎的不见婶婶?"木大有笑了一笑道:"小娘子,卑人得罪了。当时救你出井,论理自当送回府上。但思娘子被难之时,偏遇着卑人打救,千里相逢,或是前缘,也未可知。在卑人,当日亦不可动此妄念,只是此念既起,不可复收,遂瞒着小娘子来到我家。小娘子若是念天心之有在,不弃鄙劣,俯赐良缘,卑人当焚香顶礼,不惜金屋贮之。不知小娘子意下何如?"翠娟听了此言,方知他以前老成,尽是骗局,遂放声大骂道:"清平世界,拐带官家子女,强逼为婚,天理何在?王法何在?良心

何在？我金翠娟既到此地惟有一死，岂肯以白璧无瑕，受你玷污！"木大有道："小娘子，你惟知含怨，不知念德。我当初救你一死，何异重生之父母？即借此以报活命之恩，亦不为过。而今反将恩为仇，以德为怨，在卑人虽是不才，在小娘子亦觉寡情。"翠娟道："当日救我一死，你的恩德自不可忘。你若送我回家，我必酬之以金帛，不然或拜你为我义父，如此亦可报你之恩。今乃诳我至此，而欲辱我以非礼，这分明是救人于井，而又陷人于井，以乱易乱，你的恩德何在！"木大有道："卑人所为，诚为非礼。但男女居室，人皆不免。今日即是苟合，不犹愈于当日之死于井中乎？"翠娟道："当日即死在井中，我的清白自在。今使我落你的奸计，受你的耻辱，反不如死于井中之为安。"说罢，又放声大哭。木大有性情原是被花氏制伏下来的，今见翠娟说的句句合理，一时语塞，不能应对，又恐外人知觉，事情决裂，要把翠娟安下再定良谋。遂哄翠娟道："小娘子既不肯俯就卑人，卑人还送你回家便了，你不必啼哭。"翠娟道："你若肯送我回家，我自不胜感激。今日与你说过，你的恩德，宁可杀身以报之，必不可辱身以报之。"翠娟说完这话，木大有遂出门去了。

不一时，忽见从外来了两个妇人，就是木大有的佃户之妇。木大有平日与他有些勾搭帐，托了一个来在翠娟近前作说客，又托了一个来在翠娟近前作监守。这两个妇人进房见了翠娟道："你今日来到这里，俺们竟不知道。适才木官人说娶了一位新二婶子，俺们听了，故特地来看你，到是一位标致人物。木官人搂着你，你嫁着木官人，真正一对好夫妻。恭喜，贺喜！"翠娟道："其中情弊，你们那里晓得？你二人坐下，待我细说。我乃杭州人氏，父亲现为当朝御史。不幸夜间被贼盗将我劫出，投于井中，也亏这位客人救了。孰知他心怀叵测，见了我的姿色，竟充作我的叔叔，将我诳赚于此，要逼勒为婚。这是甚事，教我如何从他？"那个作说客的妇人道："你说的这是甚话，青天白日，怎能拐带人口，莫说关津渡口，盘诘难行，你既不愿从他，一路喊叫，也要喊叫的犯了。况木官人为人本分忠厚，他岂敢为此犯法之事。你既从他至此，何苦为此分外之言诬他。如今就依着你说，他曾救你一死，亦算是有恩之人，也该报补他才是。且木官人性格温柔，你配了他，也不甚难为你，你何必这等执性？"翠娟道："他的恩德我何曾泯灭他？但我是何等人家，何等人品，岂肯与他作妻为妾？"那作说客的妇人，听了这妾之一词，只当是翠娟不肯与他为妾。遂乘机劝道："你还不知道，那木夫人与木官人甚是合不将来，木官人整年整月不与他见面。今日木官人娶你来，名为做小，实是两头大。且木夫人居城，又不曾生下儿子，离的此庄又远，一时也管不着你。这里又有你的吃，又有你的用。木官人既是爱你，你便是他贴心之人，日后倘生下一男半女，连家事都是你承管。儿子若是做了官，你还做奶奶哩！那做大的只跟着你看几眼罢了。你今日虽是与木官人做小，做小与做小不同，你快听我说，只宜一心和气的过日子，别要失了主意。"只这些话把翠娟烈性激起，变色怒骂道："你这村妇全不会说话，你将我看作何等之人。你去对那贼子说，我金翠娟冰清玉洁，心如铁石，尸可碎，头可断，而身决不可辱。"那妇人被翠娟骂的满面羞惭，说道："我来劝你，无非是为你，你既不听罢了，何必拿着旁人煞火。"说完，便出门去了。这妇人到了前边，见了木大有说道："这女子性执拗，不可以言词说他。但我劝他时，他一口咬定说是你诓他来此，不知此事果是真么？"木大有道："你也不肯走了我话，此乃实事。"那妇人道："若果如此，外人耳目少不得也要打点打点。我如今替你设一计策：你把平日亲厚的托一位着他四外传说传说，只说你新娶美妾，要请客庆贺，似这等明吹明打做事，外人自不起疑，难得把人的耳目掩下。谅这女子有甚么牙爪，你怕他怎的？"木大有被这妇人一点，胆便觉的大了，说道："心肝，你这话说的甚是有理，我就依此而行。"

到了次日，遂托了一个厚友，叫作宋之朝，木大有平日与他有后庭之好。就着他周外邻近闲传了一声。俗语说的好：水向低处流，人往高处走。这木大有乃是个一方的财主，谁不思去奉承他。听的宋之朝说他娶了美妾，众人便攒全分资，做帐子，要举礼来贺。木大有遂定一个日期，又搬了一伙梨园，厅前还起了一座大棚，棚中陈设下数十席酒。到了贺日，亲戚朋友来贺者，共有一百余人。宾主行礼毕，各道了恭喜，遂入席坐定斟开酒，梨园扮起戏来。一时间珍馐罗列，众宾客虎咽狼吞。酒饭既毕，天色已晚，棚中掌起数盏明灯，令人将残看撤去，席上又摆下几品饮酒之物，梨园扮演杂剧侑酒。这木大有只说被底鸳鸯今夜受，那知道竹篮打水落场空。

大家正饮到兴头，忽听的门外闹闹嚷嚷，乒乒乓乓一群人打将进来。灯光下，只见一个少妇领着数十个使女，各执短棍，逢人便打，打到棚中，将席面上家伙掀翻了一地。木大有看见也顾不的众客，先抱头而逃。众人看见这个光景，也都哄然而散。这个少妇方领一群使女往后去了。看官，你道这个少妇是谁？不是别人，就是木大有的夫人，叫作花夜叉的便是。木大有在庄上请客贺喜，要逼翠娟为婚的事情，不知甚么人已传到花氏耳朵里。花氏听了这个缘故，一时气破胸脯，遂点了手下数十个使女，领着打来到庄上。及打到棚中，不见木大有，一时怒气无伸，又领着使女们打来到后边。到了后边，入房一看，正见那两个妇人坐在床上，在那里咕咕哝哝劝化翠娟。花氏不用分说，将那两个妇人洞倒在地，骂道："你这两个淫妇，专一领着我家男人干此无王无法之事，不痛打你一顿如何出我的气？"遂令手下人打个不数。翠娟看见这个形势来的甚恶，只说没有好意，此时已打点一死。孰知花氏将那两个妇人打罢，近前安慰翠娟道："我家男子无状，得罪于你，幸得我来冲破，不曾坏你玉体。他的情弊，你的事情，我尽知道，千万看我面上别要与这强人计较。"翠娟听了这话，不胜感激，起谢道："翠娟今夕之祸如同噬脐，自料多分是死。今得夫人援救，不啻重生，夫人之恩德，教翠娟杀身难报。"花氏道："此处虎视眈眈，不可久居。我且带你同回城中，与小女盘桓几日。以后遇便，好送你回家。"翠娟道："此只凭夫人尊命。"众人便随在庄上宿了一宿。到了次日，令人收拾早饭吃了，然后带着翠娟，领着众使女一同回金溪而去。

到了家中，花氏即唤舜华与翠娟相见。二人一见，竟欢若平生。翠娟年纪比舜华稍长，花氏便令翠娟为姐，舜华为妹。从此情意相投，议论相合，或谈今论古，或分韵联诗，竟成了一对极好的女友。翠娟遂在木家住了半载有余。一日，花氏正欲安排送翠娟回家，忽传宸濠作反，各处江口关隘，俱被宸濠之兵截断。遂把送翠娟的事阻住了。翠娟恩感花氏之德，遂拜之为母。花氏看着翠娟亦如舜华一样，全分不出彼此。只是苦了那木大有，费心费力，竟弄了个画虎不成反输一贴。从此羞见亲朋，依旧还往外边做买卖去了。正是：

　　　姻缘自古皆前定，不是姻缘莫强求。

不知金翠娟在木大有家，后来毕竟何如，看至九回。

第六回　渡清江舟中遇盗　走穷途庵内逢嫂

清江漠漠回归棹，伤心愁把渔灯照。若说不提防，如何讥慢藏。　天涯身作客，飘泊欲何依。莫惠路途穷，萍踪自有逢。

——《菩萨蛮》

话说吴瑞生与金翠娟楼下既约之后，因到书房打点了半夜，思量着要央郑汉源、赵肃斋向金御史作伐。到了天明，忽听说翠娟被贼劫去，就如一盆凉水浇在身上一般，捶一捶胸，跌一跌足，叹道："我吴瑞生怎么这般缘浅，前堆琼有约，平空里被奸人拐去；今小姐有约，又平空里被贼人劫去。天既不使俺二人得就姻缘，何如当初不使俺二人相遇；既使俺二人相遇，为甚么又拆散俺的连理？老天，你心太狠了！我吴瑞生那世烧了断头香，到处里再不能得个结果。"此时瑞生虽是着急，还是痴心指望擒着贼人，得了翠娟。谁知到了第二日，贼虽擒获，翠娟却无踪迹。心中愈觉难受，听了他一家啼哭之声，益增悲伤。背地里骂一声贼，怨一声天。待要哭，又不好哭出声来；待要说，又不好说出口来。因此，郁结于心，竟害了一场大病，整整睡了三个月，方才起身。以后还指望翠娟有了音信，续此姻缘，因在金御史馆中坐了三年。孰知空等了三年，翠娟的音信就如石沉大海一般。从此也就不敢指望。心中说道："小姐既无音信，我就在此恋着也是无用。罢，罢，不如我辞了金公回家，见我父母一面，寻个自尽，与小姐结来世之缘罢了。"定了主意，一日，金公与吴瑞生偶在斋中闲叙，吴瑞生便言及归家之事。金公道："小儿自承先生教诲，学业颇有进益。老夫正欲先生多在舍下屈尊几年，今日何为遽出此言？"吴瑞生道："晚生学问空疏，实惭西席之托。今令郎文章将已升堂入室，自当更求名师指引。且晚生离乡三年，二亲在家难免倚门之望。晚生今日此辞，实出于不得已，还望老先生原情。"金御史见他说到此处，也就不好十分强留，说道："先生归意既决，老夫只得从命。但从此一别，再会实难，还求先生再住几日，以待愚父子稍尽微情。"吴瑞生道："老先生既这等恋恋晚生，晚生岂忍遽归。数日之留，自当从命。"遂取过历书，定了回家日期。金御史回宅将吴瑞生辞归之事说与金洞，金洞闻之，亦觉凄然不乐。

荏苒之间，不觉早来到吴瑞生起行之日。先一日，金御史治酒饯行，还请了赵肃斋、郑汉源来相陪。即晚又使人送过礼来，礼单上开着束仪三百两，赆仪五十两。吴瑞生俱已收下。到了夜间，吴瑞生心中叹道："小姐，小姐，明日小生便舍你去了，你那里知也不知？倘日后回家不见小生，你的相思不知又当何如？小姐，小姐，我合你今生不能做夫妻，转期来世罢了。"念到此处，不由泪如雨下。又起来到了湖山之前，望湖楼之下，说道："当日你听我弄笛吟诗，是在此处；我合你约言订盟，也是在此处。可怎么情景依然，我那玉人儿可往何处去了！"触目所见，无非伤心之处，归到书房，寝不成寝。到了次日，琴童、书童将行李收拾完后，金御史又请吴瑞生前边吃饭。吴瑞生满怀心事，喉中咽哽，那里吃的下去，只每品略动几箸就不吃了。酒席既完，吴瑞生便起身告辞，金御史送至门外，宾主方洒泪而别。又令金洞骑马随后，相送出城。行了数里，来到望湖亭，那里又是赵肃斋、郑汉源治酒相饯。吴瑞生下马入座说道："前日在金公处已与二兄叙过，何劳今日又为此盛举。"赵、郑二人道："相处数年，一旦舍弟而归，后会不知期于何日？今不过薄具一杯，与兄少叙片时耳。"吴瑞生道："数年蒙兄提携，受惠良多。今日之归，非弟忍于舍兄。但弟离亲既久，子职多缺，反之于心，夜不能寝，不得不归思频催也。"赵肃斋道："以吾三人诗酒相契，义浃情洽，即古之良朋，亦不是过。无奈子规催人，无计留住，此时虽与兄席上对饮，眼下地北天南，便作离别人矣。言念及此，何以为情？"郑汉源道："古人云：生离甚于死别，弟每以此言为过。今吾三人两情恋恋，难于分手，方信此语不为虚言，乃知未经别离之事，不知别离之苦也。"吴瑞生见他二人说的伤心，又触起自己心事，一时悲不成声，遂起身告。金洞还欲相送，吴瑞生辞道："送君千里，终须一别，你不必送远了，你与赵、郑二兄同回城罢。"三人看着吴瑞生上了马，又各斟一杯，递与吴瑞生道："请兄满饮此杯，以壮行色。"吴瑞生接杯在手，将酒饮尽，在马上谢了，方才一拱而别。正是：

劝君更尽一杯酒，西出阳关无故人。

却说吴瑞生别了三人，领着琴童、书童上大路望西而行。正是有兴而来，无兴而返。心念旧事，目触新景，一路鸟啼花落，水绿山青，无非助他悲悼。行了半月有余，不觉来到清江。这江岸上有一镇，叫作清江浦。主仆三人遂在此处寻了寓处，吃了晚饭。又吩咐主人，教他江面上雇船一只，到明早好行。主人领命而去，不一时，见主人领一大汉入店，见了吴瑞生，说道："相公雇船是明日用，是今夜用？"吴瑞生道："今日晚了，到明早行罢。"

那大汉道:"行船不论昼夜,只要顺风。若一日没有顺风,少不的等一日;一月没有顺风,少不的等一月;就是一年没有顺风,少不的也要等一年。今夜风势甚顺,在小人看来,不如乘着顺风渡你过去。这三十里水路,不到天明便至北岸。若等到明日,倘没有顺风,却不耽搁了路程。"吴瑞生道:"今夜既有顺风,就是今夜渡过去罢了。"于是打发了饭钱,令琴童、书童携了行李,同那大汉上了船。船家乘着顺风,便开船往北而发。此时正是五月十六日,夜间风清月朗,那月光照的个长江如横素练一般。吴瑞生触景生情,忽想起去年与翠娟相约是此夜。翠娟失去也是此夜,今日归来亦是此夜。由今追昔,不由一阵心酸,因笔为情搁,不能成句,遂将昔人题咏稍更数字,口念道:

> 记得昔年时,月色如白昼。
>
> 月上柳梢头,人约黄昏后。
>
> 今日归来时,月明还依旧。
>
> 不见昔年人,泪湿青衫袖。

　　将诗句吟完,还坐在船头追维往事。忽然凉风起处,水势汹涌。抬头一看,只见星辰惨淡,月色无光。俄而,大雾蒙蒙,横塞江面,对面不能见人。吴瑞生忙归入舱中,见桌上残灯还半明半灭。正欲安排就寝,忽见两个艄工手执利刃望吴瑞生而来,又听的夜来那个大汉说道:"不要杀他。咱和他往日无冤,今日无仇,得了他的行李,又残了他的肢体,太难为他,只给他个囫囵尸首去罢。"遂将吴瑞生夹于舱外,望江中一丢,那船便如飞的一般去了。瑞生此时只说身落江中,便随波逐流,命归水府去了。谁知他这一丢,却不曾丢在水中,还丢在一支船上。睁眼一看,见琴童、书童也在上边,心中又惊又喜,问道:"你两个怎么也在此处?"琴童、书童道:"俺两个还在船上做梦,不知那一个贼杀的和俺作戏,把俺移在这里。"吴瑞生道:"你两个还在梦中。咱今日雇了贼船,方才那两个摇橹的艄工,要持刀杀我。亏了夜来那个大汉把他止住。要给我个囫囵尸首。因将我投于江中,不想就落到这只船上,主仆还得聚在一处。"二人听了,方如醉初醒,似梦初觉,大惊道:"原来如此,但这只船可是从那里来的,不是神天保佑是什么?这都是二叔的洪福拖带俺二人不死。"吴瑞生道:"你我虽是不曾淹死,只是这只船闪在江心之中,又不会摇桨摆橹,究竟不知飘流到何处才是个底止。"琴童道:"这却不足虑。难得遇了这个救星,捱到天明,倘遇着来往的行船,求他带出咱去就是了。只是身边行李尽被贼人得去,路途之中,可着甚

么盘费到家?"书童道:"难得有了性命,就是没有盘费,一路上做着乞丐求讨着到家,也是情愿的。"琴童道:"羞人答答,怎的叫人家爷爷奶奶?你有这副壮脸,你自做去,我宁只饿死,不肯为这样下贱营生。"书童道:"如何是下贱营生?我曾听的人说古记,昔有个韩信,曾胯下求食,又有一个郑元和,曾叫化为生。后来一个为了大将,一个做了状元。古来英雄豪杰,尚为此事,何况是你我。"吴瑞生道:"你两个俱不要胡思乱想,到明日我自有安排。"二人方才不敢说了。主仆三人方住了话,只听的这只船扑通一声,几乎把他三个闪倒。往下一看,大喜道:"此船已傍岸了!"书童胆大,忙从船头跳下说道:"快下来,快下来!此处便是平地。"吴瑞生、琴童随后也一齐跳下。

此时大雾将散,云中微微露出月色。只见江岸上一带,俱是芦苇,全辨不出那是路径。又坐了片时,不觉东方渐白,忽看见芦苇之中有一条羊肠小路,主仆三人便顺着那条小径走去。走了顿饭时节,方才出离了江岸。吴瑞生对琴童、书童道:"此处离清江浦料想不远。天明时节,少不的复到那里,同着店主人递张被劫呈子,是少不得要递的。"三人说着话,天已大亮。随问那江岸上住的人道:"借问此处至清江浦有多少路?"那人道:"我这里至清江浦有七百余里,若起早走,便近着二三百里路。"吴瑞生又问道:"你这里不是浙江地方么?"那人道:"我这里是江西地方,不是浙江地方。"吴瑞生听了此言,不觉呆了半晌,心中说道:"一夜之间已行七百余里。若复回清江浦去,就未必这等快了。况贼情事又不是一朝一夕便能缉访出来的。经官动府,只尤耽误了自己行路。罢,罢,不如将那三百银子舍了,另求一条门路,转借几两银子盘费,着到家罢。我听的父亲说,江西有一位最厚的同年,姓钱字大年,是卢陵县人。但不知此处至卢陵有多少路?"又问:"贵处是那一个县管辖?"那人道:"敝处是卢陵管辖。"吴瑞生听说卢陵,心中甚喜。又问道:"贵县有一位乡官,叫作钱大年,不知他住在何处?"那人用手望北一指道:"前面那茂林之中,就是他家。"吴瑞生听了心中愈喜。幸得腰间还有几文余钱,便买了一个红笺,又求那人取出笔砚,写了一个年侄拜贴,别了那人,遂领着琴童、书童,望那茂林走去。走了二里余地,已来到钱大年庄上,问了他的门首,便令琴童将贴投入。不一时,只见一位苍颜白发老首,扶着藜杖出来,将吴瑞生迎入客舍。瑞生拜毕,分宾主坐定,钱大年问道:"贵省来到敝处,有四千余地,今年侄远来,有何贵干?"吴瑞生遂将游学浙江,处馆金宅及江中遇盗之事,说了一遍道:"今日身边盘费一无所有,路途遥远,难以回家。闻的年伯在此,特来相投。"钱大年道:"吉人天相,古之定理。今贤侄遇此颠险,能免患害,这都是尊公阴德所感。"吴瑞生道:"晚生在家闻家父言及老年伯之盛德,不胜企慕。今穷途归来,得以亲炙懿光,觉深慰所怀。"钱大年道:"老夫与尊公交成莫逆,自京都一别,倏忽廿载有余,虽怀渴思之情,奈远莫能致。今见贤侄,即如见尊公之面。"一面说着话,一面令家人收拾饭来,待了吴瑞生。吴瑞生遂在钱大年家住了十余日。一时,吴瑞生欲告别回家,钱大年遂凑了一个路费,临行送与瑞生道:"贤侄远来,本当从厚。奈家寒无以措办,谨俱白银二两,具备途中一饭之费。"吴瑞生将银收下谢道:"既来叩扰,又承馈赠,多感多感。"遂别了钱大年,上路而行。

吴瑞生原生于富贵之门,何曾受此徒步之苦。一日只好行数十里路,便筋疲力软,走不动了。且二两银子怎禁的他三人费用,不消十数日,依旧空拳赤手。一日,因贪走了几里路,失了宿头。天色渐渐晚上来,又行了里余,忽然来到一洼,但见荒烟漠漠,一望无际。主仆来到此处,遂不敢前进。吴瑞生道:"此地前不着村,后不着店,今夜却宿在何处?"琴童道:"这堤岭之东,隐隐约约,似有烟火一般,咱且到那里一看,倘有人家居住,不免求借一宿。"吴瑞生道:"如此亦可。"主仆三人遂顺着堤岭走去,来到近前,抬头一看,却是一座寺院,但见:

> 山门高敞,殿宇巍峨。钟楼与鼓楼相连,东廊与西廊对峙。风振铃铎,雁塔凌空高屹屹;香散天花,龙池流水响琅琅。悠悠扬扬,送来一派木鱼声;氤氤氲氲,吹过几行香火气。

那山门上题着三个大字,叫作法华庵,庵东边有一位大宅,楼房虽多,却俱已残落。吴瑞生遂走到近前一看,见门已封闭,静悄悄寂无人声。又复转到庵前,见了一个牧牛童子,问他道:"此庵是甚么人住持?"那童子道:"庵中住持的,俱是紫尼姑。"吴瑞生向琴童、书童道:"若是男僧可以借他一宿。既是尼僧主持,岂容我男子人宿卧。况此处又无他家可以借宿,不如在这山门下好歹存榻一夜,到明日再作区处。"书童道:"在这山门下宿一宿,到也罢了。只是肚中饥饿,怎么捱到天明?"吴瑞生遂既到此地,也说不的不捱了。主仆正在艰难之中,忽从庵内走出两个小尼姑来,说道:"列位请走动走动,我要关门哩。"吴瑞生道:"俺们是行路之人,因失了宿头,来在这里。惟求师傅开方便之门,容俺在这山门下存棍一宿,到明早便行。"那两个小尼姑道:"我庵内俱是女僧,你男子人在此宿卧不当稳便。"吴瑞生道:"你在内边,俺在外边,有甚么不稳便。"那两个小尼姑道:"似你说的这话就不在行了,俺出家的尼僧,也要避个嫌疑。你既是行路的客,怕没有大房大店歇?似

你没名没姓，身边又无行李，声音又不像此处人，谁知你是好人歹人？怎容的你在我这山门下宿卧。"吴瑞生当此失意之时，又被他说了这些无状言语，便激动了心头之火，骂道："放你娘那狗臭屁。我吴瑞生是当今才子，谁不认的我。如今反拿着我当作贼人，是何道理？就是这个庵观也是四方物力修造的，有你住的，也就有我宿的，难道你独占了不成？"那个小尼姑道："你说的这话只好吓那三岁小孩罢哩。既是有名的才子，自然朋友亲戚相投一个家，腌头搭脑，如同叫花子一般，还来在我山门下宿卧什么？才子，快出去，快出去！"说完，一个扯着往外拉，一个推着从后搡。气的吴瑞生暴跳如雷，喊叫道："没有王法了！尼姑凌辱斯文，该问何罪！"琴童、书童看了也都动了气，正欲上去行粗，忽见从内又走出一个中年尼姑来，喝道："你们放着山门不关，吵闹什么哩！"那两个小尼姑听见，舍了吴瑞生，进去向着那个中年尼姑说道："这山门下不知从那里来了三个小伙子，要在这山门下宿一夜，我说俺这庵内俱是尼僧，你在此宿卧不便。他说是我给他没体面，要行凶打我。俺因此和他吵闹。"那个中年尼姑道："想是吃醉了的人。将好言语安慰他几句罢了，何必和他吵闹。待我出去劝他。"这个中年尼姑出离山门，将那吴瑞生看了一眼，不觉挣了。吴瑞生将那个中年尼姑看了一眼，也不觉挣了。二人看罢多时，遂放声大哭。看官，你道这是什么缘故？

　　这位中年尼姑不是别人，就是吴瑞生的嫂嫂宋氏。当年被赵风子掳来这江西地方，夜间得空逃出。因离家太远，不能回归，遂在这法华庵中修行了。他的师父给他起了一个法名，叫作悟圆。上年，他师父死去，悟圆便做了此庵长老。此时正在禅堂打坐，忽然听见外边吵闹，因出来看门。将吴瑞生看了一眼，认出是他叔叔。吴瑞生将悟圆看了一眼，也便认出是他嫂嫂。认的真了，所以放声大哭。二人哭罢多时，同至后边，悟圆便问吴瑞生来此之故与家庭安否，吴瑞生自始至终，详详细细说了一遍。悟圆闻之，亦不胜叹息。各慰问毕，悟圆遂收拾素斋与吴瑞生吃了。琴童、书童，一日没吃饭的人，也都饱餐了一顿。这庵中有静悟轩一所，甚是幽静。此轩便为了吴瑞生下榻之处。悟圆陪吴瑞生同至静悟轩中，又叙了几句话才出门。忽见一位老妪走入轩来说道："我来寻师父，有要紧话要你和说。"但不知这位老妪是谁，要说什么话，有分教：桃花一片随流出，勾引渔郎上钓台。且看下回分解。

第七回　水小姐还愿祈母寿
　　　　　　王老妪索诗探才情

殿堂深,轻舒纤手把香焚。把香焚,虽云为母,一半思君。闲托蝶使觅知音,果然诗向会家吟。会家吟,因风寄去,试问同心。

——右调《忆秦娥》

　　却说悟圆与吴瑞生在静悟轩中叙了几句话,才待出门,忽见一位老妪走入轩中,要与悟圆说话。悟圆让他坐下,说道:"王奶奶,你夜晚至此,有甚要紧话说?"王老妪道:"昨日奶奶有病,小姐许了一个香愿。如今奶奶好了,到七月初四日,小姐要同奶奶来还香愿。因日间没有暇工,小姐着我夜间对你说声,到那还愿之日,你好安排。"说着话,又从袖中取出一个小包儿道:"这一两银子是小姐的一个布施,你好收下使用。"悟圆道:"自我来到这里,屡蒙奶奶、小姐看顾,这两银子怎好收他的。"王老妪道:"这个布施是小姐送来,与你供佛前香火之资,又不是当人情送你,你怎的不好收?"悟圆道:"既这等说,我收下便是。"王老妪又问道:"这位郎君是你甚么人?"悟圆道:"这是我家小叔。他游学江南,中途遇了贼船,行李尽行失去,因流落于此,不能回家。适才在山门下被我认了,只得留他权住几时。然后凑几两盘费,好安排他回去。"王老妪听了这话,又将吴瑞生看了几眼,方才出去了。悟圆送了王老妪回家,又使张妈妈送了一壶茶来与吴瑞生吃。瑞生问张妈妈道:"适才这位老妪是甚么人家的?"张妈妈道:"他是水宅上的个乳母。"吴瑞生又问道:"是哪个水宅?"张妈妈道:"相公又不是这里人家,你哪里知道这个水宅。水老爷当日是个进士出身,累任为官,曾做到四品黄堂。他因着没有子嗣,就不爱做官,告了职事回家,一心好善,穷人不知周济了多少,庙宇不知修盖了多少。就是这个法华庵也是他当初修盖的。谁知他空行了一生善事,到底没养个儿子。到了五十以上,只生了一个女儿,取名兰英。这兰英小姐虽是个女儿,还强的男子人百倍。"吴瑞生道:"十个女儿当不的一个儿郎,怎说强的男子人百倍。"张妈妈道:"小姐虽是个女儿,却生的聪明无比。当日水老爷因他生的聪明,便教他读书识字。凡古今书籍,经他一眼看过,再没有忘记的时节。又会作诗,又会作词,就是水老爷倒是个名家进士,往往还做不过他,怎不说强如男人。"吴瑞

生道:"女子有如此之才,亦自可嘉。若是有才无貌,也还算不的十全。"张妈妈道:"相公你不问起小姐的貌来,我也无处说起。若说起小姐的容貌,真是天上有地下无,他那一种标致风流,就是画也画不出来,只恐西子、太真还比不过他。"吴瑞生道:"小姐有才有貌,却聘于何人为室?"张妈妈道:"当日水老爷因他有才有貌,毕竟要择一位有才有貌的男子配他。择来择去,那里得这样十全男子。如今老爷故去了,他如今孝服未满,还未受聘于人。"吴瑞生听了张妈妈这段话说,也觉津津有味。只是未见其人,亦不十分信他。将茶吃完,打发张妈妈去了。自己脱衣归寝不题。

却说王老妪与悟圆将话说完了,回复了夫人,又来到小姐房中。小姐见了,问道:"布施可曾交于悟圆否?"王老妪道:"幸得悟圆在庵,小姐布施,他亲手收去。但他庵中有一异事要说与小姐。"小姐问道:"甚么异事?"王老妪说:"我到他庵中,见他静悟轩中坐着一位年少后生。我问悟圆:'这位郎君是谁?'悟圆说是他小叔。我想:山东到此有四千余里,他家小叔来此做甚?况悟圆是流冠掳来的,乱军之中,谁与他捎信到家?我看悟圆虽是出家修行,尚在中年,莫不是他欲心未泯,私养男人,干那无廉耻之事?"小姐道:"悟圆凡事老成,料想没有此事。我且问你,那位后生有多大年纪?"王老妪道:"我看只好有二十岁年纪。"小姐道:"这必是他小叔无疑了。"王老妪道:"小姐你如何便知是他小叔?"小姐道:"我母亲曾问悟圆家中的来历。他说家翁是个贡生,丈夫是个秀才,还有一个小叔才十三岁。悟圆来此整整七年,你那后生只有二十岁年纪,十三搭上七年,恰是二十,年纪相投,便知是他小叔。"王老妪道:"小姐料的也是。不想悟圆有这般一位清秀小叔。"小姐道:"那里见他清秀?"王老妪道:"观他容貌,飘飘欲仙,恍如玉树临风前,真有潘安之美丽,卫之风流。"小姐道:"他生于名门,出于贵族,自然人物不俗。"王老妪沉吟一回说道:"老身还有一句贱言奉告,只恐小姐嗔怪。"小姐道:"奶娘还有甚么话说?"王老妪道:"我看此人仪容出众,自是青云之客、台阁之器。当日老爷为小姐择婿,再择不出这等人来。若是老爷在时,斯人必中其选。小姐如不肯错失此人,待老身与奶奶商议招赘此人与小姐为婿。才子佳人,两美相当,终身大事,庶无遗憾。不知小姐意下何如?"小姐听说把脸一红,说道:"你这等老大年纪,婆口淡舌,说的是甚么话?"王老妪见小姐红了脸,就不敢往下说,方才各人睡去。

闲话莫叙。荏苒之间,不觉来到七月初四日。自那日吴瑞生听了张妈妈说小姐的颜色,也觉眼中出火,留心要他等来还愿时看个分晓。到了这日,预先藏在西廊之下,要候着偷窥。候到正午,见水家将还愿之物送来,就隐于窗棂之内,注睛以视。不一时,只见

昨日那位老妪引着夫人、小姐走入法华庵来。吴瑞生将那小姐一眼看去，但见：

鸦鬓轻分，娥眉淡扫。鸦鬓轻分，一片乌云疑墨抹；娥眉淡扫，两弯新月如钩横。莲步款款，宛同细柳迎风；玉质亭亭，无异新蕖出水。丰神婀娜，清姿却恶太真肥；体态轻盈，秀骨仍嫌飞燕瘦。果然闭月羞花貌，无愧鱼沉雁落容。

瑞生看了小姐容貌，方大惊道："张妈妈之言果然不虚。水小姐的颜色与我那金小姐的颜色难分上下。我吴瑞生从今又添上一相思也。"于是遂伏在中门外，遥遥相望。只见悟圆出，迎入殿中。小姐立在观音大士之前，焚香叩拜。真个是身轻似燕，体妙如莺。虽是一身缟素，但觉宝气焕发，神采夺人。小姐拜罢，悟圆又引至静悟轩中吃茶。瑞生一时神速，也随后到了静悟轩外，听见他嫂嫂说道："自奶奶抱恙，贫僧逐日在外穷忙，未得常常问候，心中甚觉不安。奶奶贵体如今可着实康健了？"夫人道："多承你挂心，近来身子也觉得渐渐旺相些。"悟圆道："奶奶病好，一来是奶奶有福，二来是小姐孝心所感。"夫人道："老身一病，倒身月余，说不尽他昼夜不离服侍汤药，还为我许香许愿，也难得他这一片孝心。"悟圆道："奶奶年高，小姐年亦及笄，东床之客也该及时招选了！"夫人道："如今孝服在身，此事尚不便议及。"说着话，张妈妈送了茶来，夫人小姐吃了一盏。夫人又问悟圆道："昨日听的王奶子说令小叔远来探你，尚在庵中，何不请来一见？"吴瑞生听的夫人要请他相见，故意在外咳嗽了一声。悟圆听的是瑞生声音，叫道："奶奶要请你相见，快进来参拜！"吴瑞生听的说，即把衣冠一整，走入轩中，朝着夫人便倒身下拜。夫人忙令王老妪拉起，说道："老身怎敢当此礼。"吴瑞生道："自家嫂嫂来到此庵，得蒙夫人提拔，使之获所。夫人之恩德，何异重生父母！老夫人应受晚生一拜。"夫人道："扶人之危，救人之急，此乃常事，何足以言恩德？"说完，即命吴瑞生坐在下边。小姐见了吴瑞生害羞，忙躲在夫人身后，藏着偷觑。夫人又问悟圆道："路途遥远，音信难通，令小叔何得至此？"悟圆遂将吴瑞生江中遇盗，潦倒穷途，山门下相认之事，说了一遍与夫人听。夫人听了说道："数千里之外叔嫂重逢，可谓世上奇缘。你当日削发亦出于一时之权宜。今既至亲见面，正好同归故乡，骨肉团圆。"悟圆道："贫僧既已出家，断无反俗之理。今幸见我小叔，即如见我翁姑一样。况他哥哥已死，尘缘既断，正好修行。又何必舍空门之寂静，而复堕尘世之若恼乎？"夫人叹息道："似你正当中年，就能如此苦修，何愁不登正果。真足令人起敬。"说着话，张妈妈又捧素斋至，悟圆令瑞生外出，自己陪着夫人、小姐吃了素斋。夫人谢了悟

圆,方领着小姐、王老妪回家去了。回到家中,天色已晚。小姐服侍夫人睡了,自己回到房中。王老妪道:"昨日说招赘那生的话,是为小姐终身之计。老身眼力,从未认错人。今日你亲眼见他,看他逸致翩翩,风流秀美,他日岂肯居人之下。此人正堪与小姐为对。倘错失此人,再求这样人儿甚难。况男女居室,人之大伦,原不是暧昧之事。小姐你不必说那隐藏的话,我实心告你,你也实心告我,小姐你可有些意思与他没有?"小姐道:"人非木石,岂能无情。但我生来命薄,怎敢希望这样人家!"王老妪道:"天生佳人,原配才子。月下冰老再无错配了的。难得小姐留心注意,便是姻缘,老身少不的还与夫人商议,然后行招赘之礼。"小姐道:"此事亦不可孟浪。我虽有意于他,焉知他就有意于我?若是无意于我,他岂肯招赘我家?况他有室无室,总未可知。招赘之事,何可轻言!"王老妪道:"小姐虑的也是。等悟圆不在庵中,待老身去当面问问,探他个端的,好定主意。"

　　一日,悟圆出外作佛事,王老妪知他不在庵中,假装来访悟圆。到了静轩悟中,见了吴瑞生问道:"师父不曾在庵中么?"吴瑞生道:"嫂嫂上会作善事去了,晚上方回。若有要紧话,说与学生,待家嫂来,我替你达于他罢。"王老妪道:"原来没有甚么话说,不过是访他闲叙。"吴瑞生知道这个老妪是小姐近前人,有意要借他作针引线,便让他坐下。问道:"这庵东宅舍就是水府么?"王老妪道:"便是。"吴瑞生道:"水老先生仙逝去有几年矣?"王老妪道:"整整二年。"吴瑞生道:"家嫂蒙水老夫人提携,学生深感五内,还借重妈妈见了夫人代学生多多致意。"王老妪道:"这是不消说的,相公何时回贵乡去?"吴瑞生道:"路途遥远,缺少盘费,一时且不能回家。"王老妪道:"相公可曾进过学否。"瑞生道:"游泮六七年矣。"王老妪道:"贵庚几何?"吴瑞生道:"虚度二十岁了。"王老妪道:"家中可有夫人否?"吴瑞生道:"学生还未有室。"王老妪道:"相公年轻貌美,怎么还未议好逑?"吴瑞生道:"学生有一段痴心,意欲得一位有才有貌的女子为室,无奈佳人难逢,所以迟到如今,尚中馈无人。"王老妪道:"依相公说,要娶怎么样的女子?"吴瑞生道:"学生不敢说。"王老妪道:"此处无人,说亦何妨。"吴瑞生道:"昨日见贵小姐容貌,恍若天上仙妹,不胜欣慕。学生平日所钟情者,即此人也。倘日后得遇这等女子为室,三生之愿足矣!"王老妪听了,故意作色道:"相公此言大失老成。今幸得向着我说,若对别人说了,传到夫人耳朵里,那便怎了?后再有细密之言,只宜说与我知,再不可如此轻率。"吴瑞生道:"学生领教了,以后谨依尊命。"说完,王老妪遂起身而去。吴瑞生见他去了,心中自思道:"他今日问我的这些话,俱有意思。他虽未尝说明,我已窥出九分。小姐,小姐,我吴瑞生乃是善猜哑迷的杜家,你如何瞒得我?这毕竟是你眼中爱上我,要与我结为姻缘,故令此妪来探我

有室无室。你我的姻缘，少不的要情在这老妪身上。等他再来时，我不免将言语挑动他一番，看是如何？"这且不在话下。

且说王老妪回到家中，见了小姐，将他与吴瑞生问答的那些言语俱述于小姐。小姐听了，也不回言，只是低着头整理自己衫袖。王老妪知道小姐有首肯之意，遂乘间与夫人言及招赘吴郎之事。夫人听了不肯允从。王老妪言之再三，夫人因他是山东人氏，非居此土，与之结姻甚觉不便，终是不肯。王老妪也无可奈何，只得将那夫人不肯之言说于小姐。小姐叹息道："我说我生来命薄，不能承受这样人家。终身之事，只凭天分付罢了。"王老妪道："小姐你怎见的命薄？"小姐道："当日老爹爹在时，为我选择佳婿，选来选去终遇不着才人。若是爹爹在世，我的大事，到底得所。孰知好事未成，一旦弃世而去。即此看来，则孩儿终身之事可知矣，非命薄而何？"说罢，不觉潸然泪下。王老妪道："人生虽有天命主张，然人尽可以回天，性定可以立命。你若是拿定主意始终不变，这段姻缘到底由我主张，就是天命也限不住你。"小姐道："你教我怎样尽人？怎样定性？"王老妪道："从来惺惺惜惺惺，才人爱才人。吴生有才，小姐所以爱他；小姐有才，吴生亦自爱你。两下相爱，自然心投意投，别也用不着，只要你二人当面一订。既订之后，此不他适，彼不再娶，坚守此议，至死不移。那时奶奶即欲不从，也不得不从你了。这便是尽人回天，性定立命的道理。"小姐道："此等事且不必提。但此人外貌可观，还不知他胸中抱负何如？若是有貌无才，也还配不过我。"王老妪道："我看此生一表人材，绝非腹内空虚之人。小姐若是不敢取信，你试出一题目，待老身拿去着他吟诗一首，将来与小姐一看，或是有才，或是无才，便知分晓。"小姐道："若是出题，恐露出我的形迹，不雅。他静悟轩前如今秋海棠正开，只以此为题，着他咏诗一首罢了。"王老妪道："如此更好。"一日，王老妪乘间到了庵中。见悟圆不在，遂到了吴瑞生轩内。瑞生见他来，已忖知他的来意。便让他坐下，只等老妪开言，即乘机挑动。王老妪道："相公，你如今离家几年了？"吴瑞生道："目下将近四年。"王老妪道："你游学在外，误了考期，却不怕坏了自己的功名。"吴瑞生道："我在外游学，到那考日，家父少了不的替我递张游学呈子。就是宗师不允，除了我的功名，我吴瑞生看着取青紫如拾草芥，况是这顶头巾，何足介意。"王老妪道："相公如此大言，想是抱负不浅。"吴瑞生道："学生不是夸口，自觉才高班马，学比欧苏。莫论八股，或是诗，或是词，或是长篇，或是短篇，一题到手，洒洒千言，出口便是珠玑，落纸尽为云烟。"王老妪道："相公负如此高才，此时轩前秋海堂盛开，何不题诗一首，以发其奇。"吴瑞生道："作诗甚易。只是眼下无知音之人，虽有佳作，谁与共赏？"王老妪道："相公如肯作诗，自有相赏之人，

何愁莫有知音?"吴瑞生道:"知音之人在那里?"王老妪道:"相公你只管做,如能做的将来,老身包管你一个知音之人评阅。"吴瑞生听了王老妪这半含半吐之言,已忖定知音之人,的是水小姐。遂取过文房四宝,将题意关合小姐,提起笔来,一霎而成。王老妪在旁见他写的好,做的快,便是真正才子。心中说道:"小姐佳配,除却此子,再无他人,小姐平日那样厚我,我若不与他撮合这段姻缘,则小姐不负我,我负小姐多矣。"立定主意,故失声赞道:"好敏才,好敏才!有才如此,小姐,小姐,只恐你不能独擅才名于江右矣。"吴瑞生道:"妈妈着鬼了,吟诗的是我,怎么说是小姐,小姐?"王老妪道:"不瞒相公,我家小姐深通翰墨。当日老爷为小姐择婿,江右多少才子,再无人可称敌手。我只说才至小姐无以加矣。今见相公写的好,做的快,比着我家小姐,难分上下。正所谓泰山之上更有泰山,沧海之外复有沧海。故不觉失声赞叹,以至于此。"吴瑞生道:"你家小姐既是闺阁奇英,我吴瑞生亦是海邦名士。两才相遇,岂可错过我的意思,欲借重妈妈将此诗拿去,求小姐一评。倘蒙赞赏,庶不使幽兰老于空谷,明珠沉于海底,不知你意下何如?王老妪道:"我实对相公说罢,我家小姐负旷世之逸才,而一段爱才之心,极其真至。昨日见相公风流绝世,倜傥不群,意欲与你结为姻契,故令老身来探你的才情。今相公之才如此,谅无不中其意者。只是婚姻大事,必须念念至诚,我方为你图之。"吴瑞生听了大喜道:"今妈妈言及于此,我吴瑞生一腔心事,可以吐露矣。小姐容貌,世间无两。昨日一面间,几不能自持。数日来,夜废寝,昼忘食,中心遥遥,如有所失。但思小姐是宦府千金,学生是他乡游子。虽有深情,只可自知,敢对谁言!今深蒙小姐不弃,又承妈妈玉成,正所谓好事从天降也,使学生欢欣无地。"王老妪道:"大抵少年心性,易于改辙。今我家小姐将以终身托你,相公亦须全其始终,方见厚德。倘感于一念之私,而不为长久之谋,始则爱慕,终则弃捐,不惟使小姐抱终身之恨,即相公亦负薄幸之名,则老身之罪,即粉身碎骨,不足赎矣!此终身大事,断不可视为草草。"吴瑞生道:"学生之心,可以对天地,可以质鬼神。倘得小姐为妻,而不如今日者,即狗彘不食其余。"王老妪道:"相公果能如此,则吾家小姐终身有托矣。小姐在家专望回音,即此暂别,容日再议。"说完,将诗藏于袖中,方出庵去了。但不知后来的姻缘毕竟何如,且看下回分解。

第八回　真相思情怀一首诗
　　　　假还愿密订三生约

　　满怀愁恨难消抹,常把眉峰锁。问卿何事损娇容,只为当初一见两留情。

　　禅房深处欢无耐,偷解香罗带。此情厮守到何年?便到海枯石烂犹绵绵。

——右调《虞美人》

　　话说王老妪别了吴瑞生,将诗藏于袖中,回来献于小姐。小姐接来,展开一看,那诗道:

　　　　柔质凝羞娇异常,冶容翻到冷时芳。
　　　　欲从阆苑争奇艳,先向荒阶逞淡妆。
　　　　秀骨不随群卉老,清姿只共孤梅香。
　　　　名花岂忍甘零落,寄语啼鹃万断肠。

　　小姐将诗看完,说道:"此诗取致遥深,寄情旷远。咏的是秋海棠,而冷韵幽香,句句竟似说的我。诗情如此,真不愧才人之目。若使为女子的嫁着这般丈夫,或月下联诗,灯前论古,岂不曲尽室家之乐。但齐眉之案偏我不着,这佳人才子往往美男守丑女,好女配拙夫,颠颠倒倒,令人不解其故。此天地间之一大缺陷也。"王老妪道:"这也是小姐过虑,若说是齐眉之案找不着,这才子佳人古来何以有画眉之张敞,举案之孟光。彼以才子佳人而享夫妇之乐,岂小姐与吴郎独不能成为夫妇乎?"小姐道:"如此之事,万中无一。从来天道忌盈,而忌才忌色尤甚。女子负几分才色,便为才色之累。他不俱论,即如淑真、小青二人,皆具绝代之姿,旷世之才,然虽有才色,却不得才色之报。以淑真之有色有才,却嫁个蠢丈夫;以小青之有才有色,竟遇个女平章。所以淑真有断肠之集,小青有薄命之叹。一则抑郁终身,一则抱怨而死,千载之下,令人悼叹,那姻缘薄如何作的准!"王老妪道:"淑真、小青诚可悼叹,然当日之坠落苦趣,亦由二人之知经而不知权,守常而不达变。先王礼法之设,所以束庸流而不可以束佳人才子,如崔莺之

荐枕于张生,文君之私奔于司马,正所谓知权达变也。若使二人执泝泝之节,竟为礼法所束,则嫁鸡随鸡、嫁狗随狗,吾恐淑真、小青之苦,二人先尝之矣。而待月琴心之美,何以能流传千古乎?"小姐道:"奶娘之论亦自奇辟。但为女子的,生于深闺,训于保姆,使天生怜念,而令才子佳人通之于媒妁,成之以六礼,琴瑟静好,室家攸宜,则上不贻羞于父母,下不取贱于国人,岂非千古美事!无奈造物不平,人事多舛,才子偏遇不着佳人,佳人偏配不着才子,往往因爱慕之私,动钻穴逾墙之想,以致好逑之愿流为桑间,化为濮上。上既贻羞于父母,下又取贱于国人,即侥幸成为夫妇,而清夜自思,反觉从前之事,竟是一场大丑。此等姻缘,何足贵哉!"王老妪道:"小姐论的固是正理,然彼一时,此一时,也要随时通变。当日老爷在时,为小姐择婿何等小心。若使老爷常在,何愁招不出风流儿郎!如今老爷故去,家下无人,老奶奶旦夕少不得招赘个人来承受家业。从来得失之机,间不容发,小姐若不乘此时立个主意,倘一朝错过,后悔便难。夫以小姐如此之品,一落庸夫俗子之手,必至唱随之地,反作断肠之天,则小姐未必不为淑真小青后来人,那时岂不自贻伊戚乎?"小姐听了王老妪之言,唬的毛骨悚然,叹道:"女子一身难以自主,好丑妍媸惟亲所命。我今听你说道此处,甚觉有理。但虑那生籍系山东,非我同乡,倘他钟情不深,岂能久恋于此。只恐自献其身,徒以增辱,反不如听命由天,可使自心无愧耳!"王老妪道:"小姐此言,是虑他恐有变更,而不知吴郎之心亦犹小姐之心也。吴郎之心小姐虽未知之,老身已知之久矣!小姐之心不惟老身知之,即吴郎亦知之久矣!"小姐惊问道:"吴郎之心你怎么知道?我的心吴郎如何知道?"王老妪道:"佳人才子相遇甚难,我为小姐谋,深于小姐之自为谋。欲做大事,自当不拘小节,小姐终身大事,除却此子再无他人。我昨日索作诗时,他的心事已尽情告于我,小姐的心事我已尽情告于他。两下之心既明,则蓝桥之路可通。蓝桥之路既通,则牛女之会可期。赤绳之系已系于此,又何必授其权于月下老人,听他颠倒哉?"小姐听了忸怩道:"此虽是奶娘爱我之心,然月下偷期,抱衾自荐,岂是我宦门女子做的事!"王老妪道:"西厢待月,彼独非相国女子乎!彼既可为,则小姐何不可为?"小姐道:"西厢待月,乃由于一念之私,不能自制,而羞郎之心至今犹有愧色,非独崔莺愧,凡为女子者,皆以此为愧也。"王老妪道:"使当日崔夫人能践普救之约,则崔莺必无自荐之事。使今日奶奶从吾招赘之言,则小姐亦必不为此私约之事。追其由来,自必有职其咎者,其过亦不专在崔莺、小姐也。"小姐听了沉吟不语。王老妪道:"凡事三思,此事无容再思,老身主张的万无一失,小姐不必游移。"小姐道:"既要如此,少不得把他身心系住,方可徐

徐图之。"王老妪道："小姐长于吟咏，只用一诗寄去，便是良媒。"小姐令王老妪取过文房四宝，抓笔在手，心中叹道："此岂是为女子做的事！这都是母亲无主张，迫我不得已而为之。我水兰英虽可恨亦自可怜。"不觉恸随笔转，泪合语下，吟成一绝。诗曰：

> 一种深情只自怜，偷传密语到君前。
> 君若识得侬心苦，便是人间并蒂莲。

小姐将诗题完，遂付于王老妪，令他随便传去。一日，王老妪到了庵中，避着悟圆，寻见吴瑞生。吴瑞生见是王老妪来，慌忙笑迎着："妈妈数日不来，学生甚是盼你。"王老妪道："相公不是盼我，却盼的我家信音。"吴瑞生道："此正所谓他人有心，予忖度之也。昨日，我那拙作小姐评的何如？"王老妪道："小姐看了大加赞赏，说相公句句是咏的秋海棠，却句句是咏的小姐，我家小姐遂许了相公是诗家第一人。"吴瑞生道："我吴瑞生今日又遇一知己矣！但只是此有所往，彼亦应有所来，我吴瑞生既不惜献丑，你家小姐独无一词相酬和乎！"王老妪道："我家小姐是深闺幼女，诗章岂可传露于外！"吴瑞生道："业已许为夫妇，夫妻之间何避嫌疑。"王老妪道："夫妻固是夫妻，夫妻二字相公是心中这般说，还是口中这般说？"吴瑞生道："心即口，口即心。学生若是心不应口，口不应心，前已说过，如此之人，即狗彘亦不食其余！"王老妪道："毕竟如此，方是真正夫妻，不是露水夫妻。小姐和章已在老身袖中。"吴瑞生听了，便深深一揖道："愿求一观。"王老妪方把小姐和章拿出，递于吴瑞生。瑞生看完，大喜道："小姐情真如此，我吴瑞生怎敢负他！"便自誓道："若今生与小姐为夫妻，而不全其始终者，有如此日。我亦依韵和成一首，求你带去，以表我心。"遂将诗写完，付于王老妪，王老妪拿回家中，才待取出与小姐看，忽见夫人进房坐下，说道："我儿，男大须婚，女大须嫁，男女居室，人之大伦。我为娘的也守不的你到老。适才媒人来说，周员外欲聘你与他次子为室，我闻周员外家计丰饶，尽可度日，且邻村不远，过门之后，也好便于往来。此时媒人尚在我房中，专等你一言，我好回他。"小姐听了，沉吟半晌说道："今日母亲吩咐，非孩儿逆命，然婚姻大事，也要门户相当。古人云：'屏风虽破，骨格犹存。'今虽家业凋零，而宦门气象俨然。如昨孩儿闻的周家父子皆作商贾生理，今以孩儿如此之人，嫁作商贾之妇，窃恐有玷于门风。且当日爹爹为孩儿选择佳配，何等谨慎，今日爹爹方死，黄土未干，而当时遗志竟一旦置之度外，不与爹爹为孩儿择婿之心相刺谬乎！况孩儿年纪尚幼，婚姻未至愆期，甚么要紧！母亲你且勿许他。"夫人见

小姐说的有理,遂回了复了媒人。小姐俟夫人出房,方问王老妪要出诗来展开细看,诗曰:

> 彼美偏宜才子怜,神魂已到宝妆前。
>
> 常留金屋阿娇地,迎取华峰十丈莲。

小姐自见了此诗,知道吴瑞生以金屋阿娇待己,遂一心一意注于瑞生。只是夫人家教甚严,提防甚密,虽两下有情,只好借王老妪代为转致。即欲当面一见,对面一语,无论彼无由入,即此亦无由出。且自此以后,提媒者又纷纷而至,夫人与小姐商量,小姐坚执不肯,若欲强他,他便欲投环赴井,夫人也无可奈何,只得一概辞了。王老妪便乘着此机微微言及招赘吴生之事,奈夫人又不搭腔,他也坚持不允。

小姐一腔心事,尽变作愁城怨府。从此面庞也渐渐瘦了,腰肢也渐渐损了。一月之间,遂至倒身不起。夫人看见慌了,各处请人调治,虽然用了几剂药,就如以水投石一般,那里能取效验。一日,夫人不在近前,小姐语王老妪道:“我这病惟你晓的,亦惟你治的。我母亲虽请了卢医扁鹊来,也无济于事。我如今病势沉重,料来是死,就收着吴郎这首诗也是无用。你替我将诗还他,更与我多多致意,对他说小姐薄命,运途多乖,约言未践,病魔忽临,奄奄之命,难以存活。教他另议好逑,别求良缘。我死之后,勿以我为念。吴郎,吴郎,我与你今生难得会,重结后生缘。”说罢,遂呜呜咽咽哭起来,王老妪道:“小姐别要说这断肠不吉利的话,凡事只患彼此无心,既是彼此有心,便山高水深也阻不住,奶奶如何阻的住你。你只管保养身躯,待你病好,我必然设处一法,教你与吴郎一会。”小姐道:“你教我如何得会吴郎?”王老妪道:“十月初三是黄家奶奶寿日。那日奶奶必亲去祝寿,悟圆还领众徒们替他诵经一日,庵中甚是清静。你的病若好了,我替你请命奶奶,只说你的病是菩萨梦中治好,说你许了一个香愿,到初三日要还,奶奶极信鬼神,此事再没有不依从的。到那日,我预先令吴郎托事外出,仍着他隐于轩中,一来免夫人之疑,二来遮众尼之目。如此便教你得会吴郎。”小姐听了喜道:“此计甚妙,你须为我急急图之。”从此以后,小姐病体便日好一日,不消半月,病已痊愈。王老妪遂将梦中菩萨治病与小姐许还香愿之事与夫人说了,夫人果然不疑,便许他初三日还愿。

真正是光阴迅速,荏苒之间,已来到十月初三日。先一日,王老妪至庵中将此事说与瑞生,着他托事外出,仍隐于轩内。到了这日,夫人看着打点下小姐还愿之物,然后邀着

悟圆一同往黄宅去了。随后小姐与王老妪用了早饭，先使人将还愿之物送去，傍午方到庵中。此时惟有张妈妈在庵看守，见了小姐让至禅堂，吃了茶，然后方领着小姐佛前还愿。小姐还愿毕，又让至禅堂待茶。王老妪道："我闻吴相公有事外出，轩内无人，我同小姐到那边随喜随喜。"张妈妈道："吴相公不在家，家门已封锁，待我开了门，你好进去。"原来这静悟轩虽在庵中，却别为一院，甚是幽闲。关了院门，闲人俱不能到。张奶奶开了门，回来道："王妈妈，你陪小姐随喜去罢。我往家安排素斋，好待小姐。"王老妪方领着小姐往静悟轩去。进了门，即将门关紧，到了轩前，吴瑞生从轩内迎出道："小姐至此，卑人迎迟，只恐今日此会，犹是在梦中也。"小姐未见吴瑞生时，安排着无数相思要痛说一番，及至见了面，却羞的粉面通红，低着头全不言语。吴瑞生知道小姐是碍着王老妪不好说话，便调了眼色。王老妪会意，说道："你二人在此叙话，我在轩后方便方便再来。"王老妪外出，吴瑞生执小姐手道："前闻小姐贵恙，令卑人惊之欲死，今见小姐玉容，又令卑人喜之欲狂。卑人无德无才，何敢当小姐垂青顾盼？"小姐方才启朱唇，露皓齿，娇滴滴说道："妾与郎君钟情不浅，自先前一见，即思愿托终身。昨聆佳章，又感君爱妾之至，几欲投入君怀，痛说相思。但恨身无彩翼，难到君旁，使妾一片深心积思成劳。昨日一病，几登鬼录。你看罗襟点点，都是思君之泪也。"说罢潸然泪下。吴瑞生亦下泪道："小姐错爱卑人至此，教卑人如何消受。他日即用金屋以贮嫦娥，焚香顶礼，犹觉不足以报小姐之恩！"小姐道："妾生来命薄，安敢望此。只求郎君谅奴苦心，不以今日之自荐为丑，取之左右，以充下陈，则郎君之深德厚意，波及于妾者即不浅也。"吴瑞生道："卑人以他乡游子得睹小姐芳容，已觉幸出望外，又蒙许以姻契，更觉喜溢五中。但卑人还有一椿心事，必与小姐说明，然后方可议终身大事。"小姐道："郎君还有甚么心事？"吴瑞生道："大凡作事，必谋其始，始而不谋，后必不臧。今与小姐初会，此事自不当言。但不言则恐害卑人之意，言之又恐伤小姐之心。小姐必谅其微诚而曲宥之，卑人方敢明言以告。"小姐道："郎君有话，但说不妨。"吴瑞生道："卑人昔在浙江曾与金小姐有约。今蒙不弃，又得与小姐有约。独是金小姐之约约之在先，小姐之约约之在后，今必先有以处金小姐，而吾与小姐终身之事方可议及。"小姐听了，沉吟半晌，叹息道："水兰英所遇如此，此乃缘之悭也，分之浅也，命之薄也。妾与郎君只可见一面，通一语，以了从前之愿。自此以后，不敢复议终身大事。"吴瑞生道："卑人所以重金小姐，正所以重小姐也。使卑人得遇小姐，而即忘却金小姐，则今日爱小姐之心，亦可转而属之他人矣，亦何重卑人哉！卑人之心，小姐独不能曲而谅之乎？"小姐道："郎君之心，妾非不知其至诚，但君既有佳偶，又焉用妾之鄙人！"吴瑞生道："小姐说的是甚么话！卑人为着小姐，不知受过多少苦楚，多少凄凉，方得与小姐一会，卑人岂敢有薄待小姐之心。但事有先后，不可含糊，必欲使卑人以处金小姐者处小姐，在卑人即为不义。倘小姐又以金小姐之故而弃掷卑人，在小姐亦为不仁。舍此之外，自有两全之道，还望小姐曲成。"小姐道："如君所言，必他日金小姐居君之正室，妾则备小星之列，庶仁与义可以两全。但只是妾望郎君之初心非为是也。"吴瑞生道："凡事有常而亦有变，处经而后可以处权。佳人才子失之甚易，而得之甚难。况同为夫妇，而何论先后。即序有先后，而爱岂分彼此。且金小姐与小姐俱是一代淑媛，两美相合，岂生妒忌。虽是姊妹，实为朋友，谈论吟咏，亦不孤寂，岂必一夫一妻之为正哉！"小姐道："前云未有室，今日有之，亦何相瞒之甚耶！"吴瑞生道："卑人虽与金小姐有约，不幸被贼劫去，至今音信全无，婚姻之事，尚属画饼。固不得言其有，亦不得言其无也。"小姐听到此处，知金小姐身已无踪，吴郎尚不背盟，心中益加敬重。且念金小姐既无音信，姻缘难以作准，遂一口许了道："郎君如此义重，妾身愿奉箕帚。"吴瑞生见小姐许了，便深深一揖，道："小姐既肯俯从，则小姐不失为仁人，卑人不失为义士，使金小姐得以善其始终者，皆小姐之赐也。小姐之恩不独卑人感之，即金小姐亦无不感之。"说罢，即欲求欢，小姐亦不甚拒。遂把禅床权作鸳鸯枕，说不尽千般恩爱，描不出万种温存，直至妙发丹田，春生洞口，方才敛衣而起。小姐道："不意道旁一颗骊珠为君踏破，倘他年得侍巾栉，勿以此为鄙而弃之，幸甚！"吴瑞生道："后日若作薄幸之人，而忘小姐之恩，使天不覆地不载矣！"二人说着话，王老妪进轩说道："恭喜你二人得就姻缘，志已遂矣！愿已偿矣！你且暂时分手，再图后会，不可恋恋于此，被人看破。"吴瑞生道："才得相会，又作离别，从此一别不知何日才得相逢？"王老妪道："有老身在，必不使你二人久受孤单。此时，奶奶不久回家。后边日子甚长，岂在今日？"说罢，二人才洒泪而别。吴瑞生送出小姐，仍从轩后逾墙而出。小姐复到禅堂要别张妈妈，张妈妈那里依他，必留他吃了素斋，方才放去。小姐刚到家中，忽见夫人慌慌张张从外来到，对着小姐说道："我儿，众生祸事到了，咱娘儿们只怕也不能相完聚了！"小姐听说唬的面如土色，但不知是甚么祸事，且看下回分解。

第九回　遭流离兰英失母　买针指翠娟认妹

不为离乱人，宁作太平犬。离乱最伤心，骨肉相抛闪。何处是家乡，望断山河远。萍梗在天涯，幸遇知音揽

——右调《生查子》

话说水兰英在庵中会了吴瑞生，刚到家中，忽见夫人慌慌张张从外走来，对小姐说："有祸事到了！"小姐慌问所以，夫人道："适才与你妗母祝寿，听的你舅舅说去年宸濠作反，宸濠虽被王守仁擒获，还走脱了吴十三，闵念四。他据住了一座大山，一年之间，又养成气势，逢州残州，逢县破县，势不可当。他如今又要来南康劫粮，我这里正当南康之要路，怎能免他残害。我儿，这却如何是好！"兰英听了大惊道："孩儿自幼未经离乱，母亲年老，家下又无男人，孤媚幼女，知道往何处躲避？我一家儿多应是死也！"说罢，两泪交流。王老姬道："事到其间，虽是避不的死，也要少不的死中求生，岂有闭门待毙之理！凡库中细软，该安排的也须及时安排，拿不得的藏在家中。拿得的带在身边，到那急危之时，也好买条路走。一味啼哭，当的甚么？"夫人见王老姬说的合理，遂与小姐把家事安排到半夜，方才收拾睡觉。小姐回到房中，自叹道："我水兰英好命薄也。好事方才有成，又忽然生此风波，我与吴郎生死尚未可保，姻缘怎能保的稳！这是我生前不曾带得风光来，故今世里多此魔障。"小姐有事关心，一夜也未曾安寝。到了次日，又见悟圆来说道："今贼兵已过九江，高此只有百十里路，我这里必不能免。奶奶宅上有该收藏的东西，宜早些收藏。待信息急了，贫僧好来同去避难。"夫人道："如今性命尚未可知，还有甚么心情顾惜家当！老身年过花甲，就是死了也不为早，只苦了我兰英女儿。他年纪又小，姿容又美，只恐脱不的贼人之手。我思到此处，不由肝肠俱裂，可不恼煞、苦杀我也！"说罢，竟放声大哭。小姐见他母亲恼哭，不觉泪从眼落，说道："母亲为着孩儿这等关情，教孩儿怎忍坐视！我想人生早晚是死，与其死于贼人之手，不如孩儿先寻个自尽，到还爽爽利利，免的母亲牵肠挂肚！"夫人道："你若死了，教我独自一个人靠着何人？如今且不必死，到那躲不得时节，我和你同死罢了！"悟圆道："奶奶、小姐都不要说这尽头的话，从来生死有命，

若是命里该死，就遇着清平世界，安常处顺，也躲不了无常；若是命里不该死，就在那万马军中，刀枪林里，也不能伤害性命。我看奶奶、小姐俱是有福之人，那时自有神明保佑，何必如今搭上这个苦恼!"三人说着话，只见王老妪喘嘘嘘的从外跑来，说道："贼兵不久就到。门外逃难之人，拖男领女纷纷不绝，奶奶、小姐，咱不可在家死守，也要出去躲避躲避。"悟圆听了说道："你们在家守候，待贫僧到庵中安排安排，再听一听信息，好来报与你。"悟圆去了，没有顿饭时节，只见他领着两个徒弟，各人携了包袱回来道："不好了，贼兵将近，目前快些逃躲，不可迟延。"夫人小姐听了，吓的面如土色，浑身抖索，忙把金珠首饰藏在身边，一同出了门。只见男男女女，俱望东齐奔窜。悟圆道："村东南有一沙滩，离此只有十数里地，那里树林茂密，可以躲藏。"夫人道："只求师傅引路。"于是六人遂望东南走去。到了沙滩，天色已晚，大家坐在树下。王老妪道："俺们年老的俱是无用之人，小姐容貌美丽，当此兵荒马乱之时，甚觉可虞。"兰英道："曾闻古人避乱，断发毁容，能免患难。孩儿如今正当效此。奈不曾带的剪刀来，如何是好?"夫人道："也不用如此，你只把青丝拖乱，娇容秽污，亦可免祸。"悟圆遂将小姐青丝拖开，娇容污乱，说道："如此便可作护身符法。"兰英叹道："世人往往自恨无有姿色，我今日始知玉颜为身累也!"

六人说着话，日已落地。此时正是十月初旬，夜间西北风微起，只刮的林木洒洒，衰草萧萧，甚是凄凉。又见正西彻天彻地一派通红，那马嘶之声渐闻于耳。坐到半夜以后，忽听的鬼哭神嚎，贼兵前队已来到脚下。六人正欲逃奔，又见寇兵漫山漫野而来，那逃难的男女乱奔乱窜，只见贼人逢着男人便砍，逢着妇女便掳。不一时，后边大队又至。兵马来至，将他六人一冲，此时女也顾不的母，母也顾不的女，各人顾命而去。只闻的遍地哭声，好不凄惨。待在下作一篇离乱古风与众人看，诗曰：

数万挽枪动地来，妖氛焰焰震八垓。

雷击星驰风雨骤，蛟龙化作万民灾。

势同河决泰山倒，红粉黄金任意扫。

霜锋闪处鬼神惊，一时人头如刈草!

青磷照野助惨凄，尸横满野血成渠。

妇寻夫兮夫寻妇，母哭女兮父哭儿。

试问此行住何处？昼隐蒹葭夜伏树。

讹闻风喉便逃奔，人心怆惶如惊兔。

家乡一望难回首,村落荒凉寂无语。

归来不见去时人,惟有残阳夕落堵。

世间何事最伤悲?说起干戈尽断肠!

安得长鲸随势灭,兵气消为日月光。

大家逃到天明,寇兵后梢渐稀。兰英四下一看,只有王老姬、悟圆和他两个徒弟未曾失散,独不见了夫人。兰英放声大哭道:"我母亲怎的不见,莫的不是被贼人伤了?母亲若死,我何以独生!罢,罢,不如爽利死了,免的活着受罪。"说罢,便望着一树触去,亏得王老姬手疾眼快,跑上去一把扯住,说道:"小姐,切不可自寻短计。万一奶奶无恙,你先死了,岂不愈增他伤悲?"悟圆劝道:"小姐你今日幸得保全,这便是神天保护。如此看来,老奶奶也料想无患,贼兵过尽,奶奶自有信息,你何必这等短见!"兰英被王老姬、悟圆劝了这一番,方才收住眼泪。悟圆道:"此时贼人出没,且不敢回家。这里有一位周道人,是我的熟友,咱且同到他家歇息一会,扰他一顿斋饭,再访问夫人的下落。"王老姬道:"如此亦好,全仗师父携带。"于是,悟圆遂领着众人一同到了周道人家,周道人便留下他五人住了几日。王老姬便乘闲出于门外,逢着逃乱之人,即访问夫人的音信。孰知访来访去,终是访不出个下落。兰英见他母亲无有音信,饭也不吃,只是终日啼哭。悟圆道:"小姐你不用这等悲伤。此时贼已东去,路途渐平,焉知不是夫人先回家去了。到明日同到家中一看,便知吉凶。"兰英道:"我如今望家之心甚切,倘母亲先回,那时不见我面,不知又是怎样着急。只求速速回家便了。"众人正要打点回家,又忽听的一个凶信,说是贼兵到了广信,被巡按萧淮发兵截住去路,贼人复回据了青云山,敌抵官兵。山下民间房舍拆了一个土平,居人逃窜殆尽,此时竟成了一个战场。兰英听了这信,大惊道:"这青云山即在我的庄后,这等说起来,我无家可奔了。你们可以往别处去的,我乃闺门幼女,教我投奔何人?此时我母亲多应是死,不如一同死了,到还斩断些。咳,不想我一家之人,竟是这样结果。"遂一手扯着王老姬,哭道:"你孩儿一腔心事,是你知道的。我也别无嘱付,我死之后,只借重奶娘表明我的苦心,我水兰英好命苦也!"说罢,越哭越恸,越恸越哭,只哭的人人掉泪,个个伤心。王老姬听了小姐这话,明知他是为吴瑞生那桩事,碍着众人,不好说出口来,不由眼中也掉下泪来,劝道:"小姐,你如今只宜往那好处寻思,别要往那不好处寻思。似你这等青春年少,如一朵花才开一般,后边日子尽有好处。难得有老身在,我抚养你一场,我就是你的亲人,你那事情我自然还你个收场结局。就是奶奶有些吉凶,似这

乱军之中,生死谁能保的?既到此地,只得也是凭天安置。况老爷又无子嗣,止生你一人,你就是他的一点骨血。你若是轻生而死,究竟无济于事,徒把你水门一脉绝了,有甚么好处?小姐你须三思。"悟圆道:"王奶奶俱是说的正话。小姐你的前途远大,只得要割情忍痛,以为后图。"

三人话未说完,只见周道人进来说道:"适才那信息极真的,如今家家俱要安排着南奔,就是此处也是住不稳的。"悟圆道:"此处离青云山只有数十里地,不惟说是受贼人之害,就是那官军来讨时,也只是拿着平民吃苦。只恐那骚扰之惨,还甚于贼人。我有一个师兄,叫做悟真。他在金谷县白衣庵主持。到那里只有三百余里,不如我和王奶奶同着小姐投奔他去,那里还可以避难。"王老妪道:"你们都是出家之人,俺们不僧不俗,怎好去打扰他。"悟圆道:"王奶奶说的甚话,贫僧受水奶奶多少恩德,也是该报答的。如今小姐在难中,难道舍了你们我自己去罢?"王老妪对着小姐说道:"师父既有这段心意,我和小姐且从他到那里

权避几时,待贼人平覆了,然后再回家来。小姐你的意思还是何如?"兰英道:"母亲还未有下落,教我如何利亮去的。"悟圆道:"如今乱军之中,遍地是贼,小姐又是女流,待往何处寻奶奶的下落。不如且上了路,在路途之中,再细细访问罢了。"兰英此时心里寻思着,欲待不去,家已残破;欲待死了,又恋着吴瑞生,且觉徒死无益。正是万剑攒心,泪如泉涌,大哭道:"我苦命的母亲,你干养你女儿一场,你女儿不能做那喝海寻亲的事,我兰英之罪,就是死也不能赎了!"兰英正哭到痛处,外边忽传贼人要来此处抢粮。大家出门一看,果见家家门首,大车小辆,驮男载女,俱要安排着南逃。悟圆道:"信息急了,不可停留。"遂别了周道人,领着众人上路而行。行了二三日,方才出离了凶地,渐渐安稳。别人还可,只苦了兰英。小姐生长深闺,平日在家时,就是一里路也未曾走过。皮肉又嫩,金莲又小,怎禁这跋涉之苦。只行了二三里路,脚心俱已踏破。况又心绪不佳,受那风吹日晒,就是那容颜比着今日已减退了许多。你道可怜不可怜。亏不尽悟圆是天生好人,不

惟不嫌他带脚,连一路盘费却都是他一面包管。这三百里路,整整走了半月,方才到了。

大家到了金谷县城内,悟圆访问到白衣庵门首,使人传报了。悟真出来,将众人让至禅堂,大家相问毕,分宾主坐定。悟真道:"贤弟一别六年,绝无音信,今日甚风儿将你吹来到敝庵?"悟圆道:"不为别事来,专来借贵刹避祸藏身。"悟真道:"闻的闵念四路经贵处,为祸甚惨,贵庵亦曾被他害否?"悟圆道:"他如今据住了青云山为了巢穴,我那里数十里地方,竟成为兵猎之区了。"悟真向着王老妪道:"此位老奶奶甚觉面熟,好似会过一般。"王老妪道:"师父忘记了,我便是水宅上王奶子。"悟真道:"是了,贫僧眼力最笨,别了几年,便一时认不出。这位女娘,莫不是兰英小姐?"王老妪道:"然也。"兰英道:"弟子遭家不造,远来相投,只是赤手,到此无物相送,于心不安。"悟真道:"小姐说那里话,难得不嫌敝庵窄狭,屈尊贵体,我这里粗茶淡饭,也还勉力得将来,只是亵尊不恭,望乞恕罪!"说完,悟真又问夫人福祉,兰英把那夜中失散的事说了一遍。悟真听了,不胜叹息。二人遂在白衣庵中住了月余。

一日,兰英与悟圆说道:"我如今家已残破,母亲又无音信,渺渺一身,将欲何归,不知我生前造下甚孽,故罚我今世里受此孤苦。到不如削发为尼,与你做个徒弟,寄身空门,随缘度日,暮鼓晨钟,朝夕忏拜。一来消除我前生孽障,二来也推却我当境苦趣,到还觉清净些。"悟圆道:"小姐,不要想这尽头路。你怎么比的俺们,俺们久弃尘缘,年已半百,身如野鹤,无拘无系,方能为此。你如今正是一枝莲花初出淤泥,后边福禄正自无穷。如今即此兵变,也是众生罪孽,连累了小姐。奶奶此时虽然不见,树叶还有相逢,怎便知没有聚会的日子。我看小姐福相,乃是金屋人物,我空门之中怎能当的你!决不要想俺们这尽头之路,误了你终身前程。"兰英道:"师父若不剃度我,我两俱是无用之人,平空在此吃饭,师父即能相谅,岂不难为悟真老师!"悟圆道:"师兄就是我,我能相谅,他也自能相谅。小姐何必这样客气!"兰英听了悟圆之言,也知他是出于至诚,然心中到底觉着不安。到了夜间语王老妪道:"他出家之人,原是吃四方的,咱二人反白来吃他,我心中甚觉讨愧。我身边还有带来的些首饰,奶娘你明日上街换些钱,裁几尺零碎绸缎,待我刺几副枕绣,转卖些钱来贴补他些,心里也还过的去。"王老妪道:"小姐说的甚是有理。"到了次日,兰英将首饰拿出,选了两个上好美珠,送与悟真佛前供献。又选了几个次些的,付与王老妪上街换钱。兰英从此便在庵中日日刺绣。刺完,随付于王老妪出门转卖。兰英针指工巧,是甚出手,一日刺的还不够一日卖的,余下的利息尽付与悟真买柴糠米,到是悟真反觉心中不安。

一日，王老妪卖到一家，见了两个女子，生的十分标致，遂把针指取出来送与那女子看。那女子接在手中，看了又看，看罢多时说道："这针指刺的委实工巧，花枝又好，颜色又鲜，风致又活动，世间俗手断然刺不出来。我且问你，这针指是何人刺的？"王老妪道："若问这刺绣的人，说起来话儿甚长。这刺绣的女子，也是有根有叶人家，住在南康府西。他的父亲姓水，是个名家进士，曾做到黄堂之职。到了六十以上，不幸死去，只剩下他母女度日。前日因着贼寇作乱，出门逢兵，夜间又把他母亲失去，至今还未知存亡。如今我那里尽被贼人盘据，连家业也没了。亏了一位悟圆师父，他有一位师兄叫作悟真，就在贵处白衣庵里主持。悟圆师父遂领了俺们来投于他庵中避乱。因着天长日久，白手吃他不是长法，这女子便卖了些首饰，裁了些零剪，他就在庵中刺绣，我就替他出门转卖，赚几文钱，买些粮米，苟且糊口。这位女子说起来真真苦死人也。"那女子听了叹息道："我只说我苦，此人比我更苦，听你说到此处，真是令人掉泪，你把针指尽馨留下，到明日我亲自送价去。"说完，王老妪遂出门去了。

看官，你道这两位女子是谁？这就是翠娟、舜华。翠娟听了王老妪之言，对着舜华说道："适才这位老妪说的这刺绣女子就是我的中表妹子。"舜华问道："姐姐如何知道是你的姨妹？"翠娟道："我的母亲就是江西黄尚书的女儿。还有一位姨母，嫁了本地水衡秋，是个进士出身，曾做到知府之衔。虽相隔遥远，不曾会面，然亲情来历却知得甚悉。闻的贵省水姓甚少，只有他一家，此女必是我中表妹无疑。"舜华道："既是亲戚，姐姐何不去认他一认？"翠娟道："方才我说亲去送价，就是这个意思。但此事必与母亲说明，我方好认他。"舜华道："待妹妹与你代禀。"舜华遂将此事说于花氏。花氏道："他如今在患难之中，寄食尼庵，甚是不雅。翠姐，你到明日亲去看看，若果是你中表，就请来我家，你姐妹们作伴，亦无不可。"到了次日，翠娟遂到了白衣庵中，见了兰英，说起两家来历，彼此相认。翠娟又请悟圆相会，即将请兰英同上木宅的话说了。悟圆闻之，不胜欣喜。吃了几杯茶，遂别了悟圆，领着兰英与王老妪，到了花氏家里。翠娟领着兰英先拜了花氏，然后与舜华相见。花氏问了年庚，还是翠娟为姐，兰英次之，舜华又次之。从此以后，姐妹和处的情意甚厚，兰英亦拜花氏为母。兰英到了此时，方得少歇息喘。但不知后来如何结局，且看下回分解。

第十回 明说破姊妹拜姊妹
暗铺排情人送情人

　　腊雪报初融，照眼梅花动旧情。姐念妹兮妹念姐，相同。预向花前结后盟。旅况最凄清，昔日歌姬今又逢。犹恐相逢是梦里，情浓。怕唱阳关第一声。

——《南乡子》

　　话说水兰英自到了花氏家中，姐妹们相与的情意堪密。住了半月，不觉腊尽春回。一日，舜华语翠娟、兰英道："我后园此时红梅盛开。今日天气融和，咱姐妹们何不去园中一游？"翠娟、兰英道："红梅既开，若不去赏他一赏，也令花神笑我姐妹三人。"于是同到了花园。但见梅英初绽，幽香袭人，映着残雪，愈觉颜色灿烂。翠娟看了，心中爱甚，说道："此花开放独早，又在残冬，世间有此一种，装点的乾坤十分好看。"兰英道："这梅花好似我与姐姐一般，几受风霜，几耐岁寒，总不能损他娇红半点。"舜华道："姐姐冰清玉洁，操比金石，正甚与寒梅争芳。"翠娟道："花既比我，我亦比花，我等与梅花便是知己。然知己相逢，岂可以无一言相赠？今既不曾带得酒来赏花，咱姐妹们不免各吟诗一首，以赠花神。"兰英、舜华道："如此甚妙。请姐姐开端，俺二人步韵于后。"翠娟先咏道：

　　　　花神脱白到人间，枝北枝南锦作团。

　　　　玉骨怕寒酣御酒，冰肌怯冷饵仙丹。

　　　　日烘绛脸香尤吐，露洗红装湿未干。

　　　　岁晏孤山斜照水，行人误作杏花看。

　　兰英咏道：

　　　　暗香幽韵泄墙间，茜染仙姿谢粉团。

　　　　非为淡妆颜似玉，偏宜浓艳色如丹。

　　　　太真睡起容还醉，湘女哭余血未干。

独挺孤芳能耐冷,娇红争向雪中看。

舜华咏道:

天与胭脂点靥间,红英映水锦团团。
一枝就暖冰魂紫,几树辞寒雪色丹。
艳质非干桃片润,浓妆岂畏露华干。
东皇预泄春前信,莫作霜天枫叶看。

　　三人咏诗已毕,翠娟道:"以吾三人之咏,赠之花神,花神有知,应亦谢我等为知己矣。"兰英、舜华道:"姐姐佳作,花神自然赏识,若我两人之诗,何堪入花神之目!"言罢,相顾而笑。于是三人遂坐在红梅树下,各谈心事。兰英道:"今得与姐妹谈论,非不聊慰愁怀,然岑寂之中,念到我母亲未有下落,真使我痛肠一日九回,似此如之奈何!"舜华道:"母子之情,自难恝置。然离合生死,自有命定。姐姐即终日忧心,亦为无益之悲。从此还求自己解脱。"兰英道:"自遭离乱以来,我身已经数死,若非奶娘、悟圆,此时未必不登鬼魂。由今思来,不若一死无知,得免心曲之挠乱也。"翠娟问道:"悟圆师傅你与他何处相识,竟在贤妹身上有这般高谊?"兰英道:"这悟圆师傅就在庄上法华庵里主持。他是被掳逃出来的,因家乡遥远,不能回归,所以削发出了家。"翠娟道:"他家住何处?"兰英道:"他籍系山东,家住益都,夫家姓吴,也是一门缙绅。"翠娟知吴瑞生是益都县人,今听兰英说到此处,未免把心中打动,还要想问个明白,又问道:"悟圆既是益都县人,他家中就没有人来探望他?"兰英道:"他出家有七年,音信从未到家,那得人来探望。只有他一位小叔叫作吴瑞生,因在江中遇了贼寇,行李尽情失去,遂潦倒穷途。后来到了庵中,方被悟圆认出,这便是他至亲见了一面。除此以外,别不闻有人来看他。"翠娟道:"吴瑞生后来何如?"兰英道:"这吴瑞生在他庵中住了两月有余,后遂遇了兵变。此时也未知存亡!"翠娟听了兰英之言,不觉眼中掉下泪来。兰英见翠娟掉泪,便知吴瑞生前云与金小姐有缘,即是翠娟。遂故意问道:"吴瑞生是姐姐的甚人,为何替他掉泪?"翠娟道:"我心中别有所思,非为此人。"只说了这一句,那眼中之泪,越发流的多了,流的全然没个收救。兰英见翠娟如此关情,也不觉触起心头之恸,那粉面上泪珠亦扑簌簌流个不住。翠娟见兰英也流泪,心中便疑,说道:"我今日流泪是有事关心,妹妹的泪却从何处而来。"兰英道:"姐姐的泪从哪里来，便知你妹妹之泪也是从哪里来。"翠娟听了兰英这半含半吐的话，心中道："他这话说的不为无因，莫不是兰英也与吴瑞生有甚么私情？不然，何为语中带刺？待我再探他一探。"说道："我的心事我自己知道，你那里晓得？妹妹你掉泪的由来，不是为着姨母，就是为着家乡，却与你姐姐的泪大不相同。"兰英道："你妹妹今日之泪，也不专为着母亲、家乡。"翠娟道："既不为着母亲，又不为着家乡，却是为何人掉泪？"兰英道："你为着谁掉泪，我也是为着谁掉泪。我与姐姐之泪乃同发一源也。"舜华在旁听他二人说的俱是瞒神瞒鬼的话，说道："姐姐说的这些言语，半含半吐，却似碍我一人不好明言的一般。我就姐姐之言，忖姐姐之心，亦能料出几分。我看你二人眼角攒旧恨，眉头锁新愁，而心之所注，又似在思亲思乡之外。你若果有甚么心事，不妨明说，决不可拿着你妹妹当作外人。"兰英听了舜华之言，知不可瞒他，便向着翠娟道："姐姐你的心事，已被妹子看破，今日又何必隐隐藏藏？你那私约吴郎的事快些投了首罢！"翠娟见兰英说着他那隐情，不觉羞的满面通红，说道："吴郎这般口舌，为甚么把此事闻于外人！"兰英道："姐姐，你错怪他！你那事情，他也不曾闻于外人，还是闻于局内之人。"翠娟道："妹妹既知此事，想妹妹便是局内之人。"兰英道："姐姐你尽自聪明，何必把我来问到家！"舜华道："听你所言，料你两个都是局内之人，独有我舜华一人……。二位姐姐何不把局外之人亦引于局内，拖带妹妹也受些风光。"翠娟、兰英道："咱姐妹三人虽是三姓，何啻一家。倘上天怜念，使我后日团圆，誓必共事一夫，做那娥皇女英的故事。"舜华道："我姐妹居不同地，数千里外得聚在一处，亦可谓世上奇缘。若后日果如姐姐之言，我木舜华之志愿足矣！"说完，三人遂对天誓道："我三人今日固是姐妹，就到了于归之日，还要期为姐妹。一语既定，终不爽言，皇天后土，过往神明，共鉴此心。"盟罢，方才回宅去了。正是：

　　　　一柱心香祷告天，真心共吐在花间。
　　　　异乡姐妹情多重，要作皇英佳事传。

　　话分两头。却说吴瑞生自静悟轩中会了兰英小姐，又从轩后逾墙而出。到了晚上回家，忽听他嫂嫂说起贼信，心下便着了一惊，说道："我与小姐好无缘也，怎么好事方才到手，偏偏就遇着贼来打拐！"又转念道："虽是贼来打拐，少不得我嫂嫂邀着他同去躲藏，未必不还仗着我吴瑞生在前引路。倒是遇了兵变，反使我得睹芳容，这还是不幸中之幸也。只愁我守着小姐，见了他的花容，引的我抓耳挠腮，那时教我如何禁受！这是小事，难得

与小姐亲近，就是到那按纳不住的时节，只消借重我十个指头，着他权做小姐，替他与我煞火。"思到此处，不惟不愁，反觉快意。到了次日，闻说贼兵已过九江，悟圆从水宅回来，分付吴瑞生道："水宅孤孀幼女，只得我去引着躲避。我先到他宅上和夫人安排安排，待信息急了，你也出去等着，好就一处全去避难。"说完，悟圆遂携了几个包袱，领着两个徒弟，出门去了。吴瑞生在庵也把自己随身的物件，收拾停当，领着琴童、书童一同出了庵门，要候他嫂嫂出来同走。孰知候了顿饭时节，绝不见他嫂嫂出水宅之门，又见逃难的人将已过尽，心中着急，遂到了水宅门前一看，见他门已封锁，才知他嫂嫂同夫人、小姐先走了。此时竟把吴瑞生闪了一个挣。到了此时，方把从前的妄想收讫，始去避刀兵之苦。逃了整整一夜，到了天明。午后打听着贼兵东去，又复回庵中看了，看见庵中殿佛、水宅楼房，直烧的片瓦无存，连悟圆、大人、小姐的音信也打听不出来。又等了几日，复闻贼兵复回据住青云山，到此没有指望，遂恸哭一场，方领着琴童、书童逃命去了。一日，起的太早，行了几里，天还未明，正走之间，忽看见道旁一物，只见璀灿陆离，光芒四射，瑞生以为怪物，遂走近前去一看，你道是甚么东西？待在下先作一篇短赋，赠他一赠。赋曰：

> 位居兑方，根生艮土，质必经火炼而成，文必赖铅和而就。尔之灵可以通神，尔之力可以造数。人得尔而神色滋荣，人失尔而形容枯瘦。东西南北之人，皆为尔而营营；贫富贵贱之人，咸为尔而碌碌。然人虽享尔之荣，亦或受尔之误。是以邓通恋尔而败亡，郭况贪尔而诛戮。鄙夫因尔而丧节，贪士为尔而取辱。所以旷远之人，能遇尔而不取；廉洁之士，能却尔而弗顾。守尔者鄙之为奴，沾尔者恶之为臭。尔虽能动斯世之垂涎，亦安能起斯人之美慕。

吴瑞生到了近前一看，不是别物，却是一布袋银子。拾起来掂了掂，约有三百多重，遂对着琴童、书童说道："此物必是逃难之人失落的。到天明候一候，若有人来寻，我须索还他。"琴童、书童道："二叔此时正缺少盘费，何不拿着路上使用？又要还了人！"吴瑞生道："那失银之主，此时不知是怎么样的着急？我若便拿去使用，这是我得其利，人受其害，心下何安？"琴童、书童道："这是路上拾的，又不是偷的，有甚么不安？"吴瑞生道："你岂不闻上古之时，道不拾遗，此乃无义之财，我必不取他。"于是，主仆三人遂在此等了数日。虽等了数日，总不见有人来寻找。吴瑞生道："这必是无主之物。既无人来寻找，此物亦无所归，不免带着随路舍施了罢！"遂将银子包裹停当，然后上路而行。

行了数日,忽到了一个镇所,叫作迎仙镇。此镇乃是一个码头区处,居民有数十万家。来到此处,天色已晚,主仆三人遂寻了一处寓所,把行李歇下,用了晚饭。吴瑞生见此夜月色清朗,心念往事,无限伤心,一时不能安寝,遂出来在月下闲步。忽见店后一个大园,便顺着走去,到了园中。忽听的园外微微有妇女声音,吴瑞生遂伏在墙下细听。只听的一个妇人道:"姐姐,我和你坠落至此,何时是出头的日子?"又听的一个妇人道:"妹子,这是你我的业愆,既到此地,也只得顺天由命,听其自然,到那业满之时,少不得还你个收场结果。"又听的那个道:"今夜幸得无客,乘此月色,我与姐姐拨动丝弦,将那两个伤心曲子各人弹上一套,以泄胸中郁闷,何如?"又听的那个道:"如此甚好。"只听的那两个弹起琵琶,一妇人唱道:

虚飘飘风筝线断,忽刺刺鸳鸯拆散。颤巍巍井落银饼。忽煎煎眉锁平康怨。忆前欢,如同梦里缘。

沾襟泪点,泪点和血染。再不得湖上题诗,席间侍宴。天,天,今世里遭业愆,天,天,何日里续继弦。

又听一妇人唱到:

意悬悬愁怀不断,哭啼啼悲声自咽。痛煞煞泪尽江流,眼睁睁望断关河远。日如年,羞看镜里颜。

青楼滋味,滋味难消遣。哪里是故国风光,旧家庭院。天,天,今世遭业愆,天,天,何日里月再圆。

——《山坡羊》

唱罢,弦声亦住,只听的那妇道:"姐姐,夜深了。风霜寒冷,我和你睡去罢!"说了这一句,遂寂然无声。吴瑞生此时不觉意痴神呆,呆了一会,说道:"方才歌的这曲子,一似念旧,一似怀乡。然仔细听来,又俱似妓家声口,真令人起怜。但不知此是甚等人家,待我问问主人便知端的。"及至回来,见店中人俱已睡了,便不好惊动。到了次日,吴瑞生问店主人道:"请问贵店南邻是甚么人家?"店主人道:"相公你问他则甚?想是相公渴了,要去嫖嫖,这院子里有两个姐儿,甚是有趣,只是要的价钱太大,人要嫖他,求见礼便得二

两,夜间酒席,亦是嫖客包管。到了天明时节,还得四两银子称上,送他作胭粉钱。那手下服侍之人,也得七八钱费。有这七八两银子方能去嫖他一宿。相公若肯费这个包儿,要去要耍何妨!"吴瑞生道:"这两个姐儿有甚么长处,便要这等大价钱?"店主人道:"他年纪又小,人物又俊,丝弦弹的又精,曲子唱的又好,又会作,他怎么不要这等大价钱。凡嫖他的人,俱是来往的官长,坐店的大商,那些小庙里鬼,也放不到他眼睛里。"吴瑞生听他说的津津有味,也觉心中骚痒,遂动了一个嫖兴。心里说道:"依店主说的,竟是两个名妓,我吴瑞生到此,岂可不会他一会?昨日那路上拾的那宗银子,原说是要施舍,这两个妓者,若果中我之意,便把这宗无义之财,施舍到这两个人身上,亦无不可。"定了主意,遂问店主人借了两个拜匣,写了一个名帖,又封上二两拜仪,令琴童、书童送去,说是吴相公闻名拜访。

不一时,琴童、书童回了话。吴瑞生遂换了一身时样衣服,领着他两个,一直到了院中。方进二门,早有一位中年妇人笑嘻嘻将吴瑞生迎入客舍。行完礼,坐定,那妇人道:"今日吴爷光降,又承厚礼,甚为寒舍生辉。敢问仙乡何处,还愿闻大号?"吴瑞生看这妇人行径,便知是一个鸨母,答道:"学生家住益都,贱字瑞生。因来江西探亲,路经贵镇。闻的令爱大名,不胜欣慕,故特来拜访,愿求一观。"那妇人道:"多承吴爷美意,只恐小女姿容丑陋,不足以佐君觞。"说完,便有人献上茶来。吴瑞生吃了一杯,那妇人起来,又引着瑞生到了一处,见三面俱是粉壁墙,墙下俱是花草,正中一室,室内琴棋书画,无不静雅。明窗净几,真如雪洞一般。吴瑞生坐下,那妇人遂分付两个丫头道:"吴爷在此等候,快请你姐姐出来相见。"两个丫头领命而去。不多时,只见两位少妓渐渐走近厅前,吴瑞生正欲起迎,忽内中一妓赶上前,一头扑入瑞生怀中,放声大哭道:"妾只说今生不能见你了,不想还与郎君会在此处。自那年湖上不见的郎君,直到如今,妾哪时不思念着你,哪一刻不盼望着你!幸得天心怜念,还使妾与君相见一面。"吴瑞生起初还不知是甚么来历,及仔细看去,方认出是烛堆琼,惊问道:"堆琼,你怎么来在这里?"堆琼道:"说起话儿甚长,此时且不暇言,到晚上妾与郎君细细谈论。"吴瑞生又问那位姓名,堆琼道:"这是我的妹子,叫作坦素烟,他当日与我同卖在此处。"吴瑞生道:"天涯海角,得与故人相见,又遇新知,虽是苦事,亦是乐事。"遂吩咐外面置办酒席,要与堆琼谈论阔情。鸨儿知趣,恐在此有碍,也便出去了。吴瑞生执堆琼手道:"当初在郑兄处见了芳卿,便生爱慕,及湖上联诗,愈觉魂消。正欲安排着求汉源请你来,与卿细谈衷曲,为把臂连杯之乐,不意夜中生出变故。那时,卑人如失去至宝一般。当初客人是把甚么法儿拐你到此?"堆琼道:"妾

陪那客人吃了半夜酒，不意他酒中下了蒙药，一倒身便不省人事，朦朦胧胧在他船上行了数日，全无知觉，及至醒来，方知被他拐出。妾正欲喊叫，不知他又是用甚么药往我口中一扑，遂不能出声，把我身子卖讫，方才用药解了。世间命苦，莫苦于我。今幸得与郎君一见，这便完我未完之愿，就是死了，亦觉含笑九泉。"说罢，潸然泪下。吴瑞生道："卿勿过悲。我吴瑞生誓必拔你出了火坑！"堆琼道："若果如此，后日即与郎君为奴、为婢，也胜于为娼多多矣！"吴瑞生道："此事我一力为之。若不把你出离火坑，誓不为丈夫！"说完，又问素烟。素烟道："妾亦钱塘人，原是良家，因清明出门祭扫，被这客人看见。到了夜间，他潜入妾家，穿壁而入，亦用此法将妾劫出，与姐姐同卖于此间。时与姐姐谈论，闻姐姐称郎君大名，妾私心不胜仰慕。今日得睹懿光，觉深慰所愿。"吴瑞生道："夜来偷聆二卿佳音，二卿心事，卑人亦洞见肺腑。素卿终身之事，我吴瑞生亦一力承任。"堆琼、素烟谢了说道："鄙陋之曲，不过借以泻怀。孰知已入高人之耳，郎君幸勿见哂。"吴瑞生道："那词调悲切，声音酸楚。何啻白雪阳春。若非闻二卿佳音，卑人何得至此！"堆琼、素烟道："若云借此以引郎君则可，君以白雪阳春觑之未免过称。"说罢，肴品已列，三人传飞斛，饮至天晚，方终归室入寝。正是：洞房花烛，他乡故知。那绸缪之情，如胶如漆，是不消说的。

瑞生遂在他家恋了月余，那二百余两银子已费用了一个罄净。从来水户人家见有银子便甜言似蜜，见没了银子就冷言如冰。堆琼、素烟恋着瑞生难舍。怎禁他那鸨母絮絮聒聒，终日里揪槐喝桑，指猫骂狗，冷言熟语，无非是望吴瑞生出门的话。吴瑞生也自觉站脚不住，到了夜间，语堆琼、素烟道："我如今没了银子，你令堂似不能容我。今岁乃大比之年，我且别你到家伺候秋后应试，只求坚心等着，我吴瑞生看着取功名如取土芥。待我得志回家，那时赎你二人出身，同享富贵。只是眼下离别，甚觉伤心！"堆琼、素烟听瑞生此言，不觉扑簌簌泪如雨落，说道："弃旧迎新，这是水户人家常情。郎君也不必放在心上。但数年契阔，才得一会，情意正浓，又作离别。即铁石人亦自断肠，况妾与郎君为多情人乎！然大丈夫欲做大事，亦要果断。俺二人身在平康，度日如年，专望郎君努力功名，渡俺出坑！今郎君囊空金尽，亦难回家。我二人各把私积，赠为君资。郎君欲整归鞭，决于明日，正无庸为此恋恋之情，作寻常儿女态也。"吴瑞生道："承二卿指教，愈觉厚情。我吴瑞生此去若不取青紫回来，誓不复见二卿之面！"说完，方才就寝。

到了次日，堆琼、素烟遂将吴瑞生归家之事告于鸨母，求求许他二人出门相送。鸨母道："难得他出离了我门，就是造化，何惜这一送，不去做个空头人情？"遂慨然许了。吴瑞

生临出门时,辞了鸨母。鸨母道:"老身满心里还要留下相公与小女盘桓几日。但我这人家要指着他两个吃饭,故不敢相留。相公是高明之人,自能相谅。老身倘有不周之处,还求相公海量包容。堆琼、素烟你两个必须远远送相公一程,也足见你两个的恩爱!"吴瑞生也知他是虚情,只道了一声多谢,便出门去了。堆琼、素烟送到了十里长亭,吴瑞生别他道:"送君千里,终须一别。二卿请回,不劳远送了。"堆琼、素烟说道:"望君此去,功名成就,妾在家中,专候好音也。"说罢,方才洒泪而别。堆琼、素烟直等吴瑞生走的望不见,方才回家,正是:

流泪眼观流泪眼,断肠人送断肠人。

吴瑞生别了堆琼、素烟,领着琴童、书童行了数日,不觉来到广信城中。到此天色已晚,正欲寻找下处。忽听的后边一人叫道:"前面行的莫不是瑞生吴兄么?"瑞生听见回头一看,不知是谁,且看下回分解。

第十一回　易姓字盛世际风云
　　　　　赴亲任驲亭遇骨肉

诗曰：

功名富贵总由天，人世离合非偶然。

方信泰来能去否，始知苦尽自生甜。

青云有路凭君走，飘梗无根望我怜。

莫道男儿能际遇，天涯姊妹也团圆。

话说吴瑞生正欲寻找寓处，忽背后有人呼唤，忙回头一看，喜道："原是如白李兄！"李如白道："兄来敝处。为甚么过门不入？"吴瑞生道："前虽与兄同游西湖，惜未闻及贵府仙乡。若早知兄在此处，那有不奉访之理。"李如白道："数载契阔，今幸重会，信谓有缘。但此处不是说话所在，乞兄同至舍下，细谈别后之情。"吴瑞生道："此固弟所愿也。"李如白便引着吴瑞生走了箭余之地，方来到自己门首。吴瑞生见门前有座牌坊，檐下匾额悬满其宅，甚是齐整，此时方知是个世家。让至中厅，李如白从新换了衣冠，与瑞生作揖，礼毕坐定，各叙了寒温。李如白方问吴瑞生来此之故。吴瑞生遂把辞馆回家，江中被劫，庵内逢嫂，遭乱失散之事，从头至尾，详详细细说了一遍。李如白听了："相别五年，兄竟遇了这些坎坷，小弟那里知道。"吴瑞生道："弟还有一桩奇遇要说与吾兄。"李如白道："甚么奇遇？"吴瑞生道："当日妓者堆琼，自那日游湖回家，夜间被奸人劫去，没了音信。昨日弟宿在迎仙镇上，又与他相遇，弟竟在他家中盘桓了月余。临行还蒙他馈了许多路费。妓者能如此用情，也是世之所罕有者。"李如白道："兄当日与他相见，便两情恋恋，其间定有缘分，岂是偶然。今又与他相遇，竟可作一部传奇了。后日倘有好事者编成戏文、小说，流传于世，也实脍炙人口。"说罢，二人大笑。未几，有人送上茶来，二人饮了一杯，李如白道："厅中冷落，难以久坐，不如同到小斋细论衷曲。"吴瑞生道："如此更好。"于是李如白又引着吴瑞生到了斋前。瑞生四下一看，果然雅致。有王遂客《雨中花》一词为证。词曰：

百尺清泉声，陆续映潇洒。碧梧翠竹，面千步回廊。垂垂帘幕，小枕欹红玉。试展鲛绡看画轴，见一片潇湘凝绿。待玉漏穿花，银河垂池，月上栏杆曲。

吴瑞生到了斋中，只见图书满架，翰墨盈几，薰炉蒲团，红衾白帐，竹枕藤床，左琴右剑，壶杯酒盏，拂尘如意，件件精微，夸道：“贵斋潇洒雅洁，尘嚣不入。虽神人所居之室，不是过也！”李如白道：“此地近乎市井，未免涉俗。弟结庐于此，谨堪容膝，恐不足以供高人之榻。”二人说着话，早有人收拾饭来。饭毕，又斟好酒对饮。二人谈到更深，方才各人归寝。吴瑞生遂在李如白宅上住了三日。

一日，吴瑞生辞李如白道：“与兄久别，今幸不期而遇。在弟本意，正欲多住几日，领兄大教。但弟此时归家之心甚急，不能久恋，弟只得要别兄就道。”李如白道：“故人相见，正好谈心，吴兄何归思之太急也！”吴端生道：“弟离家五载，荒芜久矣。此乃大比，还要赶秋闱应试，恐去迟了，误了试期。因此一事，不得不别兄早归。”李如白道：“兄在外五年，想亦误了科考。今即回家，也得七月尽头方到。此时还济得甚事？就是随遗才进场，便费许多周折。弟为兄谋，早有一条门路，不知兄肯也不肯？”吴瑞生道：“请问吾兄是甚么门路？”李如白道：“弟有一伯弟，叫作美麟。亦与兄同经名次，亦在科举之列。昨日得病故去，此时报丧呈子尚未到学。兄不如顶着亡弟名字，在我江西进了场，待恭喜后再设法复姓未迟。吴兄以为何如？”吴瑞生道：“这条门路亦好，只是冒险些。倘有疏虞，那时怎了？”李如白道：“贵省人多耿直，不走捷径。我南方人却以此为常。兄若肯如此，凡科举朋友，弟必为兄白过。就是两位学师，也是弟代兄打点。此事万无一失，兄正无烦过虑。”吴瑞生道：“难得兄为弟用心。弟有甚不肯，只恐学问空疏，名落孙山之外，有负吾兄这段美谊。”李如白道：“以兄之才，取青紫如拾土芥耳。何必言之太谦。”商量已定，这遭就是李如白执批，便假着商议宾兴之事，用传单将科举朋友一概传到，就在自己家中治酒相待。遂把吴瑞生顶美麟科举之事向众人说了。众人个个情愿，绝无异议。又将两学师打点停妥。瑞生从此遂伴李如白读了两个月书。

正是光阴迅速，已来到宾兴之日。二人宾兴后，恐在家俗事分心，遂安排行李，一同上了江宁府。又寻了一个僻静庵观，专心肄业。初九日，头场七篇得意，二场三场大有可望。到了揭晓之日，吴瑞生中了春秋经魁第二名，李如白中了书经亚魁第十四名。次日，赴宴回来，那索红封赏者已填满寓中。李如白少不得个个俱要打点。在府中又拜了几日同年。及至认了房师，送了主考，方才回家。到了家，又拜县尊、学师。那亲戚朋友贺喜

的，日日填门，真个是送往迎来，应接不暇，忙乱了一月。

一日，李如白道："弟托吴兄指教，幸得进步。在家俗事纷拨，恐误大事，不如收拾盘费，与兄同上京师静养几日。倘南宫之捷再得侥幸，也不负吾两人读书一场。"吴瑞生道："兄言及此，正合鄙意。只是弟之功名，赖兄成就，今又费用，宅上无力，弟将何以为报。"李如白道："朋友有通财之义，况吾两人之至契乎！些须之费，奚足挂齿。"吴瑞生又深自谢了。随即治办行装，安排起程。李如白带了两个管家，在客中服侍，吴瑞生带着琴童、书童一同上路。在路上风餐水宿，夜住晓行，两月之间，早来到山东地界。吴瑞生在马上道："此已来到敝省，弟不免与兄取经东路，同至舍下。一来省我父母，二来暂歇征车，不知兄意下何如？"李如白道："兄离家数载，归望自是人情。但取路青州，迂回又多数百里。且兄到家中，亲朋望观，一时如何起的身？弟与兄这番早来，原是辞烦求静，只恐兄一回家，又不能不为诸事所扰。况且会期迫近，日子未可过于耽搁。此时离贵府料想不远，不如差一盛介，先着他宅上报信，弟与兄直上北京，待春间恭喜，那时荣归省亲，亦未为晚也。兄若决意回家，弟亦不敢阻拦，只得暂别吾兄，先往京都。到那里寻下寓处，以候兄罢了。"吴瑞生道："与兄同来，只是与兄同往，岂有舍兄独归之理。兄既不肯屈车往顾，弟亦只得同兄北上矣。"到了晚上，随在寓处写下了一封家书，付与书童，令他先回家报喜。

又行了半月，方才至京。二人安下行李，在寓肄业。正是日往月来，光阴似箭，不觉冬尽而春回，已来到会试之期。三场既毕，春榜已开，吴瑞生名列第五，李如白亦在榜中。殿试时吴瑞生殿了二甲，授江西南昌府知府。李如白殿了三甲，授山东青州府益都知县。二人告假，乞恩归乡省亲不题。

再说金御史休秩在家，将近十年。自那年翠娟小姐被贼劫去，没了音信，愈觉心事不佳。外边诸事尽行推却，终日在家观书栽花。幸得年前金洞与赵、郑二生俱乡试有名，只是未中进士，这也不放在他心上。自吴瑞生辞馆去后，就请了赵、郑二人与金洞伴读。此时武宗晏驾，世宗登极。正是中兴之主，政事一新。凡正德年间进言被谴官员，渐次起用。一日，金公与赵、郑二生在斋闲叙，忽见管家慌慌张张从外跑来，见了金公磕头道："恭喜老爷，如今又高迁了！"金公问道："你如何知道？"管家道："京中来人俱在门外，小的得了此信，故特来报与老爷。"金公道："你领那报喜之人进来，我亲自问他。"管家领命而去。不一时，那报喜人来到，见了金公嗑了喜头，随将吏部报贴呈与金公。看报上写着：都察院右金都御史金星，今特升江西巡抚、兼理营田、提督军务。闻报三日后，即走马赴任，不得延迟。金公将报看完，说着："远劳你们，且往前边歇息。"一面分付待来人，一

面安排赏钱。诸事方完,赵、郑二生俱换上新衣来作揖贺喜。金公道:"老夫休秩家居,甚觉情闲,原不指望做官,亦不耐烦做官。今又蒙圣恩起用,只得勉力效忠,报答皇上。但部文限的太紧,目下便要起程,心中实不忍舍贤契而去。老夫愚意欲得请二人同到任上,仍伴小儿读书。静养几年,下科你三人同上京会试。又恐贤契不能离家远出,不好启齿。因忝在契间,只得吐情实告。二位若肯离家,许吾同往,既深慰老夫之愿。"赵、郑二人道:"老师言及于此,虽是师弟,真恩同父子矣!老师既要提拔门生,门生怎敢违命。今且暂别老师,到家安置安置,以便同老师登程。"金公送出二人,回宅见夫人道:"我这番出山,实非本愿。但念女儿无有音信,意欲借此访个下落。若非为此,吾亦告病不出矣。"夫人道:"倘上天怜念,使我骨肉重逢,也不枉相公重出去做官一番。"金公道:"若果遇了孩儿,完了他的姻事,你我之愿便足。那时便告职回家,以终天年,再不向这乌纱中寻不自在了。"夫人道:"当进则进,当退则退,方是达人。"

所为闲话,不必太赘。话说金公为人沉静安逸,神明独运。为官不靠别人,临行只携了两个幕宾。随行者只有他至亲三人,朋友惟赵、郑二生,分外只带了数十个管家,一同上了路。行了一月有余,将近江西地面,那里早有夫马伺候。金公俱打发回去,止许他到任方接,不许他出府远迎。又着他先行牌,一面示谕经过地方官员,一概不许他打探参谒,违者听参。

一日,到了张桥驿,天色已晚,遂在此处歇下马。用了晚饭,夫人宿在后边,金公宿在前边。睡到二更以后,只闻店南边有一妇人捣着砧杵,数数落落,哭的甚是悲切。金公仔细听去,声声只嗟薄命,口口是怨青天,从二更哭起,直哭到四鼓方住。搅的金公多半夜不曾合眼。心中思道:"此妇莫不是有甚冤枉事情,不然,何为哭的这等悲哀?我今巡抚此地,正当为民洗冤。到天明时节,不免唤那妇人来问个端的。"安排定了,次早起来,唤店主人发作道:"本院既宿在你家,闲人既该屏出。为甚着一妇人在我耳旁啼哭一夜,搅得本院一夜不曾得睡,是何道理?"店主道:"此乃南邻妇人哭泣,与小人无干。"金公道:"你去叫那南邻来,我问他。"店主领命而去。见了南邻,说道:"夜来我家宿的,像是新任抚院老爷,说你家有一妇人啼哭,吵的他一夜不曾睡觉。此时雷霆大怒,着我叫你去,亲自问你。快跟我去回回,回得过便好,若回不过,只恐没有甚么好处!"邻人听了这话就如高山上失了足,大海中覆了船一般,唬的面如土色,说道:"这不是祸从天降,被这妇人害了我也!他逐夜这样嚎啕,毕竟嚎啕出这场祸事来,方才是个了手。说不得苦,我同你见一回去。"遂同店主来见了金公,邻人便磕下头去,说道:"老爷唤小的来有何吩咐?"金公

道："你就是此店南邻么？"邻人道："小的是。"金公变色道："本院宿在此店，谁不知道。你为近邻，又当小心。竟纵一妇人着他啼哭了一夜，这等大胆，你有何话说？"邻人道："小人无知，触怒老爷，罪该万死！但这妇人原是小的……他……小的……他夜夜是如此啼哭。夜来小的不曾在家，没人止他，竟冲犯了老爷，还求老爷宽恕！"金公道："那妇人为甚事情夜夜如此啼哭？"邻人道："小的也不知他为甚事情？老爷若根问他由来，除非问那妇人。"金公道："你去叫那妇人来！"不一时，来人将那妇人领到，金公问道："你这老妇啼哭半夜，却是为着甚事？"那妇人听金公问他，眼中不觉扑簌簌掉下泪来，哭道："小妇人之苦，在老爷近前一言难尽。"金公道："你莫不是有甚冤屈事情？我就是你江西新任巡抚老爷。你若是有甚冤屈事情，不妨直说，本院自能替你洗冤。"那妇人道："小妇人原莫有甚么冤屈事情，就是冤屈，也是冤屈到自己身上。"那妇人道："小妇人母家姓黄，父亲曾做到兵部尚书。将身嫁于南康府水知府为妻，不幸早死，又苦终身无嗣，一生一世，生了一个女儿。上年闵念四劫掠南康，同女儿出门避兵，夜间失散，至今音信全无。以后贼人据住青云山，家中房舍尽被贼人拆毁。到如今欲归无可归，欲去无可去，一身孤苦，将托何人！千思万想，又别无生路。不得已托人说合，将身卖于蒋姓。昼间替他做饭，夜间替他浣衣。因思当日出身，何等贵重，今竟与人为奴为婢！每至清风夜月，思前念后，不觉恸由心起，泪从眼落，惟忖之一哭，悲吾薄命。又不知老爷宿在此处，竟至触犯尊威，只求老爷原情宽谅，莫罪主人，小妇人便万代衔恩矣！"说罢，不觉泪如雨下。金公听了这妇人前后之言，心中说道："此人竟是我的姨子，何不令夫人认他一认？"遂吩咐众人道："你们俱是无干之人，都出去罢。只留下这个妇人，我还有话说。"说完这句话，便往后边去了。金公到了后边，见夫人道："我宿在此处，竟与你认了一位姊妹。"夫人不知来头，惊问道："相公你怎么与我认了一位姊妹。"金公遂把那妇人前前后后的话对夫人说了一遍。夫人听了道："这必是他姨母无疑，快请来相见！"金公怕在后边不便，依旧往前边去了。随后有两个丫鬟见了那位妇人，便磕下头去道："后面老奶奶要请这位老奶奶相会哩！"水夫人也不知是甚么来历，只得跟着两个丫鬟到了后边。还未进门，只见金夫人从内迎出来，赶上前一手扯着，放声大哭道："妹子，你受的好苦也。当日是如何出身，如今便落到这个田地！就是铁石人，念到此处，肝肠也寸寸断矣！"水夫人起初尚不敢认，及闻金夫人叫他妹子，方认出是他姐姐。不由愈加悲伤，哭道："如今待怨谁来，只怨我老来老不着。他姨夫去世去的又早，女儿失去又不知存亡，闪的我茕茕一身，零丁万状，如今且替人家做饭浣衣，玷辱家门也！自觉无颜，几番欲待死了，又挂着女儿，日后倘有音信，恐他没有倚靠。只得寄食他乡，苟延岁月。姐姐如今是天上人，你妹子如今是地狱中人。今见姐姐又是苦，又是恼，又是羞，可不急煎煎恸杀我也！”金夫人道：“妹子不必这等悲伤，你既没了家业，且随我同到任上。他姨夫既为此处方面大官，即找寻甥女亦是易事。今幸天涯海角姊妹重逢，你便得了地，以前苦楚再不必提了。”说罢，便令人取了一身新衣与水夫人换了，又唤金洞来见了礼，使人达与金公。金公遂分付起马登程。只因有这番举动，早惊动了此地处承，天明已在门外伺候恭谒，还安排夫马远送。金公知道此信，遂唤洞丞进来说道：“本院这次上任，凡路途使用，俱是取之自己。就是洞中马□，路上供给，都一概不用。你只在此用心做官，不

必送我。”洞承出来，对众人道：“好一位清廉老爷，江西摊着此官，真是合省之福。”

且不说众人喜庆。单说金公出离此洞，又行了数日，已来到南昌，合府文武大小官员，乡绅士子，且俱迎至郊外。到了迎风亭，更了衣，先是文官参见，后是武官参见，缙绅士子只接手本不许进谒。三杯酒毕，便分付开道进城。正是一省之主，好不威武，怎见得，但见：

　　黄伞飘扬，火牌排列。行锣响，声振天关；喝道声，音摇地轴。刽子手头插矬尾，赫赫满面生杀气；夜不收手持铁斧，凛凛浑身具虎威。偃月刀、象鼻刀、大砍刀，明晃晃雪刃霜锋夺日月；皂角旗、太白旗、豹尾旗，飘摇摇青龙白虎起风云。画戟戈矛队队鲜明，铁简抓锤行行威武。月斧金瓜众目，钩镰长锻惊人魂。武夫前呵，空中擎起钻天手；壮士后喊，日里闪出鬼斗刀。真个是：材官仪文多整齐，护定人间佛一尊。

金公自上任之后，真是执法如山，持衡似水，用心平恕，处事严明。官吏清廉者必荐，贪酷者必拿。衙门无舞文之吏，乡曲无武断之雄。处处安堵，人人乐业，莅任来五

关月,而歌声已遍南赣矣。一日十五,府中各官参竭。金公独留下臬司待饭。饭毕,金公开言道:"敝衙中有一事,要借重年翁为吾代访。"臬司道:"大人有何事分付,卑职无不尽心。"金公道:"我有一个甥女,姓水,小名兰英,系南康府城西故知府水衡秋之女。因闵贼劫掠南康,夜中母女失散,至今不知下落。此事就借重贵司力量,为吾行文查访。民间有收养送至者,赏银二百两。如藏匿家中为奴作婢而不送出者,或被人来告,或被吾访出,即以拐骗人口论罪。因事关闺阁,敝衙门不便行文,只得借重年翁。"臬司道:"卑职回衙即行文各州县访问,不致违误。"说罢,遂辞金公出院门去了。臬司回到衙门,便分付该管人做文书一道,发到各州县,细细访问。但不知水兰英果访着访不着,试看下回,便知分晓。

第十二回　寻甥女并得亲生女　救人祸贻累当身祸

　　踏破铁鞋无觅处，得来全不费人力。算来万事总由天，真奇遇，探珠更获掌中玉。自古贤奸难并立，投狼畀虎英雄事。纵然罹祸最惨伤，莫嗟异，交情从此在天地。

　　话说翠娟、兰英与舜华约盟之后，瞬息之间，不觉又是一年。一日，翠娟与兰英道："青春易老，韶光难留。自我来到此处，已五阅春光矣！姨母吉凶，我家安否，俱未知道。且吴郎此时又不知他作何光景？你我终身之事料来也没有好结果了。身为官府千金，而今反寄食他人，思想起来，岂不可悲可叹！"兰英道："我与姐姐既在此处，即不得不作现在想，纵然悲叹，亦属无益。如今我与姐姐只是坚持前念，始终不移，纵吴郎不来，宁终身无夫。即至骨化形消，自心亦无可愧。断不可又萌异志，复作薄情人也。"翠娟道："我今悲叹，只悲叹你我之命薄，非是怨着吴郎。我与吴郎楼上相约，一言既定，即以死许吴郎矣！所以贼寇劫去，以威胁之而不从；木商骗来，一言说之而不动。吾之贞心烈胆，已足对天地鬼神而不愧。吴郎之事纵不可期，再等他几年，我必脱然物外，绝去尘缘，岂肯变易前志，作两截人乎？"兰英道："姐姐之志与我之志相同。咱姊妹们生在一处，毕竟还死在一处也。"二人正说着话，只见舜华进门道："如今有一喜信，特来报与姐姐。"翠娟问道："甚么喜信？"舜华道："这才听我母亲说，江西新任巡抚是浙江人氏，也是姓金。这位抚台，只怕就是金老伯。"翠娟道："天下同姓者多矣。焉知此人就是家父？"三人话未说完，只听的门前闹成一块。两个公人同着乡约地保进来，说道："木官人既不在家，没人管事，只得俺们来对你说：如今按察院老爷奉巡抚明文，访问他甥女水兰英，说：民间有收留送出者……，或被人诘告，或被抚院老爷访出，定以拐骗人口论罪。你家若果有此人，即送出领赏。若无此人，便写一张干结付我，我们好面县上太爷。"花氏在门外听的真切，说道："我家实有一位小姐，系南康府水知府之女。他还有一位中表姊妹，叫作翠娟，是杭州府金御史的女儿。闻的新任抚院老爷姓金，亦是杭州人氏。抚院老爷若果系翠娟小姐父亲，他此时也在我家。即借重公差一同回了县上，着人送去，使他父子团圆，自是好事。"

公差道："此事已有九分落地，只求请二位小姐出来将话一对，对得着，我便回复了县上。"方花氏与公差对答时，翠娟、兰英早已在门内细听。听得公差说要与他对话，翠娟在门内道："我的父亲姓金，讳星，字斗垣，曾为都察院佥都御史，系浙江杭州府人。"水兰英亦在门内道："我的父亲姓水，讳澄，字衡秋，曾为绍兴府知府，系本省南康府人，如今故去。"公差道："说得对了，万无一差。"随将此事回复了县主。县主一边差人星夜上南昌报信，一边差人打轿迎接二位小姐。且说花氏俟公差去后，向翠娟、兰英道："恭喜你二人目下便要骨肉团圆，但上年我那强人深觉得罪与你，只求千万看我面上，到尊公前多多包容他些，便是莫大之恩。不然，我百姓人家，怎当的一位抚院老爷起怪！"翠娟道："自孩儿得蒙母亲之恩，何异重生父母！到任见我爹爹，还要使人来以礼厚酬。那已往之事，早已置之不论。你女儿是知恩报恩之人，不是那念怨不休之人。我的心母亲自能信的过。"兰英道："我姊妹们来到宅上，与母亲情投意投，就是生身父母，亦不过如此。但相处数年，一旦舍母而归，我与母亲处一省，尚有相见之日；金家姐姐一到任上，三年后便随父母往别处去了，何时是相见的日子？我思到此处，不惟自己悲，亦替金家姐姐悲也。"说罢不由泪如雨下。花氏亦泪道："人各有情，我心岂不恋恋。但念你二人，一则被贼劫出，一则经乱失散，两下盼望，更觉伤心。且你二人客居我家，不过暂时寄身，岂能结局于此。幸得今日不意之中俱有了家信，使离者复合，散者复聚，自是人间快事，正无庸为此酸楚之悲，作寻常儿女情也。"翠娟、兰英听花氏说到此处，便觉面带笑容。他二人虽面带笑容，惟有舜华在旁，欢无半点，愁有千端，低着头全不言语。翠娟、兰英道："我与妹妹眼下就要分别，为何不说几句话儿？"舜华道："教我说甚么？你二人各去见父母，却闪的妹妹独自一个，凄凄皇皇，冷冷落落，孤灯暗对，只影自怜。再求姊妹们一处分韵联诗，谈古论今，不可复得。从此一别，后会无期，身居两地，人各一天，欲会姐姐，除非见之梦中。"说罢，说到伤心，不觉两泪交流，几于失声。翠娟、兰英道："妹妹不必烦恼，你我誓同生死，此时虽别，后必相聚，前日之约，言犹在耳。只求妹妹耐心等待，莫爽前言，必不使贤妹独受孤苦，我二人独享快乐也。"四人说着话，忽见两个官婆到。见了翠娟、兰英便嗑下头去道："县上太爷差俺两个来迎接二位小姐，请速登轿。"翠娟分付道："一概人等着他外边少候，我在此还有话说。"官婆外出。翠娟、兰英别花氏道："数年之恩，一言难尽。女儿去后，惟愿母亲年年纳福。"花氏道："屈尊数年，多有不周，无心之失，还求海量包含。"说完，翠娟、兰英倒身下拜，花氏亦拜。又别舜华道："妹妹请回，不劳远送，我去之后，只望你专心耐意，以待好音，莫要愁烦。我就去了。"舜华道："姐姐你当真舍我去了？"语未完，早已泪似湘江水,涓涓不断流矣！正是：

> 世上万般苦哀情,惟有生别与死离。

话说翠娟、兰英别了花氏、舜华,官婆伏侍上了轿,一直抬到公馆。二人入馆坐定,那里早有下程伺候。随后县主夫人来拜。到了次日,县主使人送三百银酬花氏,花氏坚执不受。遂安排夫马官婆星夜送回南昌。到了半路,南昌迎接人役一到,又行了数日,方才进了衙门。母女见了面,哭了几声。金夫人一边问翠娟,水夫人一边问兰英。说到苦楚处,大家悲叹一声;说到安身处,大家称异一番。金抚院知花氏有如此之恩,便行文令金溪县知县送匾奖励,又差人以金帛送去厚酬,这都不必细述。

再说吴瑰庵自遣吴瑞生游学去后,整整四年,全无音信,因语夫人道："孩儿外游已经四年,至今音信杳然。我心下甚是忧虑。"夫人道："他游学远方,原无定处,倘去的远了,音信怎能遇便到家。且他终身之事得之梦中,在外倘有了遇合,未免动延岁月,少则五年,多则七年,多管有好音来也。相公正不必如此愁烦!"瑰庵道："我数日以来,昏昏沉沉,心中就如有事一般,又不住的心惊肉跳,甚是可疑。但不知主何吉凶?"夫人道："这都是思念孩儿所致,还要自己解脱。"夫人说着话,忽传山鹤野人来访。瑰庵忙到前边,让至厅中坐定。吴瑰庵道："连日闷闷,正欲与兄清谈,来的恰好。"山鹤野人道："如今严嵩当权,谋倾善类。如陷曾铣,害夏言,杀丁汝夔,斩杨断盛,数人之狱,都出自嵩手。朝廷之上,有此巨奸,真忠直之蠹,社稷之忧也。弟一时不胜忿怒,因作一诗以志其不平。故来求兄一证。"吴瑰庵道："此正我辈义气所形,愿求一观。"山鹤野人遂将那诗递与瑰庵。瑰庵接去一看,诗曰：

> 剑请尚方自愧难,舌锋笔阵可除奸。
>
> 豺狼无数盘当道,忠正空劳折殿槛。
>
> 方信妖气能蔽日,果然鲸力可摇川。
>
> 生平惟有疾谗癖,愿把孤忠叩九天。

吴瑰庵将诗看完,说道："言词激烈,堪与苏公巷伯之诗并传。不党不阿,立朝丰采,可于此窥见一斑。"山鹤野人道："偶激而成,未暇修词,只句调未工耳。"吴瑰庵道："疏枝

大叶，牢骚不平，方是我们本色。"这且不题。

单说山鹤野人做出这首诗，两两三三，传诵不已，早已传到一个知府手里。这个知府姓何，名鳌。也是个进士出身，欲媚严嵩希宠，因把自己一个生女献与严嵩作妾。严嵩爱其女色，遂爱及鳌，便升了他一个青州府知府。知府见了山鹤野人这首诗，怒道："敢怼罪我的恩主，不免下一毒手，将此人处死，不惟我那恩主感念，也正好借此以警将来。"因使人星夜上京，将此诗送与严嵩。严嵩看了大怒，便密嘱去人着何鳌严审正法。何鳌受了嵩旨，遂诬了他一个诽谤朝廷的罪名，收入监内。吴瑰庵乍闻此信，吃了一惊，说道："此祸从何而至？"又转思道："驾此祸者，毕竟是何鳌这厮。朋友既蒙不白之冤，岂可坐视不救！"遂替他邀了合府绅缙，俟行香日，要上明伦堂一讲。到了初一日，那些绅缙因事体重大，多有推故不去的，间或有几位去的，都安排着看风试船，谁肯尽言惹祸。正是各人怀揣一副肚肠自己知道，却把那重大担子尽推在吴瑰庵身上。

且说知府行香毕，学师让至明伦堂吃茶，绅缙各行了礼坐定，说了许多话，再无一人提到山鹤野人那椿事体上去。吴瑰庵一时耐不住，先开言问道："山鹤野人有甚事触怒老公祖，被老公祖收入监内？"知府道："这奴才甚是可恶，以山野小民而敢讪谤朝廷！升平世界，怎容这样狂妄之人放肆！这是他自惹其祸，却与学生无干。"吴瑰庵道："讪谤朝廷实为狂妄。治生愿闻那讪谤之实。"知府道："他作为诗词，任意讥刺，信口唾骂，此便是那讪谤朝廷实证。"瑰庵道："那诗句句是刺的严太师，却与朝廷全无干涉。"知府道："太师乃天子元老，刺太师即所以讪谤朝廷也。"吴瑰庵道："据公祖所言，此人之罪，固自难逃。但念山鹤野人虽属编氓，却是一位隐逸高士，德行学问，素为士君子所推重。还求老公祖法外施仁，委曲周全。倘蒙解网，不惟本人谢恩，即合府绅缙，无不感戴。"知府道："此意出自朝廷，命我严审，审明还要解部发落。就是学生也不能作主。"吴瑰庵见知府全然没有活口，便知是受了嵩旨，要决意谋害，不觉义形于色，词渐激烈。又问道："老公祖说是出自朝廷，那朝廷何以知道？"知府道："这是锦衣卫缇骑访出来的钦犯。此时现有严府里人在此，立等回话。学生回到衙门，就要严审这个老奴才。"吴瑰庵道："如此看来，甚么是朝廷访的，不过是那一等依媚权奸的小人，拿人性命趋奉当路，为人作鹰犬奴婢的做出来的！"知府听了此言，也变色道："请问那依媚权奸的是谁？"瑰庵道："或者数不着俺这无爵位之人。"知府觉吴老之言句句敲到他自己身上，便将羞成怒，拂袖而起，大言道："我看那依媚权奸的是怎样，不依媚权奸的是怎样！"遂上轿回衙门去了。

知府去后，众人也有称美吴瑰庵是个尚义的。也有劝他说，事不干己，何等这样直憨

的。吴瑰庵俱不答言，与众人分路归家不题。

且说知府回到宅中，挣挣坐着，也不言语，那怒气尚忿忿未平。他有一个幕宾叫作王学益，原是个坏官，善于先意承志。见知府面带怒色，问道："年兄外面却为何事，心下似有怏怏不乐者。"知府冷笑了一声，道："说起来令人可恼。"遂将那瑰庵之言，前后述了一遍道："你道此气教我如何受的过！"王学益道："他既得罪着年兄，年兄何不处他一处，以泄胸中之怒。"知府道："我恨不的也要处他一个半死，只苦没有名色加他。"王学益道："欲加之罪，何患无词！他既为山鹤野人出头，便是他的一党。只说他自标高致，结为党与，造作狂言，谤毁朝廷，如今国家朋党之禁最严，只把这个名色加到他身上，申到院台那边，他便舌长三尺，也难置喙。那时革去功名，任我发放。就是不能处死他，也处他个半死不活。"知府听了大喜道："此计甚妙！"随一面做了申文，密使人申到济南抚院。因事关朝廷，将文准了，仍着本府知府审明报院，以便题参。批文既下，知府不肯走漏风声，诈言此日要审山鹤野人，请吴瑰庵去当堂看审。瑰庵不知就里，连忙换上公服，一直到了衙门里，在堂下候着，心里安排着知府审他时还要替他方便一言。不一时知府打点升堂，吩咐快役将山鹤野人提出听审。快役将山鹤野人带到，知府问道："你作这诗言讪谤朝廷，此事是皇上亲自访出来的，你还有甚么话说？"山鹤野人道："犯人那首诗，若说刺严嵩老贼是真的。若云讪谤朝廷，犯人素明礼义，断不为此。"知府道："奴才还强嘴，你那讪谤之事，若一口承招，免受刑法。设或一字含糊，本府便活活敲死你这老奴才！"山鹤野人道："宁受刑法，那讪谤朝廷四字到底不认。"知府道："你真个不认？"山鹤野人道："我当真不认。"那知府将惊堂在公案上一拍，大怒道："取夹棍来！"山鹤野人道："你不必发威，我山鹤野人不是那怕死的。"知府见他言语抗壮，越发怒上加怒，连声大喝道："快取夹棍来！"吴瑰庵在堂下听说要取夹棍，忙走上堂，要替他分理。那知府看见便作色道："学生在这里又不作把戏、提傀儡，你来此何干？"吴瑰庵道："非是治生敢擅入公堂，承公祖之命，不敢不来。"知府道："我叫你做甚？你既来到我堂上，我有批文一张，要借重你看看。"说着话，即从靴筒中将那申文拿出，劈面摔去，骂道："你这老奴才，不是本府找你，是你找本府！你既找到我堂上，也不肯着你空手回去。"喝令皂役将此人拖下去，每人重责三十大板。正是堂上一呼，阶下百诺。那些如狼似虎的皂壮走上堂去，将二人拖到丹墀下边，翻按在地，去了中衣，就要重责。那知府咬牙切齿喝令毒打。可恨那无情竹板，板板打在一处。幸得瑰庵一腔浩气，充塞身中。肉虽受苦，神却安定。打到三十，身子动也不动，就是老爷也不肯叫他一声。知府恨极，又加上两签，直打的皮开肉绽，鲜血迸流。知府骂

道："似你这一流人，自立标榜，渺视大人，以卵击石，如何能的？今日要使你知我为官的利害！"吴瑰庵道："若顾利害，便不出来替人辩白。今既出头，莫说是不怕利害，就是死也是不怕的！"知府道："便着你死也自不难。"吴瑰庵道："汝能杀我，我也能作厉鬼以唉汝！"知府道："吾且杀你，俟你为厉鬼来，晚也！"瑰庵道："吾死必流名百世。汝纵活在世间，也只落得为那嵩贼做个臭奴才！"当堂之上，对众人骂的个知府无处躲藏，遂吩咐将二人收监，恨声不绝而退。退到后堂，见了王学益道："今日虽是处了他一顿，被他辱的我也甚是不堪。正是一不做，二不休。不免下个毒手，爽利利的弄死他便了！"遂吩咐刑房，将他二个俱拟了绞罪，做成招词，申到院里，抚院看了，见是从严嵩身上起的，知其冤枉，嫌拟的太重，将招驳回，着他别拟。知府只得将原招改了，山鹤野人问了个岭南永远充军，吴瑰庵问了个江西永远充军，抚院方才准了。到了发解之日，从监中提出来，又是每人三十。吩咐当日起解。幸得解役是个好人，知他二人俱是正人君子，便松他到家中与妻子一别。瑰庵到了家中，夫妇二人恸哭了一场，还是瑰庵劝夫人道："你不必这等悲伤！自有报仇日子。我去了，你独自在家不便，不如合我同往江西去罢。大丈夫四海为家。何处不可栖身。那梦中江西之行，今日方才应了。前兆既应，后兆必符。到那里自然得孩儿的下落。一味啼哭，反令老贼笑我无丈夫气也。"夫人到此也只得听从，遂把家产尽情变卖，同解役上路。可怜一个好好人家，为山鹤野人竟被这何知府弄的七零五落，破产荡家，岂不可恨！这也不必替他悲伤。

且说吴瑰庵同解役上路，走了两三个月，方才到了地头。解役投了文书，将人交明，掣批而回。那些地方官长都知道吴瑰庵为朋友罹祸，也却重他义气，又知是个拔贡出身，全不以充军人役待他。大家还给他买了一位宅子，着他移在别处居住，不使他与那充军之人为伍。瑰庵到了此地，也甚觉得所。但不知后来毕竟何如，且看下回分解。

第十三回　谒抚院却逢故东主
　　　　　择佳婿又配旧西宾

姻缘如线绾成双，欲整旧鸳鸯。看来都由天定，成就也寻常。　休疑猜，莫彷徨，免思量。今朝新婿，昔日西宾，旧日情郎。

——《诉衷情》

话说吴瑞生在北京别了李如白回家省亲。在路上行了半月，方才来到益都。到了自己门首，抬头一看，着了一惊。有《西江月》一词为证：

但见重门封锁，不闻鸡犬声喧。层层蛛网罩门前，遍地蓬嵩长满。宅内楼房破落，园中花木摧残。萧萧庭院半寒烟，昔日繁华尽变。

吴瑞生正在门首惊疑，忽见一位邻人走到，忙将吴瑞生扯到家中，说道："数年少会，相公几时来家？自相公去后，宅上竟遭了一场天大祸事。"吴瑞生惊问道："甚么祸事？愿闻其详。"那邻人道："此事就在年前，因山鹤野人作了一首诗讥刺严嵩，那首诗不知怎的就传到本府太爷手里，这本府就是严嵩的一党，竟把山鹤野人诬了个讪谤朝廷的罪名，拿到监中，定要处死。老相公为朋友之情，邀了阖府绅缙，要替他分辨。太爷又不肯放松。老相公一时动了义气，对着众人便把太爷顶触了几句。他怀恨在心，也诬装了老相公一个结党讪谤的罪名。申到院里，除了前程，拿在堂上，与山鹤野人每人重责四十板，还拟了一个绞罪。幸得抚院老爷心下明白，知道是桩冤枉事情，嫌拟的太重，将招驳回。太爷从新又拟了一个军罪，方才准了。临发解时，又是每人三十。如今山鹤野人在广东崖州充军，你家老相公在江西九江充军，就是令堂也随老相公去了。当日老相公是何等正直，是何等君子。平空里吃了一场大亏，阖府之人，大大小小，那一个不替他叫屈喊冤。"吴瑞生听了这话，便放声大哭，就地打滚，哭的死去活来，活来死去。只哭的金刚掉泪，罗汉伤心。哭罢多时，那邻人劝道："老相公亏已吃讫，军已充讫，便至哭死也无济于事。如今太爷恐怕小相公得志报仇，还要便下毒手，毕竟弄个剪草除根。去年小相公差来的书童，如

今现被他禁在监中。你也不可淹留于此,当急急奔走他乡,以避此难。就是乡邻地保俱担着干系,倘走露风声,大家吃苦当的甚么?"吴瑞生道:"我如今已中黄榜,授职四府,现有文凭在身,他纵有恶,也无奈我何!但日期限定,不敢多违,我如今要取路九江,望我父母,只得也要眼下起行。"那邻人道:"相公今已中了进士?好,好,好!难得小相公中了进士,老相公此仇便容易报了。"说完,吴瑞生遂别了那邻人,同琴童上路而行。此时瑞生望亲之心急如星火,十日的路恨不的要并成一日走,连宵带夜,兼程而进。

走了将近两月,方才到了九江。问了父亲充军所在,寻见父母。父子见面,不觉喜极生悲,话未曾说得一句,骨肉三人已抱头而哭。哭了多时,吴瑰庵道:"自你去后,我为父的吃得好苦,平空受祸,几丧短躯。如今仅留余喘,幸得天心眷念,父子相聚,就是死后也觉瞑目九泉。"吴瑞生道:"不肖儿远离膝下,事奉多缺。爹爹受苦,不得替父诣阙伸冤,不肖之罪,真觉擢发难数。儿与老贼誓不并生,若不剥其皮而食其肉者,是空负七尺之躯,枉立在天地间为丈夫也!"吴瑰庵道:"报仇雪耻是你的责任,我亦无容赘言。但你一去五年,全无音信到家,何也?"吴瑞生遂把那游学浙江,处馆金宅,江中遇盗,庵内逢嫂,遭乱失散,路遇如白,易名中举,京中发甲,告假省亲,领凭赴任之事,自始至终说了一遍。夫人听了喜道:"孩儿你今中了二甲,你爹爹这口气便出的着了。"吴瑞生道:"爹娘你自放心,不肖儿若不能为父母报仇,誓不为丈夫!"从此瑞生这里住了几日,吴瑰庵恐他在这里误了限期,便催他上任。

吴瑞生只得辞别了父母,望南昌而发。行到半路,那里已有夫马迎接,接到任中。上任行香后,唤礼房来问各司道乡贯履历,以便通启。及问到抚院身上,俟礼房说完,心中喜道:"此人竟是我昔日东主。今幸有缘,为我亲临上司,正好借势报仇。但只是我如今变易姓名,我认的他,他未必认的我。"遂吩咐该班人役伺候,先谒抚院,刑厅到了院门前,将启投了,金公便令打点升堂,要当堂相见。刑厅穿了公衣,执着手本,到了堂下。行了堂参礼。这金抚院将刑厅一看,心中惊道:"这位刑厅与我昔日西宾吴瑞生脸庞相似,只是姓名不同,莫不是瑞生当日假充姓吴,不然天下岂有容貌模样相似的?我退堂之后,不免请至书房问个明白,省的心中纳闷。"主意定了,又将刑厅吩咐了几句好言语,瑞生方躬身告退上了轿。才待安排回衙门,忽院中有人赶出来禀道:"抚院老爷还要请刑厅李老爷后堂说话。"刑厅只得又复转回到了梆门,传了梆,金抚院早已迎出,携了刑厅手,行到书房了,宾主礼毕坐定。金抚院问道:"贤理司贵省何处,尊庚几何,是何年发甲?"刑厅打了一恭道:"卑职虚度二十三岁,乙酉举乡荐,丙戌中进士,若问敝省,老大人早已知道,岂俟

今日。"抚院道："我何由知之?"刑厅道："卑职曾在老大人宅上扰过三年,相别仅一二载,今日便忘记了?"抚院道："贤理司莫不是我家先生吴瑞生?"刑厅道："然也。"抚院听说慌忙离坐,向刑厅一揖,道："才堂上得罪,大是不恭。若早知先生,岂有当堂相见之理!"刑厅道："官有官箴,此乃礼法之当然。老大人有何不安。"抚院道："先生为何改名易姓,贻老夫以不恭之罪!"刑厅遂把那路遇如白,改易姓名,便入南闱之事,说了一遍与抚院听。抚院道："原来如此!"刑厅道："卑职年幼才短,多有不及。倘有失职之处,还望老大人格外栽培!"抚院道："你只管用心做好官,有可为处没有不为之理。"刑厅又问道："令爱昔年夜间失去,如今可有音信否?"抚院道："不惟小女有了音信,连甥女也有了音信。此时俱接在宅中。"刑厅又问道："老大人的甥女是谁?"抚院道："是南康府水衡秋之女,叫作兰英。"刑厅听了抚院这话,心中喜道："二位小姐俱有了音信,我吴瑞生姻缘该成在此处了!"说道："此是老大人意外之喜。"抚院道："此固足喜。此事之外,更有可喜者。"刑厅问是甚喜,抚院道："去岁你徒弟金洞乡试也得侥幸,肃斋、汉源亦同科中了。你如今固是师弟朋友,又是乡试同年。"刑厅道："令爱有了音信,公子又得中举,老大人又蒙恩起用,正所谓喜事重重至也。可慰,可贺!"抚院道："先生若是想他,肃斋、汉源此时俱在我宅中,即同请来相见。"刑厅道："甚妙!"抚院遂使人把三人请来。先是赵、郑二人与吴瑞生作揖,次是金洞叩拜。行礼完坐定,吴瑞生道："自别兄以后,甚是渴想,虽不能趋近台颜,而梦寐之思,无日不神驰左右。二兄秋闱大喜,又欠贺礼,抱歉殊深。今幸不期而会,又觉深慰鄙怀。"肃斋、汉源道："弟之心亦犹兄之心也。然知契友自可不言而喻。"五人说着话,不一时酒肴俱至,大家吃了。吴瑞生方起身告别回衙门而去。一日,金抚院向肃斋、汉源道："老夫闻的新任刑厅尚未有室,吾家小女与甥女俱未受聘,刑厅年貌倜傥,大雅不群,正堪为吾坦腹。老夫蓄此念久矣,今俗借重二位为吾作伐,敦昔日之张范,结今兹之秦晋。只望二位贤契勿推却为幸!"肃斋、汉源道："成两家之好,笃朋友之情,一举两得,自是美事,况命出老师,此事情愿殷勤。"抚院遂把二人谢了,这且不题。

　　却说吴瑞生别金公回了衙门,退到私宅,心里寻思道："我那翠娟、兰英小姐,如今俱有音信,且共在一处,我终身之事,似有九分可成。此一机会,断不可失。我不免央一官员,为我作冰,向金公亲提此事。又苦无个知心之人可托!欲带央赵、郑二生,他又在抚院宅中,不便往来。"终日横在心间,连公务都无心去理。一日,正在书房坐着,忽赵、郑二人拜贴传到。吴瑞生忙吩咐开门迎进,让至书房,待了茶。吴瑞生道："弟为公务所羁,尚未往拜,怎敢望二兄先施!"肃斋、汉源道："金公为官,号令严肃,官员不许无故参谒。凡

家中随从之人，不论上下俱不许私出院门。兄既在此做官，亦当听其约束，断不可私拜朋友，乱他法纪。弟今日此来，也不是无故私出，是奉金公之命，要与吾兄提一亲事。"吴瑞生道："蒙二兄雅爱，但不知为吾作伐者，是谁人之女？"肃斋、汉源道："就是金公令爱与他的令甥女。"吴瑞生听说，喜的眼花神开，就如中了一次二甲一般。说道："金公既不弃寒微，欲成二姓之好，此固幸出望外者。小弟情愿攀乔！"说完，又吃了几杯茶，肃斋、汉源便要起身告别。吴瑞生还要留他吃饭，二人坚执不肯。辞了瑞生，回院见金公把话回了。

金公遂到后宅把翠娟、兰英唤至近前，说道："男大须婚，女大须嫁，古之定理。你二人婚姻俱至愆期，我心下甚是不安！新任李刑厅年少风流，偶偬寡偶，他亦未有妻子。年庚相当、门户亦对，我已借赵、郑二人为媒，作成此事。他那里亦自情愿。但婚姻大事，也不可不使你二人知道。"翠娟道："婚姻之事，虽人生不免。但孩儿区区之志，惟愿长依膝下，奉事终身。若说出嫁，固非孩儿之所愿也。"金公道："似你说的便可笑了！男女居室，人之大伦，从古至今，从未见女子有终身在家者。此时不嫁还待何时？"翠娟道："爹爹若许孩儿奉事终身，这便是爹爹莫大之恩。若欲强逼你孩儿，惟有一死，以表我志。"说罢，那眼中便扑簌簌落下泪来。金公怒道："世间那有这般执拗女子。李刑厅年少进士，有甚亏着你，这样人不嫁还待甚等之人？"又顾兰英道："你姐姐这样不通，你的意思却是何如？"兰英道："姐姐既是不嫁，我也情愿不嫁。"金公道："咦！你也是第二个翠娟！"遂忿忿而出。

金公见了夫人道："翠娟这等可恶，我方才与他议婚，他要终身在家事奉父母，宁只死了，不肯出嫁。这是甚么心事，你不免去劝他一番。"夫人遂到了翠娟房里，见翠娟、兰英那里正哭，哭的连眼都肿了。夫人道："我儿，你爹爹为你择风流佳婿，是为你终身之谋。你为甚么触怒你爹爹，令他生气。"翠娟道："人各有志，莫相强也！你孩儿志在奉亲，不愿事夫。爹爹若要迫我，却不是打发我出嫁，竟是打发我上路。"夫人道："为男子的在家事父母，为女子的出门事丈夫，此礼古今不易。事奉爹娘是你兄弟之职，还轮不着你孩儿。你读书识字，凡古今载籍中为女子者，有几个守父母白头到老的。"翠娟道："今日之事，也用不着孩儿多说，孩儿除非死了，万事皆休！"说罢，越发哭的悲恸。夫人就是再问，他也不回言，一味啼哭。正是：

满怀心腹事，尽在不言中。

夫人见劝他不动，只得回房把翠娟之言对金公说了。金公道："翠娟平日不是这样执拗之人。我听他言语，观他举动，此中似别有缘故。素梅常在他左右，孩儿有事，他没有不知的。夫人，你将这丫头素梅盘问一番，事情自有着落。"夫人道："相公所见极是。"说完，金公出门理事。夫人遂把素梅唤至近前，说道："你老爷方与小姐议婚，小姐坚执不从。你常常在他左右，小姐心事你没有不知之理。他若果有甚么心事，你须据实说来，倘一字瞒我，适才你老爷嘱付过的，要着我活活敲死你这贱人！"素梅心中说道："小姐甚么心事，不过为那吴瑞生。别人要成就夫妻，我为甚替他捱打？况小姐当日又不曾失身，便说了何害！"随扑上前，磕了一个头，说道："奶奶既拷问奴才，奴婢怎敢有瞒。今日小姐不嫁李刑厅别无话说，不过为着昔年吴瑞生。"夫人问道："怎么为着吴先生，便不嫁李刑厅?"素梅道："小姐与吴先生曾有一约，期为夫妇。当日老奶奶同往姑妈家去赏花，小姐又令奴婢将吴先生约至楼下，小姐在楼上嘱他借冰提亲，那时便以死相期了。吴郎之心虽未知他何如，如

今小姐坚守此志，始终不移。"夫人道："他二人当日莫不有甚么私染？"素梅道："他未约之先，虽有诗章书札往来，都是奴婢替他传递，他二人俱未见面。小姐嘱他借冰提亲，诚有此事。若说有甚私染，就是打死奴婢，不敢枉诬小姐。此乃当日实情，并无一句谎言。"夫人听了说道："这便是了。你去罢！"到了晚间，夫人便把此事述与金公。金公知女儿雅持贞念，绝不犯淫。又能坚守前约，至死不变。心中亦自重他，对夫人道："因短了一句话，便费了许多口舌。这位新任李刑厅就是昔年吴瑞生。"夫人道："他为甚又改成姓李？"金公遂把那改姓名的缘由与夫人说了一遍，道："夫人你到明日即把这个缘由说与女儿，也省的他心中烦恼。"

闲话不必多叙。到了次日，夫人起来到了翠娟房中，说道："夜来我根求素梅，才知你与吴瑞生有约。当日你持之以正，不及于乱，你爹爹亦自重你。我未对你说，今日在此做刑厅的，就是昔年吴瑞生。"翠娟听说把脸一红，说道："你女儿不肯背着爹娘私下订盟，其罪固不容赦。然当日只教他央媒提亲，并不曾近于亵狎。此心此意，聊可对父母而无愧。

只求爹娘宽恕！但如今他为甚的又易吴姓李？"夫人遂一一述与小姐。翠娟听了此言，心中也喜，还是虑父母因他议婚不从，故设此法哄他，心中又半信不信。说道："李刑厅若果是吴瑞生，我当日寄他的书札诗章，他自然不肯失落。此事别无人见，亦别无人知。如今只求把我那原札还来，我便许他这段姻缘。若无原札还我，心下到底不确。宁至终身无夫，不敢轻许！此非是你女无耻，硬主自己婚姻。只是我与吴郎一语既定，终身不改。所以贼寇劫出，奸徒瞒去，经过数死而不至于失身者，总为吴郎一人也。今若二三其德，有始无终，变易前志，实事二夫，以前节操全无据矣！此等之事，稍有人心者，不肯为之，况孩儿素明礼义乎？"夫人道："你说的极是，我即遣人去把你那原札取来以慰你心。"夫人回到房中与水夫人商议，随遣王老妪去索求原札。王老妪承命来到刑厅衙门，进宅见了吴瑞生道："恭喜相公！皇国人材，宦门佳婿，不久女婿要乘龙也。可喜，可贺。"吴瑞生道："前蒙撮合，今始完璧。风月主人，学生将何以为报！"王老妪道："二位小姐因君易姓，婚事不从。向已说明，犹不敢信。今老身此来，乃奉两小姐之命，欲求昔日所寄原诗札以还，以实其事。相公如或收藏，即求速速付与。"吴瑞生听了，感激道："今已五阅春秋，尚坚守前言，不变其初，仿之金石之贵，差可无愧。但如今璧则犹是，而马齿加长矣！"遂把翠娟那两封短札，半副诗笺与那七言绝句，连兰英那首绝句，一并交与王老妪。王老妪拿回呈与夫人。夫人自己持去与翠娟、兰英看。翠娟见是自己的原物，到此才得落地，喜道："今方全璧归赵矣！若非此物，我翠娟之命几乎难保。今幸见此，庶不负我五年苦守之心。"夫人见翠娟别无话说，又问兰英道："你姐姐许了，你心下却是何如？"兰英道："姐姐既爱嫁此人，我也情愿随去作伴。"夫人见翠娟、兰英都心肯意肯，遂回复了金公。金公遂安排筵席，请吴瑞生来衙中议亲。到了那日，吴瑞生欣然而至。翁婿坐定，三巡酒后，金公先开言道："今日请贤婿来，别无他事商量，只为贤婿中馈无人，即小女与甥生俱至愆期，要求贤婿择一吉辰，我这里制妆奁送过门去，好完我夫妇为女择家之愿。"吴瑞生听金公说到此处，还未及回言，那眼中已掉下几点泪来。金公见吴瑞生掉泪，深自愕然，但不知他有甚事关心，且看下回分解。

第十四回　金抚院为国除奸
李知县替友报仇

左调《庆春宫》：

百世流芳，万年遗臭，贤奸谁低谁强？法网非疏，天心可据，祸福到底难量。恶盈业满，热腾腾忽加严霜。此日繁华，当年势焰，顷刻消亡。忠臣事事堪奖，义勇包天，盖世无双。词藏利刃，字振风雷，无愧铁胆钢肠。冰山推倒，一时间日霁风光。但愿他年，奸臣读此，仔细思量。

话说金抚院欲令吴瑞生择吉成婚，瑞生听说忽然掉泪，金公深自愕然，问道："洞房花烛，乃人间喜年。今言及此，贤婿因何掉泪？"吴瑞生道："诗云：娶妻如之何？必告父母！婿非生于空桑，现有父母而不得告，此诚人子终天之恨！念到此处，不由不痛肠九回也。"金公道："贤婿既为此关情，议吉暂且从容。即速把令尊、令堂接来，以尽贤婿必告之理。然后择吉成婚，亦不为晚。"吴瑞生道："此又不可易言。念家父充配九江，身为罪人，怎敢擅动？今日子享荣华，父偏谪戍。为人子者，何以为情？若是安常处顺，即告与不告犹可自宽，愚婿何动深悲？"金公问道："当日却为何事，令尊公竟陷身于此？"吴瑞生遂将那罹祸根由，前前后后说了一遍。金公听了，不觉怒发上指，目眦尽裂，骂："严贼，严贼，恣横至此，目中几无天日矣！若不急除此人，只恐高祖皇帝栉风沐雨，创立锦绣江山，送于老贼之手也。老夫欲参老贼不止今日，今把贤婿婚事暂且搁起，待老夫修一本章，达之皇上。或赖高祖、列圣之灵，默然扶助，殛此元凶，以正国法。此贼既去，那伙妖魔邪党，无能为也，然后渐次削除，以洗令尊之冤可也。"吴瑞生道："只恐老贼根深蒂固，急切之间，一时不能动摇。"金公道："若是怕死，便不敢参他，既敢参他，便不怕死。当日刘瑾专权，谁不依媚奉承他。正在气焰熏灼当头，被老夫参了一本，虽不能即正其罪，先帝从此疑他，后五月而瑾即败。我看从古至今，凡专国奸臣，那有得其令终者。嵩贼专权为恶，至今五年，恶盈业满，此其时也。老夫此念既动，断无退步，即日修本，达之天听。今为国除残去秽，便至蹉跌，亦人臣职分所不辞，岂避利害！若大家各顾身家，爱惜性命，逡巡观望，谁出头为朝廷去此蠹贼也！"吴瑞生道："岳翁志在除奸，此心可对天地；不畏强御，此举炳于日星。真国家之栋梁，中流之砥柱也。"说完，吴瑞生辞金公回衙，金公夜间将本修完，密使人星夜上京，达之天听。疏曰：

> 巡抚江西等处地方、兼理营田、提督军务、加太子太保、都察院左佥都御史，臣金星，题为奸臣擅国，危及宗社，请正国法，以肃纪纲事。阁老严嵩，以猕猕之姿，兼狙狯之智，夤缘希宠，渐居要路。身负国恩，不思报效，惟知营私。臣谨列其罪于左：太祖不设丞相，厥有深意，嵩偃然以丞相自居，是坏祖制也。权者，人主驭世之具，而嵩以拟旨窃弄威福，是奸大权也。见皇上行政之善，即传言于人，归功于己，是掩君美也。嵩之拟旨，皆子世蕃代票，是纵奸子也。令孙严效忠，妄冒奏捷要爵，是窃军功也。逆鸾以贪虐论革，嵩受三千金，威迫兵部荐为大将，是党悖逆也。轻骑深入，嵩戒汝夔勿战，及皇上逮治汝夔，犹许密疏保奏，是误军机也。徐学诗以刻嵩夺官矣，考察而及其兄应丰，是擅黜陟也。吏民选除以入贿为低昂，故将官多割削，而士卒失所；有司多贪酷，而百姓流离。是失人心也。诌谀期欺君，贪污率下，是坏风俗也。然此十罪者，有五奸以济之：厚贿皇上左右，凡圣意所在，皆得预知而逢迎，是皇上之左右，皆嵩贼之间谍，奸一。赵文华为通政，疏至，必先上副封，是皇上之纳言，皆嵩贼之鹰犬，奸二。惧缇骑缉访，即与厂卫结婚，是皇上之爪牙，皆嵩贼之瓜葛，奸三。畏台谏有言，凡进士非出其门者，不得与征取，是皇上之耳目，皆嵩贼之奴仆，奸四。虑部臣徐学诗不能无言，乃罗其有材望者结纳之，鲠介者逐斥之，是皇上之臣工皆嵩贼之心腹，奸五。数其恶则罄竹难书，列其罪则万剐不尽。伏愿陛下察其奸状。置诸极典，国土尽快，
>
> 中外甘心，臣星不胜悚惶待命之至。

却说世宗皇帝在灯下翻阅本章，阅到金星这一疏，看了数遍，不觉龙颜大怒，骂道："老贼专恣如此，目中几无朕躬。合此本看来，可见杨继盛劾嵩的那一本，不是欺君。此贼若不急急剪除，后必为宗社之患。"便等不到天明，圣旨即从门隙中传出，密着锦衣卫立刻擒拿，锦衣卫奉命，即统兵把嵩第围了。家中无大无小，尽皆锁获。次日传旨，先着三法司掬严嵩于午门外，尽得罪状。连严世蕃那交通倭房的事情也得了显证。三法司具状奏之皇上，皇上又提到殿前御审。审真，旨意既下，严嵩勒令自裁，严世蕃、严鹄、严鸿、严效忠发西市处斩，其余俱问充军，妇女发教坊司，家财抄没入官。从此京中百姓，人人庆

贺,个个快意,都为金抚院念佛,感他为国除此大害。可笑嵩贼居在一人之下,万人之上,爵位至此,尽够受用。毕竟要招权揽势,饕餮无厌。看到他这下场头,无论家业冰销瓦解,并其一身亦不能保。回思前日气焰,不过一朝春梦。古来奸雄那一个不是如此结局,而后之效尤者,犹代代不绝,岂不可叹!正是:

> 善恶到头终有报,只争来早与来迟。

严嵩正法,此信已到江西。金公听了,喜出望外,一则喜为国除害,二则喜为婿报仇,连忙差人将刑厅请来,说道:"严贼合家俱死,贤婿知否?"瑞生道:"愚婿得之风闻,还未知的实。"金公道:"适才塘报方到敝衙门,说严嵩勒令自裁,子孙出斩,家财抄没,妇女入官,其余俱发上阳浦充军。奸臣报应到此地位,方能快中外之心。"吴瑞生道:"若非岳翁一本,此贼焉能败落至此。"金公道:"此举乃出自宸断,去奸能勇,老夫何力之有焉!"吴瑞生道:"老贼既灭,家父之冤也觉少伸。"金公道:"嵩虽伏诛,但何鳌这斯尚在漏网。不乘此时处他一个畅快,令尊公所吃之苦,谁能替他伐偿?且尊公戴罪充军,贤婿本姓未复,此情若不洗出,终属缺典。但得巨奸既去,何鳌亦何能力?这也不须老夫用力,贤婿只风风流流参他一本,令尊公之冤可伸,何鳌之仇可报矣!"翁婿二人正说着话,忽京中有报,主说京西大同、宣府两处,七月初八日夜间遭地位之变,民房倒塌数千万间,士民压死不计其数。朝廷因此大变,日夜省惕,更谕中外官员士庶人等,不论贵贱,俱许直言入告。金公将报看完,向吴瑞生道:"皇上既下诏求言,贤婿之疏可上矣。只把何鳌为官之恶,据实填上几条,即诉到尊公冤情上去,不如连贤婿那易姓之事,一并坐在他身上。只说当日避鳌之难,改姓易名,奔往他方。如今他那冰山既倒,谁肯出头为他。贤婿之本一上,何鳌之身即刻齑粉矣!"吴瑞生听了甚喜,遂辞别金公,回到衙门,即便修成一疏,疏曰:

> 江西南昌府理刑推官臣李美麟,应诏上言:臣闻天地之灾祥,因乎人事之得失。人事之得失,视乎官吏之贤否。弭天地之变,必清在位之人。臣窃见山东青州府知府何鳌,性如豺狼,行同鬼,初以幼女婿奸,为人把衾抱褛,使国所养之廉耻,忽然扫地。继以己身附势,甘心为鹰为犬,至天地所存之正气,一旦销亡。及分青郡,愈肆凶顽。白鹿归囊,竭十四县之民膏民脂,毫不加恤;青蚨过手,集数万口之筑怨筑愁,闵不知畏。而且祸及善类,殃乃无辜。以山鹤之清风高致,诬作讪谤,致令义士含

冤，空怀瘴海之悲；以臣父之鲠性介节，诬为朋党，并使孤臣去国，徒洒赣江之泪。臣避凶锋，逃难江湖，改其姓而复易其名，是子实有父而不得父其父；父负重冤，远被谪戍，养其身而弗享其报，是父实有子而不得子其子。凡此皆足干阴阳之和，召天地之变。虽然，害臣一家犹可言也，害阖府生灵，不可言矣；害阖府之生灵犹可言也，危皇上之宗社，贻朝廷之隐扰，不可言矣。伏愿陛下，摘其职衔，察其罪状，重则置诸极典，轻则放之于极边，庶人心可慰，天意可回耳！

疏上，圣旨批道："何鳌有碍官箴，即着益都县知县锁拿审明，解京发落。山鹤野人与美麟之父无辜受谪，情实可矜，俱许放还。李美麟仍复本姓，以归原宗。"这且按下不题。

单说如白自上任以后，真个是一清如水，除奉禄之外，毫无私染。做了三个月官，那百姓称颂之声已盈于道路。独有何鳌，嫌他为官清廉，无所馈遗，便恨入骨髓，欲待设法处他。但他上任未久，又无事可疑，且廉正之声闻于上台。虽然怀恨在心，也无可奈何他。惟借初一十五府官参见时，待众官既见之后，也不说见，也不说不见，着他候一个不耐烦，才放他去了。此乃小人常态，李如白也不十分与他计较。一日，又有公事相见，才待乘轿安排走，忽听抚院有密文到。知县将文拿回后宅，拆开细看，才知何鳌被吴瑞生参了一本，摘去职衔，要委益都县知县，销拿严审。李如白看了来文，冷笑了一声道："老贼，只说你威势常在，谁知你也有今日。"随传了十数个能干衙役，随着他暗带了索锁，要到他私宅擒获。但不可走漏风声，便乘轿直到知府堂上，使人将手本投了。便有一等趋媚知府的人，说他乘轿直到堂上方下。知府听了，大怒道："他多大官，便目中无有本府！今日必须处他一个死，方才消我之气。"随使人传出道："益都县知县，且在外少候。待金押完了，然后相见。"李如白道："又是前日那处我的方儿。但你这番比不得那番，只恐从今以后，我要天天和你相见哩！"便对那传言的人道："你去对你老爷说，今日要见即见，若是不见，本县便回衙理事。我李如白是奉朝廷之命出来做官，不是奉朝廷之命出来与何鳌站门，我这官做也可，不做也可，宁只断头，从来受不惯这小人之气！"那传言的人随把此言尽情诉与知府。知府怒气冲天，大言道："叫那狗官进来！他说不爱做官，只恐既入此套，即欲不做而亦不能。他才离胎胞，乳臭尚存，见甚么天日？我好歹着他无梁不成，反输一帖。"知府正在三堂上雷霆大发，李如白已率着一伙衙役大踏步来到知府面前。知府怒目视他道："方才学生着你在外少候，不过因我公务未完，你便性急耐不的，在我堂上发言吐语，你道你是奉朝廷之命出来做官，难道我不是奉朝廷之命出来管着你么？我因你为官

清廉，心中到十分敬重你，你绝然不识抬举，到把本府渺视。你居官虽有几桩善政，只恐那'狂妄'二字到底不免！"李如白道："'狂妄'之罪，卑职诚不敢辞。但今日此来，那'狂妄'之罪恐更有甚于此者，老大人须得见谅！"说罢，便把众衙役瞅了一眼，喝道："此时不拿，更待何时。"那众衙役听了一声，便各人取出索锁，先落头把知府锁了，立时追了他的印信，然后一齐拥进后室，将他幕宾内司人等一概上锁，知府还疾声大发道："李知县反了，如此大胆行凶，全无王法！"李知县冷笑一声道："不知谁是有王法，谁无王法！"随即拿出抚院来文给他看了，何鳌方才语塞。李知县遂令众衙役带着一干人犯出了宅门，到了府堂之上，上了轿，回到自己堂上，便将何鳌严审，指着骂道："何鳌，朝廷命你为郡守，委任不为不重，爵位不为不尊，正该报效朝廷，力行善政才是。为何恣你贪婪以充私囊，肆尔酷虐以逞己志，剥官害民莫尔为甚。而且，罪及无辜，杀害忠良，即如山鹤与尔何怨，意诬以讪谤之名？吴珏与尔何仇，竟加以朋党之罪？无非欲借此媚权奸为固庞要荣计耳！岂料亦有今日，你有何辞？可将从前恶款一一招供明白，免致敲扑之苦！"何鳌此时自思此系钦绊，又遇仇官，便知强辩无益，或者分过于人，罪还借以少减。遂道："此虽犯官一时蒙盹所为，却不全与犯官相干。"李知县又大声喝道："不与你相干，却是与谁相干？"何鳌道："此乃幕宾王学益主谋愚我，以至于此。"李知县闻言，忽又想道："陷害瑰庵谋既出于此人，以此看来，是何鳌固为我友之仇，而学益亦为我友之仇也。厥罪维均，何可使他漏网？虽抚院来文不曾要他，不免将他入上，合为一案，与何鳌同结果了，不更可以泄吾友父子之忿，尽我李如白为友之心乎？"算计已定，遂唤皂隶将王学益带过来。皂隶遂将王学益押到案前。李知县指定骂道："你这奴才，既为本府幕宾，便该导主行些善政，方不负主人重托之意。尔乃诱主为非，是党恶之悲，较首恶之罪为尤甚。你可将从前助恶之事，一一招供明白。如有半字含糊，本县就要活活打死你这奴才！"王学益乃强辩道："犯人实无此事，俱系何鳌畏罪妄攀于人，教犯人从何招起？"李知县便两目圆睁，大喝道："这奴才既不招认，与我夹起来！"皂隶听说，连忙拾过夹棍，将王学益两腿填入，套上大绳，两边数十个人扯着，齐齐尽力一煞，煞的夹棍对头。李知县又道："与我使大棒，着实敲。"两个皂隶一递一敲，敲了数十棒。正是人心似铁，官法如炉。王学益不能禁受，方才说道："犯人招就是了！"李知县道："既是肯招，皂隶们给他松去夹棍"。皂隶遂把夹棍松了。王学益方匍匐案前，招道："犯人前日一时昏迷，只思借逢迎以托身家，谁知天网恢恢，竟有此日。今既陷身法网，又在明镜台前，敢不甘罪也！"就将助何鳌为恶之款，一一招认，丝毫无有隐漏。于是二人俱画了供。李知县遂暗喜道："得了王学益口供，便又是何鳌那厮

中华传世藏书

中国孤本小说

梦中缘

235

一个好硬干证也。"遂一边叫皂隶将何鳌押送南牢,一边吩咐刑房吏退下,速做招详,以候明早差人赴省报院。此日别无堂事,便即打点退入后室去了。这且不在话下。

却表何鳌等进得监来,可煞作怪,冤家债主偏偏狭路相逢。看官你道这是怎说?原来值日禁卒,乃是吴瑰庵家旧仆。瑰庵平日待他甚是有恩,此仆虽久不在其门下,而念旧之情,报主之心,固未尝一日忘也。从来说的好:仇人见仇人,必定眼睛昏。今日见了主人仇家,即不啻见了己身仇家,那有当面错过,不思报复之理。便即指着何鳌道:"何太爷,你怎的到此,可谓屈尊你了!正是天道好还,无往不复。但思你是个如鬼如蜮之人,力可通天,倘或夜间做出些手脚来,俺们干系不小。太爷莫怪小的,不免将你收拾收拾,俺们好睡个安稳大觉。"遂取麻绳把二人鞘起,摔倒在地,用脚蹬着,就地滚了几滚,煞得麻绳尽行没入皮肤,疼痛甚是难当。又道:"俺们下人倒得睡睡,你为官的要是不得睡睡,俺们于心何安!不免也着你睡个长眠大觉。"遂把何鳌、王学益俱打入枷床里边,长舒挺脚,直律律的仰在里面。两个长钉又紧紧刺在眼前,头也抬不得,身也动不得,腿也卷不得。不多时,臭虫蛤蚤齐来揸食肌肤,又是疼,又是痒,着实难当。到了急躁挣命的时节,也只是叫几声好苦好苦而已。这且不提。

再说到了次日,李知县早起升堂,刑房吏将招详呈上,李知县从头至尾阅了一遍,见做的极其严密,便与自己的勘语,俱钤了印信,装入封筒,上下骑缝,又钤了两颗,随即唤了一个快役,当堂赍发他申送到抚院衙门。抚院阅了县文,见做的情真罪当,铁案如山,无可再议。便批:仍仰益都县将此一干人犯解京发落。李知县拆开院文一看,随即选了两个有用民壮,差他提出监中何鳌、王学益来,发付即日起解入京。谁知冤家路窄,可可两个解役又是山鹤野人的瓜葛,一路上摆布之苦,又是无所不用其极。何鳌与王学益他也只是甘受。况且一出门时,正当严寒天气,朔风阵阵大起,那无情的六出奇花又从半空中纷纷飞下,片片向面扑来,寒冷难禁!何鳌与王学益手上俱带着铁铐,不能退入袖中,冻的满手是疮,脓水不住淋漓,正是:

屋漏更遭连夜雨,船破又被打头风。

夜住晓得,因雪道难走,二十余天方到京师。两个解役进了刑部衙门,将文投了。刑部看罢来文,遂将何鳌与学益暂且寄监,打发了回文,便即具题乞旨定夺。不日命下:着三法司会审。三法司审过,随即又覆了本。圣旨不日便下,批道:"何鳌固为罪首,王学益

亦为罪魁,当分首从,一斩一绞,以警将来。妻女分配军户,家产藉没入官,以充边饷。"到了秋后处决之日,监斩官赴刑部监中,将何鳌、王学益提出来,俱用绳背剪了,口中带上木榨,背上插上罪由,上下衣服已早被狱卒剥去,腰间止围着一条破砌缕。

可怜衣紫腰金客,竟作蓬头跣足人。

不一时,押到西市,刽子手将何鳌、王学益拖倒在地,面西跪着。从来人穷返本,何鳌此时忽然一阵心酸,想起家中娇妻美妾,一个不得见面,扑簌簌不觉两眼泪下,方才懊悔前非,亦何及哉! 正是:

早知今日,何不当初。

到了午时三刻,吹手掌号三通,刽子手将刀一抡,霜锋过处,人头落地,早有吃惯人的恶犬在旁等着,将头一口接着,衔去啃了。剩下身子,衔市攒钱觅火工,拉去掷入深坑,也被众犬食尽。王学益亦同时绞死,还落个囫囵尸首。这是为从的罪比为首的罪稍减了一等。然总算起来,都是不得好死。只因他当时奉承主人,设谋倾及善类,遂把身命断送,后之为人主文者,当以此做个殷鉴。正是:

劝人双有益,唆教两无功。

当时看的人上千上万,纷纷议论不一。也有称愿的,也有叹惜的。称愿道:"似此贼官,应宜有此恶报,惟有此恶报,方见皇天有眼,王法无私。古语道的好:'善有善报,恶有恶报,若还不报,时节没到'。这便是恶报的时节到了。岂不畅快! 岂不畅快!"叹惜的道:"读书一场,做官熬到四品黄堂,也就算的富贵荣华了。而乃全不惜福,自作自受,到此田地,不惟家业飘零,骨肉离散,即身首尚且异处,不能保全,填于沟壑,葬于犬腹,将父母的遗体,弄的七零八落。咳咳,岂不可惜!"又有一般好事的人编为四句口号,互相传念道:何鳌何鳌,死无下稍。诸苦尝尽,真是活熬。

这正是:从前作过事,没兴一齐来。

何鳌既诛,吴瑞生大仇已报,不知后来姻缘何如,俟看末回,便见结果。

第十五回　联二乔各说心间事　聚五美得遂梦中缘

春深铜雀美于秋，双锁更风流。灯前各谈幽情，分外意绸缪。联五凤，共衾裯，恣嬉游。当年异梦，昔日想思，此情全勾。

——《诉衷情》

却说何鳌既已伏诛，堂报到了青州府，李如白闻了此报，心中大喜道："瑞生不共戴天之仇，至此也算报复尽勾了。我想何鳌与吾友结冤，偏偏犯在我手，这是上天明明假手于我，替友报复之意，亦可以答天心而报知己矣！且吴瑰庵之祸，原因契交朋友，护救山鹤而起。今何鳌既诛不惟瑰庵之气吐，而山鹤之冤亦雪矣！山鹤之冤雪，而瑰庵之气尤吐矣！我当差人驰报南昌，庶令瑞生兄闻而欣慰也。"于是将何鳌、王学益同弃西市，及瑰庵、山鹤蒙赦放还，吴瑞生奉旨复姓之事，修成一书，差一家人同书童赴南昌送去。看官，你道书童因何在此？前事抚台因瑰庵、山鹤俱被何鳌诬陷，遂触目惊心，想青州府狱中犹有冤枉。素知李知县片言折狱，故特行文委他一一检阅众囚。李知县检到书童，方知他亦受何鳌之害，遂令禁卒将他放出，带回官宅而去。正欲着他往南昌送信，适值遣此家人，命他带伴同行。书童因久系圈套，不得见主。一承此命，就如开笼之鸟一般，恨不得一翅飞到主人面前。因他带那个家人星夜拍马前行，就如置邮传命一般快。不消月余，便即到了南昌。问道刑厅衙门，进后宅见了主人，便叩下头去，将书呈上。李刑厅接书拆看，才知仇人已诛，父亲与山鹤蒙赦放还，自己亦奉旨复姓，遂不觉喜形于色，道："大仇已报，我吴麟美庶无愧于子职了。"遂问书童道："我闻你自寓所回家报喜，便被何知府擒去，送监禁锢，不知你以后如何就得出来了？"书童遂将李知县奉抚院文检狱放出之事述了一遍。说着话，忽一家人禀道："抚院老爷有请吴刑厅。"便即出来宅门，向抚院衙门而去。到了后宅门，自传了梆。开了宅门，抚院迎出，让至书房，行了礼，坐定，茶毕。抚院便道："恭喜贤婿，老夫适接塘报才知何鳌老贼今已正法，今尊公亦蒙赦放还，贤婿又奉旨复姓，大仇已报，不久父子团圆，可喜，可贺！"吴瑞生答道："适接山东青州府益都县知县李兄一书，愚婿也早知此事。方欲驰报岳翁，乃先蒙岳翁宠召，赐此佳音，佩感多矣！"抚院又道：

"令尊公既蒙恩赦还,可速接来,以奉色养,兼行娶妻必告之礼,以便卜吉与小女并甥女完婚,老夫生平之愿足矣!"吴瑞生道:"愚婿正有此意,谨依台命。"又吃了一杯茶,随即告别。到了自家宅内,忖道:"此时部文想也不久将到岭南。九江口较崖州路近,此时或者到了。"遂一边吩咐马夫起赴崖州接取山鹤,一边吩咐轿马赴九江口迎接父母。

话休絮烦,却说吴瑰庵与老夫人一同到了南昌境界,吴瑞生已早排了仪仗远远迎接吴瑰庵,接着便随轿而行,又有阖府官员绅衿人等,亦陆续出郭迎接。瑰庵俱下轿,一一还礼,然后上轿前行。不多时,到了刑厅宅内。五载离别,一朝团聚,一时悲喜交集,这是人情所至,不必细述的了。吴瑰庵开言问道:"孩儿自九江分别到任以后,不知如何就报了大仇,如何又遇了恩赦,致令骨肉团圆?"瑞生从头至尾详详细细说了一遍。瑰庵听了大喜道"多亏孩儿有志,才有今日。不然,你爹娘便久戍他乡,永无出头之期矣!"老夫人又道:"总是咱家没伤阴骘,所以神佛保佑,否极泰来。吉人天相之言,于此验矣。"说着话,忽报山鹤野人至。看官,你道岭南较九江甚远,如何此时也就到了?原来崖州至南昌俱是水路,又且都是下流,兼连日遇了顺风,所以来的这样爽快。

却说瑰庵与瑞生将山鹤迎进到了书房,作了揖,山鹤说道:"只因小弟一首俚言,累及兄台受刑远谪。今又幸承令公子出力,雪此奇冤,远接小弟至此,得与兄台相晤,波及之恩,不啻天高地厚,弟当世世衔结矣!"瑰庵道:"吉凶同患,良友之谊。弟与兄台情同手足,就是小儿聊效一臂之力,也是分所当然。况此实抚台金公一疏之力所赐,小儿何力之有焉!"说罢,方才就坐饮茶。不一时,酒肴俱列。五载睽违,一朝聚首,不觉话长。说到各自远谪处,便互相太息一番;说到严、何败落处,便互相称快一番;说到目下聚会处,又互相欣慰一番。说说笑笑,不觉日落西山,直到星移斗转,方才就寝。

到了次日,梳洗方毕,忽报抚院老爷有贴请太老爷。吴瑰庵向山鹤野人道:"吾感金公厚德,意欲亲谊叩谢。但念他是封锁衙门,不便进谒。今承此召,便当乘机拜谢矣!"山鹤道:"亦借鼎言,代弟转致。"吴瑰庵别了山鹤,直赴抚院衙门而去。到了后宅门首,将手本传入。不多时,金抚院开门迎出,让至书房,方作着揖,吴瑰庵便双膝跪倒。金抚院一手拉着道:"亲公,请起!弟断不敢当此礼!"彼此谦让多时,方才就坐,又彼此说了几句套话,三杯以后,金公便向吴瑰庵道:"弟有一言相启,吾有一弱女并一甥女,前不自揣,曾托敝契赵肃斋、郑汉源作伐,已许配令郎,便欲卜吉,权行赘礼。令郎乃以娶妻必告为辞。今幸一家完聚,承亲公光临敝院,就便同择吉辰,粗备妆奁,将小女并甥女送过门去,不知亲公尊意以为何如?"吴瑰庵打一恭道:"辱承雅爱,不弃寒微,遂致兼葭得倚玉树,何胜欣慰!"金公道:"既蒙金诺,荣幸多矣!"便令人请出赵、郑二生来相见,揖完坐下,金抚院便叫人拿过历书,大家一看,五月十六日是个黄道吉辰,兼合周堂不将,择定此日迎亲。酒筵已毕,瑰庵便起身告辞,抚院送到大门以外,方才别了。瑰庵回到宅内,将联姻金宅、卜吉亲迎一事,遂一一与夫人细说。夫人闻之,喜不自胜。正是光阴速迅,不觉来到十六之辰。瑞生唤进班头,分付备彩轿二顶,鼓乐八名,宫灯十二对。是夜到了四鼓,瑞生便分付诸色人等排班前行,自己乘轿在后,来在抚院门前,一层层门俱大开,早有听事的人在此伺候,报入宅内。抚院闻之,便穿猩红吉服出来迎接,揖让之谦恭,席筵之盛美,是不待细说的。

且说翠娟、兰英,丫鬟与他梳洗插戴已毕,妆点的花团锦簇,如天仙帝女一般。娶婆频催上轿,母女分离也未免各含酸楚,落几点关心热泪,养娘拥扶着到了檐下,方才双双上轿。前厅瑞生也便起席告辞,出了宅门上轿,金昉亦坐轿相送。傧相骑马插花披红,在轿前引路。一路龙笙凤管之音,响彻行云,好不热闹。不觉已进刑厅宅院。金、水二位小姐双双下轿,便如娥皇女英厘降帝舜的一般。傧相唱礼,先拜天地,次拜家堂,拜过公姑,然后夫妇交拜。傧相撤帐已毕,丫鬟揭去盖头,方才送入洞房。到了合卺之时,正是花烛乍设,不啻金榜题名,故知新逢,何殊久旱值雨。五载想思,一宵勾抹。谈笑之款洽,情意之绸缪,有倍出寻常万万者。金翠娟猛然抬头,忽看见一轮明月,射入纱帐,就触起旧年情绪,便向吴瑞生道:"昔年被劫原是此夜之月,今兹欢会,也是此夜之月,均一月也。而妾之离合顿殊,由今追昔,不胜悲喜交集,不知郎君自妾被劫,离了寒舍,后来竟是何如?"吴瑞生便把江中遇盗,庵内逢嫂,误走江西,如白玉成,更名登第,上疏报仇之事,说了一遍。兰英听说便叹口气道:"好事多磨!大抵如此,岂独郎君为然。俺与姐姐所遭更有甚于此者,真所谓红颜命薄。"吴瑞生又问翠娟道:"闻的夫人被劫,曾为奸人投之于井,及至使人捞取,又杳无踪迹。不知何由得出,投奔何人,一家又何由完聚?愿闻其详。"翠娟遂将大有如何救出,如何诱他至庄上,又如何设谋欲霸为妾,只说至此处,吴瑞生闻之,不觉发皆上指,大怒道:"青天白日,有此恶暴横行,可使差人拿来正法,以泄吾夫人之忿!"兰英见丈夫动怒,遂劝慰道:"郎君暂且息怒,姐姐还有后言,容妾代为陈之。"便道:"彼时姐姐几欲寻个自尽,幸亏伊妻花氏将姐姐拯援。带入城宅,便认姐姐为他义女,待之不啻亲生。即妾自兵火以来,流离到金溪地面,寄食于悟真庵中,因卖针指卖到他家,姐姐一见垂青,便承姐姐携带他家,亦深蒙花氏养育之恩,他待妾身就如待姐姐一般,所以妾亦拜他为恩母,恩爱如此深厚。况姐姐当日又不曾为他丈夫所污,望郎君海量。看俺花母面,

念恩忘仇，爱屋及乌，勿与小人计较，是亦相度所为。"翠娟又插口道："不特花母情谊，深足感佩，而且此中又有一段奇缘，若说出来，恐郎君不得不依妾之请也。"吴瑞生见翠娟说话有因，遂又道："说便说了就是，幸无藏头露尾。"翠娟见丈夫情急，遂将木舜华与他结为姐妹，花下同盟，相约共事一夫之言述了一遍。又将舜华德性幽闲，仪容秀丽，才思俊逸，又极力称扬一番。瑞生听说遂手舞足蹈曰："卑人若再得此人为妻，愿更足矣！只是一件，夫人方才说他才思俊逸，必有一个证佐，方才信的过。"翠娟与兰英道："现有一个证佐在此，不论他的，只观他与俺二人步韵咏红梅的一首律诗，即如窥见他一般，"遂将木舜华那首诗从头至尾念了一遍。瑞生听了道："才思真是俊逸，不知二位夫人与他咏梅之诗亦记得否？"翠娟与兰英又把自己所作二诗朗吟一遍。瑞生听了便鼓掌极赞道："妙，妙，妙！有此三作，方成鼎足，缺一不可。若果得舜华为妻，则木商之恨可以冰释瓦解矣。二位小姐今既极荐舜华，便见夫人不妒，卑人亦有知己二人，敢为夫人言之。"翠娟与兰英又交口道："知己之人，多多益善，何妒之有？今郎君亦何过疑于妾乎？得毋妾知郎心，而郎君尚不知妾心耶。"吴瑞生见他二人果无妒意，方将堆琼与素烟相交来历，并西湖联诗，月下山坡，委委曲曲备细述了一遍。金、水夫人道："他二人具此天才，虽然寄身烟花，实非是已。而志在从良，尤为可取。明早可便禀上翁姑，并木家妹妹一同娶来，庶使郎君之故知从此得所。而妾之知己亦从此毕愿矣！"说着话，不觉更深夜静，夫妇三人方才解衣就寝，正是：

新人本是旧情人，旧偶新知情倍亲。

各引新知及旧偶，有情人惜有情人。

到了次日清晨，吴瑞生与一对新人一同起来，梳洗打扮已毕，到了父母膝前，齐齐磕下头去。父母见了甚是欢喜，道："得此佳偶，庶不负俺老两口每日与你择配之意。"瑞生道："儿有一言告禀爹娘。"瑰庵道："孩儿有何言语，不妨说来。"瑞生遂将二妻所荐与自己所遇之人说了一遍。瑰庵听说便憬然悟道："孩儿若再得此三人做了媳妇，便合昔年我在园中所梦之兆。梦语云：'仙子生南国'，孩儿这两个媳妇同是生在南方。方才你说的这三人也是生在南方，梦语首句这便验了。又云'梅花女是亲'。梅花五瓣，若再得此三人，便完了五数，次句也就验了。又云'三明共两暗。'金姓、水姓、木姓，明明显露，非三明而何？烛姓是火字边旁，坦姓是土字边旁，是将二氏之姓暗暗藏在烛、坦二字之内，非两暗

而何？结句云'俱属五行人'，金木水火土，俱属五行，这又是显明易见的了。梦语既一一应验，可速娶此三人，以合五行之数，方不负梦神示兆之意，又且五行运转相生。孩儿，你所遇五人，俱合五行相生次第，以五行而萃于孩儿一身，便又是妻旺主夫之兆。是知孩儿从此官星必显，这都是上天默默曲成之意，可速娶来，以副天心。这须得一人去木家提一提才好。"王老妪在旁便接口道："小妇人与花氏母女甚熟，若差小妇人去，一提便成。"瑰庵与老夫人听说大喜道："你去甚好！"遂一边差人同王老妪去木家提亲，一边着人向鸨婆去赎堆琼、素烟，两下俱慨然应允。到了迎娶日期，又计两下程途远近，约定下轿时刻，一一分付各班人等去了。

话休絮烦，却说两下三乘花轿，俱是一齐来到，所行礼数前已叙过，无容再赘。且表三个美人进了洞房，先是舜华与金、水夫人行了礼道："若非二位姐姐承系妹子，妹子焉能到此！"金、水夫人道："你是俺妹妹，俺做姐的若舍了你，前盟何在！"堆琼、素烟双膝跪下道："若非二位奶奶大德能容，奴婢亦老死章台，焉有今日！"金、水夫人连忙一齐拉起，道："咱们自此以后俱要脱略形迹，共以姊妹称呼。要把奶奶奴婢四字一笔勾抹，再不可如此。"堆琼、素烟又道："俺本烟花贱品，今得脱离火坑，皆属夫人所赐，礼宜叩谢。"吴瑞生遂止住道："二位夫人既然不肯受礼，你二人不行也罢。"于是让坐饮合卺酒。木舜华亦不作闺中娇羞常态，便开言道："首坐自然是大姐姐的，俺姊妹们各按次序坐定就是了。"金翠娟道："不是这等，以今夜论，但序宾主，不论长幼。我与二妹妹已先到此，俺与郎君便都是主人了。惟三妹妹、四妹妹、五妹妹今才来到，便是宾客。且四妹妹与五妹妹昔日已与郎君成了故交，今日虽是新人，仍是旧时相识，独三妹妹与郎君从不识面，今日乍逢才是真正的新人。既是新人便是新客，是客与客大不相同。今日首坐当堆三妹妹独坐了罢！四妹妹与五妹妹当东西列坐，我与二妹妹亦左右对坐，郎君就在席前与三妹妹对座奉陪可也。"木舜华又欲谦让，吴瑞生便道："你大姐姐论的极是，你也就不必再三谦让了。"于是众姊妹方才坐了，酒亦按坐巡行。吴瑞生紧与舜华对面，烛光之下，两眼不住的注在舜华。但见眼角眉梢堆着一团俏致，果真是比花花解语，拟玉玉生香，方信翠娟、兰英之言不为虚誉。遂向舜华道："今日五美毕集，花烛之乐莫有过于此者，诚为千秋盛事，不可无诗以扬其休。但每人一首犹觉冷落，不如联句，此起彼落，彼断此续，尤为热闹。今夫人既居首坐，当自夫人倡之。"舜华道："妾本草茅陋质，素未娴此。请众姊妹们联罢。"吴瑞生道："独不记红梅佳咏乎？"舜华又将开口，翠娟、兰英拦住道："咏梅佳作，俺二人早已献之郎君矣。妹妹亦何庸此谦逊也！"堆琼、素烟亦齐道："姐姐既有如此之才，

就尊郎君之命,请先首倡,俺们还按坐次序续去可也。"舜华又道:"这却使不的。坐席固按宾主,而作诗当论夫妇。从来夫倡妇随,是乃人伦之正。今欲联诗,当自郎君倡之,还自郎君结之,就如大将行兵,出师收军,都主自大将的一般。咱姐妹们都在中间,先照前宾主坐次挨联一遍,庶不失两姐姐推我为宾之命,以后当迭为宾主,按着五行错综联去,或自木而火而土而金而水,或自火而木而水而金而土,或自金而土而火而水而木,或自土而金而水而火而木,或又自土而火而木而水而金,或自金而水而木而火而土。凡此六遍。只是颠倒更换,挨到谁联,不许停思,不使雷同,又如大将排阵,千变万化,不可端倪一般,就便以此为令,各人切记:如有遗忘差误者,罚以巨觥。"于是众姊妹们齐声赞道:"发此联法,大妙,大妙、大妙! 真所谓慧心人也。谨依将军令,请郎君开先。"遂浓磨松墨。饱醮霜毫,铺下云笺,挥动管城,只见龙蛇不住的飞舞,珠玑不住的错落,不消碗饭时节,十六韵便已联就。诗曰:

相聚犹疑梦(吴),由今遥溯前(木)。

琵琶辞旧谱(烛),琴瑟整新弦(坦)。

劫掠惊囊日(金),流离叹往年(水)。

湖边联句敏(烛),花下缔盟坚(木)。

只道簪当折(水),那知镜再圆(金)。

祥花笼画阁(坦),瑞色霭华筵(金)。

玉女离河汉(坦),檀郎归洞天(烛)。

芙蓉叠锦绣(水),翡翠篆沉烟(木)。

带结同心好(坦),莲开并蒂鲜(金)。

话长嫌漏短(水),烛断爱膏连(烛)。

琼液流银斗(木),紫毫题彩笺(坦)。

欢情凭酒合(烛),盛事倩诗传(木)。

自此忧怀释(水),从兹喜气绵(金)。

三明称鼎峙(金),两暗庆珠联(水)。

仙子兆方验(木),梅花数始全(烛)。

一床集五美(坦),才遂梦中缘(吴)。

联成，大家展玩了一番，相顾而笑，方才同饮合卮。吴瑞生道："今宵有花有酒，又兼有诗，诚一时盛事也。此若传流后世，自是脍炙人口，稗官野史，必然做个话柄，永垂不朽矣。"说话之间，不觉斗转星移，方才解衣就寝。新人旧侣，一时俱要周旋，枕上风光，衾中妙趣，有难以纸笔形容者，待在下也作诗一首，聊写大意。诗曰：

二乔连袂已欣然，五美同衾喜更绵。

千里奇缘成凤偶，一宵盛事寄鸾笺。

洞房再署登科小，巫峡重逢行雨仙。

香梦正浓方怕醒，一声鸡唱绣帷前。

却说次日天明，吴瑞生梳洗方毕，忽有人报抚院金老爷转了都察院正堂。刑厅吴老爷钦差巡按浙江监察御史。敕已差官领到，但因现今缺员，免其赴阙谢恩。钦限十日内走马上任。话分两头。再说金抚院闻了此报，恐朝中尚有严嵩余党，便就不爱做官，随即上疏告病。到了命下之日，遂与吴瑞生约会还乡。院事听事两下俱委官代署。挈着满门家眷向北尽发。吴瑞生又怕误了钦限，因此倍道兼行，不消十日，到了杭州城中。金抚院带着两下家眷人等，往自家宅院去了。吴瑞生因避嫌疑，不好与金公同去，先到公馆安歇。次日方赴察院上任。此时李如白也升了本府刑厅。吴瑞生才干原自有余，兼理过刑名，又得良友协替，得轩巡行一周。而浙江省大治。又能作兴学校，鼓励人才，即举贡贫寒者，亦俱在所作养，季考、月课俱灯下亲阅。一时文风浙江省独胜。是科赵肃斋、郑汉源与金洞俱中进士。

瑞生一日偶想到久恋宦途没有好处，也就急流勇退，题疏告病。圣旨已准其给假，回籍调理，痊日起复。便即辞了金公夫妇，

同着父母夫人刻期还乡。水夫人舍不的女儿，亦愿随行。此时骨肉分离，凄凄楚楚；官员饯行，殷殷勤勤，是不待细说的。单表阖省送的百姓，漫野遮道而来，扳辕脱靴，哀泣挽留者，不计其数。这是代天巡狩，做清廉严明官的好处。其视何鳌等相去天渊。李刑厅、郑汉源、赵肃斋还要远送，吴瑞生委婉告辞，方才洒泪而别。惟有金洞与瑞生又是师弟，又是郎舅，又是乡试同年，又舍不得姐姐，又舍不得姨母，只顾往前送，不忍回去。瑞生道："你不久赴京候选，必由我山东行走，那时偏道到我家中，多多盘桓些时节就是了，何必区区作此儿女态也。后会有期，就此请回罢。"金洞亦洒泪而别。瑞生久离故土，归心似箭，遂催动夫马紧行。不消数日，到了自家门首，但见门面九间，规模壮丽，焕然一新，与昔不相同。一层层进去，大厅三间，前楼三间，中楼三间，后楼三间，四层俱有垂珠门楼相对峙，都是雕梁画栋，金碧辉煌。周围群房，又是无数。后花园中也添了些池沼台榭，异卉奇花，颇足怡人眼目。这都是前在杭州任所时，差人来督工建造种植的。遂引父母居住前楼，水夫人并花氏居住后楼，王老妪还在此伺候。看官，你道花氏因何在此处？原来花氏丈夫因在他庄上请客，欲图翠娟为妾，被他浑家领人打进，木大有金命水命逃命去了。以后便羞见亲朋，在家站脚不住，依旧在外经营。只因多贪花柳，遂得一个痨症，吐血而亡。可惜一个财主做了他乡之鬼，这也就是贪色好淫之报。所以古人道的好：

二八佳人体如酥，腰间仗剑斩愚夫。

虽然不见人头落，暗里教人骨髓枯。

当时花氏闻讣，令人取椁回家，择日葬埋了。三年服满，花氏自思六亲俱无，孤身何依？遂折变家资，并一切细软，打成包裹，雇脚夫将子送上金宅，竟来投奔女儿，母女已团聚多时。到了瑞生离任之日，亦随着众家眷来了。但在下彼时偶然忘记，所以前面不曾题起，这是往事，不必多赘。

再说吴瑞生将他父母及花氏人等俱安置停当。因山鹤野人前被何鳌之害，家产荡然一空，又是孤身无依，便就请他在后花园居住，以便与他父亲赏花饮酒，玩物缔情，以乐天年。琴童、书童就着他在此伺茶供酒，修竹灌花，零碎使用。自己与五位夫人却共住在中楼。你说瑞生为何爱居此楼，只因楼前有月样池塘一个，内蓄荇藻金鳞。池塘之上，又有板桥一座，两边俱是朱红栏干，桥前又有垂杨二株，阴满池塘，四时俱有鸟鸣

其上,呖呖堪听,以便与夫人们凭栏瞻眺,触景联吟,随时行乐。又因五美俱迎自南方,经此一过,翩翩然若仙子一般,遂题其桥曰:"迎仙",以应前梦语首句之祥。池两边又疏植鲜花数十本,带月则赏天仙之姿,映日即夸五出之彩,以永志梦中次句之不爽。又构一花阁小亭,四面俱有风帐,上横书"烟锁池塘柳"五个字,虽是题的眼前景致,却暗藏五行字面在内。又于后园中最幽静处,建大厅三间,貌所梦的神像,值于纱龛,供在堂中,夫妻朝夕焚香顶礼,以报梦神合姻缘的美意。又作长枕大被,夫妻六人夜则同眠,姊妹们琴瑟静好似水如鱼,自始自终绝无嫉妒之意。所以后来子孙繁衍绳绳振振,科甲不绝,这便是五行调和,全无刑克,生生不绝之意了。其后子孙命名俱按定世及之序,亦用金木水火土偏旁的字周而复始,回环不穷,以取五行生生不已之意。又且步步顾母,五世之内,即占了三百六十个字,正合着周天之数。支庶之盛,冠绝一时。所以天下后世艳称山左吴氏于不朽云。

银瓶梅

[清] 不题撰人　撰

第一回 见美色有心设计 求丹青故意登堂

诗曰：

种福寻常休上天，不欺暗室便为贤。

勿因恶小随中做，积祸中来日入愆。

光阴同逝，岁月其流。俗世中跳得出七情六欲圈儿，打得破酒色财气关子弟，知己所当者，名；又自能所知戒者，过；方成豪杰。反此二语，定然做出千般百计钻求，甚至无所不为，遂至妻子不顾、父母不连；亲戚名分不顾、朋友交情义绝。只图一时欢娱，却害他人性命，以辱名放，为伦常种种之弊。可不叹惜哉！惟酒色财气四字，似乎相均一则，然究不竟一财字足统酒色气三则矣！怎见得财字利害倍统三则？

假如一个人受着凶穷之苦，捱尽无限凄凉，早起来看一看厨灶，并没半屋烟火；晚入室摸一摸米缸，无隔夜之粮。妻子饥寒，一身冻馁，粥食尚且不敷，哪有余钱沽酒？更有一种无义朋友，见面远远逃避，即近见亦白眼面寒，相知只有心无恨，哪有另心觅美追欢？身上衣衫褴褛，凌云志气，分外损磨。即亲中莫如兄弟，且低视于汝，笑落一筹，思前想后，只能忍气自嗟，怎能有心与人争气？正是：

一朝马死黄金尽，亲者如同陌路人。

此四字计来，岂非财字倍加利害，足统三则乎？此是曰一贵宦公子，为色抛金，惟欲追享乐，岂知天不从人之愿，偏偏遇着一位困而有守秀士、贞洁文娘！后来反灾及其身，以至危戮父母妻子，父子俱灾，弄成不忠不孝，皆因以财易色而至祸。可叹其遇由自取！

却说大唐玄宗帝明皇，其登基初年号开元。按史事，睿帝皇帝乃李旦，他因太子劝进，起兵诛戮了武则天众武党，并灭除韦氏，反周为唐，中兴祖基。但李旦在位两载，不乐为君，故传位于皇太子，为太上皇。不数载，驾崩，寿五十五，葬于桥陵。也不多表。此书中单说唐明皇开元之初，前用一班忠贤为相，姚崇、韩休、张嘉贞、杜

暹、张九龄等辅政,至治太平民富,可称盛世。后来不有其终,贬逐众忠良,复用李林甫、杨国忠,政又紊矣!

当时,又有一奸佞之臣,官居兵部尚书之职,拜任李林甫门下。二奸结为心腹,大为唐明皇信任,言听计从。他乃江南苏州府人,有子一人名裴彪,他名裴宽。但裴彪,父在朝廷近帝,彼在家未任上两载,只捐纳武略将军武职。年方三十,痴堂妻妾,一心未足,为人凶险,品行不端。凡见人闺女抑或妻妾娇美,无论有夫或孀妇,即立起淫心,千般百计要弄上手来方休。日前恃父在朝官宦势力,欺凌虐陷附近平民过多,实是色中饿鬼。

苏州府南门城外,有一专诸里,内有一贫寒秀士,姓刘名芳,身入黉门,才高志大,但未曾早捷,高登科甲,年交二十四岁上,父母双亡。单身,并无兄弟。彼原籍凤阳府人氏,寄客寓于苏州已两世了。娶妻颜氏,生得相貌娇娆,尚未产育男女,现在怀孕于身。这刘芳仍是在本土学校训课生徒,习文学以取资度日,二者,自得习读以待秋闱应试。

一天,刘秀士出门买物,出城去了。

祸因颜氏精于女工描绣,多与豪门描刺绫绢,以资丈夫诵读日给之需。亦一内助之贤妇也。此天,在门首买些绒线之物,正遇本土狼宦之徒,即系兵部尚书公子裴彪道经刘芳门首。一旦看见颜氏娘子美貌如花,不胜羡慕,即驻马挽缰,双目睁睁看去。颜氏娘子忙闭门进内,不表。

只说裴公子一路回府中,一心专意在此日所遇的美佳人是个本土刘秀士之妻,怎弄得她身从于我?岂不是枉思妄想。也不竟怀,怎出于口的嗟叹之声!早有近身服役家丁,一见公子心有所思光景,短叹长吁之状,即请问:"公子大爷,有何心事不乐?恳明示知,小价或可替主分忧,如何?"

裴彪曰:"汝等哪里得知?我今天出城游耍,及在南门外回府,只见专诸里内刘秀士门首,一女娘生得美质娉婷,只可惜一朵鲜花插在牛粪之上!他虽一穷困秀才,但是个守道学的书痴,平日又不与会交,怎能有窍通彼内室之妇女?某意欲用强,打抢回来,只恐他协同本土乡宦缙绅士人呈本境大员得知,传入京师,祸及父亲,是不敢造次也!思算不来,是至心忧不下。汝等众人有何妙计谋,与本公子酌力得来?倘事成就赏你们白金千两。"

内二家人曰:"公子大爷不须怀忧!小人已有计谋,或可办来!此事且急切不

得，且更不可明抢，抢夺果有碍于国法，只暗算个万全之策即可。惟刘秀才书写得一手妙丹青，本土颇有名声。公子爷来日携带绫绢一匹，亲往他书室，以求书写丹青为名，他见公子爷是个赫赫有名的贵宦公子，定然一诺允从。书成后，特往谢他妙笔，故厚交好，以图假结拜手足，定须多用些金银与彼，只强为通家交厚，相善往来。且刘芳是一穷酸秀士，见金帛哪里有推却之理？但得他妻乃妇人水性之见，又以公子显贵宦门，少年玉采，未有不贪而动其心也！倘果然性硬难动，须窥其隙窍破绽处，用智取之抑设计用强也，此事何愁不就算的？"

裴公子当时听罢，大喜曰："此计妙甚！莫无遗策，可唯依也。事成之日，重重有赏。"计谋遂定。

次日膳后，主仆三人同行。公子上马，二家人持却绫绢在后跟随，一程来到刘秀才书院中。先命二家人通报，刘芳一闻知有裴公子到来拜探，即出门迎接。裴公子滚鞍下马相见，刘芳请公子到内堂，分宾主而坐，命门徒递敬茶毕。

登时，刘芳动问："公子贵驾辱临寒舍，有何赐教？"裴彪曰："无故不敢造次访尊府，只因久仰足下妙手丹青，远近驰名。今裴彪亦得闻羡慕，故特携来素绢一幅，仰求妙手一挥，致意珍作，将为敝室增光，祈勿见却，幸甚！"

刘芳闻言，微笑曰："公子哪里得闻误听，敢当谬赏？难道不知刘某乃一介寒士，只因进学后两科不第，想必命限，定该一贫儒终于困乏，无有开科之日也。故设教生徒，度捱日给所需，并伏窃窃学效别人书一两张俗笔丹青，不过售于市井中，村落里，是见哂于大方者。只不过以备日后防身糊口养老之谋耳！岂敢有污公子贵人之目，反要书写污了绫绢贵重之物，可惜之并难以赔偿起的。请公子收回去，另寻妙手之人，方妥当于用也。"

公子闻言，冷笑曰："足下之言，太谦虚矣！莫非不肯见赐乎？裴某久闻先生妙笔远驰，近称第一，我苏州一府丹青，无人与匹，何须过于拒辞？某非为白手空求者，倘承允妙手之劳，自当重谢，休得推却！"

刘芳曰："既然公子不嫌污目，吾且献丑罢！岂敢当受公子赐赏之物！但不知尊意要书的山水云石抑或人物鸟兽花木之景？"

裴公子曰："花鸟云石，山水人物，八大景致，只由足下妙手传神，何须限各乎？"

刘秀士领诺，又曰："此非一天半日功夫立就，且待两三天，刘某书成，自当亲送至府上，如何？"裴公子曰："既得先生妙手承允，岂敢重劳亲送！且待某于三天之后来府上取领，并携送墨金来致谢也。"

语毕相辞，拱别起位。刘芳送出门外，公子上马，二仆人跟随回府而去。刘芳回身。不知何日写出丹青，公子来取，且看下回。

第二回　假结拜凶狼施阱
真赐赠神圣试凡

诗曰：

君子相交淡水长，小人如蜜也凶狼。

见机择方为智哲，醒眼须分免祸殃。

驻语奸狼公子辞归府去。单说刘秀才有一厚交故友同学，是饱学之士，亦是身进黉门，未曾科第，姓陈名升。他家富饶足，承祖上基业，有百万资财之富，田连阡陌之广，不似刘芳是个贫寒秀士。但他二人交结相善日久，迥非以贫富分界。这刘芳屡得陈升助的薪火之资，原是厚交，不吝惜之处，足见陈升是个仗义济急君子。当日，陈升不时过到刘芳家中叙谈。刘秀才又有一见爱门生，姓梁名琼玉，也是个本土富厚之家。但琼玉一二九少年，父母双亡，并无兄弟手足。彼虽年轻，也会学习武艺，算得一文武小英雄，是与刘芳一厚谊师生，亦不时资助师之困乏。不多细表。

当日，刘芳数天之后开笔书写起一幅人物花鸟、山水云石八大景。后两天，裴公子亲到堂中拜领。刘秀才迎接，入下座、茶毕，方取出绫绢一幅递上。裴公子双手接过，徐徐打开。

刘芳先问言曰："虽承公子不嫌污目，只可见笑大方耳！"裴彪看罢八大景画工精妙，大加赞赏曰："巧手！果名非虚传也！改日复来致谢，以礼酬先生巧妙之笔。"

刘芳微笑曰："此滥习学海，书来敢当公子谬赏，何得言谢！"公子登时告别，收绢幅入袖中，上马拱别而去。

到次日，果然命两名家丁扛抬盒中各式礼物来谢。此一天，适值陈升秀士到刘芳家中坐谈。此日一见裴家主仆五人公子前进，礼物在后，一程扛上排开。堂下有刘、陈二秀才迎接，分宾主一同坐下。及问起，陈升方知裴公子赍此重礼是酬写丹青笔劳故也。公子又问明得陈升也是个黉门秀才。

当时，一揭开各盒，只见四季时果、海味山禽食物，又是绫罗丝缎，春夏秋冬各式二

匹，又有一绽白金，足有五十两。刘秀才见了这许多食物绫罗银子，摇头开言："不敢领受重赐！此乃些小举手之劳，敢当此过丰重礼？公子可即令盛价扛回府中去。"

裴公子冷笑曰："足下勿怪裴某率直之言、自得夸张之罪！想家君在朝，身当部属，于财上千百犹如牛羊身上拔一毛、大树林上摘一叶耳！今此些许礼物，何足挂齿！且不妨得罪，汝非富厚之家，身上做一两件衣服遮身，免失斯文一脉。休多见却！"

陈升见裴彪如此说来，只道他真情重念斯文穷儒者，即向劝曰："既明公子一片盛意，刘兄长亦不须执却其美意！"刘芳听了，只恩受领食物并绫罗，却要返其五十两之金。公子恳至不依，刘芳只得欣然拜领。

当日，裴公子请告别。刘芳挽留，款以早膳。陈秀才又傍留劝止，公子只得允诺领命。

此天，刘秀才命门徒备办酒筵。

裴公子先开言曰："裴某久闻陈、刘二位先生经纶满腹、八斗高才，不日奋翅飞腾，为帝王之佐。今裴某一心敬重，实欲仰攀结拜为异姓兄弟，且又同述一府往来爱谊，未知二位尊意如何？"

刘、陈曰："这是不敢高攀公子。汝乃显贵宦门之辈，吾二人是个不第寒士，多有沾辱，岂敢从命乎？"

裴彪冷笑曰："某乃一介武夫，不过藉家君近帝之乐，却是个白丁无墨者。若得二位文星结拜通家，所有文书往来修递，全凭指点，吾之幸也。且待某投书，往达京都，禀明家君，家君在部中，待汝此科，自有照应，科甲准联矣！"

刘、陈听了，不约同心喜悦，便允从曰："如此吾三人不以贫富贵贱所分，且效着桃园再结之诚。"即日排修香灯于阶前，三人就向当天下跪，祝告表文一番，有裴彪居长、刘芳为次，陈升年轻为季。三人中，陈、刘俩真心裴为假。

当时，只有刘秀才娘子颜氏在屏后偷看。见夫君结拜禀祝得明白，忍不住一声笑，早被裴彪个有心人一目瞧望入后堂，偷看见了。颜氏她只得急退入内房躲避。

当时，饭馔齐备，三人坐周叙饮交谈，不觉三度申刻，已是日落西山。裴公子告别，陈秀才亦抽身，刘芳送别二人去讫。刘秀才回至房中，对妻颜氏曰："拙夫自十八少年进身黉门，一连两科不第，是必功名迟滞也。今或藉裴公子父亲在京部，加些少提拔，得以功名早济，未可知？"颜氏曰："丈夫休妄喜欢！依妾之愚见，此段金兰结拜得好不，不必言的，如不结交此人，更妙也！"

刘芳一闻妻言,心中不悦,曰:"且住口!汝妇女之流,岂知通变?此日结拜,我非高攀于裴公子。他出自真诚,来致谢我之丹青,是彼先陈及与吾二人结拜的,非我与陈升弟定必背靠此人!今汝冷语闲言,是何道理?"

颜氏曰:"妻非敢冷言多管!妾自归君家数载,果蒙陈秀才多少恩惠提扶,不时赠助薪水之资,并义门生梁琼玉也是一般恩惠周相,实出于一心扶持我夫妇者。何曾平日闻见这裴公子与汝些少往来,恩至之交?今因书写二幅丹青,便即谢送此厚重之礼。如观此人,必有一贪。丈夫乃读圣人之书,明晰理者,岂不闻'君子之交淡如水,小人之交甜如饴'?当汝结拜时,愚妾在后堂观见汝等祝告神祇之语,已忍不住发笑一声。这生面人定必是裴公子,一闻妾声音,即目睁睁偷看,料想此人不是个善良之士,比如陈秀才是汝故交,妾来数载,哪有回避之?哪有生言议论之?他乃正大君子,只无可疑忌者。今交结这裴公子,君须详察其人乃可。"

刘芳闻言颇怒,曰:"妇女之足,三步不出外堂。自此有客到来探望,不许汝出入。多失男女之序,又露人眼目。"这颜氏见丈夫认真说来,只不答言,无语。话分两头。

再说陈升别却刘芳,与裴彪分手,各自入城。未至家中,于道途中,只见一白发老翁远远而来。不觉行近陈升门首,边奔走边连声称说:"有宝贝卖!"陈秀才一驻足,向老人跟前拱手动问:"请问老丈,既有宝贝物件,何以日间不来沽卖?今已天色晚了,又在学生门外呼卖不已,实为欠解,请道其详。"

老翁见问,冷笑曰:"足下未知其由。老拙果有非凡宝贝一物,善能救解人之实厄。但吾初到盛境,不识得程途,赶至入城,天已是晚了。忙速中连连呼卖,或遇富翁善士,有怜急相帮如买者,又得求借一宿,来日早早回家,免至徬徨也。"

陈秀才听言,曰:"原来老丈是失路之客!请问老丈上姓尊名?"老翁见问,既曰:"老拙姓吕名扶世。"复转问陈升,求借一宿。陈秀才一诺承允,即请他进至大堂中。老少分宾主坐人。陈升此时问及:"尊者有何盛宝?求借一观。"

老人见陈秀才乃一贤良君子,即取出一物。用五色绒线包裹数十重,一一揭开,乃一个小小瓦净瓶,言:"此宝名莲子瓶。"陈升见了,冷笑一声曰:"老尊丈,无乃谎言欺人的。汝今一小瓦瓶,何为宝贝之物?"

老人曰:"足下休得小觑此物!汝乃富厚之家,园中必多种植花果之物,内有栽种之莲,且取来莲子二三两,待老拙当面试演来,演汝一观,便知它是一个宝瓶矣!"陈秀才闻此说,即命家仆往后园取到莲子一盅,递过卖宝老人。他即持过,挑拣上四十九粒放在瓦

瓶中。他低声念念有词,不知什么咒言,一刻间,瓶口标出成枝,二刻发叶,三刻开花,四刻仍结回莲子,当时遍室异香。

陈升细看每一莲花,四十九朵结四十九粒莲子。实乃是个宝瓶奇物也。陈升惊异曰:"学生果乃肉眼无珠,不识此瓶是稀世之宝。未知老丈果售否?"不知老丈如何对答,或售或赠,且看下回分解。

第三回　陈秀才一念怜贫
裴公子两番放饵

诗曰：

救急扶危君子忠，贪花起衅小人心。

试着善恶装刘行，福者善分祸者淫。

当下，陈升问及老人果售卖的价值几何？老人曰："售取之价有限，不过三百两耳！"陈升曰："三百两金，小事也。且命家仆排上酒饭，料得老丈未用晚膳的，明日差家人送汝回盛乡。"老人曰："既蒙售取买了，且要先赐交白金。老拙收下，方敢领款酒饭，若不先交银子，决不敢领情。只忧足下明日疑心不买的。"

陈升曰："老丈哪里话来？晚生乃是个顶天立地之人，并非吝啬之辈，岂肯失言！请放心，只三五百之金，何足挂齿！"老人听了，冷笑一声，曰："老拙今已看全，倒也见尽了这世俗之情，多少悭吝薄心阴险之人！千万人中选无一二信行者。"

语毕，拿回瓦瓶，抽身而起。

陈升起位跑上挽留住，即命家人取出白金，一箱千两，扛抬出放在中堂："敬请老丈，要用多少便是。"老人就将银锭挑取五十两一锭，共六锭，足三百两之数，用香囊盛起，藏入怀中，拿起瓦瓶，大步走出。

众家人见了，大呼曰："相公，原来此老人乃一老拐徒！且待小人等追赶拿回，明日送官究治，取还银子，才得甘心矣！"陈升曰："三百两银子是小事。他是八旬老年之人，倘赶他失足仆地跌死，实乃人命关天。想必他家贫如洗，是才将此宝物骗吾亲观，实来讨借此银子耳！不许汝们捉拿，待我亲自追请他回。"

言毕，发足飞步追赶去。出门已是天初黑暗，月色光明。

只见老人飞跑赶急，至一石闸门，头一抢撞，却死仆于地中。陈升一见，自惊曰："不好了，幸得吾也有先见之明，不容许家奴追拿此老丈。不料他畏惧追赶，今撞死于非命，原我之罪过。"自想过意不去。又未知他是哪方人氏？只问得姓名，不及问其乡居。"但彼有宝物银子在身，且守候至天明，待有亲谊人来承认，方免被旁人夺盗他财宝，且买备衣棺，连同财宝二物同葬，得汝九泉心息。"

言毕，将身上长罩袍脱下，盖在老人身上，驻足守候。不一刻，这老人大呼起来曰："陈先生也来此乎？"

陈升一见，又惊又喜，即曰："老丈，今身体安否？"老人曰："老拙一刻撞晕了。今回来追迫见君。"

陈升曰："某来特请老丈回寒舍用过晚膳，非追赶也。且银子乃小事，汝且拿去，用度足矣。并小瓶宝贝，晚生辈又非要汝的，休要以此介怀！"老人微笑曰："果善哉，陈君也。于万人中未得一者！吾将此瓶送汝作护身之宝，汝之尊府，吾是不到矣！"

陈升曰："宝瓶乃老人家传好东西，晚生断不敢领受。"老人曰："陈君不知有旦夕之灾飞来，倘不得老拙宝瓶，不久灾祸临身，并无别物可救！如得此宝，汝及故友刘芳也无妨碍矣。"

陈升听了，惊讶曰："晚生平素谨守国法，不负官粮，不欠民债，不敢与人争斗，纵有灾殃，只凭天所命耳！"

老人曰："陈君以老拙是何人？实乃吕纯阳四海云游，又在凡世试察善恶行止。今我以青年有善行，珍重贤良，日后前程远大。汝陈、刘两人身近帝边之贵，但不日果有灾祸临身，故特将此瓶赠汝，日后有解灾厄之用。且收除妖道以安邦国，皆藉此宝。今且将四十九颗莲子纳回，每日吞食一粒，食讫，不见饥饿。谨记收藏。切不可近狎污秽之所。去也！"一阵狂风，一刻不见了老人。只见星月交辉，碧空云净。当时，陈升望空拜谢起来，独自归家，已是时交二鼓。细思有此异事，又蒙神仙吕纯阳点化救厄。一回府，将宝瓶莲子收入书斋画中，连妻子也不知之。是夜不表。

再说裴彪是日行了请帖命家丁投送，联请刘、陈两位义弟进府堂叙欢。当日，陈、刘怎知裴彪是个奸险之徒？二人闻请，同往相见，弟兄呼唤，裴彪先开言曰："昨叨二弟盛款，愚兄今天特具小酌，邀请两位贤弟到舍一叙。幸蒙不弃，见柬即光临到，愚兄喜感不尽！且待两天差家人往京都，对家君说在本土与秀士三人共结同手足之谊，待今科进场考选，定有关照，准得金榜题名。"

刘、陈听了，喜色飞扬，不胜感谢裴兄长用情见爱。三人言语投机，一假两真。自卯辰时候饮酒交谈，至未刻方才散席收筵。

当时一刻，裴公子进内复取出白银两大锭，共成一百两，对刘芳曰："吾知二弟家贫淡

泊，前之五十两，不过供些衣裳冠履之用，别的费用俱无。今再送白银百两，且携回作些灯油需用以供习读的帮助。"刘芳摇首曰："前日叨扰贤兄盛礼，且有白银五十两强使弟受之，已有愧了。但以交情意重，不敢却返。今之百银见赐，实出于无谓，弟断不敢领当也。"

裴彪冷笑曰："如此贤弟非以交心为首，视某郎百两有限之数即要见却，倘日后还有患难事，还有什么舍命扶替者。吾一心以二弟清贫，至以些少之金略扶助，多有亵渎，尔便认真，果非知我心也。"

当时，陈升见裴公子自此说来，又见他两番赠金与刘芳，言出于真诚，便不胜叹美他是个豪侠之交、救困抚危之士！怎晓得奸狼其中用此番香饵计谋？当此便劝刘芳领受下。休多言之。刘芳被强劝一番，只得顺受拜谢之。又言谈一刻，两人告别。裴公子亲步送出仪门外，陈、刘也分头回家。不表陈升。

只言刘芳一程来至南城外，见江边石勘渡头有一年少女娘，在江边痛哭，向江水凄然下拜。刘芳住足动问曰："汝这年少婢人，乃闺中细女，何故轻出，向江边痛哭下礼？想必要投死江中，莫非汝深闺不谨，差错行为，是一死不足惜？倘有冤屈逼凌，不妨直曰明言。某若少有可与出力者，定与汝少年弱女解纷，不必畏羞隐讳。"

那年少女娘含泪曰："君子不必疑心。奴虽乃贫寒弱女，颇明礼节。只因先君在世，欠下债主白金五十两，上年身故了。奴只有老母孤零，被屡次来逼取利息，不能交还，今即要交偿还五十两本金。昨天此人亲到吾母家，在母面前言逼取还，如不偿交五十两之数，即要勒娶奴为第十房妾。幸得慈母不允，他即起狠恶之言，限以五日之内有足五十两之数还他才休，如若仍无银子交偿，第五天即花轿登门强娶，决不容情。为此，奴不想留此苦命于阳间，特来丧葬于水府。一来免玷辱，二免慈母担扰。君子不必劝奴以生，断不在人间以受此狂狙之玷辱也。"

刘芳听了，忿然不悦曰："五十两银子岂可以一少年之命菹乎？"女娘曰："家贫如洗，亲者不亲。哪人肯怜孤恤寡？故不得不死耳！"刘芳听到此，不觉动起怜心，下泪曰："世间狠汉因财逼命者不少，可惜她孤孀母女被此土恶威逼，可悯也！"又呼女娘："不必寻死！吾有白金刚足成一百两，五十两一锭，共二锭，汝且携回，将一半交还此恶逆，一半留为母女度日。就此去罢！"

少女曰："须蒙君子盛情搭救，恩同天地。但今一面未识，岂独在此江边受领赐银！奴实不敢拜领。旁人观见不雅，敬请君子移贵步至寒舍，待家母主张可否受领，方得于礼

无碍也。"刘芳闻言,笑羡一声:"光明正大女娇娘,令人可敬!且请先步指引,待某随后来见寿堂母。"

果行不半里之遥,少女进内,复有六旬妇人出门迎接。刘秀才只随进内坐下。老妇请过姓名,方知是本土秀才,即曰:"多感搭救小女于江边。倘恩星到迟一刻,小女身葬大鱼腹中矣!老拙还未知其由,今回归说出,方明刘先生大恩人也。"不知果能救赠得母女如何,下回分解。

第四回　行善念刘芳遇神　设恶谋裴彪通寇

诗曰：

漫言三尺没神祇，暗室亏心有四知。

善者得昌行恶祸，只争来早与来迟。

当下，老妇言："得刘先生搭救大恩，但此祸乃先夫留下，果与土恶揭借此银子有年，息倍于本了。上年先夫身故，将衣裳首饰之物变卖尽，方得寄土为安。但今土恶威逼银子，自是母女一身抵当，哪里敢受恩人白手相送？况且家贫空乏，哪有还偿之理？然前少后欠，均属同科的，何须恩人与土恶互易？"

刘芳曰："此白金，吾刘某亦受厚友相赠的。今并不要偿还，休言欠字！汝母女休得介怀！"

老妇曰："天下并无有此仗义恩人，是无恩可报，不免将小女侍奉箕帚，少报恩德。"刘芳曰："贤母之言差矣！刘某乃一贫儒，现有家室，岂敢有屈令爱少年！就此告别了。某因一时忿此土恶凌逼，且惜少年一命，故不惮来此转送此金，以完了我心，非望报也。"

正起行走，老妇止之曰："既不允，请恩人且慢！先夫在世，最好种果栽花，请君进破园中一观。汝是读书之人，颇爱花木之雅，今一赏如何？"刘芳允从。

一进花园，只见多少奇花异果，皆非世俗所植的。刘芳又见左右有高低两株奇树，不识得是何果木？刘芳请问两树出处，老妇曰："左边之树，高一丈七尺，独生七十二叶，结七十二果；其果长三寸，遍均金色。右边一树三尺余，独生三十六叶，结三十六果，其果长一寸半，遍均红色。左树名长生果，右树名不老果。此果非所常有，非所常得。今各摘二果送与恩人一尝，且留各一归遗细君。如君夫妇食果，增寿至百纪之外。"

当时，刘芳食来二果，真见异香甜美，直透丹田，五心爽朗，赞美佳果，称谢，将食余二果收藏下。

老人又曰："此两种非凡间所有，恩人明日午刻来此折枝，回归种植可也。"刘芳允诺，

登时告别归家。已是初更时候。

颜氏正要备晚膳与丈夫食，他言食了美果，觉得甚饱。又取出各一果与颜氏食来，果羡清香甜美，五心透爽。颜氏问及果之奇美所出之由，刘芳将所遇一说知，颜氏听罢，大赞美丈夫所行阴积善事，天必赐佑了。当日，刘芳夫妇得食却仙果，后来双双享寿到一百四十余岁善终，无疾而逝。也无交代。

到次日，用过早膳，一心往取仙树种植。说知颜氏，又命各生徒暂归家，来日方回课文艺，单留梁琼玉一人在窗中。他一出门，直程认此道途，行之半里，是上日旧途。一到了此地，迥非昨天在山脚的茅屋，只是一山丘荒之所、古庙宇一间。行近草径，露出两锭白金，即是原物。心下猜疑不定，即收拾取回。想来昨夜莫非撞遇邪鬼不成？只庙宇中看是何神圣？一身转入，只见庙中一大座天阶，两廊荒废，有炉案，并无司祝香烟。行近神前座上一视，乃系九天圣母，又见左边金童捧着昨夜的长生果，右边玉女捧着不老果。

当时，刘芳心下骇然。见此圣像，方知昨夜所遇母女乃神圣化身。即倒身下拜："谢圣母赐食仙果。"又禀祝圣母娘娘："刘某今虽困处下第，但日后也有功名成就之日，得其上上三胜吾图第一。"心中喜悦，复谢禀祝曰："倘得圣母庇佑，功名早遂，身贵之日，定然重修金阙、圣像维新，以酬圣恩。"祝罢，拜辞神圣归家，将此异事对妻说知。颜氏听了，不胜惊异，又言："丈夫行此善事，不料是圣母化身试凡，可见暗室亏心，神目如电，但行恶之人，可不戒哉！"驻语夫妻勉善之言不表。

再说裴彪，自从设计用些财帛，一心用钓，以赚刘芳之妻，假结为手足，以为如此，鱼可上钓。岂知后来数次到其家，颜氏一心明知这裴彪非循良之辈，依着丈夫昨者吩咐之言，永不出一面。裴彪无可奈何，寻思无计。

此一天，闷闷不乐，在家无聊，只得往松江一游，要以舒心娱怀。道途走到一山，名虎丘山，错蹈山上陷坑，跌翻下马，被山贼捉拿至寨中。

有贼首坐在当中，喝声："匹夫，见某大王还不跪下！好生胆子，敢来探听某山寨虚实，该当死罪！"裴彪怒曰："汝等乃绿林盗寇，要本公子下跪，汝子好生可恼！今裴某是失路误走山下，非特来探听汝者。汝若杀害了本公子，但吾父在朝中一闻知，大兵一到，将汝一群鼠辈，寸草不留也。"

盗首闻言，曰："汝这匹夫，口称公子，汝父在朝官居何职？姓甚名谁？且说来！"

裴彪曰："吾父官拜兵部尚书，姓裴。吾公子名彪，本土哪人不闻大名？某现职武略将军。"盗首自言："某久闻裴兵部是个奸臣，与李林甫、鱼朝恩一党。我要报父仇，除非暗

通此奸权,好能有机会。可先结识此奸的公子。"当时,离座位,亲解其缚,呼曰:"众喽罗实有目无珠,得罪公子。"

二人重新见礼,分宾主下坐。

裴公子又动问大王名姓,他言:"某乃本土江南镇江府人,姓古名羁威。先君名古全忠,乃昔武后临朝,某父随武三思随征,为部将,立下战功,蒙君王敕授江南吴松总兵。不想后嗣君听佞言,奏说吾父纵兵下边隅,扰害居民,实乃无辜被杀。今且因父仇不共戴天,故落草于松江府虎丘山,招兵买马,有日粮草丰足,军马准备,即要杀进长安京都,定报父仇。只恨无内应之人耳!今不若与汝结拜为异姓手足,待公子修书飞达上帝都,报行令尊做个内应,倘得了唐室江山之日,自愿推举令尊公为君,吾为之臣也。只要报了父仇,某心愿毕矣!"

裴公子听了,大悦曰:"若兄果有此心,弟与汝结拜!"当日,二人拈香结盟。古大王年长二岁为兄,裴公子为弟。

礼罢,中堂上早已排开酒筵。两人就席,双双对饮。

言谈之际,裴公子问起:"兄长有几位令公郎?"古羁威回言:"命蹇不幸,先妻死去数年,未有后嗣人。某落草为寇,但一心不以家室为念,又不妄抢民家妇女,故今尚是中年孤独一身。"

裴公子赞叹:"兄长是个不贪女色的英雄之辈,与弟心性不同。弟一生毛病但专于美色。今有一心腹不满意事,日闷无聊,远游松江,不期误入此虎丘山,故今遇尔,得与兄长结拜,亦一缘遇也。"

当时,古大王问及:"裴弟有何心事介乎怀中?"裴公子将刘秀才妻颜氏生得一貌如花,是以求写丹青为名,又假结拜弟兄,屡屡不得成就美事,千般打算,不得此妇上手,是至心上大不如意事说知。古羁威听了,微笑曰:"此事何难? 彼既精于丹青妙手,就有机窍矣! 贤弟且先回府中,待愚兄改装下山,亲到苏州府,认做客商,言久闻丹青好手,特来聘请他到松江写书方、绘名画,谢他笔金千两。彼是一贫儒,岂有不乐从而往? 若赚他上

山，一身犹如入于罗网，那时由贤弟计较这颜氏，如何？她从顺了，不必说。倘不依从，再有别计设施。"

裴公子听罢，大喜，在此宿了一宵。次日，仍用过酒膳，相辞分别。话分两途。

单说古羁威此天改装下山，一连五六日，方到得苏州府城。入南门外，果然寻访着刘秀才。先通报请见，有刘芳出门迎接入内，分宾主坐下，问清姓名。古羁威回言："古姓名兆，为商家。久闻先生是一位丹青通府妙手，特远来此敬请往松江府一游，求写丹青数幅，愿谢千金。幸勿见却！"

那刘芳一想："今秋闱在迩，赴京都、入科场也要用一二百两银子，哪里得来？不若凑此重谢，可承允于他。但往松江隔府多路，途则八九天，速赶则五六天，计往返不过十五、六日，可以归家了。"

不知刘芳允往松江，如何中他毒计，看官，且听下回分解。

第五回　设陷阱强盗露饷
　　　　畏律法秀士埋金

诗曰：

不畏神祇不畏天，只图美色陷良贤。

一朝势尽罪盈日，远遁高飞命不延。

却说刘芳计来程途不远，得了千金重谢可以应科，得往京都也有路费，又足妻之日给用度矣！实乃天就成功也。但不必一刻承允之，便言以不思远行为辞。

当时，古羁威见他不允远行，心中又想一计，即依他曰："既然先生惮于远行，待某即于盛府买绫绢十匹，待先生细细在家书写，仍谢以千金，是不失信的。"

刘芳听了，倍喜，诺诺承允，即曰："好！不过在下书的毫笔当于用否？但十匹之绫绢非三天两日功夫，多则一月，赶速至二十余天，不嫌污目，则可代劳赶起送上。"古羁威言曰："须要先生书得传神奇妙，两月之久，不为迟延！"言毕，珍重作别而去。

果然，次日买白绫绢十匹送来，交刘芳接领下，又别去。那刘秀才哪里得知内里机谋暗算？只一心于十大幅白绫上书写起大景人物、花木鸟兽、山水云烟、奇峰怪石之类。刚得一月之前，早已绘起。

当时，古羁威等候一月。此一天，带了两人，扛抬一箱子来至刘芳家中。令人通报知，迎接入内，分宾主坐下。

刘芳将十幅白绫写成的景物一一展开。古羁威尽将观看过，大加称赏，连声："妙、妙！"即此徐徐卷理，命过二从人收拾了，将千金箱子呈上。

刘芳仍推让，不敢当此重大之礼。古羁威曰："区区千金，何须挂齿！今承蒙先生不却，得此妙手丹青，实稀世之宝。请先生收领。"

当时，刘芳将箱子封皮揭去开看。只见是二十锭银子，每锭五十两，共足一千两之数。但细看银锭中央有朝廷记号，是国饷之银。刘芳见了，觉得惊异，即问曰："足下既为商家之客，这是朝廷库饷之银，前者解饷回京，被本省松江府盗寇所劫去，至今尚未破消

盗劫之案。今之饷银,足下怎么得来的?"

古羁威尾露出机关国饷,见刘芳动问,料想瞒抹不过此饷银,只得实说曰:"刘先生不用多疑。某原是松江府虎丘山寨主,古羁威是也。曾闻刘先生满腹经纶,只因功名屡科不第,困守清贫,良材惜屈。故借写丹青为名,实欲请驾上山,做个参谋军师,报复杀父之仇,故欲成大事,共享山河,岂不为美哉!"

刘芳曰:"寨主差见了。生乃一介寒贫儒士,区区贱名,玷习儒条,并无才智,枉寨主妄荐费心矣!况刘某常读孔孟之书,略守皇法,断不敢做此灭族覆宗之事也。且吾与寨主一较论:汝兵不满数万,将只数员,粮草不继年月,如何一旦动兵?不若回头是岸,改邪归正。虽令先君被害,但唐先王早已去世,今嗣君英明有道,何而以旧怨执新?况君欺国无罪斩父子无仇?汝何不特上京都陈疏,明令先君昔日无辜屈死,且待新王追封叠赠,成汝大孝。少不免子荫父职,还不名声于古馨香,强如心生叛逆所为。"

古羁威听此一番,即曰:"先生金石良言,未为不是。但先家严于先帝屡立战功,一朝无罪惨死,令人子怎肯忍下此忿心?况天下者,人人之天下,有恶无能者何居之?吾虽兵微将寡,但前者有言,必要报却父仇,即一死何恨之有?今先生不愿上山,吾亦不能强请,只忧后再有歹人来劫取,何忧先生不是吾之护佑者!某今且去也。"

言毕,与二从人及来兵四人一刻跨出门,奔走而出。一时见机谋不就,亦无心往见裴彪公子,一程奔回山中去了。

当日,只说刘芳一见古寨主不依劝谏良言,一刻忿然别去,又不能追回,将此项干犯国法饷银交送回他,心中实见不安。呆想一回,又不敢扬言往追赶此人,只得进至内堂,对妻颜氏一一说明。

颜氏也突见惊骇,即曰:"此事大干系!妾屡屡劝谏汝,不可出售丹青,实乃识人多处祸端多。不若趁今无人知觉,将此饷银锄掘一穴埋于土中,释了生徒绛帐。不在此土,且自回归凤阳故乡埋此踪迹,方得抹灭了与山贼相通之祸患也。"

当时,刘芳见娘子说得有理,只依从之。未及关门,不想事当败露。谁料偶遇裴彪突来探望,但前两番皆用家人通报,方进他内堂,今裴彪一心主意在颜氏,故此日静悄悄不通报,直程快步进入中堂,方呼唤:"刘二弟在家否?"

这刘芳应声即出,其一箱子银子未曾收拾起,仍在中堂。裴彪一见堂上箱子打开,许多大锭银子,不胜惊异,细看来,又是国饷字号,即动问曰:"二弟,此银国家饷记号,怎生得来?"

刘芳见问，料瞒不过。"自己结义手足，他未必反来陷害于我！"只得实告虎丘山寇来迎请一节。

裴彪听了，心中明白："缘何这古羁威不来会我，已回山去了？此事何解？"但他裴彪当假作不知，变色急曰："贤弟，此事关系重大，须当秘密，瞒过外人。倘一泄露风声，性命休矣！"

刘芳又将依妻之言埋金于土，即日逃回故乡直说明白。

裴彪虚言曰："嫂嫂果然算得高见，二弟可依从也。"裴彪登时告别。刘芳因于心忙，有此埋金急事，也不款留这裴公子。

但他一出刘芳门首，且不归家，急忙忙催轿，一程至苏州府衙中来拜会，传具名帖通报。此位苏州府知府姓柳名荣春，系山东省青州府人。当时，迎接入裴公子，分宾主告坐于穿堂，即开言问及："公子光临敝衙，有何见教？请道其详。"

裴彪曰："无事不敢惊动公祖大人！今治生特为大事来此，救脱苏州府满城百姓之命。"

柳知府听了，惊吓不小，急忙问曰："清平世界，公子何出此言？"

裴彪曰："公祖有所未知。治生前月往松江府游览，误走虎丘山，被山上贼人擒上山岭，要勒逼银子。当时说出家严在朝职名，盗首方不敢妄索，放回下山。吾也认得贼首一面并头目数人的面貌。不料，今天出府买些物件，在南城外专诸里，一见刘芳秀才送出门首三个客人，某认得是松江虎丘山贼首并两个头目，自外又有四个从人，皆扮作商人之状。这刘秀才殷勤送出，想必这刘芳是一贫儒，守不得困苦，故勾引这虎丘山强盗，想必谋为不轨，未可知也。只忧此贼其志不小，又是屡败官军，倘被他引贼兵入城为内应，劫夺了城中仓库不打紧，若侵占了江南府城，一大郡生灵俱为贼鱼肉了。有此大事，非关系一人之事，治生思此事缓办不得的，故急急忙忙诇突而来。不敢隐讳，请公祖大人即刻点齐差役，拿捉了那寇逆秀才，立刻审详，替宪布按上下，刻日正法，实实去了贼人一内应之弊。如此，方免此大患也。"

当时，柳知府听罢，神色一变，心下彷徨曰："幸值公子相遇得巧，实乃救活百万生灵之功。待本府即日密委精役先拿此狗秀才，汝且回府，万不可少泄风声于旁人。"裴公子应诺，暗自大喜，登时告别回府。一路自思："颜氏是掌中之物，好不称心。"不表奸狼。

暗说柳知府即刻升堂，传齐班首衙役五十余名，令两名先入专诸里邀请刘秀才书写丹青，一出门见面，合同五十名一齐刀枪押送入府衙，路上不许扬言，恐走漏消息。众差

役领命。顷刻,已至专诸里刘秀才府第。

只见双门关闭,二役只得将门打开,直进内院,只见刘秀才在花园持锹锄地,竟不住手。二役曰:"秀才乃读书贵客,非是农夫,缘何挥起锹锄扒掘?我奉太爷之命,特请秀才进衙写书画丹青。"

刘芳举头一惊,暗思事关重大,心慌意乱,此祸非小,又因藏了银子,未及收藏,必被差人看见,心中惊慌,勃然变色,即放下锹子,被二役缠出门外,不由分辩,众差齐举刀枪押进府衙。不知刘芳性命如何,下回分解。

第六回　裴公子暗施辣手　柳知府昧窦惨刑

诗曰：

对面明枪容易躲，暗施冷箭实难防。

试看裴子机谋密，善良难免覆盆殃。

当时，柳知府二差役只见刘秀才箱子许多银锭，雪花亮白，看来原是国饷字号。只因失去国饷已经两月，在本土官府曾经出至赏银五千两，各官大小衙役军民皆知。今二差役见了，厉声曰："好秀才，读书君子做此朝廷逆犯！如今失去国饷，有着落了，人赃俱在，故府太爷一标发的密票，先令我二人共请写丹青，再发五十人于出门时一齐刀斧押送。原为此大事，今五千两的赏格稳稳到手了。"

语毕，二役上前把住捆行。刘秀才大呼分辩喊救。

当日，刘芳此位心腹门生梁琼玉是个巨富家财，年方须然二九之少，日习文、夜讲武，为人胆正心高，文武全才。但功名尚属塞滞，未曾登科而椿萱并谢。适是日，从家奔学馆中，一进书室，闻业师被官府差役拿去，不知何故？急进内室，见颜氏师娘悲哭，细问缘由。颜氏直说，惊吓不小，转慰解师娘一番："待门生往府衙中探听明白，自有安置辩论。且先生平素一良儒，岂能屈他作此通犯！此事不须师娘苦恼也。"

语毕出门。一刻跑至府衙公堂大门中，只能在外远远观看这知府如何审断？

早见府役人一众下跪禀曰："小的等奉票差往刘秀才家，请写丹青，不料他自锄园地，要埋国饷银二十锭。现今人赃俱到了，并有锄锹之具为证。请大老爷裁夺。"

柳知府闻禀，吩咐将刘秀才带上。

刘芳深深打躬，把足一拖曰："公祖大人在上，生员刘某叩见。"柳知府一见，厉声大骂："好匹夫！枉汝身进黉门，作此大逆！其身固属不免于死，而且臭名于后，也有玷辱圣贤名教，令人可恼！想必日前包庇响马，坐地分赃，至令强徒胆大、打劫国饷。今还谋为不轨；若引贼兵入城作为内应，你今一党叛逆同谋，死有余辜，罪及妻孥，一门不赦。今日感动神灵地杰,一朝事得败露,至百余万生灵不该遭此大劫。"即将怒案一拍。

刘芳诉曰:"公祖大人明鉴,日诵圣贤之书,岂肯作此灭族之事?只因生员功名不第,苦守清贫,故兼习得一笔丹青图画,远近颇闻,自以为晚年养身糊口之度。不意前月内虎丘山贼人假扮做客商,到门求写丹青十幅,愿谢笔金千两,实则思聘生员上山为一谋士。当时,生员惊惧,曾将几句良言劝他一番,彼即悻悻而去。然生员当时即速追赶,交回饷银,他马跑迅速难追,是至惧祸,将锄埋金,誓不与人书丹青。此是真情,恳乞公祖明察秋毫,以免生员负此冤屈,遗臭而死。生员百世沾恩。"

知府闻说,大喝:"好利害刁词匹夫!人赃在这,敢强辩么?"当日,知府又行书帖与府学教官,革去功名。即刻重打四十,打得皮开肉烂。刘芳只是不招。府官大怒,喊道:"夹上狼棍。"刘芳痛得死去还魂,也是不肯招认,这刘芳想来:一生清白,身入圣教,岂可受此逆恶!大辱斯文,不免万年遗臭。故立心留名,自愿抵死不招。

柳知府一心急于糊涂结案,硬将刘秀才一味夹打,逼他招认,通虎丘山贼寇,致贼人胆大,敢于打劫国饷。待刘芳一招认了,即行重办,本省文武官员俱已罪轻。但当时知府见行重刑不招,无奈将他收入监牢,即申公文与各上司缘通省大员。督抚、布按、司道闻此重大之事,各皆惊悚。而督、抚两人即行牌文,仰柳知府细细审,确力办是否,然后拜本回朝,奏闻圣上,发兵征剿虎丘山寇,以静土境,不表。

只有梁琼玉当时见柳知府不容先生分诉,只即行夹打,皆不得口供,心敢怒不敢言,不觉暗暗垂泪。及看至审罢,收入牢中,方出府衙门,一路惨恼而回,思算不言。一到师娘家中,将知府审不公断,打夹收监,达知师娘。

颜氏听了,即哭泣哀哀。

琼玉又对师娘说知,要联请本土举子秀士乡耆缙绅具呈,诉禀刘芳被此冤陷,诉告上司公办,以免知府糊涂屈却清白文儒。

琼玉正在连日奔请。

不料,柳知府实思将刘芳归劫饷破案,故今日打夹,刘芳虽捱重刑,只不招认。一连三天,夹打至死了。当日,柳知府见夹死刘芳,不得供认,思量怎生复得上司?即吩咐将刘芳尸扛出荒野暂停,下申文书言他在牢狱中畏法自尽。

当梁琼玉正在联请各举子秀士缙绅来联呈保结先生。不料此天梁琼玉仍往府衙,探听知府审判,一刻狠狠打,夹死先生,不得回苏,正是心如刀刻,又见扛尸出衙,一路惨惨叨叨,抱恨回归。到了十字街头,有三两匪徒酌议曰:"可惜刘芳的妻,有此花容薄命,独

守空房,不免三人今夜私到他书房将她戏弄一场。她若允就罢了;如不允从,拔刀斧以杀动之,她是水性妇人,贪生畏死,必然顺从,岂不美哉!"

琼玉听了,气忿得火上添油,雪上加霜,急步跑走回先生家报凶信。言:"先生已被柳知府夹打死了,将尸扛出荒野停顿",又言街上见三匪徒,说今夜私来无礼之事,一并达知师娘。

颜氏一闻丈夫被夹打死,哭得发晕了。半刻方苏,犹惨不已。琼玉只有带泪劝解师娘,颜氏切切中,一来痛哭丈夫惨死之冤,二来今夜恐匪徒逼淫,受此玷辱,要寻死。即嘱托琼玉:"计寻丈夫尸体,殓棺安葬,我愿毕矣。但今世夫妻受贤世兄大恩,来生夫妇犬马酬答。"言罢,泪如涌泉。

琼玉含泪劝曰:"先生既被狗官屈夹死了,今师娘身怀六甲,或生下来是男儿,正好接后,以全刘氏一脉宗枝,他日长成,好报雪我师之仇,又免二命相连。今师娘勿忧被强盗玷辱,自有门生在此,些小狂徒,吾岂惮之!只一节惟虑柳知府申文正办先生包庇通寇、劫国饷,上司不察准详,则满门之罪难逃矣!不可不早虑。师娘必不可寻短见的,急扮了男装,待门生保护,汝即日雇舟奔往金陵,得到吾姑娘家中,自有安身之所。汝且改装,吾回家吩咐舍妹子管家,我带些金银作路费即来也。"

颜氏悲泪,只得应谢他高义用情。

当日,琼玉回家,嘱咐妹子管理家中内事,老家人梁任管理外事,勤谨收理租业、仓谷出入、照管门户。吩咐毕,带了黄金三百两,齐眉铁棍一条,肩挑包袱,飞跑来师家。见颜氏已扮了男装,将首饰余银藏过,将门锁闭,两人先后同走出城。

行程半日,已是红日西沉。跑走到不近村庄市镇之地,并无客店旅家之所,只见路旁一间古庙零落,并无司祝香烟。进内一看神像,乃系伏波将军。他是后汉马援,因奉旨征南,德政惠民,百姓感恩,创建庙宇祀之。

当夜,师生俩食过干粮,见庙内有长板凳一张,琼玉请师娘睡卧于此,自己顶靠庙门而睡。正是一点丹心,保护师娘逃难。

至三更初,梦见伏波神显圣,亲赐双鞭神物,又教习鞭法。使完,神圣向空中而去。已是天明。

琼玉醒来,果得双鞭于神案上,谨记教习,大喜。对颜氏师娘言知,二人拜谢神圣出庙。行至十里,忽一阵狂风,沙飞尘卷。颜氏曰:"梁世兄,想来云从龙,风从虎,倘有狼虎来时,一命休矣!"

琼玉曰:"师娘放心,吾今有神鞭护身,惧什么狼虎?汝且避歇于松林间一刻,待吾在此山中等候片时,待大风息止,再请师娘行程。"颜氏应允。正合着她腹中疼痛,想必系临盆生产,正要回避,入此松林不见人之所。

当日,果然贵子下降,颜氏林中分娩。不知何日脱灾,且听下回分解。

第七回 松林中颜氏产子
荒郊外陈升盗尸

诗曰：

夫祸妻殃各自奔，幸逢贤救得安身。

高天仗义深情友，奋勇坚心拯难人。

再说颜氏身入松林，一刻之久，只觉腹中倍加痛楚，急打开衣包，细将小服抖开，坐于石磴。一阵疼痛，产下婴孩，呱呱啼叫、鲜血淋漓。颜氏揸过一刻，将孩儿用布服拭净，包裹好，自换过衣裳，即将污秽衣服抛弃之。只得含羞趋步，走出松林。

琼玉正山坡等候，一刻狂风顿息，正要寻呼师娘出林。颜氏应声从容而出。琼玉登时喜见师娘手抱一小孩子，又见安然无语，即动问曰："师娘，产下香烟种乎？"颜氏含羞答曰："蒙天怜悯，产下怀腹苦命儿来。"琼玉喜曰："谢皇天，先生已有后手香烟，正为可喜！但师娘产儿未久，身体力弱，且慢行路途。"

果行不及一里之遥，颜氏因风吹，晕迷一阵，仆跌倒地。只见她面转土色，双目朝天，东西相望。琼玉大惊，呼救师娘。只见松林间跑出一淡红面老道人，曰："梁琼玉不必忧惊！汝师娘是有福命之人，此子大贵者，焉能死之！贫道特来点救。"

语毕，取出小葫芦一个，倒出红丹丸一颗，金光灿灿，又取出一葫芦，倒出些阴阳水，用小盅调化开，令琼玉灌滤她口中。不一刻，师娘醒来，精神倍加旺健。琼玉大悦，拜谢高仙曰："请问上仙宝山贵洞，敬请尊衔？"

红面道人曰："贫道非别人，乃唐初时谢映登是也，太宗帝二十九家总兵之列，吾不该享受人间世俗富贵，故早别却凡尘，专于修真，今已百二十年。今特来点化汝师母，兄弟不必远行金陵地，且往东南方，即今日自有所遇，以安身也。"言罢，曰："贫道去了。"一阵狂风，人影不见。琼玉与师娘叩首礼谢起来，又论此子在松林下分娩，取名刘松。且依着谢映登先师指点，不走金陵远路，只望东南方跑走。

不觉又走数里。一望并无大路，只有座高山。琼玉一想："谢先师命吾且向东南方

走,不往金陵,自得安身之所,今何故走数里便无路,只有高山?此是何解?"颜氏又曰:"梁世兄,像此险峻之山,只忧有强徒截抑或狼虎埋藏,怎能走路?须要仔细方可!"琼玉曰:"师娘放心!我想谢仙师指点我们往东南方有安身处,岂疑此高山无路耳!即有强徒,门生固不惧;狼虎不须惊,但仙师之言未必不验。且慢行程登山!"

当时,颜氏只得怀儿慢走。琼玉前挑行李,顷刻,将近山腰。

山林中喧嚷一声,有强盗兵跑出百十人拦阻,各出刀斧大喝:"来者两人,腰间金银及衣包内物件尽将放下送上,可经行此山。不然,一刀一个。"颜氏听了,大惊住足。

琼玉曰:"师娘休惧!且住步,些小毛贼,何须畏他!"即放下衣包,拔出双鞭,大喝:"一班有目无珠草寇,某不与汝答话,且报知贼首出山。某的衣包内金银不下数千,待他受得某一鞭,任从取去。"

众喽罗见此美少年英雄不凡,口出大言,不知他有多大本领,有数人胆大的,双刀杀去,琼玉飞起左右鞭,立刻打死三四人倒地。喽罗方知利害,即奔报上山。

原来,此乃二龙山。大王名白云龙,二大王名高角。当时,喽罗入报。白、高兄弟皆持兵刃飞马而出。

琼玉一看,此非别人,他是苏州府白云龙,与琼玉姨表兄弟。云龙胞兄云彪为前任总兵,被朝奸劾奏陷害,后罢职身亡。后云龙被赃官逼反上山做了绿林中好汉。当时,二人会面,喜色欣欣。云龙即下马,但高角不相识,云龙说知,亦下马相见。

这云龙先问:"表弟,汝乃一富厚之家,父母俱殁,何不安享本土?今跋涉此高山险地,肩挑行李而奔,实乃令人不解!抑或因祸患奔逃,并后面一人怀抱一小孩子,是哪里来的?"梁琼玉曰:"一言难尽!且上山慢将来踪告诉,如何?"

两大王都言有理,并请后面一人同进山寨。当琼玉三人坐下,尽将保护师娘逃难奔出南城一节说明,云龙急命妻子迎接入后堂,方知她是女扮男装。当日,琼玉尽将奔逃事说明。白、高弟兄大赞美:"梁弟有此义气,师生之情,抛家不顾,一心保师妻儿,实为义重天高,令人可敬!看汝不出又具此文武全才,他日终非池中之物,吾弟兄岂能及之?"

琼玉谦逊一番。又细思谢映登指点无讹。当晚,少不得大排筵宴与表弟洗尘,内堂自有白、高两妻室筵款颜氏。当夜三人叙饮,言语投机。

当时,白云龙想来:"梁表弟文武全才,且留在此山中,拜他三座位,未知他允否?"况高角十分敬重琼玉义气之人,又要三人同为手足,一心结交他,将话讲明。琼玉允从,高角大悦。当日,琼玉与大王三人遍出游耍。

至马厩下,闻嘶鸣声甚雄猛烈,进见一观,只见此马却是豹面虎目,狼牙麒麟身、狮子尾,四足铁色生光,一身遍火红色。琼玉曰:"二位兄长,此马何人的脚力?"白云龙曰:"前者高丽国入贡来朝,被弟兄打劫了,杀败番兵,抢得此马回山。但此马十分性烈,人人喂饲不得,单某一人近伏得它身,但被其踢咬坏了几个喽啰,狠凶太烈。"琼玉曰:"不免待弟试试,看它如何?"白、高合言曰:"贤弟小心,此马力强势猛,须预意骑之可也。"

琼玉应诺,踏步上前。

此马好生奇怪,一见琼玉,摇头摆尾,嘶嘶雀跃,似喜悦之状。二人大称奇事。高角曰:"莫非此马是汝前生豢养来的?是必物各有主也。今日送与贤弟用之,可乎?"琼玉欣言称谢,得此良驹。按下二龙山颜氏、琼玉有着落安身。

再说苏州府柳知府拷夹死了刘芳,命人将尸扛出荒野看守,待他妻儿来领,一并擒拿下。再表陈升,先数天往别县探亲,未闻刘芳此事。是日回家,方知被柳知府冤屈打夹死并无口供审出,又将他尸骸不收棺殓,露体荒野。此天,陈升到刘家探听,岂知门已锁闭了。

正值琼玉带同颜氏逃走之日,陈升亦忖度知琼玉保护。回家等候至三更时,命家丁数人密密将刘芳尸骸用罗箱装入,直程扛回,并无一人得知。这刘芳自从遇过圣母时得食了仙果,虽受重刑外伤死去,但过得百日之外,尸首方腐烂。今三四天,自然五心全好。

当日陈升盗回他尸,放在静室观之,下泪哭之。无辜一命被害,并无手足弟兄,今颜氏虽逃出,但身怀六甲,男女未分。倘生男,得香烟有靠;若产女,定绝宗枝。可恨糊涂知府也。正恼恨间,一想起吕仙赐宝瓶时,言救刘芳无干碍之话,莫非此宝自有起死还魂之妙,故枯干莲子发生枝叶之奇?! 不免拿来一试。

想罢,即取出瓶子,放在尸上,用手在心胸揉之。只见尸体暖如生人,陈升暗喜可活。他当时候至四更残,果见刘芳气息呼响,手足伸动,如睡醒一般。众家人惊惧,陈升知宝贝之验,喜悦行近呼:"刘弟,可起来,汝回醒了。"

刘芳将手足伸缩,叹气呵欠跃起,双目睁开,陈升收回宝瓶。刘芳见满堂灯烛光

明,众人环坐,不知在官衙哪方？一目定定,又见陈升也在床侧,即曰:"陈兄长,莫非梦中与汝相会乎？"正要站起,只双足被夹伤疼痛,不能覆地。陈升止之曰:"贤弟,汝已被昏官夹打死,愚兄临夜盗尸回来,不想至今一命还阳,得仙赐宝瓶之功,又天不绝善良也。"

刘芳闻言下泪曰:"家君高义,千古一人,救我于荆棘中,恩深渊海。但弟所任祸有焉,丹青也。拙妻曾有劝谏之言,错恨不早收手以至贼人起衅生灾。一死何足惜？一者斩绝宗枝,二者臭名于后,三者抛妻怀腹,未知男女。"陈升曰:"贤弟,汝还未知详细。"不知陈升说出何言何状,且听下回分解。

第八回 求申冤反惹冤孽
因逃难复救难人

诗曰：

夫妻本是同林鸟，大难来时各自飞。

方信古言诚不谬，但看月圆有亏时。

当下，陈升言："柳知府将汝夹死，只为口供全无，还防汝妻往上司告诉冤屈重刑至死，故用此露尸之计，待汝妻来领尸，登时活捉入犯人之房，得以斩草除根。岂知令徒琼玉已经暗保嫂嫂逃走，故知府察知，连琼玉皆出花红赏格八千金，吾昨天方回，得闻后，连夜盗回汝尸，今幸还阳，且秘密不可露面。待吾明日往裴兄长府，暗与酌议，怎生与汝报仇？收除这狗官，方泄心头之忿。"

刘芳闻妻出逃，不胜嗟叹。又言："有此高义门徒，不比百万家财贵体，力保某家眷远奔，亦千古无匹之人！与陈兄长可称一奇绝人也。"陈升领之。

到次日，一心到兵部府中，令家人将求传进内。裴彪一想陈升此来，定因刘芳之事，故装成疾病，出来迎接，同至中堂下坐。裴彪先开言曰："三弟许久不来，不知近下言何？吾患此疾不出门将一旬之久，一向何往？"

陈升曰："兄长贵体欠安未出，岂知刘弟被虎丘山强盗求写丹青谢却国饷为赃所累，被狗官柳知府不察屈夹而死！只求兄长念结拜之情，书达令尊公查复冤案，拿问知府一口供未得而重刑至死，抑或往上台申诉冤屈，待上司调察公覆，倘上司大员不准或商量上京呈皇状，弟愿倾尽家财为弟兄出力，纵累及于己身，甘心无怨也。"

裴彪闻言，诈诈不知惊骇之状，曰："不意二弟罹此大祸，三弟有此义气，愚兄敬服！但我出身固然，即使财帛亦要均用，何必令三弟一人破散？定然收除柳知府这狗官一命复仇，方不负我三人结拜之义！"

语毕，要嘱咐家人摆酒相款。陈升止之："兄长方患疾，不能尝沾滞嘉馔。弟不独领饷，也且祈保重贵体，多请良医调治乃可。弟告辞了！"裴彪允诺，送出，陈升回归不表。

有狼恶裴彪心惊陈升之言,立刻上马,命家丁直接往知府衙中传柬。然后直进大堂。知府相迎,分宾主下坐。知府又问:"公子光降,有何指教?"

公子曰:"治生又来救脱满城百姓之命。"

柳知府大惊曰:"公子缘何得有此大事闻?今又何事,如此骇人?"

裴彪曰:"治生确又查得虎丘山盗寇不敢造反,只为有兵无粮,不料本土秀才姓陈名升,恃有家财百万,肯助粮米与贼人,要先夺苏州府城为养兵运粮要地。幸得治生早查得明白,特来密报知,求公祖大人协同武营起兵擒拿,免至伤残百万生灵,又成大患。"

知府变色曰:"可恶逆畜,行为不轨!多感公子留心出首,救得满城百姓。且请回府,下官定刻日速办,擒此逆贼。"公子告退。次日,柳知府传齐三班衙役,各带兵器,速往拿陈升。

众役领命。

此日,幸得一副役名陈标,系陈秀才族兄弟,一路奔到陈升家,将此大祸关节报知。陈升吃惊不小,即对刘芳说知,二人急惶终日。

陈升传齐家丁仆婢大小二百余人到身边,任从归家安置,生死不追。逃难急速,一哄而散。

陈升又有一姑表弟,双姓司马,名瑞,是武秀才,父母双亡。只因乃好打不平硬汉,先前打死人命,久隐于陈升之家。一闻此事,心中大恼,复入库角取了大刀一把,一见官差数十人,各持刀斧直进,他挥大刀杀死十余人。众差役惧他英勇,纷纷退散。

陈升见此,大惊曰:"如此,罪名愈大了。表弟,汝且先背了刘兄长逃出,吾一身独走。倘官兵复来,难遁矣!"司马瑞领命,背负起刘芳奔出。

当时,陈升急忙入内,唤声"娘子,急奔回母家或左右邻!吾今与表弟、刘芳逃出,三年两载待事缓之日,然后回来夫妻再叙。今事急矣,不得不如此。"潘氏娘子泣曰:"君家不可以妾身为虑,汝与表叔、刘伯逃出,避此飞灾,前途保重。他日得志,重整门风。妾今尽节,望君早日续娶一妻,生下三男两女,承香后嗣,妾得坐一灵位,免三魂七魄无依,妾死无恨!"语毕,将头磕石而死。

司马瑞正背起刘芳呼曰:"表兄真乃薄情之汉!表嫂尽节以死,如何袖手旁观不救!此何心也?"

陈升流泪曰:"她尽节死于吾跟前,实免我挂心之意。理该备棺殓葬,无奈官兵立刻即到,汝有此膂力,推墙为埋掩尸骸于井中。暂作记葬。"司马瑞依从,又背刘芳逃出里

门。

顷刻，官兵果到。知府闻报，急传知会武员总兵赵飞，带兵五百杀来。

适陈升急将莲子瓶拿出。当时在手中飞起，半空中一阵豪光，落下万千天兵大汉下来。五百军兵大惊，纷纷倒退，自相践踏，死者大半。陈升借此逃脱。宝瓶仍飞回收藏，急奔一程三十里，隐于飞霞岭，夜走日伏。心中一想："闻琼玉逃往金陵，不免奔往此地，若寻觅得琼玉与颜氏嫂，再作设施。"故一路改却名姓，择道而行。

再说众文武官将陈升百余万家财、井田、房屋尽行抄入官库，将浮财大注上下赃官分肥已讫，申详上司，拜本回朝，又出赏格银子一万两捉拿陈升。话分两头。

再说司马瑞先奔出城门，不遇官兵，背住刘芳出城五十里，不见官兵追赶。是日，刘芳虽然被打夹伤两足，但食了神圣仙果，一日两夜双足痛止，不用司马瑞背负。此日，又走三十里，天色将晚，见一所宽广大庄，只得进步，求恩供宿。

只见一主人，五旬外年纪，生得五官端正，一貌慈祥，允从住宿。引二人进中堂，分宾主下坐。主人请问："二位客官，高姓大名？"客曰："某是本土人，姓马名升。"刘芳又认名为刘瑞，复请问尊主人姓名，他言："某姓徐名芳昭，是开国徐茂公之裔，大唐徐孝德之子。"

二人听了，即曰："原来是功臣之后，小子失敬了。"芳昭曰："彼时非此时，昔日先君在朝，有些薄面。今隐居为农，有甚高明！"是夜，令人备酒相款。二人称谢不已，然后入席。

酒至半酣之际，二人见徐老饮酒时容有忧蹙，刘芳见了，停杯不食，不知主人有何不悦之色？徐老见二客停杯不饮，即曰："老拙因今夜有些贱事，匆忙之际，不能殷勤奉敬一杯，至有些简慢，休得见怪！且淡酒粗筵，也须饱用。若闻喧嚷之声，不可开门观看，以免祸及于二位。"

当时，二人听了，大觉骇然，立刻问曰："徐老先生，有何事情，这等愁怀？请示知其详。"芳昭叹声，直曰："老拙不幸，今岁九月重阳携一对小女拜扫家坟山坟，被虎豹山贼寇窥见两小女，贼首逼做压寨夫人。老拙不允，他强立日期，定来抢夺，无奈禀官求请征剿。惟这狗官是偷安畏盗的，不准。当初家君在朝，于反周复唐后却此山访道，求其长生不老而隐。今战又战他不过，故出于无奈，我允择吉日。今夜即来入赘，贼人方免满门之祸。但老拙乃世臣之后，颇有名望，岂肯将女儿送入贼伙，实出于不得已耳！故方才无心与二位把盏劝酬！"

刘芳怒曰："如此狗官，枉食朝廷俸禄，纵盗殃民，负尽圣恩，好生可恶！"又有司马瑞

大怒,立起来曰:"徐先生,汝两位千金小姐岂可做响马贼人之妻!这些毛贼不来,是他造化;若来时,是彼晦气到了!生擒下马,打作两段,方消吾气也。"

芳昭曰:"客官,汝果若有能救得小女,方好与吾争气;若无能,不可生事以取祸乃于老拙,且连客官难逃性命,某怎么过意?"

司马瑞曰:"徐先生休长贼人志气,灭某之雄心,吾不是马升,乃武秀才司马瑞也。为救陈、刘二秀士,杀死官兵,投至此地,故吾二人改换姓名,今先生不必惧此毛贼。"但不知果能擒得贼首如何,且听下回分解。

第九回 虎豹山两雄被获 徐家庄双杰联婚

诗曰：

宿反破敌人借为，力擒盗寇艺超群。

刚强不吐柔无茹，方见英雄烈性真。

当下，司马瑞曰："先生，莫道此小毛贼，即千军万马，某非惧怯。可唤集齐汝家令仆壮丁，吾自有言吩咐。"此徐老依言，传齐二百名庄丁，瑞即曰："汝家主翁被贼人欺辱，你们何得袖手旁观，是何道理？"众人攘臂忿然曰："食人之食，力人之力。我等焉能容响马相欺！只因主人不许准我们与贼人争斗，只得由他猖獗耳！今武壮士担承退贼，救得我家小姐，实乃恩星降临，徐老爷大幸也。"

司马瑞曰："好！有此义仆，今不是用汝等与贼首交锋，待某擒他，你们只管用索子绑缚可也。且守住庄门闸内，防小贼人将护庄桥收去；谨闭庄门，免小贼兵冲进，有惊汝主人、小姐，待瑞一人出庄门外可擒他。"

当时，众庄丁也不愿退后，皆曰："贵客官与家老爷争气，独我们也畏惧他不成么？必要出庄外助杀众贼徒，即无能被杀死，亦甘心。"司马瑞喜而壮之。二百人各执刀斧械器尽出庄外。

徐老请两位客官再用酒膳以终席。当夜，芳昭改忧为喜。三人重酌，言语投机，用膳已毕。

此乃二鼓时候，果然风送远来，只闻炮声连天。不一刻，前村外灯笼火把无数之多，又闻鼓乐喧天，光辉照耀，如同白昼。

庄丁人人直挺刀枪等候。登时即入报司马壮士。徐老嘱曰："如此全凭司马兄鼎力退贼！"司马瑞应诺，安慰徐老，即刻步出。刘芳亦嘱咐小心，不可专恃勇而轻敌。

当时，瑞跑出，立在桥上，将大刀按定，对贼前队大喝："该死强徒，敢来在此横行！再不速退，要汝个个死在目前。"

众喽罗数百见一少年手持大刀,怒目圆睁的喝骂,守住护庄桥,又有二百多人在后,个个刀枪并举,故不敢上吊桥去。即禀知二位大王。一名魏英,一名马明。魏英,隋时魏文通之后;马明,马三保之后。两英雄闻喽罗报知有人把截,不许过桥,遂大怒曰:"可恶徐老狗,敢来哄我耶,想必残命该终,一门当灾殃也。"

言罢,魏英一马当先,至庄桥。果见一少年猛汉,貌若灵官,手持大刀,即冲杀大喝:"好匹夫,不知死活! 今日孤兄弟吉期聘娶,汝来阻挡,想必死期到了。"用枪对面刺去。

司马瑞大刀分开,战了一十回合,魏英抵敌不住,正要逃走,被司马瑞大刀狠打,枪挡不住,失手跌于地中。司马瑞趋手擒拿,用足揣定,庄丁一齐踊上拿住,用索绳捆绑了。

喽罗大惊,急奔后队报上二大王。马明大怒,一马冲出,见司马瑞喝声:"该死囚徒,敢拿某兄长!"大斧砍去,亦战上仅三十合,被司马瑞擒拖下来,喝众家丁捆绑过。众喽罗见两位大王被擒,大惊四散,奔走殆尽,不见一人。有的抛刀弃斧,灯球火把不要,急弃而散。

单有司马瑞及庄丁押运两人来至中堂,请出徐芳昭。徐老一出堂,见两盗首被擒绑在里柱边,即大喝:"可恨草寇,恃勇打家劫舍,为民大害,逼人闺女为贼党,妄思匹配,今下汝要死抑或要活?"两盗无言。

徐庄主正要令庄丁鞭打他,有司马瑞止之曰:"且慢!"又言:"汝两人是豪杰汉子,既已落草于近境,岂不闻俗语曰:'坐茅不损草,奸臣不食近村禾。'吾惜汝是个少年汉子,还思徐老先生乃本朝开国功臣之后,岂可将二女身入绿林。他原假哄允为名,已掘设陷坑、张开罗网,要除灭汝两命。某是过路商人求宿者,不忍尔年少英雄遭此丧命,因抢夺二女,死不瞑目也。故一力领擒下。倘知事醒悟者,回头两相结识,另寻事业,待用于皇家,散抛山寨,强如绿林打劫,终于为盗,其名不雅。二位可想来。"言罢,令庄丁解脱其缚索。

魏、马两雄听了醒悟,即欣欣拱谢曰:"足下赐教金石良言,顿开茅塞,请问尊姓大名?"司马瑞对说知名姓并请问刘芳一同见礼,又向上座徐老谢过罪。芳昭还礼,一同下坐交谈。不觉天色光亮。叙起家世,方知是唐初佐将英雄之后,情投意合,不若结个异姓手足。三人欣然,即于当空下拜。是日,弟兄相呼。

此日,有徐老又命家人摆上酒筵,宾主同叙。一众庄丁家人俱有酒筵庆叙,以酬昨夜之劳,共酌叙欢。

当时,马、魏二人言:"某二人乃粗莽之汉,司马三弟是少年英雄,且日后为国家栋梁之臣,应当小姐匹配。吾二人不敢当领。"徐芳昭喜曰:"二位英雄吩咐,老拙焉有不遵?

但未知司马恩人心意若何？"

司马瑞曰："须叨二位过奖，徐老先生金诺，但某原犯朝廷国法，况一介武夫，岂敢高攀令媛！"芳昭曰："司马兄有恩于老拙，小女正当匹配。况系一时惹的飞灾，怎言犯朝廷国法？汝正大英雄，日后终非下人，前日有一老女道姑来相两小女，日后有一二品夫人之贵。汝具此英雄，何愁功名不就？老拙立意已定，不必过辞。"

司马瑞曰："既蒙不弃，但吾一身难当两美，且留待大小姐，有表亲是本土陈升，身进黉门，只因为友忘家，妻身尽节。今与他失散，且寻访着落来求婚续配，方可两家乘龙，未知徐老先生允准否？"

芳昭曰："此话正合老拙之心。久闻陈秀才正大积德君子，不幸为仗义救友，延及妻室凶亡，可悯也。如此老拙定然留心招赘他。"

司马瑞见芳昭一诺允从，大喜。自此翁婿相称。魏、马二人反为冰媒。

当日，魏、马暂告别回山。又有司马瑞拜辞岳丈往访寻陈升下落。单留着刘芳一人在徐庄埋隐。陈升分手时，言往扬州而去，故瑞一到扬州数天，至热闹之所见一卖字道人，近观认得是陈升，两下点头会意，共入客寓。瑞尽将前所遇一一说知，二人在店寓一宿。

次早同行，一连七八天，赶到徐庄来。进内拜见徐老，三人是翁婿名分。初时，陈升自言是朝廷重犯，多方推却。刘芳即劝谏陈升，陈升只得允从。又挽请岳丈先延僧超度潘氏，陈升赴坛祭奠，不胜哀切。刘芳细想起升妻惨死皆因己起祸，也不胜哀痛，连及司马瑞也惜贤良表嫂年少存节惨亡，纷纷下泪。

徐老见此感动悲伤。七昼连宵，坛事已毕。捡定良辰吉日，男女四人乘龙。有虎豹山魏、马弟兄，此日齐同下山，又是弟兄相称。此夜洞房花烛，兴到金樽。自是，此文武几人或上山、或到庄，往来不绝。住语陈升赘在徐庄。

刘芳暗想起颜氏妻，只因门生琼玉带她逃难出，但想琼玉是山东青州府人，想必被带了颜氏奔回故土避灾，也未可知？不免离此仍扮着道人，街头卖画往青州寻访其下落，方得心安。想此主意，对陈升等言知，众人齐齐说："一路小心，须防备柳知府赏格差人捉拿难走。"刘芳曰："吾改扮道人，一口一身，那人是神仙，焉得确知？"是日，徐芳昭又赠白金二百两与刘芳作路费。刘芳称谢拜领。此日，登程别去。

一连月余，方到青州府而来。日在街头盛闹之所摆卖字画，晚则店寓安身。又将一月，适有一位归田致仕显官狄光嗣，是兴大唐狄仁杰之子，于唐睿宗即位之初，不愿在朝

为官，即告驾回乡。年已六旬半，所生二子狄云、狄月。是日出城买物，一见卖字丹青道人一貌轩昂，且排开字画，山水人物十分夺目奇雅，即下马住足。一问，方知声音不是本省人。刘芳见问，答言："苏州府，姓刘，为到贵省访求一道兄，不料一年多不遇，流落于此。聊画丹青书画为生。"狄光嗣听了，不知刘芳所遇如何，下回分解。

第十回 访妻踪青州露迹
念师骸山野逢魔

诗曰：

君亲师长义恩礼，敬爱双全重五伦。

舍命致身全大节，千秋不易是斯文。

话说刘芳通上假名，言姓刘名贵，又转问此人姓名，他言狄梁公之后。刘芳曰："原来是兴唐狄司空名臣之后，失敬不恭也。"狄光嗣曰："刘先生有此书法，铁划银钩之妙丹青雅趣，请求到茅舍一叙谈，另有书写相求，未知允诺，尊意如何？"

刘芳闻言，欣然允从，收拾起字画随着狄老直程回他府中。一进大堂，二人对坐少刻，两位公子来见，叙礼交谈。少顷，设席相邀，款待早膳毕，然后开笔。果见字画书写但妙，为狄父子赞赏。一连数日，在狄府书房。

一天，自叹声曰："可见旁人不明某是黉门秀士，只知是江湖卖丹青度日之人耳！只恨满腹经纶，乖时命矣！实至数科不第，妻身又未知生死，真苦滞之命也。"原来，狄光嗣是个有心人，数日细察刘芳，见他才高学问深通，又见他似有不乐之色，一心疑之。此日，在书房外听得明白，推开门曰："老夫有慢贤之罪！原来刘先生身游泮水之儒林，失敬了。"又问及缘何忆念妻子之言，刘芳初时不要将真情说出，被狄老再三诘问，又见他是忠贤之后，一纯良长者，料必不妨。遂将在家被害尽情告诉之。狄老深为叹息。是日，延求他为西宾，教习二位公子，习文诗艺。

当时，狄公见刘芳果才高，深明书理，详诗精奥，父子十分敬重。

不觉又半月之久。狄老见刘芳面带忧容，细问情由。刘芳言："晚生昔日拙荆颜氏得门生携了逃难而出，只道落在贵省，做卖字画为名访察之，至今两月未得遇，想必非在此间矣！但妻怀六甲，方在临盆，今未知生死，是以令人委心不下。"

狄老慰曰："先生勿忧怀，待吾命家人带些路费往贵省打听，到汝住府之左右邻或亲朋处探听，定知来音。并往各处密访，未尝不知下落者。"是时，刘芳称谢。狄老刻日取出

白金二百两,命家丁狄福前往苏州府南城专诸里。刘芳又教家丁言:"一到茅舍,问及左右邻人,诈作不知吾逃出,要求丹青相问。自有人实对汝们说知。"

狄福领命,谨记于心。果然寻问着苏州府南城专诸里,向他故宅左右求问写丹青,邻人答曰:"汝来不及了。前半载刘秀才得祸被官府夹死,尸首被人盗去。妻子得门生琼玉带出奔逃去了,未知生死。但琼玉为保师家眷,与刘芳犯同一律。知府文武皆出赏格花红拿他。但他逃出,不知去向,未曾被执,只因他犯法,出赏格太重,四城差役土棍多往分途打截,汝不须求他书写丹青了。"

狄福听罢,假叹一口气,言:"可惜!远隔山东数千里奔劳,求他不遇,且回归复命罢了。"夜走日奔,走一月方回。尽将他邻里人之言告知。刘芳含泪惨伤,有狄家父子劝慰一番,排筵解闷。

席间,狄公又言:"吾府中畜婢,有上中下三等三百余名,将上一班的由先生挑选一二人得来早晚服侍,未知尊意若何?"

刘芳曰:"此祸事非拙荆不贤,但她屡劝谏于某,要我乐守清贫,自甘诵读,不可贩书丹青以致多识旁人招非。我不听良言谏,至有今日之祸。倘她果为此身亡,我也情愿独守鳏居,誓不再娶,以报她之心!"当时狄家父子见彼耿直之士,也不敢再劝。按下慢表。

再说二龙山梁琼玉思想:"先生尸骸被柳知府抛在栖霞郊外,未得归土,不知埋殓如何?不若悄悄回去,盗出他棺柩安葬方妥。"并想回归一探望家中如何?再者,养妹也年已及笄时候,使人心挂不安。想罢,即进内禀知师娘。

颜氏劝曰:"不可只忧!官府不容尔,一时遇获,正乃投入罗网中,我倚靠谁人?世兄且参详。"琼玉曰:"门生自有主意,师娘不用挂怀,且细心抚育刘松弟。吾一去迟则二十天,速则旬日外定必回山。"又转出外堂与云龙、高角两兄作别,带了盘费下山。

云龙两人相送,至山脚又嘱:"三弟,半月上下可回山,免尔师娘与吾弟兄盼望也。且出入阁津,未知有所盘察,须要醒看知机,勿遂奸徒之计。可牢牢谨记。"梁琼玉应诺:"感兄长情爱,且请回!弟去矣!"二人住脚回山。

单表梁琼玉一路行程数天,忽一日,到荒野,仅有一所客寓,并无邻居,只得下马歇足投宿。顷刻,见内厢跑出一位少年美貌佳人,声如莺韵,即呼曰:"客官,请进内厢。"

琼玉转问曰:"是客寓否?"

女娘曰:"此乃客寓之所。"

琼玉曰:"如何不见有男子汉?汝可有父兄否?"

女娘曰："客官不必疑心！奴不幸父母双亡并无兄弟，只以女承父业耳！店寓中客人朝出晚回。"

当时，琼玉牵马，马四啼不动不起。琼玉想："这匹脚力不愿进店，何也？"一鞭子打去，马仍不动。琼玉生疑，突被女子一口气将琼玉对面一喷，他打个寒战，又是邪风一阵吹过。琼玉想："此荒郊野地，这女子定是怪物，非人也。且看她如何，然后制之！"

女娘转出，又言："客官，如何不进寓？只在此站立，何故？"又对面复吹一口气，更觉寒气侵肌、头目晕花。琼玉心灵，拔出神鞭曰："先下手为强。"一鞭打去，正打中女怪。女怪仆跌于地死了。现出原形，乃一只狐狸也。

顷刻间，此处乃平径大道，不是什么店舍。此时，月色光辉，食些干粮，马儿不鞭起步。琼玉大喜曰："果然宝驹有三不走！"

又是行程数里。身后忽闻大呼："梁琼玉休走，贫道来也！要报门徒之仇。"那琼玉回头一望，见一红袍道人，英气勃勃，想必是这妖怪同党类也。只得扭转马头，就将双鞭打去。正中当头坠地，脑髓进出，鲜血淋漓。细看乃一雌雉精也。不觉哈哈大笑曰："有此山精妖祟来挡路，不经打死的。"他又走不上十里，将近天明，后面又有人大喝："梁琼玉，好生凶狠，连伤我门孙门徒，此仇必报的！"

琼玉复回头一看，见一黑面道人，满身花白色，恶狠狠赶上。琼玉看定，一鞭打去，正中面门，道人登时倒仆于地，现出原形，乃一条火蟒白花蛇也。此时，天已大亮。想来琼玉双鞭神圣所赐授，一刻连除三怪。直程归家。

未到门前，先遇老家人梁任，于途中问及家中如何？老家人见问，叹声曰："相公，汝是闭门养虎，虎大伤人。书僮梁安，一自相公去后，数天与小姐在花园凉亭之下白日行奸，不顾廉耻。被老奴冲散，二人怀恨，小姐将老奴拘逐而出。但吾想在梁门两代，年登七十五，老主人在日，力托相公于老奴，故不敢一时别去，待等相公回家禀明，任从主意分断方可，行也未迟。但这奴才行为不轨，正在提防。"

琼玉听了大怒，恨不大步归家。一进堂中，奴仆迎接，带过马匹，登时唤梁安大骂："好畜生！我为保师娘一出门，尔作下这段美事，污淫小姐么？本该打死，但家丑不可外传，有玷辱家规。此系汝衣裳物件。一概收入去，发回汝身契，另赠银二百两，永不再用，生死不追。"

梁安曰："相公休听外人诬言，使吾主仆生疑！乞相公追责唆谮之人。"

琼玉发怒，大喝："奴才，还敢刁言！如迟不走，打断狗腿！"

这奸恶奴忿恨，只得收拾自己东西而去。琼玉怒气未消，进得内堂，小姐一见，称哥哥回归。琼玉怒目大喝曰："小贱人，做得好事，光壮门风！汝向岁卖身在吾梁门为婢，先人在世，见汝生得灵慧些，收汝为养女。自父母双亡，我何曾薄待于汝？今不料贪淫，败坏门风，今留汝不着，交回身契，赏银二百，生死不追，令媒人送回母家。"不知琼玉何日回山，下回分解。

第十一回　奸狼仆负恩陷主
侠烈汉赴险驰驱

诗曰：

养恶虎狼是祸根，负恩出首害东人。

幸逢侠烈高情汉，赴险坚心不顾身。

当日，梁琼玉打发出奸汉淫妹。逐出之时，淫妹娇羞惭愧，含泪别回母家不表。

单说奸恶奴忿忿然出了梁门，想得一毒计谋，以泄被逐之恨。即往柳知府衙出首，害之不难。故大着胆子入衙，将鸣冤鼓乱击。柳知府登堂，询问方知，保刘芳妻逃出之梁琼玉回归。他仆人又出首，道交结二龙山贼寇，一党大逆。闻知讯后，即刻通传武员参将，点起营兵三百名，各执刀枪火炮来到梁家围住，开刀杀人。只有老奴扒墙走脱去。可怜五六十家奴逢者杀死。只是琼玉睡熟被拿，一擦目醒来。只见堂中满地尸骸，吓得心惊胆震，复怒目见许多官兵刀斧交加，官府文武俱在，即曰："公祖大老爷，童生向日外游习学，昨天方回，是一家清白良民，并不犯国法，缘何带兵将我家下杀死多人性命？又拿童生是何解？"

文武员大骂曰："小逆贼，尔还言不犯国法？尔保逆贼刘芳之妻私奔，男女奸情罪还轻小？身入二龙山，贼党前者打劫了高丽进朝宝马，杀死番人无数，有辱天朝之威。今伪作游学归家，欲做内应，引兵入城，思夺本省城池。大逆行为，罪当万死，今事已败露，还敢刁词不供认？"

梁琼玉应曰："公祖大老爷，此事有何见证？谁人出首？可带来对质否？"知府曰："倘别人嫁祸者，本府定然不准。今是汝家使唤书童到衙出首，有凭有据之言，况现有番邦宝马是赃证之物，难道是假？"即命带上书童来对质。

奸奴才一见琼玉曰："相公，非小人忘恩质证，来出首于汝，但本土一大省生灵数百万人命，是非关小故。汝果然在二龙山回来，又言马是山中狼虎凶恶亲手喂料之，犹恐性烈伤人，是汝自言来的，故小童方知汝在二龙山入伙为王也。今还不供认乎？"

琼玉大喝曰："好忘恩负义禽兽！尔自小卖身为奴，吾不将汝作贱，不待薄汝，今我为救师家眷逃出，汝在家反将吾妹调戏，误她终身。彼虽不是吾母亲生，但恩爱已久，待之一体，与汝有主仆名分。本当打责汝一番，因家丑不可外传，自招不幸，又恩怜于汝，发回身契，赏银二百两，待汝回家，做些小经纪。今日不料汝恩将仇报，妄捏祸端，骗怒文武多官杀死数十无辜之命，真可恨也！"飞脚踢去，已将奸奴打死，倒于地中。

文武官大怒曰："将出首证人打死了。"即喝令尽情抄家。一面将家人尸首收拾出庄屋宇，所有金银一应归官，押回衙中，将琼玉收监。差副将韩忠带本章申详上宪，以待拜本上京，将宝马进呈为据。但此马纯熟人性，数天不食草料，不饮米汤，似癫恶嘶叫狼嗥，不表。

再说梁任老仆人在梁家跳墙逃走出，一路乞食，借问道途，不分昼夜，数天方寻到二龙山。有众喽罗见他是老人，不喝骂，查问曰："汝是哪里来的，敢来探我山寨？还不速退。"老奴曰："吾乃梁琼玉老家人，有紧急事要见大王。"喽罗闻他是梁家老仆人，急进大寨内禀知。两弟兄急传引入。

梁任一见下礼，将主人一回归，被捉收监一一禀明。弟兄两人烦恼，即刻要点齐兵杀入苏州府城，将狗官人人断送了，方救得三弟回山。梁任曰："不可！此山到苏州城有六七天。倘我兵一动，各府州县众官将城紧闭守定，先将我少主一刀两段杀却必矣！况一路关津卡口岂无兵将与我们对敌？请二位三思。"弟兄一闻暂止。

是日，传知后寨。颜氏一闻，即大惊哀泣。白、高两位妻等相慰劝解。

又过一宵。

白、高弟兄扮作青衣，又令四头目每人暗带五十名兵扮作青衣，分投入苏州府四城门。又令四人混入城内，见机接应救脱琼玉。不表。

却说高角、云龙弟兄扮一客商到苏州府城。只见城门壁上张挂赏格示谕，为总兵大人所得回琼玉番马，数天不食料，狂嘶利叫不绝，逢人近身即被踢咬伤，是匹颠狂狼马。只为外邦进贡皇上之物，今既得之，一来质证梁琼玉通山寇无疑，二来乃进贡宝马，不敢失去。城门下榜文赏格，招医马师之人。倘医效此马，谢赏白金五百两。

当日，白云龙见了，一心思量："送琼玉宝马，除了琼玉及自己两人是服熟的，原是一宝驹上畜，好脚力。不免伪扮为疗马之人进总兵内衙，见机或劫盗或合囚犯暗取，救脱琼玉出监牢有机会了。"又有高角曰："哥哥，须当细思。我想苏州府内外各关查察盘诘甚密，倘弄不成，泄出机关，被他关闭城门，又是寡不敌众，欲逃出，难矣！且促三弟诛杀

耳!"

白云龙一想曰:"二弟,今进总兵府,若非乘此机会,别的计谋断不能行也。吾自有主意。骗得马回,人亦回了。但汝于四城如此如此,与四头目于中取此事,贤弟可往劫盗或是通反,愚兄劫骗马鞭,定救出三弟方安也。即祸及于己,计及不得的,方见手足之情。"

高角允从之,分手各去。高角往牢中打听。

当时,云龙装上药饵,又于城壁首将医马榜文揭下。有看守榜兵丁诘问曰:"何人也?"白云龙回答:"善能疗狂马,故某领医,求为通报。"兵丁闻知,即禀报帅府,总兵准允医生进见下礼。自言:"在西川成都同为牧马总领,善医马,今因父病回归故省中里,今见大人出示,故来领医。"总兵信托之,命人将云龙引往马厩,将马一观,复回大堂上,禀知赵大人言:"此是匹狼恶之驹,不受拘束,要双铁鞭一对手提之,力相降服。打它一刻,以马药草料喂马,自善服焉!"

总兵点头曰:"怪不得梁琼玉用此双鞭。本部拿来觉得沉重,却不知正因此狼驹不服。"白云龙曰:"大人,既有鞭,便允小医一用,数鞭降之,再用些药料与食,自然狼性转纯良。"

当时,总兵允准。命人取出双鞭,待云龙好料理此马。

云龙即时暗喜,放下药箱一个于案上,骗得双鞭在手,一路随兵役来至马厩。对兵丁言曰:"待某持鞭骑上降服,与你们一观。"众兵皆曰:"可!"

云龙喜欣欣一骑上宝驹,连打三鞭,迅跑纵缰而逃出帅府,顷刻去了。

众兵只道此人跑出校场,驰转一番即回,不料,一去两个时刻不回。分头追他去了校场,人影不见了,方知不妙,急来报知总兵大人言:"医马之人是拐骗之徒,来至马厩,持双鞭骑马急去不回,特来禀知。"总兵听了,大惊恼怒。带兵分路追赶,不知往哪里去?找寻不得,一心烦恼,不表。

再说高角扮着商人来至知府衙中,带银子往探监,一入狱门,禁子即来诘问,高角言与琼玉中亲,前来探问,又有茶金二十两相送禁子用度。禁子喜曰:"有此大手,送二十两之资。"即刻大开狱门引入。

见琼玉言:"奉母命特来看表弟一面,不须烦恼,吉人自有天佑"云云,琼玉见高角此言是瞒这禁子之话,一心会意,答应之。言谈一番,高角又对禁子曰:"表亲到监中,并无打点使用,亏缺了!今某有白银五十两送上,烦兄代为分派使用,以表一团和气,勿凌欺吾表兄。足见高情,某日后还有谢劳相送。"

　　禁子倍喜，拜领而去，待二人多谈。一路想来："此人挥金如土，且生来相貌不凡，精铮烈汉，不是善良之人，待我窃听之。"只闻那人曰："三弟，今吾弟兄假作不知，探狱为名观过虚实，然后起兵来救汝。先得报知，不日再来劫狱了。"禁子闻言大惊。不知泄漏得如何，下回分解。

第十二回 劫法场琼玉脱网
匡朝政九龄辱奸

诗曰：

国进贤良为国宝，朝登奸佞是朝衰。

兴衰用舍机关转，天命无常德可栽。

再说禁子窃听高角要反监打劫之言，惊吓不小，只得回步呼曰："大王不可劫狱，某自有妙谋，特慢慢调停。"高角一见禁子回步言此，亦一骇，诚恐他泄漏了，即拔出腰刀要杀之。

禁子曰："大王休得动手！吾非泄漏汝计谋，然不可劫狱，只恐难杀出城门，且又累及于某也。汝虽有兵来接应，但是有限的，不过一二千，怎对敌得一省郡之众数十万人，若一经关闭城门，插翅也难飞，是寡不敌众。如此，不若劫法场为上策。某闻知府与各文武员酌议，要请皇令于本月十八日押杀梁琼玉，然后申详拜本。汝若在法场劫之，是在城外，易于动手后杀出城去。某原是一身，并无父母妻儿，又见令亲梁琼玉平日是善良少年，曾记前两载饥馑之年，多出粮米济活人不少，故一心感惜之。无辜受此毒害，是出于救拔之心，非妄哄于汝的。"

高角闻言，喜曰："如此足见禁子兄用情义侠也。如今你我同心，只不可少泄一人得知。吾今去了。"禁子允诺。高角又对琼玉曰："且待十八日期，吾与白兄长同伏兵丁，预先来法场等候。"琼玉允从，言："二位哥哥，只要小心。"

高角此日出狱去讫，寻觅着云龙，又喜得回鞭、马，暗埋于附近荒郊山野。又料集齐四城头目管的喽罗，每队五十人，各扮商贾、僧道、乞丐不等，共二百余人。候至十八日期，天初明亮，一同分往北城外法场地远远埋伏，商民僧道不等四边游逻等候。

是日，总兵奉请皇令，押出琼玉于法场。继后千总官员数名、兵丁数百人排开。云龙弟兄眼一瞧，二百喽罗一齐杀人。云龙跳入先将琼玉用刀割去绑索，递过双鞭。押犯刀斧手大喝："可恼！敢救犯人！"双刀砍去。云龙大刀挥去，人头落地，一连杀死十余兵。

高角长枪抢入，总兵大惊，提斧来迎敌。法场大乱喧哗。

琼玉左手挡总兵大斧，右手提鞭飞中总兵手腕，大喊痛声，倒于地下，复一鞭，已是头裂不语了。及参将千总上前，又被高角长枪所伤，众兵慌乱。云龙引兵大杀一阵，死者二三百，纷纷走散。单有衙役早将柳知府背回逃走。

琼玉等不敢久战，一同杀出北城而去，奔走回山。

有各文武员未到法场者，闻报皆惊，闭城不及，被贼人先已走脱。计点场中伤去兵丁三百十一人，总兵被杀，游击将军重伤、千总被打坏。知府只得据实详移文书，上达节度使，以待修本进朝。不表。

再说琼玉弟兄三人带兵日夜急走，抄小径回山，防着官兵追逐。此日，到了二龙山，梁任见少主得脱回山，不胜喜悦。琼玉三人下坐，即命老奴进内安慰师娘。颜氏方知行险劫法场救出的，愁怀放下。

当日，琼玉拜谢两兄长高义，入险地搭救方得性命。白、高曰："手足之间，患难共之。三弟患此杀身之祸，岂有坐视不救之理？"是日，不免排上酒筵，三人共叙，畅饮开怀。又谈论劫法场伤了官员并军兵数百，只预备朝廷发兵来征剿，打点早定计谋以得进退。且住表二龙山弟兄商议。

再说朝中，唐明皇接位之初，录用贤臣，政治可观，百姓富庶；灭武韦二党、中兴复唐，亦算令主，及至开元二十五年之末，贤臣辞官至仕，归于东都。张九龄仍居相位，李林甫进吏部天官。按史，九龄乃广东省韶州府曲江县人。李林甫乃唐之宗室，但为人外庄柔顺而内心险狡凶狠，勾结宦官内侍妃嫔以察帝意，以为耳目。故所奏言多合帝心，是其得宠之由也。至明皇末年，又出东胡安禄山，于朝宠命倍隆。至于结拜贵妃杨太真为母，蒸淫于内宫而帝不醒悟，实乃万年为羞之君，为辱之后也。原来，安禄山是个武胡人，臂力英勇，常随山海关张节度使征契丹，先失机，后将功赎罪得免于军中正法，使进封安禄山为平卢节度使重职。一天承召入觐，为明皇倍宠。他厚交李林甫、裴宽二奸，他们便奏举安禄山可大用于帝，故后封赠东平郡王之爵，兼统三大郡，兵势强大，安得不酿成反叛夺位之祸？

当日，禄山蒸淫贵妃于内，杨国忠亦以为耻，怎奈他已得帝宠，难移动之？故屡言禄山之反，而唐明皇不准信。

一天，贵妃召之入宫，见圣上与贵妃共坐，而禄山先拜贵妃后拜见帝。明皇即问其："此何礼也？"禄山言："胡人先母而后父。"故君后大悦。自封东平郡王之爵后，又发出库

银三十万与禄山起建王府。于亲仁坊照依金銮殿次一等,但工巧华丽,穷极壮观,务必要做式雅致,不限财力。一建造成,其中器皿玩宝珠玉之物,堆积如山丘,即大内金银不及其充足饶多。可见唐明皇过宠奸狠,赏赐过多以缺竭府库,致其一起叛乱,兵多饷饶,朝兵不能制。自其领镇三大省,兵势益倍盛强,赏革政令、刑罚升贬,自专决之。

此有左相张九龄已知其弊。一天,禄山自范阳出镇三月,杨国忠奏其必反,宣召必不回朝。贵妃闻知,即令人速赶到范阳,言知禄山。故他一见召旨,即刻速赶进朝,帝益信他无二心。但他恃宠藐视朝臣,走马一程直入承天门,不下马。有左相张太傅大喝:"骑马进殿者,何人?目无君王,好生无礼!"喝值殿将军拿下。

有四人即将擒下禄山。他曰:"丞相,本藩一时忘却下马进殿,何须发怒?"九龄喝声:"胆大匹夫,汝不过东胡外种,从幼为张元帅收养成人,因些小战功,得皇上恩宠、皇后施恩。不该擅自骑马上殿,大失人臣之礼,还敢多言,不谢其罪!"

禄山曰:"丞相,休恼责罚!某自到天朝,蒙皇上恩宠,格外加恩,此马乃皇后所赐,寸步未离,是奉旨速宣,忙中未得下马,今被丞相辱骂已甚,还谢什么罪?"

九龄大怒曰:"如此狂妄小人,有干国法!"喝令斩讫。值殿将军答应一声,正来拿下,禄山大惊,只得下跪舍阶求饶。帝曰:"汝骑马上殿,果失人臣之礼,怪不得丞相执责。今丞相看朕情面,赦此年少狂莽、无知初犯,仍逐贬回范阳,不许在朝,以示责罚。若勤巡政、安省民、劝风化、境土咸宁有功,可将功消罪。"

当日退朝,各文武回府。只有张丞相自思:"年登七十,况今皇上不比初登基时恭俭勤政,日近奢华,宠用禄山、林甫、国忠、裴宽等一班佞臣。况且初时立子媳杨氏之日,吾与宋、韩林同上本谏诤主上,不可立杨氏,名有不正,非可型化天下也。已经力谏圣上几番,奈何不准,是以吾屡屡告驾回旋,只因圣上不准从。但前月宋已经告准致仕而归,吾今何必在朝与一班奸佞作对?前日曾经执责安禄山骑马上殿,骂辱他一番,想来此人生乱不久,圣上仍昏迷不悟其奸狠,内则淫辱奸妃,勾结高力士,权势太重,外受奸党多人。吾倘不死于奸臣谗言陷害,定然殁于奸妃中伤。不若力陈以年老多疾病,告驾回家,方免留落异乡成孤魂之鬼。"不表丞相言来。

果然,安禄山扑屯不住,领旨出京都往范阳镇而去。当时又兼管营州。当时,张丞相次早上朝告驾,未知圣上准否,且看下回分解。

第十三回　睹时艰力辞解组　尽忠告勇退不羁

诗曰：

君臣义合本万难，只为时艰要见机。

明哲保身当早念，免教祸到幡悔迟。

据此传奇论及张九龄告驾致仕归日。惟有鉴史上言：唐明皇于开元二十四年削夺张九龄相位，任用李林甫为相。当时未进李林甫为相时，明皇已有意相之，而九龄尚未退贬。明皇问："相李林甫可乎？"九龄对曰："宰相之任，有以关系国家之兴替也。陛下须当慎择其人之正者，若相李林甫，只恐日后为社稷之忧、为国家之患！"当日明皇亦暂准信九龄之忠言。后来，李林甫闻张九龄之语，一心怀恨，屡思计谋以除逐之。

但明皇自登基一连二十余载，岁月已久，渐生奢侈之心，肆欲以怠朝政。然九龄平素耿直，遇事敢言，少有过矣！不论大小事，必力诤苦谏，明皇日久厌其入耳之繁；林甫一意奉承以迎帝心，故时常谗拆九龄短处，故帝亦疏慢之，至罢其相位，贬逐至荆州府为长史卑职，后终于任所。今此传载其告驾有大同小异之分，看官，不必涂求史实而议之。

当日，九龄上朝，拜呼三声已毕，陈奏曰："老臣蒙仰圣上天恩之重，粉躯碎骨，罔能报效，曷敢言退？奈已风烛之期，近日疾病多增，虚担宰相重位，枉馔徒，只恐有误国家大政。今特恳乞天恩，容臣解组归乡，一两秋已将就墓，本另择贤能执政。老臣无任治恩，伏惟准奏。"

明皇曰："丞相古稀之年虽及，但躯体康健，怎可一朝言去？朕之大政，委托何人？不必辞位以则朕左右也。"

九龄曰："陛下，不须命留老臣，惟臣近日委果疾病益殆，料不久于人世，俱鸟之将死，其鸣也哀；人之将死，其言也善。老臣有一言上陈，仰乞至尊鉴听，臣曷胜仰赖！一、祖宗田政不可改；二、进任正贤以匡国政；三、节国用以实库。如受臣言，上下一心而致宁天下治矣。但臣入相二十年所近矣，不少尚有不周，乞陛下恩恕。但念臣随驾多年，不敢他

和,今告归别主,原宥忘恩大罪,死后只以鬼魂而不忘国用。"且当时有李学士太白,是西川安庆府人,知九龄是个正直智良材,亦出奏请留之。九龄苦不允从,力辞解任。

帝见他坚持要去,只得曰:"丞相力要舍朕而去,亦难以勉强。朕念老功臣辅驾多年,勤劳朝政,今恩赐汝带俸归田,特加恩世禄黄金三千两、白金三十万两,每月俸禄米千石,继赐参茸,太医一名随着调养,赐题忠亮御牌坊,命一二品大员代朕饯别送行。"

九龄叩首谢恩曰:"老臣蒙天恩深眷,今生难答,来世犬马追随以报耳!再乞圣上念臣方才谏言,去谗远色,以江山为重。又思先皇在晋阳起义兵,诛灭武韦奸党、重整李氏江山,劳尽瘁力,得安社稷,臣死瞑目矣。"是日,君臣言到此,各各含泪。帝先领驾回宫去,张丞相辞圣君出。

是时,右相李林甫、大学士李白、吏部天官葛大古、礼部尚书贺知章、兵部尚书裴宽、户部尚书钟景期、刑部尚书王、御史中丞杨慎矜、国舅杨国忠,又有二品十余人,不能一一尽述其名。又有武员是中兴王马英、长平侯王仁勇、远兴侯曹威、护国公秦刚、鲁国公程福、越国公罗清、鄂国公尉迟景。当时,一班文武大臣百余人,齐奉圣旨,敬陈美酒,又有送行赐仪饯行。

丞相曰:"老夫以老疾无能,故不得已与列位同僚分手,今已叨领厚饯,敢劳诸位送程途?一揖相别可也。只愿诸公一心辅驾,君臣共守兴平。老朽回归就木,列位且请回,老夫复赶马登程。只留太白公、葛吏部、贺礼部是吾故交,与中兴王马英是门徒,多行数步以尽故交、师生之深情。"文武百官哪里肯听?又献上赆仪,祈老丞相见纳。九龄曰:"老夫又何恩德,敢当列公惠赐?且吾叨蒙圣恩,颁赐过隆,已为滥领了,是为赐命不敢辞耳!今诸位大人再赐许多厚礼,老夫断难明领矣!"

百官皆言:"老丞相在朝,一擎天柱。日久在廷教诲,今日荣旋贵府,薄具凉仪褒渎,聊申赆敬,伏祈鉴纳;方表众士恭敬微意之诚。"推辞多时,张丞相料想方辞不得,只得领情,复一一致意申谢。众官齐送出城数里,丞相数次辞回,百官只得住步,曰:"老丞相前途保重,慎越风霜。某等回城,恕不远送也。"一一拱别,分途各回府去。

单有太白、葛、贺、马英四人多送十里之程。九龄曰:"四位且住,吾有心腹直言说知,以表今日相爱之情。吾原非多疾,实忧与一班奸党作对,内又有贵妃、高力士,今吾年七十余,亦应息退归田。一来免祸,二则辞此繁政。即昨天责辱安禄山并前劝主杀之,两番不准;并劝不可立贵妃,有紊渎于人伦。圣上原是明敏,只好色之心难遏,至是不准从。贵妃岂不怀恨在心?今虽贬出禄山,免却宫内丑闻,然禄山出镇范阳,实虎归山也。此人

必定有变，叛乱不久了。老夫今日已脱离虎口，汝等在朝，实要小心。必酿祸乱者，李林甫。杨国忠逼反安禄山，禄山离不得贵妃，今圣上前明后暗，不久乱作。须各人见机保身，明哲脱厄，方免安禄山罗网。须谨记。"

四人齐言曰："叨蒙老丞相指教金石良言，自当铭诸肺腑。且丞相智虑深，明去就，存身远害，信为老诚达人。但我等在朝近帝，犹如身入虎狼巢穴中，不被噬者，出于万众之一耳。只忧不能逃遁以罹奸党之祸也。"当时，丞相几番催促四人回身，各得住步，殷勤相慰而别。话分两途。

再说九龄退位，李林甫升中书首相，令杨国忠升右相平章，二奸争进不提。单说张九龄一程回广东，道经二龙山，有家丁禀上："相爷，此路虽乃官场大道，但久闻二龙山有盗寇打劫行人，不若从小路远些去避之。"九龄冷笑曰："清平世界，些小贼徒，使尔若此畏缩！但可恼守土文武官，枉食朝廷俸禄，日久偷安，不来查察境土，其盗寇打劫害民，皆有可参革之罪。大小官员皆不以安民为重，一省中枉设数十官员，花费朝廷饷禄。今吾定要在他山前经过，教训强盗一番。若然散伙，有能者投食军粮，不愿为盗者自为良民，落业做小经纪，且将匣中所叨圣上恩赐并百官厚情送的金银，不下百万，一并散赏之，令其为良善人，岂不依从乎？又安境土，免陷良民，化恶为善，吾之心也。"

众家人、从兵领命，特往二龙山边经过。有喽罗见一标人马从大路回山而来，一大旗上书着"奉旨荣旋"，又数十大旗大书"张"字，威威武武，护送兵千多，皆盔明甲亮。喽罗兵不敢妄进打劫，只得上前动问："过山来的是哪位官员？且说明，待报知寨主。"护军曰："朝中左班首相、太师太傅、中书张老大人奉旨荣旋，特经此山，急报知寨主来恭迎。"喽罗闻言，领诺，飞奔上山报知。

有白云龙对高、梁两弟曰："久闻朝廷张九龄老丞相是当今第一个贤正忠臣，唐天子赖以助复江山，今日想必因奸臣当道抑或因年纪高迈故，致仕归田。我们何不下山迎接送行之？方表我们不是专于贪婪为盗者，是个义气敬重贤良之人！"

高角未言。琼玉曰："不特表心，我们报仇、收除狗官，亦在此人之身。且下山自己绑缚，将冤屈诉明老丞相，他是唐天子师相，位尊爵隆，岂不准信？他一道本章奏明，苏州一省狗官难逃冤屈妄杀良民之罪矣！"三人议定，出见张丞相如何，下回分解。

第十四回　惜英雄九龄赠书
恩酬愿明皇发驾

诗曰：

英雄被屈志难伸，待遇忠贤历诉陈。

赠赐书函投学士，覆盆冤陷一朝伸。

当时，梁琼玉言来有理，事所当言，云龙、高角欣然从之，命喽罗将自己三人捆绑起，背上押上刀斧，一同下山。见兵队中老丞相在镶金八抬轿里座，童颜白发，五绺雪白长须髯，双目澄清，威严凛凛，弟兄三人一同下跪叩首，座前请罪。

有张丞相命左右松了捆索，收了刀，曰："三位豪杰，且请起，休得拘礼。老夫今日解任回归，道经此山，不知汝等在此山踞守，但清平之世，岂可埋伏于绿林？一者扰害良民，二者有干国法。今皆自绑来见老夫，汝心有何趋向、有何事情？不妨直达知闻。"

梁琼玉先开言曰："上禀老太师老大人。"当时即将业师刘芳被本土柳知府不察其冤情，屈害致命，陈升与己家散人亡，尽将一番前事禀知。张丞相闻此，怒气顿生，曰："有此昏昧狗官，文武同恶相济，只知抄取人家产业，不理冤屈深清，深负君上隆恩。令他治民，实则害民也。待老夫回归故里，事暇定必拜本归朝，以谢皇恩，附本除狗官也。复回汝们故业，不须忧虑也。原来前月江南胡夏使有本回朝，言松江府二龙山先劫高丽进贡宝马；后劫法场，抢去朝廷重犯一名。盗首杀死总兵二人，打伤副将三员，官兵死者三百余，正在部议征剿起兵，岂知官逼民为盗，至身入绿林！"

琼玉又禀上："老太师爷，若待大人回归贵省，已有三四千里来返，拜本进京已有三月程途，倘朝廷果然不知其委曲，一动兵来征伐，丞相本章未到，岂非不及？莫若小童生等上京都告皇状。但无亲故在京为官，是不敢造次。只乞求丞相明鉴参详。"

九龄一想，果然待回广东，然后上本，有六七十天方到，岂非不及？就于此吩咐取过文房四宝，写书一封，递交琼玉，言："一到京都，寻觅着大学士李白大人，倘一见老夫之书，自然即刻传汝进见。吾书中将汝提拔于此人，但老夫观汝一貌不凡，日后不失为皇家

之贵,且你弟兄三人岂可久于身入绿林,终无显现之日?不若出仕皇家,立些功业以显耀双亲,扬名后世,方为正路。"

三人叩首曰:"谨从相爷钧谕。"

当时,张丞相吩咐登程。三弟兄谢恩,远送三十里,离山太远,丞相催止步。三人领命。丞相仍吩咐照书行事,不可违背,须要早归朝廷。三弟兄诺诺,连声拜谢而回。

有张丞相一程回本土,道经南雄岭,见岭难于行走,一回至韶州曲江县,发传本土官员,一府州县辟修南雄岭书院。也无交代,不多细表。

再说梁琼玉得了张丞相手书,即日要拜别师娘颜氏及白、高两兄长,奔上长安朝中,带捷健精壮军人二十名,一同起身。颜氏叮咛一番:"道途上小心,谨慎风雨,保重身体。报仇雪恨,尽在贤世兄一人。"语毕,不觉下泪二行,琼玉多言安慰。又蹀出外厢,白、高两弟兄早已排开饯别之酒筵,三人叙饮,谈语多时。用过餐膳,拜别,骑马而行。非一天两日到得长安皇都地面。

先说唐玄宗明皇于天宝庚寅曾想起在山东东岳泰山许下旧愿未酬。当唐明皇晚年,酷信鬼神愈甚。此一天,设早朝,各文武官臣朝参已毕,各分班侍立,诸文武无甚事情奏直。

帝开言曰:"众卿家听着,朕一事在心。"众臣曰:"未知陛下圣意若何?乞降纶音谕下。"

帝曰:"朕上年偶沾患疾,太医院服药饵无效,后命钟礼部往山东东岳泰山求丹,许愿疾愈酬恩。今思亲发车驾往酬岳神大德。"众吏合奏曰:"普天之下,莫非皇土;率土之滨,莫非皇臣。然酬答神恩,陛下命一大臣往代劳可矣,何必劳圣驾亲往?况往返程途数千里,劳受风霜,且山兽虎狼不少,诚恐有惊圣上;跋涉险途,或有绿林埋伏。恳乞陛下洞鉴原由。"

明皇曰:"众卿不必谏阻,朕若不亲临酬愿,不见虔诚了。况今清平之世,哪有绿林埋伏者?即山兽遇于途,非朕一人,同一二臣前往,带精壮军兵五千随驾护卫。"言罢,旨命礼部钟景期书一龙凤牌匾,上圣庙又制造神圣真衣冠带靴子,一应限一月赶备足用,择选

吉日发驾登程。

众臣领旨。

又命皇太子监国，将玺印交下，命左右两相辅佐太子判治所有大政，并各省犯官解京者，三品以上官员暂收天牢，三品等官以下，卿等部家公议。

左右相并太子领旨。

又敕命中兴王马英与朕挑精兵五千，会同王曹两卿保驾，李学士、钟礼部、高力士随行。

文武领旨。此日退朝。候至一月赶办起金龙牌，神衣冠玉带、靴子一应随驾起马。

当日，奸恶臣兵部尚书裴宽暗差家丁一名，私往山东赤松林投书与贼寇劫驾。家丁日夜赶程途。天子未到，家人先奔至山东赤松林。

喽罗查问，引进山中，见了寨主铁花纲。只因此贼不良，在山东初为小盗，后为大盗，杀人放火，被官兵捉拿太急，故反入赤松林招兵买马，已经十余载。他是裴宽妹子之儿。甥舅之情，故今裴奸来书，大约言："圣上准于本月某日到山东东岳庙酬恩，必经此山，可劫他车驾。保驾是中兴王马英，曹王二将，兵只五千，文员李太白、钟景期、高力士耳！若劫驾事成，先行杀上长安，吾自朝内接应，甥舅同心，何难取了他江山？"

铁花纲见了母舅来书，大悦，即厚赏来人，先回报知，复有书复上，并请舅爷大人金安，叮咛他在内做照应之语。家丁领命，拜谢厚赏，复回也。且不表。

再说明皇刻日起驾，有皇太子、左右相、文武大臣送出皇城，而去数十多天，方得到山东。一路水陆行程，预早地头传知，各省府州县境香烟霭霭的接驾跪送，一路上，内外城池张彩回避，水陆法净。不须细述。

一天，来到不近人烟城市之所，是入了山东境界，有凤凰山一座。唐天子传令下营歇息。有李学士谏曰："此山高峻险阻，且不近城市地镇，四边荒山野村，虎豹太多，万一有盗寇藏聚其中，只虞有惊圣驾。不若在途赶近城镇驻驿，方见稳当也。"明皇曰："久闻凤凰山灵禽异兽甚多，今升平之世，岂有草寇？即有些小不皇化的，不敢来此惊驾，况有马卿英雄！岂惧小寇？卿不须谏阻，且传旨，各将兵放围场，共一游猎。"

是日，择地安营。武将领旨，开围发炮，弓马驰骋。要射的飞禽山兽好不兴闹。正是君臣共乐。将兵纷纷献的鸿雁猿鹿之类，帝大喜出营。兵将武士追迁四围，百里之山，打射不休。住语君臣游猎之乐。

再言赤松林近凤凰山不出三十里之遥，铁花纲早知帝驾十月中旬将到山东境界，故

天天命喽罗数十名分散下山,打听消息。此日一闻帝不走大道入关,反往凤凰山打围,正喜他合当遭劫。即刻,点起壮健喽罗一万,手提大斧,飞身上马,一程急跑杀上凤凰山。响炮连天,大队围困在山脚,声言要抢帝王。

有军兵入报,明皇大惊。即命收围,唤过文武百官曰:"朕不听李卿家谏言,故有强寇来劫,如何抵敌出山?"有武平侯王仁勇曰:"圣上放心,待臣出马擒拿贼首,贼兵自然惊散。"明皇准之。王仁勇带兵二千杀出山外,大喝:"何方逆寇,胆敢犯惊帝驾?急通上狗名受死也。"

那盗寇大言曰:"某乃赤松林寨主,名铁花纲,要杀上长安,取位登基,不料唐天子反远来山东送上大位,且要他写下降书抑或交出玉玺印,可活一命。汝非某对手,且见个高低。"言毕,大斧打去。未知二将争战胜败,下回分解。

第十五回

凤凰山花纲劫驾
赤松林琼玉除凶

诗曰：

山寇猖狂惊帝王，英雄奋勇灭凶狼。

覆盆冤陷反明照，风虎云龙会合昌。

当时，王仁勇用刀架开大斧，两将对敌，一连杀六十回合，不分胜负。只因喽罗兵一万多，官兵二三千，早被困在核心，登时四下败散，王仁勇一见官兵败阵，回头一望，却失手被贼将大斧劈于马下。官兵四散奔逃。喽罗四散追杀。败残兵飞报知："启上万岁，王将军被杀，兵散。"明皇大惊曰："王卿家为国身亡！何将可去迎敌？"

有曹威大忿出马，带兵一千五百，各通姓名，果因兵少亦不能取胜。只此剩得二千余兵，贼兵万多，四下围困。还亏马英出敌，杀败了铁花纲，贼兵方退下去，但仍围定山口去路。按下慢表。

再说梁琼玉自下山回朝，要将九龄丞相所赠之书投递与李太白学士申理冤屈。当日去进京都，却过山东凤凰山，在左边大路见许多败残军兵冲下。只为是强徒打劫，问其来由，方知唐天子往山东酬香遂愿，被贼寇围困。即刻带同精壮头目军士一同杀上凤凰山。

此日，马英思量："兵少贼多，只得贼兵十之一二，想来必要一阵奋勇，杀下山头，方得出险。倘得济南府有兵接应，不难收除此强盗。"喝令兵丁锐进，杀得征尘滚滚。在半山中大杀喽罗兵一阵，死者亦二千多，奈一万之众，贼又有铁骑逼来，实难大胜乘势杀出。

有梁琼玉拍马当先，二十勇军随后，将众贼兵杀得风卷残云一般，人头落满山。马英才与铁花纲大战，冷目见一少年将一马杀入贼队，勇不可当，双鞭飞打得贼兵死者无数，心中大喜。有此少年将帮助，三千名将士亦旧锐杀，贼兵四山走散。铁花纲大怒，抢了马，一起大战。这琼玉二人交锋一阵，有曹威长枪又上，花纲抵敌不住，被琼玉一鞭打中左臂，痛喊一声，落于马下，已是不活。

马英喝令四边追杀，贼兵见寨主死了，登时惊散，尚有三千上下奔逃不及，只慌忙投

降，抛刀下跪。马王爷准他不杀。

马英、曹威同呼："何方少年小将，来山救驾？其功非小，待本藩与汝奏知，圣上自有显爵高官封赐酬劳。汝且通知姓名，随来见驾。"梁琼玉见马上两位将军，王侯服式，即下马曰："小人乃江南省苏州府人，因有大冤情，被本土官员所屈难伸，故不得已赶回长安京都，上呈皇状，又得张太师明白冤陷情由，现有他手书交大学士李大人收览，恳王爷谅情鉴察。"

马、曹二人听了，见他下跪，命起来曰："梁英雄请起，汝有大冤情，被本土官员所屈陷，幸今救驾有功，又有张丞相手书，此冤何愁不雪？不须多陈此事，且往见圣驾，逐一奏明。谅这些污吏赃官，断断难逃其国法也。汝且随来，本藩先入奏明，待圣诏宣！"

琼玉闻言，又叩谢而起，跟随马、曹王侯来至山中营外住足，俟候圣上旨召。

当时，马、曹二将进大营见主，马英将战斗贼人，偶得一少年杀上山来一并帮助将盗首铁花纲杀死，贼投降者三千余禀上，又说："此人言江南人氏，身负大冤情，特来京都上呈皇状，未知有何冤屈，只求圣上面询某人，方知底细。今臣现带他在营外，候旨召宣。"

明皇闻言大喜曰："有此少年，英雄胆大，一人一骑敢来与战贼寇，救拔寡人，忠志胆量可嘉！惟此人远隔江南，有何大冤屈情？本地官员因何不为申理？是则设此文武员苴任，要来何用？命他治民，反是殃民了。好生可恼！即刻传旨，梁琼玉进见。"

当时，梁琼玉闻宣，只得跪下膝行而入，到御前远远俯伏下，头也不敢抬。圣上命他平身曰："汝虽无职童生，但救驾有功，不复拘执。赐汝起来，不罪。"琼玉闻皇命，叩首低头起来。

明皇一观，见他威貌堂堂，虎头豹目，玉面生光，十分爱重，呼琼玉："汝怎知朕被困于此山？是哪人通知，特来救驾？"

琼玉低声对曰："蚁民只因业师身蒙大冤，并自己倾家荡产及师之友家破人亡，被本土官员不肯稽察明白，草草听着风闻之言，办为通盗抢劫郡城，捉拿屈打，问成死罪。幸得张太师前两月奉旨旋归，得以禀明，察知枉屈，有书赐赠，交大学士李大人，方敢远来京都，上呈皇状。现今有张丞相来书在此，只乞万岁龙目鉴瞻，便明冤陷真情矣。但今道经此山边，只见败残军兵，问起情由，方知万岁爷被赤松林山贼围困住，故舍命杀上山来，藉君王万岁洪福,逆贼得以授首,非蚁民有功于陛下也。"

明皇闻言,一喜一怒。喜者,琼玉一少年英勇雄胆,一骑敢入虎穴帮助杀退贼人救驾,有忠君爱主之心。一怒是怒此江南省中文武官,多是贪婪受贿、百姓冤屈难申。

当时,又将张丞相相赠手书拆开。大抵命琼玉投交大学士李白,要秉公申理梁、刘、陈三人被枉屈。尽言江南一郡文武不理民情、不察枉屈、妄抄家产以肥己;家破人亡不恤,只知抄灭民业,共合分赃;欺君罔民,大干国法。又推荐梁琼玉,虽年少,具此文武全才,可任充将士,为朝之佐。可秉公申理被冤。即劫法场,伤了官员兵弁,实出于大忿。陷屈逼反、烈性难民,皆由本土文武只知贪利抄家分肥、置民于死地、以杜塞其口,妄获捉琼玉故。惹出二龙山草寇劫法场,搭救琼玉皆各官自取其祸也。须要急办,以除贪婪害民官,方得江南郡宁静……

当时,帝看见丞相书信,准信江南文武不法。李学士也觉怒恼,上奏君王准依丞相来书惩办各赃官,方得此土万民得所。明皇准奏,且待回朝再议。帝复开言安慰琼玉曰:"前两月江南据节度使有本回朝,言二龙山贼寇猖狂,劫去高丽入贡宝马并串通本土刁民刘、陈、梁三人,思占疆土,已经擒获,后被二龙山贼劫法场,杀死赵总兵,伤武将三人,兵死三百多人,谋反大逆。正请旨起兵征剿,朕思劳兵动饷非同小可,故未即发兵往征,实尔三姓家门有幸,不然,即日动兵,尔门亲友人人枉死了。今且住办,回朝再申理。惟察问投降兵,命他带同我军往赤松林放火,烧焚其寨,有无余党,以免遗留后患也。马、曹二卿带同琼玉及众兵往他山剿灭,尽不可遗留。"

三将领旨,合同降兵共有六千零,一程杀上赤松林,将山中不投降者尚有兵五千余及铁贼之妻子一齐杀戮已尽,又将山中藏的金饷马粮概行搬运出。然后放火焚烧山寨,昼夜火不息,烧的松林非赤名,乃一白地。

三将收兵,回山覆旨。

次日,明皇发驾,拔寨登程。当日,收殓武平侯尸首,备棺盛殓,运回家乡安葬,荫封他子,用之于朝,袭父职,不过多表。当日,君臣一路起程,驾到东岳庙宇中。有君王驻驾于节度使府衙,沐浴素膳三天,方进庙中摆驾享谒。

此日肃净,鼓乐悠扬。天子行礼,炷香炉上霭霭,神像加金冠玉带、龙袍靴子,一新宝盖,长幡高挂。御祭已毕,又赐拨公田十亩以为庙宇中历年香灯费用。

天子礼毕,有文武臣皆来叩首。是日,拜罢登程。

文武兵保驾一程回归长安而去。所到经处皆有大小文武员恭迎跪接,如往者一般。

不须烦述。水陆三月方至京都。

　　有监国皇太子早已打听明白，先率同众文武大小官员，俱出皇城五十里之外迎接，帝驾回城，文武也纷纷随入，再复朝参。不知唐天子进殿后如何封赠梁琼玉救驾之功，怎生伸办三人冤陷，看官，且听下回分解。

第十六回　唐明皇车驾回朝　梁琼玉职封镇蜀

诗曰：

文官把笔安天下，武将提刀退敌兵。

只要君王宜当用，江山宁固兆升平。

当下，唐明皇山东酬愿回归长安，进城升御正殿，皇太子、各大臣朝参拜谒已毕，侍立。太子请过圣安，问及水陆平宁否？明皇言知，一到山东境界入凤凰山，被赤松林山贼铁花纲带兵围困、兵败折失武平侯、失兵三千余，后得梁琼玉奋勇杀贼救驾一番云云。太子闻父王言知，又惊又喜曰："幸得父王洪福，至得英雄救驾，未知父王可封赏救驾之人否？"

当时，奸臣裴宽在旁暗惊，又幸喜铁花纲已死并无败露，不然，灭族之罪祸难免了。

明皇想来："梁琼玉是救朕恩人，且生来气宇不凡，可抵赏一侯爵。"是时宣进殿中，小英雄三跪九叩首，行过君臣大礼。当时皇封，进他为西平侯之职。梁琼玉暗暗大喜，深谢皇恩。

此日，帝加恩赐御筵于偏殿，命三学士、一王一侯等各陪宴叙。山东一行将士及降顺喽罗三千多有赏劳，颁以金帛，阵亡者倍恤其妻子以赔偿之。

当日，天子驾退后宫。适有杨氏贵妃接驾，请过圣上金安、慰劳过程途风霜，少不得摆宴接驾洗尘。明皇又言知山盗来劫驾，得琼玉少年英雄搭救，今已封赠他侯爵酬之。贵妃曰："险些得此人大功，不然圣上危矣！明日陛下可赐他偏宫酒宴，以示圣上知恩报恩之心。待臣妾敬他酬恩酒三杯，代圣上之劳，未知准否？"

当时，明皇醉酒糊涂了，曰："御妻有爱功臣之心，朕且准依。"

次日，命高力士宣召西平侯进偏宫，皇上设宴以待。此时，李太白、钟景期二人知之曰："贤侯，此事非皇上旨意宣汝，实乃杨贵妃娘娘是个贪淫之妇，闻皇上言汝是少年英雄，气宇轩昂，想必起动得心，故特见汝一面。一进宫，须要打点，不入她圈套为高也。"梁

琼玉曰："今若不往，有逆臣之罪。倘进宫，某宁死不敢受辱以活命的。"

当时，梁琼玉勉强随高力士进至禁门止，仍不敢入。高力士见了，只得进内宫奉禀，一刻复宣。梁琼玉低头进宫至内殿。明皇令贵妃退后，隐于龙凤帘里。琼玉即下跪曰："微臣琼玉见驾，愿我主圣寿无疆！未知宣小臣至内殿有何圣谕？"

明皇曰："朕宣示只因皇后见汝救驾有功，是朕恩人，故特设宴于偏宫以示宠异。君酬臣德，皇后特敬酬功酒一盅，是敬重英贤之士、有功之臣也。"当时，琼玉闻圣上圣谕，只得下拜曰："微臣琼玉见驾，愿娘娘千岁无疆！"那杨贵妃在帘中，见琼玉果然年少，人物丰采，暗暗欣然："不知此子何日得遂我心怀？"

此日，明皇赐宴，皇后加恩。两行音乐响奏，有内监酌侍美酒，琼玉谢过圣后特恩，略略领叙。琼玉偏座，君臣共乐。酒至三巡，琼玉离位谢恩，求辞圣驾回衙。

君王未准，曰："卿且慢叙欢！"贵妃帘内传旨曰："陛下，贤侯有救驾回天之功，臣妾感激不尽，不若待吾敬递御酒一两杯，以代圣上酬臣恩德，如何？"帝曰："御妻所言有理！又见敬重功德之人。"

琼玉曰："此救驾乃微臣偶而所遇，非特来救有功也。然圣天子百神护体，即微臣不来，贼人焉敢猖獗？今叨蒙于圣上天恩，厚赐重重之职，已是过分不敢当。今又赐御宴，敢当娘娘至尊再赐？君尊臣卑，小臣敢犯上乎？恳乞娘娘免赐，诚恐折尽微臣之福，受当不起也。"贵妃冷笑曰："贤侯过谦。汝乃一胆大英雄，救主功大，难道哀家不该敬汝一杯？即君王敬汝一盏也该当，不必过辞！今喜贺国得贤材，为国家之庆也。"

明皇沉醉曰："卿家，此宴所设，原是皇后美情，是娘娘敬酬功臣之心。不须守礼以拂美意。有朕在作主，何妨满饮一觞？"

琼玉闻帝命，只得下跪，宫女满酌一巨觞，宫娥双手将玉杯捧上。贵妃步出帘外，对琼玉媚目睁睁，琼玉低头下视，徐徐饮讫。正起来谢恩，贵妃曰："待哀家亲敬一觞。"即命宫娥揭起上坛美酒满斟。

梁琼玉暗言："怪不得李学士、钟礼部言杨后是个贪淫之妇，彼只道某是个酒色之徒，以此待我，好生可恼！不守尊卑之礼、败坏伦常，如何是好？"即曰："娘娘差矣！方才宫娥代酒，臣不敢逆尊强领赐一觞，是过分宠异了。娘娘贵为天下臣民之母，千乘之尊，贵贱尊卑定然要分别，娘娘岂可亲手赐酒于臣下乎？失却君臣体统，臣决不敢领饮赐也。"

贵妃曰："贤侯过执了。岂不闻圣谕上有言：'君视臣如手足，臣视君如腹心，君臣一心一德。'今哀家与贤侯虽有君臣之别，实则诚意相待，犹如腹心手足一般。"

明皇醉中听罢，笑曰："朕在席中，即娘娘赐酒何妨？卿休得过辞，却了娘娘美意！"琼玉闻君王之言，暗暗叹恨："此乃国运当衰，至圣上昏迷，容纵此孽妇放肆，还不知某是顶天立地英雄。似此料理却是传酒之意，惟我一心正大，何畏其邪淫！"复下跪，目不横视，双手接杯。

当时，贵妃欺着皇帝已醉，卖弄风流，一双媚眼闪着英雄，奈他低头不视，只得行趋近前，假作递杯，伸玉手将琼玉手腕一捏，琼玉收手不及，杯未持稳，贵妃手一松，已将琰玉杯损于殿阶，即碎烂了。琼玉一惊，请罪曰："臣接杯未稳，只因心有所畏惧，尊卑不敢，至碎玉杯，罪该万死矣！"

明皇曰："爱卿酒已过多，心存敬畏，执杯未稳，打碎玉杯，有甚相干，卿何罪之有？"即命散去筵席，又命穿宫内监："开御仝盖送贤卿出殿，暂寓李学士府衙，侍候工部臣挑役夫建造府第，然后进居。"

琼玉谢了君王深恩，出九重金殿。只见李、葛、钟三大臣仍在外殿等候。见送琼玉内监去了，三人动问："贤侯，进内殿有何宣议？"琼玉叹曰："不出众位大人所料，果也并非帝之旨意。"将贵妃乘圣上赐宴醉了，怎生无礼一一说知。三大臣亦叹曰："前者安禄山倍宠入宫，丑声外闻，独有圣上被迷惑，毫无醒悟。其淫奸实乃唐之淫风，世代所出，败坏纲常，莫此为甚，可不哀哉！"

又有琼玉对三大臣曰："末将身为一武夫，叨蒙圣上一朝加恩，亦偶遭逢，但一心不愿为朝内官，犹恐圣后心怀不已，有心腹之患，不免遭于一妇之手。倘得出外镇，方免此祸耳！"

葛吏部曰："贤侯乃深虑不差。前五天西川节度使有本回朝，终于任所，现今无人接印，幸喜贤侯贵为平西侯之职，在西方之职任。今一出边镇，无端免了淫妃怀此念头。如不从她，定来暗算。如从她有污行止，万古难免臭名。"四臣算定，各自辞别回衙。

次日五更三点，玄宗天子设朝，文武官山呼朝见已毕，各各分班侍立。

"各省有无章奏？"

"单有前数天西川节度使王忠嗣死于任所，现未有哪臣接印，求圣上议敕何臣镇守？方无西顾之忧！"

帝曰："可惜！念王忠嗣是先帝老臣，出镇西川有年，今可惜一旦逝亡，勤劳臣也！此川地近蛮，西南界至是长安要地，众卿举哪人可当镇川要地之任，方免西南外顾之虞？"

适葛太古曰："臣启陛下，西川地广人稠，前有剑阁，后有峨眉，左控陈仓，右枕栈道，

非文武全材者不能守任之,现有平西侯,有职未有土,况少年精锐,文武兼优,西平之征,正应他身职之符合,未知合陛下龙心否?"

明皇闻奏,思来此可任准,自即敕旨:"平西侯出镇西川,加封节度使之职,统管西川一带,上马管军,下马临民,职兼文武之任,兵部尚书、太子太保兼理粮饷水陆事务。"敕命已毕,梁琼玉见圣上一刻准他出镇,大悦,拜谢君恩而起。不知琼玉出镇西川之后如何,且看下回分解!

第十七回 弃绿林白高得荐
赴翰苑刘陈首登

诗曰:

未遇休将志气低,一朝平步上云梯。

能伸能屈趋时会,方见从权智士为。

当日,唐玄宗加封梁琼玉为西川节度使出镇,统领管辖一大郡。琼玉领旨谢恩,复上奏曰:"陛下,微臣年少初进,但想西川蜀士,地大人杰之众,任斯土者,非一人之力可当也,微臣非易,还有结义手足,前者只为迫于官之污赃罔利,至激变反上山,向并不凌害良民,只有劫番邦良马一案并劫法场,亦果因某被官屈押出诛杀,是他一心仗义行险,动此干戈耳!是今隐于二龙山,屡待等候招安,即改邪归正,非敢于长久为盗也。以二人武勇不在臣之下,亦可充一武职,恳乞陛下恩赦他前失,别敕臣往招安,臣愿与二人茌守西蜀则不虞疏失矣。且臣又被本土官员所害,只有颜氏师娘仍在二龙山中,恳求圣上赐臣同到住所,早晚服侍,以尽师生之恩。"

明皇闻奏曰:"准卿所奏。命钟礼部往二龙山招安,白、高两英雄同朝受职,与卿守蜀;卿之颜氏师娘由同往服侍,暂赐受贞赐二品恭人,待子长成再加恩,以续刘氏香烟。江南苏州一案,文员知府、武员参将、游击等,婪赃害民,拔害着调,拿下正法,与卿等师友报复冤仇。并刘陈两姓待有禀明之士,即刻提调茌。卿可卜吉登程,往川镇守,此土乃边僻大省,不可无主事之人,日久大员不至,犹恐疏虞,速速先往,待白高二人回朝,朕即着调他同往协守,卿勉之而行。"

梁琼玉深谢皇恩,此日退朝,琼玉领了皇命,刻日拜辞众文武同僚大臣,致意李白、葛太古、贺知章、钟景期一班忠贤,离长安出城西去赴任。暂且按下。

明皇退朝还宫,杨太真接驾,方知梁琼玉被一班学士大员荐他往西川赴任而去。一心恼恨,暗骂:"老昏君,将吾意中人一朝敕镇边外,哀家还指望下次早晚设计召他进宫,打动此少年,未有不入彀中,得遂我心,岂知被可恶狗党唆荐去远省西川,再休想望。前者安禄山又被张九龄、李白、葛太古众口攻击,向昏君言逐出了,永镇范阳,不得回朝。真乃可恨!"是日,咬碎银牙的切恨,只得强装欢颜,夜陪宫宴。不多细述。

再说钟礼部奉旨,一程往二龙山招安。此日一到,命军士通报,喽罗上山禀知。白、高兄弟方知,曰:"梁三弟一出山立此大功,封赠侯爵,今又荐我弟兄回朝受职,真乃喜从天降也。"即刻大开山门,恭身下山,跪接钦差大人。

钟礼部挽扶起,两弟兄又请大人进山一叙。礼部言:"有圣旨,且进堂迎接。"二人急摆香案、炷上名香,跪接钦差大人宣读圣谕毕,敬请大人当中上座,小军递上香茗,弟兄左右立陪,即吩咐众喽罗兵一齐听命:"今某弟兄奉旨身归朝廷,愿随者跟随进京都,自有皇家饷用粮食;不愿往者,每人给赏银五十两,回家为良民,做小经纪。所将山中的贵重什物搬出变卖,亦归尔等。查清仓库所有粮草储积、刀枪马匹一应俱带回朝。"

众兵领命,一刻点查清白,注上册子,并愿随行兵丁人名注于册内。钟大人看罢,取藏了。是日,命人大摆酒肴,割杀猪羊相款大人并来兵。合山喽罗皆有颁赏均沾,众人叙饮。两人将金银分赏给为民喽罗,皆令搬运出器用什物而去。山内三乘轿上坐颜氏、两寨主之妻,又车辆载上粮草,马匹拖载器皿而出。又敬请大人先下山,然后放火烧焚山寨,一同起程。

非只一日路途,连连水陆多天,进京都,进得皇城。钦差命白、高弟兄暂且安营,待奏知圣上候旨。二人领命,扎屯于城外。

有钟礼部登朝覆旨,将招安册子呈上来,投降兵一万零,粮米若何、马匹多寡、刀斧器械之类,一一看明,龙颜喜悦,即发旨宣召。弟兄进殿俯伏谢罪,历陈因官逼逐上山,为寇求赦。帝曰:"二卿平身。前者入绿林皆因土官失御,以至激变民心,使英雄无用武之地,今前事不较,有平西侯荐二卿武艺超群,可当武职。特赐武进士出身,白云龙特授剑阁总兵,高角特受重庆府总兵。二妻诰封三品恭人,颜氏二品贞静恭人往成都,待琼玉服侍,尽师生师母之谊。"二人谢恩而起。

是日退朝。白、高二将刻日辞驾带同家口出皇城往西川而去。

一天,到了成都省城。先命人报节度使大人。琼玉一闻报,不胜喜悦,方知弟兄、师娘同来,俱受皇恩,正为可喜可贺。是日,车马纷纷进城。弟兄相会,不以职分尊卑,仍以弟兄叙会。颜氏师娘、三位恭人共进内堂,不啻一家叙会,喜色欣欣。

梁琼玉自到任以来,号令严明,出入以公,恩惠爱民。白、高二位总兵分守两府,也是一般清正,勤劳尽职,除暴安境,至川中大治。自西南一带水陆平宁、盗贼潜踪远遁,下属官吏不敢徇私，万民乐业。按下西川不表。

再说是岁，乃天开文运，值大比之年，天下人才进场赴科。此岁，玄宗帝命李学士为大总裁，钟礼部为副选，裴兵部为监临官。各才子领了御题目进科场，纷纷呈卷收阅。

先前书说刘芳在狄府中作西宾，教习狄光嗣两公子文艺，二子精进，文有可观，是赋性聪慧。此岁科朝，三人一同酌议进场赴科。但刘芳被柳知府办为重犯，不敢填真姓名，是以改名不改姓，唤作刘珍。三人拜辞狄光嗣，一同进京都赴考。

又说陈升，也因大比年期，亦思是犯人，只改名不改姓，名陈清，要进京都。即日，拜辞徐岳丈及妻，并司马瑞及虎豹山马、魏两人亦要赴京都，倘文场一空，武场又开考，故一同登程。陈升大悦，得同行作伴，妙不过也。

是月，大阅科场，清白取才，高中会元，乃江南苏州府刘珍，并江南苏州府陈清、狄云、狄月俱列二甲中进士。将中式三甲的三百五十五名点入金殿唱名。状元，苏州府陈清；二名，河南开封府白登；三名，苏州府刘珍。二甲、三甲不能将姓名一一尽述。正是新科游街三日，好个妙年及第的俊彦。正引动深闺红粉女争看绿衣郎，闺秀阁中，岂不人人仰慕！

一朝天子临轩问册后，见此科状元、榜眼、探花皆少年雅俊之士，且文才雄博，不胜喜悦，总裁大臣从公取才。帝一想刘探花文才宏博且年貌多长三四秋，比状元、榜眼老成些，不免调刘珍做个本土巡按官，是必洞晓此郡贪婪官，以了结刘、陈、梁三人之案，然后调任别省。想来妥当，即殿上开金口，露银牙，将前者梁琼玉申奏明苏州案一一谕知："今调卿为本土巡按，御赐尚方宝剑，从公断办，各污吏贪赃文武严法定罪，先斩后奏，问结此重案。"

原来，陈、刘自进京，在寓所已知会过，两人各各改名，不约同心。不料，连捷中式，皆幸点入，又明缀高登首领。正喜之无尽，只心忧是名罪犯，只恐奸臣查出真姓名反来效奏。今见圣上说出刘、陈、梁三事一案，方知梁琼玉救驾得功、已封侯爵，又领镇西川，自是一朝平步上云梯，得他奏明前事在先，今不妨亲口供认原是刘芳、陈升之真姓名。

当时，两人下跪不敢起，又奏上："微臣二人有欺君之罪，求乞陛下宽恕，方敢领旨。"当时，明皇不知其故，想他年少书生，初进皇家，故不敢领办重案，若不然，一般少年有何欺君事做下？只言曰："朕念卿青年得贵，以案情试才，未知有何欺君瞒朕之处？即有些小干碍国法之事，朕有言在先，一概赦免，且明奏上。"陈、刘听帝言此，将真名姓奏知，历陈起始之由。不知唐天子怎生分断此案，且看下回分解。

第十八回　征山寇陈升明荐　探营寨裴虎暗谋

诗曰：

文忠武勇唐天子，山寇如何横逆行？

一怒天威征殄灭，万民感戴乐丰登。

当时唐玄宗闻状元探花奏上，方知梁琼玉所奏乃是二人，其惧罪改名，来京应试。惟前者有张九龄丞相已有书托交李学士，求彼秉公伸理，并琼玉已陈奏明在先，只曰："今二卿改名来京应选，原未知其情，并非汝二人之罪，乃汝本土贪赃官员祸之也，二卿无罪平身。"陈、刘谢恩起来，明皇一想说："此命二卿，并为退期，益加恩赐谒祖，限一年回朝，呼调一到，将各贪官不法者拿住，重者斩首、轻者刑罚革职。御赐上方剑两口，先斩后奏，并追回各家产业，任卿施行。但一事，前月江南松江府有本回朝，言虎丘山强盗名古羁威十分猖獗，称言先皇屈杀他父亲，要报仇，屡屡劫害乡民，本土官军竟无能治伏，反屡败数次，伤兵不下十万。今二卿乃文员，怎能与敌？或擒拿、或招降、押制、收除此人，只须得三两员勇将与卿同往。擒灭此寇，全郡平宁矣！"

李学士出奏曰："自古有文事，必有武备。圣人训示，千古不易之法。今招降已有二龙山为例，倘此寇不服，定必动兵，如打仗交战，又非陈、刘两文士所任，必得两三员勇将为佐，待两文士提调，方得合其济用。但思怎能此人？"

陈升一想，即荐三将曰："微臣有中表亲，身为武举之士司马瑞，今来京都考选，但其武艺超群，性雄志广；并有结义手足，一名马英，一名魏明。三人皆我唐功臣之后，英杰之汉，一同来京取选，特居寓所，如得三人共往，何难收除这古羁威盗寇一人？"

明皇闻奏，允准："卿既有此亲友武勇之士，即敕令皆赐武进士出身，宣入见驾。"当时，命兵部侍郎往宣三英雄入觐。

且述司马三人，还未知陈升荐他，心中狐疑不定，只得跟随了宣调官来至午朝门外，驻足候旨。一刻，兵部入奏复命，帝宣三人上殿。三英雄匍伏膝行，下跪金阶，不敢抬头，

听纶音。帝即降谕："陈升荐三杰,共回江南随行,往招讨虎丘山古寇。"言罢,又命平身。

三人谢恩,方敢起身。

明皇即敕赐司马瑞为都指挥使,魏明封左指挥使,马英封右指挥使,带兵五万随行,同刘、陈往讨招安虎丘山。回朝有功,再行升赏。三人一刻得官,好不称心得意,深谢皇恩,又感谢陈升招荐之力。

当日,天子分发已定,驾退散班,文武回衙。

只有裴宽心中惊惧,知本省官员人人有祸,尚不知犬子私通古羁威并同谋害刘芳之事,故不投家书与闻。

再说刘芳、陈升择了吉期,拜辞圣上、各同僚,出了皇城,往江南省进发。水陆行程数十天,方入江南境界。

先到松江府,带兵入虎丘山。在山前择地安下大营寨,远远见山上扯起大旌旗,"报雪父仇"四个大字。此日,古羁威闻知朝廷有兵来征,即刻顶盔贯甲杀下,红甲红马红盔,手执长枪呼喝:"哪人出马?"陈升曰:"来者山寇,是古羁威否?"

他曰:"然也,汝是何人?"

陈升曰:"本官乃本土奉旨巡按,今奉旨命特来赦汝前罪,招安归护朝廷,保汝无事,追封汝先父。当今是个有道之主,追念汝父前功,定必子荫父职,岂不为美?"

古羁威曰:"陈钦差,汝虽有再世苏秦之舌、张仪之语,难以说动我心。是父仇,定必要报的。"刘芳即喝曰:"不分好歹的匹夫!先君被武党杀害,非止一人,而且余室杀戮者数百,岂关君上枉杀,今枉执报仇之语,来此落草为寇,汝今若不依从金石之言,只忧汝死无葬身之地也。"羁威冷笑一声曰:"汝营中战将赢得某者,自由汝等绑缚吾回朝,如弱于某者,即刻退兵,休来罗唣!"

阵前司马瑞恼了,一马飞出,大喝:"逆贼,某来与你比!"大斧打去,羁威长枪架开,一连杀了数十合,胜负未分。

只因朝廷大兵五万多,数千喽罗哪里抵敌? 败走得四散逃奔,死者太多。古羁威看见多伤兵丁,回手一慢,被司马瑞大斧撇去。古羁威一闪,几乎跌仆下,只得放马跑走,招收残兵逃入高山,紧守寨栅门,预备炮箭,不出。唐兵几万数次来攻骂战,但山势高峨,树木丛森,不能即攻上。故两下停兵不动。

再说苏州府城裴公子,此日闻松江府被朝廷起兵将虎丘山围困,古羁威兵败不敢出山;又闻刘芳未死,与陈升二人高中魁首,连捷高登,奉旨出为巡按本境,心中方惊不安,

言曰："此地众官危矣。但幸得我们计算刘芳之谋未泄，他仍不知中吾害之由，不免亲到虎丘山探听古羁威败得如何？且吾得异人传授一制练毒药，些少入腹，三天发作，朝发夕死，非凡药饵所能救的，不免先往见陈、刘二人，假作拜探，方得进山下毒药，弄死两人，羁威方免祸，吾亦得安然无事。"算计定，将毒药暗藏身边，即刻动程。只带两口家丁，一天之间到了山前，有两兵丁喝查问明，军兵入报："营外一人，自称兵部裴公子请见，未知何人？"

刘、陈闻言，吩咐开营门迎接进内，一同见礼下座。公子即问："刘贤弟被知府所害，焉能逃脱？及陈弟干连之祸，反得高官，实愚兄所不解。当日，愚兄见两弟俱被害，已有家书上达家严，后又闻二龙山贼劫了法场，救了琼玉，官兵围陈贤弟之家，反得逃出，又杀死官兵，追后一音不闻，只有本土官严追获耳！今幸得贵，实为可喜也。"

刘、陈见问，将前后底细一一说明。裴公子伪为代喜，大赞奇能。听罢，又言："这日闻朝廷动兵征剿虎丘山，古贼首被杀败，皆二人大才；又久闻司马将军英勇。"众人谦谢曰："公子过奖！"又命人摆设酒筵相款。

宾主入席，叙饮一番。

席叙半间，裴彪暗取毒药藏于指甲，假酬酢交杯，将毒药放下。初与刘芳抱杯，次与陈升传杯。

二人哪得知裴彪下此毒药？只言此酒是借道贺喜两人因祸得福，今又高官显爵，实为可喜也。刘陈二人接杯饮干，两相交酬。至住停杯，用过膳食，裴彪复言："古贼不识时务，待吾明日往说此人投降。以免动兵伤残，如何？"

陈、刘曰："此长之策！惟此人执性强横，弟兵初到，也曾劝陈诱导，他只硬云执兵。兄长往说，只忧不从。"裴彪曰："事已至此，他必允从；则我兵之利，不从亦无干碍。"

刘、陈允诺。裴彪宿出一宵，次日辞别，要进高山会见古盗首一人。因交兵公干，刘、陈也不挽留。裴彪上马，两弟送出营外别去。

裴彪马至半山，大呼："喽罗，休要冷箭，裴公子来探！"古羁威闻报，大开山门，迎接入门，方谨闭门坐下，羁威先开言曰："今朝廷兵围山脚，贤弟怎能上山？他兵怎肯由汝到此？"裴彪言："先假探陈刘来领招降兄长，故他一心信之。"又言知下毒药于陈、刘，不出三天二人毒死之计一番。羁威听了，大悦曰："幸也，贤弟相救助于愚兄，不胜感激！"

裴彪曰："除此二人，是吾弟兄之利也，何言酬谢弟的？"羁威大喜。是晚，少不免排筵，弟兄对饮。按下寨中二人。

却说山下朝廷兵，此日见一道人赤脸银须，自称谢英登，是昔日护唐开国二十九家总兵之列，今特来请见主帅。兵丁入报，刘陈二人酌议曰："久闻开唐有谢英登，后修道不仕，已经百三四十年，想必修炼成仙。今日来见，必有事了。"即刻大开山栅营门，二帅步出，恭身迎接进营中，请他当中下座。二帅以师礼待之，侧座。二帅刘芳曰："不知前辈大仙师长降临，有何赐教指示，吾两人未知?"谢英登说何词、有何指点，且看下回，便知分解。

第十九回　救刘陈谢仙点化　赚裴古唐师获奸

诗曰：

英雄量大福仍大，奸佞机深祸更深。

且瞒害人终害己，虎狼枉用计谋侵。

再说谢英登久登仙班，故知过去未来之事。此日，已知陈刘两人中了裴奸毒药之谋，见他相询，微笑曰："奸徒暗算，故贫道特来救二贤性命。汝两位乃正大之人，心不狐疑奸陷，未免过于率直。故在奸徒局中不觉，还不知这裴彪是大奸臣之子，父子凶狠之辈。"即将前昔所陷害一一告知，又言："汝二位在他暗算中，还不省悟乎？"

刘、陈听了，骇然而惊，转怒曰："原来此人是起祸之由，一向入他术中，真令人可恨也！若非上仙说明，破其奸谋，久后还不知怎生为祸矣！"

谢仙冷笑曰："今日他来，仍是你们中计，不出三天，你两人一命又要遭他毒手。贫道不来，你两命难活也。"

刘、陈二人大惊，忙问："上仙乃智慧上人，先知先见，不知此贼今来作何计较？莫非通知古贼引彼来劫寨做内应，伪诈往招降的？"谢仙曰："他来非劫营寨做内应，他将暗放毒药，不出三天，你两人中毒双亡云云，是无药饵可救的。"

刘、陈色变求救。谢仙曰："不妨！贫道特来救你二位，乃佐唐有功之士。"命人取到清泉两盅，向囊中取笔管一枝，用黄纸书骈符一道，取出黑丹丸两粒，将符焚化水中，每盅开化黑丹一粒，令二人吃下。饮入不一刻，刘、陈吐出黑水多碗，内有二十个黑蛇虫于地上伸缩游动。

二人骇然而惊，众将多称奇异。

谢仙又言："此药用毒蛇制毒药炼煅成，取择凶恶，日咒决用人血封之。此毒药一入人腹，毒蛇得五脏水，即变化生了。一日咬肺，二日咬肝，三日咬心，即死了。"二人听了，不胜忿然，曰："可恶奸贼，日作暗害，幸得逢凶化吉。今日若非上仙指示，又叨搭救，不

然,吾二人一命休矣!一死也罢了,惟误却国家大事矣!与此贼仇如渊海之深。只拜谢上仙!"

礼毕,谢仙辞别起程。二人苦留不允,只得送出营外。谢英登遂驾燧云霭霭,闪闪而去。

二帅回营酌议,将计就计:"想来此贼与古山寇合定计谋,待三天之后某两人中毒死了,军中无主,自然内乱之计,今不若三天之内,吾诈伪死了,将两空枢正出山边,军寨中挂孝,在大营中挖掘深坑三个,每阔三丈,深三丈,用泥草浮搭盖了上面,待他来踏营,一网而就擒。"二人定下计谋,不表。

再说第三天,裴、古二人命喽罗兵私下山脚探明白,只见营外有两新枢棺,用白布盖住,即刻回报。唐兵看见他来私探,也不追赶,是奉将令不追赶的,以待彼来中计。

当日,古羁威冷笑曰:"贤弟,果有此妙药,实乃莫大之功也。今夜趁他军中无主,往劫营抢尸,用火烧之,一刻成功破其营,即兵多将勇,岂畏惧耶?"是晚,饱餐夜饭,各带够三千兵士,尽拿了烟硝火药来烧大营。一程杀入。此日兵士入报,言"贼兵分两支攻来",但刘、陈二帅曰:"此日中军兵报上,言有贼兵数人来打听,一见我军二新棺枢,即奔回。他日来探听过,今夜来劫营了。且预备下破擒二贼。"陈、刘酌议算定,将五万军兵埋伏四营于松林中,单剩空营。

是夜二更,有巡兵入报:"贼兵分两路杀入。"果然,裴、古各带兵三千,分左右杀进。岂知一入中央,尽皆跌下深坑,喧哗大喊。古羁威、裴彪正在后埋兵,方知中计。

刘芳众将兵一见营中火把照亮,即刻四方杀入,数万军只向可恶杀去。岂知贼兵六千多已跌下深坑,大约只剩得一二千兵,早已四散惊逃。车挤路小,跌死者太多。裴彪早被司马、马、魏三将擒拿下。只古羁威为盗七八年,地势了然,已早逃脱。日后再擒。

天明,刘、陈升帐,押上奸徒裴彪,但此贼还未知历来奸险之谋尽泄漏,想必黑夜中被他众将兵误擒捉下,一见陈升、刘芳,自然放脱了,以礼相待,我又有招塞之词对他二人。一路同随军士押入大营,推上帐中。一见刘、陈坐在上面,大呼:"两位贤弟,吾见大兵杀入,将吾擒下,速放脱,待愚兄将古贼首之谋一一说知。"

刘、陈二人一见此贼,气恼他不过,又闻他以此语为骗哄话,为奸淫负义贼徒三番五次来图害,刘芳拍案大怒曰:"贼禽兽,我今生与你何仇抑或前世与汝深冤?因写丹青假结拜,暗中串通土狗官陷害嫁祸及我师生、故友,二姓顷刻家散人亡,及至伤了朝廷武员官兵数百无辜性命,种种大祸,尽由你起贪淫欲心,逆贼一念,迥非人类,乃禽畜不如。前日所行害也罢,今又来通谋古贼来劫营,不独我两人性命,几连大小三军皆损你毒手之中、败坏君王公事。今日天眼昭昭,奸谋尽露,还敢言军兵错擒于你?思来求脱,待你再行毒害不成?"

裴彪闻责骂之言,暗暗惊惧:"此谋得三天,有何人来此尽行谋知?况除了古羁威一人,余外一人也不敢泄,今羁威又逃脱了,哪人知此暗谋的?"想来,只得硬言对曰:"两贤弟何得反面无情?将吾拘下反将贼人放脱?况且一向谋害之事,一无影响,有何人为见证的?勿枉屈于我以此天地之词。"

刘芳闻他言,气忿咽喉,口不能骂;陈升拍案道:"罪恶不少,还敢刁词抗语?前三天假来探我军,叙饮之间,近室一言,暗下阴毒,再来收除我两命,然后合古贼来劫我营。假言往招降,人面兽心,真令人一刻难容。"众兵丁见元帅怒骂,尽骂此贼心狠,人人怒目圆睁。

这边司马瑞是烈性英雄,想起贤表嫂撞死,登时忿起拔刀,二帅止之曰:"此贼父子同恶通贼,今杀之不能除他父,且解回朝,父子证罪,一网打尽奸党,方得朝野升平。"司马瑞住手。二帅喝令,打他四十大棍。打得血肉淋漓,押锁入囚车。又令三将带兵杀上山,将余兵、古羁威妻杀尽,搬运出金银粮草、刀枪马匹,然后放火烧山。

即日,拔寨登程。乃奏旨归乡,好生有度!

一人荣归,州城两姓父老宗亲皆来迎接。文武官自然来请问圣安,然后与巡按见礼。本城司道、府县、驿丞下员皆来叩见,接入省城,众官接圣旨,宣读,乃责罚本土文武员的,诏曰:

奉天承运,皇帝诏曰:朕上承先皇寄托大位,仰荷天麻,自即位以来,待文武如手足,爱庶民如赤子,罔无尽其诚,是以各省设文立武,寄托以安民是任,亦若保之以赤守是,足体念朕之诚爱也!

不料,尔江苏文武员不独尸位素餐、不司民政,不除凶暴以安善良,且视民如草如芥,况又贪赃受贿,不察覆盆含冤之民,妄抄家产坐位分,削民之脂膏以肥己。长寇之威烈以扰边纵兵,差而强如蛇蝎;池民家有恳声凄悲,至吏室有盈箱满载;方脏咨嗟,鬼神忿怒。即今三姓之害,借事生端,妄捏刘芳通寇,手先复陷;陈升助寇,邪后利睨;梁琼玉百万资财,嫁祸抄家。陈梁两业,若共瓜分,何异人盗狼寇,抢夺强横?领王治民,实则害民;承君禁早,集则为暴。上负国恩,下凌黎庶。欺君不法,莫此为甚!

兹特旨敕陈、刘两员,一巡按、一秉公,同文武受贿罔民负恩之员,扭解回朝。为首恶

者,于本土诛戮,以警捏害孽民之恶。贪重赃者则令民回领抄家,以济穷民。复还陈、梁故产,给归原物。上清欺君爱贿之臣,下慰众民被害之孽!

呜呼!有善以彰,有恶必惩;国法无私,人情允协;与爱非君,可畏非民。圣言教训,千古是趋。立法尽善,惟万年肃遵。钦此!

宣旨诏一毕,不知本省文武官何如,下回分解。

第二十回 来巡抚抄拿奸眷 回长安擒获叛臣

诗曰：

受恩不报非豪杰，有德须当答谢均。

寄语世人休作孽，害人还自害其身。

当时宣读诏旨，苏州一府文武官员面色寒青而又转黄。刘、陈两钦差命柳知府及其左右摘去朝衣朝冠，收还符印，将一家锁拿了，下士尽计讫，填注于册上，并赵总兵家口符印亦然抄讫、锁了家口；府县厅州吏员皆下禁天牢。惟节度使及布政使两大员动本部议，方能定罪。

次日，两钦差恭请皇命，摆开圣旨，开向法场，押出柳知府并家口共有十二人。家丁侍婢不坐罪，又有后队赵总兵已被阵上杀死，只得将妻子儿女九人亦押出法场，具首司户千百户把总吏员共官九人，一同共斩首三十人。一刻人头滚地，斩讫，钦差发兵三千，命马英、魏明二将捉拿裴家部属，共十五人，一同押解京都定罪。

只有新任接印文武官多来送别钦差巡按回京覆命，各回衙中。

又表刘、陈两官奉旨在本土谒祖，限一年回朝复旨，且得回屋宇产业，日中有乡宗戚友往来问候，或请宴会或与屐游，倒也自得消遥。当日闲居，刘芳自思："己身得贵做官，出于一刻迅速"，又思："梁琼玉先得身荣，因救驾有功，封侯爵出镇西川，带同吾妻往蜀中侍奉，有此恩义兼尽贤徒，世所无双也。且待完了此公案回朝，然后奏知皇上，请旨调回颜氏妻，并谢梁琼玉恩德，其心方才放下怀念。"又思妻出奔时，怀足十月之孕，未知生产安否？然是男或女。住语刘芳想象。

又言陈升闲暇思量言："为善必昌，为恶必亡。可恨裴彪，因贪淫一节，即假交结刘芳，先害他，后害吾，至今妻身年少而亡。又得徐氏岳丈用情招赘了，某即来故宅起户，用棺柩埋葬，大开空坟，梁玉忏悔，超度幽灵。今且待完了此公事，回朝奏主携妻徐氏赴任，是所必然。"此是陈升心情。

他两人在故土日中，或陈升拜探抑或有刘芳来叙会，同餐共论众奸陷害，不须多表。

再言裴兵部府中老奴，不分日夜赶回长安，进京都城内，上禀老大人言知："公子在家惹出大祸。与虎丘山贼私通，先害刘巡按，又害陈钦差，今被他们拿下，提兵征剿平服了。走脱盗首，将公子一家大小十五口俱拿下，不日解回京矣！"裴兵部一闻此报，大惊失色说："不好了！孩儿累及吾也！"

即日进内，将金银珠宝满载，其余剩的不能多带，累身难携，只分给众家丁，吩咐尽散去。是日，又得接到古羁威下人书。原来，古羁威败阵逃出，想来族弟古强在镇江茅山为王，手下雄兵数万，故败往投之，安身在此，仍思报仇，故此有书赶来达知裴宽，说明公子被擒，通知他今投来茅山方得性命云云。故裴宽心忙意乱，将书及印藏书房中化焚，只扮作客民，与心腹家丁四人扛抬了两箱金宝，向镇江府茅山而去投伙。

一出皇城，一连赶走数天。

途中，遇着一位回兵大臣铜台节度使郭子仪，带领五百家丁、五位世子：郭虎、郭豹、郭玉、郭江、郭海五人，只有长子郭龙代父署印守铜台城。子仪回朝与君皇庆祝上寿，备办了贡献上祝礼物，见天色将晚，只得礼屯扎兵于山边。有一将上禀："大人，山下一人在后营，又有四人扛抬两箱重载之物，入山越岭而上，似极慌忙之状，未知此人是劫取盗贼好歹否？"

这郭令公一想，曰："莫不是劫取财物强盗？且弄来见本帅！"家丁百十人领命，一刻押入来见大人。子仪一观，细细认来，是朝中裴宽兵部，喝左右解其绑缚，扶起坐位，曰："家人有眼无珠，只因改装，不认得大人面貌，且恕罪莫怪，请坐下。"

二人拱揖，分左右对坐。子仪曰："请问裴大人，缘何改装私行？天色昏晚，还越山跑路，意欲何往？"

裴兵部曰："郭大人，汝还未知，本部堂风闻得东方高丽要叛吾天朝，故暗自出京来探听彼虚实。又黑暗中山边屯扎安营，只道是山寇，只因家丁四人不敢在前径行，故抄后营岭上行走，免惊动贼人来算计也。"

当时，郭令公想来："既然高丽国果反叛我天朝，何故并无边报？其中必有委曲。"即曰："大人扛抬物品，又料必有御令三五十精健军将保护，何四人而已？既暗中奉密旨往高丽，岂无圣旨？且请借来一观。"

裴宽曰："此乃是吾风闻得来的，倘确拟真假未分，故未敢奏闻，惊动朝廷，故未有圣旨。"子仪又曰："大人，本帅之家丁初得罪时，汝四家人扛的箱箧走散去了，将箧两个打开看来,尽是金银珠宝许多贵重物色,但拟大人私行密访,如何又携带许多金银珠宝?"

裴宽曰:"郭大人不知其中底细。本官自出京城,路过都府州县,多来送赠,本待不领,又却其恭诚之心矣!"

子仪一想:"此贼不通外敌,定然奔叛哪一方?彼必然奔回故土为乱了。"即晚恭进用款。兵部曰:"有朝命在身,要促趱程,不敢领赐;且告退了。"

郭令公曰:"大人言说两端,尔言私行密访,又非奉旨,如何又说朝命在身?且留宿一宵何如?"裴兵部只是不允,激恼了郭令公曰:"本帅看汝此行,定为负国恩欺君,弃职逃叛为逆。真是既云外国有变,岂无边报?本帅身承督兵之任,岂有一音不闻之理?又非出于圣旨,事已糊涂。尔若要行程,除非共同回朝见主奏明,去也未迟。"

裴兵部曰:"去留在我。郭大人,汝是境外大臣,吾是内部之官,汝何必多管本部的事?"郭令公曰:"汝言差矣!一体为官,大小皆皇上臣子,何分内外?若大人不肯回京同往,断然去不得,不若与汝对锁,在圣上跟前理明曲直。"裴兵部曰:"谁与汝对锁?即回朝见驾,奈甚何来?"

当时,郭子仪一心知他作弊,故特羁绊住此贼同行。

走途数天,回到长安。入朝在午门候旨。当时,正在设朝未散,适皇门宫人入奏。圣上闻郭帅回朝,即传旨宣进。

郭令公俯伏叩见,行了君臣礼。帝命平身曰:"卿家代朕领镇铜台,勤劳皇室,朕常怀念。但近日台城一大郡风土民情安靖否?粮粒丰缺如何?"子仪对曰:"台城大郡,藉圣上洪福,万民乐业,水陆升平,粮食颇丰,无须圣虑。因见不日陛下万寿之期在迩,臣本该回朝恭祝,故备些微物贡仪敬献,少尽臣子微忱。望圣上恕责欠恭之罪。"语毕,呈上贡礼折子。

明皇龙颜喜霁曰:"郭卿,尔乃清廉之官,纵有些皇俸月给,但儿孙众多,食需敷广,朕久知之。且朕是年年有此一日,又非大万寿之期,何劳卿备此重礼贡呈?足见爱君之至。"

当时,内侍接仪双注。

郭令公又奏上:"臣未入皇都,在陕洛交界,只见兵部尚书裴某扮身为民服式,有珠宝两篓随行,不知何意?见臣扎屯山下,不敢在山前赴走,越岭而行,事有可疑,邀盘传他时,彼言高丽有变,又言私行密访并无皇令密旨,收篓打开,玉宝太多,不知有无此事?故不愿放他出岭,今将他同还并珠宝并在,请旨定夺。"

圣上闻此奏,怒曰:"近也八九天不见裴宽上朝,朕只道他有疾,未经告假耳! 是至不查不问,岂知他改扮为民,私自奔走,定有行为不轨也。"

当时,明皇喝令值殿将军押他进殿。下跪曰:"臣见驾,愿圣寿万疆!"明皇拍案怒曰:"汝这逆臣,假扮为民,不辞驾私出京都逃脱去,想必通夷作乱,定然回籍生端。若非郭卿家有此胆量,智识高明,将尔拿回朝,朕的江山有不得了,几乎送在汝逆贼之手。尔实则私赴,是何主见?"

裴兵部曰:"臣但罪是出躁,只因风闻东夷高丽有变动,亦未得其确,不敢擅奏,是至暗行密访其虚实耳!"不知裴宽假奏如何,下回分解。

第二十一回 证逆臣欺君正法
征山寇奉旨提兵

诗曰：

邦家有幸进忠良，君圣臣圣国运昌。

只虑无终遭贬逐，小人将志便倾亡。

当下，唐明皇听了裴宽之奏，怒曰："糊涂妄说！孤身独走，只得有四人扛抬许多金宝，显然奔逃叛国。存此恶逆狼心，终成大患。"喝令押出斩首，休得再多言刁说。但这裴宽与大奸臣李林甫是心腹厚友，相济为恶的一党小人，即出班保奏曰："依臣愚见，且将暂禁天牢，果若东夷有变叛，是他深心于国，有功之臣，固复职有加；若无此事，将正法未迟，以免有误屈杀之弊。望吾皇上开恩准奏。"

明皇怒气少息，一想便准奏，将他收禁天牢。是日退朝，各臣回府。

乃至一月之久，果然万寿之期。百官登朝，纷纷庆祝；并外镇臣子即不回朝亲庆，多有仪礼贡献回朝；并外国四夷，莫不敬祝献宝，称觞恭祝。劳忙一番，天子赐宴。数天热闹，不表。

再说刘芳、陈升须旨上限期以一年归乡并满门捉拿了各家犯官家口，收入天牢，未得完结此公案。只不觉一晃过了五月之久，二人心急，酌议早日赶回朝以除奸党。是日，约定次早登程。一路押解各犯渡水登山，非止一日，得回长安。一入皇城内，已是日午当中了。且传号令扎营于内城，明朝见驾。

此后刘、陈两人先往拜探李学士、钟礼部、郭令公一班忠良，又叙起裴氏在本土私通盗寇，已经提获，抄家时有裴彪一稿，告与父通古羁威、私行结拜的，复有裴氏的家书四封，通知赤松林铁盗同来劫驾之语，倘劫驾成功，裴宽在朝内接应………说明一番缘故。李学士听了，冷笑一声曰："此乃天眼昭彰，只道这奸贼改扮民逃走何原由，岂知因孽子作至祸至？恐一旦败露，便思想逃脱而去。明日上朝对证攻他，自有诛戮奸狼、锄却朝中狼虎！"

此日，众忠良议谈，但刘、陈二人仍在李学士府中安宿。此夜，少不免酒筵相待。

到次早五更，文武百官俱集朝房候驾。一闻景阳钟一撞，龙凤鼓齐鸣，众大臣纷纷入觐，见礼山呼，文武分列班行。适皇门官入奏："刘、陈两钦差回朝复命，征剿得胜，在午门外候旨。"玄宗帝即宣二臣上殿。

陈、刘闻召，进见朝参。他一奏本呈上，随入江南界先收服山寇，投附不从，攻战败走逃脱，再陈裴彪父子通寇劫驾、蹈害起祸之根由，原是此贼为首。故拘押下裴彪家口，单走脱了古贼首为恨，未知逃脱在何方？犹虑又有风波在后也。并录上破贼巢所得粮草、马匹兵丁若干。

当时，明皇御目电览一过，心中明白了兵部老奸猾奔走私越之情，怒气冲冲；又想起此贼府中尚扃未经封锁，兵部官印仍在他府中，不免命人往他府第一搜。想罢，即旨命钟礼部往兵部府衙搜回符印。钟礼部领旨而去。

不一刻，到了兵部府。只见大门大锁，紧打了门首，无人看守。礼部命军兵用铁锤打下锁扣，一程直进五重府第。内外只存下些石台石凳，楼阁亭池，并无别物。兵士纷纷入搜。礼部信步登楼。书楼中，只见一小箧未有锁扣，打开一看，内有印一颗并书一封，乃是虎丘山古羁威来的，言已战败，今逃脱在镇江府茅山，族弟古强在此为寇，如要保存性命，可逃奔回故土，入顺此土，须要多带些金银来作饷粮更妙云云。

当时，钟景期不意搜得他印，又得古贼来通他逃走之书，不胜嗟叹："此奸贼父子同相作恶，更见死有余辜。今日不料奸谋败露，正天不容此贼！国家有幸，故一时无夺之魄也。又得知古贼逃匿之方，可一网而擒矣！"喜悦中，持了小箧并大呼军人："不用再搜了，且将小箧携回朝中，可复旨！"众下人领命，将箧子拿起。

钟礼部出了兵部府，命人将皇封条贴上，下加锁起，坐大轿一程进朝。将兵部符印呈上，又将古贼来书等并与帝观看过。明皇读毕，乃重重发怒曰："此贼父子乃万恶刁奸逆臣，文通凤凰山铁贼来劫驾，共夺朕之江山；子又通虎丘山古贼来报父仇，杀上长安。是有其父必有其子也，千刀万剐不足以尽其辜。今古贼来书邀其逃回本土镇江，投归贼党。又思此贼为患不浅，必须起兵剿灭尽，方免后患。"又喝令将裴宽吊出天牢，全家处斩。共二十人一齐了决弃市，将首级悬挂黄门以警乱臣贼子。再下旨命苏州府文武大员节度使至布政按察使，俱皆降级罚俸，以彰国法森严。

刻日旨下，苏州文武焕然一新。初来任者，固体上心，即贪员蠹吏也惊惧严令。

当日，将奸贼斩讫，复旨。一班忠良臣暗喜，只有奸党李林甫、高力士见去了相厚心

腹,大是不悦矣。

此日,明皇开言曰:"古贼今又投入镇江茅山合伙,只恐又生他变,卿等保何人去征?"李学士奏曰:"别非其所任,仍要刘、陈是本土人,水陆山川皆稔熟,且司马与马、魏三将前经杀败此贼,今他又入茅山,又多一寇耳,不若陛下仍调梁琼玉同往,随为中军,何难了决此寇,以靖疆土?"

当时,明皇准奏,敕旨:刘、陈为正副元帅,梁琼玉为中军总管,司马瑞为前部先锋,马英为左指挥,魏明为右指挥,带兵十万;待等旨命调回西川梁琼玉节度使,然后兴兵。明皇即日发旨,命刑部王往西川宣调琼玉,领旨而去。遂又呼郭令公曰:"卿家,尔回朝庆祝已终,在朝三月之久,但铜台乃大省郡,至重之邑,不可久无主事之人。只因民政纷繁,不可久留京都,早回代朕莅治方面,寄托此土,非卿不能为朕托守也。"

子仪曰:"臣领旨。"

次日,带同各子拜辞圣上,别过同僚,出皇城去了。不表郭令公。

再说王刑部奉旨,一程跋涉风霜,急赶二十多天,方入西川成都府。梁琼玉闻圣旨到,大开中门,迎接进帅堂。大使宣读,梁琼玉跪接过,方知宣召回朝,领兵征剿贼事。又与刑部见礼。正要款留,王告辞先回朝复命去了。

次日,梁节度使暂托印于林庆总兵代署,刻日登程,急赶回朝。

一天,进入皇城,知会过刘芳,两相拜谢,刘芳不胜感激。及与陈升见礼,朝廷论爵自然有大小之分,但刘、陈、梁三人是师生故友,又是两相恩惠,故不拘官职。久别相逢,多少言谈。论及裴彪,皆此人陷害,父子私通盗寇云云。琼玉听毕,忿然动怒曰:"原来此贼狼心狗肺,暗害多端!害得我与师三人家散人亡,陈师大小老少、夫人年轻死节,可悯也。幸得师娘逃出,在树林下生一子,已将两载,吾为师可喜。"刘芳闻产下儿,心颇欣意,复叹人心扶持之德。陈升亦叹善高义,琼玉谦逊一番。

三人叙情谈话一番,庖人早已送上上口佳筵,师生故友同席把盏、交杯知言。起辰刻

欢叙，至日落西山方才散去席筵。

到次日五更三点，文武百官多在朝房候驾。顷刻，天子登殿，文武百官纷纷俯伏金阶，山呼礼毕，各无本疏奏上。单有刑部王回朝复旨，并陈奏："梁节度使刻日奉召回朝，现在午朝门候旨。"

明皇闻奏，即传旨宣召。梁琼玉步进金殿，俯伏行了君臣大礼。帝曰："召卿回朝，协同刘、陈等往征茅山。因卿等是本土人氏，地土稔熟，易于困获，非别将可待。成功回朝，论功赏劳，以报诸卿也。须早发兵。"众臣皆称："领旨。"

此日退朝，文武各回衙。刘、陈、梁三人仍在李学士府中用过早膳，琼玉行文于兵部，刻日点齐十万精兵，户部预备足三军粮草。大小将兵俱往校场伺候。刘、陈两帅、梁节度使大总管，旗幡错杂，兵戈耀日，杀气冲贯九霄。不知兴兵何日得胜，下回分解。

第二十二回 攻茅山唐将施威 设地雷贼师取胜

诗曰：

顺天安行方常地，岂令群奸侍庙廊？

看尔横行多少日，若存清圣朝中立。

且说茅山日中聚集得喽罗兵五六万，只忧粮草不继，故不敢动兵。但向日官兵太弱，不敢惹此寇。当日，古羁威见书到了裴兵部衙，缘何不见他来投？得以继充粮饷，方能行事。他还未知裴彪父子被诛了。后本省行文，将此奸徒故宅挂了锁、皇章谕旨张挂起，方知兵部父子皆被杀。他心内预得朝廷有兵来征讨，日在山中操练军兵。古羁威酌议四山与前后左右布满火炮灰石以备应对官兵。

再说朝廷大兵，水陆行程四十余天，方入江南境土，一程直趋茅山。有探子先行报："已离茅山百里之遥。"二帅发令，就地安营扎寨。三军领令，发炮安扎大营营寨，左右前后扎围一圈，层层支帐。

此日，埋锅造膳已毕。

二位元帅升帐。众将分列两行。

先说茅山两个强盗，此日喽罗兵打听得朝廷大兵到了，于百里外安扎下大寨。当时，古强曰："哥哥，我想朝廷兵多将广，如以对敌，须设个万全之计，乃可踞守此山。"古羁威曰："他兵果多，我只守此阴山。杀下易，他杀上难，彼断难攻我。只虑军粮少些，今日且令头目先锋开兵一阵，今夜出其不意，往劫他营寨。纵不能全胜，亦挫他一阵。"

古强依允，发令点兵一万，差右寨先锋贾顺带兵杀下山讨战。

再说唐营中，司马瑞此日亦奉将令带兵一万杀往茅山。两军遇于平途，各各摆开队伍。司马瑞拍马大喝："狗盗，纳命来！"贾顺飞马，亦不答话，长枪刺去。司马大斧架开。

将兵对垒，战鼓隆隆响，震得天昏地暗。

但贾顺贼将虽不弱，然本事及不得司马将军。一连冲锋三十合，招挡大斧不住，只有

招架之功，并无回手之力。只得扭转马头败走。喽罗兵正在对垒，见主将奔走，亦舍唐兵退后而逃。司马喝令兵丁追杀一阵，贼兵大败，纷纷走回山去。

司马瑞正要带兵追杀上来，及半山，只见箭如雨下，打下巨石如雨，反伤兵数百，只得退回山脚扎定，叫骂喊战。

再说贼将贾顺败上高山，退走入寨，言唐将英勇，败回。古贼惊烦，计点伤兵将及三千余。古羁威大忿，要出马。古强曰："兄长在虎丘山曾与唐将对垒多时，已领教唐将兵本事。不若待弟出马，与他见个雌雄。"羁威只得允了。

古强上马披挂，提了板门大刀，带兵一万五千，杀下山来。司马瑞大声喊杀讨战，只见山上冲下一枝军马，为首一员紫膛面色少年贼将，催开红鬃赤兔马，呼喝大刀打来。司马大斧架开，两相冲锋，二将一连杀了百十合，未分胜败。唐兵喽罗接刀交加混战，但二将杀个对手，不分上下；你我不舍，又战斗八十多合。已是天色晚了，只得两下收兵。一回营，一归山。

司马瑞回营，将初杀败贼将一员、伤他数千贼兵，正要趁势杀上山，当不得箭如点雨、飞打巨石伤兵，只得退后骂战；后有贼将杀来对敌，胜负未分，天色已晚，故两收兵回禀，三帅曰："将军头功取胜，交兵劳力，且往后营安息，明日再破他。"司马瑞应允，往后营去了。

再说古强回山寨，对兄长曰："唐将果然英雄，弟只抵敌不住，如之奈何？"羁威曰："想来唐将文士，多谋计深，未必劫得他大营，但他兵将众多，我山兵少。吾有一计，且令头目带兵五千下山，前往敌营前一百里之外，不分日夜散暗埋藏下地雷火炮烟硝之物，引线之火，一路相连，他兵一到，定然不知，一践踏着火线一物，自然烧焚起，地雷火炮一响，军兵多要烧死。所有近处山坑之水，尽放毒药冲出，待他汲水做食，又能毒死他军。是不费军力，强如与斗战。"

古强曰："兄长妙算不差。"不表贼营设计。

原来，唐兵初一到，刘、陈俩即已令下众军兵，不许汲引坑溪堑水，犹恐敌人放毒物、暗算计，须要另开沟水，方可取用。三军遵令，是以不中毒水之害。

到次日，三帅升帐。有司马瑞上前曰："昨天只因天色昏晚，是以收兵，未能擒得贼将，今小将仍要出马擒他抑或斩灭贼人，可能立功。"梁琼玉亦要开兵出战，于是各将带兵一万二千五百人，分前后队而出。适司马瑞一军先出，直杀至茅山下骂敌。

古强带兵二万复出。两将对敌，兵丁对垒。好一场厮杀。

当时,古贼用了地雷火炮计谋,一连战了八十回合,古强一想:"唐将果然英雄难敌。且引他进山,有炮火伤他。"想定主意,便回马诈败而跑。司马瑞大喝:"贼人休走!"拍马追上山来。

顷刻中,喽啰亦退。唐兵随主将追上。当时,不见箭石打射,唐将兵放心追杀,岂知正是贼人引敌之计?故不放箭石。当此古强逃走至半山,司马瑞只顾带兵追杀贼人,讵料众兵未至山腰,不知他布定暗记号火线,足一触动,却被地雷火炮轰天响亮,满山火透。吓得司马瑞胆战心惊,方知中计。不及跑下山,被火烧着,连身上都着了,急忙卸下盔甲,没命的跑走下山脚。一万兵在后者不能逃下山,一半多烧死,三四千余被炮火烧伤。伤的唐兵方逃下山,在山左右羁威带兵拦截住,只得再战,幸得梁琼玉后队带兵接应,挡拒古羁威大战,兵丁交战。

贼将贾顺拍马助战,却被司马瑞大斧劈于刀下。古羁威看见一惊,贼兵阵脚渐渐松移,倒被唐兵奋勇而进。贼兵已散,古羁威料难取胜,亦拍马奔逃上山,大喝兵丁退去。唐兵一路追杀,败中反胜。贼兵战死五六千名。

但琼玉见贼人败走,不敢追赶上山,只恐蹈他地雷炮火,与司马合同收兵回营。

刘、陈二帅闻知,也觉骇然。令司马瑞下去安息。只因受火气所伤,待数天火毒方出。受火伤千余军士亦然安养。众人设计攻山。

复说古贼两人见唐兵不赶上山,只得招集回喽啰兵。虽烧死唐兵数千,但被他后军接应,败中反胜,亦伤兵整千。二人酌议,只得四山多加地雷火炮以防唐兵暗来攻击。

当晚,唐军众将酌议设计攻破山寨。有魏明曰:"元帅,以某想来,他的茅山高峻险广,四围俱有地雷火炮,难以将兵杀上攻破。不若将十万人马分开,山之前后左右,重重围困,使水泄不通,待他粮草自绝,自然内乱。谅他插翅难飞也!"

刘芳曰:"若此经年累月难下,何日成功班师?今不知贼寨中有无多少粮草屯积?少则易困守,他粮足则困守无期矣!"

马英曰:"不若今三更时候尽起大兵,分四面拥上茅山,放火打炮,焚其寨栅,或可一鼓而擒,未知如何?"

陈升曰:"不可!仍受他地雷炮火之患也。"琼玉曰:"如此何日可破得地雷炮火?"

刘芳曰:"他四面俱有地雷炮火,一触其火线,即满山火焰,枉伤军兵耳!不免待下官制造水车八百架,前后左右,每方二百架,水一灌进,即带兵车上他山,也不惧其火矣!此以水克火,方得成功。"

众将听了,多言:"主帅妙用。但水车之图式要元帅发式。"刘芳曰:"此作式何难?"

当日,两军停战。月余水车方能赶办造成。但古贼自知兵单将少,不敢来挑战。一连三十余天,不见唐将兵来讨战,不知何意?想必他畏惧吾地雷火炮,不敢来攻击,故围困我兵绝粮,以待我们自乱耳!不知唐将如何攻山,下回分解。

第二十三回 破贼巢因功赍赏 封将士大会团圆

诗曰：

天命难违信不诬，贼徒枉自逞奸豪。

罪盈满贯雷畏日，远志高飞曷可逃？

当下，古强言唐将因绝吾粮草，故不来讨战云云，料他必将雄兵围困四山，岂知唐将赶造水车来剿灭他山？刘帅在内营发式，令工匠制造，古贼二人哪里打听得出？果将四旬之久，唐营中制造水车足八百架。

此夕，三帅发大小三军。中将营中，刘、陈二帅留兵三百守营而已。梁琼玉领水车二百架，带兵二万三千，攻入前寨；司马瑞领水车二百架，带兵二万三千攻入后寨；又点魏明领水车二百架，带兵二万三千攻入左寨；复差马英领水车二百架，带兵二万三千攻入右寨。是分料已定，候至二更终，唐兵分四路登上高山，九万余众人，水车先推上。

只见地雷响亮，火势焰光，却被水车运上，军士将车轨扣一放，水势漂飞，有若山崩水涌，冲得波浪高扬，从上下流，水灌透山，火焰不发。唐兵复放火将他四方寨栅门焚烧起，火炮连天轰响，打进大寨，门打踢了，喧哗杀入。古强二贼方知。黑暗中喽罗大惊四散，哪里拿得兵刃相斗？众头目皆奔，各不能相顾，贼兵被杀不少，黑夜仆跌踏死倍多。

古羁威一慌之际，寻不得大刀，只得拔腰刀，又无马在旁，跑出前营，正遇着梁琼玉。梁琼玉大喝："贼徒，哪里走？"双鞭打下。羁威腰刀哪里架得住打？琼玉复一鞭，头已打烂碎了。

又有唐兵四边追杀，直至攻入大寨。火焰已焚，贼人又多烧死的。只后寨逃出贼首古强，亦无兵刃，只顾逃出，又遇司马瑞大喝："贼徒，今休思活了！"大刀一下，打为两段，仆跌于地，鲜血淋漓。可叹二贼强占扰害十年光景，今日尸横山坡，足惩强横之罪。但还连及多少无辜之命一同偿之耳！

当夕，一直杀戮至天明。不见一兵一贼，只尸骸满山。琼玉等收兵焚寨。余火未熄，琼玉吩咐掘野林将各尸草草掩埋过，全胜带兵而回。

　　一到营中，申言得胜剿灭各贼寇之由，刘、陈二帅大悦曰："总藉圣上洪福，得除逆寇，又得列位将军劳力于沙场之功也。"众将曰："今之成功，皆元帅水车破贼地雷火炮，方得贼人尽歼灭，吾等何功之有？"刘芳谦逊，正将帅两相谦议之德。

　　是日，三帅吩咐大排酒筵，割猪烹牛羊，大加犒赏大小三军，营中内各同畅叙乐饮。三帅及众将在中营把盏，各相劝酬、行酒令的兴闹。此日只因将茅山诸贼灭尽，大小三军不妨叙饮多些，以赏征役劳苦；是诸行军将帅体恤将兵之有心事。

　　当时叙酒间，刘芳对陈升、琼玉曰："今幸出兵，仅及一载，藉圣上威福，众军主力，贼徒得早扑灭，亦清除外患之状也。"陈升未及答言，适琼玉嗟叹一声曰："今日外患虽除，只忧内患。更有甚者，近圣上晚年，春秋既高，内有李林甫、杨国忠用事，贤良正士尽逐贬；外有安禄山进封东平郡王、职管三大镇，兵势权大，观此外患崇朝又立至，无奈圣上不醒悟禄山之凶与林甫之恶！亦国之不幸，不得平宁也。"

　　二帅众将闻言，皆点头嗟叹以为恨。陈升曰："当初，宋、韩休、张九龄在朝，进用时贤，政令焕然一新，有唐初太宗先皇政治。奈何当今用贤人不有共终尽皆废，而李、杨进国事焉得不坏乎？只我等叨蒙圣上一时恩遇，只有各尽其心，以称其职耳。"众人皆点头称是。

　　此日宴饮，自辰时至未刻，方才叙毕。用过餐膳，三帅又酌议择选吉日班师回朝。是一天，期到了，吩咐带兵拔寨登程。自然，苏州府又有文武大小官员相送，出城十里，望不见旗幡影映，文武官方各各回衙。不表江南镇江府茅山贼寇平宁。

　　再说刘芳三帅大兵，一路涉水登山，奏凯旋师。所过各镇境土府州郡县各班文武官，水陆相送。一连四十余天，方得到了长安大都。一进了皇城，早已散朝，此日午矣。只得屯扎军兵，将兵马附与兵部管理；粮饷附与户部暂贮公所官仓。只众将在朝房等候次早面君。

暂宿一宵。

五更早设朝，百官入觐。皇门官进内殿奏知："三帅征胜茅山班师，现在午朝门外候旨。"唐天子闻奏，大喜，急忙传旨众将进殿。众将一至金阶，俯伏朝参拜贺。天子喜色扬扬曰："众卿免礼平身。"又问征伐山寇之由。三帅曰："藉圣上天威，贼人合伙不半载得以尽皆剿灭。"将前后争战之事一一陈奏明。

天子羡美刘芳用智、众将兵效力，用水车破地雷火炮方得歼灭强徒，其功非小。进封刘芳为河南节度使之职，兼督全省文武、提调军务，兼理粮饷水陆事务、镇边大臣。刘芳当初被裴彪计害，夫妻分散，至今不觉五载。此日谢主加恩赐爵，又陈奏："前日得灾难，得恩义门生梁琼玉救出臣妻，今带同往赴任服侍，恩义兼优，微臣感德，求陛下降旨召回与臣赴任，深感天恩，得以夫妻父子叙会也。"明皇准奏，同赴任所。复封诰正二品夫人以奖贞静烈德，刘芳欣然谢主。

又进封陈升征寇同功，敕赐山东都察院之职，妻诰封正二品夫人，随同赴任。陈升又上奏曰："君皇，微臣故妻潘氏亦因裴彪计害，赵总兵围宅，妻自尽节，撞死梁栋，现今续弦徐氏，乃反周为唐英国公之后、徐孝德之子徐芳昭女也。早已家居不仕，还恳皇上念他祖徐懋功是开国之臣，他父孝德复唐有功，召回朝廷，授以一职，正见国恩恤念功臣之后也。且他二子已钦点入翰苑、两榜标名了。"明皇亦准奏。阴封潘氏为芳烈夫人，赐拨公田三千亩，每岁春秋享祭以纪贞烈流芳。又准奏："念恤开国功臣之后徐芳昭，于先皇即位之初，即告疾旋归，未经起复。朕继接后亦国务纷纷，却忘怀了。此功臣之后，三十余秋。今差官旨下江南，宣调他回朝，保却兵部之职。"陈升喜悦谢恩。

明皇又进封司马瑞随征山寇，汗马战功不小，敕赐河南总兵兼督水陆军务事情，妻徐氏二品夫人，随同赴任。

马英、魏明亦乃开国功臣之后，今复随征山寇有功于国，进封马英为河南归德府参将，妻诰封三品夫人；进封魏明为汝宁府参将，妻诰封三品恭人。

惟唐世外镇大员节度使乃至重文武之职，总握全省军务，至此职无以复加，故梁琼玉虽则征伐剿寇有功，仍不能加职。但厚赏赉赐，每月加俸而已。

当日，封赠各职已毕，赐赏宴筵，君臣共乐一番。宴罢，正要退朝，午朝门皇门官入报奏上："有一红面道人，自称先皇祖考时谢映登，要求见驾，未知准见否？请陛下定夺。"明皇一想："先皇祖考时果已久闻谢映登之名，但他入道已久，今来见朕，料必有因。"传旨请

见。

一刻，谢仙履步而入，一见帝，稽首曰："贫道山野人见驾。"帝曰："大仙师，休得拘礼！尔乃先辈入道之士，久脱世外烟霞，今来见朕，有何赐教指示？"谢仙曰："贫道山野人，本不敢轻到金銮殿见驾，只陈大人前者得吕仙师赠赐莲子瓶之宝，今已成功，不用此宝矣，且交往吕仙师。故贫道特至金銮殿领回交他。"

陈升闻言，取出香囊，将宝瓶交回。惟明皇不知其故，问及来由，陈升将先师吕纯阳前赐宝瓶、又保性命、脱祸殃，又救活刘芳被知府夹死回生篇云云。帝也惊异："看不出，一个瓦瓶有此起死回生之妙，并能脱解兵戈之厄，此必仙家妙用之宝！"

看毕，交回。谢仙收入囊中，拜辞圣驾。明皇挽留谢仙，谢仙辞曰："山野僻性，净归山岛，陛下不必留也。"众臣送出阶下，谢仙向帝一拱手，大袖一展，凌空驾去，冉冉而升。众人多称奇异。得逢一活世仙翁是人人罕见的。

原来，唐明皇平素信重神仙，当日羡慕之，晚年僻性加敬。信史上亦陈及之。

当日，各将士受封之日，各往赴任。但刘芳一连在京等候一月，颜氏回朝，谢过主恩，夫妻父子相会，悲中而喜怀腹子刘松长成五岁之年。

后来，刘、梁、陈三姓联婚，世好结谊，厚爱情深，往来不绝。即司马、魏、马、白、高五人亦不失为通家世好。

此书是刘、陈、梁三贤因灾得贵，书中俱已详结。其时乃玄宗帝唐明皇天宝庚辰二年事迹。即今陈升荐徐芳昭于朝受职诸端，此书也先交代。当此时，与安禄山同时，下书又有续笔，至安禄山叛乱、唐明皇出幸西蜀、复回唐天下，而有郭子仪大功、李光弼为次功。看官欲追此事，不日已有刊行矣。

锦香亭

［清］古吴素庵主人 撰

卷之一

第一回　钟景期三场飞兔颖

词曰：

　　上苑花繁，皇都春早，纷纷觅翠寻芳。画桥烟柳，莺与燕争忙。一望桃红李白，东风暖满目韶光。秋千架，佳人笑语，隐隐出雕墙。　　王孙行乐处，金鞍银勒，玉斝瑶觞。渐酒酣歌竟，重过横塘。更有赏花品鸟，骚人辈仔细端详。魂消处，楼头月上，归去马蹄香。

右调《满庭芳》

　　这首词单道那长安富贵的光景。长安是历来帝王建都之地，周曰镐京秦曰咸阳，汉曰京兆。到三国六朝时节，东征西战，把个天下四分五裂，长安宫阙俱成灰烬瓦砾。直至隋炀帝无道，四海分崩，万民嗟怨。

　　生出一个真命天子，姓李名渊。他见炀帝这等荒淫，就起了个拨乱救民的念头，在晋阳地方招兵买马。一时豪杰俱来归附。那时有刘武周、萧铣、薛举、杜伏威、刘黑闼、王世充、李密、宋老生、宇文化及各自分踞地方，被李渊次子李世民一一剿平，遂成一统。建都长安，国号大唐。后来世民登极，就是太宗皇帝，建号贞观。文有房玄龄、杜如晦、魏征、长孙无忌等；武有秦琼、李靖、薛仁贵、尉迟敬德等，一班儿文臣武将济济跄跄。真正四海升平，八方安靖。后来太宗晏驾，高宗登基，立了个宫人武曌为后。那武后才貌双全，高

341

宗极其宠爱。谁想她阴谋不轨，把那顶冠束带撑天立地男子汉的勾当，竟要兜揽到身上担任起来。她虽然久蓄异心，终因各公在前碍着眼，不敢就把偌大一个家计包揽在身。及至高宗亡后，传位太子，年幼懦弱，武后便肆无忌惮，将太子贬在房州安置，自己临朝听政，改国号曰周，自称则天皇帝。彼时文武臣僚无可奈何，只得向个迸裂的雌货叩头称臣；那武氏俨然一个不戴平天冠的天子了。却又有怪，历朝皇帝是男人做的，在宫中临幸嫔妃。那则天皇帝是女人做的，竟要临幸起臣子来。始初还顾些廉耻，稍稍收敛。到后来习以为常，把临幸臣子只当作临幸嫔妃，彰明较著、不瞒天地地做将去。内中有张昌宗、薛敖、曹怀义、张易之四人最为受宠。每逢则天退朝寂寞，就宣他们进去玩耍，或是轮流取乐，或是同榻寻欢。说不尽宫闱的秽德、朝野的丑声。亏得个中流砥柱的君子，狄仁杰与张柬之尽心唐室、反周为唐，迎太子复位，是为中宗。却又可笑，中宗的正后韦氏，才干不及则天，那一种风流情性，甚是相同，竟与武三思在宫任意作乐。只好笑那中宗，不惟不去觉察她，甚至韦后与武三思对坐打双陆，中宗还要在旁与他们点筹。你道好笑也不好笑。到得中宗死了，三思便与韦氏密议，希图篡位。朝臣没一个不怕他，谁敢与他争竞？幸而唐祚不应灭绝，惹出一个英雄来。那英雄是谁？就是唐朝宗室，名唤隆基。他见三思与韦氏宣淫谋逆，就奋然而起，举兵入宫，杀了三思、韦氏并一班助恶之徒，迎立睿宗。睿宗因隆基功大，遂立为太子。后来睿宗崩了，隆基即位，就是唐明皇了。始初建号开元，用着韩休、张九龄等为相，天下大治。不意到改元天宝年间，用了奸相李林甫。那些正人君子，贬的贬，死的死，朝廷正事尽归李林甫掌管。他便将声色势利迷惑明皇，把一个聪明仁智的圣天子，不消几年，变做极无道的昏君。见了第三子寿王的正妃杨玉环标致异常，竟夺入宫中，赐号太真，册为贵妃。看官，你道那爬灰的勾当，就是至穷至贱的小人做了，也无有不被人唾骂耻辱的，岂有治世天子做出这等事来，天下如何不坏？还亏得全盛之后，元气未丧，所以世界还太平。

是年开科取士，各路贡士纷纷来到长安应举。中间有一士子，姓钟名景期，字琴仙。本贯武陵人氏。父亲钟秀，睿宗朝官拜功曹。其妻袁氏，移住长安城内。只生景期一子，自幼聪明，读书过目不忘，七岁就能做诗。到得长成，无书不览，五经诸子百家，尽皆通透，闲时还要把些"六韬""三略"来不时玩味。十六岁就补贡士，且又生得人物俊雅，好像粉团成玉琢就一般。父亲要与他选择亲事，他再三阻挡，自己时常想到："天下有个才子，必要有一个佳人作对。父亲择亲，不是惑于媒妁，定是拘了门楣，那家女子的媸妍好歹哪能知道？倘然造次成了亲事，娶来却是平常女子，退又退不得，这终身大事如何了得？"执

了这个念头,决意不要父母替他择婚,心里只想要自己去东寻西觅,靠着天缘,遇着个举世无双的佳人,方遂得平生之愿。因此蹉跎数载,父母也不去强他。到了十八岁上,父母选择了吉日,替他带着儒巾,穿着圆领,拜了家堂祖宗,次拜父母,然后出来相见贺客。那日宾朋满堂,见了钟景期这等一个美貌人品,无不极口称赞,怎见他好处,但见:

> 丰神绰约,态度风流。粉面不须傅粉,朱唇何必涂朱。气欲凌云,疑是潘安复见;美如冠玉,宛同卫玠重生。双眸炯炯似寒晶,十指纤纤若春笋。下笔成文,会晓胸藏锦绣;出言惊座,方知满腹经纶。

钟景期与众宾客一一叙礼已毕,摆了酒肴,大吹大擂,尽欢而别。钟秀送了众人出门,与景期进内,叫家人再摆出茶果来,与夫人袁氏饮酒。袁氏道:"我今日辛苦了,身子困倦,先要睡了。"景期道:"既是母亲身子不安,我们也不须再吃酒,父亲与母亲先睡了罢。"钟秀道:"说得是。"叫丫鬟掌了灯,进去睡了。景期到书房中,坐了一会,觉得神思困倦,只得解衣就寝。一夜梦境不宁,到了五更,翻来复去,再睡不着。一等天明,就起来穿戴衣巾,到母亲房里去问安。走到房门首,只见丫鬟已开着房门。钟秀坐在床沿上,见了景期说道:"我儿为何起得恁般早?"景期道:"昨夜梦寐不宁,一夜睡不着。因此来问爹娘,身子可好些么?"钟秀道:"你母亲昨夜发了一夜寒热,今早痰塞起来。我故此叫丫鬟出去,吩咐烧些汤水进来。正要来叫你,你却来了。"景期道:"既如此,快些叫家人去请医家来诊视。待我梳洗了,快去卜问。"说罢,各去料理。

那日,钟景期延医问卜,准准忙了一日,着实用心调护。不想犯了真病,到了第五日上,就呜呼了。景期哭倒在地,半晌方醒。钟秀再三劝慰,在家治丧殡殓。方到七终,钟秀也染成一病,与袁氏一般儿症候,景期也一般儿着急。却也犯了真病,一般儿呜呼哀哉了。景期免不得也要治丧殡殓。那钟秀遗命,因原籍路远,不必扶柩归家,就在长安城外择地安葬。景期遵命而行。

却原来钟秀在日,居官甚是清廉,家事原不甚丰厚。景期连丧二亲,衣衾棺椁,买地筑坟,治丧使费,将家财用去了十之七八。便算计起来,把家人尽行打发出去。有极得意自小在书房中服侍的冯元,不得已也打发了去。将城内房子也卖了,另筑小房五六间,就在父母坟旁。只留一个苍头、一个老妪,在身边度日。自己足不出户,在家守制读书,常到坟上呼号痛哭,把那功名婚姻两项事体,都置之度外了。光阴荏苒,不觉三年服满。正值天宝十三年,开科取士,有司将他名字已经申送。只得唤苍头随着收拾进城,寻个寓所歇下。到了场期,带了文房四宝,进场应试。

原来唐朝取士,不用文章,不用策论,也不用表判。第一场只有五言、七言的排律,第二场是古风,第三场是乐府。那钟景期,平日博通今古,到了场中,果然不假思索,揭开卷子,信笔而挥,真个是:字中蝌蚪落文河,笔下蛟龙投学海。眼见得三场已毕,寓中无事,那些候揭晓的员士,闻得钟景期在寓,也有向不识面,慕他才名远播来请教的;也有旧日相知,因他久住乡间来叙契阔的,纷纷都到他寓所,拉他出去。终日在古董铺中、妓女人家,或书坊里、酒楼上及古刹、道院里边,随行逐队地玩耍。钟景期向往乡村,潜心静养,并无杂念。如今见了这些繁华气概,略觉有些心动,那功名还看得容易,倒是婚姻一事甚是热中。思量:"如

今应试,倘然中了,就要与朝廷出力做事,哪里还有工夫再去选择佳人。不如趁这两日,痴心妄想去撞一撞,或者天缘凑巧,也未可知。"那日起了这个念头,明日就撇了众人,连苍头也不带,独自一个去城内城外,大街小巷,痴痴地想,呆呆地走,一连走了五六日,并没个佳人的影儿。苍头见他回来,茶也不吃,饭也不吃,只是自言自语,不知说些什么,便道:"相公一向老实的,如今想是众位相公牵去结识了什么婊子,故此这等模样么。我在下处寂寞不过,相公带我去走走,总成吃些酒肉儿也好,相公又没有娘娘,料想没处搬是非,何须瞒着我?"景期道:"我自有心事,你哪里知道。"苍头道:"莫非为着功名么?我前日在门首,见有个著的走过,我叫他跌了一著。他说今年一定高中的,相公不须忧虑。"景期道:"你自去,不要胡言乱语惹我的厌。"苍头没头没脑,猜他不着,背地里暗笑不题。

到次日,景期绝早吃了饭出来,走了一会,到一条小胡同里,只有几户人家,一带通是白石墙。沿墙走去,只见一个人家,竹门里边冠冠冕冕,潇潇洒洒的可爱。景期想道:"看这个门径,一定是人家园亭,不免进去看一看,就是有人撞见,也只说是偶然闲步玩耍,难道我这个模样,认作白日撞不成。"心里想着,那双脚儿早已步入第一重门了。回头只见

靠凳上有个老儿,酒气直冲,齁齁地睡着。景期也不睬他,一直闯将进去,又是一带绝高的粉墙。转入二重门内,只见绿荫参差,苍苔密布,一条路是白石子砌成的。前面就是一个鱼池,方圆约有二三亩大。隔岸种着杨柳桃花,枝枝可爱,那杨柳不黄不绿,撩着风儿摇摆;桃花半放半合,临着水儿掩映。还有那一双双的紫燕,在帘内穿来掠去地去舞。池边一个小门儿,进去是一带长廊,通是朱红漆的万字栏杆。外边通是松竹,长短大小不齐,时时有千余枝,映得檐前里翠。走尽了廊,转进去是一座亭子。亭中一匾,上有"锦香亭"三字,落着李白的款。中间挂着名人诗画、古鼎商彝,说不尽摆设的精致。那亭四面开窗,南面有牡丹数墩与那海棠、玉兰之类,后面通是杏花,东边通是玉兰树,西边通是桂树。此时是二月天时,众花都是芯儿,惟有杏花开得烂漫。那梅树上结满豆大的梅子。有那些白头公、黄莺儿,飞得好看,叫得好听。景期观之不足,再到后边,有绝大的假山,通是玲珑怪石攒凑迭成。石缝里有兰花芝草,山上有古柏长松,宛然是山林丘壑的景象。转下山坡,有一个古洞。景期捱身走过洞去,见有高楼一座,绣幕珠帘,飞甍画栋,极其华丽。正要定睛看时,忽然一阵香风在耳边吹过,那楼旁一个小角门,呀的一声开了,里面嘻嘻笑笑,只听得说:"小姐这里来玩耍。"景期听了,慌忙闪在太湖石畔芭蕉树后,蹲着身子,偷眼细看。见有十数个丫鬟,拥着一位美人,走将出来。那美人怎生模样,但见:

　　眼横秋水,眉扫春山。宝髻儿高绾绿云,绣裙儿低飘翠带。可怜杨柳腰,堪爱桃花面。仪容明艳,果然金屋婵娟;举止端庄,询是香闺处女。身无彩凤双飞翼,心有灵犀一点通。

　　这美人轻移莲步,走到画栏边的一个青瓷古墩儿上坐下,那些丫鬟们,都四散走在庭中。有的去采花朵儿插戴;有的去扑蝴蝶儿耍子;有的在荼蘼架边撞乱了鬓丝,吃惊吃唬地将双手来按;有的被蔷薇刺儿挂住了裙衪,痴头痴脑地把身子来扯;有的因领扣松了,仰着头扭了又扭;有的因膝裤带散了,蹲着腰结了又结;有的要斗百草;有的去看金鱼;一时也观看不尽。只有一个青衣侍女,比那美人颜色略次一二分,在众婢中昂昂如鸡群之鹤,也不与她们玩耍,独自一个在阶前,摘了一朵兰花,走到那美人身边,与她插在头上,便端端正正地站在那美人旁边。那美人无言无语,倚着栏杆看了好一会,才吐出似莺啼如燕语的一声娇语来,说道:"梅香们,随我进去罢。"众丫鬟听得,都来随着美人。这美人将袖儿一拂,立起身来冉冉而行,众婢拥着早进了一小角门儿,呀的一声,就闭上了。

钟景期看了好一会,又惊又喜,惊的是恐怕梅香们看见,喜的是遇着绝世的佳人,还疑是梦魂儿错走到月府天宫去了。不然,人世间哪能有此女子? 呆了半晌,如醉如痴,恍恍惚惚,把眼睛摸了又摸,擦了又擦,停了一会,方才转出太湖石来。东张西望,见已没个人影儿,就大着胆走到方才美人坐的去处,就嗅嗅她的余香,偎偎她的遗影。正在憧憬思量,忽见地上掉着一件东西,连忙拾起看时,却是异香扑鼻,光彩耀目。毕竟拾的是什么东西? 那美人是谁家女子,且看下回分解。

第二回　葛明霞一笑缔鸾盟

诗曰：

> 晴日园林放好春，馆娃宫里拾香尘。
> 痴心未了鸳鸯债，宿疾多渐鹦鹉身。
> 柳爱风流因病睡，鹊贪欢喜也嗔人。
> 桃花开遍萧郎至，地上相逢一面亲。

话说钟景期闯入人家园里，忽然撞出一个美人来，偷看了一会，不亦乐乎。等美人进去了，方才走上庭阶，拾得一件东西，仔细看时，原来是一幅白绫帕儿。兰麝香飘，洁白可爱，上有数行蝇头小楷，恰是一首"感春"绝句。只见那诗道：

> 帘幕低垂掩洞房，绿窗寂寞锁流光。
> 近来情绪浑萧索，春色依依上海棠。

明霞漫题

钟景期看了诗，慌忙将绫帕藏在袖里，一径寻着旧路走将出来。到头门上，见那靠凳上睡的那老儿，尚未曾醒。钟景期轻轻走过，出了门，一直往巷口竟走。不上三五步，只听得后面一人叫道："钟相公在哪里来？"景期回头一看，却见一个人，戴着尖顶毡帽，穿着青布直身，年纪二十内外。看了景期，两泪交流，纳头便拜。景期伸手去扶他起来细认，原来是位旧日的书童，名唤冯元，还是钟秀在日，讨来服侍景期的。后来钟秀亡了，景期因家道萧条，把家人僮婢尽行打发，因此冯元也打发在外。是日路上撞着，那冯元不忘旧恩，扯住了，拜了两拜。景期看见，也自恻然。问道："你是冯元，一向在哪里？"冯元道：

"小人自蒙相公打发出来,吃苦万千,如今将就度日,就在这里赁间房子暂住。"景期正要打听园中美人的来历,听见冯元说住在这里,知道他一定晓得,便满心欢喜道:"你家就在这里么?"冯元指着前面道:"走完了带白石墙,第三间就是。"景期道:"既是这等,我有话问你,可就到你家坐一坐去。"冯元道:"难得相公到小人家来,极好的了。"说完,向前先跑,站在自己门首,一手招着道:"相公这里来!"一手在腰间乱摸。景期走到,见他摸出个铁钥匙来把门上锁开了。推开门,让景期进去。

景期进得门看时,只是一间房子。前半间沿着街,两扇吊窗吊起,摆着两条凳子,一张桌子。照壁上挂一幅大红大绿的关公,两边贴一对春联是:"生意滔滔长,财源滚滚来。"景期看了,笑了一笑,回头却不见冯元。景期思道:"他往哪里去了?"只道他走进后半间房子去,往后一看,却见一张四脚床,床上摊一条青布被儿,床前一只竹箱、两口行灶,搁板上放着碗盏儿,那锅盖上倒抹得光光净净。又见墙边摆着一口割马草的刀,柱上挂着鞭子、马刷儿、马刨儿。景期心下暗想道:"他住一间房子,为何有这些养马的家伙?"却也绝不见冯元的影儿。正在疑惑,只见冯元满头汗地走进来,手拿着一大壶酒,后面跟着一个人,拿两个盘子,一盘熟鸡,一盘热肉,摆在桌上,那人自去了。冯元忙掇一条凳子放下,叫声"相公坐了。"景期道:"你买东西做什么?"冯元道:"一向不见相公,没什孝敬。西巷口太仆寺前,新开酒店里东西甚好,小人买两样来,请相公吃一杯酒。"景期道:"怎要你破钞起来。"冯元道:"惶恐!"便叫景期坐下,自己执壶,站在一旁斟酒。原来那酒也是店上现成烫热的了。景期一面吃酒,一面问他道:"你一向可好么?"冯元道:"自从在相公家里出来,没处安身,投在个和尚身边,做香火道人。住了年余,那和尚偷婆娘败露了,吃了官司,把个静室折得精光,和尚也不知哪里去了。小人出来,弄了几两银子做本钱,谁想吃惯了现成茶饭,做不来生意,不上半年,又折完了。旧年遇着一个老人,是太仆寺里马夫,小人拜他做了干爷,相帮他养马。不想他被劣马踢死了,小人就顶他的名缺。可怜马瘦了要打,马病又要打。料草银子、月粮工食通被那些官儿,一层一层地克扣下来,名为一两,到手不上五钱。还要放青剪铦,喂料饮水,日日辛苦得紧,相公千万提拔小人,仍收在身边,感激不尽了。"景期道:"当初原是我打发你的,又不是你要出去。你既不忘旧恩,我若发达了自然收你。"说完,那冯元又斟上酒来。景期道:"我且问你,这里的巷叫什么巷名?"冯元道:"这里叫作莲英儿巷,通是大人家的。后门一带是拉脚房子,不多几份小人家住着,极冷静的。西头是太仆寺前大街,就热闹了。前巷是锦里坊,都是大大的朝官第宅,直透到这里莲英儿巷哩!"景期道:"那边有一个人家,竹门里是什么人家?"冯元

问道："可是方才撞着相公那边门首么?"景期道："正是。"冯元道："这家是葛御史的后园门,他前门也在锦里坊,小人的房子就是赁他的。"景期道："那葛御史叫什么名字?"冯元想了一想道："名字小人却记不得,只记到他号叫作葛天民。"景期道："原来是御史葛天民,我倒晓得他名字,叫葛太古。"冯元点头道："正是叫作葛太古,小人一时忘记了。相公可是认得他的?"景期道："我曾看过他诗稿,故此知道,认是没有认得。你既住他的房子,一定晓得他可有几位公子?"冯元道："葛老爷是没有公子的,他夫人也死的了。只有一个女儿,听见说叫明霞小姐。"景期听见明霞二字,暗暗点头。问道："可知道那明霞小姐生得如何?"冯元道："那小姐的容貌,说来竟是天上有世间无的。就是当今皇帝宠的杨贵妃娘娘,若是走来比并,只怕也不相上下。且又女工针黹、琴棋书画、吟诗作赋,般般都会。"景期道："那小姐可曾招女婿么?"冯元道："若说女婿,却也难做。他家的那葛老爷因爱小姐,一定要寻个与小姐一般样才貌双全的人儿来作对。就是前日当朝宰相李林甫,要来替儿子求亲,他也执意不允,不是说年幼,就是说有病,推三阻四,人也不能相强。所以小姐如今一十八岁了还没对头。"景期道："你虽然住他房子,为何晓得他家事恁般详细?"冯元道："有个缘故:他家的园里,一个杂人也不得进去的,只用一个老儿看守园门。这老儿姓毛,平日最是贪酒,小人也是喜欢吃酒的,故此与小人极相好。不是他今日请我,说是我明日请他,或者是两人凑来扛扛儿。这些话,通是那毛老儿吃酒中间向小人说的。"景期道："你可曾到他园里玩耍么?"冯元道："别人是不许进去的,小人因与毛头儿相知,时常进去玩耍儿。"景期道："你到他园里,可有时看见小姐?"冯元道："小姐如何能得看见。小人一日在他园里看见一个贴身服侍的丫鬟出来采花,只见这个丫鬟,也就标致得够了。"景期道："你如何就晓得那丫鬟是小姐贴身服侍的?"冯元道："也是问毛老儿,他说这丫鬟名唤红于,是小姐第一个喜欢的。"景期听得,心就开了,把酒只管吃。冯元一头说,一头斟酒,那一大壶酒已吃完了。景期立起身来,暗想:这段姻缘倒在此人身上。便道："冯元,我有一事托你,我因久慕葛家园里景致,要进去游玩,只恐守园人不肯放进。既是毛老与你相厚,我拿些银子予你,明日买些东西,你便去叫毛老到你家吃酒。我好乘着空进园去游一游。"冯元道："这个使得。若是别的,那毛老儿死也不肯走开。说了吃酒,随你上天下地,也就跟着走了。明日相公坐在小人家,待小人竟拉他同到巷口酒店,上去吃酒。相公看我们过去了,竟往他园里去。若要得意,待我灌得他烂醉,扶他睡在我家里,凭相公玩耍一日。"景期道："此计甚妙。"袖中摸出五钱银子付与冯元道："你拿去做明日的酒资。"冯元再三不要,景期一定要予他,冯元方才收了。景期说声:"生受你。"出了门

竟回寓所，闭上房门，取出那幅绫帕来细细吟玩。想道："适才冯元这些话与我听见甚合，我看见的自然是小姐了。那绫帕自然是小姐的了，那首诗想必是小姐题的了。她既失了绫帕，一定要差丫鬟出来寻觅，我方才计较已定，明日进她园中，自然有些好处。"又想道："她若寻觅绫帕，我须将绫帕还她，才好挑逗几句话儿。既将绫帕还她，何不将前诗和她一首。"

想得有理，就将帕儿展放桌上，磨得墨浓，蘸得笔饱，向绫帕上一挥，步着前韵，和将出来：

　　　　不许游蜂窥绣房，朱栏屈曲锁春光。

　　　　黄鹂久住不飞去，为爱娇红恋海棠。

　　　　　　　　　　　　　　　　　　　　　　　　钟景期奉和

景期写完了诗，吟哦了一遍，自觉得意，睡了一夜。至次日，早膳过了，除下旧巾帻，换套新衣裳，袖了绫帕儿，径到莲英儿巷冯元家里。冯元接着道："相公坐了，待我去那厢行事。相公只看我与毛老儿走出了门，你竟到园里去便了。只是小人的门儿，须要锁好。钥匙我已带在身边，锁在桌上，相公拿来锁上便是。"景期道："我晓得了，你快些去。"冯元应了，就出门去。景期在门首望了一会，见冯元挽着毛老儿的手，一径去了。景期望他们出了巷。才把冯元的门锁了，步入园来。此番是熟路，也不看景致，一直径到锦香亭上。还未立定，只听得亭子后边，唧唧哝哝似有女人说话。他便退出亭外，将身子躲过，听她们说话。却又凑巧，恰好是明霞小姐同红于两个，出来寻取绫帕。只听得红于说道："小姐，和你到锦香亭上寻一寻看。"明霞道："红于又来痴了，昨日又不曾到锦香亭上来，如何去寻？"红于道："天下事体尽有不可知，或者无意之中倒寻着了。"小姐说："正是。"两个同到亭子上来。明霞道："这里没有，多应不见了。"红于道："园中又无闲杂人往来，如何便不见了。"明霞道："众丫鬟俱已寻过，通说不见。我恐她们不用心寻，故此亲身同你出来，却也无寻处，眼见得不可复得了。"红于道："若是真正寻不着，必是毛老儿拾去换酒吃了。"明霞笑道："那老儿虽然贪酒，绝不敢如此。况且这幅绫帕儿，也不值甚的。我所以必要寻着者，皆因我题诗在上，又落了款。惟恐传到外厢，那深闺字迹，女子名儿，倘落在轻佻浪子之手，必生出一段有影无形的话来。我故此着急。"红于道："我的意思，也是如此。"说罢，明霞自坐在亭中，红于就下到阶前，低着头东寻西觅。走到侧边，抬头看见了钟景期，吓了一跳，便道："你是什么人？辄敢潜入园中窥探。我家小姐在前，快些回避。"

景期迎着笑脸儿道："小姐在前,理应回避。只是有句话要动问,小娘子可就是红于姐么?"红于道："这话好不奇怪,我自幼跟随小姐,半步儿不离。虽是一个婢子,也从来未出户庭,你这人为何知道我的名字? 就是知道了,又何劳动问,快些出去。再迟片刻,我去叫府中家人们出来拿住了,不肯甘休。"景期道："小娘子不须发恼,小生就去便了。只是我好意来奉还宅上一件东西,倒惹一场奚落,我来差矣!"说罢,向外竟走。红于听见了说"奉还什么东西"这句话,便打着她心事,就叫道："相公休走,我且问你,你方才说要还我家什么东西?"景期道："刚才你们寻的是哪件,我就还你哪件。"红于就知道那绫帕必定被他拾了。便道："相公留步,与你说话。"景期道："若是走迟了,恐怕你叫府中家人们出来捉住,如何了得。"红于道："方才是我不是,冲撞了相公,万望海涵。"景期满脸堆下笑来,唱个绝大的肥喏道："小生怎敢怪小娘子。"红于回了万福,道："请问相公,你说还我家东西,可是一幅白绫帕儿?"景期道："然也。"红于道："你在何处拾的?"景期道："昨日打从宅上后园门首经过,忽然一阵旋风,那帕儿从墙内飘将出来,被小生拾得。看见有明霞小姐题诗在上,知道是宅上的,因此特来奉还。"红于道："难得相公好意。如今绫帕在哪里? 拿来还我就是了。"景期道："绫帕就在这里。只是小生此来,欲将此绫帕亲手奉还小姐,也表小生一番殷勤至意。望小娘子转达。"红于道："相公差矣。我家小姐,受胎教于母腹,聆女范于严闺,举动端庄,持身谨慎。虽三尺之童,非呼唤不许擅入。相公如何说这等轻薄话儿。"景期道："小姐名门毓秀,淑德之闻,小生怎敢唐突。待我与小娘子细细说明,方知我的心事。小生姓钟,名景期,字琴仙,就住在长安城外。先父曾作功曹,小生不揣菲材,痴心要觅个倾国倾城之貌,方遂宜家宜室之愿。因此虚度二十一岁,尚未娶妻。闻得你家小姐,待字迟归,未谐佳配。我想如今纨绔丛中,不是读死书的腐儒,定是卖油花的浪子。非是小生夸口,若要觅良偶,舍我谁归? 昨日天赐奇缘,将小姐贴身的绫帕被风摄来送到我处,岂不奇怪? 帕上我已奉和拙作一首,必求小姐相见,方好呈教。适才听得小娘子说,或者无意之中寻着了东西,小生倒是无意之中寻着姻缘了。因此斗胆前来,实为造次。"一席话说得红于心服,便道："拼我不着,把你话儿传达与小姐,见与不见任她裁处。"便转身到亭子上来说道："小姐绫帕倒有着落了,只是有一段好笑话了。"明霞问她,她把钟景期与自己一来一往问答的话儿尽行说出,一句也不遗漏。明霞听罢,脸儿红了一红,眉头蹙了一蹙,长吁一声说道："听这些话,倒也说得那个。只是他怎生一个人儿? 你这丫鬟就呆呆地与他讲起这等话来。"红于道："若说人品,真正儒雅温存,风流俊俏。红于说来,只怕小姐也未必深信。如今现在这里,拼得与他一见,那人的好歹,自然

逃不过小姐的冰鉴。况有帕上和的诗儿，看了又知他才思了。"明霞道："不可草率，你去与他说，先将绫帕还我，待我看那和韵的诗，果然佳妙，方请相见。"红于领了小姐言语，出来对景期道："小姐先要看了赐和的诗，如果佳妙，方肯相见。相公可将绫帕交我。"景期道："既是小姐先要垂青拙作，绫帕在此，小娘子取去，若是小姐见过，望小娘子即便请她出来。"就袖中摸出帕来，双手递于红于。红于接了，走上亭来，将帕递与明霞。明霞也不将帕儿展开看诗，竟藏在袖中，立起身为就往内走，说道："红于你去谢那还帕的一声，叫他快出去罢。"说完，竟进去了。红于又不好拦住她，呆呆地看她走了进去，转身来见景期道："小姐叫我谢相公一声，她自进去了。叫你快出去罢。"景期道："怎么哄了绫帕儿去，又不与我相见，是怎么说？也罢。既是如此，我硬着头皮，竟闯进去，一定要见小姐一面，死也甘心。"红于忙拦住道："这个如何使得？相公也不须着急，好歹在红于身上与你计较一计较，倘得良缘成就，不可相忘。"景期听了，不觉屈膝着地，轻轻说道："倘得小娘子如此，事成之后，当登坛拜将。"红于笑着连忙扶起道："相公何必这等，你且消停一会，待我悄地进去，潜窥小姐看了你的诗作何光景，便来回复你。"景期道："小生专候好音便了。"不说景期在园中等候。却说红于进去，不进房中，悄悄站在纱窗外边。只见明霞展开绫帕，把景期和的诗来再三玩味，赞道："好诗好诗！果然清新俊逸。我想俱此才情，必非俗子，红于之言，信不诬矣。"想了一会，把帕儿卷起藏好。立起身来，在筒囊内又取出一幅绫帕来，摊在桌上。磨着墨，蘸着笔，又挥了一首诗在上面。写完，等墨迹干了，就叫道："红于哪里？"红于看得分明，听得她叫，故意不应，反退了几步。待明霞连叫了几声方应道："来了。"明霞道："方才那还帕的人，可曾去么？"红于道："想还未去。"明霞道："他还我那帕儿，不是原帕，是一幅假的，你拿出去还了他，叫他快将原帕还我。"红于已是看见她另题的一幅帕儿，假意不知，应声"晓得"，接着帕儿出来，向景期道："相公你的好事，十有一二了。"景期忙问。红于将潜窥小姐的光景，并吩咐她的说话，一一说了。将帕儿递与景期收过。景期欢喜欲狂，便道："如今计将安出？"红于道："小姐还要假意讨原帕，我又只做不知，你便将计就计，回去再和一首诗在上面。那时送来，一定要亲递与小姐，待我撺掇小姐与你相见，便了。只是我家小姐，素性贞洁，你须庄重，不可轻佻。就是小姐适才的光景，也不过是怜才，并非慕色。你相见时，只面订百年之好，速速遣媒说合，以成一番佳话。若是错认了别的念头，惹小姐发起怒来，那我也做不得主，将好事反成害了。牢记，牢记！"景期道："多蒙指教，小生意中也是如此。但是小生进来，倘然小娘子不在园中，叫又不敢叫，传又没人传，如何是好？"红于道："这个不妨，锦香亭上有一口石磬，乃是

千年古物,你来可击一声,我在里边听见就出来便了。"景期道一声"领教"。别了红于,出得园门,来见冯元。冯元已在家里,那毛老儿呼呼地睡在他家凳上。景期与冯元打了一个照会,竟自回寓。取出帕来看时,那帕与前时一样,只是另换了一首诗儿,上面写道:

> 琼姿瑶质岂凡葩,不比天桃傍水斜。
>
> 若是渔郎来问渡,休教轻折一枝花。

钟景期看了觉得寓意深长,比前诗更加妩媚,也就提笔来,依她原韵又和一首道:

> 碧云缥缈护仙葩,误入天台小径斜。
>
> 觅得琼浆岂无意,蓝田欲溉合欢花。

和完了诗,捱到夜来睡了。次早披衣起身,方开房门,只听得外面乒乒乓乓打将进来,一共有三四十人,问道:"哪一位是钟相公?"早有主人家慌忙进来,指着景期道:"此位就是。"那些人都道:"如今要叫钟爷了。"不等景期开言,纷纷地都跪将下去磕头,取出报条子来说道:"小的们是报录的,报钟爷高中了第五名会魁。"景期吩咐主人家忙备酒食款待报人,写了花红赏赐。那些人一个个谢了,将双红报单贴在寓所,一面又着人到乡间坟堂屋里,贴报单去了。景期去参拜了座师、房师,回寓接见了些贺客,忙了一日。

次早就入朝廷试,对了一道策,作了四首应制律诗,交卷出朝回寓。时方晌午,吃了些点心。思量明霞小姐之事,昨日就该去的,却因报中了,耽搁了一日。明日只恐又被人缠住,趁今天色未晚,不免走一遭。叫苍头吩咐道:"你在房看守,我要往一个所在,去了就来。"苍头道:"大爷如今中了进士,也该寻个马儿骑了,待苍头跟出去,才像礼面。"景期道:"我去访个故人,不用随着人去,你休管我。"苍头道:"别人家新中了进士,作成家人跟了轿马,穿了好衣帽,满待摇摆点头,哪有自家不要冠冕的?"景期也不去睬他,袖了绫帕,又到莲英儿巷中。只见冯元提着酒壶儿,走到面前道:"相公今日可要到园中去了?那毛老儿,我已叫在家中,如今打酒回去与他吃哩。"景期道:"今日你须多与他吃一回,我好尽情玩耍。"冯元应着去了。景期走进园门,直到锦香亭上,四顾无人。见那厢一个朱红架子上,高高挂着石磬。景期将槌儿轻轻敲了一下。果然声音清亮,不比凡乐。

话休絮繁,却说那日红于看景期去了,回到房中与小姐议论道:"那钟秀才一定要与

小姐相见,不过要面订鸾凤之约,并无别意,照红于看来,那生恰好与小姐作一对佳偶,不要错过良缘,料想红于眼里看得过的,决不误小姐的事。明日他送原帕来时,小姐休吝一见。"小姐微笑不答。次日红于静静听那石磬不见动静。又过一日,直到傍晚,忽听得磬声响。知是景期来了,连忙抽身出去。见了景期道:"为何昨日不来?"景期道:"不瞒小娘子说,小生因侥幸中了,昨日被报人缠了一日。今早入朝殿试过了,才得偷闲到此。"红于听见说他中了,喜出望外,叫声"恭喜"。转身进内,奔到明霞房里道:"小姐,前日进来还帕的钟秀才,已中进士了。红于特来向小姐报喜。"明霞啐一声道:"痴丫头,他中了与我什么相干?却来报喜。"红于笑道:"小姐休说这话,今早我见锦香亭上玉兰盛开,小姐同去看一看。"明霞道:"使得。"便起身与红于走将出来,步入锦香亭上。只见一个俊雅书生站在那边,急急躲避不迭,便道:"红于,那边有人,我们快些进去。"红于道:"小姐休惊,那生就是送还绫帕的人。"小姐未及开言,那钟景期此时魂飞魄荡,大着胆走上前来,作了一揖道:"小姐在上,小生钟景期拜揖。"明霞进退不得,红了脸只得还了万福,娇羞满面,背着身儿立定。景期道:"小生久慕小姐芳姿,无缘得见。前日所拾绫帕,因见佳作,小生不耻效颦,续貂一首,并呈在此。"说罢,将绫帕递去。红于接来,送与小姐。小姐展开看了和诗,暗暗称赞,将绫帕袖了。景期又道:"小生幸遇小姐,有句不知进退的话儿要说。我想小姐迟归,小生正在觅配。恰好小姐的绫帕又是小生拾得。此乃天缘,洵非人力。倘蒙不弃,愿托丝萝,伏祈小姐面允。"明霞听了,半晌不答。景期道:"小姐无言见答,莫非嫌小生寒酸侧陋,不堪附乔么?"明霞低低道:"说哪里话,盛蒙雅意,岂敢吝诺。君当速遣冰人便了。"景期又作一揖道:"多谢小姐。"只这一个揖还未作完,忽听得外面廊下,一声吆喝,许多人杂踏踏走将进来。吓得小姐翠裙乱抖,莲步忙移,急奔进去。红于道:"不好了,想是我家老爷进园来了。你可到假山背后躲一会儿,看光景溜出去罢。"说完也乱奔进去。丢下钟景期一个,急得冷汗直淋,心头小鹿儿不住乱撞,慌忙躲在假山背后。那一班人,已俱到亭子上坐定。毕竟进来的是什么人?钟景期如何出来,且听下回分解。

第三回　琼林宴遍觅状元郎

诗曰：

　　红杏萧墙翠柳遮，重门深锁属谁家。
　　日长亭馆人初散，风细秋千影半斜。
　　满地绿荫飞燕子，一帘晴雪卷杨花。
　　玉楼有客房中酒，笑拨沉烟索煮茶。

　　话说钟景期与明霞小姐，正在说得情浓。忽听得外面许多人走进来，吓得明霞、红于二人，往内飞奔不迭。原来那进来的人，却正是葛御史同了李供奉、杜拾遗二人，往郊外游春回来，打从莲英儿巷口走过，葛御史就邀他们到自己园中玩耍饮酒。因此不由前门，竟从后园门里进来，一直到锦香亭上，吩咐安排酒肴，不在话下。只可怜那钟景期，急得就似热石头上蚂蚁一般，东走又不是，西走又不是，在假山背后捱了半日。思量那些从人们都在园门上，如何出去得。屁也不敢放一声，心里不住突突地跳，看看到红日西沉，东方月上。那亭子上，正吃得高兴，不想起身。景期越发急了，想了一会，抬头一看，见那边粉墙一座，墙外有一枝柳树，墙内也有一枝柳树。心下想道："此墙内外俱靠着大树，尽可扳住柳条，跳将过去。想墙外必有出路了。"慌忙撩起衣袂，爬上柳树，跳在墙上，又从墙外树上溜将下来。喘息定了，正待寻条走路。举目四顾，谁想又是一所园亭，比葛家园更加深邃华丽。但见：

　　巍巍画栋，曲曲雕栏。堆砌参差，尽是瑶葩琪草；绕廊来往，无非异兽珍禽。
　　珠帘卷处，只闻得一阵氤氤氲氲扑鼻的兰麝香；翠幌掀时，只见有一圆明明晃晃
　　耀眼的菱花镜。楼台倒影入池塘，花柳依人窥琐闼。恍如误入桃源，疑是潜投

月府。

景期正在惊疑，背后忽转出四个青衣侍婢来，一把扭住道："在这里了，你是什么人，敢入园中？夫人在弄月楼上亲自看见，着我们来拿你。"景期听了，只叫得一声苦，想道："这回弄决撒了。"只得向个婢子问道："你家是何等人家？"内中一个道："你眼珠子也不带的，我这里是皇姨虢国夫人府中。你敢乱闯么？"景期呆了，只得跟着她们走去。看官，你道那虢国夫人是何等人？原来是杨贵妃的亲姊。她姊妹共有四人，因明皇宠了贵妃，连那三位姨娘也不时召入宫中临幸。封大姨为秦国夫人，二姨为韩国夫人，三姨为虢国夫人。也不要嫁人，竟治第京师，一时宠冠百僚，权倾朝野。三姨之中，惟有虢国夫人更加秀媚，有唐人绝句为证：

虢国夫人承主恩，平明骑马入宫门。
却嫌脂粉污颜色，淡扫蛾眉朝至尊。

原来那虢国夫人平日不耐冷静，不肯单守着一个妹夫，时常要寻几个俊俏后生，藏在府中作乐。这日，却好在弄月楼上望见个书生，在园中东张西望。这是上门来的生意，如何放得他过，因此叫侍女去拿他进来。景期被四个侍女挟着上楼。那楼中已点上灯火。见那金炉内焚着龙涎宝香，玉瓶中供着丈许珊瑚；绣茵锦褥，象管鸾笺；水晶帘、琉璃障，映得满楼明莹。中间一把沉香椅上，端坐着夫人。景期见了，只得跪下。夫人道："你是什么人，敢入我园中窥伺，快说姓什名谁，作何勾当？"景期想来，不知是祸是福，不敢说出真名字来。只将姓儿拆开含糊应道："小生姓金名重，忝列泮宫。因寻春沉醉，误入潭府，望夫人恕罪。"虢国夫人见他举止风流，已是十分怜爱。又听他言谈不俗，眼中如何不放出火来。便朱唇微绽，星眼双钩，伸出一双雪白的手儿，扶他起来道："既是书生，请起作揖。"景期此时，一天惊吓变成欢喜。站起来，深深作了一揖，夫人便叫看坐。景期道："小生得蒙夫人海涵，已出万幸，理宜侍立，何敢僭越。"夫人道："君家气宇不凡，今日有缘相遇，何必过谦。"景期又告了坐。方才坐下，侍儿点上茶来。银碗金匙，香茗异果。一面吃茶，一面夫人吩咐摆宴。侍女应了一声，一霎时就摆列上来。帘外咿咿呀呀地奏起一番细乐。夫人立起身来，请景期就席。景期要让夫人上坐，自己旁坐。夫人笑着，再三不肯。景期又推让了一回，方才对面坐了。侍女们轮流把盏。那吃的肴馔，通是些猩唇熊

掌,象白驼峰;用的器皿,通是些玉斝金瓯,晶盏象箸。奏一通乐,饮一通酒。夫人在席间,用些勾引的话儿撩拨景期,景期也用些知趣的话儿酬答夫人。一递一杯,各行一个小令,直饮到更余撤宴,虢国夫人酒兴勃发,春心荡漾,立起身来,向景期微微笑道:"今夜与卿此会,洵非偶然,如此良宵,岂堪虚度乎?"景期道:"盛蒙雅爱,只恐蒲姿柳质,难陪玉叶金枝。"夫人又笑道:"何必如此过谦。"景期此时,也是心痒魂飞,见夫人如此俯就,岂有不仰攀之理,便走近身来,搂住夫人亲嘴。夫人也不避侍儿的眼,也不推辞,两个互相递过尖尖嫩嫩的舌头,大家吮咂了一回,才携手双双拥入罗帏。解衣宽带,凤倒鸾颠。我做小说的,写到此际,也不觉魂飞魄荡,不要怪看官们垂涎咽唾。待在下再作一支《黄莺儿》来摹拟他一番,等看官们一发替他欢喜一欢喜:

> 锦帐暖溶溶。鬓斜欹,云鬈松,枕边溜下金钗凤。阳台梦中襄王兴浓。正欢娱,生怕晨钟动。眼朦胧,吁吁微喘,香汗透酥胸。

两人云雨已罢,交颈而睡。次早起来,虢国夫人竟不肯放他出去,留在府中饮酒取乐。同行同坐,同卧同起,一连住了十余日。正值三月十五日,虢国夫人清早梳妆,进宫朝贺,是日去了一日,直到傍晚方回。景期接着道:"夫人为何去了一日?"夫人道:"今日圣上因我连日不进朝,故此留宴宫中,耽搁了一日,冷落了爱卿了。"景期道:"不敢。"夫人道:"今日有一桩绝奇的新事,我说与你听,也笑一笑。"景期道:"请问夫人有什奇闻?"夫人道:"今日午门开榜,赐宴琼林,诸进士俱齐,单单不见一个状元,圣上着有司四散寻觅并无踪迹。我方才出宫时,见圣上又差了司礼监公公高力士,亲自出来寻了。你道奇也不奇?"景期道:"今科状元还是谁人?"夫人道:"状元是钟景期,系武陵人入籍长安的。"这句话,景期不听便罢,听了便觉遍体酥酥,手足俱软。喝了一杯热茶之后,才渐渐有一般热气,从丹田下一步步透将起来,直绕过泥丸宫,方始苏醒,连忙跪下说道:"夫人救我则个。"夫人扶起道:"爱卿为何如此?"景期道:"不瞒夫人说,前日闯入夫人园内,恐夫人见罪,因此不敢说出真名字。只将钟字拆开,假说姓金名重。其实卑人就是钟景期。"夫人道:"若如此说,就是殿元公了。可喜可贺。"景期道:"如今圣上差了高公公出来寻访,这桩事弄大了。倘然圣上根究起来,如何是好?"夫人心内想一想道:"不妨,我与你安排便了。如今圣上颇信神仙道术,你可托言偶逢异人,携至终南山访道,所以来迟。你今出去后,就步到琼林去赴宴。我一面差人打关节与高力士,并吾兄杨国忠、吾妹杨贵妃处,

得此三人在圣上面前周旋，就可无虞了，你放心出去。"景期扑地拜将下去道："夫人如此恩山义海，叫卑人粉骨难报矣。"夫人也回了一礼道："与卿正在欢娱，忽然分袂，本宜排宴叙别，只是琼林诸公，盼望已久，不敢相留了。侍女们，取酒过来，待我立奉一杯罢。"侍女们忙将金杯斟上一杯酒来。夫人取酒在手，那泪珠儿扑簌簌掉将下来道："爱卿满饮此杯。你虽是看花得意，不可忘却奴家恩爱也。"景期也不胜哽咽，拭着泪儿道："蒙夫人圣恩，怎敢相忘，卑人面圣过了，即当踵门叩谒，再图佳会便了。"说罢，接过酒来吃了，也回敬了夫人一杯。两双泪眼儿互相觑定，两人又偎抱了一回。只得勉强分开，各道珍重而别。

夫人差两个伶俐侍女，领景期从一个小门里出去。那小门儿是虢国夫人私创，惯与相知后生们出入的所在。景期出得这门，跟跟跄跄走上街来。行不多几步，只见待坊上的人，三三两两，东一堆西一簇的在那边传说新闻。有的说："怎么一个状元竟没处寻，莫非走在哪里了？"有人说："寻了一日，这时多应寻着了。"又有人道："哪里有寻着？方才朝廷又差了司礼监高公公出来查了。"又有人道："还好笑哩，那主试的杨太师着了急，移文在羽林大将军陈元礼处，叫他亲自带了军士捕快人等，领了钟家看下处的老苍头，在城内城外那些庵院寺观、妓女人家、酒肆茶坊里各处稽查，好像搜捕强盗一般。"有的取笑道："偌大个状元，难道被骗孩子的骗了去不成？"有的问道："他的家在何处，如何不到他家里去寻？"又有人说："他家就在乡间，离城只有三十里。整日的流星马儿边报一般地在他家来往打探哩。"有人说："莫非被人谋害了？"又有老人家说："那钟状元的父亲我曾认得，做官极好。就是钟状元，也闻得说在家闭户读书，如何有谁家谋害。"那些人你猜我猜，纷纷议论不一。景期听了，一头走，只管暗笑。又走过一条街，见有三四个做公的手拿朱票，满头大汗地乱跑。一个口里说道："你说有这等遭瘟的事，往年的琼林宴是白日里吃的，今年不见了状元，直捱到夜黑，治宴老爷立刻要通宵厚蜡的火烛七百斤，差了朱票立等要用，叫铺家明日到大盈库领价。你道这个差难也不难，急也不急。"那一个说道："你的还好，我的差更加疙瘩哩。往年状元游街，是日里游的。如今状元不知何处去了，天色已晚，仪仗官差了朱票，要着各灯铺借用绛纱灯三百对，待状元游街应用哩。"又见几个官妓家的龟子，买了些糕饼儿在手里，互相说道："琼林宴上，官妓值酒，不消半日工夫。如今俟了一日，状元还不到。我家的几个姐姐，饿得死去活来，买这些粉面食物与她们充充饥，好再伺候。"景期一一听见，心里暗暗惭愧："因我一人，累却许多人，如何是好！"低着头又走。只见一对朱红御棍，四五对军牢摆导，引着一匹高头骏马，马上骑着个内官，后

边随着许多小太监，喝道而来。景期此时身子如在云雾中，哪里晓得什么回避，竟向摆导里直闯。一个军牢就当胸扭住道："好大胆的狗头，敢闯俺爷的导子么。"又一个军牢，提起红棍儿劈头就打，景期慌忙叫道："啊呀，不要打。"只听得那壁厢巷里，也叫道："啊呀，不要打。"好像深山里叫人，空谷应声一般。这是什么缘故？原来是陈元礼带着军士们，领了钟家的苍头，四处访寻不见，正从小巷里穿将出来。苍头在前望见那闯导的是自己主人，正要喊出来。却见那军牢要打，便忙嚷道："啊呀，不要打！"所以与景期那一声不约而同地相应。苍头见了景期，便乱喊道："我家主人相公，新中状元老爷在此了。"那些人听见，一齐来团团围住，吓得那扭胸的连忙放手，执棍的跪下磕头，那内官也跳下马来。这边陈元礼也下马趋来，齐向景期施礼说道："不知是殿元公台驾，多多有罪了。"景期欠身道："不敢，请问二位

尊姓？"陈元礼道："此位就是司礼监高公公，是奉圣旨寻状元的。"高力士道："此位就是羽林陈将军，也是寻取状元的，且喜如今寻着了。但不知殿元公，今日却在何处，遍访不见，乞道其故。"景期就依着虢国夫人教的鬼话儿答道："前日遇着一个方外异人，邀到终南山访道。行至中途，他又道我尘缘未断，洪福方殷，令我转来，方才进城，忽闻圣恩擢取，慌忙匍匐而来，不期公公与将军如此劳神，学生负罪深重矣，还祈公公在圣上面前方便。"高力士道："这个何须说得，快牵马来与状元骑了，咱们两个送至琼林宴上，然后复旨便了。"说罢，左右就牵过马来。原来高力士与陈之礼，俱备有空马随着，原是防寻着了状元就要骑的。故此说得一声，马就牵到了。三人齐上了马，众军牢吆喝而行，来到琼林宴上。只见点起满堂灯烛，照耀如同白日。众人听见状元到了，一声吹打，两边官妓名役，一字儿跪着，陪宴官与诸进士都降阶迎接上堂。早有伺候官捧着纱帽红袍，皂靴银带与景期穿戴。望阙谢恩过了，然后与各官相见。高力士和陈元礼自别了景期与诸进士，回去复旨。这里宴上奏乐定席，景期巍然上坐。见官妓二人，拿着两朵金花，走到面前叩了一头，起来将花与景期戴了。以下一齐簪花已毕，众官托盏。说不尽琼林宴上的豪华气概，但见：

香烟袅翠,烛影摇红。香烟袅翠,笼罩着锦帐重重;烛影摇红,照耀的宫花簇簇。紫檀几上,列着海错山珍;白玉杯中,泛着醍醐醲醁。戏傀儡,跳魁星,舞狮蛮,耍鲍老,来来往往,几番上下趋跑;拨琵琶,吹笙管,挝花鼓,击金铙,细细粗粗,一派声音嘹亮。掌礼是鸿胪鸣赞,监厨有光禄专司。堂上回放,无非是蛾眉蛛首,妙舞清歌,妖妖娆娆的教坊妓女;阶前伺候,尽是些虎体猿腰,扬威耀武,凶凶浪浪的禁卫官军。

正是:锦衣叨着君恩重,琼宴新开御馔鲜。

少顷散席,各官上马归去。惟有状元、榜眼、探花三个,钦赐游街。景期坐在紫金鞍上,三檐伞下,马前一对金瓜,前面通是彩旗与那绛纱灯,一队一队地接着走。粗乐在前,细乐在后,闹嚷嚷打从御街游过。那看的人山人海,都道好个新奇状元。我们京中人,出娘肚皮从没有吃过夜饭方才看迎状元的。那景期游过几条花街柳巷,就吩咐回寓,众役各散。

次日五更,景阳钟动,起身入朝。在朝廷中,与李林甫、杨国忠、贺知章等一班儿相见了。待殿上静鞭三下,明皇升殿,景期随着众官摆班行礼,山呼谢恩。殿上传下圣旨,宣新状元钟景期上殿。鸿胪引钟景期出班升阶,昭仪卷帘,让景期入殿,伏俯在地战兢兢地奏道:"微臣钟景期见驾,愿吾皇万岁。"明皇开言道:"昨日高力士奉旨,言卿访道终南,以致久虚琼筵,幸卿无恙,深慰朕心。"景期叩头道:"臣该万死。"明皇道:"卿有何罪,昨宵朕幸花萼楼饮宴,望见御街灯火辉煌。问时,乃是卿等游街。我想若非卿一日盘桓,安能有此胜景。朕今除卿为翰林承旨,卿其供职无怠。"景期叩头谢恩下殿,明皇退朝不题。

看官听说,想你我百姓人家,摆了酒席,邀着客人不来,心里也要焦躁。哪里有个皇恩赐宴的大典,等闲一个新进小臣,敢丢着一日,累众官寻来寻去,直至晚间方才来赴宴,岂不是犯着大不敬了。此时面君,没一个不替他担忧。谁想皇上,不惟不加罪谴,反赐褒奖,这是什么缘故?原来是虢国夫人怕根究隐匿状元情弊,未免波及自己。故连夜差人,叮嘱了杨贵妃、高力士、杨国忠等内外维持。哄得明皇置之不问,因此景期面君这般太平。有两句俗语道得好:

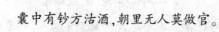

囊中有钞方沽酒,朝里无人莫做官。

景期出了朝门，便吩咐长班，备下该用的禀揭名帖，去各处拜客。先拜了杨、李二太师，并几个显要的大臣。然后到锦里坊来拜虢国夫人与葛御史。到得虢国夫人门首下马，门上人接了帖回道："夫人不在府中，今早奉圣旨宣召入宫未回，留下帖儿罢。"景期道："相烦多多拜上，说另日还要面谒。"门上人道声："晓得。"景期上马，就吩咐到葛御史家去。从人们应了，摆队前行。景期暗想道："论起葛御史来，我也不须今日去拜他，只为明霞小姐的缘故，所以要早致殷勤，后日可央媒说合。我今日相见时，须先把些话儿倾动他一番。"心里想着，那从人们早到马前禀道："已到葛御史门首了。"景期下得马来，抬头一看，但见狮石尘封，兽环掩门；只闻鸟雀啁啾，惟有蜘蛛成网。静悄悄绝无一人，一把大锁锁在门上。两张封条，一横一竖地贴着。那从人们去寻个接帖的也没有。景期看这光景，一时委决不下。毕竟葛御史门首为何这般冷落？且看下回分解。

第四回　金马门群哗节度使

诗曰：

> 劈破虚空消恨魂，吸干沧海洗嚣尘。
> 近来宇宙惟容物，何处能留傲俗人。

话说钟景期去拜葛御史，见重门封锁，绝无一人，不知何故。看官们看到此处，不要因摸不着头脑心焦起来。只为做小说的没有第二支笔，所以一时说写不及。如今待在下暂将钟景期放过一边，把那葛御史的话，细细说与看官们听。

却说那葛御史，名太古，字天民，本贯长安人氏。科甲出身，官至御史大夫。年过半百，并无子嗣。夫人已亡，只有一女，名唤明霞。葛太古素性孤介，落落寡合。那富贵利达，不在心头，惟有诗酒二字摆脱不下。平日与学士贺知章、供奉李太白、拾遗杜子美等，一班儿酒仙诗伯，结社饮酒。自那日游春回来，拉李、杜二人到园中，太古将景期、明霞二人冲散之后，明日又在贺知章家赏花，通是当时的文人墨士。葛太古与李、杜二人，到得贺家，已是名贤毕集了。一时弹琴的弹琴，下棋的下棋，看画的看画，投壶的投壶，临帖的临帖，作诗的作诗。正是：

> 宾主尽一时名胜，笑谈极千古风流。

众人玩耍了一回，就入席饮酒。时对庭中花开，说的说，笑的笑，欢呼痛饮，都吃得大醉，傍晚而散。别了贺知章，上马各回，只有葛太古与李太白是同路，那李太白向葛太古道："小弟今日吃得高兴，又大醉了。与你又是同路，和你不须骑马，携手步回去吧。"太古道："如此甚妙。"就吩咐从人牵着马，跟在后边，两人在街上大踱。看看走到金马门来，只

见一骑马，上坐着一个紫袍乌帽玉带金钩的胖大官儿，前面两个军官引导，从金马门内出来。李太白朦胧着一双醉眼，问着从人道："那骑马来的是什么人，这般大模大样？"从人看了禀道："是节度使安老爷。"李太白听了，乱嚷起来道："是安禄山这厮么？罢了！罢了！天翻地覆了。这金马门是俺们翰苑名流出入的所在，岂容那武夫在这坦克驰骋。"葛太古掩他的口不住，那安禄山早已听见，他更眼快，认得是李太白与葛太古二人，就跳下马来，向前道："请了，学士公今日又醉矣。"葛太古勉强欠身道："李兄果然又醉，酒话不必记怀。"太白就直了喉，又嚷道："葛兄睬那武夫则甚，我和你是天上神仙偶谪人世，岂肯与那泼贱的野奴才施礼。"安禄山听见，气得太阳穴里火星直爆，也嚷道："李太白，如何这等欺人太过，我也曾与朝廷开疆拓土，立下汗马功劳。今蒙宣召入朝，拜贵妃娘娘为母，朝臣谁不钦敬，你敢如此小觑我么？"李太白道："呸，一发放屁，一发放屁。难道一个中朝母后认你这个臭草包为子？葛兄你看他那大肚子里包着酒，袋着饭，塞着粪，惹起我老爷的性子，将青锋利剑剖开你这肚子来，只怕那腌臜臭气要呕死了人，怎及我们胸藏锦绣、腹满文章。你那武夫还不回避！"安禄山大怒道："我方才又不曾冲撞你，怎生这般无礼，你道我是武夫，不中用。我道你们这些文官，作几首吃不得、穿不得的歪诗，送与我糊窗也不要。我想我们在外边血战勤劳，你们在里边太平安享，终日吃酒作诗，把朝廷的事一毫也不理，如今世界通是你们文官弄坏了，还要在我面前说三道四。"只这几句话，惹出一个助纣为虐的葛太古来。那葛太古，始初原在里边解纷，听了安禄山这句犯众的话，也就帮着嚷起来道："你如何说朝廷的事通是我们文官坏的？我想你那班武夫，在外克敛军粮，虚销廪饩。劫良民，如饥鹰攫食；逢劲敌，如老鼠见猫。若没有我们通今博古的君子来发布指示，你那些走狗凭着匹夫之勇，只好去垫刀头。"李太白拍手大笑道："葛兄说得好，说得好，我们不要理他，竟回去罢。"又对从人们道："你们也骂那奴才几声，骂得响回去赏你们酒吃；骂得不响，回去每人打三十板。"那些从人怕李太白回去撒酒疯真正要打，只得也一齐骂起来。千武夫，万草包的一头走一头骂，跟着葛、李二人去了。气得安禄山死去活来，叫军士扶上了马。吩咐不要回第，竟到太师李林甫府中来。门上人通报了，请禄山进去。一声云板，李林甫出来与禄山相见。林甫道："节度公为何满面愠气，此来必有缘故？"禄山尚自气喘喘地半响作声不得。直待吃了一道花，方才开言道："惊动老太师多多有罪。禄山因适才受了两个酒鬼的恶气，特来告诉。"林甫道："什么人敢冲撞节度公。"禄山道："今日圣上在兴庆宫与贵妃娘娘饮宴，禄山进去，蒙圣上赐酒三觞。从金马门出来，遇了李太白、葛太古二人，吃得烂醉，开口就骂。"遂将适才的言语一一告诉出来。林甫听

了道："天下有这等狂放之徒,如今节度公又将怎样?"禄山道："不过要求太师与禄山出这一口气。"林甫沉吟一会,想葛太古曾拒绝我亲事,正要算计他。不想他自己寻出这个对头来,正中计谋。便笑一笑道："节度公,我想葛太古这厮,摆布他甚是容易。只是李白这酒鬼,倒难动摇他。"禄山问道："李白为何难动摇呢?"林甫道："他恃着几句歪诗儿,圣上偏喜欢他。旧年春间,圣上在沉香亭赏牡丹,叫李白做了什么《清平调》,大加叹赏,赐了一只金斗。他就在御前连饮了三斗,醉倒在地,自称臣是酒中之仙,喝叫高力士公公脱靴。是日醉了,圣上命宫人念奴扶出宫去,着内侍持了金斗宝炬送他回宇。这等宠他,我和你一霎时如何就动弹得。"禄山道："圣上却怎生如此纵容他。"林甫笑道："节度公的洗儿钱尚然纵容了,何况这个酒鬼。"禄山也笑了一声道："如今先摆布那葛太古,太师如何计较?"林甫道："这有何难,你作成一本,劾奏葛太古诽谤朝政,谩骂亲臣。激起圣怒,我便从中撺掇。那老儿看他躲到哪里去。待除了葛太古,再慢慢寻李白的衅端便了。"禄山道："都承太师指教,只是那桩事,不可迟延,明日朝房早会。"说完,两个作别。明早各自入朝。禄山将参劾葛太古的本章呈进,明皇批下,台阁议奏。李林甫同着众官,在政事堂会议。林甫要将葛太古谪戍边卫山中。又有几个忠鲠的官儿,再三争辩,议将葛太古降三级,调外任用,谪授范阳郡金判。议定复行奏闻,圣上允议。

　　旨意下了,早有报房人报入葛太古衙内。葛太古看了圣旨,忙进内向明霞小姐说知。道："我儿,只因我前日同李供奉在金马门经过,乘醉骂了安禄山。那厮奏闻圣上,将我谪贬范阳金判。我平日对官位最看得恬淡,那穷通得失,倒也不在心上。只是我儿柔姿弱质,若带你赴任,恐不耐跋涉之劳,若丢你在家又恐被仇家暗算。去就难决,如何是好?"明霞听说,眼含着泪说道："爹爹仓悴遭遭,孩儿自当生死不离。况孩儿年幼,又无母亲在堂,家中并无别个亲人照管。爹爹不要三心两意了,儿死也要随着父亲前去的。"太古道："既是如此,也不须胡思乱想,吩咐家人侍女们一齐收拾,服侍你随我去便了。"里边说话,

外边早有家人进来传说："大司马差着官儿,赍了牌票,来催老爷起身,要讨过关结状哩。"太古道："你去回复他,说我明早就起行,不须催促。"家人应了出去。又有人进来道："安禄山差许多军士,在门首乱骂。我们向前与他讲,倒被他打哩。"太古道："这个小人不要睬他便了。"差人一面去催车辆、人夫、牲口,一面在家忙忙收拾了一日一夜。次早拜辞了家庙,吩咐家人侍女,都随往住所。一来路上好照管服侍,二来省得留在家中,恐又惹出是非。只留一个精细的家人,并毛老儿在家看守。将前门封锁了,只许看家的在后门出入。自己拂衣上马,小姐登舆,随从男女各自纷纷上了车辆牲口,将行装拴束停当,行出都门。只见贺知章、杜子美与那起祸的李太白,与一班平日相好的官员,都在十里长亭饯别。太古叫车辆先行,自己下马与众相见。各官奉上酒来,太古一一饮了。又赠了许多饯别的诗章,各各洒泪上马而别。太古赶上了小姐一行人,一程程走去,饥食渴饮,夜住晓行,不则一日,来到范阳郡金判衙门上任,毕竟葛小姐与钟景期后来如何相逢,待下回慢慢说来,便知分晓。

卷之二

第五回　忤当朝谪官赴蜀

诗曰：

　　志气轩昂未肯休，英雄两眼泪横流。

　　秦庭有剑诛高鹿，汉室无人问丙牛。

　　野鸟空啼千古恨，长安不尽百年愁。

　　西风动处多零落，一任魂飞到故丘。

　　前面已将葛太古谪贬的缘由，尽行说过，此回再接入钟景期的话来。却说钟景期一团高兴，一团殷勤，来拜葛御史。忽见重门闭锁，并无人影。景期心中嘀咕，便叫一个长班，到莲英儿巷里，唤冯元到寓所来问他。长班应着去了，自己怏怏地上马而回。看官听说，大凡升降官员，长安城中自然传说，怎么葛太古这些事体，钟景期全然不知呢？原来葛太古醉骂权臣，遭冤被遣这几日，正值钟景期被虢国夫人留在家里，所以一毫也不晓得。是日回寓，卸了冠带坐定。不多时，长班已唤冯元进来，冯元见了，磕了四个头道："小人闻得老爷中了，就要来服侍的，只因这几日为迎接进士的马匹，通是太仆寺承值的，故此小的不得工夫，直到今早才得闲。小的已具了一个手本，辞了本官，正要来投见老爷，不想老爷差人来唤小人，小人一定跟随老爷了。望老爷收用。"景期道："你是我旧人，自然收你。"吩咐长班："将我一个名帖送至太仆寺，叫将马夫冯元名字除去。"长班应办去

了。冯元又跪下谢了一声。景期道:"起来,我有要紧的话问你。那葛御史家,为着何事将大门封锁?你定知道的,与我细细说来。"冯元道:"不要说起,一桩天大的风波,使葛老爷的性命险些儿不保。"景期忙问,冯元便将那金马门前骂了安禄山,被他陷害,谪贬范阳的事情,细细说将出来。

景期听得,慌忙问道:"如今他家的小姐在哪里?"冯元道:"他家小姐也随他去了。"景期暗暗叫苦,打发冯元出去。

那冯元做了新状元的大叔,十分快活,叫人到家里搬了行李,自己又买了一件皂绢直身大顶罗帽,在外摇摆。只苦得景期,一天好事忽成画饼,独自坐在房中长叹。想道:"我若早中了半个月的状元,这段婚姻已成就了。"又想道:"他若迟犯了半个月的事,我去央求虢国夫人替他挽回一番。"又想到:"他自去了,留得小姐在家也好再图一面。"又想:"就是小姐在此,我如今碍着官箴,倒不能像前日的胡行乱闯。"左思右想,思量到帕诗酬和、婢女传情私会、花前稍伸鸾约这种种情景,不觉扑簌簌地坠下泪来。

少顷,外面送晚饭进来。景期道:"我心绪不佳,不要吃饭,须多拿些酒来与我解闷,不要你在此斟酒。你自出去!"伺候人应着出去了。景期自斟自饮,一杯一杯,又是凄楚一回,恼恨一回。外面送进四五壶酒,通吃在肚子里,便叫收去碗盏,在房里又坐了一会,思量这事通是李林甫、安禄山二人弄坏的。我在林下时,即闻得此辈弄权误国、屠戮忠良,就有一番愤懑不平,今日侥幸成名,正欲扫清君侧奸邪。不想那二人坏我好事,如何放得过他,不免轰轰烈烈参他一场,也不枉大丈夫在世一生。一时乘了酒兴,将一段儿女柔情变作一派英雄浩气。就焚起一炉好香,穿了公服,摆开文房四宝,端端坐了,写起本来。本上写道:

翰林承旨臣钟景期,诚惶诚恐,稽首顿首谨奏,为奸相窃操国柄,渎乱朝纲,伏沥愚忱,仰祈睿鉴事:臣闻万乘之尊,威权不移于群小;九重之家,聪明不蔽于敛衽。故欲治天下,必先择人;欲择人材,必清君侧。此微臣下伏草莽之时,因夙夜不忘,思得陈一得之愚,以报皇恩千万之一也。

今陛下不弃鄙陋,厕臣讲院,目击权臣僭窃,不敢不以窥管之见,谬为越俎之谈。窃见宰相李林甫、节度安禄山,中外交通,上下侧目。舌摇簧鼓,播人主若婴孩;眉蹙剑锋,杀官民如草芥。官爵之升迁,视金钱之多寡;刑狱之出入,觊贿赂之有无。腹心暗结于掖

庭,爪牙密饰于朝右。陷尽忠良,固彼党羽。种种凶恶,擢发难数。

臣固知投鼠忌器,不敢以怒螳挡车。第恐朝政日非,奸谋愈炽,将来有不可知者。故不避斧钺之诛,以请雷霆之击也。如果臣言不谬,伏祈陛下敕下廷尉,明正其罪,或窜遐荒、或膺斧锧。举朝幸甚,天下幸甚。臣不胜激切屏营之至。谨奏。

景期写完了本,不脱公服,就隐几假寐待旦。到得五鼓进朝,那早期的常套不必细说。景期将本章呈进内阁,各官俱散。只有李林甫、杨国忠二人留在阁中办事。少顷,司礼监将许多本章来与李、杨二太师票拟。二人接了,将各官的逐一看过。有的是为军需缺乏之事,也有为急选官员之事,也有为地方灾异事,也有为特参贪贿事,也有为请决大狱事,也有为边将缺员事,也有为漕运衍期事。李、杨二人一一议论过去。及看到钟景期一本,二人通呆了。将全本细细看完,李林甫拍案大怒道:"这畜生敢在虎头上做窠么?也罢,凭着我李林甫,一定要你这厮的驴头下来,教他也晓得我弄权宰相的手段。"杨国忠看了本,心里想一想,一来妹子虢国夫人曾为钟景期谆谆托咐,教我好生照顾;二来自己平日因李林甫百事总揽,不看国忠在眼里,所以也有些怪他。如今见他发怒,就解劝道:"李老先生且息怒。我想这轻躁狂生,摭拾浮言,不过是沽名钓誉,否则必为人指使。若杀了他,恶名归于太师,美名归于钟景期了。以我愚见,不若置之不问,反见李老先生的汪洋大度。"李林甫道:"杨老先生,你平日间也是最怪别人说长道短的,今日见他本上只说我,不说你,所以你就讲出这等不担斤两的话儿。我只怕唇亡齿寒,他既会劾我,难道独不会劾你。况且他本内的'腹心暗结于掖庭'这句话,分明道着禄山出入宫闱的事,连令妹娘娘也隐隐诋毁在内了。"这几句话,说得杨国忠低首无言,羞惭满面,作别先去了。

李林甫便将本儿票拟停当,进呈明皇御览。原来高力士、杨贵妃都曾受虢国夫人的嘱托,也在明皇面前极力救解,以此钟景期幸而免死。明日批出一道圣旨:

> 钟景期新进书生,辄敢诋毁元宰亲臣,好生可恶。本应重处,姑念新科榜
> 首,着谪降外任,该部知道。

旨意下了,铨部逢迎李林甫,寻个极险极苦的地方来检补,将钟景期降授四川石泉堡司户。报到景期寓所,景期不胜恼怒。思量那明霞小姐的姻缘,一发弄得天南地北了。又想要与虢国夫人再会一面,诉一番苦情。谁想李林甫、安禄山差人到寓所来,立时赶逐出京,不许一刻停留。那些长随伺候人等,只得叩头辞别。

景期收拾了东西,叫苍头与冯元陪同出了都门,到乡间坟堂屋里来住下。思量消停几日,然后起身。可恨那李林甫明日绝早,又差人赶到乡间来催促。景期只得打点盘缠,吩咐苍头仍旧在家看管坟茔。冯元情愿跟随前去,就叫安排行李马匹。停当了,吃了饭,到父母坟上痛哭了一场,方才揽衣上马。冯元随着而行,望西进发,一程一程地行去。路又难走,景期又跋涉不贯,在路上一月有零,只走得二千余里,方才到剑门关。正值五月,天气炎蒸。那剑门关的旁边是峭壁危崖,中间夹着大涧,山腰里筑起栈道,又狭又高。下面望去,有万丈余深水中长短参差的凌峭石笋,有成千上万。涧水奔腾冲击,如雷声一般响亮。一日只有巳午二时,有些日光照下,其余早晚间惟有阴霾黑瘴。住宿就在石洞中开张,并无屋宇。打尖时节,还有那些不怕人的猢狲跳在身旁边看人吃饭。景期到了此际,终日战战兢兢,更兼山里热气逼将下来,甚是难行。且又盘缠看看缺少,心上又忧,不觉染成一病。勉强走了三五日,才出得剑门关的谷口,景期正要赶到有人烟的去处将养几日。不想是日傍晚时候,忽然阴云密布,雷电交加,落下一场雨来。好大雨,但见:

括地风狂,满天云障。括地风狂,忽喇喇吹得石走砂飞;满天云障,黑漫漫遮得山昏谷暗。滂沱直泻,顷刻间,路断行人;澎湃中倾,转盼处,野无烟火。千村冷落,万木悲号。砰訇一声霹雳,惊起那深潭蛟蟒欲飞腾;闪烁一道电光,照动那古洞妖魔齐畏缩。若不是天公愤怒,也许是龙伯施威。

这一场大雨,足足下了一个时辰。众客伴诚恐赶不上宿头,不顾雨大,向前行去。只有钟景期因病在身,如何敢冒雨而走。回头望见山凹里露出一座寺院,便道:“冯元,快随我到那边躲雨去。”策马上了山坡,走到门前,见是一个大寺,上面一块大匾,写着:“永定禅寺”,山门半开半掩。

景期下了马,冯元将马栓在树上,随着景期进去。行过伽蓝殿,走到大殿上来,见冷冷清清,香也没人点一炷。景期合掌向佛拜了三拜。出了殿门,走至廊下,见三四个和尚赤脚露顶,在那边乘凉。景期向前欠身道:“师父们请了。”内中有一个回了问讯。那些和尚睬也不睬,各自四散走开。连那回问讯的也不来交谈,竟自去了。

景期叹了一声,脱下湿衣,叫冯元挂起晾着。自己就门槛上坐了,冯元也盘膝坐在地上。景期道:“冯元,如何这里的和尚这等大样?”冯元道:“岂但这里,各处的贼秃通是这等的。若是老爷今日前呼后拥来到此间,他们就跪接的跪接,献茶的献茶,留斋的留斋,

千老爷,万老爷,千施主,万施主,掇臀呵屁地奉承了。如今老爷这般模样,叫他们怎地不怠慢。"他这边说,那边早有几个和尚听见,便交头接耳地互相说道:"听那人口内叫什么老爷,莫非是个官么?"内中一个说:"待我问一声就知道了。"便来问景期道:"请问居士仙乡何处,为何到此?"冯元接口道:"我家老爷是去赴任的。因遇了雨,故此来躲一躲。"和尚听见说是赴任的官员,就满面撮拢笑来道:"既如此,请老爷到客堂奉茶。"景期笑了一笑,起来同着和尚走进客堂坐了。和尚们就将一杯茶献上,景期吃了。和尚又问道:"请问老爷选何贵职。"景期道:"下官为触忤当朝,谪贬四川石泉堡司户。"和尚暗道:"惭愧,我只道是大大官府,原来是个司户。谅芝麻大的官有什么好处,倒折了一杯清茶了。"心里想着,又慢慢走了开去,依旧一个人也不来睬了。

景期坐了一会,只见又是一个和尚在窗外一张,把冯元看了又看,叫道:"你是冯道人,如何在此?"冯元听得,奔出来见了道:"啊呀,你是人鉴师父,为何在此?"看官,你道冯元为何认得这人鉴?原来当景期打发他出来后,就投在人鉴庵里,做香火道人。后来人鉴为了奸情事逃走出来,在此永定寺里做住持僧。这日听见有个司户小官儿到他寺里,所以了来张看。不期遇到了冯元,便问道:"你一向不见,如何跟着这个满面晦气色的官人到此?"冯元听了道:"你休小觑他,这就是我旧主人钟老爷,是新科状元,因参劾了当朝李太师,故此谪官到此。"人鉴道:"幸是我自己出来,不然几乎得罪了。"慌忙进去打个深深的揖道:"不知贵人远来,贫僧失礼,未曾迎迓,望乞恕罪。"又连忙吩咐收拾素斋,叫冯元牵了马匹进来,又叫将草与马吃。请景期到方丈中坐了,用了斋。天已夜了,人鉴道:"今日贵人降临荒山,万分有幸。天色已晚,宿店又赶不上,不如就在小庵安歇了罢。老爷的铺盖都已打湿,不堪用了。后面房里有现成床帐,老爷请去安置。这湿铺盖也拿了进去,待我叫道人拿盆火来烘干了,明日好用。"景期道:"多承盛情,只是打搅不当。"人鉴道:"说哪里话。"说着点了灯头,带景期走过了十数进房子,将景期送入一个房里,便道:"老爷请,贫僧告退,明早来问安。"景期感谢不尽。因行路辛苦,身子又病,见床帐洁净,不胜之喜,倒在床上就睡了。冯元在床前将湿衣湿被摊开,逐一烘焙。至更余要大解,起来忙出房门,见天上下过了雨,已是换了一个晴天。新月一弯,在树梢上挂着。冯元又不认得寺里的坑厕在何处,只管在月光之下闯来闯去,走到前边,摸着门上已下锁了。只觉得门外火光影影,人语嘈嘈。冯元心中疑惑,从门缝里一张,只见人鉴领着七八个胖大和尚,手中通拿着明晃晃的刀儿。人鉴道:"师兄们,我当初在长安居住时,晓得钟状元是个旧家子弟,此来毕竟有钞。况且你们方才曾怠慢他,我虽竭力奉承,只怕他还要介意。这

个人,说是李阁老尚敢动他一本,必是难惹的。我们如今去断送了他,不惟绝了后患,且得了资财,岂不是好。"众和尚道:"既如此,我们进去行事罢。"人鉴道:"且住,这时节料想他有翅儿也没处飞去了。我们厨下的狗肉正烧得烂了,且热腾腾地吃了,再吃几杯酒壮壮胆,方好做事。"众和尚都道:"有理。"便一哄儿到厨下去了。

　　冯元听得分明,吓得魂飞天外,魄散九霄,连大解也忘了,慌忙转身飞奔。每一重门槛都跌一跤,连连跌了四五个大筋斗,跑入房中,掀开帐子,将景期乱推道:"老爷不好了,杀将来了,快些起来。"景期在睡梦里,惊醒道:"冯元为何大惊小怪?"冯元道:"老爷不好了。方才我听见人鉴领着众和尚,持了刀斧要来害你,须快快逃走。"景期听了,这一惊也不小,急忙滚下床来问道:"如今从哪里出去?"冯元道:"外面门已锁了,只有西边一个菜园门开着哩,那边或有出路。"景期道:"行李马匹如何取得?"冯元道:"哪里还顾得行李马匹,只是逃得性命就好了。"景期慌了手脚,巾也不戴,只披着一件单衣,同冯元飞奔菜园里来。冯元将土墙推倒,搀着景期走出。谁想道路错杂,两人心里又慌,如何辨得东西南北,只得攀藤附葛,捱过山崖。景期还喘息未定,身边一阵腥风,林子里跳出一只吊睛白额虎来,望着景期便扑。不知性命如何,且听下回分解。

第六回　逢义士赠妾穷途

词曰：

迭迭云山，回首处，客心愁绝。最伤情，目断西川，梦归地阙。芳草路迷行骑缓，夕阳驴偕征人咽。问苍天，何事困英雄？关山别。合欢花，被吹折。连理枝，凭谁接。望天涯，镇日衷肠郁结。万里雾深文豹隐，三更月落乌啼血。叹孤身，南北任飘蓬，庄周蝶。

右调《满江红》

话说钟景期与冯元在寺中逃出，心里慌张，也不顾有路无路，披荆带棘，乱窜过山嘴。忽跳出一只大虫来，望景期身上便扑，景期闪入林中叫声"啊呀！"吓倒在地。冯元也在林子里吓得手软脚酥，动弹不得。那大虫因扑不着人，咆哮发怒，把尾巴在地下一剪，刮得砂土飞卷起来，忽喇一声虎啸，震得山摇谷动，望着林子又跳将入来。冯元正没理会，只见那虎扑地一声跌翻了，在地上乱滚。那边山坡上一个汉子，手提钢叉飞奔前来，举起叉望着虎肚上连戳两戳。那虎鲜血迸流，死在地上。冯元看那汉子，什么模样：

身穿虎皮袄，脚踏鹰嘴鞋。眼似铜铃，须如铁戟。身长一丈，腰大十围。错认山神显圣，无疑天将临凡。

那汉子戳死了虎，气也不喘一喘，口里说道："方才见有两个人，哪里去了。"就转入林里来寻。冯元慌忙跪下道："可怜救命。"那汉子扶住道："你这人好大胆，如何这时候还在此行走？若不是俺将药箭射倒那孽畜，你倒连命几乎断送了。"冯元道："小人因跟随主人钟状元来此，适才误入永定寺中，奸僧要谋害我主仆，知风逃窜到此，行李马匹通在寺中

哩。"汉子道:"你主人叫什么名字?既是状元,为何不在朝中,却来此处?"冯元道:"我主人名叫钟景期,为参劾了李林甫,谪贬石泉堡司户。因此路经这里。"汉子道:"如此说是个忠臣了,如今在哪里?"冯元指着道:"那惊倒在地的就是。"汉子道:"待我去扶他。"便向前叫道:"官人苏醒。"冯元也来叫唤了十数声,景期才渐渐醒转。汉子轻轻扶他起来。他还半晌站立不得,靠着松树有言没气问道:"唬杀我也,是什么人救我?"汉子道:"休要害怕,大虫已被俺杀死了。"景期道:"多谢壮士救命之恩。"汉子道:"这是偶然相遇,非有意来救你,何须谢得。"景期道:"如今迷失了路径,不知该往哪里去,望壮士指引。"汉子道:"官人好不知死活。我这里名叫剑峰山,山中魍魉迷人,虺蛇布毒,豺狼当道,虎豹满山。就是日里也须结队而行,这时便如何走得?也罢。我敬你是个忠臣,留你主仆两人到我家中暂宿一宵,明日走路未迟。"景期道:"家在何处?"汉子道:"就在此山下。"景期道:"壮士刚才说这山中如此厉害,怎生住得?"汉子道:"俺若是害怕,不敢独自一人在此杀虎了。俺住此二十年,准准杀了一百余只大虫了。"景期道:"如何有许多虎?"汉子道:"俺若隔两个月不杀虎,身子就疲倦了。不要讲闲话,快随我下山去。"说罢,将死虎提起来,背在身上,手挂钢叉,叫声:"随我来!"大踏步向前竟走。景期与冯元拽着手,随后而行。心里又怕有虎跳出来,回头看看后边。三人走了里许,山路愈加险峻,那汉子便如踏平地一般。景期与冯元瞪着眼,弯着腰,扯树牵藤,一步一跌,好生难挨。那汉子回头看了这光景,叹道:"你们不理会走山路,须是大着胆,挺着腰,硬着腿,脚步儿实实地踏去才好。若是心里害怕,轻轻踏去,就难于走了。"景期、冯元听了,依着言语,果然好走了。又行了二三里,早见山下林子里透出灯光。那汉子在林子外站着不走。景期道:想"已到他家门首,一定是让我先走,所以立定。"便竟向林子中走去。汉子忙横着钢叉拦住道:"你休走,俺这里周围通埋着窝弓暗弩,倘误踏上了,就要害了性命。你二人扯着我衣袂,慢慢而走。"景期、冯元心里暗暗感激,扯了他衣袂走了进去。早到黄砂墙下,一扇毛竹小门儿闭着。汉子将钢叉柄向门上一筑,叫道:"开门。"里面应了一声,那门儿呀地开了,见一个浓眉大眼的长大丫鬟,手持灯,让他三人进去。那汉子将虎放在地下,向丫鬟道:"这是远方逃难的官人,我留他在此歇宿。你去向大姐说,快收拾酒饭。"丫鬟应了,拖着死虎进去了。汉子将钢叉倚在壁上,请景期到草堂上施礼坐定。景期道:"蒙壮士高谊,感谢不尽。敢问壮士高姓大名?"汉子道:"俺姓雷名万春,本贯涿州人氏。先父补授剑门关团练,挈家来此。不想父母俱亡,路远回去不得,就在此剑峰山里住下。俺也没有妻室,专一在山打猎度日。且有一个亲兄,名唤雷海清,因少年触了瘴气,双目俱瞽,没什好做,在家学得一手好琵琶羯鼓。因往成都赛会,名儿就传入京师。天宝二年,被当今皇帝选去,充做梨园典乐郎官,他也并无子嗣,只生一女儿。先嫂已亡,自己又是瞽目之人,不便带女儿进京。所以留在家中,托俺照管。只有适才出来那个粗蠢丫鬟在家,服侍答应不周,郎君休嫌怠慢。"景期道:"在此搅扰不当,雷兄说哪里话。"外面说话,里面早已安排了夜饭。那个丫鬟捧将出来,摆在桌上。是一盘鹿肉,一盘野鸡,一盘薰兔,一盘腌虎肉,一大壶烧酒。雷万春请景期对面坐下,又叫冯元在侧首草屋里面坐了,也拿一壶酒,一盘獐肉与他去吃。万春与景期对酌谈心,吃了一回,万春道:"近日长安光景如何?"景期道:"因今李林甫掌握朝纲,安禄山阴蓄异志,出入宫闱,肆无忌惮,只怕铜驼遍生荆棘,石马埋没蒿莱,此景就在目前矣。"万春道:"郎君青年高拔,就肯奋不顾身,尽忠指佞,实是难得,只是你窜贬遐方,教令尊堂与尊夫人如何放心得下?"景期道:"卑人父母俱亡,尚未娶妻。"万春听了,沉吟了一会道:"原来郎君尚未有室,俺有句话儿要说,若是郎君肯依,俺便讲,若是不依,俺便不讲了。""兄是我救命恩人,有何见谕,敢不领教。"万春道:"家兄所生一女,名唤天然,年已及笄,尚未字人,俺想当今天下将乱,为大丈夫在世,也要与朝廷干几桩事业。只因舍侄女在家,这穷乡僻壤,寻不出个佳婿。俺故此经年雌伏,不能一旦雄飞。今见郎君翰苑名流,忠肝义胆,况且青年未娶,不揣葑菲,俺要将侄女奉操箕帚,郎君休得推却。"景期道:"萍水相逢,盛蒙雅爱,只是卑人虽未娶妻,却曾定聘。若遵台命,恐负前盟,如何是好?"万春道:"郎君所聘是谁家女子?"景期道:"是御史葛天民的小姐,名唤明霞,还是卑人未侥幸之前相订的。"万春道:"后来为何不娶?"景期道:"葛公也为忤了安禄山,降调范阳去了。"万春道:"好翁婿,尽是忠臣,难得难得,也罢,既如此说,俺一言既出,驷马难追,愿将舍侄女赠予郎君,备位小星,虚位以待葛小姐便了。"景期道:"虽然如此说,只是令侄女怎好屈她,还须斟酌,不可造次。"万春景期道:"郎君放心,舍侄女虽是生长山家,颇知闺训。后日妻妾夫妇之间,定不误你。况你此去石泉堡,也是虎狼出没所在。俺侄女亦谙窝弓藏箭之法。随你到任,不惟暂主频烦,还好权充护卫,不须疑惑,和你就此堂前一拜为定罢。"景期立起身来道:"台意既决,敢不顺从,请上受我一拜。"万春也跪下去,对拜了四拜。复身坐了,那长丫鬟又拿出饭来。万春看了,笑一笑道:"还有一桩事,一发做了。这丫鬟年已二十,气力雄壮,赛过男子。俺叫她是勇儿,想盛价毕竟也未有对头。俺欲将她二人一发配成夫妇,好同心协力地服侍你们,意下如何?"景期还未回答,那冯元在侧首草房里听见,慌忙奔到草堂上就叩头道:"多谢雷老爷,小人冯元拜领了。"景期、万春二人好笑。吃完了饭,各立起来,万春就取一本历书在手内道:"待我择一个吉日，就好成亲。"冯元道："夜里看了历头，要犯墓库运的，雷老爷不要看。"万春笑道："这厮好婆子话，听了倒要好笑。"揭开历本一看道："恰好明日就是黄道吉日，就安排成亲便了。"景期道："只是我的衣服都同着行李丢在永定寺里，明日成亲穿戴什么好？"万春道："不妨，你开个单来，俺明早与你讨来还你。他若不还，砍了他的光头来献利市。"景期道："不须开单，我身边有工码帐在此。"便在腰间取出帐来。万春接来一看，上边一件件写得明白：

大铺盖一副：内绸夹被一条，布单被一条，纩系裤一条，绒单一条。小铺盖一副：内布夹被一条，布单被一条，布裤一条，青布直身一件。捎马两个：内皂鞋一双，油靴一双，朔子两枝，茄瓢一只。拜匣一个：内书三部，等子一把，银锯一个，并笔砚纸墨图书等物。皮箱一只：内红圆领一件，青圆领一件，直身三件，夹袄三件，单衫三件，裤二条，裙一条，银带一围。纱帽盒一个：内纱帽一顶。外剑一把，琴一张，便壶一个。

万春看完道："还有什么物？"景期道："还有巾一顶，葛布直身一件，仓悴间忘在他房里。还有马匹鞍辔并驮行李的驴子，通不在帐上。"万春道："晓得了，管教一件不遗失。"说罢，进去提了两张皮出来，说道："山家没有空闲床褥，总是天气热，不必用被，有虎皮在此，郎君垫着，权睡一宵。那张鹿皮冯元拿去垫了睡。"说罢，放下皮儿进去了，景期与冯元各自睡了。

明早起身，见勇儿捧一盆水出来说道："钟老爷洗脸，二爷吩咐叫钟老爷宽坐，不要在外面去闯。"景期道："你二爷呢？"勇儿道："二爷清早出去了。"景期在草堂中呆呆坐了半日，到辰牌时分，只见雷万春骑着景期的马，牵着驴子，那些行李通驮在驴背上，手里又提着一个大筐子，有果品香烛之类在筐子内，到草堂前下了马。那冯元看见，晓得讨了行李来了，连忙来搬取。

万春道："俺绝早到那秃驴寺中，一个和尚也不见，只有八十余岁的老僧在那里。俺问他时，他说昨晚走了什么钟状元，诚恐他报官捕捕，连夜逃走了。那住持人鉴放心不下，半夜里还在山上寻觅，却被虎咬去吃了。有道人看见逃回说的。"景期道："天道昭昭，何报之速也。"万春道："你的行李马匹通在此了。俺又到那秃驴房内搜看，见有果品香烛等物，俺想今日做亲通用得着的，被俺连筐子拿了来，省得再去买，又要走三四十里路。"

景期道:"亲翁甚费心了。"两人吃了饭。万春叫冯元跟出去,去了一会回来。冯元挑着许多野鸡野鸭鹿腿猪蹄,又牵着一只羯羊。万春叫勇儿接进去了。少顷,一个掌礼、两个吹手进来。那掌礼人原来兼管做厨子的。这还不奇,那吹手更加古怪,手里正拿着一个喇叭、一面鼓儿,并没别件乐器。一进来,就脱下外面长衣,便去扫地打水,揩台抹凳。原来这所在的吹手兼管这些杂事的。景期看了只管笑。见他们忙了一日,看看到夜,草堂中点起一对红烛,上面供着一尊纸马,看时却是一位顶盔贯甲的黑脸将军。景期不认得这纸马,问道:"这是什么神?"雷万春道:"这是后汉张翼德老爷,俺们这一方通奉为香火的。"景期听了,作了一揖。

掌礼人出来高声道:"吉时已届,打点结亲。"景期就叫冯元拿出冠带来换了。冯元也穿起一件青布直身。那吹手就将喇叭来吹了几声,把鼓儿咚咚地只管乱敲。掌礼人请景期立了,又去请新人出来。那新人打扮倒也不俗,穿一件淡红衫子,头上盖着绛纱方巾。就是勇儿做伴,搀扶着出来,拜了天地,又遥拜了雷海清。转身拜雷万春,万春也跪下回礼。然后夫妻交拜完了,掌礼人便请雷万春并景期、天然三人上坐,喝唱冯元夫妇行礼。那勇儿丢了伴婆脚色,也来做新人,同冯元向上拜了两拜。掌礼人唱道:"请新人同入洞房。"景期与天然站起身来,勇儿又丢了新人脚色,赶来做伴婆,扶着天然而走。冯元拿了两支红烛在前引导。那吹鼓手的鼓儿一发打得响了,景期只是暗笑。进入房里坐定,吹手又将喇叭吹了三声,鼓儿打了三遍,便各自出去。

雷万春吩咐勇儿送酒饭进去。景期看着天然,心里想道:"这天然是山家女子,身子倒也娉婷,只不知面貌生得如何?"走近来,将方巾揭开一看。原来又是个绝世佳人,有一首《临江仙》为证:

> 秀色可餐真美艳,一身雅淡衣裳。眼波入鬓翠眉长。不言微欲笑,多媚总无妨。原只道山鸡野鹜,谁知彩凤文凰。山灵毓秀岂寻常。似花花解语,比玉玉生香。

景期看了不胜之喜,吃了几杯酒,叫勇儿收了碗盏,打发她出去与冯元成其好事。自己关了房门,走近天然身边,温存亲热了一番,倚到床边解衣就寝。一个待字山中,忽逢良偶;一个迤遭途次,反遇佳人。两人的快活,通是出于意外。那种云雨绸缪之趣,不待言而可知。

话休絮烦。景期在雷家住了数日，吩咐冯元、勇儿都称雷天然为二夫人，那雷天然果是仪容窈窕，德性温和，与景期甚相恩爱。

景期恐赴任太迟，就与雷万春商议起身赴任。一面叫收拾行李，一面去雇了一辆车儿、五头骡子来。雷万春道："此去石泉堡，尚有千余里，比郎君经过的路更加难走。俺亲自送你们前去。"景期感激不已。择了吉日，清早起身。

景期一骑马在前，天然坐着车儿，冯元、勇儿各骑一头骡子，万春也骑着骡子押后。尚余两个骡并景期原来的一个驴子，通将来驮载行李家伙，一行人上路而行。又过了许多高山峻岭、鸟道羊肠，方才到得石泉堡。

那司户衙门，也有几个衙役来迎接，景期择日上任，将家眷接进衙门住下。景期将册籍来查看，石泉堡地方虽有四百里方圆，那百姓却只有二百余户，一年的钱粮不上五十两，一月的状词难得四五张。真正地广人稀，词轻讼简。景期心里倒觉快活，终日与天然弹琴下棋，赋诗饮酒。雷万春又教景期习射试剑，闲时谈论些虎略龙韬。

一日，景期正与天然焚香对坐，只见万春

走进来道："俺住此三月有余，今日要别你二人，往长安寻俺哥哥。一来报侄女喜信，二来自己也寻个进身进步。行李马匹俱已收拾停当，即刻就走。快暖酒来与我饯行。"景期道："叔翁如何一向不见说起，忽然要去，莫非我夫妇有什得罪么？"万春道："你们有什得罪，俺恐怕郎君侄女挽留，故此不说。哪知俺已打点多时了。"天然忙叫勇儿安排酒肴来。景期斟满了酒，双手奉上，万春接来饮了。又饮了十数大杯，抹着嘴说道："郎君与侄女珍重。俺此去，若有好处，再图后来聚首。"景期道："叔翁且住，待我取几两银子与叔翁做盘费。"万春道："盘费已有，你不必虑得。"天然道："待孩儿收拾几种路菜与叔叔带去。"万春道："一路里山蔬野味吃不了，要路菜做什？"天然又道："叔叔少停一会，待孩儿写一封书与爹爹，就是我相公也须寄一个通候信儿去。"万春道："俺寻见你父亲，自然把家中事体细细说与他知道，要书启何用？俺就此上路，你们不必挂念。"景期、天然无计留他，只是两泪交流，望着万春双双拜将下去。万春慌忙回礼，拜了四拜。冯元与勇儿也是眼泪汪汪地来叩了四个头。万春看见天然悲泣，便道："侄女不必如此，你自保重。"说完，向景期拱了一恭，竟自上马而去。景期也忙上了马，叫冯元与几个衙役跟了，赶上来相送，与万春并马行了二十余里。景期只管下泪。万春笑道："丈夫非无情，不洒别离泪，郎君怎么这个光景？"景期道："叔翁的大恩未报，一旦相别，如何不要悲惋。"万春道："自古道，送君千里，终须一别，后会有期，不须眷恋。郎君就此请回。"钟景期见天色晚了，只得依允。两人跳下马来，又拜了四拜，作别上马。景期自领了冯元、衙役回衙门不题。

却说万春匹马上路，经过了无数大州小县，水驿山村。行了两个多月，不觉到了长安，寻个饭店歇下，便去问主人家道："你可晓得那梨园典乐官雷海清寓在哪里？"主人家道："他与李龟年、马仙期、张野狐、贺怀智等一班儿乐官，都在西华门外羽霓院里，教演许多梨园子弟。客官顺他怎的？"万春道："我特为要见他，故不远千里而来，明早相烦指引。"只见旁边站着一条大汉厉声说道："我看你相貌堂堂，威风凛凛，怎不去勠力为国家建功立业，却来寻这瞽目的优伶何干？"万春听见，忙向前施礼。不知这人是谁，且听下回分解。

第七回　禄山儿范阳造反

诗曰:

　　愁见干戈起四海,恨无才能济生灵。

　　不如痛饮中山酒,真到太平方始醒。

　　话说雷万春在饭店中,寻问哥哥雷海清住处。忽见旁边一人向他说道:"看你威风凛凛,相貌堂堂,似非凡品,为何去寻那瞀目的雷海清?况他不过是个梨园乐工,难道你去屈膝婴人,枉道希求进用么?"万春道:"台兄在上,俺非是屈膝婴人,俺乃涿州雷万春,向来流落巴蜀。因海清是俺家兄,故此要来见他。"那人道:"如此,小弟失言了。"万春道:"请问台兄尊姓大名?"那人道:"小弟姓南名霁云,邠州人也。一身落魄,四海为家。每叹宇宙虽宽,英雄绝少。适才见兄进门,看来是个好汉,故此偶尔相问。若不弃嫌,到小弟房中少坐,叙谈片时,不知可否?"万春道:"无意相逢,盘旋如此,足见盛情,自当就教。"霁云遂邀万春到房中,叙礼坐定。万春道:"请问南兄到此何干?"霁云道:"小弟有个故人,姓张名巡,乃南阳邓州人氏。先为清河县尹,后调浑源,近闻他朝觐来京,故此特来寻他。我到得长安,不想他又升了睢阳守御史,出京去了。我如今不日就要往睢阳投见他去。"万春道:"兄要见他何干?"霁云道:"我见奸人窃柄,民不聊生,张公义气薄云,忠心贯日,我去投他,不过是辅佐他与皇家出一臂死力耳。"万春道:"如此说来,原与不才志同道合,俺恨未得遇逢,时怀郁愤。兄既遇此义人,不才愿附骥尾,敢求台兄挈带同往。"霁云道:"若得兄同心勠力,当结为刎颈之交,死生相保,患难相扶。"万春道:"如此甚妙,请上受我一拜。"霁云道:"小弟也该一拜。"两个跪下,对拜了四拜。万春道:"明日去见过家兄,便当一同就道。"霁云道:"既为异姓骨肉,汝兄即我兄也,明早当同去拜兄。"是晚,霁云将银子付与主人家,备了夜饭,二人吃了,各自睡下。

明日二人携手入城，问到西华门羽霓院前。万春央守门人通报进去。不多时，守门人出来请道："爷请二爷进去，小人在前引导。"将南、雷二人引到典乐厅上。早见雷海清身穿绣披风，头戴逍遥巾，闭着一双眼睛，一个清秀童子扶着出来，倚着柱子立定，仰着脸，挺着胸，望空里只管叫道："兄弟来了么，在哪里？"万春向前扶着道："哥哥，兄弟在这里。"定睛一看，见海清鬓发已斑，须髯半白，不觉愀然下泪，便道："愚弟在此拜见哥哥。"捧着海清的手跪将下去。海清也忙跪下，同携了起来。万春道："愚弟有个盟兄南霁云，同在此拜你。"海清又望着空里道："瞽目之人失于迎迓，快请来相见。"霁云向前施礼道："南霁云拜揖了。"海清慌忙回了揖道："此间有子弟们来打混，可请到书房中去坐。"便吩咐安排筵席，三人同入书房。南霁云坐了客位，海清坐主位，万春坐在海清肩下。海清将手在万春身上只管摸，又嘻嘻笑道："兄弟的身材长得一发雄伟了，须儿也这般长了。好！好！祖宗有幸，与雷氏争气必吾弟也。"万春道："愚弟十年不见哥哥，失于问候。不想哥哥的须鬓这般苍了。"海清听了掉下泪来道："我为朝廷选用，不得回家。我又将女儿累着兄弟，不知如今曾将她嫁人否？"万春道："若说侄女，哥哥但放心。愚弟已替她配得个绝妙的好对头了。"海清道："嫁了谁人？"万春便将遇了钟景期，将侄女嫁他，随他赴任的话，一一说与海清听了。海清道："好！好！那钟景期是个参奏李林甫的忠臣，女儿嫁得他，我无憾矣。"万春道："如今李林甫那厮怎么了？"海清道："他自窜贬钟景期之后，不知那虢国夫人为什切齿恨他，与高力士、杨国忠常在圣上面前说李林甫弄权欺主，擅逐忠良。圣上遂罢了他的相，使他忧愤成疾而死了。"万春道："那李林甫已死，朝廷有幸了。"海清道："咳！你哪知道，还有大大一桩隐忧哩。自李林甫死后，安禄山没了接应，只靠一个贵妃娘娘。那杨国忠又着实怪他，也常常陈奏他的反情。禄山立脚不定，央贵妃说项，封他为东平郡王，领范阳、平卢、河东三道节度使，兼河北诸路采访署行台仆射，统属文武节制将领，驻扎范阳，二月前赴任去了。"南霁云大叫道："不好了，禄山此去，正如猛虎归山，青龙入海，天下自此无宁日矣。"海清道："我乃残废之人，已不能有为。然每鼓雍门之瑟，便思击渐离之筑。南兄与吾弟如此英雄，何不进身效用，以作朝廷保障。"霁云道："不才正有此意，故欲同令弟前往张睢阳处。只是贤昆玉阔别数年，方才相会，恐怕不忍骤然分袂。"海清道："大丈夫志在四方，何必作儿女子的恩爱牵缠之态。"霁云拍掌大笑道："妙，妙，优伶之中，有此异人，几乎失敬了！"说话之间，外面筵席已定，请出上席。那雷海清虽是个小小乐官，受明皇赏赉极多，所以做事甚是奢富。筵席之间，就叫几个梨园子弟来吹弹歌舞。这是他卖物当行，不消说得。海清就留霁云与万春住了数日。霁云、万春辞别，海清又治酒送行。二人别了他,出城到寓所中取了行李,一齐上马登程,向睢阳进发。在路登山涉水,露宿风餐,经了些"鸡声茅店月,人迹板桥霜"。

不一日到睢阳,二人进城歇下。在店中各脱下路上尘沙衣帽,换了洁净衣服,带上包巾。霁云写了名帖,万春是未曾见过面的,不敢具束,备了谒帖,叫店小二跟了,径投守御使衙门上来。恰值张巡升堂理事,只见闹嚷嚷的健步军牢,杂沓沓的旗牌听用。也有投文的,也有领文的,也有奉差的,也有回销的,也有具呈的,也有塘报的。军民奔走,官役趋跄。南、雷二人站了半晌不得空处。见有一个中军产进辕门来,霁云便向前作揖道:"若是张老爷堂事毕了,敢烦长官通报一声,说有故人南霁云相访,帖儿在此,相恳传达。"中军道:"通报得的么?"霁云道:"岂敢有误长官。"中军道:"如此少待。"说着进去,又隔了一会,那中军飞也似奔出来道:"南爷在哪里?老爷请进相见。"霁云叫声"有劳!",整衣而入。张巡降阶迎接上堂,忙叫掩门,霁云道:"且慢,有一涿州雷万春与弟八拜之交,他因想慕英风,同来到此,欲求一见,未知可否?"张巡道:"既蒙不弃而来,快请相见。"中军高声应了,飞奔出去,请雷万春入来。万春手持谒帖,将欲跪下。张巡向前扶住道:"岂敢,岂敢。不嫌鄙才,惠然赐顾,理应倒屣,岂敢踞床。"吩咐掩门,后堂相见。三人转入后堂,叙礼已毕,分宾主坐定。先是霁云与张巡叙了些阔别情由。茶过一通,张巡便向万春道:"下官谬以菲才,兹叨重任。方今权臣跋扈,黎庶疮痍,深愧一筹未展,足下此来,必有以教。"万春道:"卑人山野愚蒙,惭无经济,辱蒙垂问鄙陋,敢不披肝沥胆,以陈一得之愚。窃见安禄山久蓄异谋,将来祸不旋踵,明公所镇睢阳,当江淮要冲,直东南之锁钥。为今之计,莫若修葺城垣,训练士卒,屯积粮草,作未雨绸缪之算。一旦贼人窃发,进可以勤王剿逆,退可以守地保民,此所谓防患于未然,愿明公熟筹之。"张巡道:"诚快论也。南兄有何妙见?"霁云道:"自古道,天时不如地利,地利不如人和。以我愚见,尚当与郡守同志,加恩百姓,激以义气,抚以惠政,使民和顺逆之道,定向背之心。外可驱之杀贼,内可令其保城。上下相睦,事无不济矣。"张巡道:"妙哉,妙哉!得二公相助,睢阳有幸矣。"即吩咐摆宴洗尘。二人起身方要告辞,只听得外面传鼓,门上传禀进来,说有范阳郡王钧帖,差官要面投禀见。张巡道:"此来必有缘故,二公少坐,待下官出堂发放了再来请教。"别了二人,一声云板升堂。外边吆喝开门,便唤范阳镇差官进见。那差官手持钧帖,昂昂然如入无人之境,步上堂来,向张巡作了一揖,递上钧帖。张巡拆开一看,原来是要筑雄武城,向睢阳借调粮食三千石,丁夫一千名,立等取用。张巡看罢,向差官道:"本衙门又非属于郡王,为何来取用丁粮?"差官道:"若是郡王统辖地方,就行文去提调了。因睢阳是隔属,

所以钧帖上说是借用。"张巡道："朝廷设立城堡,已有定额,为何又要筑城?"差官道："添筑军城,不过是固守边疆,别无他故。"张巡冷笑道："好一个别无他故!我且问你,郡王筑城,可是题请朝廷,奉旨允行的么?"差官道："王爷钦奉圣恩,便宜行事,量筑一个小小城池,何必奉旨。"张巡大怒道："安禄山不奉圣旨,擅自筑城,不轨之谋显然矣,我张巡七尺身躯,一腔热血,但知天子诏,不奉孽藩书。"说罢,须眉倒竖,切齿咬牙,将安禄山的钧帖扯得粉碎,掷在地下,向差官道："本要斩你这驴头,函送京师,奏闻反忧,兴师诛剿。可怜你是个无知走狗,不堪污我宝刀,权寄下此头,借你的口,说与安禄山知道,教他快回心转意,弃职归朝,束手待罪,尚可赦其性命。若是迷而不悟,妄蓄异谋,只怕天兵到来,把他碎尸万段,九族全诛,那时悔之晚矣。左右,与我打那厮出去。"堂下吆喝一声,押四五十条木棍,齐向差官身上没头没脑地乱打。那差官抱头鼠窜,奔出衙门去了。

张巡掩门退堂,怒犹未息,复与南、雷二人坐定。雷万春道："我二人在屏后,见明公发放那差官,最为快畅,即此即可吓破逆贼之胆矣。"南霁云道："禄山知此消息,不日就举兵反矣,不可不预为提备。"张巡道："此间郡守姓许名远,亦是忠义之士,明日便请来商议,就权请屈尊二公为左右骁骑将军,统率将士。"二人称谢。上席饮酒,谈论战守之策不题。

却说安禄山的差官被张公打出,唬得魂不附体,慌忙出城,不分昼夜奔回范阳,不敢去回复安禄山,先去见那大将尹子奇,把张睢阳的话一五一十地说与尹子奇知道。子奇大惊,忙上马到府上来见禄山,也把差官传来的话说了。禄山听罢,大怒道："孤招军买马,积草屯粮,俱已停当。因范阳乃根本之地,故此加筑外城,名为雄武城。已将次筑完,方欲举事。这张巡敢如此无礼!也罢,一不做,二不休,事已至此,丢不得手了。你可与我昼夜督工筑城,要三日完工,如迟,尽把丁夫坑杀,快去,快去。"尹子奇答应去了。又唤大将史思明,吩咐备一道矫诏,选一个无须标致军人,充为内奸,只说京中下来,至期在皇华亭如此如此,史思明也应着去了。又吩咐世子安庆绪,教他齐集人马,二日后在教场等候。安排已定,传令军士,在城中大小衙门飞报,三日后有圣旨到来,传各官迎接。那些军士果然往各衙门传报,报到金判葛太古衙门来,葛太古也自打点接旨。

原来葛太古自贬范阳金判,领了明霞小姐和家人婢女赴任之后,不上半年,恰好那冤家对头安禄山也分藩此地。太古就推托有病,不出理事。安禄山因要团结人心,假装大度,不来计较,因此太古得以安然。只是明霞小姐一腔幽恨,难向人言。只有红于知她心

事。看见登科录上，钟景期中了状元，二人暗自欢喜。及见邸报上说钟景期参劾了李林甫、安禄山，谪贬石泉堡司户，却又背地伤悲。思量与钟景期一段风流美事，眷恋绸缪，便纷纷落泪。红于再三劝解，只是不乐。不久恹恹染成一病，终日不茶不饭。有时闷托香腮，有时愁抱上腕。看看臂宽金钿，腰褪罗裙，非愁非恼，心中只是恹煎；不痒不痛，肠内总然郁结。勉强寄情笔墨，无非是含愁蓄怨，并无淫艳之词。她的诗赋颇多，不能尽述。只有《感春词》二阕，更为蕴藉，调寄《踏莎行》：

其一：

> 意怯花笺，心慵绣谱，送春总是无情绪。多情芳草带愁来，无情燕子衔春去。　　倚遍栏干，钏易几许，望残山水濛濛处。青山隔断碧天低，依稀想得春归路。

其二：

> 昨夜疏风，今朝细雨，做成满地和烟絮。花开若使不须春，年年何必春来住。　　楼前莺飞，帘前燕舞，东君漫把韶光与。来知春去已多时，向人还作愁春语。

是日，明霞正与红于在房中闲话，忽见葛太古进来，向明霞道："我儿可着红于将我吉服收拾停当，明早要去接旨。"明霞道："朝廷有何诏旨？"太古道："报事的只说有圣旨到来，不知为着何事。"明霞连忙吩咐红于，取出吉服放在外边。次早，太古穿扮停当，出衙上马，来到皇华亭。

只见安禄山并合城文武官员，俱在那里伺候。太古向前，勉强各各施礼。少停半刻，内官赍着诏书已到。众官跪接，上马前导，鼓乐迎进城内。一路挂红结绿，摆列香案，行到教场中演武厅前，各官下马跪在厅下，厅上内官展开诏书高声宣读：

> 奉天承运皇帝制曰：朕惟，丞相杨国忠专权恃宠，壅蔽宸聪。除越礼僭分轻罪不坐外，其欺君误国，重罪难容。朕欲斩首示众，第以椒房之亲，恐伤内官兄妹之情。几欲削官罢职，诚恐蒺藜之祸难除。咨尔东平郡王安禄山，赤心报国，

即命尔掌典大兵，入朝诛讨，以靖国难。部下文武，听尔便宜调处，务使早奏厥功。钦此！

安禄山率众官，山呼万岁已毕。请过圣旨香案，禄山就上演武厅，面南坐下，开言道："孤家奉旨讨贼，不可迟延，即于今日誓师。孤家便宜行事，今就将你等文武官员，各加一级，荣封一代，你等可谢恩参贺。"众官听了，面面相觑。内中有等阿谀逢迎的，并一班助恶之徒，便要跪下，只见葛太古自班中走出来，厉声高叫道："安禄山反矣，众官不可参贺。"众皆大惊。安禄山见太古挺身上厅，便对他笑道："你是葛金判么？今番在我手下，尚敢强项。我劝你不如归顺于我，自有好处。若是不从，立时斩首示众。你须三思。"太古道："你这反贼，还要将言来说我么？我葛太古身受国恩，恨无能报效，断不能屈身顺你千刀万剐的奸贼。"安禄山大怒，喝叫刀斧手即刻推出斩首报来。刀斧手答应，向前绑缚了。方要推出开刀，旁边走过尹子奇来，告道："这厮辱骂王爷，死有余辜。但杀了此人，反成就了他的美名，莫若将他监禁，令彼悔过投顺。一来显大王的汪洋度量，二来誓师吉期，免得于军不利。"禄山道："卿言甚善。"便吩咐将葛太古监禁重囚牢内，昼夜拨兵巡逻，不许家人通信。左右应了，牵着葛太古去了。尹子奇与史思明又道："大王起义兵，除奸诛恶，宜先正大位，然后行师。"禄山道："卿言有理，今日我自立为大燕皇帝，册立安庆绪为太子，尹子奇为左丞相、辅国大将军，史思明为右丞相、护国大将军。杨朝宗、史朝义、孙孝哲为骠骑将军。改范阳镇为雄武军都。"克日兴师，拨杨朝宗、孙孝哲为先锋，自己统大兵三十万，南下武牢，进取东西二京。又拨尹子奇、史思明领兵十万，南取睢阳，留安庆绪与史朝义镇守雄武根本之地。旨意一下，那各官谁敢不依，只得摆班。参贺已毕，禄山摆驾回去。次日，禄山与尹子奇，各统军马出城，分头进发，只见：

悲风动地，杀气腾空。剑戟森严，光闪闪青天飞雪；旌旗缭绕，暗沉沉白昼如昏。那巡阵官、巡警官、巡哨官、旗牌官，司其所事；金吾军、羽林军、虎贲军、神机军、水坐军，听其指挥。人绑头，马结尾，急煎煎星移电走；弓上弦，刀出鞘，惨伤伤鬼泣神愁。正是：

万众貔貅入寇来，挥戈直欲抵金台。

长城空作防边计，不道萧墙起祸胎。

那军马浩浩荡荡，分为两路：一路向武牢进发，一路向睢阳而去。安庆绪送父亲出城，然后回去，吆吆喝喝地进城。行到一个衙门前经过，见有巡城指挥的封条贴着。安庆绪在马上问道："这是谁人的衙门?"军士禀道："这是葛金判的衙门，有家眷在内。"安庆绪道："就是那老贼的衙门么？那厮是个反贼，恐有奸细藏在里面，将士们与我打进去搜一搜。"军士答应一声，一齐动手打将进去，不知明霞小姐怎样藏躲，且看下回分解。

第八回　碧秋女雄武同逃

诗曰：

云想衣裳花想容，青春已遇乱离中。

功名富贵若常在，得丧悲欢总是空。

窗里日光飞野马，檐前树色隐房栊。

身无彩凤双飞翼，油壁香车不再逢。

话说葛明霞听得安禄山造反，父亲被他监禁，差人到监问候，又被禁卒拦阻，不许通信。衙门又被巡城指挥封了，正在房中与红于忧愁哭泣。忽见外面乒乒乓乓打将进来，家人奔进说道："小姐不好了，安太子打进来了。"明霞惊问道："哪个安太子？"家人低声说："就是安禄山的儿子安庆绪。"明霞听了，大哭一声，昏倒在地。那安庆绪领着众军，一层一层地搜进来，直到内房，就扯住一个丫鬟，拔出剑来，搁在她颈上问道："你快快直说，葛太古的夫人在哪里？若不说就要砍了。"丫鬟哭道："我家没有夫人的，只有一位小姐。"庆绪指着红于道："这可是小姐么？叫什么名字？"丫鬟道："这是红于姐姐，我家小姐叫明霞，倒在地下的就是。"庆绪收剑入鞘，喝叫丫鬟们："与我扶起来！"众婢将明霞扶起。庆绪向前一看，见明霞红晕盈腮，泪珠满颊，呜呜咽咽，悲如月下啼鹃；袅袅婷婷，弱似风前杨柳。安庆绪这厮看得麻木了，忙喝军士退后，不要上前惊吓小姐。自己走近前来，躬身作揖道："不知小姐在此，多多惊动得罪。"明霞背转身子立着，不去睬他，只是哭。庆绪道："早知葛金判有这等一位小姐，前日说不要骂我父王，就是打我父王，也不该计较他。如今待我放出你令尊，封他作大大官儿，我便迎小姐入宫，同享富。明日我父王死了，少不得是我登基，你就做皇后，你父亲就是国丈了，岂不妙哉。"明霞听了大怒，不觉柳眉倒竖，杏眼睁圆，大喝一声道："呔！你这反贼，休得无礼。我家累世簪缨，传家清白。见你一班狗奴作乱，恨不得食汝之肉，断汝之骨，寝汝之皮，方泄我恨。你这反贼不要想错了

念头。"庆绪见她如此光景，知道一时难得她顺从。待要发怒，又恐激她寻死，心中按下怒气，来在中厅坐定。明霞在房里只是大哭大骂，庆绪只做不知。在中厅坐了一会，吩咐唤李猪儿来讲话，军士应着去了。一面叫军士将葛衙里一应什物细软，尽行搬抢，把许多侍女一齐缚了，命军士先送入宫，又将他老幼家人一十八名，也都下了监。军士一一遵命而行。不多时，李猪儿唤到，向庆绪叩了头，问道："千岁爷呼唤，有何令旨？"庆绪道："葛太古的女儿葛明霞，美艳异常，我欲选她入宫。叵耐这妮子与那老头儿一般的性格，开口便骂，没有半毫从顺的意思。我想，若是生巴巴地抢进宫中，倘然啼哭起来，惊动娘娘知道，倒要吃醋拈酸，淘她恶气。我故此唤你来，将葛明霞与侍女红于交付与你，领回家去，慢慢地劝喻她。若得她回心转意，肯顺从我，那时将那娇滴滴的身体搂在怀中，取乐一回，我就死也甘心了。你这李猪儿，不消说，自然扶持你个大大富贵。"李猪儿道："千岁爷吩咐，敢不尽心，正是，待她心肯日，是我运通时。"庆绪道："好，好，须要小心着意。"说罢，将明霞、红于交与李猪儿，自己上马回宫去了。

看官，你道那李猪儿是谁？原来是个太监，当日明皇赐与禄山的。庆绪要将明霞、红于二人托人劝喻，思量别的东西好胡乱寄在别人处，这标致女子岂是轻易寄托的。所以想着这个没鸡巴的太监是万无一失的，故此叫他来，将明霞、红于交与他。李猪儿领命，就叫军士唤两乘轿子，将她主婢二人抬进李太监衙内来。

原来这李猪儿生性邋遢懒惰，不肯整理衙署。衙里小小三间厅堂，厅后一边是厨房，一边是空闲的耳房，后面三间就是李猪儿睡觉的所在。明霞、红于被猪儿锁在耳房中，两人相对哭泣。坐了半日，看看夜了，也没人点火进来，也没人送饭进来。明霞哭问红于道："安庆绪那贼今日虽去，日后必再来相逼。况我爹爹平生忠耿，必死贼人之手，今生料不能父女团圆了，不如寻个自尽吧！"红于道："小姐不可如此，老爷被贼监禁，自然有日出来，小姐岂可先寻死路？况钟郎花下之盟，难道付之东流了？"明霞道："若说钟郎，越发教人寸肠欲断。我想他谪贬万里遐荒，云山阻隔，未知他生死如何。想起三生凤愿，一笑良缘，天南地北，雁绝鸿稀。我如今以一死谢钟郎，倘钟郎不负奴家，将杯酒浇奴坟上，让他对着白杨青冢哭我一场，我死亦瞑目矣。"红于道："小姐为钟郎死，死亦何恨。只是老爷又无子嗣，只有小姐一点骨血。小姐还是少缓须臾之死，以图完聚。"明霞道："我自幼丧了母亲，蒙爹爹劬育，岂不欲苟延残喘，以事严亲。只是安庆绪早晚必来凌逼。倘被贼人玷污，那时死亦晚矣。我胸前紫香囊内的一个同心方胜儿，就是与钟郎唱和的两幅绫帕。我死之后，你可将来藏好，倘遇钟郎，你须付与他，教他见帕如见奴家。我那红于呀！我

和你半世相随,知心贴意,指望同享欢娱,不想今日在此抛离,好苦杀人也。"红于道:"小姐说哪里话,若得老爷死忠,小姐死节,独不带挈红于死义乎?况红于与小姐半步儿不肯相离,小姐既然立志自尽,红于自然跟小姐前去,在黄泉路上也好服侍小姐。"明霞大哭道:"红于呀,我和你不想这般结果,好苦呀!"两人泪眼对着泪眼,只一看,不觉心如刀刺,肝肠欲断,连哭也哭不出了,只是手扶着手,跌倒在地。只见门外火光一耀,一声响处,那门上锁儿开了。一个老妪推门进来,后边跟着个垂髫女子,手持一灯,向桌上放了。那老妪与女子一齐扶起明霞、红于。老妪就道:"小姐不须短见,好歹有话与老身从长计议。"明霞见是两个女人,方始放心。红于偷眼看那老妪,生得骨瘦神清,不像个歹人。及仔细把那女子一看,却好一种姿色,但见:

态若行云,轻似能飞之燕;姿同玉立,娇如解语之花。眉非怨而常颦,腰非瘦而本细。未放寒梅,不漏枝头春色;含香豆蔻,半舒叶底奇芳。只道是葛明霞贞魂离体先游荡,还疑是观世音圣驾临凡救苦辛。

那女子同着老妪,向前与明霞施礼坐定。明霞道:"妈妈此来为何?莫非为反贼来下说词么?"老妪道:"老身奉李公公命令而来,初意本是要下说词。方才在门外听见小姐与这位姐姐如此节烈,如此悲痛,不觉令人动了一片婆心。小姐不须悲泣,待我救你脱离虎口,何如?"明霞道:"若得如此,便是再生大人矣。请问妈妈尊姓?"老妪道:"老身商氏,嫁与卫家,夫君原是秀才,不幸早年弃世,只生这个小女,名唤碧秋。老身没什么营生,开个鞋铺儿,母子相依活命。只因家住李公公衙门隔壁,故此李监与我熟识。方才将你二人关在家中,他因今夜轮值巡城,不得工夫在家,又不便托男子来看守,所以央及老身。一来看管你,二来劝喻你。他将衙门的钥匙都付与我,又恐有军兵来罗唣,付我令牌一面。我因家中没人,女儿年幼,不便独自在家,故此一同过来。我想那安庆绪这厮,他父亲在此还要淫污人家妇女,如今一发肆无忌惮了。我那女儿年方十六,姿容颇艳,住在此间,墙薄室浅,诚恐露她耳目,也甚忧愁。连日要出城他往,奈城门紧急,没个机会。今日天幸李猪儿付与我令牌,我和你如此如此,赚出城门,就可脱身了。"明霞道:"若是逃走,往何处投奔去好?"卫妪道:"附近城池都是安禄山心腹人镇守,料必都已从贼,只有睢阳可以去得。"明霞道:"如此竟投睢阳去便了。"卫碧秋道:"且住,我们虽有令牌,只是一行女子,没一个男人领着,岂不被人疑惑。倘若盘诘起来,如何了得?"明霞道:"正是,这便如

何是好?"卫碧秋指着桌上道:"这不是李猪儿余下的冠带在此。我如今可把此衣帽穿戴起来,到城门如此如此,自然不敢阻挡了。"卫妪道:"我儿之言,甚为有理。"三人以为得计,明霞也就停哀作喜,独有红于在旁血泪交流,默然肠断。明霞问她道:"红于,我和你自分必死,不期遇着卫妈这等义人,方幸有救,你为何倒如此悲惨。"红于道:"小姐在上,红于有一言相告。安贼属意的不过是一小姐,如今小姐逃遁,明日李猪儿、安庆绪知道,必差军士追赶,我们鞋弓袜小,哪经得铁骑长驱。红于仔细想来,小姐虽是暂逃,只怕明日此时依旧被贼人拿获了。"明霞道:"如此,怎生是好?"红于道:"红于倒有一计在此。"明霞道:"你有何计?"红于道:"如今只求小姐将衣服脱下与红于穿了,待我触死阶前,你们自去逃走。那反贼见了,只道小姐已死,除去妄想,不来追缉了。"明霞道:"红于说哪里话,我和你虽是主婢,情同姊妹,方才我欲寻死,你便义不独生。如今我欲偷生,岂可令你就死,这是断断使不得的。"红于道:"蒙小姐养育,如骨肉相待,恨无以为报,今日代小姐而死,得其所矣。若小姐不允红于所请,明日被他擒拿,少不得也是一死,望小姐早割恩情,待红于引决。"说罢,便去脱明霞衣服。明霞抵死不肯。卫妪与碧秋道:"难得红于姐这片好心,小姐只索依了她吧!"明霞不肯,只是哭。卫妪、碧秋向前脱下她衣服来,红于穿了。碧秋道:"红于姐穿着小姐这衣服真似小姐一般,尽可迷安贼之眼矣。"红于哭道:"与小姐说话,只在这顷刻,此后再无相见之期了。小姐请坐,待红于拜别。"明霞哭道:"你是我的大恩人,还是你请坐了,待我拜你。"二人哭作一团,相对而拜。卫妪与碧秋道:"如此义人,我母子也要一拜。"红于道:"我红于当拜你母子二人,万望好生看顾我的小姐,贱人在九泉之下也得放心。"说罢,卫妪、碧秋也掉下许多泪来。三人哭拜已毕,红于起来便向阶下走去。回头看了明霞一眼,那血泪纷纷乱滚。明霞大恸,心中不忍,方要向前去扯,那红于早向庭中一块石上,将头狠撞下去,鲜血迸流而死。明霞看了叫道:"可怜我那红于呀!"一声哽咽,哭倒在地,连那卫妪、碧秋心中也惨痛不过,忙去搀扶明霞,叫了好一会,方才苏醒过来。卫妪道:"小姐且停哭泣,醮楼已交三鼓了。事不宜迟,可速速打点前去。"碧秋便将李猪儿的太监帽戴了,又穿起一件紫团龙的袍儿。卫妪道:"我儿倒俨然是个内官模样,只是袍儿太长了些。"碧秋道:"倒是长些好,省得脚小不便穿靴。"卫妪便将令牌与碧秋藏在袖里道:"你二人稍停,待我外面去看一看光景,然后出去。"说罢,走出去了,一会进来道:"好得紧,李猪儿只留四个小监在家,今晚又有两个随着去巡城了。只有一人把门,一人在厨房后睡熟了。我们快快走吧。"碧秋扶明霞出了房门,向外而来。卫妪在前,明霞战兢兢地跟着,碧秋扮内监随在后边。走到衙门首,卫妪悄地将锁来开

了。只见把门的小监睡在旁边，壁上挂一盏半明不暗的灯儿，碧秋忙把灯儿吹灭了。卫姬就呀的拽开大门，小监在睡梦里惊醒道："什么人开门？"卫姬道："是我，卫妈妈，因身上冷了，回去拿一条被就来。里头关着葛明霞，你须小心，宁可将门关好了，待我来叫你再开。"小监说："妈妈真是好话，我晓得了。"这边卫姬说话，那边碧秋扯着明霞，在黑地里先闪出门去了，卫姬也走出来，小监果然起来将门关上。卫姬忙到隔壁，开了自己的门，叫明霞、碧秋进去坐了。自己打起火来，向明霞道："你须吃些夜饭好走路，只是烧不及了。有冷饭在此，吃些吧！"明霞道："我哭了半日，胸前堵塞，哪里吃得下。"碧秋道："正是连我的胸也塞紧了，不须吃吧！"卫姬道："有冷茶在此，大家吃一杯吧！"明霞道："口中烦渴，冷茶倒要吃的。"三人各吃了两杯。卫姬又领明霞到房中去小解了，母子二人也各自方便，就慌忙收拾些细软银钱，打个包裹儿卫姬挈着，也不锁门，三人竟向南门而走。到得城门，已是四鼓了，碧秋高声叫道："守门的何在？"叫得一声，那边早有两个军人，一个拿梆子，一个拿锣，飞奔前来，问道："什么人在此？"碧秋道："我且问你，今夜李公公巡城，可曾巡过么？"门军道："方才过去了。"碧秋道："咱就是李公公差来的，有令牌在此，快传你守门官来讲话。"门军忙去请出守门千户来与碧秋相见。碧秋道："咱公公有两位亲戚，着咱家送出城去，令牌在此，快些开门。"守门官道："既是李公公亲戚，为何日里不走，半夜里才来叫门？"碧秋道："你不晓得，方才千岁爷有旨，自明日起，一应男女不许出城了。因此咱公公知了这个消息，连夜着咱送去。"守门官道："既然如此，李公公方才在此巡城，为何不见吩咐我？"碧秋道："你这官儿好呆。巡城乃是公事，况有许多军士随着，怎好把这话来吩咐你。也罢，省得你狐疑，料想咱公公去还不远，待咱赶上去禀一声，说守门官见了令牌不肯开门，请他亲自转来与你说便了。"守门官慌了道："公公不须性急，小将职司其事，不得不细细盘诘，既说得明白，就开门便了。"碧秋道："既如此，快些开门，咱便将此令牌交付与你，明日到咱公公处投缴便了。"守门官接了令牌，忙叫军士开门，放碧秋与卫姬、明霞三人出城去了，门军依旧锁好城门。到了次早，守门官拿了令牌，到李猪儿处投缴。一走到衙门前，只见许多军民拥挤在街坊上，大惊小怪。守门官不知为什，闪在人丛里探听。只见人说："昨夜李公公衙内撞死了葛明霞小姐，逃走了侍婢红于，有隔壁卫姬与碧秋同走的，还有令牌一面，在卫姬身边藏着哩。"守门官听了，吓得目瞪口呆，心里想着夜间的蹊跷事，慌忙回去，吩咐军士不要泄漏昨夜开门的话，就将令牌劈碎，放在火里烧了。这边李猪儿忙去禀知安庆绪。庆绪亲来验看，见死尸面上血污满了，只有身上一件鹅黄洒线衫儿，是昨日小姐穿在身上的。所以庆绪辨不出真假，只道死的真个是明

霞,便把李猪儿大骂道:"我把葛明霞交付与你,你如何不用心,容她死了?没鸡巴的阉狗奴才,这等可恶。"猪儿只是叩头求饶。庆绪道:"且着你把她盛殓了,你的死在后边。"说罢,气愤愤地上马,众军簇拥回去了。猪儿着人买一口棺木,将尸盛殓了,抬到东城空地上埋葬了。立一个小小石碑在冢前为记。上凿"葛明霞小姐之冢"七字。猪儿安排完了,暗想:"安庆绪这厮,恨我不过。若在此,必然被他杀害,不如离了这里吧!"计较停当,取了些金珠,放在身边,匹马出城,赶到安禄山营中,随征去了。

却说卫姬与明霞、碧秋三人赚出城来,慌慌张张望南而走。到个僻静林子里,碧秋将衣帽脱下来,撇在林中。三人又行几里,寻个饭店,到内暂歇,买些面来,做了许多饼,放在身边,一路里行去。那地方都被军马践踏,城池俱已降贼。三人怕有人盘诘,只得打从小路行走。担饥受渴,昼伏夜行。但见:

> 人民逃窜,男妇慌张。人民逃窜,乱纷纷觅弟寻兄;男妇慌张,哭啼啼抱儿挈女。村中亦无鸡犬之声,路上惟有马驮之迹。夜月凄清,几点青磷照野;夕阳惨淡,数堆白骨填途。尘砂飞卷,边城隐隐起狼烟;臭气熏蒸,河畔累累积马粪。正是宁为太平犬,果然莫作乱世人。

三人在路行了许多日子,看看来到睢阳界口,当道有一座石牌坊,上有"啸虎道"三字。卫姬道:"好了,我闻得人说,到了啸虎道就不远了。"说话之间,走上大路来。见两旁尽是长林丰草,远远有鼓角之声、旌旗之影。三人正在疑畏,忽见前边三四匹流星马儿飞跑而来,三人忙向草中潜躲。偷眼看那流星马上,通坐着彪形大汉,腰插令旗,手持弓箭,一骑一骑地跑过去了。到第四匹马跑到草中,忽然惊起一只野鸡,向马前冲过去。那马唬得直跳,闯下路旁来。马上的人早已看到明霞等三人,便跳下马来,向前擒捉。不知如何脱身,且听下回分解。

卷之三

第九回　啸虎道绐引赠金

词曰：

　　情凄切、斜阳古道添悲咽。添悲咽，魂销帆影，梦劳车辙。　　秦关汉川云千迭，奔驰不惯香肌怯。香肌怯，几番风雨，几番星月。

　　　　　　　　　　　　　　　　　　　　　右调《忆秦娥》

　　话说葛明霞、卫碧秋随着卫姬行到啸虎道上，忽遇游兵巡哨前来。你道那游兵自何处来的？原来是睢阳右骁骑将军雷万春与南霁云，协助张巡、许远镇守睢阳，那贼将尹子奇、史思明领着兵马前来攻打，已到半个月了，只因葛明霞三人，鞋弓袜小，又且不识路径，故此到得迟。这里贼兵与官军已经交战数次，当不过南、雷二将军骁勇绝伦。尹、史二贼将不敢近城，在百里处安营。城内张、许二公，因粮草不敷，一面遣南霁云往邻邦借粮；一面遣雷万春挡住要路，这啸虎道乃是睢阳门户，因此雷将军将兵马屯扎此处，昼夜拨游骑四处巡哨，探听军机，搜拿奸细。是当游骑见明霞等三人伏在草中，便喝问道："你那三个妇人，是从哪里来的？"卫姬慌了，忙答应道："可怜我们是范阳来的逃难人。"那游骑道："范阳来的，是反贼那边的人了，俺爷正要拿哩！"便跳下马来，将一条索子，把三人一串儿缚了。且不上马，牵着索儿就走，吓得明霞、碧秋号啕大哭，卫姬也惊得呆了，只得由他牵着。到一个营门首，只见三四个军士，拿着梆铃在营门上，见游骑牵着三个妇人来，便道："你这人想是活得不耐烦了么？老爷将令，淫人妇女者斩，掳人妇女者剥皮，你

如何牵着三个来,你身上的皮还想要留么?"游骑道:"哥们不晓得,那三个是奸细,故此带来见爷,烦哥哥通报。"军士道:"既是奸细,待我与你通报。"说罢,走到辕门边,禀了把辕门守备。守备道:"吩咐小心带着,待我报入军中去。"说着进内去了。卫姬偷眼看那营寨,十分齐整,四面布满鹿角、铁蒺藜。里边帐房密密,戈戟丛丛,旌旗不乱,人马无声。遥望中军一面大黄旗,随风飘扬,上绣着"保民讨贼"四个大金字。辕门上肃静威严,凛然可畏。不多时,只听得里边呜呜地吹起一声海螺,四下里齐声呐喊,放起三个轰天大炮,鼓角齐鸣,辕门大开。雷万春升帐,传出令来,吩咐哨官出去,将游骑所拿奸细,查点明白,绑解帐前发落。哨官领命到辕门上,问道:"游骑拿的奸细在哪里?"游骑禀道:"就是这三个妇人。"哨官道:"你在何处拿的?"游骑道:"她假伏在路旁草丛中,被小的看见擒获的。"哨官道:"原获只有这三名,不曾放走别人么?"游骑道:"只这三个并无别人。"哨官道:"既如此,快些绑了,随我解进去。"军士合应一声,向前动手,哨官又喝道:"将军向来有令,妇女不须洗剥,就是和衣绑缚了罢。"军士遵令,把明霞等三个一齐绑了,推进辕门。只见西边通是马军,铜盔铁甲,弯弓搭箭,一字儿排开。第二层,通是团牌校刀手。第三层,通是狼筅长枪手。第四层,通是鸟铳铜人手。人人勇猛,个个威风。直到第五层,方是中军。帐前旁边立着数十对红衣雉尾的刀斧手。又有许多穿勇字背心的军卒,尽执着标枪画戟,号带牙旗。帐下齐齐整整的旗牌、巡绰将佐,分班伺候。游骑带三人跪下。哨官上前禀道:"游骑拿的奸细到了。"万春见是三个女人,并无男子,便唤游骑问道:"这一行通是妇女,你如何知道她是奸细?"游骑道:"据她说是范阳来的,故此小人拿住。"万春道:"与我唤上来问她。"哨官将三人推上前跪下,万春道:"你这三个妇女,既是范阳人,到此作何勾当?"卫姬道:"小妇人是个寡妇,夫家姓卫,因此人都唤作卫姬。这一个是我女儿,名唤碧秋,那一个叫作葛明霞,因安禄山反叛,逃难到此。望将军起豁。"万春听见葛明霞三字,心里想道:"葛明霞名字好生熟的,在哪里闻得,怎么一时想不起?"又思想了一会,忽然想着,暗道:"是了,只不知可是她?"便问明霞道:"你是何等人家,为何只身同她母子逃难?"明霞两泪交流说道:"念葛明霞非是下贱之人,我乃长安人氏,父亲讳太古,原任御史大夫,因触忤权臣谪来范阳金判。近遭安禄山之乱,骂贼不屈,被贼监禁。奴家又被安庆绪凌逼,几欲自尽。多蒙卫姬母子挈出同逃,不想又遭擒掳。"说罢大哭。万春大惊道:"原来正是葛小姐。我且问你,尊夫可是状元钟景么?"葛明霞听见,却又呆了,便问道:"将军如何晓得?"万春道:"我与钟郎忝在亲末,以此知道。"明霞道:"奴家与钟郎,虽有婚姻之约,尚未成礼。"这句话一发合式了。万春慌忙起身出位,喝叫解去绑绳,连卫

姬、碧秋也放了，俱请她三人起来。万春向明霞施礼道："不知是钟状元的大夫人，小将多多得罪了。"明霞回了一福，又问道："不知将军与钟郎是何亲谊？"万春道："小将雷万春，前年因钟状元谪官赴蜀，偶宿永定寺，寺僧谋害状元，状元知觉，暮夜从菜园逃出，走到剑峰山，遇着猛虎，几乎丧命。彼时小将偶至此山看见猛虎，将猛虎打死，救了状元，留至家中。小将见他慷慨英奇，要将舍侄女配他为妻。他因不肯背小姐之盟，再三推却，小将只得将舍侄女与他暂抱衾裯，留着中馈，以待小姐。不期今日在此相遇，不知小姐如今将欲何往？"明霞道："各处城池，俱已附贼。闻得睢阳尚奉正朔，故特来相托。"万春道："小姐来迟了。五日前，城中尚容人出入，如今主帅有令，一应男妇，不许入城出城，违者立时枭首。军令森严，何人敢犯。"明霞道："如此怎生是好。"万春道："小姐休慌，好歹待小将与你计较便了。请小姐与卫姬母子在旁帐少坐。有一杯水酒，与小姐压惊，只是军中草草，又乏人相陪，休嫌怠慢。"就吩咐随身童子，领着明霞三人到旁帐去了。又叫安排酒饭，务要小心看待。左右应着，自去打点。

万春独坐帐中想道："明霞小姐三人到此，睢阳城又进不得，又不便留在军中。想明霞乃是长安人氏，不如教她竟回长安去罢。只是路上难走，须给她一张路引。"又想："这路引，要写得周到，不用识字辨稿。"叫左右取笔砚纸张过来，自己写出来道：

　　协守睢阳右营骁骑将军雷为公务事，照得范阳金判葛太古，不从叛寇，被禁贼巢，所有嫡女明霞，潜身避难，经过本营，已经讯问明白。查系西京人氏，听其自归原籍，诚恐沿途阻隔，合给路引护照。为此给引本氏前去，凡遇关津隘口，一应军兵盘诘，验引即便放行，不得留难阻滞。倘有贼兵窃发处所，该营讯官立拨健卒四名护送出界，勿致疏虞。如遇节镇刺史驻扎地方，即将路引呈验挂号，俱毋违错。须至路引者

计开：

女子一名葛明霞　系金判葛太古女，状元钟景期原聘室。

　　同行女伴二名卫姬、卫碧秋

　　　　　　　右路引给葛明霞等，准此。

天宝十四年九月　日给

　　　　　　　　　　　　　　　睢阳右营押

雷万春写完了，将朱笔来签了，又开出印来用了，将一张油纸包衬停当，自己取出白银三十两封好。不多时，明霞等三人用完酒饭，到帐中面谢。万春道："小姐，令尊既陷贼庭，万无再往范阳之理。钟郎又远谪巴蜀，一时未能相见。我想小姐原籍长安，故园想必无恙。为今之计，不如竟回长安去罢。"明霞道："路上难行，如何是好？"万春道："不妨，我有路引一张在此。若遇军兵拦阻，将速与他验看，可保无虞。又有白银三十两，送与小姐，为途中盘费。本该留住几日，怎奈军中不便。亵慢之罪，望小姐容恕。"说罢，将路引和银子交与卫姬收好。明霞道："感将军仗义周全，恩同覆载，待奴家拜谢。"说完拜将下去，万春忙跪下回拜了。卫姬、碧秋也来拜谢，万春欠身回揖道："你母子出万死一生之计，脱葛小姐于虎口，难得，难得！自今一路去，还仗小心照顾。"明霞等三人千恩万谢，作别而行。万春又拨军士四名，护送出界。军士领命，将三人送至睢阳界口，指引了路径，明霞等竟望西而去。军士回营，方才缴令，却见外面辕门上守备进营禀道："有雍邱守将令狐潮来拜将军，已到辕门了。"万春道："他乃邻封守将，此来必有缘故，快请相见。"守备答应出去，万春立在帐前等候。只见令狐潮步行入营，万春欠身相迎入帐，施礼坐定。令狐潮道："将军保障江淮，英名如雷贯耳，向恨无遇李之缘，今始遂识荆之愿，有言相告，望祈鉴纳。"万春道："某以袜线短才，当此南北要冲，贼势猖獗，不知将军有何良策？"令狐潮道："以将军之才，建功立名，易如反掌。只是如今朝廷，溺于衽席之私，惑于奸谗之口，荒淫失道，残戮彰闻。我和你冲锋冒矢，血汗淋漓，空与朝廷出力，天子哪里知道？况此睢阳，四面受乱，毫无险阻，倘被重围，那时外无援兵，内无粮草，如何是好？"万春道："如此说，终不然束手待毙不成。"令狐潮说："岂有束手之理，我想虽然智慧，不如乘势。方今大燕皇帝雄才大度，足与有为。"万春勃然变色道："住了！哪个大燕皇帝？"令狐潮道："就是安郡王新上的尊号。"万春大怒道："就是那安禄山这贼么，我知道你的来意了，你总是要用三寸不烂之舌来说我么？我雷万春一点赤心，天日可表，随你陆贾重生，张仪再世，也难说得铁石人心转，不必多言。"令狐潮道："我此来是好意，我在唐朝不过是个雍邱守将，自弃暗投明之后，即蒙大燕加为折冲大元帅，领兵协助尹子奇、史思明合攻睢阳。我因与将军向有邻封之谊，因此不便加兵，特来好言劝谕，倘将军迷而不悟，只恐玉石俱焚，那时悔之晚矣。"万春大喝道："令狐潮，你既降贼，便为敌人，谁与你称宾道主。我眼睛便认得令

狐潮,腰间宝剑却不认得。本待就擒你这反贼斩首示众,只是袭人未备,不是大丈夫所为,你快快回去,准备厮战。若再晓晓,决难宽恕了。"这一番话说得令狐潮满面羞惭,唯唯而退,出营上马。回到贼营,贼将尹子奇、史思明接着问道:"雷万春光景如何?"令狐潮就把雷万春的话,从头至尾,一一说了。尹子奇道:"若如此,须是整兵备战了。"史思明道:"那雷万春骁勇异常,难以力敌,明日交战,须要如此如此,这般这般,方得万全。"尹子奇、令狐潮道:"好计,好计。"三人商量了,打下战书到雷万春营里来。万春批下"来日决战。"也在军中打点迎敌。

次日官兵与贼兵齐出,两阵对围。门旗影里,雷万春出马,头戴三叉凤翅盔,身挂连环锁子甲,腰系狮蛮宝带,脚穿鹰嘴战靴,坐下追风骏马,手提丈八蛇矛,厉声大叫道:"反贼快来交战。"那贼阵上令狐潮出马,头装绛红巾,身披黑铁甲,手执长枪,腰悬利剑,睁圆怪眼,大叫道:"雷万春不听好人说话,今日与你决个雌雄。"雷万春大怒,更不打话,把矛直取令狐潮,令狐潮也举枪来迎。两般兵器盘旋,八只马蹄来往,好一场厮杀。但见:

> 尘卷沙飞,云低天惨。一个是尽忠效勇的唐室勋臣;一个是附势趋炎的贼营降将。一个点钢矛,无些破绽;一个梨花枪,没处遮拦。鸣金擂鼓,数声号炮震天关;呐喊摇旗,半指金戈留日影。胜负分时,转眼见血流满地;死生决处,回头望尸积如山。

二人战有三十余合,令狐潮敌不过雷万春,拨马败回本阵。万春将鞭梢一指,官军奋勇杀来,贼兵大败而走。万春紧紧追赶,约有数里,只见两旁尽是大林,阴翳深密,万春勒住马道:"且休追赶,此处恐有伏兵。"话说未了,早听见连珠炮响,四下里喊声大震,伏兵尽起。当先一骑马杀出叫道:"雷万春快快下马就缚,我尹子奇等候多时了。"万春大怒道:"你们这些反贼,将诡计来赚我。"即纵马来取尹子奇。子奇舞刀接战,不上二、三回合,令狐潮又回转兵来助战。万春力敌二将,全无俱色。争奈寡不胜众,贼兵不知有多少,重重围住。万春正在危急,只见外面一支军马杀来。当头一将勇猛如虎,手提宣花斧,东冲西撞,如剖瓜切菜一般,砍得那些贼兵七零八落,尹子奇、令狐潮大惊。不知那位将军是谁,且听下回分解。

第十回　睢阳城烹僮杀妾

诗曰：

> 杀气横空万马来，悲风起处角声哀。
> 年来战血山花染，冷落铜驼没草莱。

话说雷万春被贼兵围住，正在危急之际，忽有一支兵马杀来救援，万春就乘势溃围而出。尹子奇、令狐潮见来将勇猛，不敢追袭，收兵自回。万春马上定睛一看，原来救他的是南霁云。二人合兵一处，万春问道："南兄往临淮借军粮，如何却来此处救小弟？"霁云道："不要说起，小弟到临淮贺兰进明处告借兵粮，谁想那厮一名兵也不予，一石粮也不借，倒排起宴来叫一班歌儿舞女留恋小弟，要留我在彼一同应贼。我因此大怒，就席间拔剑斩下一指，立了誓言道：'斩了安禄山，必斩贺兰进明。'那贼见我愤怒，不敢加害，我便领着本部兵马回来。方才到啸虎道上，却见贼将史思明已占了道口，我正要与他厮杀，又有军人来报，说兄长被困于此，因此特来接应。"万春大惊道："不想啸虎道已被史思明袭了，这便如何是好。"霁云道："我和你再去夺转来便了。"二人一头说，一头驱兵前进。远远望见啸虎道上火起，二人慌忙领兵杀到。早有史思明向前拦路，南、雷二将更不打话，竟冲杀过来。史思明如何抵挡得住，正待败将下去。那尹子奇、令狐潮又引兵杀来，两边混杀一场。南、雷二将冲进啸虎道，只是旧塞已被人烧了，只得暂回城中来。见了张、许二公，备述上项事情。正说话间，有人来报道："贼兵把城池团团围住了。"忽有一人在许远身边转出来说道："既是贼兵围城，只可大家出去决一死战。"张巡喝道："军机重务，汝何人辄敢乱言。"许远道："此是小仆，名唤义僮。虽是臧获之徒，亦颇有忠烈之气。"张巡道："原来是盛价，我有一事用着他。"许远道："张大人有何事用着他？"张巡道："南、雷二将军只好应敌，城中仓廪无人看管，可拨兵一百随他，叫他点视粮草。"义僮叩头领命去了。

不多时，又有报来道："城外贼兵，攻打甚急。"张巡便吩咐南、雷二将去各门巡视，教将擂木炮石之类滚打下去，箭弩刀枪灰瓶在城上防守。南、雷二将依令在城严守，贼兵不能向前。

隔了月余，各门将佐都到张、许二公处报称缺箭。许公大惊。张公笑道："不妨。去传南、雷二将来。"附耳低言，如此如此。二将领计而去。密令军士，每人各束草人一个，头戴毡笠，身披黑衣。每一个用长绳一条系着，至二更时分，都将草人挂下城去。城头上呐喊起来，金鼓齐鸣。是夜月色朦胧，贼营中方始睡下。忽听到喊声震天，不知哪里兵马到来，人不及甲，马不及鞍，纷纷乱窜。尹子奇起来，站在营门首探望，见史思明飞也似跑来说道："我只道何处杀来，原来是城中许多兵，从城上爬下来，想必要来劫营了。"令狐潮穿着一只靴也奔来道："城上许多兵下来了，快去迎敌。"尹子奇道："他们既在城上下来，我们不要慌，快着军士尽发弓弩乱箭射去，不容他下城便了。"三个贼将一齐来到营门首，催督军士射箭。真个万弩齐发，望着草人射去。那睢阳军看见他们中计，呐喊一发响了。又将草人儿好似提偶戏的一般，一来一往，一上一下。贼人看见，箭儿射得越紧了。自二鼓起至四鼓，忽然天上云收雾散，推出一轮明月。有眼快的早看见是草人了。南、雷二将便命各军收起草人，高声道："多谢送箭。"那三个贼将，气得死去活来。睢阳城中各军，在草人身上拔下箭来，齐送至张、许二公处，计点共得箭五十六万二千有余。张、许二公就教南、雷二将，分派各军去了。

又隔了数日，探子来报道："新店地方有贼军搬运粮车几十辆来了。"适值义僮在旁听见，便道："仓里粮少，何不去抢来倒够几个月的吃哩。"张公道："此言甚合我意。"便拨雷万春领兵前去，义僮随去搬粮，南霁云在后接应，竟奔新店地方。果见一队兵马押着许多车辆，车上尽插黄旗，上写"军粮"两字。雷万春挥兵一掩，那押粮兵马尽弃粮车而去。义僮领军士向前把粮车推了，先行回到城下。这里史思明闻报，领兵来救，却被南霁云一支军冲出，把史思明的兵截成两段。义僮先将粮车推入城中去了，外边南、雷二将，把贼兵杀得抱头鼠窜，史思明大败而去。南霁云与雷万春收兵入城，把粮米尽入仓廪。共得米五千四百余石，料豆二千五百石，小米三千石，全城军兵大喜。

次日张、许二公亲自上城巡视，只见史思明在城下，教贼兵大骂。义僮大怒道："这贼如此辱骂，二位老爷，怎么不发兵去杀他？"许公道："由他自骂，谁要你管。"义僮道："我们小人也耐不得这等气，亏你们做官的生得好一双顽皮耳朵。"张公巡至东门，南、雷二将来接着。南霁云道："尹子奇、令狐潮在此窥伺，似有攻城之状。"张公道："南将军可领兵在

城门首。听敌楼炮响，开门杀出。"南霁云领命而去。张公又吩咐万春道："雷将军可率兵在城上，手执旌旗，一齐站着，不许擅动，不许交头接耳出言吐气，我自在敌楼中。若见贼兵移动，便放炮为号。"万春也领命了。城外尹子奇、令狐潮正在观望，那边史思明也来了，他叫军士辱骂。只见城上的兵都像木偶人一般站着。尹子奇道："却怎生这般光景。"令狐潮指着道："你看那女墙边站的是雷万春，待我放支冷箭去。"搭着箭，曳着弓，嗖地一声射去，正中万春左面颊上。贼兵齐声喝彩，那雷万春却动也不动。史思明道："怎么射他不动，待我也来射。"说罢，也射一箭，正中万春右面颊上，万春只是不动。尹子奇道："这人真是老面皮，待我也他一箭。"取箭过来，望着万春一箭，却中万春额上，也只不动。令狐潮道："不信有这等事，军士与我一齐放箭。"贼军应声乱射上去，也有射不到的，也有射着城垛的，也有射中别个军士的。那雷万春面上，刚刚又中三支，连前面上中的共有六矢，他竟端然不动，众军大惊。尹子奇道："莫非又是草人么？待我近前一看。"遂纵马至城下。万春见子奇来得近了，便向腰间取过雕弓，就自己面上拔下一支箭来，向尹子奇射去，道声"看箭"，射得尹子奇应弦落马。张公在敌楼上看见，便将信炮放起。南霁云开门，发兵杀出。史思明忙救尹子奇回营，令狐潮向前接战。不上数合，那些军士见睢阳将士这等骁勇，如何不怕，便不战而退，自相践踏，死者不计其数，令狐潮大败而回。南霁云乘势追赶，便要抢入营去，贼营中的箭，如雨点一般射来。南霁云不能进去，收兵奏凯回城。张、许二公接着，同去看雷万春。见他已拔下面上的箭了，张、许二公亲自替他敷药。义僮道："雷将军真是铁面，那尹贼的面孔想是纸糊的，一箭就射穿了。"众军都笑。南霁云道："今日之战，贼人心胆俱破，但得外面援兵一至，便可解围了。"许公道："坚守待救，必须粮足，不知仓里的粮还够几时用度？"义僮道："小的看了，也不多了，明日老爷亲自下仓来，盘点一番，便知多寡。"许公道："正是。"一面吩咐拨医生调治雷将军箭疮，张公自与南霁云在城巡视。

次日许公来到仓里，义僮接着，将廒里的米逐一盘斛，刚刚只够半个月的粮。许公大惊道："若半月之后救兵不到，如何是好？"义僮道："照前日这般杀起来，不够七八日，都把那些贼杀尽了，哪消半月？"若是粮少，等贼兵运粮来时，也像前日一般，再去抢他的便了。"许公道："此乃险计，只可一，不可二。我如今想起来，城中绅衿富户人家，必有积储，明日我发贴与你，去各家先借些用。"义僮道："那些乡绅举监，只晓得说人情，买白宅，哪个是忠君爱国的？富户人家经纪用的六斗当五斗的斛子，收佃户的米来囤在家里，巴不得米价腾贵，好生利息。小的看那等富贵人家，只知斋僧布施、妆佛造相的事，便要沽名

市誉,肯做几桩;其他就是一个嫡派至亲,贫穷出丑,不指望他扶持,还要怕他上门来泄他家的体面,便百般厌恶痛绝他。小的看起来,真正是襟裾牛马,铜臭狗矢。老爷若要与他们借粮,只怕这热气呵在壁上,到底不中用的。"许公道:"十室之邑,必有忠信,偌大睢阳岂无义士?待我亲去劝谕他们,自然有几家输助。"义僮道:"那些人再不吃好草的,不如待小的去到几家巨富人家,只说要死在他家的,有人或害怕出人命,肯拿些出来。"许公道:"胡说,这是泼皮图赖人的勾当,做出来可不被人笑话。"说罢上马,来到各乡绅举监及富户人家门首?说郡守亲来借粮保城。这些人家果然也有回不在家的,也有托病不出来相见的。不多几家拿了些米,一共只得二百余石,张、许二公大忧。

那贼营中尹子奇箭疮虽好,却正射瞎了一只左眼,切齿大怒,与史思明、令狐潮昼夜攻打。幸喜雷万春面上的疮也好了,与南霁云在城百般守护。贼兵架起云梯,南、雷二将就将大炮打去,云梯上的军士都被烧死。贼兵夜里来爬城,南、雷二将教将草把沾上脂油,点着火投将下去,军兵不敢上城。贼兵挖地道进来,南、雷二公吩咐沿城都阻深堑,水灌入地道去,贼都淹死在内。尹子奇等无计可施,只是紧紧围着。城中无奈粮草已尽了,张、许二公只得教军士杀牛马来吃。牛马杀尽了,又教取纸头树皮来吃。纸头树皮又吃尽了,只得教军士罗雀掘鼠来吃。可怜一个军士每日只罗得三五只雀,掘得六七个鼠。还有罗不着掘不着的,如何济得事。那些小户百姓人家,也都绝了粮。有游手好闲的人,纠集了饥民,往大户人家去抢米来吃。也有以公废私的倒箪食壶浆送到城上来,与军士们充饥。不多几月,连大户人家的米也抢尽了。城中老弱饿死的填沟积壑,军士们就拆房椽子做了柴,割死人肉去煮来救饥。张、许二公无计可生,一心只望救兵来援。叵耐贼兵攻打愈急,军中食尽,颇有怨言纷纷,都要弃城逃窜。

是日,张公见了这光景,退入私衙独自坐下,左思右想,设做理会处。却好屏后转出一个妇人来道:"老爷,外边事体如何?"张公抬头一看。看来是他爱妾吴氏,心中便暗自估省道:"本衙内并无别件可与军士吃得,只有这个爱妾,莫若杀来与军士充饥,还可激起他们的忠义。只是这句话,教我怎生启齿也。"夫人见张公搔首自叹,沉吟不语,便道:"看老爷这般光景,外面大势想必不济了,有话可说与妾身知道。"张公道:"话是有一句,只是不好说得。"吴夫人道:"妾身面前有何不可说的话。"张公道:"只因城中食尽,我恐军心有变,欲将你……"张公说到此处,又住口不言。吴夫人道:"老爷为何欲言又止。"张公道:"教我如何说得出这话来。"吴夫人等了一回,便眼泪交流道:"老爷不必言明,妾已猜着了。"张公道:"你猜着了什么来。"吴夫人道:"军士无粮,可是要将妾身杀来饷士么?"张公大哭道：“好呀！你怎生就猜着了，只是我虽有此心，其实不忍启齿。”吴夫人道：“妾身受制于夫，老爷既有此心，敢不顺从。况且孤城危急，倘然城陷，少不得是个死。何如今日从容就义的好。老爷快请下手。”张公大哭道：“我那娘子，念我为国家大事，你死在九泉之下，不要怨下官寡情。”说罢，拔出剑来，方举手欲砍，又缩住手哭道：“我那娘子，教我就是铁石心肠也难动手。”吴夫人哭道：“老爷既是不忍，可将三尺青锋付与奴家，待奴自尽。”张公大叫道：“罢！事已至此，顾不得恩情了。”掷剑在地，望外而走。吴夫人拾起剑来，顺手儿一勒，刎死在地。张公听见一声响亮，回身看时，见吴夫人已是血流满地，死在堂中。张公大恸，向着死尸拜了几拜，近前脱下她衣服，全身用剑剁开。吩咐伙夫取去煮熟了，盛在盘中。叫军士捧了，自己上马，亲送至城上来。早有人晓得了，报与众军知道，众军还不信。只见张公骑马而来，眼儿哭得红肿，前面捧着热腾腾的肉儿，方信传言张公杀妾是真的，便齐声哭道：“老爷如此忠心，小人们情愿死守，绝无二心，这夫人的肉体，小的们断然吃不下的。”张公道：“我二夫人，也因饿了几日，肉儿甚瘦，你们略啖几块，少充饥腹。”南、雷二将道：“众军就是要吃，主帅在此，决难下咽。主帅请回府罢。”张公含泪自回去了。众军道：“我们情愿饿死，决不忍吃她的。”南、雷二将道：“既是众军不忍食，可将吴夫人骨肉埋在城上便了。”众军都道：“有理。”便掘开土来，将煮熟的骨肉掩埋好了。南、雷二将率众军向冢拜哭，哀声动地。早有许义僮在城上来，晓得此事。看诸军鹄面鸠形，有言无气，就奔回府中，说与许远听。许远道：“有这等的事，难得，难得！”义僮道：“忠义之事，人人做得，如何只让别人。我想吴夫人是个女子，尚肯做出这等事来。小的虽是下贱之人，也是个男子汉，难道倒不如她。况老爷与张老爷事同一体，他既杀妾，老爷何不烹僮。”许公道：“我心中虽有此念，只是舍你不得。”义僮道：“老爷哪里话，他的爱妾乃是同衾共枕的人，尚然舍得，何况小的是个执鞭坠镫的奴仆。老爷不必疑惑，快将小的烹与军士们吃。”说罢，拔剑自刎在地。许公大哭，忙叫人将义僮烹熟了，自己亲送上城来道：“诸军枵腹，

我有两盘肉有此,可大家吃些。"众军此时,还不晓得烹的是义僮,便向前一哄都抢来吃完了。许公包着两眼的泪,回府而去。内中有乖觉军士见许公光景,心中有些疑惑,便悄悄跟到府前打听,只听得人沸沸扬扬地道:"张、许二位老爷真是难得,一个杀了爱妾,一个烹了义僮。"那军士听得奔至城上说了。众军大惊,大哭呕吐不已。贼兵知了城中消息,便昼夜攻打。南、雷二将百计准备。又隔了十数日,军士尽皆饿死,剩得几十个兵,又是饿坏了。贼将尹子奇、史思明、令狐潮就驱兵鼓噪上城,雷万春在东门城上,见有贼兵上来,便手持长矛,连戳死十数贼。回头望见北门西门起火,有军士来报道:"北门上南霁云撞下城头跌死了。西门已被贼兵攻破,张、许二老爷都被擒住了。"万春听得大叫一声,自刎而死。那尹子奇等进城,教军兵把城中饿不死的居民,尽皆屠戮。衙署仓库民房,尽行放火烧毁。移营城下,置酒称贺。尹子奇、令狐潮、史思明三人,在帐中酣饮,吩咐手下,将张巡、许远并擒获的军士推至帐前。张公厉声道:"逆贼为何不杀我。"尹子奇道:"你到了此际,还要骂我们么?"张公道:"我志吞反贼,恨力不能耳!"许公道:"张兄不要与逆奴斗口。我和你遥拜了圣上,方好就死。"张公道:"兄言有理。"二人望西拜道:"臣力竭矣,生不能报陛下,死当为厉鬼以杀贼!"尹子奇笑道:"活跳的人奈何我不得,不要说死鬼。"张公道:"你这狗奴不要夸口,少不得碎尸万段,只争来早与来迟耳!"尹子奇大怒,喝叫左右打落他牙齿。左右向前将张公牙齿尽行打落。张公满口鲜血,尚含糊骂贼。许公也大骂。尹子奇喝叫推出斩首。张、许二公神色不变,骂不绝口,引颈就刃而死。同被擒军士三十二名一齐遇害。连前南、雷二将军,共有三十六人死难。所以史官在纲目上大书一行道:

"尹子奇等陷睢阳,张巡、许远等死亡。"又有长歌一首赞叹张、许、南、雷的忠义:

睢阳城中尽忠烈,凛凛朔风飘铁血。
保障江淮半壁天,一心欲补金瓯缺。
数声鼓角动睢阳,贼骑纷纷犯北阙。
二十四城俱已陷,天生张许人中杰。
南雷英勇称绝伦,协守孤城靖臣节。
耀刀当风鬓欲竖,挽弓卧霜唇亦裂。
面留六矢尚能言,斩指乞兵不少怯。
援不来兮粮又竭,一烹爱僮一杀妾。

402

欲全忠义割恩情，宝剑锋芒凛霜雪。

君不见五色芳魂化彩云。一片真心煮明月。

破城被执贼营中，大骂犹雄莫能屈。

又不见连城空兮俱焚灭，擎天柱兮双摧折。

亘古流芳千万年，忠名留与人传说。

贼将斩了张、许二公等，开怀畅饮，一连在营中吃了三日酒。忽有报来说，朔方节度使郭子仪、太尉李光弼领兵杀来，在五十里外安营。尹子奇等闻报，慌忙预备迎敌。史思明道："彼兵远来，必然疲困。我们就今夜前去劫寨，必获大胜。"令狐潮道："好计，好计。"便吩咐诸军，各自打点不题。

却说郭子仪镇守朔方，闻范阳安禄山之变，即兴师勤王，恰遇太尉李光弼也领兵前来，二人合兵而行。到了中途，听说尹子奇等围困睢阳，甚是危急。郭子仪就与李光弼商议道："睢阳张巡、许远等人，死守孤城，我和你必须先解此围，然后西行。"李光弼道："所言有理。"二人遂驱兵望南而行，来到睢阳，早有报人报称，三日前城已破了，张、许、南、雷俱已受害。子仪、光弼大惊，便教将兵扎住。安营已毕，帐前忽起一阵旋风，将一面牙旗吹折。李光弼道："此主何兆？"郭子仪道："今晚贼人必来劫寨。"李光弼道："如此快做准备。"子仪笑道："我欲将计就计，如此如此而行，何如？"光弼大喜，便吩咐诸将，分头去料理。那边尹子奇、史思明、令狐潮领着兵马，人衔枚，马摘铃，一直杀至官军营中。三个贼将当先杀入，只见营中并无一人，只将几只羊在那里打更鼓。尹子奇知是中计，大惊失色，慌忙回马退出。只听得一声炮响，火光冲天，喊声动地，外面不知有多少兵马杀来。当头是大唐先锋仆固怀恩杀到，令狐潮接着厮杀。左边有郭子仪冲来，尹子奇抵住厮杀。右边有李光弼冲来，史思明抵住厮杀。六骑马分做三对儿交战，杀不上二十余合，仆固怀恩大吼一声，将令狐潮一刀分为两段。尹子奇、史思明慌了，拨马落荒而逃，唐兵乘势冲杀前来。贼兵大败，奔至营门，早见门旗影里一个年少将军，在火光之下，横枪立马，高叫道："我乃郭节度长子郭晞是也。你那反贼的营寨，已被我夺下多时了。"尹、史二人忙领兵转来，要进睢阳城中暂歇。来到城下，望见城头上，尽是大唐旗号。又有一个少年将军，站在城头高叫道："我乃郭节度次子郭暖是也。睢阳已被我取了。"尹、史二人手脚无措，只得望西而行，后面郭子仪、李光弼、仆固怀恩又领兵追到。贼人正待奔走，忽然一阵狂风，黑云密布，惨雾迷天。半空中，隐隐见张、许二公，南、雷二将，领着许多阴兵，打着

睢阳旗号,飞沙走石,杀将过来。尹、史二人并贼兵,一个个头眩眼花,手麻脚软。郭、李二公驱兵追赶前来,杀得尸横遍野,血流成河。尹、史二人抱头鼠窜而去。仆固怀恩大声高叫道:"此际不擒反贼,更待何时?"咬牙切齿,纵马向前。不知在何处捉获尹、史二贼,且看下回分解。

第十一回　雷海清掷筝骂贼

诗曰：

揭天鼙鼓动，悔赐洗儿钱。

九庙成灰烬，千家绝水烟。

霓裳初罢舞，玉瑟尚留弦，

兴庆宫前树，凄凉泣杜鹃。

话说郭子仪、李光弼，将尹子奇、史思明杀败。先锋仆固怀恩，奋勇争先，追杀上去，子仪教鸣金收军。仆固怀恩来见子仪道："小将正待追擒那厮，主帅如何收军？"子仪道："兵法有云，穷寇莫追，汝不可乘胜轻敌。"怀恩道："主帅所见极是。"遂安营。一面犒军，一面着人寻取张、许二公并南、雷二将的尸首。军士领兵去寻了一日，领一个幅巾筇杖的老叟进营来。那老叟昂然上帐，向着郭子仪、李光弼长揖不拜。郭子仪见他气宇不凡，遂命坐了。问道："老叟何人，何以到此？"老叟道："我姓李名翰，隐居山野。因张、许二公，南、雷二将尽忠而死，尸骸暴露城下，老夫特备四口棺木前来，已将四位忠臣盛殓了。适见麾下健儿，各处查觅他尸骨，故此老夫特地前来，望二位明公速为择地安葬，以慰忠魂。"子仪、光弼大喜，留李翰在营中暂歇。便往城南择了一块地，将张、许二公，南、雷二将埋葬好了，立了墓碑。子仪、光弼与李翰率领诸将祭奠，哭泣甚哀。礼毕回营，李翰即来告辞。李光弼道："我等欲屈先生在营筹划军费，望先生休弃。"李翰道："老夫性耽隐癖，久已忘情人世，不敢从命。"郭子仪道："先生既爱烟霞佳趣，我等亦不敢相强。只是既来一番，必祈指示一二，方不虚此良晤。"李翰道："二公询问刍荛，老夫敢陈一计。"子仪、光弼道："愿闻大教。"李翰道："目今安禄山统兵入犯，二公可分兵二支，郭公领一支军入援二京，李公领一支军直捣范阳，范阳乃贼人巢穴，若知有兵攻击，必思回救。令此贼首

405

尾不能相顾,我事济矣。"子仪、光弼大加叹服,吩咐治酒送别,取出黄金三十两,白银一百两,送予李翰。他一毫不受,向上长揖,飘然而去。子仪、光弼就依他言语,分兵进发。李光弼自去征范阳,郭子仪来救两京不题。

却说尹子奇、史思明被唐兵杀得大败,遂领着残兵疲将,忙忙如丧家之狗,急急如漏网之鱼,望西奔走了一日一夜。军马饥乏,只得在路旁树下,造饭而食。将士方才少息,只见前面一彪军马冲来。尹、史二人大惊,忙取兵器在手,立马而待。只见当头一将大叫道:"二位将军受苦了,我特来接应你们。"看时,却是杨朝宗。二人大喜,下马施礼,就石上坐定。杨朝宗道:"蒙主上教我做个先锋,托赖福庇,自起兵以来,大获吉利,直抵武牢关。那守关将封常清,被我们杀败,乘势夺了关口。一路城池望风投顺,到了东京洛阳地方,被俺们擒了守将歌舒翰。那厮怕死,就献了东京。主上便教他留守东京,自己长驱大进,径到西京长安城下。唐朝并无准备,明皇慌了手脚,连夜带了嫔妃、宫监、宗室大臣,逃出延秋门,奔往巴蜀去了。主上遂破了西京,踞了宫殿,如今现在那边受用。闻知二位将军攻打睢阳不下,着我来协攻。谁想昨日有探子来报,说二位将军败于郭子仪、李光弼之手,因此小将特来接应。"尹子奇道:"为今之计将奈何?"杨朝宗道:"我们如今有生力军在此,何不再与他决个胜负?"尹子奇摇头道:"休说这话,我有十万雄兵,被他十停失了七八停。如今这几千军卒,哪里杀得他过。"史思明道:"不如往长安去,求主上再添兵马,方可再与他交战。"尹子奇道:"有理。"说罢,三人并军士们,胡乱吃了些饭,一齐起行。过洛阳,济河津,入潼关,渡渭水。不则一日,来到长安,三人进去朝见安禄山,备述睢阳前后之事。安禄山道:"你二人劳苦倍常,功多过少。只是折了个令狐潮也不足为虑。"正说话间,忽报太子安庆绪到,安禄山即令进来。安庆绪拜见了禄山,禄山就问道:"我着你镇守范阳根本之地,你如何来此?"安庆绪道:"孩儿在范阳镇守,叵耐有太尉李光弼前来攻打。孩儿同史朝义与他交战不胜。闻得父王在此,甚是作乐,孩儿也想要快活几日,故此留史朝义镇守城池,孩儿自领兵来此。一来避敌,二来省亲,三来父王做了皇帝,也带挈孩儿在宫中享用些安稳富贵,不枉做个太子。"安禄山道:"你既来了,那些家眷在彼,如何丢得下?"安庆绪道:"许多家眷,孩儿俱已带了。又有犯官葛太古,并家人一十八人,向监在狱。孩儿想,那厮是不服俺们的,留在城中恐有他变。因此将葛太古那老贼,与他家人一齐上了囚车,也解在此。"安禄山道:"葛太古解到此间,本该立时枭首。只是孤家想起金马门之辱,还有个李白漏网,今可仍将葛太古监禁,待擒了李白,将他二人双双在金马门前寸磔,以泄前恨。"就吩咐杨朝宗去查点葛太古等下监,杨朝宗领旨而去。

又吩咐李猪儿去迎接家眷入宫，李猪儿也领旨去了。安禄山又道："今日父子君臣欢聚，可排宴宜春院中凝碧池上，令一班乐官，带梨领园子弟前来侑酒。"左右齐声答应。原来明皇幸蜀时节，因事情急迫，还遗下许多内监宫娥在宫。如今都被安禄山差遣，一时领着旨意便去安排。禄山教安庆绪、尹子奇、史思明随着，摆驾到家春院中，上筵坐定，安庆绪等轮流把盏，早有许多梨园子弟进来。只见第一队是乐官李龟年，头戴天青巾，腰系碧玉带，身穿青锦团花袍。后边一个童子，手执绣龙青幡一面，上用大珠子串成"东方角音"四个大字。旁边两个童子，手执小青幡二面，也各用珠子串成四字，左边幡上是"阳律太簇"，右边幡上是"阴吕来钟"。幡下有子弟二十人，俱戴金花在头，穿着青绣织金花彩舞衣，摆列在东边立定。第二队是乐官马仙期，头戴绛红巾，腰系珊瑚带，身穿红锦团花袍。后边一个童子，手执绣花红幡一面，用翠羽贴成"南方徵音"四个大字，旁边两个童子，手执小红幡两面，也各用翠羽贴成四字，左边幡上是"阳律仲吕"；右边幡上是"阴吕蕤宾"。幡下有子弟二十人，俱戴金花在头，穿着红绣织金花彩舞衣，摆列在南边立定。第三队是乐官雷海清，头戴月白巾，腰系白玉带，身穿白锦团花袍。后边一个童子，手执绣花白幡一面，上面用赤金打成"西方商音"四个大字，旁边两个童子，手执小白幡二面，也各用赤金打成四字，左边幡上是"阳律夷则"，右边幡上是"阴吕南吕"。幡下有子弟二十人，俱戴金花在头，穿着白绣织金花彩舞衣，摆列在西边立定。第四队是乐官张野狐，头戴皂纱巾，腰系墨玉带，身穿黑锦团花袍。后边一个童子，手执绣龙皂幡一面，上用银子打成"北方羽音"四个大字，旁边两个童子，手执小皂幡二面，也各用银子打成四字，左边幡上是"阳律应钟"，右边幡上是"阴吕黄钟"。幡下有子弟二十人，俱戴金花在头，穿着黑绣织金花彩舞衣，摆列在北边立定。第五队是乐官贺怀智，头戴赭黄巾，腰系密蜡带，身穿黄锦团花袍。后边一个童子，手执绣花黄幡一面，上用宝石缀成"中央宫音"四个大字，旁边四个童子，手执小黄幡四面，也各用宝石缀成四字，前边幡上是"阳律姑洗"，后边幡上是"阴吕林钟"，左边幡上是"阳律无射"，右边幡上是"阴吕大吕"。幡下有子弟四十人，俱戴金花在头，穿着黄绣织金花彩舞衣，摆列在中央立定。上按着九宫八卦，中按着四时五行，下按着五音十二律。一共五个乐官，统领子弟共一百二十名。都持着凤箫莺笛，象管鸾笙，金钟玉磬。吹打的吹打，歌舞的歌舞。李龟年羯鼓，贺怀智琵琶，马仙期箜篌，雷海清奏筝，张野狐手拍。各执一器，通是绝精的妙技，一时弹唱起来，众子弟相和，唱出一套曲子：

步步娇

广寒宫凄凉无人到,玉杵白苈春捣。婆娑树影高,碧海青天瑞云笼罩。琼殿锁无聊,嫦娥应悔偷灵药。

醉扶归

你道素娟娟,出落偏俊俏。谁知冷清清,长夜倍萧骚。杳冥冥,鹤唳响中宵。灿荧荧,一派清光照。不知是银蟾蜍影入池塘,乍惊看,误认楼台倒。

皂罗袍

最是添欢添恼。论歌楼舞榭,酒杜诗舫,冰轮偏喜助人豪。柳阴花影秋千笑。只有长门永巷,霜寒路遥。更有戍楼边塞,云低树高。这些时景,实伤怀抱。

好姐姐

步虚似姬静俏,环佩响,霓裳鲜皓。霞冠羽衣,扮的别样娇。人间少翠翘。缕带真奇妙,掌上轻盈颤舞腰。

尾声

回头不见人儿好,只剩得仙音缭绕,惟有寒蟾挂碧霄。

唱完此曲,那五面大幡,十二面小幡一齐移动,引着众子弟往来旋舞,真是合殿生风,令人眼花缭乱。舞完又依旧分开立定,再奏细乐。安禄山大笑道:"真好看,真好听,快活快活。孤家向来虽蓄大志,只因明皇待我甚厚,所以不忍,意欲待他晏驾了,方始举事。我想杨国忠这厮,屡次发我隐谋,激我做出这些事来,正所谓富贵逼人。一起兵时,呼吸间得了二十四郡,赶得明皇有家难奔,有国难投。想他不知费了多少钱粮,用了多少心机,教成这班梨园子弟,自己不能受用,倒留与我们作乐,岂不是个天数。"那安庆绪、尹子奇、史思明等,一齐出席拜贺,安禄山又掀髯大笑。这些众乐人,听了禄山这席话,一个个眼泪汪汪低头伤感,便觉歌不成声,舞不成态。安禄山见了大怒道:"孤家连日在此饮宴,如何众乐人有悲戚之声?尹子奇,与我下去查看,但有哭泣声,即时揪出,进前斩首。"尹子奇应声拔剑下阶来看,那众乐人吓得面色如土,都将衣袖拭干眼泪假作欢容。只有雷海清闭着眼睛泪流满面,呜呜咽咽地哭个不住。尹子奇指道:"你这厮,还要哭,不怕砍头的么?"雷海清大叫一声,将手中的筝儿掷在地上哭道:"我乃雷海清是也。虽是瞽人,颇知大义。我想食君之禄,不能分君之忧,惟有一死,可报君恩。怎肯蒙面丧心,服侍你这

反贼。"禄山大怒,喝叫快快牵出砍了。尹子奇劈胸揪出,雷海清骂不绝口。尹子奇将他斩在凝碧池上,回身复旨,仍复入席。

又饮了一回酒,外面孙孝哲飞奔进来道:"臣启陛下,适才城外有飞报到来,说郭子仪兵至洛阳,斩了哥舒翰,东京已被他复了。只怕早晚要杀到这里来,须是早为准备。"安禄山道:"郭子仪那厮,如何恁般勇猛,作何良策擒他便好。"尹子奇道:"臣看此人,难以力敌,若得一个舌辩之士,前去说他,得那人来投顺,天下不足虑矣。"安禄山道:"卿言固有理,只是没有这个说客。"旁边转过李猪儿来跪下道:"奴婢蒙皇爷抬举,无以为报,今愿效犬马之劳,单骑往郭子仪营中走一遭,一则说他投顺;二则探听虚实。不知皇爷意下如何?"安禄山大喜道:"你这人倒也去得,明日就起身便了。"又吩咐安庆绪道:"潼关一路,不可疏虞,你可同杨朝宗带领一支军马,前去巡视一番,就便打探唐兵消息。"安庆绪、杨朝宗领旨。

次日李猪儿辞了安禄山,匹马出城,竟投东京。一路上想道:"咱因葛明霞一事,怕安庆绪加害,因此来到长安。谁想那冤家也又来此,我今讨这一差,做个脱身之计,有何不可。"又想道:"安禄山乃无义之人,我向来勉强服侍他,甚是不平。今见他父子荒淫暴虐,荼毒生灵,眼见得不成大事。咱不如于中取事,干下一番功业,也不枉为人在世。"心里想着,行了数日,已到东京洛阳地界。只见郭子仪先锋仆固怀恩当道扎个大寨,左边是郭晞的寨,右边是郭暧的寨,郭子仪屯在中军。李猪儿大着胆,直过前营,早有巡兵拦路。李猪儿道:"相烦通报,说有个内监李猪儿,有机密事要见节度老爷。"军士报知郭子仪,即传令唤入相见。李猪儿入营,来到帐前,拜见了郭子仪。子仪就问道:"你从哪里来,到此何干?"李猪儿道:"节度公在上,咱家姓李,名唤猪儿,向蒙圣上赐与安禄山。咱见他恃宠忘恩,以怨报德,心甚愤怒。他因要差人来说节度公,故着咱家到此。咱想节度公忠勇盖世,决难以口舌动摇。咱所以挺身来者,意欲暗约节度公袭取长安,咱愿为内应。"郭子仪道:"你若果有此念,唐家社稷有幸矣。"李猪儿道:"咱若有二心,天诛地灭。"郭子仪道:"我再不疑人,你不须发誓。本待款留,诚恐漏泄大事,反为不便,你快回去行事。我随后领兵就来。"猪儿辞别郭子仪,出营而去。郭子仪就与二子郭晞、郭暧商议进兵。

正说话间,营门外传进蜀中邸报。郭子仪接来看时,见上面报称,明皇驾至马嵬,军士怨恨杨国忠、杨贵妃酿成大祸,尽皆愤怒,不肯前行,鼓噪起来,将杨国忠杀了。又逼近御前,必要杀了杨贵妃方才肯走。明皇不得已,只得令高力士用白练一幅,将杨贵妃缢死。军士方始护驾而行。又父老遮留太子,在灵武地方得李泌为军师,诸将就奉太子即了帝位,遥尊明皇为太上皇,改元至德。即令降旨,宣召各路兵马,会剿安禄山,俱要在潼关取齐。郭子仪看罢,以手加额道:"好了,好了。权相已诛,新君即位,宗庙苍生之福也。"就吩咐安排香案,向西朝贺。礼毕起来,只见先锋仆固怀恩上帐禀道:"外面有三个逃难妇女在此经过,手执睢阳已故副将雷万春的路引,禀求挂号。小将不敢擅专,谨将路引呈验,伏候主将钧旨。"郭子仪接着路引,展开看了道:"原来是葛太古的女儿葛明霞逃难到此。只是这路引,是旧年九月中给的。为何来得这般迟。"怀恩道:"小将也曾问过,据同行卫姬禀说,因一路贼兵劫掠,不敢行走。在武牢关外赁房,住了四个月。直待主帅收了东京,方才行到此处。"郭子仪道:"既已盘诘明白,她乃忠臣之女。雷万春虽死,他的路引,一定不差,可与我挂号放行。只是路引上说,听其自归长安。即今贼人占据西京,如何去得。且教她在附近暂住,待复了西京,然后前去。"仆固怀恩领命,将路引挂了号,出营给予葛明霞收执。又将郭子仪的话,吩咐了她。葛明霞称谢,同了卫姬、卫碧秋,离却郭营,望西而走,要寻个僻静去处暂歇,四下里再无人家。行了两日,来到华阴山下,看看天色昏暮,并无宿店。三人正慌,远望林子里一所庵院,三人忙走至门首,敲门求宿。不知里面肯留不肯留,且看下回分解。

第十二回　漦夫人挥尘谈禅

词曰：

此事《楞严》尝布露，梅花雪月交光处。一笑寥寥空万古，风瓯语，迥然银汉
横天宁。　　蛱蝶梦南华栩栩，斑斑谁跨丰干虎。而今忘却来时路。江山暮，
天涯目送飞鸿去。

右调《渔家傲》

话说葛明霞与卫姬、卫碧秋，自遇着雷万春，得了路引盘缠，欲回西京去。奈贼兵到
处骚扰，路上行走不得，在武牢关外，赁房住了四个月。直等郭子仪恢复了东京，那地方
稍稍平静，葛明霞等三人方始上路。来到洛阳地方，恰遇郭子仪扎营当道，便将路引挂
号。因郭子仪吩咐，贼陷长安，不可前去，葛明霞等三人，就在左近寻觅住处。是晚见有
庵观一所，三人向前敲门。里边有个青衣女童出来开门，让三人进去。葛明霞抬头一看，
见一尊韦驮尊天立镇山门，上有一匾写着"慈航静室"四个字，景致且是幽雅。但见：

一龛绣佛，半室青灯。蒲团纸张，满天花雨护袈裟；瓦钵绳床，几处云堂闲锡杖。门
前绿树无啼鸟，清馨声迟；庭外苍苔有落花，幽房风暖。月锁柴关，烟消积火。选佛场，经
翻贝叶；香积厨，饭熟胡麻。正是：

紫雾红霞竹径深，一庵终日静沉沉。
等闲放下便无事，看去看来还有心。

葛明霞、卫姬、卫碧秋走入佛堂，向着观音大士前，五体投地，躬身礼拜。早有两个老
尼出来，接着施礼，留至后堂坐定，便问道："三位女菩萨从何处来？"卫姬道："我等是远方
避难来的，要往长安，闻得被贼人占据城池，所以不敢前进，欲在宝庵暂住几日，望师父慈

悲方便。"两个老尼道:"我二人住在本庵,向来能做得主的。只因近日有本庵山主,在此出家,凡事还须禀问。三位请坐,待贫尼进去,请俺山主出来,去留由她主意。"说着进去了一会。只见有两个女童,随着一个道装的姑姑出来,头戴青霞冠,身披白鹤氅,手持玉柄麈尾,颈挂密蜡念珠,缓步出来。三人忙向前施礼,那姑姑稽首而答,分宾主坐了。姑姑问道:"三位何来?"卫姬道:"老身卫姬,此个就是小女,名唤碧秋。因遭安禄山之乱,同这葛小姐打从范阳避难来此。"那姑姑道:"此位既称小姐,不知是何长官之女,向居何处?"明霞道:"家父讳太古,长安人氏,原任御史大夫。因忤权臣,贬作范阳金判。因安禄山造反,家父不肯从贼,被贼监禁,因此奴家逃难此间。"那姑姑道:"莫非是锦里坊住的葛天民么?"葛明霞道:"正是。"那姑姑道:"如此说小姐是我旧邻了。"葛明霞问道:"不知姑姑是?"那姑姑笑道:"我非别人,乃虢国夫人是也。"明霞惊道:"奴家不知是夫人,望恕失敬之愆。只不知夫人为何在此出家?"虢国夫人道:"只因安禄山兵至长安,车驾幸蜀,仓悴之间,不曾带我同往。我故此逃出都门,来到此处。这慈航静室,原是我向来捐资建造的,故就在此出家。"葛明霞道:"目今都城已被贼踞,奴家无处投奔,求夫人大发慈悲,容奴家等在此暂歇几日。"虢国夫人道:"出家人以方便为本,住此何妨。只是近来郭节度颁下示约,一应寺观庵院,不许容留来历不明之人。小姐若有什么凭据,见赐一观,免得被人责问。"葛明霞道:"这个不妨,有睢阳雷将军的路引,前日在郭节度处挂过号的,夫人见阅便了。"说罢,将路引送去。虢国夫人接来一看,见葛明霞名下,注着钟景期的原配室,便惊问道:"原来钟状元就是尊夫。他一向窜贬蜀中,不知可有些音耗?"葛明霞道:"地北天南,兵马阻隔,哪里知他消息。"虢国夫人听了,想起前情,凄然堕泪。明霞问道:"夫人为何说着钟郎忽然悲惨?"虢国夫人掩饰道:"我在长安,曾与他一面,因想起旧日繁华,故不胜惨戚耳。"明霞见说,也纷纷滚下泪来。卫碧秋道:"姐姐连日风霜,今幸逢故知,急宜将息,不要伤感。"葛明霞道:"我见夫人与钟郎一面之识,提起尚然悲伤。奴家想我父亲,年老被禁,不知生死如何。今我又流离播迁,不能相见,怎教人不要心酸。"说罢又哭。虢国夫人道:"我正要问小姐,令尊既被监禁,不知小姐怎生脱得贼人巢穴?"明霞便将红于代死,碧秋同逃的事,前后一一备述。虢国夫人道:"我既出家,你们不要称我是夫人,我法名净莲,法字妙香。自今以后,称我为妙姑姑便了。"明霞三人齐道:"领命。"看官记得,以后作小说的也称虢国夫人为妙香了,不要忘却。

话休絮烦。明霞三人在慈航静室中,一连住了十余日,正值中天月照,花影横阶,星斗灿烂,银河清浅。卫姬是有了年纪,不耐夜坐,先去睡了。妙香在佛堂中,做完功课,来与明霞、碧秋坐在小轩前看月，讲些闲话。明霞心中想起红于死得惨苦，父亲又存亡未卜，钟景期又不知向来下落，衷肠百结，愁绪千条，潸潸泪下。妙香心里也暗想当日富贵，回首恰如春梦。忆昔与钟景期正在情浓，忽然分散。那个会温存的妹夫天子，又远远地撇下去了。想到此处不觉黯然肠断。这碧秋见她二人光景，也自想道："我红颜薄命，空具姿容，不逢佳偶，母子茕茕，飘蓬南北，困苦流离，未知何日得遇机缘。"对着月光儿，欷歔长叹。却又作怪，那明霞、妙香的心事，是有着落的，倒还有些涯岸。惟有碧秋的心事，是没有着落的，偏自茫茫无际，不知这眼泪是从何处来的，扑簌簌也只管掉下来。葛明霞道："奴家是命该如此，只是连累妹子，也辛苦跋涉，心上好生难过。今夜指月为盟，好歹与妹子追随一处。如今患难相扶，异日欢娱同享。"碧秋道："但得姐姐提携，诚死生骨肉矣。"正说得投机，忽闻一阵异香扑鼻，远远仙音嘹亮。见一个仙姬冉冉从空而下，立在庭中说道："有灵霄外府贞肃夫人，与琅简元君下降，你等速速迎接。"三人半疑半信，毛骨悚然。妙香忙忙焚起一炉好香。早见许多黄巾力士，羽服仙娥，都执着瑶幢宝盖、玉节金符、翠葆凤旗，鸾舆鹤驾，从云端里拥将下来。那贞肃夫人并琅简元君，一样的珠冠云髻，霞披绣裳，并入轩子里来。妙香等三人次第行礼。妙香与碧秋行礼，夫人元君端然坐受。只有明霞礼拜，琅简元君却跪下回礼。各各相见礼毕，贞肃夫人便教看坐。妙香道："弟子辈凡身垢秽，忽逢圣驾临凡，侍立尚怀惕惧，何敢当赐坐。"贞肃夫人道："但坐不妨。"三人告罪了，方战兢兢地坐下。妙香问道："弟子凡人肉眼，体陋心迷，不知何缘得见二位圣母尊颜？"贞肃夫人道："我与琅简元君，生前忠节，蒙上帝嘉悯封此位。今因安禄山作乱，下方黎庶凡在劫中，俱难逃走。上帝命我二人，查点人间，有忠孝节义愤激死难之人，悉皆另登一簿，听候奏闻，拔升天界，勿得混入枉死城中。日来查点东京地方，所以经过此处。适见妙香，根器非凡，正该潜心学道，却怎生自寻魔障，迷失本真？我正欲来此点化，恰好琅简元君有故人在此，因此同来相访。"葛明霞道："幽明远隔，圣凡悬殊，不知哪个是圣母的故人？"琅简元君笑道："三生石上，旧日精魂，此身虽异，此性常存，何必细问。"妙香道："既是此说，弟子辈果然愚昧，望二位圣母开示。"贞肃夫人道："妙香本掌书仙子，偶谪尘寰，不期汩没本来，溺于色界，遂致淫罪滔天。观察功曹，已将你选入杨玉环一案。幸而查得有周诱导文曲星之功，故延寿一纪，听你清修改过。谁知你不自猛省，艳思欲念触绪纷来。只怕堕落火坑，万劫不能超脱矣。"妙香道："弟子气禀痴愚，今闻恩旨，不觉茫然若失。但恐罪孽深重，不能心地清凉，还望圣母指点迷途。"贞肃夫人道："自古道，了心淫女能成佛，人手屠儿但放心。果能痛割尘缘，蓬莱岂患无路。"妙香就向前拜谢。明霞、

碧秋同立起来道:"听圣母所言,令人心骨俱冷。不揣愚蒙,亦望一言指点。"琅简元君道:"二位虽灵根不昧,奈宿愿未酬,尚难摆脱,出世之事,未易言也。"葛明霞又问道:"弟子目今进退维谷,吉凶未保,不知几时得脱这苦厄。"琅简元君道:"你尚有一载迍遭。过此当父子重逢,夫妻完聚,连卫碧秋亦是一会中人。但须放心,不必忧愁。"葛明霞听了,便跪下礼拜,那琅简元君忙避席答礼。葛明霞道:"弟子乃尘俗陋姿,对母何故回礼。"贞肃夫人笑道:"琅简元君生前与你有些名分,故此不忘旧谊。"葛明霞道:"请问琅简元君,生前还是何人?"贞肃夫人道:"我二人非是别个,我乃张睢阳之姜吴氏,她即你侍婢红于也。"明霞大惊道:"如此为何一些也不厮认。"贞肃夫人又笑道:"仙家妙用,岂汝所知。你若不信,可教她现出生前色相,与你相见便了。"说罢,将袖子向琅简元君面上一佛。明霞一看,果然是红于面貌,便抱住大哭。琅简元君究竟在人世六道之中,未能解脱,也自扶了明霞泪流不住。卫碧秋看见,想起当日红于触死那番情景,也禁不住两泪交流。正闹热间,忽听得檐前大叫道:"两个女鬼如何在此播弄精魂。"贞肃夫人与琅简元君,并妙香、明霞、碧秋一齐听见。抬头一看,见一个番僧,在半空降下,大踏步走入小轩。形容打扮,却是古怪。但见:

头缠大喇布,身挂普噜绒。睁圆怪眼,犹如一对铜铃;横亘双眉,一似两条板刷。耳挂双环,脚穿草履。乍看疑是羌夷种,细认原来净土人。

那番僧向众说道:"我乃达摩尊者是也。适在华山闲游,无意见你们在此说神论鬼,动了我普度的热肠,因此特来饶舌。"众皆合掌拜见。达摩便向贞肃夫人、琅简元君道:"你二人虽登天界,未免轮回,正宜收魂摄魄,见性明心。若还迷却本来面目,一经失足,那地狱天堂,相去只有毫发,不可不谨。妙香既能皈依清净,亦当速契真如,不可误落旁门,致生罪孽。迷则佛是众生,悟则众生是佛。生死事大,急急猛省。"众人听了,一齐跪下,求圣僧点化。达摩大喝一声道:"雁过长空,影沉寒水,雁无遗迹之意,水无留影之心。会得的下一转语来。"贞肃夫人道:"万里浪平龙睡稳。"琅简元君道:"一天云净鹤飞高。"达摩道:"何不道'腾空仙驾原非鹤,照日骊珠不是龙'。"妙香道:"没底篮儿盛皓月,无心钵子贮清风。"达摩道:"何不道'有篮有钵俱为幻,无月无风总是空'。"妙香将手巾拂子一挥,拍手嘻嘻笑道:"弟子会得了,总则是'梨花两岸雪,江水一天秋'。"达摩喝道:"妙香道着了,你三人洵是法器,言下即能了然。但须勤加操励,净土非遥。葛明霞、卫碧秋

尘缘未了，机会犹然。只是得意浓时急须回首，不得迷恋。"众人又向前拜谢。达摩拂衣而起，倏然腾空而去。贞肃夫人与琅简元君也就起身，护从们一拥而上，妙香、明霞、碧秋望空而拜。

不觉乌啼月落，曙色将开。里边老尼姑也起来了，走到佛堂中，正待向前撞钟，忽听见门外敲门声甚急。妙香道："这时候什么人敲门？"老尼道："昨晚我见老道出去买盐没有回来，想必是他了。"说罢，出去开门，果然是道人回来。见他气喘吁吁，面貌失色，奔进来道："师父不好了，祸事到了。"妙香忙问，道人道："我昨晚出去买盐，因没处买，走远了路，回来天色昏黑。路上巡哨的兵见人就抓，我故此不敢行走，在树下坐了一夜。直待更鼓绝了，有人行动方始敢走。一路里三三两两，听见人说安庆绪领兵在潼关巡视，被郭节度绝了他的归路，那厮倒往东冲杀而来。在各乡村掳掠妇女、粮草，鸡犬不留。看看近前来了，我适才见许多百姓尽去逃难了，我们也须暂避方好。"老尼与妙香等听见，吓得目瞪口呆，没做理会处。卫碧秋道："不要乱了方寸，快打点逃生要紧。"明霞道："正是。"忙叫卫姬起身。碧秋又道："那张路引是要紧的，不可忘记。"便在匣里取将出来。明霞道："我心里慌张，倒是妹子替我藏好罢。"碧秋应声，就将路引藏在身边。那两个老尼还在房中摸摸索索，妙香催杀，也不出来。碧秋道："我们先走罢，不要误了大事。"妙香、明霞都道："有理。"一时间，卫姬、妙香、明霞、碧秋四个人，一齐走出静室，望山间小路行去。不上里许，早有无数逃难的男女奔来。四人扯扯拽拽，随众人而行。转过几座林子，山凹中许多军马，尽打着安太子的旗号，斜刺里直冲过来。赶得众人哭哭啼啼，东西乱窜。妙香、碧秋手挽着手，一步一颠正走时，回头不见了卫姬、明霞。碧秋连忙寻觅，并无踪影，放声大哭。妙香道："哭也没用，趁这时贼兵已过去了，我们且回静室中住下，慢慢寻访。"碧秋含着眼泪，只得与妙香取路回归静室去了。要知卫姬、明霞下落，且到后来便见。

卷之四

第十三回　葛太古八川迎圣驾

诗曰：

> 塞下霜旧满地黄，相思尽处已无肠。
>
> 好知一夜秦关梦，软语商量到故乡。

　　话说安庆绪同杨朝宗，领了安禄山旨意，来到潼关外边巡视，却被郭子仪差先锋仆固怀恩，领骁卒五千，夜袭江关，断了安庆绪的归路。庆绪、朝宗不敢交战，只得引兵望东而来。却往各乡镇去打粮骚扰，搅得各处人民逃散，村落荒残。是日，见一队男女奔走，纵兵赶来，将明霞、妙香等一行人冲散。妙香与碧秋自回静室，明霞与卫姬随着众人望山谷中而逃。庆绪大叫道："前面有好些妇女，你们快上前擒掳。"众兵呐喊一声，正欲向前追赶，见孙孝哲一骑马飞也似跑将来，叫道："千岁爷住马，小将有机密事来报知。"庆绪忙回马来，孝哲在马上欠身道："甲胄在身，且又事情急迫，恕小将不下马施礼了。"庆绪道："你为什么事这般慌张？"孝哲叱退军士，低低禀道："主上自从斩了雷海清之后，终日心神恍惚，常常见海清站在面前，一双眼睛竟昏了。不想李猪儿在东京回来，备说郭子仪并无西攻之意，劝主上放心，且图欢乐。主上听了那厮的话，昼夜酣饮，淫欲无度。前夜三更时分，李猪儿在宫中，乘主上熟睡，将刀戳破肚腹，肝肠尽吐出来，被他割了首级，赚开城门，投往郭子仪军中去了。"庆绪听罢大惊道："有这等事，我们快快回去，保守长安。"孙孝哲

道:"长安回去不得了。"庆绪道:"为何呢?"孝哲道:"李猪儿这厮,杀了主上,倒蘸血大书壁上,写着'安庆绪遣李猪儿杀安禄山于此处'十四个大字。史思明只道真是千岁爷差来的,竟要点兵来与千岁爷厮杀,亏得尹子奇知是诡计,与他再三辩白,他还未信。如今尹子奇统领大兵离了长安,来保护千岁,差小将先来报知。"庆绪道:"既如此,等尹子奇来了,再做理会。"不一时,那尹子奇的兵马赶到,只见子奇当先叫道:"千岁爷还不快走,唐兵随后杀来了。"庆绪大惊道:"如今投何处去好?"子奇道:"史思明那厮假公济私,颇有二心,长安是去不得了。闻得范阳尚未被李光弼攻破,彼处粮草尚多,可向范阳去罢。"庆绪道:"有理。"便同尹子奇、孙孝哲、杨朝宗,领兵望北而走。不上五十里,望见尘头起处,唐朝郭子仪大兵,漫山遍野杀到,军中大白旗上,挂着安禄山的首级。那军兵一个个利刃大刀,长枪劲弩,勇不可当。这些贼兵听见郭子仪三字,头脑已先疼痛,哪个还敢交锋,一心只顾逃走,唐兵掩杀前去。安庆绪大败,连夜奔回范阳去了。

郭子仪收兵,转来进取西京,直抵长安城下。城内史思明闻报,暗自想道:"那郭子仪是惹他不得的。当初,我众彼寡,尚然杀他不过,我如今孤军在此,怎生抵敌?还不如回去修好安庆绪,与他合兵同回范阳,再图后举。"计较已定,便在宫中搜刮了许多金珠宝贝、玩好珍奇并歌儿舞女,装起车辆,吩咐军士,一齐出了玄武门,望北而去。郭子仪不去追思明,乘势夺门而入。下令秋毫无犯,出榜安民,百姓安堵如故。子仪便扎营房,教军士将府库仓廒尽皆封锁。又教纵放狱中淹禁囚徒。李猪儿道:"有范阳金判葛太古,原任御史大夫。因安禄山造反,他骂贼不屈,被他们监禁。后来,安庆绪又将他带到长安,现在刑部狱中。节度公速放他出来相见。"郭子仪道:"不是公公说起,几乎忘了这个忠臣。"一面着将官去请,一面教李猪儿到宫中点视。猪儿领命去了。

将官到狱里请葛太古来到营中,子仪接着叙礼坐定。太古道:"学生被陷图圄,自分必死贼人之手,不期复见天日,皆节度公再造之恩也。"子仪道:"老先生砥柱中流,实为难得。目今车驾西狩,都中并没一个唐家旧臣,学生又是武夫,不谙政务,凡事全仗老先生调护。老先生可权署原任御史职衔,不日学生题请实授便了。"说罢,吩咐军士取冠带过来与葛太古换了。太古道:"节度公收复神京,速当举行大义,以慰臣民之望。"子仪道:"不知当举行何事。"太古道:"今圣上在灵武,上皇在成都,须急草露布,差人报捷,所宜行者一也;圣驾蒙尘,朝廷无主,当设上皇圣龙位在于乾元殿中,率领诸将朝贺,所宜行者二也;唐家九庙丘墟,先帝久已不安,我等当诣太庙祭谒,所宜行者三也;移檄附贼各郡,令归正朔,所宜行者四也;赈济难民,犒赏士卒,所宜行者五也;遣使迎请二圣还都,所宜行

者六也。凡此六事,愿明公急急举行之。"子仪道:"承领大教。"连忙教幕宾写起报捷奏章,差将官连夜往成都、灵武二处去报了。是晚留太古在营中安歇。明早领了诸将同入乾元殿,摆列龙亭香案朝贺。出朝就到太庙中来,子仪、太古等进去,只见庙中通供着安禄山的祖宗,僭称伪号的牌位。子仪大怒,亲自拔剑将牌位劈得粉碎,令人拿去撒在粪坑内。重新立起大唐太祖太宗神主。庭外竖起长竿,将安禄山头颅高高挑起。安排祭礼,子仪主爵,太古陪祭,诸将随后行礼。万民亲临,无不踊跃。祭毕出庙,太古向子仪道:"学生久不归私家,今日暂别节度公,回去拜慰祖先,再到营中听教。"子仪应允。太古乘马,径回锦里坊旧居来。那十八个家人,也俱放出狱了,俱来随着太古。行到自己门首,见门也不封锁,门墙东倒西歪,不成模样。太古进去,先到家庙中拜了。然后到堂中坐定,叫家人去寻看家的毛老儿来。家人四散,寻了半日方来。毛老儿叩头禀道:"小的在此看家,不期被贼兵占住,把小的赶在外面居住,因此不知老爷回来。"太古听了,长叹一声,拂衣进内。先至园中一看,但见:

> 花瘦草肥,蛛多蝶少。寂寥绿园,并无鹤迹印苍苔;三径荒芜,惟有蜗蜒盈粉壁。零落梧黄,止余松桧色蓊葱;破窗掩映,不见芝兰香馥郁。亭榭欹倾,尘满昔时笔砚;楼台冷落,香消旧日琴书。

太古见了这光景,心里凄然。忽想起明霞女儿不见在眼前,不觉纷纷落泪。思量她在范阳署中,据家人出监时节说,安庆绪打入衙内时,已见我女儿。我想那贼心怀不良,此女素知礼义,必不肯从贼。一向杳无信息,不知生死如何。心里想着,恰好走到明霞卧房门首,依稀还道是她坐在房中,推门进内,却又不见。便坐在一把灰尘椅子上,放声大哭。哭了一会,有家人进来报道:"太监李猪儿来拜。"太古心绪不佳,欲待不见。又想向在范阳,必知彼处事情,问问我女儿消息也好。遂起身出外接着。李猪儿施礼,分宾主坐下。猪儿道:"老先生为何面上有些泪痕?"太古道:"老夫有一小女,向在范阳,不知她下落。今日回来,到她卧房中,见室迩人遐,因此伤感。"猪儿道:"老先生还不晓得么,令媛因清节而亡了。"太古忙问道:"公公哪里知道?"猪儿道:"安庆绪那厮,见了令媛,要抢入宫中,令垦守正不从。那厮将令媛交付咱家领回,教咱劝她从顺。那晚适值轮该咱家巡城出去了,令媛就在咱衙内触阶而死。咱已将她盛殓葬在城南空地了。"太古听罢,哭倒在椅上,死去活来。猪儿劝慰了一番,作别而去。太古在家哭了一夜。明日绝早,郭子仪请人营中议事。子仪道："迎接圣驾最是要紧，此行非大臣不可。我今拨军三百名，随李内监到灵武去迎圣上。再拨军三百名，随葛老先生往成都迎上皇，即日起身，不可迟延。"就治酒与太古、猪儿饯行，又各送盘缠银二百两。太古、猪儿辞别了子仪，各去整顿行装，领了军士，同出都门，李猪儿往灵武去了。

葛太古取路投西川行去，经过了些崎岖栈道，平旷郊原，早到扶风郡界上。远远望见旌旗戈戟，一簇人马前来。葛太古忙着人打听。回报说是行营统制钟景期领三千铁骑，替上皇打头站的。太古忙叫军士屯在路旁，差人去通报。

看官，你道钟景期如何这般显耀？原来景期在百泉堡做司户，与雷天然住在衙门里甚是清闲。那雷天然虽是妇人，最喜谈兵说剑。平日与景期讲论韬略，十分相得。恰值安禄山之乱，上皇避难入蜀，车驾由石泉堡经过。景期出去迎驾，上皇见了景期，追悔当日不早用忠言，以致今日之祸，因此特拔为翰林学士。彼时羽林军怨望朝廷，多有不遵纪律的。景期上了"收兵要略"一疏，上皇大喜，就命兼领行营统制，护驾而行。景期遂带了雷天然随驾至成都。闲时会着高力士，说起当初劲奏权奸时节，都亏虢国夫人在内周旋，得以保全性命。如今不曾随驾到来，不知现下如何？景期听了甚感激她的恩，又想她的情，又想起葛明霞一段姻缘，便长吁短叹，有时泣下。雷天然不住地宽慰，不在话下。

后来，郭子仪收复两京的捷音飞报到成都，上皇闻知，就命驾回都，令景期为前部先行。景期备了一辆毡车与雷天然乘坐，带着冯元、勇儿领兵起身。一路里想着明霞，见那些鸟啼花落，水绿山青，无非助他伤感。是日正行到扶风驿前，见路旁跪着军士，高声禀道："御史大夫葛太古特来迎接太上皇圣驾，有名帖拜上老爷。"冯元下马接了帖儿，禀知钟景期。景期大喜，暗道："不期迎驾官是葛太古，今日在此相遇，不惟可知明霞的音耗，亦且婚姻之事可成矣。"便扎住人马，就进扶风驿里暂歇，即请葛太古相见。太古进驿来与景期施礼坐下，景期道："老先生山斗望隆，学生望风怀想久矣。今日得瞻雅范，足慰鄙衷。"太古道："老夫德薄缘悭，流离琐尾。上不能匡国，下不能保家，何足挂齿。"景期听了"下不能保家"这句话，心上疑惑，便道："不敢动问，闻得老先生有一位令嫒，不知向来无恙否？"太古愀然道："若提起小女，令人寸肠欲断。"景期道："却是为何？"太古道："老夫只生此女，最所钟爱，不期旧年物故。"景期惊道："令嫒得何病而亡？"太古哭道："并非得病，乃是死于非命的。"景期忙问道："为着何事？乞道其详。"太古便先将自己骂贼被监的话儿说了，又将李猪儿传来的明霞撞死缘由，自始至终说了一遍。景期听了，一则是忍不住心酸，二则也忘怀了，竟掉下泪来。太古道："学士公素昧平生，为何堕泪？"景期道："不

瞒老先生说,学生未侥幸时便作一痴想,要娶佳人为配,遍访并无。向闻令嫒小姐才貌两全,不觉私心窃慕,自愧鲰生寒陋,不敢仰攀。到后来幸搏一第,即欲遣媒奉叩,不想老先生被贬范阳去了。学生又忤权奸,亦遭谪遣,自叹良缘不就,两地参商,怨怅愁情与日俱积。今护圣驾回朝,便思前愿可酬。适闻老先生到来,以为有缘千里相逢,姻事一言可定。哪知令嫒已香返云归,月埋烟冷。想我这等薄福书生,命中不该有佳人为偶。说完了这番心事,索性倒哭他一场。"太古哭道:"学士公才情俊逸,若得坦腹东床,老夫晚景堪娱,不想小女遭此不幸,不是你没福娶我女儿,还是我没福招你这样快婿。"二人正说得苦楚,阶下将士禀道:"上皇銮驾已到百里外了。"太古忙起身别了景期,上前迎接去了。

景期也出驿门领兵前进,在马上不胜悲伤。行了二十多日,早到西京。那灵武圣驾,已先回朝了。景期入城,寻个寓所将雷天然安顿停当,寓中自有冯元、勇儿服侍。次早景期入朝参贺天子。一时文武有李泌、杜鸿渐、房琯、裴冕、李勉、郭子仪、仆固怀恩、李猪儿等侍立丹墀,景期随班行礼。朝罢,出来就去拜望李泌、郭子仪等。又差人寻访虢国夫人下落,思量再图一见。谁想各处访问,并无踪迹,景期惟有欷歔叹息。隔了几日,上皇已到。天子率领文武臣僚出廓迎接,彼时护驾的是陈元礼、李白、杜甫、葛太古、高力士等,随着上皇入城。上皇盼咐车驾幸兴庆宫住下。天子随率群臣朝拜,设宴在宫中庆贺。次日早朝,召群臣直到殿前,降下圣旨:封李泌为邺王,拜左丞相;郭子仪为汾阳王,拜右丞相;杜鸿渐为司徒;房琯为司空;裴冕为中书令;李白为翰林学士;钟景期为兵部尚书;杜甫为工部侍郎;葛太古为御史中丞;李勉为监察御史;陈元礼为太尉;仆固怀恩为骠骑大将军;郭晞为羽林大将军;郭暖为驸马都尉,尚升平公主;李光弼加封护国大将军,领山南东道节度使。俱各荣封三代,文官荫一子为五经博士,武官荫一子为金吾指挥。又授高力士为掌印司礼监;李猪儿为尚衣监。其余文武各官各加一级,大赦天下。阶下百官齐呼万岁,叩头谢恩。天子又降旨道:"李林甫欺君误国,纵贼谋反。虽伏冥诛,未彰国法,着仆固怀恩前去掘起林甫冢墓,斩截其尸,枭首示众。"仆固怀恩领旨去了。班中闪出钟景期上殿奏道:"陛下英明神武,为天地祖宗之灵,得以扫荡群贼,克复神器,彼权奸罪恶滔天,死后固当枭首。雷万春靖难诸臣,亦宜追赠谥号,以广圣恩。"天子闻言道:"卿言甚合朕意,可将死难诸臣开列姓名陈奏,朕当酌议褒封。"景期谢恩领旨退班,天子退朝,各官俱散。只有钟景期与李泌、郭子仪、葛太古在议政堂将前后死节忠臣,一一开明事实,以陈御览。早见高力士捧出圣旨一道,追封张巡为东平王;许远为淮南王;南霁云为彰义侯;雷万春为威烈侯;敕建张、许双忠庙,春秋享祭,以南、雷二将配享;追赠张巡妾吴氏为

靖节夫人；许义僮为骁骑都尉；又有原任常山太守颜杲卿赠太子太保；原任梨园典乐郎雷海清赠太常卿；葛明霞封纯静夫人。各赠龙凤官诰，共赐御祭一坛，委郭子仪主祭。子仪奉旨，自去安排祭奠。少顷又有圣旨，命御史葛太古领东京安抚使踏勘地方。有被贼兵残破去处，奏请蠲租；有失业流民，即招抚复业，即日辞朝赴任。又命兵部尚书钟景期领河北经略使，统领大兵十万，进征安庆绪。旨意下了，景期忙回寓所，向天然说道："圣上命我讨安庆绪，不日起行，不知二夫人意下，还是随往军中，还是待我平贼之后，前来迎接你？"雷天然道："妾身父叔俱死贼手，恨不得手刃逆奴，以雪不共戴天之仇，奈女流弱质，不能如愿。今幸相公上承天威，挥戈秉钺，妾愿随侍帷幄，参赞军机。"景期道："如此甚妙。"正说话间，冯元进来禀道："御史葛老爷来辞行。"景期忙出接见。太古道："老夫禀奉严旨，不敢延迟，即日就道，特来告辞。"景期道："东京百姓，久罹水火，专望老先生急解倒悬，正宜速去。学生还要点军马，聚粮草，尚有数日耽搁，不能与老先生同行，殊为快快。"太古道："足下旌旄北上，必过洛阳，愿便道赐顾，少慰鄙怀。"景期道："若到贵治，自然晋谒。今日敢屈台驾，待学生治酒奉饯。"太古道："王事靡临，盛情心醉矣，就此拜别，再图后会。"二人拜别起身，景期也上马来送，直到十里长亭，挥泪分手。景期自回，太古望东京进发。不知此去做出什么事来，且听下回分解。

第十四回　郭汾阳建院蓄歌姬

诗曰:

芭蕉分绿上窗纱,暗度流年感物华。

日正长时春梦短,觉来红日又西斜。

话说御史葛太古奉旨安抚东京,走马赴任,星夜趱行。早有衙役前来迎接,来到东京上任。那些行香拜客的常套,不消说得。三日之后,就要前往各处乡镇山村,亲自踏勘抛荒田土,招谕失业流民。有书吏禀道:"老爷公出要用多少人夫? 求预先吩咐,好行牌拘唤,并齐集跟随人役,再着各处整备公馆铺陈,以便伺候。"太古道:"百姓遭兵火之余,困苦已极。若多带人役,责令地方铺陈整备公馆,这不叫抚民,反而是扰民了。今一概不许行牌,只跟随书吏一名,门子一名,承差二名,皂隶四名;本院铺盖用一头小驴驮载,随路借寺院歇宿。至于盘费,本院自带俸银,给予你们买柴米,借灶炊煮,不许擅动民间一针一草,如违,定行处死。"书吏领命而行。太古匹马,领着衙役出城,到各乡村去踏勘了几处。

是日来到华阳山下,见一座小小庵院,半开半掩。太古问道:"这是什么庵院?"承差禀道:"是慈航静室。"太古道:"看来倒也洁净,可就此歇马暂息。"遂下马,吩咐衙役停在外厢,自己走进山门到佛堂中礼佛。里面妙香忙出来接见,向前稽首,太古回了一礼,定睛一看,惊问道:"你这姑姑好像与虢国夫人一般模样。"妙香道:"贫尼正是。不知大人如何认得?"太古道:"下官常时值宿禁门,常常见夫人出入宫闱,况又同里近邻,如何不认得。"妙香道:"请问大人尊姓,所居何职?"太古道:"下官御史中丞葛太古,奉旨安抚此地,所以到此。"妙香道:"啊呀! 可惜,可惜! 大人若早来三个月,便与令媛相逢了。"太古道:"姑姑说哪个的令媛?"妙香道:"就是大人的令媛明霞小姐。"太古道:"小女已在范阳死

节,哪里又有一个?"妙香道:"原来大人误闻讣音了。令媛原未曾死,百日以前,逃难到小庵住了几日,因避乱兵在山路里失散了,如今不知去向。"太古道:"姑姑这话甚是荒唐,小女既经来此,如何又不见了?"妙香道:"大人若不信,现有同行女伴卫碧秋在此,待我叫她出来,大人亲自问她。"便到里边叫碧秋出来。碧秋上前相见,太古命妙香、碧秋坐了,问道:"向闻小女弃世,有李猪儿亲口说,已将她埋葬。适才姑姑又说同小娘子避难到此,着人委决不下,小娘子可细细说与我知道。"碧秋便将红于如何代死,自己如何赚开城门,与母亲卫妪如何一齐逃难来到庵中,又如何失散,连母亲也不知消息。说到此处,不觉泪下。太古大惊道:"如此说起来,那死的倒是侍婢红于了,难得这丫鬟这般义气。只是范阳到此,有二千余里,一路兵戈扰攘,你们三个妇女怎生行走。"碧秋道:"亏得有睢阳雷万春给了路引,所以路上不怕盘诘。"太古道:"如今路引在哪里,取来与我一看。"碧秋道:"在此。"便进去取出路引,送与太古。太古接来,从前至后看去,见葛明霞名下,注着钟景期原聘室。便心里想道:"这又奇了,前日遇钟朗时节,他说慕我女儿才貌欲结姻盟,并未遣媒行聘。怎么路引上这般注着?"便问碧秋道:"那雷将军如何晓得小女是钟景期的原聘?"碧秋道:"连奴家也不见小姐说起,倒是雷将军问及才晓得。"太古道:"如何问及?"碧秋道:"他说钟景期谪贬途中遇着雷将军,雷将军要将侄女配他为妻。他说有了原聘葛小姐,不肯从命。因此雷将军将侄女倒赠与他为妾,留着正位以待葛小姐。所以路引上这般注着。"太古想道:"钟郎真是情痴,如何寸丝未定,便恁般注意。"又想道:"难得卫碧秋母子费尽心机,救脱我女,反带累她东西飘泊,骨肉分离,如今此女茕茕在此,甚是可怜。她既救我女,我如何不提拔她。况她姿容不在明霞之下,又且慧心淑贞,种种可人,不如先收她为养女,再慢慢寻取明霞,却不是好。"心中计较已定,就问碧秋道:"老夫只有一女,杳无踪影,老夫甚是凄凉。你又失了令堂,举目无亲,意欲收你为螟蛉之女,你意下何如?"碧秋道:"蒙大人盛意,只恐蓬荜寒微,难侍贵人膝下。"妙香道:"葛大人既有此心,你只索从命罢。"碧秋道:"既如此,爹爹请坐了,待孩儿拜见。"说罢,拜了四拜。太古道:"我儿且在此住下,待我回到衙内,差人出轿子来接你。"碧秋应声:"晓得。"太古别了妙香,出静室上马,衙役随着,又到各处巡行了几日。回至衙门,吩咐军士人役,抬着轿子,到慈航静室迎接小姐。又封香金三十两,送与妙香。承差人役领命而去,接了碧秋到衙。太古又叫人着媒婆在外买丫鬟十名,进来服侍。碧秋虽是贫女,却也知书识字,太古甚是爱她。买了许多古今书籍与她玩读。碧秋虽未精通,一向与明霞、妙香谈论,如今又有葛太古指点,不觉心领神会,也就能吟诗作赋。太古一发喜欢。

　　隔了数日，门上传报说，河北经略使钟景期在此经过，特地到门拜访。太古心下踌躇道："钟郎人才并美，年少英奇，他属意我女，我前日又向他说死了。倘他别缔良缘，可不错过了这个佳婿。莫若对他说知我女尚在，只说已寻取回来，就与他订了百年之约。后日寻着明霞不消说得，就是寻不着，好歹将碧秋嫁与他，却不是好？"一头想，一头已走至堂前。一声云板，吹打开门，接入景期上堂，叙礼分宾主坐下。两人先叙了些寒温，茶过一通。太古道："老夫有一喜信，报知经略公。"景期道："有何喜信？"太古道："原来小女不曾死，一向逃难在外，前日老夫已寻取回来了。"景期忙问道："老先生在何处相逢令嫒的？"太古道："老夫因踏勘灾荒，偶到慈航静室中歇马。却有虢国夫人在彼出家，小女恰好亦避难庵中，与老夫一时团聚，方知前日所闻之误。"景期道："如此说，那范阳死节的又是哪一个？"太古便将红于代死，挈伴同逃的话一一说了。景期不胜嗟叹。太古道："如今小女既在，经略公可酬宿愿矣。"景期道："千里睽违，三年梦寐，好逑之念，今日忘之。今学生种玉有缘，老先生诺金无吝，当即遣媒纳采，岂敢有负初心。"太古笑道："经略公与老夫，今日始订姻盟，如何预先在人前说曾经聘定小女？"景期道："我并不曾向人说什话儿，这话从何处来？"太古道："小女逃难，曾遇睢阳副将雷万春，承他给与路引。他说当日要将侄女相配，因你说有了原聘葛明霞，故此他将侄女倒送与你为侧室。所以路引上在小女名下就注定是钟某原聘室。老夫见了不觉好笑。"景期道："彼时我意中但知有明霞小姐，不知有了别人，只恐鹊巢鸠占，故设言以推却。现今尚虚中馈以待令嫒。"说罢，二人大笑。

　　忽见中军官来禀道："有翰林学士李白老爷来拜。"景期暗喜道："今日正少一个媒人，他来得恰好。"太古就出去迎接进来，各相见坐定。太古道："李兄为何不在朝廷，却来此处？"太白道："小弟已告休林下，在各处游玩。近欲往嵩山纵览，经过贵治，特来相访。"景期道："李大人来得凑巧，葛老先生一位令嫒，蒙不弃学生鄙陋，许结丝萝，敢求李大人执柯。"李白道："好好，别的事体学生誓不饶舌，做媒人是有酒吃的，自当效劳。"景期道："既如此，学生即当择吉行聘，待讨平逆贼，便来迎娶。"李白道："说得有理。"一齐起身作别。太古送出衙门，回身进来，心上忽然猛省，跌足道："适才不该说她是慈航静室中寻着的。倘他到彼处问明端的，不道是我的好意，倒道我说谎骗他了。"又想着："看景期一心苦渴，今日方且喜不自胜，何暇去问，只索由他罢了。"便进内去说与碧秋知道不题。

　　却说钟景期回至馆驿，欢喜欲狂，忙与雷天然说知此事。天然不惟不妒忌，倒还替景期称贺。景期吩咐军兵暂屯住数日，一面叫人去找阴阳官择了吉日，一面发银子去买办

行聘礼物,忙了一日。景期向雷天然道:"葛公说虢国夫人在慈航静室中出家,我明日清早要去见她。"天然道:"相公若去,可着冯元随往。"次早,景期吩咐冯元跟着,又带几个侍从,唤土人领路,上马竟投慈航静室中来。到得山门首,只见里面一个青衣女童出来道:"来的可是钟状元么?"景期大惊,下马问道:"你如何就晓得下官到此?"女童道:"家师妙香姑姑,原是虢国夫人。三日前说有故人钟状元来访,恐相见又生魔障,昨日已入终南山修道去了。教我多多拜上钟老爷,说宦海微茫,好生珍重,功成名就,及早回头。留下诗笺一纸在此。"景期接来一看,上面写道:

> 割断尘缘悟本真,蓬山绝顶返香魂。
>
> 如今了却风流愿,一任东风啼鸟声。

景期看罢,泫然泪下,怏怏上马而回。

到了吉期,准备元宝彩缎、钗环礼物,牵羊担酒,大吹大擂送去。景期穿了吉服,自己上门纳聘。李白是媒人,面儿吃得红红,双花双红坐在马上。军士吆吆喝喝,一齐来到安抚衙门里。葛太古出堂迎接,摆列喜筵,一则待媒人,一则请新婿,好不闹热,但见:

> 喜气盈门,瑞烟满室。喜气盈门,门上尽悬红彩;瑞烟满室,室中尽挂纱灯。
>
> 笙歌鼎沸吹,一派鸾凤和鸣;锦褥平铺绣,几对鸳鸯交颈。风流学士做媒人,潇
>
> 洒状元为女婿。佳肴美酒,异果奇花。玉盏金杯,玳瑁筵前光灿烂;瑶筝檀板,
>
> 琉璃屏外韵悠扬。

筵宴已毕,太白、景期一齐作别。景期回至驿庭,雷天然接着道:"相公聘已下了,军情紧急,不可再迟。"景期道:"二夫人言之有理。"便吩咐发牌起马,各营齐备行装,次日辰时放炮拔营。葛太古、李太白同来相送,到长亭拜别。景期领了兵马,浩浩荡荡望河北去了。

葛太古别了太白,自回衙门退入私署,走进碧秋房中,见碧秋独坐下泪。太古问道:"我儿为何忧戚?"碧秋道:"孩儿蒙爹爹收养,安居在此,不知我母亲与明霞姐姐却在何处?"太古道:"正是,我因连日匆忙,倒忘了这要紧事体。待我差人四散去寻访便了。"碧秋道:"差人去寻也不中用,须多写榜文各处粘贴,或者有人知风来报。"太古道:"我儿说

得是。"就写起榜文,上写着报信的谢银三十两,收留的谢银五十两。将避难缘由、姓名、年纪一一开明,写完发出去,连夜刊板刷印了几百张,差了十数个人役,四处去粘贴。差人领了榜文,分头去了。一个差人到西京,一路寻访,将一张榜文贴在长安城门上,又往别处贴去了。那些百姓皆来看榜,内中一个人头戴毡帽,身穿短布衫,在人丛里钻出来拍手笑道:"好快活,好快活。我的造化今日到了。"又有一个老婆子,向前将那人一把扯住,扯到僻静处问道:"你是卖鱼的沈蛇儿,在这里自言自语作什么?"沈蛇儿道:"你是惯做中人的白妈妈,问我怎的?"白婆道:"我听见你说什么造化到了,故问你。"蛇儿道:"有个缘故,我前日在泾河打鱼,夜里泊船在岸边,与我老婆正在那里吃酒。忽听见芦苇丛中有人啼哭,我上岸看时,见一个老妪、一个绝标致的女子,避难到那边迷失了路,放声啼哭。我便叫她两个到渔船里来,问她来历。那老的叫作卫妪,后生的叫作葛明霞,她父亲是做官的。我留她们在船里,要等人来寻,好讨些赏。谁想养了她一百三四十日,并无人来问。方才见挂的榜文,却有着落了,我如今送到她父亲处。报事人三十两是我得,收留人五十两也是我得,岂不是个造化?"白婆道:"那女子生得如何?"蛇儿道:"妙嘎! 生得甚为标致,乌油油的发儿,白莹莹的脸儿,曲弯弯的眉儿,俏生生的眼儿,直隆隆的鼻儿,细纤纤的腰儿,小尖尖的脚儿。只是自从在船里并不曾看见她笑。但是哭起来,那娇声儿便要教人魂死,不知笑将起来怎样有趣哩!"白婆道:"可识几个字否?"沈蛇儿道:"岂但识字,据那卫妪向我老婆说,她琴棋诗画件件都会哩!"白婆道:"你这蠢才,不是遇着我,这桩大财却错过了。这里不好讲话,随我到家里来。"两个转弯来到白婆家里。蛇儿道:"妈妈有什么话说?"白婆道:"目今汾阳王郭老爷起建凝芳阁,阁下造院子十所。每一院中,有歌舞侍女十名。又要十个能诗善赋的绝色美人,分居十院统领诸姬。如今有了红绡、紫苑等九个。单单缺着第十院美人,遍处访觅,并没好的。你方才说那个女儿甚是标致,何不将她卖与郭府。最少也得二三百两银子,可不强如去拿那八十两的谢仪。"蛇儿道:"那葛明霞不肯去怎么好?"白婆道:"这样事体不可明白做的,如今你先回去,我同郭府管家到你船边来相看。只说是你的女儿,如此,如此,做定圈套,那葛明霞哪里晓得。"蛇儿道:"倘然她在郭府里说出情由,根究起来,我和你如何是好?"白婆道:"你是做水面上生涯的。我的家伙连锅灶也没一担,一等交割了人,我也搬到你船里来,一溜儿棹到别处去了,他们哪里去寻。"蛇儿道:"好计。好计。我的船泊在长安门外,我先去,你就来。"说罢,回到船上,见明霞、卫妪坐在前舱,心里暗自喜欢,也不与她讲话,竟到后艄与老婆讨饭吃去。不多时,早见白婆领着三四个管家到船边叫道:"沈蛇儿,我们郭府中要买几尾

金色大鲤鱼，你可拿上来称银子与你。"蛇儿道："两日没有鲤鱼，别处去买罢。"管家道："老爷宴客，立等要用，你故不卖么？"蛇儿道："实是没有。"管家道："我不信，到他船上去搜看。"说着一齐上船来，把那只小船险些跳翻了。管家钻进船里，假意掀开平基搜鱼，那三四双眼睛，却射定在葛明霞身上，骨碌碌地看上看下。惊得葛明霞娇羞满面，奈船小又没处躲避，只得低着头，将衣袖来遮掩。谁想已被这几个看饱了，便道："果然没有鲤鱼，几乎错怪于他。只是我们不认得别个船上，你可领我们去买。"蛇儿道："这个当得。"便跟随众人上岸，与白婆子齐进城来，到白婆家里。管家道："这女子果然生得齐整，老爷一定中意的。"白婆便瞒了蛇儿，私自讲定身价三百两。自己打了一百两后手，只将二百两与蛇儿。管家又道："方才同坐的那个老妪是什么人？"蛇儿道："也是亲戚，只为无男无女，在我船里博饭吃的。"白婆对管家道："郭老爷每娶一位美人，便要一个保姆陪伴。老妪既无男女，何不同那女子到郭府中，她两个熟人在一处，倒也使得。"蛇儿道："只要添些银子，有何不可。"白婆又向管家说过，添了二十两银子，叫沈蛇儿写起文书，只说自己亲女沈明霞同亲卫姬，因衣食不周，情愿卖到郭府，得身价三百二十两。其余几句套话，不消说得。写完画了花押，兑了银子，权将银子放在白婆家里。叫起两乘轿子，沈蛇儿先奔到船上，向葛明霞、卫

姬道："昨日圣上差一官员，但有逃难迷失子女，造着册子，设一公所居住。如有亲戚认的即便领回，人家都到彼处寻领。你两人也该到那边去住，好等家里人来认领，再叫轿子来抬你们去。"明霞道："如此甚好，只是在你船上打扰多时没有什谢你，只有金簪一支与你，少偿薪水，待我见了亲人，再寻你奉谢。"蛇儿收了簪子。少顷轿子到了，明霞、卫姬别了蛇儿夫妇，一齐上岸入轿。蛇儿跟着轿子，送到郭府门首，见几个管家并白婆站着，蛇儿打了个照会，竟自回去。白婆接明霞、卫姬出轿，管家领入府中。明霞慌慌张张不知好歹，只管跟着走。白婆直引至第十院中便道："你两人住在此间，我去了再来看你。"说着竟自抽身出去。那明霞、卫姬举目一看，见雕栏画槛，奇花异木，摆列的金彝宝鼎，玉轴牙

签;挂着琵琶笙笛,瑶琴锦瑟,富丽异常。心中正在疑惑,那本院十个歌姬齐来接见。又有九院美人红绡、紫苑等都来拜望。早有女侍捧首饰衣裳来,叫明霞梳妆打扮。明霞惊问道:"这里是什么所在?"红绡笑道:"原来姐姐尚不知,我这里是汾阳王郭老爷府中凝芳十院,特请你来充第十院美人,统领本院歌姬。今日是老爷寿诞,你快快梳妆,同去侍宴。"明霞听罢,大惊哭道:"我乃官家之女,如何陷我于此。快放我出去便罢,不然我誓以一死,自明心迹。"红绡便扯着紫苑背地说道:"今日是老爷寿诞,这女子如此光景,万一宴上啼哭起来,反为不美,不如今日不要她去拜见,待慢慢劝她安心了方始和侍,才为妥当。"紫苑道:"姐姐所见极是。"便吩咐诸姬好生服侍照管,别了明霞,集了众歌姬到凝芳阁上伺候。到得黄昏时分,只听得吆喝之声,几对纱灯引子仪到阁上坐席,九个美人叩头称贺。子仪道:"适才家人来报,说第十院美人有了,何不来见我?"红绡禀道:"她乃贫家女子,不娴礼数,诚恐在老爷面前失仪,故此不敢来见,待妾等教习规矩,方始叩见老爷。"子仪道:"说得有理。"一时奏乐,九院美人轮流把盏,诸姬吹弹歌舞,直至夜分。子仪醉了,吩咐撤宴,就到第三院房里住了。次早起来,外面报有驾帖下来。子仪忙出迎接,展开驾帖来看,原来是景期攻取安庆绪不下,奏请添兵。圣旨着子仪部下仆固怀恩前去助战。子仪看了,就差人请仆固怀恩来吩咐,怀恩领命,点了本部三万雄兵,望范阳进发,协助景期。不知胜负如何? 且听下回分解。

第十五回　司礼监奉旨送亲

诗曰：

　　　苍苍变幻何穷，报复未始不公。
　　　昨夜愁云惨雾，今宵霁月光风。

　　话说仆固怀恩令了天子圣旨、汾阳王令旨，统着兵马来协助钟景期征讨安庆绪，星夜进发来到范阳地界。只见前面立着两个大寨，上首通是绛红旗号，中军一面大黄旗绣着"奉旨征讨逆贼"六个大金字。下首通是缟素旗号，中军一面大白旗绣着"誓报父叔大仇"六个大金字。怀恩见了，心中疑惑，想朝廷只差钟景期来，那白旗的营寨又是谁的？就差健卒先去打探。健卒去了一会，回来禀道："上首红旗营里是钟经略的账房，下首白旗营里就是经略二夫人雷氏的账房。因贼兵势大，未能破城，故扎营在此。"怀恩听了，便叫军马扎住，自己领着亲随来到景期营门首，着人通报进去。景期吩咐大开辕门，接入相见。景期命怀恩坐下，怀恩问道："贼势如何，连日曾交战否？"景期道："贼锋尚锐，连日交战胜负未分，下官因与小妾分兵结寨河上，为犄角之势。今将军到来可大奋武威，灭此朝食。"怀恩道："待小将与他交战一番，看他光景。"正说间，外面报进来道："贼将杨朝宗搦战。"怀恩道："待小将出去，立斩此贼。"说罢，绰刀上马，飞跑出营。景期在帐上听得外面金鼓齐鸣，喊声大震。没半刻时辰，銮铃响处，仆固怀恩提着血淋淋的人头掷在帐前，下马欠身道："赖大人之威，与杨朝宗交马只三合，便斩那厮了。"景期大喜，吩咐整备筵席，款待怀恩，一则洗尘，二则贺功。怀恩领了宴，作别回本营。景期便请雷夫人进营议事，不多时，雷天然骑着白马来到，马前十个侍女，尽穿着锦缎缕成的软甲，手中俱执着明晃晃的刀。这都是雷天然选买来的，尽是筋雄力壮的女将，命勇儿教演了武艺，名为护卫青衣女，一对对的引着天然而来。天然下马入帐，与景期相见坐定。天然道："今朝廷差仆固

将军来此助战，方才即斩一员贼将，已折他的锐气了。但贼人城壕坚固，粮草充足，彼利于守，我利于战。相公可出一计，诱贼人大战一场，乘势抢过壕堑，方好攻打。"景期道："我意亦如此，故请二夫人来筹画。"正在商议，只见辕门上报道："安庆绪差人下战书。"天然喜道："来得甚好。"便教将战书投进来。景期拆开细看，见词语傲慢，大怒道："这厮欺我是个书生，不娴军旅，将书来奚落下官，快将下书人斩讫报来。"天然道："两国相争，不斩来使。相公不须发怒，可示期决战便了。"景期怒犹未息，就在书尾用朱笔批道："安庆绪速整兵马，来日大战。"批完，叫将官付与来人去了。一面差人知会仆固怀恩，一面下令各营准备厮杀。天然也回自己营中打点。

　　次日，景期、天然、怀恩三队大军合做一处，摆列阵势以待。门旗里旌旄节钺画戟银瓜，黄罗伞下罩着钟景期，头戴金盔，身穿金甲，斜披红锦战袍，稳坐雕鞍骏马，手执两把青锋宝剑。仆固怀恩在旁，头戴兜鍪，身挂连环甲，腰悬羽箭雕弓，横刀立马。军中搭起一座将台，雷天然穿着素袍银甲，亲自登台擂鼓。勇儿也全身披挂，手执令字旗，侍立在将台之上，一一整齐。那范阳城里，许多军马开门杀出。两阵对垒，贼阵上僭用白旄黄钺，拥着安庆绪出马。护驾是尹子奇，左有史朝义，右有孙孝哲，史思明在后接应。门旗开处，钟景期与仆固怀恩出到阵前。安庆绪大叫道："安皇帝在此，钟景期敢来交战么！"景期大怒，拍马舞剑而出，庆绪举戟来迎。雷天然在将台上大擂战鼓。看官你道景期是个书生，略晓得些剑法，一时交战起来，怎不危险？幸得庆绪的武艺原低，又且酒色过度，气力不甚雄猛，所以景期还招架得住。两个战有十合，仆固怀恩恐景期有失，便闪在旗后，拔出箭来拽满雕弓，嗖地一声射去，正中安庆绪的坐马，那马负痛，前蹄一失，把庆绪掀下马来。景期正欲举剑来砍，那尹子奇大吼如雷，杀将过来。怀恩看他骁勇，景期不是他的对手，便舞刀跃马接住厮杀。孙孝哲上前救庆绪回去，景期自回本阵。尹子奇与仆固怀恩战有二百余合，未分胜负。怀恩心生一计，虚掠一刀，拨马便走。尹子奇大叫道："休走。"拍马赶上，怀恩觑他来得较近，暗将宝刀挟在鞍桥上，却取着弓搭着箭，忙转身子望尹子奇射去。只听得一声响亮，尹子奇两脚朝天，翻身落马，恰好射中他右眼。他的左眼先被雷万春射瞎了，如今却成双瞽，只管在地下乱爬。怀恩忙回马来捉，被史朝义上前救了回去。景期鞭梢一指，将台上战鼓大擂，官军乘势奋勇掩杀过去，贼军大败。但见：

　　刀砍的脑浆齐迸，枪戮的鲜血乱流。人和马尽为肉泥，骨与皮俱成齑粉。
　　弃甲抛戈，奔走的堕坑落堑；断头破脑，死亡的横野填沟。耳听数声呐喊，惊得

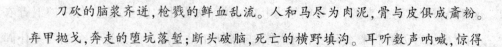

个鬼哭神号;眼观一派旌旗,阴得那天昏地惨。

正是:

　　　　劝君莫说封侯事,一将功成万骨枯。

　　官兵见贼兵退了,一齐赶杀前来。却被史思明领着三千铁甲马军冲来救应,那马匹匹是骏马,驰骋处勇健如飞。雷天然望见,急叫鸣金收军,将士各回营寨。景期道:"二夫人为何鸣金?"天然道:"我望见贼人马军利害,故此收兵。"景期道:"你哪见得他利害?"天然道:"人到不打紧,只是那骏马,我营中一匹也不如他,他方才若用此骅骝为前部,先扰乱我的阵脚,我军不能取胜矣。"景期称服,在营犒赏将士。

　　隔了两日,有人来报,史思明纵放好马二千余匹,在河上北岸饮水。天然听了大喜,便叫勇儿附耳低言,如此,如此。勇儿依计,出去教各营拣选骡马千匹,放在河上南岸饮水。又差冯元领兵赶马,那骡马到了河上打滚吃草,往来驰骋,望着隔岸饮水马,只管昂头嘶叫。那贼人的马,原来大半是公的,见了骡马嘶跳,也都到河边来。这河又不阔,又不深,那些马又通有腾空入海的本事,望着隔河骡马忍耐不住,也有一跃而过的,也有赴水而过的。自古道:"物以类聚",一匹走动了头,纷纷地都过河来,那看马的贼兵哪里拦喝得住。南岸上冯元教军士尽数赶回营中,计点共得好马一千三百八十二匹。景期欢喜,向天然道:"我今有一事用着冯元。"天然道:"有何事用他?"景期道:"差他到范阳城下,只说送还他马匹,赚开城门,带一封书进去送与史思明,这般这般而行。二夫人意下如何?"天然道:"有理。此时君臣各自为心,正该行此反间之计。"景期就写一封书来,唤冯元吩咐了密计,教他只等有变,就在城中放火为号。又令将抢来的马留了一千,将零头的三百八十二匹,又选自己营中老疲病马五百余匹,杂在里头,叫几个军士赶着,跟了冯元来到城下。冯元高声道:"经略钟老爷送还你们马匹,可速速开门。"城上见果然有马送来,便开门放入,贼兵不问好歹,一齐将马赶入槽内去了。冯元竟到史思明衙门上,央人接了书,抽身自去藏避行事。门上将书送进,史思明打开一看,上面写道:

　　大唐兵部尚书领河北经略使钟景期再拜,致书于史将军麾下:愚闻宁为鸡口,勿为牛后。大丈夫当南面称孤,扬威四海,何能抑抑久居人下。况将军雄才盖世,而安庆绪荒淫暴虐,岂得为将军之主,将军何不乘间杀之,自居范阳首。函驰长安,大唐必与联合,平分南北,永不相侵,彼此受益,维将军图之。

思明看罢,心下踌躇。次早,只见将官来禀道:"昨夜不知何人遍贴榜文,有人揭去送与皇爷看了。小将也揭一张在此。"史思明接来一看,上写道:

> 史思明已降大唐,约定:本日晌午,唐兵入城,只擒安庆绪;凡你百姓,不必惊慌。先此谕知。

思明看了,大惊失色,早见门外刀枪密密,戈戟森森,把衙门围住,许多军士声声叫喊:"皇爷召史将军入朝议事,即便请行。"思明见势头不好,道:"一不做,二不休,顾不得什么了。"点起家丁百名,披挂上马,冲出衙门,军士尽皆退后,思明一径抢入宫来。安庆绪见了,吓得魂不附体,便叫道:"史将军,孤家有何负你,你却降了唐朝。"思明更不答话,赶上前来将庆绪一枪刺死。外面孙孝哲、史朝义赶进来,看见大惊。史朝义道:"好嗄!弑君大逆,当得何罪!"思明喝道:"我诛无道昏君,有何罪过。你是我的儿子,怎生说出那样话来。"朝义道:"你既无君,我亦无父,与你拼三百合。"思明大怒,挺枪戳来。朝义拔刀来迎,父子两个在宫门交战。孙孝哲也不来管闲事,只顾纵兵抢掠,城中大乱。冯元躲在城内看见光景,便跑到一个浮图上去,取出身边硫磺焰硝引火之物,放起火来。城外唐兵望见,仆固怀恩当先领兵砍开城门杀进,随后景期、天然也杀入城来。史思明听见外面声息不好,便丢了史朝义,杀出宫门,正遇雷天然,举枪直刺,天然用剑隔住,就接着交战。那天然如何抵挡得思明,左遮右架,看看力怯,正在危急,忽见半空中隐隐现出雷万春阴魂,幞头红蟒,手执钢鞭,大叫道:"贼将休伤吾侄女。"举起鞭来向思明背上狠打一下。思明口吐鲜血,落马跌翻在地。天然就叫军士向前捉了,紧紧绑缚。景期杀入宫中,见安庆绪死在地上,便割了首级,吩咐将许多宫女尽数放出,把安庆绪僭造的宫殿放火烧毁。那孙孝哲、史朝义都被仆固怀恩杀了。景期下令救灭城中的火,出榜安民。将思明的宅子改为经略衙门。景期与天然进内坐下,差人去捉尹子奇。不一时提到,可怜尹子奇有万夫不当之勇,到此时一双眼睛俱被射瞎,好像木偶人一般,缚来与史思明一齐跪在堂前。雷天然忙叫供起雷海清、雷万春的牌位,将尹、史二贼绑在庭中柱上,吩咐刀斧手先剖开胸腹,取出两副热腾腾血滴滴的心肝,又斩了两颗首级,献上来供在案上,景期、天然一齐

向灵牌跪拜大哭。祭毕，撤开牌位，设宴与仆固怀恩并一班将佐论功，诸将把盏称贺，宴完各散。

次日景期出堂，一面令仆固怀恩领兵往潞州魏博二处讨贼党薛嵩、田承嗣；一面将庆绪、子奇、思明的三颗首级，用木桶封存好了。又传令拿反贼的嫡亲家属，上了囚车。写起本章，先写破贼始末，后面带着红于代死的一段缘由，请将原封葛明霞位号移赠红于。写完了表，差一员裨将，赍了本章，领兵二百，带了首级，押着囚车，解到长安，献俘报捷。来到京中，将本送入通政司挂号，通政司进呈御览，天子大喜，即宣李泌、郭子仪入朝，计议封赏功臣。李泌、郭子仪齐奏道："钟景期、仆固怀恩功大，宜封公侯之爵。"天子准奏，钟景期封平北公，加升太保。即命收复了附贼城池，方始班师。仆固怀恩封大宁侯，开府仪同三司。其余将佐升赏不等。又将原封葛明霞纯静夫人位号移封红于，立庙祭享。命李泌草诏，李泌、子仪领旨出朝。子仪别了李泌，自回府中到凝芳阁上来，九院美人齐来接见。子仪道："范阳逆贼俱已平复，老夫今日始无忧矣。可大开筵宴，尽醉方休。"众美人齐声应诺。子仪道："那第十院美人，来有二月余了，礼数想已习熟，今晚可唤来见我。"红绡禀道："第十院美人自从来此，并不肯梳妆打扮，只是终日啼哭，连同来的保姆也是如此。必有缘故，不敢不禀知老爷。"子仪道："既如此，可唤来，我亲问她。"红绡恐怕诸姬去唤惊唬了她，激出事来，便自己去叫明霞上阁，连卫姬也唤来。子仪抬头把明霞一看，见她虽是粗服乱发，那种娉婷态度绰约可人。明霞上前道了万福，背转身立着，众皆大惊。子仪道："你是何等样人，在王侯面前不行全礼？"明霞哭道："念奴家非是下流，乃是御史葛太古之女葛明霞，避难流落，误入奸人圈套，赚到此处。望大王怜救。"子仪听了道："葛太古之女葛明霞三字，好生熟悉，在哪里曾闻见来？"卫姬就跪下道："是在洛阳经过，曾将雷万春路引送与老爷挂号的。"子仪道："正是。我一时想不起，啊呀！且住，我见路引上注着钟景期原聘室，你可是么？"明霞道："正是。"子仪忙立起身来道："如此说是平北公的夫人了。快看坐来。"诸姬便摆下绣墩，明霞告了坐，方始坐下。子仪问道："看你香闺弱质，如何恁地飘蓬？你可把根由细细说与我听。"明霞遂将自从在范阳遭安庆绪之难说起，直说到被沈蛇儿骗了卖在此处的话，说了一遍，不觉泪如雨下。子仪道："夫人不必悲伤，令尊已升御史中丞，奉旨在东京安抚。尊夫钟景期做了兵部尚书，讨平了安庆绪，适才圣旨封为平北公，现今驻扎范阳。老夫明日奏闻圣上，送你到彼处成亲便了。"明霞称谢。子仪又道："吩咐就在第十院中摆列筵席，款待钟夫人。去请老夫人出来相陪，我这里只留诸姬侑酒。红绡等九院美人也去陪侍钟夫人饮宴。"九院美人领命，拥着明霞同卫

433

姬去了。

子仪饮完了宴，次早入朝将葛明霞的事奏闻天子。天子龙颜大喜道："好一段奇事，好一段佳话。如今葛明霞既在卿家，也不必通知他父亲，卿就与她备办妆奁，待朕再加一道诏旨，钦赐与钟景期完婚。就着司礼监高力士并封赠的诏书一齐赍送前去。"高力士叩头领旨，连忙移文着礼部开赐婚仪，派兵部拨兵护送，工部备应用车马，銮仪卫备随行仪仗，各衙门自去料理。那郭子仪出朝回府，着家人置备妆奁，将第十院歌姬十名就为赠嫁。那卫姬不消说得，自然要随去的了。此时葛明霞真是锦上添花。自古道：

> 不是一番寒彻骨，争得梅花扑鼻香。

子仪在府忙忙准备，又写起一封书，将明霞始末备细写明，差个差官先到范阳去通报钟景期。差官领书，即便起身，在路餐风宿水，星夜趱行。是日到了黄河岸边，寻觅渡船，见一只渔舟泊在柳荫之下。差官叫道："船上人渡我过去，送你酒钱。"渔船上人便道："总是闲在此，就渡你一渡。只是要一百文大钱。"差官道："自然不亏你们。"说罢。跳上了船。渔人解缆棹入中流。差官仔细把渔人一看，便道："你可是长安城下卖鱼的沈蛇儿。"沈蛇儿道："我正是。官人怎生认得？"差官道："我在长安时，常见你的。"正说时，只见后艄一个婆子伸起头来一张。差官看见问道："你是做中人的白婆，为何在他船上？"白婆道："官人是哪里来的，却认的我？"差官道："我是汾阳王的差官，常见你到府门首领着丫鬟来卖，如何不认得？"只这句话，沈蛇儿不听便罢，听见不觉心头小鹿儿乱撞，暗想道："我与白婆做下此事，逃到这里，不期被他认着。莫非葛明霞说出情由，差他来拿我两人。他如今在船里不敢说，到了岸边是他大了，不如摇到僻静处害了他的性命罢。"心里正想，一霎时，乌云密布，狂风大作，刮得河中白浪掀天，将那只小船颠得好像沸汤里浴鸡子的一般，砰地一声响亮，三两个浪头打将过来，那船底早向着天了，两岸的人一齐嚷道："翻了船，快些救人。"上流头一只划船忙来搭救，那差官抱住一块平基，在水底滚出，划船上慌忙救起来。再停一会，只见沈蛇儿夫妇并白婆三个人直僵僵地浮出水面上，看时已是淹死了。可惜骗卖明霞的身份二百二十两，并白婆后手一百两，都原封不动沉在水里。那蛇儿夫妇与白婆昧心害理，不惟不能受用，倒折了性命。正是：

> 善恶到头终有报，只争来早与来迟。

却说划船上人，且不去打捞三个死尸，慌慌地救醒差官，将船拢岸，扶到岸上。众人齐来看视，差官呕出了许多水，渐渐能言。便问道："我的铺盖可曾捞得？"众人道："这人好不知足，救得性命也够了，又要铺盖，这等急水，一百副铺盖也不知滚到哪里去了。"差官跌足道："铺盖事小，有汾阳王郭老爷书在里边，如今失落了，如何了得。"众人道："遭风失水皆由天命，禀明了自然没事的。"就留在近处人家，去晒干了湿衣，吃了饭，借铺盖歇了一夜。明日众人又借些盘缠与他，差官千恩万谢，别了众人，踉踉跄跄往驿中雇了一个脚力，望范阳进发。不知此去怎生报知钟景期，且看下回分解。

第十六回　平北公承恩完配

词曰：

　　俊俏佳人，风流才子，天然吩咐成双。看兰堂绮席，烛影灿煌。数幅红罗绣帐，氤氲看宝鸭焚香。分明是，美果浪里，交颈鸳鸯。　　细留心，这回算，千万遍相思，到此方偿。念宦波风险，回首微茫。惟有花前月下，尽教我对酒疏狂。繁花处，清歌妙舞，醉拥红妆。

右调《凤皇台上忆吹箫》

话说汾阳王差官，在黄河翻了船，失了郭子仪原书，又没处打捞，无可奈何，只得怀着鬼胎走了几日，到范阳城里经略衙门。上来还未开门，差官在辕门上站了一会，只听得里面三声鼓响，外边鼓亭一派吹打，放起三个大炮，齐声吆喝开门，等投文领文事毕。差官央个旗牌报进去，不多时，旗牌唤入，报门而进。差官到堂下禀道："汾阳王府差官叩见老爷。"钟景期问道："郭老爷差你到此何干？"差官道："郭老爷差小官送信来此，不期在黄河覆舟只拾得一条性命，原书却失落了。求老爷怜恕。"景期道："但不知书中有何话说？"差官道："没有别的话，是特来报老爷的喜信。"景期道："有何喜信？"差官道："圣上钦赐一位夫人与老爷完婚，因此差小官特来通报。"景期惊道："可晓得是谁家女？"差官道："就是郭府中第十院美人，小官也不晓得姓名。"景期大惊，想道："圣上好没分晓，怎么将郭府歌姬赐与大臣为命妇。"心中快快不悦。吩咐中军将白银十两赏与差官，也无心理理堂事，即令缴了牌簿放炮封门，退入后衙来。雷天然问道："相公今日退堂，为何有些不乐？"景期道："可笑得紧，适才京中有差官来报，说圣上要将郭汾阳府中一个歌姬赐与下官为配，你道好笑也不好笑？"天然道："相公如何区处？"景期道："下官正在委决不下。想她既是圣上赐婚的，一定不肯做偏房的了。若把她做了正室，那明霞小姐一段姻缘如何发付？

就是二夫人与下官同甘共苦,到今日荣华富贵,难道倒教你屈在歌姬之下?晓得的还说下官出于无奈,不晓得的只道下官是薄幸人了。辗转踌躇,甚难区处,如何是好?"天然道:"相公不须烦闷,妾身倒有计较在此。"景期道:"愿闻二夫人良策。"天然道:"赐婚大典绝不敢潦草从事,京中想必有几日料理,一路乘传而来,颁诏的逢州过县,必要更换夫马,取索公文,自然迟延月日。我想东京到此,比西京路近,相公可修书一封,差人连夜到东京报知葛公,教他将明霞小姐兼程送到范阳先成了亲。那时赐婚到来,相公便可推却,说已经娶有正室,不敢停妻再娶作伤风败俗之事,又不敢辜负圣恩,将钦赐夫人为妾,上表辞婚,名正言顺,岂不是两全之策?"景期大喜,连忙写起书来,就差冯元赍书前去。冯元领命,将书藏在怀中,骑着快马,连夜出城望东京进发。五日午夜,已到东京,进城径投安抚使衙门上来,恰值关门。冯元焦躁起来,方要向前传鼓,有巡捕官扯住道:"老爷与学士李老爷在内饮酒,吩咐一应事体不许传报。你什么人,敢这般大胆?"冯元道:"你这巡捕,眼睛也不带的。我是河北钟老爷差来的,因有要紧事要见你老爷。你若不传,倘误了大事,就提你到范阳砍下你的驴头来。"巡捕官没奈何,只得替他传鼓禀报。不多时里面一声云板,发出钥匙开门放冯元进去。早有内班门子领冯元到穿堂后花亭上来,见葛太古与李太白两个对坐饮酒。冯元向前叩头,呈上主人的书。太古接来一看,大惊道:"如何圣上却有这个旨意?"冯元道:"他使着皇帝性子,生巴巴地要把别人的姻缘夺去。家老爷着小的多多拜上老爷,说一见了书,即连夜送小姐先到范阳成了亲,然后好上表辞婚。"太古心内思量道:"争奈明霞女儿没有寻着,只得把碧秋充做明霞先去便了。"就向李太白道:"小女遣嫁范阳,李兄原是媒人,敢烦一行?"太白道:"我是原媒,理应去的,何须说得。"太古大喜,就差人出去雇船,因要赶路,不用坐船,只雇大浪船三只,并划船六只,装载妆奁。原来葛太古因景期下聘时节说,平贼之后就要成亲,所以衣服首饰器皿家伙都件件预备,故此一时就着人尽搬下船。先请李太白去坐了一只浪船,又发银子,雇了五六十名人夫拉纤,一一安排了。进来叫碧秋打点,连夜下船。碧秋下泪道:"这是姐姐良缘,孩儿怎好闹中夺取?况爹爹桑榆暮景,孩儿正宜承欢膝下,何敢远离。"太古也掉下眼泪道:"做了女子,生成要适人的,这话说他怎的。只是日后倘寻着明霞孩儿,须善为调处。事情急迫,不必多言了。"碧秋道:"孩儿蒙爹爹如此大恩,怎敢有负姐姐,倘寻见姐姐,孩儿即当避位侧室,以让姐姐便了。"太古道:"若得如此,我心安矣。"说罢,就叫十个丫鬟赠嫁前去,又着管家婆四人在船服侍,各人领命收拾起身。太古便催碧秋上轿,碧秋只得向太古拜了四拜,哽咽而别上了轿子。那十个丫鬟并四个管家婆,也都上了小轿,簇拥着去

下船。太古也摆到船边，在各船上检点家伙，差几个家人随去，又到太白船上作别了，再下碧秋船内叮咛一回，挥泪依旧上岸回去。冯元就在李太白船内，凭太白吩咐。就此开船，各船一起解缆，由洽河入汴河，望北昼夜前进，不上半月，已到范阳。早有人报知，钟景期出来拜望李太白。太白接入舱中，施礼坐了，先叙寒温，后叙衷由。正说话时，飞马来报道："司礼监高公公赍着圣旨，护送钦赐的夫人已到二十里之外，请老爷去接诏。"景期跌足道："再迟来一日，我这里好事成了。"便愁眉苦脸别了太白，登岸上轿，来到皇华亭。只见军牢侍从，引着高力士的马而来，后面马上一个小监背着龙凤包袱的诏书。再望着后边，许多从人银瓜黄伞拥着一辆珠宝香车，随着许多小轿；又有无数人夫扛的扛，抬的抬；也有车子上载的，也有牲口上驮的；尽插小黄旗，上写"钦赐妆奁"四字。金光灿烂，朱碧辉煌。景期接了没做理会处，只得接待高力士下马，到皇华亭施礼。力士教安排龙亭香案，将诏书供好伺候，吉期开读。景期吩咐打扫馆驿，请钦赐夫人在内安顿。高力士就在皇华亭暂歇，一一停当。景期也没心绪与高力士说话，忙忙地作别入城。吩咐立时在衙门里备办筵席，发帖请高力士、李太白。不一时筵席已完，力士、太白齐到，景期接入坐定，说了几句闲话。堂候官禀请上席，景期把盏送位。李太白从来不肯让高力士的，这日因是天使，故此推他坐第一位，李太白第二位，景期主席相陪。方才入席，那太白也不等禀报上酒，便叫取大犀杯来，一连吃了二十多杯，方才抹抹嘴，而后与力士一般上酒举箸。酒过数杯，力士问道："为何学士公恰好也在此？"太白道："我特来夺你的媒钱。"力士笑道："学士公休取笑，咱是来送亲，不是媒人哩！"太白道："若是送亲的，只怕要劳你送回去。"力士道："这是怎么说？"太白道："钟经略公已曾聘定御史葛太古之女葛明霞为正室，学生就是原媒，今日送来成亲。我想圣天子以名教治天下，岂可使臣子做那弃妇易妻的勾当。所以经略公还不敢奉诏。"力士道："学士公又来耍咱家了。请教葛明霞只有一个，还是两个？"太白道："自然是一个。"力士道："这又奇了，如今圣上赐来的夫人正是葛明霞，哪里有第二个？"太白笑道："亏你在真人面前会说假话。圣上赐的是汾阳府中的歌姬，如何说是葛明霞？"力士道："学士公有所不知，葛明霞因逃难江河，被奸人骗来，卖到郭汾阳府中。郭公问知来历，奏闻皇上，因此钦赐来完婚。"太白道："如此说，那个葛明霞只怕是假的。"力士道："郭汾阳做事精细，若是假，岂肯作欺君之事。只怕学士公送来那一位葛明霞是假的。"太白笑道："不差，不差。别人送来的倒是真的，他嫡嫡亲亲的父亲面托我送来的，难道倒是假的不成？"力士道："这等说起来，连咱也寻思不来了。"太白道："不妨，少不得有个明白。今晚且吃个大醉，明日再讲。"力士笑道："学士公吃醉了，不要又叫咱脱靴。"太白又笑道："此是我醉后狂放,你不要介意。"力士也笑道："咱若介意,今日就不说了。"两人相对大笑。只有钟景期呆呆地坐着,听他两个说话,如在梦中,开口不得,倒像做新娘的一般,勉强举杯劝酒。太白、力士又饮了一回,起身作别。高力士自回皇华亭,太白自回船里去了。景期送了二人,转入内衙与雷天然说知上项事情。天然道："这怎么处,葛公又不在此,谁人辨她真假?"景期坐了一会,左思右想没个头绪,只得与雷天然就寝了。

次早起来,天然向景期道："此事真是难处,莫若待妾身去拜望她两个,问她可有什么凭据,取来一看便知真假了。"景期道："二夫人言之有理。"天然一面梳妆,景期一面传令出去,着人役伺候。天然打扮停当,到后堂上了四人大轿,勇儿并十个护卫青衣女,一齐随着前后人役吆喝而去。景期在署中独自坐下,专等雷天然回来,便知分晓。正是:

混浊不知鲢共鲤,水清方见两般鱼。

景期闷坐了半日,早见天然回来,景期接着忙问就里。天然道："若论姿容,两个也不相上下,只是事体越发不明白了。"景期道："怎么不明白?"天然道："妾身先到船上,见葛公送来那位明霞小姐。她将范阳逃难,在路经过许多苦楚,后来遇见父亲的话,一一说与妾身听了。妾身问她可有什凭据? 她便将我先叔赠她的路引为据,妾身取得在此。"景期接路引来看,道："这不消说是真的了。"天然道："圣上赐来那位明霞小姐,也难说就是假的。"景期道："为何呢?"天然道："妾身次到馆驿中见了她,她的说话句句与葛公送来那位说的相合,只多了被人骗到郭府中这一段。及讨她的凭据来看,却又甚是作怪。"景期道："她有什么凭据?"天然道："她取出白绫帕两幅,有相公与她唱和的诗儿在上,妾身也取在此。"景期接来看了,大惊道："这是下官与葛小姐始订姻盟时节作的。如此看起来,那个也是真的了。"天然笑道："有一真,必有一假。如何说两个通是真的?"景期道："下官在千军万马中方寸未尝小乱,今日竟如醉如痴,不如天地为何物了。我想古来多有佳人才子成就良缘,偏是我钟景期有许多魔障。"天然道："相公且免愁闷,妾又有一计在此。"景期道："你又有何计?"天然道："不如待妾设一大宴,请她二人赴席,等她两个当面自己去折辨一个明白,可不是好?"景期道："如此甚妙。"天然道："若在衙门里不便,可请到公所便好。"景期道："南门外一座大花园,是安禄山盖造的离宫,地名为万花宫,我改为春明园,内中也有锦香亭一座,甚是宽敞,可设宴在内。我想当初在锦香亭上订葛小姐的姻盟,如

今这里恰好又有一座锦香亭,可不是合着前番佳兆?"天然道:"如此甚妙。"景期就发银子,着冯元出去到春明园中安排筵宴。雷天然写了请启二道,差勇儿到二处去投送。

次日,天然戴着玲珑碧玉凤头冠,穿着大红盘金团凤袍,月白绣花湘水裙,叫勇儿随着。又有二十名女乐,原是史思明家的,景期收在署中,这日也令随到园中侑酒。一乘大轿抬着天然,许多人役跟随。到得春明园里,天然叫人役在园外伺候,只带勇儿、女乐进园,来到锦香亭上观看。筵宴上挂锦幛,下铺绒单;展开孔雀,褥隐芙蓉;银盘金碗,玉杯象箸,甚是整齐。忽听一阵鼓乐,早报道:"东京葛小姐到了。"只见十数个侍女,引着轿子进来。碧秋冉冉出轿,见她头戴缀珠贴翠花冠,身穿五彩妆花红蟒,好似天仙模样。天然降阶迎入亭中,叙礼落座。丫鬟跪下献茶,茶罢,又听外面报道:"钦赐葛小姐到了。"天然起身下降立候,见许多侍婢拥着八人大轿,前面摆着两扇奉旨赐婚的朱红金字牌,后面又随着一乘小轿。碧秋在亭中,心里愤愤地只等她来,便要将葛太古家中的事来盘倒她。那轿子到了庭中歇下,有女使将黄伞遮着轿门,等明霞出来。天然一看,见她头戴五凤朝阳的宝冠,身穿九龙盘舞的锦袍。原来碧秋站在亭上,因黄伞遮了轿子,所以看不见明霞,那明霞恰早看见了碧秋,便惊问道:"亭中可是我卫碧秋妹子么,却为何在此?"碧秋听见,吓了一跳,定睛一看,大惊道:"我只道是谁,原来正是明霞姐姐。"二人方走近来,那后面小轿里大叫道:"我那碧秋的儿嗄!我哪一日不想着你,谁知和你在这里相逢。"碧秋听见是母亲卫姬的声音,便连忙走下亭来。小轿里钻出一个婆子,果然是卫姬。母子二人抱头大哭,明霞也与碧秋携手拭泪。雷天然看得呆了,便哄她三人重新叙礼送坐。碧秋道:"家母在此,奴家当隔坐了。"明霞道:"若如此倒不稳便,不如请卫妈妈先坐了罢。"碧秋依允。第一位明霞,第二位碧秋,雷天然主位,卫姬上台坐了。茶过一通,天然开言细问端的。她三人各将前后事情,细细说出,天然如梦方觉。连她三人也各自明白了。勇儿禀道:"筵席已定,请各位夫人上席。"雷天然猛省道:"我倒忘了,今日卫老夫人在此,吩咐快去再备一桌宴来。"卫姬笑道:"今日之宴,非老妇所可与会。况坐位不便,雷夫人不必费心,老身且先回去。只是今日三位须要坐得停妥,老身斗胆僭为主盟,与三位定下坐次,日后共事经略公。就如今日席间次序便了。"天然道:"奴家等恭听大教。"卫姬道:"以前葛小姐与小女不知分晓,并驱中原,不知谁得谁失,今已明白。那经略公原聘既是葛明霞,葛御史送来的也是葛明霞,圣上赐婚又是葛明霞,这第一座正位,不消说是葛小姐了。小女虽以李代桃,但既已来此,万无他适之理,少不得同事一人。只是雷夫人已早居其次,难道小女晚来倒好僭越?第二位自然是雷夫人。第三位是小女便了。"三人共同悦服。卫妪道："今日老身暂别,只不要到馆驿中去了,竟到小女船上,待她回来好叙别情。"说罢,作别上轿而去。天然就叫勇儿传谕冯元,教她备一席酒送到船上去,勇儿领命而行。天然吩咐作乐定席,碧秋道："若论宾主该是雷夫人定席,若照适才家母这等说,就不敢独劳雷夫人了,我三人何不向天一拜,依次而坐,令侍儿们把盏罢。"明霞、天然齐道:"有理。"三人一齐向天拜了,然后入席。葛明霞居中,雷天然居左,卫碧秋居右。侍女们轮流奉酒,亭前女乐吹弹歌舞。宴完,一齐起身,各自回去。天然到署中将席间的事体说与钟景期听了。景期大喜,就请高力士、李太白来说明了,择了黄道吉日,先迎诏书开读了,方才发轿到二处

娶亲。花灯簇拥,鼓乐喧闹。不多时,两处花轿齐到。掌礼人请出两位新人,景期穿了平北公服色,蟒袍玉带,出来与明霞、碧秋拜了堂,掌灯进内,雷天然也来相见了,饮过花烛喜筵。是夜,景期就在明霞房里睡;次夜,在碧秋房里睡;以后,先葛、次雷、后卫,永远为例。到得七朝,连卫妪也接来了。又吩咐有司寻着红于的冢,掘去李猪儿误立的石碑,重新建造纯静夫人的牌坊庙宇,安排祭祀。景期与三位夫人一齐亲临祭奠。祭毕回来,恰好有报来说,仆固怀恩招降了贼将薛嵩、田承嗣等,河北、山东悉平。景期领了家眷班师回京,先朝拜了天子,就去拜谢郭子仪。是日,圣旨拜钟景期为紫薇省大学士平章军国大事。景期谢恩出来,选了祭祀吉期,同三位夫人到父母坟上祭扫拜谒。朝廷又将虢国夫人的空宅赐与钟景期为第。那葛太古也回京复命,与葛明霞相会,悲喜交集。景期就将宅子打通了葛家园,每日与三位夫人在内作乐。她三个各有所长:葛明霞贤淑,雷天然英武,卫碧秋巧慧。三人与景期唱随和好,妻妾之间相亲相爱。后来葛夫人连生二子,雷、卫二夫人各生一子。到长大时节,景期将明霞生的长子立为应袭,取名钟绍烈,恩荫为左赞善。将次子姓了葛,承接葛太古的宗祀,取名葛钟英;因葛太古的勋劳荫为五经博士。将天然生的一子姓了雷,承续雷海清、雷万春的宗脉,取名雷钟武,以海清、万春功绩恩荫为金吾将军。将碧秋生的一子姓了卫,承顶卫氏宗桃,取名卫钟美,后中探花。景期在朝

做了二十年宰相。

一日，同三位夫人在锦香亭上检书，检出虢国夫人遗赠的诗笺。看了忽然猛省道："宦海风波岂宜贪恋，下官意欲告休林下，三位夫人意下如何？"明霞、碧秋齐道："曾记慈航静室中达摩点化之言说：'得意浓时急须回首'，相公之言甚合此意。"天然也道："急流勇退，正是英雄手段，相公所见极是。"景期遂上表辞官，天子准奏，命长子钟绍烈袭封了平北公。葛太古已先告老在家，与景期终日赋诗饮酒。景期与三位夫人欢和偕老，潜心修养，高寿而终。后来子孙蕃衍，官爵连绵，岂非忠义之报？有诗为证：

乾坤正气赋流形，往事从头说与君。

昧理权奸徒作巧，全忠豪杰自留名。

拈笔写出鸳鸯谱，泼墨书成鸾凤文。

悲欢聚合转眼去，皇天到底不亏人。

特别提示：

本书在编写过程中，参阅和使用了一些报刊、著述和图片。由于联系上的困难，和部分作品的作者（或译者）未能取得联系，对此谨致深深的歉意。敬请原作者（或译者）见到本书后，及时与本书编者联系，以便我们按照国家有关规定支付稿酬并赠送样书。

联系电话：010-80776121   联系人：马老师